À SOMBRA DOS BOLENA

PHILIPPA GREGORY

À SOMBRA DOS BOLENA

Tradução
Isadora Prospero

HarperCollins

Rio de Janeiro, 2025

Título original: *Boleyn Traitor*

Copidesque	Rayssa Galvão
Preparação de tradução	Fernanda Marão
Revisão	Thaís Carvas e João Rodrigues
Design de capa	Claire Ward/HarperCollins Publishers Ltd
Imagens de capa	© Yuliya Maya/Trevillion Images (mulher); © Shutterstock Beast dress criado por Steve Stone/Artist Partners baseado na arte original de Robin Isely (com permissão)
Adaptação de capa	Guilherme Peres
Diagramação	Abreu's System

Dados Internacionais de Catalogação na Publicação (CIP)
(Câmara Brasileira do Livro, SP, Brasil)

Gregory, Philippa
À sombra dos Bolena / Philippa Gregory; tradução Isadora Prospero. – 1. ed. – Rio de Janeiro: HarperCollins Brasil, 2025.

Título original: Boleyn Traitor.
ISBN 978-65-5511-794-3

1. Ficção histórica inglesa 2. Ficção inglesa I. Título.

25-296444.0 CDD-823

Índice para catálogo sistemático:
1. Ficção : Literatura inglesa 823

Bibliotecária responsável: Maria Alice Ferreira – CRB-8/7964

Rua da Quitanda, 86, sala 601A – Centro
Rio de Janeiro/RJ – CEP 20091-005
Tel.: (21) 3175-1030
www.harpercollins.com.br

ÁRVORE GENEALÓGICA

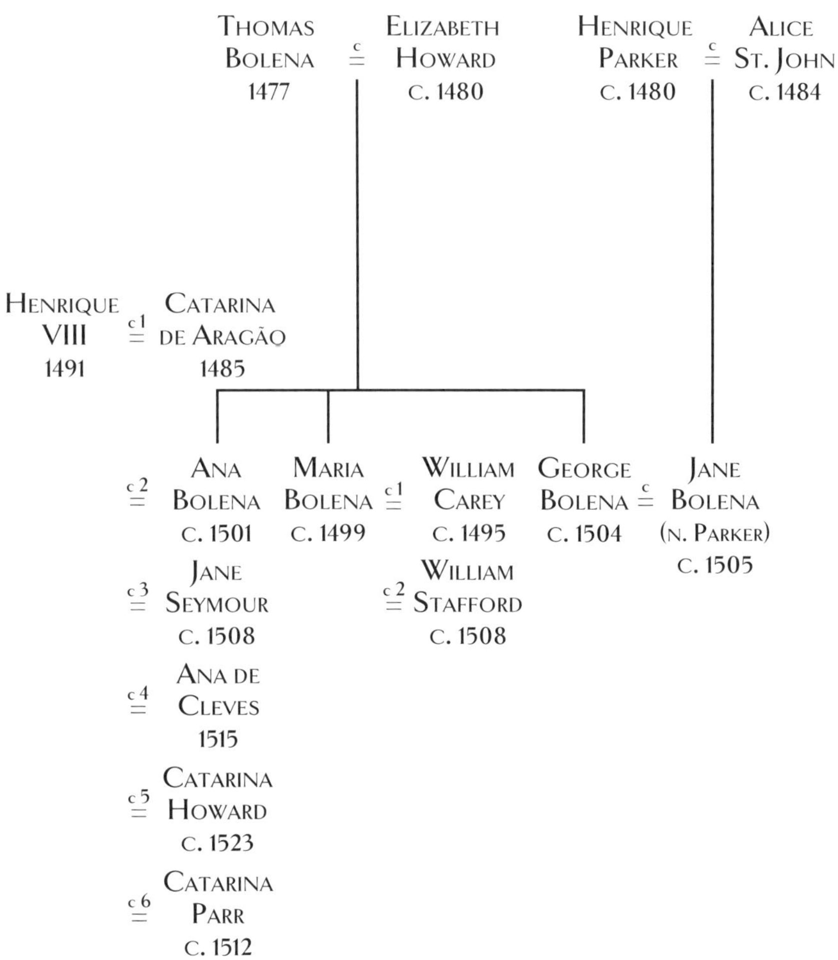

PALÁCIO DE GREENWICH, VERÃO

1534

No espelho de prata *repoussé*, parecemos dois fantasmas sem cabeça, os capuzes pretos escondendo nossos rostos. Afasto meu capuz e tiro o véu grosso, revelando uma máscara de falcão dourado. O bico afiado é feito de ouro esmaltado, e as sobrancelhas arqueadas são de bronze. As penas da cabeça e do pescoço, de tecido de ouro, se movem e se assentam feito penugem, sarapintadas como penas de falcão-peregrino, como se a maldição de Midas tivesse transformado um pássaro livre em ouro sólido.

Tiro a máscara por cima do meu cabelo castanho-claro, expondo a pele viçosa e o sorriso enigmático.

— Não me venha com essa cara — diz Ana, afastando o próprio capuz e erguendo a cabeça para que eu levante seu véu e a liberte da máscara.

— Que cara?

— Essa sua cara falsa, dissimulada. No que está pensando?

A boca de uma cortesã está sempre cheia de palavras não ditas.

— Eu estava pensando que vai ser difícil dançar com isso — minto. — Vai ser difícil enxergar.

— Não viemos aqui para ver, e sim para sermos vistas.

Ela se levanta e abre bem os braços, para que eu desfaça os laços do corpete, das mangas, da saia do vestido. Coça a barriga arredondada por cima da camisa de linho fina. Aos cinco meses da segunda gravidez, está mais cansada do que ficou na primeira. Ela acha que isso é sinal de filho homem. Sua filha, a princesa Elizabeth, foi mais fácil de carregar. Ela descansa na cama toda tarde antes do jantar, enquanto o rei se banha e troca de roupa após os esportes vespertinos.

— Qual é o tema da mascarada? — pergunta, subindo na enorme cama dourada.

— "Os falcoeiros". Dançamos como pássaros, depois…

— Deixe-me adivinhar — interrompe ela. — O rei e seus amigos entram disfarçados de falcoeiros e nos capturam para uma dança. Depois todos tiramos as máscaras, e eu descubro que estou dançando com o rei! Fico maravilhada! Não fazia ideia! Achei que fosse apenas um belo desconhecido.

Dou uma risadinha falsa.

— Você é tão engraçada!

Eu a livro dos sapatos bordados e abaixo as meias de seda finas. É um trabalho honrado para a dama de companhia de uma rainha, e o dever de uma cunhada querida. Tenho orgulho de ser as duas coisas.

Ela fecha os olhos.

— Com certeza nem mesmo ele acredita que eu não reconheceria meu próprio marido.

Claro que o rei não acha que acreditamos que um grupo de príncipes Savoy estranhos, ou de lordes russos desconhecidos usando peles espessas, invadiria a câmara de audiências da rainha. É um jogo da corte de que todos participamos conscientemente, e o prêmio é ver o rei brilhando. Em meio a todo o fingimento, há uma única verdade: o segundo filho, a segunda escolha de segunda categoria, foi transmutado em ouro. Ele é o herdeiro. Reencenamos esse milagre repetidamente, como se fosse a maior sorte que Arthur, o primogênito, tenha morrido, fazendo de Henrique o herdeiro e, por fim, o rei. Vinte anos atrás, alguém o chamou de "príncipe mais belo da cristandade", e tivemos que sustentar o título desde então.

Quando cheguei à corte como dama de companhia, era uma garota estudiosa e solitária de doze anos, e ele era o jovem marido deslumbrante de vinte e seis anos de uma linda rainha. Eu me apaixonei por ele, por ela, pelo glamour e pela beleza do jovem casal da realeza. Depois, eu me apaixonei por toda a família Bolena: Ana; George, seu irmão ambicioso; Maria, a irmã gentil; os pais dela. Também me apaixonei pela nobre casa dos Howard: todos cortesãos profissionais, como eu queria ser, a serviço da corte mais bela e poderosa do mundo.

Agora, prestes a completar trinta anos, eu mesma sou uma Bolena, tendo passado quase metade da vida casada com George e ascendido ao lado dele ao título de lady Rochford. A rainha que primeiro servi e amava não é mais rainha, e o belo rei está no auge. Testemunhei sua carência por lisonjas passar da alegria de um jovem à vaidade de um homem maduro, e aprendi (todos aprendemos) a inflar os elogios para corresponder aos seus anseios.

— Mascarar-se e revelar-se é um jogo para ele — digo, em tom apaziguador. — O rei só quer mostrar ao mundo que você sempre o escolherá, mesmo quando está disfarçado. Que você se apaixona outra vez.

— Bem, me apaixono mesmo — responde ela, com um sorriso súbito, largo e falso. — Eu sou "Ana, a mais feliz".

Estendo um cobertor de merino por cima dela. Graças a Ana, sou a primeira dama de companhia da corte e serei a tia do próximo rei da Inglaterra e a primeira na procissão que o levará ao batismo. Será um desfile de vitória para nós, mulheres belas e espertas: teremos derrotado os velhos lordes na conquista do rei.

— Quando vai anunciar a gravidez? Revelou a de Elizabeth bem mais cedo.

Ana dá de ombros.

— Quando eu decidir.

Só alguns poucos favorecidos sabem que ela está esperando um bebê para este outono. E Ana está certa de adiar o badalar do sino que vai disparar uma nova corrida de jovens ávidas para subir na cama do rei: cada vadia da corte vai tentar capturar a atenção dele quando for anunciado que a rainha está grávida.

— Me faça um favor, Jane — pede ela, enquanto esfrego óleo de lavanda e junípero em seus pés e tornozelos inchados. — Fale com aquela garota, Agnes. Ela não me respeita.

Agnes é uma jovem dama de companhia, loira, sorridente e simpática. Ana, de cabelo escuro, não gosta de loiras sorridentes, mas elas estão sempre pela corte, usando seus melhores vestidos.

— O que ela fez?

— Suas mesuras são rasas demais; ela sobe e desce como se estivesse diante de uma mera viscondessa.

Esse é meu título. Nasci Jane Parker, ganhei o nome Bolena com o casamento, e agora sou lady Rochford. Aperto os dedos dela com força, sorrindo.

— Uma viscondessa não é pouca coisa — digo.

— É bom o bastante para George, por enquanto — concorda ela. — Mas, quando eu der à luz um príncipe, farei com que ele seja nomeado duque!

Assim é a ambição atordoante dos Bolena. O plano do meu pai era que eu me tornasse uma dama da corte mediana, habilidosa neste novo ofício para homens e mulheres bem instruídos. Ele me mandou à corte falando francês e inglês, e lendo latim. E me aconselhou a aprender alemão, que é a língua de escrita dos pensadores protestantes, e a esconder meu espanhol da rainha espanhola, para poder bisbilhotar quando ela contasse seus segredos ao padre e ler suas cartas secretas para o pai.

Mas Ana não tinha interesse no trabalho discreto de cortesã: foi direto à fonte do poder, seduzindo e se casando com o rei. Ela tem toda a coragem da casa nobre de sua mãe, os Howard, e toda a ambição de sua família em ascensão, os Bolena. Se quer um ducado para George, vai conseguir. E eu serei duquesa. Ana e todos nós, das famílias Bolena e Howard, estamos em uma trajetória ascendente; não podemos perder tempo com uma garota como Agnes.

— Na época da antiga rainha, ela fazia as mesuras apropriadas. Se curvava como se Catarina de Aragão fosse a Virgem Maria — reclama Ana.

Todos fazíamos isso. Mas já tinham se passado três anos, e a memória dos cortesãos tem a vida curta das mariposas.

— Agora é princesa viúva — lembro a ela.

— Agnes estava conversando com o embaixador espanhol — diz Ana, preocupada. — O que uma tola como ela tem a dizer a um tolo como ele?

Faço uma nota mental para relatar a meu benfeitor que Agnes foi recrutada para a rede de amigos e espiões do embaixador espanhol.

— Ah, ele conversa com todo mundo — digo, tranquilizadora. — O que mais pode fazer?

— Pode voltar para a Espanha. Pode se trancar no castelo Kimbolton com a rainha.

— Princesa viúva — corrijo de novo.

— Mas com quem mais Agnes conversa? — questiona Ana. — Os lordes papistas? Os Courtenay? Os amigos da antiga rainha e da princesa Maria?

— Lady Maria — corrijo.

A rainha Catarina deve ser chamada de princesa viúva, e sua filha foi recém-nomeada lady Maria, mas aqueles que as serviram e amavam se recusam a chamá-las de outro modo, e o restante de nós só precisa adquirir o hábito.

— Nenhum deles importa para você. Você venceu. Não passam de velhos, amigos de infância do rei! Papistas caquéticos, rememorando os velhos tempos! Não são como nós, da nova corte, da nova religião, do novo mundo. O tempo está do nosso lado. Eles vão morrer de velhice ou desistir. Se seu bebê for um menino, vai provar que seu casamento é a vontade de Deus; e, com isso, a antiga rainha, o embaixador espanhol, a filha da antiga rainha e todos os fiéis vão simplesmente esvanecer.

— Onde está George? — pergunta ela. — Está atrasado.

Eu nunca reclamo dos atrasos de George, mas só sou a esposa dele há dez anos, e ela é a rainha.

— Vá buscá-lo, Jane.

Sou poupada de parecer uma esposa carente caçando o marido quando ouvimos uma batidinha à porta que conecta o quarto da rainha à galeria privada do rei. George entra de mansinho, lindo de tirar o fôlego com suas meias novas e um justilho suntuoso de veludo marrom. Traz na mão uma máscara e um chapéu com uma longa pena de garça. É parecido com a irmã: olhos e cabelos escuros, como se fossem gêmeos, como se tivessem sido entalhados em madeira suave e polida até assumir as mesmas feições duras e inteligentes e olhos escuros e promissores.

— Vejam só, um falcoeiro rústico! — anuncia, indo até a cama e tomando a mão de Ana para beijá-la. Ele a examina com atenção. — Você está pálida. — Vira-se para mim. — Não deixou que ela se cansasse demais, deixou?

— Ela só provou a fantasia e ensaiou a dança. Desde então, está descansando.

Eu me aproximo para cumprimentá-lo com um beijo, mas George se vira para se sentar ao lado da irmã e, habilidoso feito uma dama de companhia, solta o cabelo dela. Entrego as escovas prateadas da rainha, e George escova a longa cabeleira escura para longe da testa dela, depois começa a trançá-la.

— Estou incomodada — reclama Ana.

— Não fique — rebate ele, sem hesitar. — Você precisa pensar em coisas sagradas e alegres para fazer o bebê crescer. Você precisa ser "Ana, a mais feliz".

— Agnes Trent — explico, e noto o rápido aceno de agradecimento dele.

— Ela precisa demonstrar respeito — diz Ana.

George prende as tranças da irmã na nuca com dois broches de marfim, deixando-as frouxas para que o rei possa soltar uma mecha do cabelo perfumado e enterrar o rosto ali quando estiverem a sós.

Ana faz um gesto para que eu calce suas meias novas em seus pés e faz careta quando os sapatos de seda vermelha apertam seus dedos.

— Mandei Jane falar com ela.

— Ela é uma nova favorita — avisa George. — Fale com tato.

— Mas com clareza — insiste Ana. — Não aceitarei nada aquém de lealdade completa. Eu não mandei a rainha...

— Princesa viúva — eu e George falamos juntos.

— ... a princesa viúva para o castelo Kimbolton, o cardeal Wolsey para o inferno e o bispo Fisher e Thomas More à Torre para ainda encontrar inimigos sob meu próprio teto. Os velhos lordes continuam conspirando contra mim no conselho, e suas velhas esposas fofocam escondendo a boca por trás das mãos. Esses velhos querem que tudo volte a ser como era. Querem a antiga rainha de volta.

— Bem, você não pode mandar todos para a Torre! — brinco, mas ninguém ri. De imediato, fico séria. — Falarei com Agnes, claro.

Ana se levanta com esforço sobre os sapatos apertados.

— Vá chamá-la, ela pode me vestir.

George planta um beijo no ombro da irmã e acena para mim, fazendo um "Obrigado!" com a boca, já por trás da porta.

Confiro que a porta esteja fechada em segurança antes de cruzar até a porta do outro lado da câmara privada da rainha.

— Sua graça está pronta para ser vestida — digo, e três damas de companhia se levantam, obedientes. Agnes passa por mim sem a menor preocupação.

Toco o braço dela.

— Algum motivo para que a senhorita não faça mesuras apropriadas à rainha? — pergunto, em um tom agradável. — Certamente deve haver algum engano.

— O único engano vem da parte dela — responde Agnes, grosseira. — Eu me curvo o suficiente para ela.

— Curve-se o suficiente para uma rainha coroada. E que o assunto termine por aqui.

— Vai terminar onde começou: com ela.

Aperto mais forte.

— Srta. Agnes, quando eu comecei como dama na corte, atentava-me para os meus modos. Foi assim que me tornei a primeira dama de companhia.

— E eu me atento aos meus! Não há necessidade de me beliscar, lady Rochford. Sua cunhada tem uma Torre cheia de torturadores para isso.

— Eu não estava beliscando — minto.

— E eu faço mesuras apropriadas — mente ela, em resposta, antes de entrar nos aposentos da rainha.

Pela porta aberta, vejo que ela não se curva tão baixo quanto deveria para uma rainha coroada.

No dia seguinte, após as preces na capela real, o rei continua ajoelhado na grande almofada bordada de seu genuflexório, as mãos unidas e os olhos fechados, em consulta direta com Deus. Ninguém pode se mexer até que ele volte a si. O rei chama Ana para juntar-se a ele. Eu a acompanho, carregando nossos livros de orações e o rosário de pérolas e coralina dela. O secretário do rei, Thomas Cromwell, está parado atrás dele, em silêncio. O jovem Francis Weston e meu marido, George, estão atrás de Cromwell. George dá uma piscadela quando nos juntamos a eles. Francis faz uma pequena mesura.

— Meu senhor e marido — diz Ana, fazendo uma mesura ao rei, sorrindo para os cortesãos e reconhecendo a presença de Thomas Cromwell com um pequeno aceno, como se ele fosse um comerciante de visita que chegou com um corte de tecido de lã.

— Cromwell tem uma pergunta sobre a visita à França — diz o rei, ainda de joelhos, as mãos unidas em prece. Parece que Deus também vai participar desta reunião.

— Estou em dúvida se vossa graça deseja visitar a França neste verão — esclarece Cromwell para Ana, evitando a pergunta óbvia: *você está grávida?* — Sua majestade deveria ir à França sozinho?

Precisamos persuadir a França a criar uma aliança antipapista, juntando-se a nós contra o papa e o sobrinho de Catarina de Aragão, o imperador da Espanha. Mas Ana não pode viajar enquanto estiver grávida e não quer perder o rei de vista. Os olhos castanhos inquisitivos do mestre Cromwell encontram os meus, cinzentos.

— Ah! Mas precisarei do senhor ao meu lado! — exclama Ana para o rei, apertando as mãos ao redor das dele, como se ele estivesse jurando lealdade. Henrique mantém a pose, aparentando ser um cavaleiro errante ajoelhado diante de sua dama. — Vossa majestade não pode me deixar assim tão perto da minha hora!

Claro que ela só dará à luz no outono, e poderia perfeitamente viajar em segurança, mas Ana preferiria morrer a ir à França corpulenta demais para dançar, e ela nunca deixaria o rei sozinho com as mulheres notoriamente belas da corte francesa. Vamos ficar em casa neste verão, assim como sua majestade... como ele está prestes a decidir.

— O que acha, majestade? — pergunta George, seu rosto uma bela máscara inquisitiva.

— Eu deveria ir. — O rei fica tão animado com a ideia de uma mulher ansiando por ele que se esquece de Deus e se levanta. — Lady Rochford, acha que sua senhora suportaria uma separação de mim? Mesmo que breve?

Não preciso ver o olhar de Ana para responder. Conheço esse roteiro de trás para a frente. O amor deles não é comum; é *Tristão e Isolda,* um grande romance. Os dois jamais podem ser separados.

— Eu não aconselharia — digo, gentil. — Ela ficaria ansiando por vossa majestade. Seu encontro com o rei da França não pode ser adiado até depois do parto? Assim, a visita poderia ser uma celebração. Parte do anúncio e das festividades.

O rei abre um sorriso largo, imaginando uma visita triunfante à França com a jovem esposa que lhe deu um filho; ao contrário da antiga, que não o fez.

Cromwell entende minha indireta e faz coro:

— Podemos mandar um mensageiro para sugerir um adiamento. Alguém importante, para eles saberem que não pretendemos nenhum desrespeito.

O duque de Norfolk, tio de George, chefe da casa Howard, é a escolha óbvia, mas ele e Ana mal se falam desde que ele deu o golpe de mestre de casar a filha com um bastardo real, o filho ilegítimo do rei. Quase todos os outros nobres estão secretamente do lado da antiga rainha.

— Ah, não um dos velhos lordes! — exclama Ana. — Não um daqueles anciões!

O rei bate um dedo na bochecha dela.

— Velhos amigos — diz ele. — Amigos fiéis.

— Exatamente! Velhos amigos, homens velhos! — Ela sorri para ele. — Ainda presos aos velhos hábitos, ao contrário do senhor!

— Que tal o visconde Rochford? — exclama Cromwell, de repente, como se meu marido, George, não estivesse parado bem na frente dele.

O rei dá risada.

— Perfeito! Poderia dispensá-lo, lady Rochford? Ou também está grávida e se recusará a liberá-lo?

É meu pesar secreto estarmos casados há dez anos sem qualquer sinal de uma criança, mas dou uma risada alegre, como se nunca tivesse chorado nos braços de George por conta disso.

— Ah, majestade, nem todos conseguem ter o primeiro filho no primeiro ano de casamento e o segundo no segundo ano! Não somos todos tão felizes quanto o senhor e a rainha!

— "A mais feliz" — confirma George. Nunca deixamos ninguém esquecer o lema de Ana.

O rei toma a mão de Ana e a beija outra vez.

— Ela fez tudo o que me prometeu — diz, afetuoso. — E eu fiz mais do que qualquer um achava possível. Estou criando uma nova Inglaterra, para uma nova família real. E meu filho recém-nascido vai provar que Deus abençoa a mim e à minha esposa.

Ana abre um sorriso radiante para ele, apoiando a mão na leve curva da barriga.

— George irá à França avisar que o encontro deve ser adiado até depois do nascimento do meu filho. Visitaremos no outono — declara o rei.

— Fico honrado pela confiança — diz George, como se estivesse partindo para matar dragões. — Não falharei.

A nota de heroísmo é perfeita. Henrique segura o antebraço de George em um aperto de cavaleiros.

— Eu sei, George. Você é meu irmão.

— Não confiaríamos em mais ninguém — diz Ana, sorrindo.

Ela desliza a mão sobre o baço do rei e o convida para caminhar no frescor do jardim, só os dois, antes de irmos ao desjejum. Sei que é porque não quer as damas seguindo-os para distraí-lo, mas ele vislumbra apenas um jovem e belo rei com uma linda rainha apoiada no braço, caminhando na grama pontilhada de flores, tão colorida quanto uma tapeçaria recém-tecida.

Mestre Cromwell faz uma mesura e se afasta. George e eu somos deixados com Francis Weston.

— Veja como ascendemos! — exclama George. — Obrigado, meu amor. Você nos guiou pelo caminho correto, como sempre. E agora posso contar ao rei da França que terei um sobrinho real!

— Só fiz o meu dever — digo, modesta.

Ele abre um grande sorriso.

— Sabe, houve momentos em que pensei que sempre estaria aqui, passando bilhetinhos românticos entre Ana e o rei, um diplomata na câmara das criadas, um embaixador nas salas de costura, sem nunca alcançar a fonte do poder, sempre flutuando na espuma.

— Gostaria de ir com o senhor, milorde — diz Francis, que ainda tem anos de mesuras pela frente. — Mas protegerei sua senhora enquanto estiver longe, se ela aceitar meu serviço. — Ele põe a mão no coração e faz uma mesura baixa para mim.

— Ah, sim, sim. — George dispensa esse jogo de amor cortês com um aceno, como se fosse inútil sem uma plateia. — Jane, envie uma mensagem aos estábulos. Precisarei que meus cavalos sejam ferrados de novo antes de partir. Vou levar dois sobressalentes. Sou famoso pela rapidez com que faço essa jornada. — Ele beija minhas mãos estendidas. — Voltarei depressa para o seu lado.

Preciso me segurar para não me jogar em seus braços.

— Sentirei sua falta — digo.

— Estarei de volta em um mês — promete ele.

Os aposentos da rainha ficam um tédio sem George para sugerir um tema para uma mascarada, um novo jeito de usar um capelo francês ou uma rodada de jogos. Recebemos a visita de uma velha dama da antiga família real: Margaret Pole, parente do rei. Anos atrás, ela vinha assistir às nossas aulas na sala de aula real e me elogiava por ser a mais inteligente das criadinhas da antiga rainha. Nunca disse uma palavra contra a tragédia do divórcio, nem contra as humilhações a que Ana submeteu a antiga rainha e sua filha. Mais de uma vez, implorou por permissão para servir à lady Maria ou à antiga rainha. Até se ofereceu para trabalhar de graça, mas Ana insiste que seus pedidos sejam sempre recusados.

Lady Margaret Pole usa uma máscara de serenidade sobre seu pesar. Ela chega acompanhada por outro membro da família real, Gertrude Courtenay. As duas fazem uma mesura com a exata profundidade devida à Ana, mas de um jeito que faz parecer que estão fazendo um favor a ela. Sentimos sua opinião tácita de que somos barulhentas demais, brincalhonas demais e jovens demais. Gertrude aprendeu seus modos com uma princesa espanhola de criação rígida; nós, com francesas elegantes. Elas nos acham coquetes demais, espirituosas demais. Nós lemos teologia, questionamos demais para essas papistas de fé inabalável. O filho favorito de lady Margaret Pole é um erudito em Roma que passa a vida escrevendo um livro sobre os erros da Reforma. Pode ser muito bom — meu pai, um erudito, diz que será brilhante —, mas acho que seria melhor para Reginald Pole e sua mãe se aceitassem que Ana persuadiu o rei a se tornar protestante e que toda a Inglaterra deve segui-lo.

Lady Margaret e toda a sua família nobre apoiam a filha da antiga rainha, lady Maria, e ninguém sabe a extensão de suas tramoias para trazê-la de volta à corte, devidamente reconhecida como princesa e herdeira real, e ter suas terras e títulos restaurados. A família odeia nossa princesa Elizabeth, substituta de lady Maria, assim como nossa rainha, que substituiu a dela, mas seus modos refinados não deixam isso evidente. Do pináculo afiado dos capelos de empena antiquados aos sapatos de couro simples e elegantes, essas são as damas nobres da velha geração, tão condescendentes com suas inferiores. Em retribuição, fazemos todo o possível para que se sintam ultrapassadas e deslocadas em nossa corte obcecada pela moda.

Lady Margaret Pole cumprimenta com afeto a sobrinha do rei, Margaret Douglas, e pergunta sobre a mãe dela, a antiga rainha regente da Escócia, que agora é conselheira do filho, o rei Jaime da Escócia. A senhora de idade comenta baixinho sobre o capelo francês e a bainha erguida do vestido de Margaret, revelando o bordado das meias de seda. Margaret cora com essa branda censura da antiga governanta, e Ana ri alto e diz que é o que as pessoas estão usando em Paris; decerto até a velha condessa lembra como é ser uma bela jovem, não? Quanto tempo faz, mesmo?

Ana é imprudente com seu poder. Ela não tolera que lady Margaret Pole entre em seus aposentos e a faça parecer uma arrivista. Mas lady Margaret nunca abandona a postura digna e discreta. George é o único que poderia aplacar a velha. De tão instruído, ele sabe debater como o próprio Martinho Lutero, e seu amor por Ana transforma aqueles jogos vápidos de amor cortês nos aposentos dela em algo tenro e verdadeiro.

Sem ele, as conversas amorosas seguem repetitivas e enfadonhas, e mais de um jovem é reduzido a um silêncio balbuciante ao entrar no quarto da rainha com sua nova capa de seda, carregando um buquê de rosas como símbolo de seu amor verdadeiro, mas sem palavras espirituosas de prontidão. O tocador de alaúde, Mark Smeaton, interrompe a canção e vibra uma corda, atraindo a atenção dos presentes para o constrangimento de um dos rapazes, e todos rimos com crueldade da timidez do jovem nobre.

Ana precisa de George e de mim, pois não tem amigos próprios. Uma rainha que teve que se esforçar para alçar a posição depende de cortesãos que também se ergueram sozinhos; todos querem a chance de ascender apoiados nas costas da nova rainha. A irmã de Ana, Maria, é de pouca utilidade: mais rival do que apoiadora, já que foi amante do rei. Está passando o verão na casa da família Bolena, o castelo Hever, e Ana não tem pressa para trazê-la de volta à corte. Somos uma corte de arrivistas, alçando os céus sem uma base de apoio sólida. Então, todos ficam aliviados quando George retorna mais cedo, completando a jornada de volta da rainha de Navarra e seu irmão, o rei Francisco, em três semanas, trazendo presentes e bons votos da corte francesa.

Ele trouxe de Paris uma nova raquete de tênis e jura que vai encarar qualquer desafiante. Ana promete um prêmio ao vencedor, e o Mestre das Festividades organiza um torneio com todos os nobres da corte na lista de convidados. Eles começam logo cedo pela manhã, e nós, damas, assistimos sob o calor do dia, sentadas no balcão da rainha, o teto de madeira cada vez mais quente conforme o passar das horas. Vemos os jogadores suarem e se lançarem em jogadas difíceis, suportando as batidas irritantes da bola contra o fundo da quadra e seu rolar barulhento no teto acima de nossas cabeças.

— Devo ir pegar uma tisana? — sussurro para Ana.

— Diga a seu marido para acabar logo — retruca ela, mal-humorada.

George está jogando a partida final contra o rei, forte e corado em roupas de linho branco. O rei jogou duas partidas antes dessa, e seu cabelo loiro-avermelhado está escuro de suor, a camisa úmida agarrando-se ao peito musculoso. Quando se alonga para alcançar uma bola alta ou corre até a rede, é gracioso como um dançarino.

George perde por poucos pontos: perde a última bola depois de um salto desesperado e sai da quadra rindo, acompanhado de Francis Weston, que o enrola em uma toalha para secá-lo. O rei abre um sorriso largo de triunfo e vai até a frente do balcão da rainha. Está empolgado com a vitória e não para de rir da raquete parisiense de George, exigindo-a como seu prêmio, além do presente da rainha.

Meu marido a entrega sem hesitar, embora tenha custado uma pequena fortuna, e diz que o rei é de longe melhor jogador que ele, mas que terá sua revanche semana que vem. As damas começam a opinar, suas vozes como o repicar de sinos, e todos concordam que o rei é tão forte e ligeiro quanto um jovem de vinte anos.

Menos Agnes. Ela passou o torneio todo na brisa fresca nos fundos da galeria, fora do sol escaldante. Enquanto nos debruçamos sobre a amurada, elogiando o rei e provocando seus oponentes, ela não diz nada, apenas se aproxima devagar até parar ao meu lado e, quando o rei esfrega o rosto vermelho e suado na manga da camisa, joga para ele seu lenço, que cai feito uma pétala flutuante. Ele o apanha do ar como se fosse uma semente de cardo e o leva à face corada. Ergue os olhos para ela e o pressiona sobre a boca.

O sorriso de Ana não vacila, e ela entrega o prêmio do torneio: um alfinete de chapéu dourado, depois lidera o caminho de volta à ala do palácio que pertence à rainha. Então põe suas damas para costurar camisas para os pobres — são sempre camisas para os pobres quando ela está com raiva.

Ana gesticula para George e eu a seguirmos até seu quarto. Fecho a porta depressa, impedindo que mais alguém consiga ouvir a tempestade irromper assim que ficamos a sós.

— Vocês viram. Ela me insulta!

George está afogueado das partidas de tênis, a toalha ainda pendurada ao redor do pescoço e a camisa de musselina colada às costas.

— Tenho que me lavar.

— Não, fique. Você viu o que ela fez. Ela me insulta.

— Estou fedendo feito um cavalo.

— Não importa. Me diga o que devo fazer. Ela está se atirando em cima dele!

— Deixe-me ao menos me lavar!

Ana sacode a mão, gesticulando para que ele vá de uma vez, e George entra no lavatório contíguo ao quarto, de onde o ouvimos despejar grandes jarros de água no corpo e se lavar com o sabão caro dela. Até que ele enfim volta, o cabelo encaracolado da água, uma toalha de banho bordada com a inicial coroada dela na cintura, outra jogada sobre os ombros. Ana não dá atenção à sua nudez.

— Você viu. Ela está fazendo tudo bem debaixo do meu nariz.

— Isso começou quando eu estava na França?

— Não que eu tenha visto — digo.

George seca a água do ouvido com a toalha.

— Jane não deixa passar nada. Se ela não viu, acabou de começar. Portanto, não é nada; é o jogo, o jogo de amor cortês. Todos jogamos, o tempo todo. Você não pode objetar... em sua condição...

— Minha condição deveria ser minha salvação!

George olha para mim, esperando que eu intervenha.

— Sua condição *é* sua salvação — concordo. — Significa que sua posição está acima de qualquer desafio. Mesmo que ele flerte com outra pessoa, mesmo que se apaixone...

— Ele já está apaixonado! — berra Ana, estridente. — Seu amor é eterno! Não como o de vocês, com esse casamento arranjado!

— Todos os casamentos são arranjados — retruca George, depressa. — A única diferença é que você mesma arranjou o seu. Eu não escolhi Jane, mas fiquei feliz em ter a filha de lorde Morley como minha esposa, e ela tem sido tão leal quanto... — Ele deixa a frase sem terminar, tentando pensar em um símile para lealdade nessa corte de falsidades.

— Quanto um cão! — completa Ana, irritada.

George passa o braço ao redor da minha cintura.

— Bem, enfim, ela é amorosa e leal... e certa! Jane está sempre certa. É como ela disse: você está acima de desafios. Mas, enquanto estiver grávida e não puder se deitar com ele, é inevitável que o rei tenha outras mulheres. Ele não vai viver como um monge por cinco ou seis meses até seu filho nascer e você receber a bênção após o parto e poder retomar seu lugar. Ele vai ter alguém! Sempre teve, antes!

— Antes! — repete ela. — Claro que ele tinha outras mulheres quando estava casado com uma rainha velha que sofria abortos contínuos! Ela era velha e doente, e o casamento deles era amaldiçoado. Mas ele não terá mais ninguém além de mim. Eu o mantive em suspense por seis anos! Seis anos!

— Você não o manteve em suspense — aponta George. — Houve todo tipo de beijos e prazeres. *Sortiliéges*. Truques franceses.

Eu não sabia desse comportamento perverso e pecador. Acreditava que era só amor cortês. Escondo meu choque, e Ana não agradece a George pelo lembrete.

— Praticamente nada, e eu poderia fazer o mesmo agora! Por que não o segurar por mais seis meses?

O casamento tem apenas dois anos e foi realizado — unicamente — por amor. Ana se constituiu como um novo tipo de rainha, um novo tipo de esposa: uma esposa amada, uma rainha do amor. Ela inaugurou uma nova era para as mulheres, que agora são reconhecidas por sua beleza e inteligência. Mas será que tal rainha, casada por amor, estaria tão segura em seu trono quanto uma comprometida em uma aliança estrangeira e insensível? Ou um casamento por amor dura só enquanto houver amor? Será que um marido que se casou por amor precisa ser seduzido e conquistado repetidas vezes sem fim?

Claro que sabemos a resposta! O rei nos conta em toda competição que vence, em toda mascarada em que interpreta o herói. Ele precisa ser cortejado e se apaixonar a cada dia. Nunca se cansa do jogo do amor cortês. Todo dia precisa se apaixonar de novo. Todo dia é fresco e novo e passional. E isso funcionou perfeitamente bem no começo, quando estavam em lua de mel, e nós, cortesãos ambiciosos, tocávamos a música e o conduzíamos em uma dança até os braços dela. Mas como uma esposa carregando uma criança pode dançar feito uma garota sedutora? O que ela pode fazer se ele está estritamente proibido, pela Igreja, de visitar sua cama?

— Ele nunca vai parar de cortejar — diz George, gentilmente. — Precisa ser adorado. Vai dizer "não ouso declarar" a alguém novo toda vez que você estiver grávida. Ele tem que ser o grande amante, desejado acima de todos os outros. Você sabe disso! Vai ter que fingir que não está vendo, e saber que, quando seu filho nascer, estará de volta no jogo. Até lá, desvie o olhar.

— A rainha anterior desviou o olhar! — exclama ela, amarga. — Nunca disse uma palavra contra mim até ser tarde demais! E veja onde isso a levou. Princesa viúva do castelo Kimbolton, com uma equipe de meia dúzia de criados. Sua filha é chamada de "lady Maria" e nunca será respeitada como princesa outra vez. Se a rainha tivesse me cortado pela raiz, eu não estaria aqui hoje, e ela não estaria lá!

George ri. É um golpe de mestre; só ele ousaria rir de Ana quando ela está enfurecida. Ele a toma nos braços, mesmo estando seminu.

— Ninguém conseguiria cortá-la pela raiz — garante. Envolve os braços ao redor da irmã e a balança de um lado ao outro. A rainha fecha os olhos e encosta o rosto quente e raivoso contra a pele fresca e nua dele. — Ana, querida. Espere... como ele chamou você mesmo? Senhora do meu coração!

Mesmo relutante, ela dá uma risadinha da poesia laboriosa do rei.

— Que nunca nos separemos.

— Donzela à mercê da tempestade! — recorda George, e ela ri abertamente, recostando-se nos braços do irmão.

— Não posso culpá-lo por isso — diz Ana. — Esse foi um dos meus versos mais pobres.

— Foi genial — garante George. — E você sempre será o amor da vida dele. Agnes não importa. Você não deve se rebaixar reclamando de uma garota como ela. Não chame a atenção da corte para ela: ignore-a, e o rei vai cortejá-la e se deitar com ela, então vai se entediar e achar outra. Vai encontrar dezenas de Agnes durante o reinado. Você não vai se importar. Nós vencemos. Você é a rainha. E, quando tiver um príncipe e herdeiro, nem precisará dele em sua cama.

Acho que George conseguiu apaziguá-la; a tempestade passou.

— Ele prometeu que me amaria para sempre — diz Ana, ressentida.

George dá de ombros.

— Ele se casou com você. Isso é para sempre.

Catarina de Aragão, exilada em um castelo frio, nos mostra que isso não é verdade.

— Agnes pode deixar a corte, se sua presença é um aborrecimento — sugiro. — Sua mãe pode falar com os pais dela.

— Isso mesmo. — George acalenta Ana, conduzindo-a a uma cadeira e tirando o capelo pesado de sua cabeça. — Descanse — insiste. — Descanse e se acalme, pelo bem do bebê. O bebê vai resolver tudo.

— Jane pode se livrar de Agnes.

— Eu não sei como... — começo, olhando para George.

Os dois riem, os olhos brilhantes como os de filhotes de doninha.

— Ah, Jane, não finja que não sabe! — exclama George. — Você está na corte há tempo suficiente.

— Derrube tinta no vestido dela, ou vinho nas roupas de cama. Afrouxe a sela, para que escorregue e ela caia do cavalo. — Ana dá risada.

— Eu não posso afrouxar a sela dela!

— Não, não a mate! — concorda George.

— Coloque um livro proibido no baú dela e a denuncie — sugere Ana. — Esfregue os sapatos dela em merda de cachorro. Ou só confidencie que não gosta dela, e as garotas darão conta do resto.

— Meu dever é manter as garotas em ordem, não as intimidar! Elas vão me odiar!

— Não importa quem odeia você, desde que tenha o nosso amor!

Ana sabe qual nota tocar comigo.

— Nós amamos você! George vai proteger sua esposa inteligente; meu pai, o conde, vai proteger a nora; e meu tio, o duque, vai proteger a sobrinha! Lembre-se de que você é uma Bolena da casa Howard. Pertence a nós, ninguém pode fazer nada contra você. — Ela para e ri para mim. — Querida Jane! Veja como ela se derrete com a ideia de ser amada!

George vem até mim e segura meu rosto entre as mãos.

— Queridíssima Jane — diz, com doçura. — Minha esposa. Livre-se de Agnes para nós. Não pode fazer isso por amor?

NAQUELA NOITE, o rei convoca uma dança circular: cavalheiros no círculo externo, as damas no interno. O rei começa com Ana como parceira e percorre o círculo, dançando com todas as damas até voltar à esposa. Cada garota ruboriza assim que ele toma a mão delas; um rei causa desejo com o toque, assim como cura doenças. Sinto o calor em meu próprio rosto quando ele sussurra:

— Ah, Jane! Bela Jane! Dancei até aqui só para chegar a você!

Ele está com quase quarenta e três anos, mas, como todos na corte, não consigo ver sua idade. Ainda é bonito: a barba castanha curvando-se ao redor da boca sensual, os olhos azul-escuros sorrindo para mim enquanto sua mão quente toma a minha. Para mim, para todas nós, ele sempre será o jovem estonteantemente belo que chegou ao trono aos dezessete anos, casou-se com uma princesa espanhola por amor e jurou tornar seu reino o melhor da Europa. Seus pés continuam tão leves quanto naquela época, e ele ainda é esguio e musculoso. O rei me gira nos passos da dança e me puxa para perto.

— Jane, eu juro, se você não fosse minha cunhada...

Sinto o calor de um rubor nas faces. O rei já foi amante de irmãs: dormia com Maria Bolena quando se apaixonou por Ana.

— A rainha mandaria me decapitar! — sussurro, e ele ri, aperta minha mão, e segue para a próxima da dança.

Mark Smeaton, o alaudista, deveria estar com os músicos, mas dança no círculo externo enquanto toca. Ele se demora ao lado de Ana, sem jamais perder uma nota.

A dança leva o rei de mim até Agnes, que de repente tropeça na própria bainha e se lança nos braços dele. É um descaramento para uma dama de honra; ela deve estar mesmo determinada a chamar a atenção do rei. Mark reduz a cadência da música um instante, enquanto o rei sussurra algo no ouvido de Agnes. Ela recupera o equilíbrio, corando feito uma mocinha inocente. Mark retoma o ritmo, e é como se ninguém tivesse hesitado. O rei segue para a próxima parceira de dança, mas vejo que ele olha para trás, enquanto Agnes balança a cabeça e murmura, sem fazer som: "Não ouso!". É o mesmíssimo lema do amor cortês que ele já usou para falar de Ana.

Quando a dança termina com um monte de mesuras e cortesias, me esgueiro do salão para os aposentos da rainha. No caminho, pego um jarro de leite quente e cremoso da mesa de servir. Bato à porta do quarto das damas de companhia, mas não há resposta. Dez delas dormem aqui, em cinco camas confortáveis. Agnes divide a cama mais junto à porta; seu livro de preces fica em um pequeno genuflexório ao lado dela, junto ao rosário. Suas roupas ficam em um baú ao pé da cama. Puxo as cobertas e jogo o leite nos lençóis, para encharcar a roupa de cama e o colchão estofado de lã por baixo. Vai ficar cheirando a leite azedo mesmo depois de lavarem os lençóis três vezes. As garotas vão acusá-la de urinar na cama e se recusarão a dividir com ela, que ficará terrivelmente envergonhada.

Mais tarde, vou me deitar ao lado de Ana na enorme cama entalhada.

— Você a viu? — indaga a rainha. — Viu aqueles dois?

Assinto.

— Deixou um avisou para ela?

— Leite na cama.

Ana ri feito uma menina.

— Jane, você é a melhor das irmãs.

Eu também dou risada. Ser um membro importante da corte funciona assim: posso me rebaixar às maldades mais mesquinhas ou empreender a maior das missões. Ninguém, exceto George e eu, é capaz de realizar tanto os grandes quanto os pequenos gestos por nossa rainha.

Ana e eu dormimos aconchegadas, feito irmãs amorosas, e penso: essa é a vida que quero, servir com amor e ser estimada por isso. Essa é a família que desejei quando fui mandada para longe de casa na infância. Esse é o amor de que senti falta, sendo criada como membro da corte, e não como filha amada. Essa é a mulher que quero ser: no centro do poder, servindo uma mulher de poder.

ACORDO COM ELA apertando minha mão como um torno.

— Que foi? — pergunto, meio adormecida.

— Chame George.

— Quê? — pergunto, atordoada. — Quê?

— Levante-se, acenda as velas e vá chamar George, sua idiota — diz ela, entre os dentes cerrados, contendo um gemido de dor.

Sinto os lençóis molhados sob mim e, por um momento, em confusão sonolenta, penso que Agnes jogou leite em nossa cama, em uma vingança imediata. Mas, quando toco o tecido, meus dedos ficam pretos na escuridão. Acendo uma vela com as brasas do fogo e afasto as cobertas. Ana está deitada em uma poça vermelha crescente.

— Chame George!

Não discuto. Jogo um roupão sobre os ombros e disparo pela porta contígua até a ala do rei, corro descalça pelo corredor atrás da câmara privada vazia e entro na galeria. Nossa porta está destrancada. Atravesso a saleta até o quarto e sacudo o ombro nu de George. Ele se vira imediatamente.

— Jane? O que foi?

Com um sobressalto horrorizado, vejo que minha mão deixou uma mancha de sangue nos lençóis. George olha para aquilo.

— O sangue é de Ana. Ela está perdendo o bebê.

Em um movimento veloz, ele sai da cama, veste a camisa e puxa as calças. Quero que ele me abrace, mas ele me afasta.

— Chame a parteira — diz.

— Eu não sei onde ela mora!

— Então acorde minha mãe. Só ela. Não diga uma palavra a mais ninguém.

— Espere por mim... você não pode ir ao quarto de Ana...

Mas ele já acendeu uma vela e passou pela porta, tão rápido que a chama se alonga para trás, iluminando seu belo rosto congelado em uma máscara de medo.

Os aposentos da família de George ficam logo ao lado do nosso. Bato no novo escudo brilhante de três touros pretos com o V invertido em vermelho-sangue e entro. Além da saleta, há uma câmara de audiências, a câmara privada e o quarto dos Bolena. Atravesso os cômodos na ponta dos pés descalços, espetando-os nas palhinhas espalhadas pelo chão. Bato à porta do quarto e escuto o ressonar alto do meu sogro.

Ninguém ouve a batida, então abro a porta e espio.

Minha sogra, a condessa de Wiltshire, está deitada de lado, voltada para a porta, os olhos fechados. Ao lado dela está o montinho que é meu sogro, coberto de peles. Com delicadeza, toco o ombro dela com a mão limpa, mantendo os dedos ensanguentados atrás das costas.

— É Ana — sussurro. — Está passando mal.

Ela acorda imediatamente e se levanta sem perturbar o marido adormecido. Seu roupão está ao pé da cama, junto dos chinelos de couro turcos.

— O bebê?

— Não sei.

Eu sei, mas não ouso dizer.

— George me mandou acordá-la e chamar a parteira.

— Minha criada sabe onde ela mora — diz minha sogra. — Acorde-a e diga para ir buscar Emily la Leche em casa, em Duck Lane. Diga que é você quem está mal, que eu mandei levá-la a você nos aposentos da rainha.

Vejo que os Bolena me darão um bebê morto antes de eu ter um vivo. Elizabeth Bolena não espera que eu concorde, apenas sai às pressas. Estende a mão, indicando a porta das criadas, e então some. Ela não leva minha vela, percorre a galeria sem nenhuma luz, como se enxergasse no escuro, feito um gato.

Dou as ordens à criada e sigo andando, descendo a galeria do rei, a chama da vela oscilando na corrente de ar quente. Ao lado dos aposentos dos Bolena fica a suíte maior, designada ao duque de Norfolk. Thomas Howard está aqui sozinho; está afastado da esposa, que permaneceu fiel a Catarina de Aragão, ao contrário do resto de nós. Mesmo tão tarde, a porta se abre rapidamente com minhas batidinhas.

Um criado espera que eu fale.

— Meu senhor está aqui? — sussurro.

Ele faz uma mesura e gesticula para que eu entre, fechando a grande porta atrás de mim com um clique sem som. Cruza o grande saguão até as portas duplas de um quarto luxuoso e arranha o painel de carvalho. Este também se abre de imediato, e lá está Thomas Howard, o duque de Norfolk, em um roupão de dormir bordado, completamente acordado, sem nenhum sinal de surpresa no rosto comprido e vincado de rugas.

— Sim, Jane?

Tenho sido seus olhos e ouvidos desde que cheguei à corte, uma garotinha solitária. De todos os adultos remotos dali, Thomas Howard foi o único a me notar. Ele dizia que eu era uma bonequinha esperta e me dava fitas quando eu lhe contava as novidades. Elogiava meu aprendizado e perguntava o que a rainha falava em espanhol quando estava a sós com seu embaixador e o que sussurrava em latim ao seu confessor. Quem entrava e saía pela porta privada de seus aposentos? Quem era seu médico secreto, e por que ela o chamara?

Quando me casei com George, o duque se tornou meu tio e o chefe da minha casa. Disse que eu deveria vê-lo como um pai, procurá-lo com todos os meus problemas, contar-lhe quaisquer segredinhos. Especialmente, que eu deveria informá-lo sobre a rainha, conforme o rei se voltava contra ela e se apaixonava por minhas cunhadas, primeiro Maria, depois Ana.

Eu levava informações dos aposentos da rainha, no começo, apenas fofocas triviais, mas então aprendi a cifra de números e letras que os diplomatas espanhóis usavam para escrever segredos... e copiei as cartas dela. Eu o avisei que sua própria esposa, Elizabeth, a jovem duquesa de Norfolk, escondera mensagens para a rainha em um cesto de laranjas de Sevilha. O duque confiou na minha palavra contra a dela e a trancafiou em algum lugar bem longe de sua casa e dos filhos. A princípio, fiquei horrorizada que minha palavra tivesse destruído a vida de uma mulher: separando-a dos filhos e tornando sua casa uma espécie de prisão. Mas também fiquei orgulhosa por um grande homem como o duque confiar mais em mim, uma criança, do que nela. Ele prezava mais as minhas palavras do que as negações da esposa. Eu tinha descoberto um segredo e o entregado a meu benfeitor, que agira com poder. Era como se o poder fosse meu, como se eu tivesse conquistado meu próprio poder com aquele segredo.

Depois disso, o duque passou a confiar completamente em mim. Juntos, acompanhamos o crescimento de um grupo de traidores profundamente embrenhado na corte, com adeptos por todo o país e financiado pela Espanha e pela Igreja Apostólica Romana, conectando muitos dos antigos lordes e membros da velha família real. O grupo pretendia defender a antiga rainha contra o rei, restaurar a Inglaterra à fé papista, reconhecer lady Maria como a única herdeira legítima do rei, levar a morte e a destruição de Ana e de todos nós.

— O que aconteceu? — pergunta o duque, sabendo que deve ser uma notícia terrível para eu ter vindo até ele descalça, só de roupão.

— Ana está perdendo o bebê — sussurro. — A mãe dela, sua irmã, me disse para buscar a parteira.

— Ela disse para você me acordar?

— Não. É para ser mantido em segredo. Ninguém sabe que estou aqui.

— Ótimo. Volte a Ana. Conte-me quando tudo tiver acabado. Qualquer que seja o resultado.

Ele não mostra sinais de aflição, embora esse seja o fim de um bebê real dos Howard. Mas não é sua única chance. A filha do duque está casada com o filho bastardo do rei, e os dois podem nos dar um bebê Howard da realeza.

— Obrigado por vir até mim, Jane. Sei que posso confiar em você.

Faço uma mesura e me viro para sair. O criado, ainda quieto, abre a porta para mim, e escuto o clique baixo quando ela se fecha enquanto corro de volta pela porta privada do rei até os aposentos da rainha.

A cena no quarto da rainha é familiar e vil. Já presenciei mais de uma morte neste lugar, nestes mesmíssimos aposentos, com a mesma atmosfera de desespero incessante. Na época, era a rainha Catarina, deitada na cama com as pernas erguidas sobre uma pilha de travesseiros, pálida como os próprios lençóis, murmurando preces, agarrando o rosário nas mãos, os olhos presos num crucifixo. Agora é Ana, segurando a recém-traduzida Bíblia inglesa, os olhos fixos no rosto do irmão, ambos sussurrando o salmo por coragem no vale da morte.

A mãe a embrulhou com força nos lençóis, como se a roupa de cama enfiada entre as pernas dela pudesse segurar o bebê no lugar. O sangue escorre pelo tecido branco enquanto George murmura em inglês:

— Ainda que eu ande pelo vale da sombra da morte, não temerei mal algum, porque tu estás comigo, tu estás comigo pelo vale da sombra da morte, não temerei mal algum. Não temerei. Ainda que eu ande pelo vale da sombra da morte, não temerei mal algum, porque tu estás comigo…

Por muito tempo, não há som além do salmo murmurado. A luz se infiltra ao redor das dobradiças das janelas. Então ouço o canto dos pássaros, a alegria borbulhante e ondulante de um melro-preto. Está tão claro lá fora que as chamas da vela assumem uma aparência amarela e espalhafatosa, por isso eu as apago com um sopro. A mancha que se espalha nos lençóis não é mais preta na escuridão, e sim vermelha como geleia. Logo os criados vão acordar, alguém vai tentar abrir a porta e todos vão saber que houve uma vigília noturna ao redor da cama ensanguentada da rainha.

Ana ainda está em silêncio; seus olhos estão fixos no rosto sombrio de George, que reza como um padre enquanto a mãe aperta os lençóis entre as pernas da filha.

Quero abraçar os dois, quero conter o tempo para que esse dia terrível nunca amanheça. Em vez disso, agarro o pilar da cama e sussurro "amém, amém" para a oração.

Um leve arranhar na porta nos interrompe. Uma criada ainda não inteiramente vestida sussurra:

— Uma das criadas dos Bolena disse que essa mulher foi chamada para lady Rochford...

— Sim — digo, abrindo só uma fresta da porta. — Entre. — Puxo a parteira para o quarto e fecho a porta na cara da criada da rainha e da criada dos Bolena.

— Essa é lady Rochford — a mãe aponta para Ana, mentindo. — Ela está perdendo o bebê?

A mulher remove o xale, afasta a roupa de cama, desenlaça os lençóis sangrentos. Há um cheiro de suor, de sangue e fluidos.

— Ela não está perdendo — diz a mulher, e todos a encaramos com esperança descrente em um milagre, como se ela tivesse vindo nos salvar, salvar a própria Inglaterra. Até Ana ergue a cabeça, apoiada no ombro de George.

— Não está perdendo? — sussurro.

— Ela já o perdeu — diz a parteira, com honestidade brutal. — Já foi. Era isso aqui. — Ela desenrola o lençol e mostra um emaranhado de coágulos sangrentos. — Não há muito para ver e já acabou. O sangue é só o que sobrou. O sangramento deve parar em algumas semanas.

Ana afunda o rosto entre o ombro e o pescoço de George. Ele se curva ao redor dela, e os dois se fundem numa estranha criatura com duas cabeças castanhas brotando de um nó de lençóis ensanguentados e um par de pernas nuas.

— Estou amaldiçoada — sussurra Ana. — A rainha me amaldiçoou.

— Ele se foi? — confirma Elizabeth Bolena, com frieza.

Essa não é sua primeira vez sentada ao lado de uma rainha que dava à luz um príncipe morto. Mais de uma vez, ela enrolou lençóis ensanguentados com o monograma coroado, queimou pequenos despojos e jogou as cinzas na retrete.

— Há muito tempo — diz a parteira.

— Mas ela pode engravidar de novo?

— Não há nada que a impeça, se o marido fizer sua parte — diz a mulher, em concordância.

— Então fique aqui e a limpe. Ela precisa estar de pé, cavalgando e dançando, assim que puder.

— Trabalho de mulher. — É tudo o que diz a parteira idosa, abrindo um sorriso sombrio, como se fosse de conhecimento geral que o trabalho das mulheres é dançar e cavalgar e engravidar e limpar lençóis ensanguentados e consertar corações partidos. Ela leva os lençóis de linho ensanguentados para o banheiro.

— Pague a mulher quando ela terminar — ordena minha sogra, olhando para mim. — E mande-a manter a boca fechada.

Ela se vira para sair, mas vê que George e Ana ainda estão entrelaçados.

— Ah, George, volte para o seu quarto — ordena, com irritabilidade súbita. — Você nem deveria estar aqui.

— Mas o que devemos dizer? — pergunto.

Ela se vira na porta.

— Não dizemos nada. Nunca anunciamos um bebê. Não houve bebê, nunca dissemos que havia.

— Mas ela contou ao rei — aponto, em voz baixa, quando George e Ana ficam em silêncio.

— Ela admitirá que cometeu um erro, que perdeu as regras uma ou duas vezes e teve esperanças... Nunca diremos "aborto". Nem "natimorto". Nunca diremos "morto".

— Eu fui à França, senhora minha mãe — aponta George, em voz baixa. — Contei ao rei da França que Ana estava grávida e que visitaríamos quando ele nascesse.

— O rei da França não vai reclamar, não é mesmo? Vai ficar exultante com o infortúnio do nosso rei. Mas não importa o que ele pensa. O que importa é o que nosso rei pensa. O que importa é que nosso rei nunca mais ouça a palavra "aborto", que nunca ouça dizerem que seu bebê nasceu morto. Ele já ouviu isso vezes demais da primeira esposa. Nunca deverá ouvi-lo de Ana.

Nos dias seguintes, vejo como nós, os Bolena e os Howard, contamos uma mentira deslavada e desafiamos qualquer um a nos contradizer. Eu sou a chave da cifra de mentiras, pois as pessoas me fazem perguntas ao pé do ouvido, perguntas que não ousariam fazer à mãe de Ana, lady Elizabeth Bolena, ou ao irmão dela, Thomas Howard, o duque de Norfolk. Respondo com palavras que escondem a verdade. Confidencio que Ana achava que estava grávida, mas claro que só passara um mês ou mais com as regras atrasadas: um pequeno equívoco, natural a uma nova esposa. O jeito mais rápido de espalhar uma história pela corte é pedir que jurem segredo.

A única pessoa que tem o direito de saber é o rei, e ele não pergunta nada. A corte, a reforma religiosa, a revolução: toda a sua vida é baseada na crença de que a primeira esposa não conseguiu gerar um filho porque o casamento era amaldiçoado por Deus por ser inválido. Seu novo casamento é valido, portanto é abençoado por Deus, e ele terá um filho. É uma questão de lógica, e a lógica do rei não pode ser contrariada. Seja lá o que tenha acontecido com Ana (e todos afirmamos, resolutos, que nada aconteceu), a semente do rei jamais falharia. Como o rei perfeito tem a esposa perfeita, ele está destinado a fazer nela um filho perfeito.

Gertrude Courtenay, a marquesa de Exeter, nos faz outra visita indesejada, e consigo falar por meia hora sem me desviar da mentira. Tudo o que eu disser estará na mesa do embaixador espanhol dentro de uma hora, e será lido em Toledo dentro de um mês. Ela tenta me fazer admitir que foi um aborto, e eu arregalo os olhos cinza límpidos e digo que uma jovem esposa, uma jovem mãe, tende a se enganar, e que da próxima vez não haverá enganos e será um menino. Gertrude Courtenay pode levar isso de volta ao embaixador espanhol, aos antigos lordes e aos papistas escondidos. Pode contar ao condado ocidental que a família dela comanda como seu próprio feudo, pode sussurrar a lady Maria e escrever à antiga rainha. Não faz diferença se a facção espanhola acredita ou não na mentira. Há uma nova lei na Inglaterra, a lei de Ana, promulgada pelo parlamento de Ana, segundo a qual Ana é a rainha, e seu filho será o próximo rei. Quer esse filho venha neste ano ou no próximo, essa é a lei.

Ana sai da cama poucos dias depois, janta com a corte, mantém o rei sempre rindo, dança com ele sorrindo para seu rosto caloroso e o elogia pelas mudanças que está propondo para a Igreja. Ninguém comenta que sua barriga, antes arredondada, agora está plana.

Só o duque de Norfolk, tio de Ana, fala a respeito. Mas nunca com a sobrinha rainha, nem com a mãe dela, sua irmã. Sou eu que ele segue até um canto do grande salão, após o jantar, enquanto os criados afastam as mesas, abrindo espaço para a dança.

— Ela está melhor? — Seus olhos escuros analisam meu rosto, as feições duras e esguias voltadas para mim.

— Sim, vossa graça.

Ana está rindo com o rei, levando-o à mesa de carteado para jogar uíste com George e com o cunhado, Charles Brandon.

— Ela poderá engravidar de novo? Ela teve Elizabeth, não teve? Minha irmã só me conta mentiras.

— Vossa graça confia em alguém? — pergunto, com curiosidade.

— Confio em você — responde ele. — Você nunca inventou uma verdade para mim, nem a omitiu. Mantém os olhos abertos e não é impressionável. É por isso que prefiro você a todos os outros, Jane, minha bonequinha. Ela vai engravidar?

— A parteira diz que sim, se o marido fizer a parte dele.

— Deus do céu! A parteira disse isso? E todos a ouviram? Ela questionou a potência do rei?

— Ah, ela não sabia que estava falando do rei. Demos meu nome a ela, que achou que estivesse falando de George. Pensou que o aborto fosse meu.

Ele faz uma pequena careta de compaixão.

— Não há motivo para você perder as esperanças, de toda forma. Você nem chegou aos trinta anos, ainda tem tempo.

Eu assinto. Uma criança me uniria ainda mais a essa família. Quero que pensem em mim como uma verdadeira Bolena, filha da casa Howard, leal por sangue.

— Agora, Jane, quero ser avisado no instante em que Ana engravidar. Você me contará logo que surgir o primeiro sinal, não quando Ana quiser que seja divulgado. Você me contará no instante em que souber de qualquer coisa. *Qualquer* coisa.

Um bom cortesão precisa de um benfeitor, e um homem de poder precisa de informações. Somos um par, como o falcão e o falcoeiro. Eu caço para ele e, em troca, ele me protege.

— Ouvi dizer que Ana está pressionando por outra lei, para que todos jurem lealdade — especula ele. — Não basta que os filhos dela, Elizabeth e todos os que virão, sejam nomeados como os únicos herdeiros do rei?

— Não — respondo. — Ela quer que todos os membros ocultos da facção espanhola sejam forçados a um juramento público. Ainda há muitos que se curvam a Ana como rainha e reconhecem seus filhos como herdeiros, mas são secretamente leais à antiga rainha e lady Maria.

— As aparências sempre foram suficientes até outro dia.

— Isso vai acabar com as falsas aparências.

— Eles terão que jurar lealdade a uma criança que nem nasceu?

— Ou enfrentar uma acusação de traição.

— Uma manobra esperta — diz ele, a contragosto. — Tenho que admitir, é muito esperto. E vai expor a facção espanhola. Mas não me apetece. Vai deserdar meu genro.

Henry Fitzroy, filho bastardo do rei, está casado com a filha do duque há quase um ano. Não é um casamento completo, nunca foi consumado, e agora o grande trunfo dessa união pode ser reduzido a nada com a nova lei de Ana. O jovem será reconhecido apenas como bastardo real, nunca como herdeiro.

— Vossa graça se arrepende do casamento? — pergunto, curiosa.

Mary Howard se mantém fria como gelo quando ela e o marido se encontram em público. Os dois quase nunca estão juntos.

— O rei trata o filho feito uma ama de leite com seu menino precioso — resmunga o duque. — Diz que ele ainda é novo demais para se deitar com a própria esposa. — Ele faz uma careta. — Você não pode convencer Ana a falar por mim? Ela não tem sido minha amiga nos últimos tempos, mas ainda somos família, pelo amor de Deus!

— Ela está trabalhando para voltar às boas graças dele — aviso. — O rei não gostou de vê-la acamada. E agora temos Agnes Trent.

— Aquela vadiazinha? — O duque baixa a voz e solta um rosnado mal-humorado. — Pode dizer a Ana que estou com ela contra Agnes. Não podemos ter uma favorita da facção espanhola na cama do rei. O rei não pode ter distrações que o afastem de Ana. Livre-se dela, Jane. Faça o que for preciso. Só garanta que ela suma.

Outra noite e, embora Ana não pudesse ter sido mais charmosa durante um longo dia de diversões e entretenimentos, o rei não avisa que irá ao quarto dela.

— Você pode dormir comigo hoje, Jane — diz Ana, fingindo alegria enquanto as damas trançam seu cabelo e eu lhe estendo a touca branca.

— Sua graça disse que se levantará cedo para rezar — comento.

Ela assente.

— Não há rei mais devoto que o nosso.

Todas as damas concordam, fazem suas mesuras e nos deixam.

— Ele disse isso? — pergunta Ana, de repente.

— Não.

— Ele está com Agnes?

— Não sei. Não sei mesmo — respondo, embora saiba muito bem.

— Ele não me deseja como antes — diz ela, inquieta. Senta-se junto à lareira e aponta para a bebida de ervas que toma toda noite, para tornar o útero mais fértil e pronto para a semente do rei. — Ele é um daqueles problemas em que a solução é o próprio problema.

— *Aporia.*

— Pelo amor de Deus! — dispara ela. — Seus conhecimentos infinitos! Quem se importa?

Ficamos em silêncio por um momento.

— Então, qual é a pergunta? — questiono. — Qual a pergunta que contém a própria resposta?

— O rei não consegue desejar uma mulher disposta — responde ela, simplesmente.

— Ele nunca forçou ninguém!

Ana me dá um sorriso amargurado.

— Não. Mas deseja a recusa. Ele gosta dos velhos romances: uma amante que foge do desejo, uma linda mulher que recusa o mais bravo dos cavaleiros. Ele é todo *Lancelot e Guinevere,* amor proibido. Então foi assim que eu agi, como uma heroína de um romance. Lancei a ele o desafio: se quiser me conquistar, derrube a rainha, e depois o papa. Uma missão tão grande quanto matar um dragão. Ele o fez. Assim como nos romances, triunfou e conquistou sua recompensa: a linda donzela. Eu.

Ela olha para o fogo como se fosse prever o futuro.

— E agora a virgem está no colo dele. A donzela à mercê da tempestade chegou ao porto e atracou. O que acontece agora? O que um cavaleiro errante pode fazer com uma mulher que foi cortejada e conquistada? Com quem se casou e se deitou? Nada, claro. A história acabou. A satisfação não lhe dá alegria. Quando as máscaras caem, cá estou eu! A esposa, presa a ele. Por lei, não posso recusá-lo, e ele não consegue desejar uma mulher que não pode recusá-lo.

— Ele ama a perseguição...

Ela balança a cabeça.

— Não, é pior que isso. Homens normais amam a perseguição e a captura. Mas, para ele, não há nada exceto a perseguição. Ele não quer a captura, não quer a satisfação. Quer buscar, sempre buscar, sem nunca encontrar. Gosta de se ver buscando bravamente mais do que gosta de mim, encontrada e tomada.

— Ele a engravidou de Elizabeth... — protesto.

— Antes de nos casarmos! — exclama ela, impaciente. — Não vê? Isso ainda era parte da missão! Você não lembra o estardalhaço que eu fiz antes de me deitar com ele? Eu o recusei por seis anos e o deixei quase louco, só permiti que subisse na minha cama quando me tornou marquesa e prometeu que nos casaríamos. E só concordei em me casar com ele depois que desafiou o próprio papa. Mas só pode haver *uma* primeira vez. — A rainha me olha com raiva, como se eu devesse ter uma solução. — Jane, eu fui a maior conquista da vida dele e me transformei na única mulher no mundo que ele não pode desejar. O rei pode dormir com uma vadia sorridente sem importância, pode ansiar por uma donzela inalcançável com todo o coração, mas não consegue se excitar com uma esposa amorosa e honesta.

Três noites depois, muito depois da meia-noite, o rei manda Francis Weston avisar que ele iria ao quarto de Ana. Os dois passaram a noite bebendo, e, quando chega aos aposentos da rainha, está se escorando no batente da porta. Eu deixo o casal real, lado a lado como efígies numa tumba, e atravesso as galerias escuras até os aposentos dos Rochford.

George está de robe, piscando para as chamas da nossa lareira. Ele levanta a cabeça, me serve uma bebida e puxa uma cadeira para mim.

— Tome algo; Deus sabe que eu já bebi o bastante. Ele está na cama?

— Sim, mas não sei se vai servir de algo.

George ergue uma sobrancelha com desdém.

— Deus é testemunha que fizemos todo o possível. Nós o atiçamos com a bebedeira antes de mandá-lo para ela. Juramos que ele é o maior amante desde sir Gawain. Dissemos que todos a desejam, que todos ofegam por Ana feito cães, mas que ela recusa a todos e só quer o marido. Isso o excita: pensar que todos a desejam, mas só ele pode tê-la. Acendemos o pavio; Ana só terá que se lançar para cima antes que apague.

— Ela é a esposa dele! Não pode fazer papel de puta.

George dá de ombros.

— Ela tem que fazer o que for preciso para conseguir outro bebê. Qualquer coisa que funcione. Truques franceses... qualquer coisa.

Hesito, parada atrás da cadeira dele, que fita o fogo.

— Mas, George, ela não pode provocar luxúria. Para gerar um príncipe, precisa ser um ato sagrado. A consciência do rei não permitirá que ele caia em truques franceses, e é contra a lei da Igreja que ela monte nele. Ana não deveria se rebaixar a truques de meretrizes, não é... não é digno de uma rainha.

George bufa de desdém.

— Ela não será fodida se for toda régia.

Eu me inclino e passo os braços ao redor dele. Depois de um momento, meu marido inclina a cabeça para trás com um suspiro, e beijo suas têmporas e sua testa enrugada.

— E nós? — sussurros. — Vamos para a cama?

— Vamos dormir — diz ele. — Bebi tanto que estou mais inútil que o próprio rei.

PALÁCIO DE GREENWICH, OUTONO

1534

Como Mestre dos Cães de Caça, é função de George garantir que a caçada transcorra perfeitamente para toda a corte. O rei e seus amigos são cavaleiros magníficos, treinados para um avanço de cavalaria, e chegam ao pátio rindo e gritando apostas sobre o esporte do dia. Eles irão caçar veados e cervos, apesar de a estação estar avançada, e fazem piadas vulgares sobre as estocadas que darão na caça.

Sobem nos blocos de montaria quando os cavalariços trazem os cavalos, que patinam para o lado e puxam as rédeas, ansiosos. A montaria do rei fica mais pesada a cada ano; seu animal é um Cleveland Bay grande e musculoso, com ombros fortes e ancas enormes. George está ao lado dele, em sua linda égua castanha.

— De jeito nenhum que ela vai aguentar o dia todo — diz o rei a George.

— Quer apostar um guinéu, majestade?

O rei dá risada, e a aposta é feita.

Agnes monta um cavalo cinzento, e a observo segurar as rédeas. Meu cavalariço traz meu ruão, presente do duque de Norfolk, e subo na sela e o levo até o lado dela.

— Não fique rodeando o rei — instruo. — Ele vai cavalgar com meu marido, o visconde.

— Se ele me chamar, terei que ir — retruca ela, sorrindo sob o capelo de veludo verde. — Ou quer que eu diga a ele que você proibiu?

— Quero que se comporte como uma jovem que sabe seu lugar — rebato. — É uma honra estar nos aposentos da rainha, é uma arte ser uma cortesã. Não se trata de brigar por favoritismo, feito uma peixeira do mercado.

— Claro — diz ela, apenas. — Mas a rainha já foi uma dama de companhia, assim como eu. A irmã dela, Maria, também. As duas brigaram por favoritismo, não?

Minha reprimenda é abafada pelos latidos e o estrondo das cornetas quando os cães saem correndo do canil para o grande parque, atravessando a via pública onde as pessoas comuns esperam e aplaudem enquanto passamos. Agnes me dá um sorriso triunfante e afrouxa as rédeas para deixar seu cavalo seguir em frente com os outros.

Nós nos embrenhamos na floresta do grande parque, então paramos e aguardamos os cães farejarem algum rastro. Os caçadores gritam seus nomes enquanto os observam examinar o chão, então se virar e seguir com a busca. De repente, o primeiro cão ruge, empolgado, e todos os outros saem correndo atrás dele. Os batedores vão logo atrás, e o rei sai na frente de George e de todos os outros, que o seguem a pleno galope para onde quer que os cães conduzam, passando por trilhas largas, atravessando riachos, pulando árvores caídas e irrompendo no parque sobre sebes e valas. Cavalgo com cuidado, nas últimas fileiras, contornando as sebes em vez de saltá-las, abrindo caminho ao longo de trilhas gramadas em vez de disparar pelo terreno irregular. Mas os homens cavalgam como se sua vida dependesse disso, e algumas das damas acompanham o ritmo.

Com o cervo encurralado, a matança vem rápido. Os caçadores contêm os cães, e três dos homens seguram a pobre fera, erguendo sua cabeça para o rei desferir o corte fatal na garganta. É o final perfeito para uma perseguição longa e empolgante: a criatura derrotada, impotente diante do rei, então o jorro de sangue vital. Empolgado com a perseguição, limpado a adaga ensanguentada e vendo que Ana ainda não chegou em sua liteira, o rei chama Agnes para cavalgar ao lado dele até a cidadezinha de tendas que os criados ergueram para nós em uma clareira.

Os cavalos param, e o rei desce pesadamente da sela, estendendo as mãos para ela. Agnes solta as rédeas e apoia as mãos nos ombros dele, como se o rei fosse seu cavalariço, e ele a ergue da sela. Desliza-a sobre o próprio corpo, segurando-a bem perto de si, mesmo com metade da corte assistindo e mesmo que metade dessa audiência vá relatar aos benfeitores que o rei tem uma nova favorita. A facção espanhola vai celebrar por ter conseguido colocar sua espiã na cama do rei para suplantar a rainha protestante.

— Tire ela de lá — sibila George, em meu ouvido. — Ana estará aqui a qualquer momento.

Ouço os cascos de uma dúzia de cavalos; é a guarda da rainha que chega ao redor de sua liteira levada por uma mula, com a mãe cavalgando de um lado e lady Coffin, do outro. O rei também escuta e solta Agnes de repente, então se vira para cumprimentar a esposa. Ele ajuda Ana a descer da liteira, diz a ela que teve um ótimo dia de esporte e a escolta até o jantar.

A rainha está mais linda do que nunca, em um vestido de cavalgada vermelho-escuro, uma rede dourada sobre o cabelo preto, como se tivesse cavalgado até ali em um palafrém de estirpe nobre. Pergunta ao rei se a nova égua de George conseguiu acompanhar o ritmo, vira-se e ri com George e Nicholas Carew, tira as luvas de couro vermelhas e lava as mãos na bacia dourada que Anne Shelton estende para ela. Sempre está em sua melhor forma nesses eventos informais. Brilha tão forte que faz o rei brilhar ao lado dela, inflando seu orgulho, fazendo-o se sentir igualmente bonito, igualmente inteligente, igualmente amado em uma corte de amantes.

Os cozinheiros acenderam fogos de carvão para assar carne e fornos para assar pão, e a fumaça doce paira na luz do sol sarapintada e faz todos se apressarem até seus lugares nas mesas rústicas. Há potes de manteiga cremosa e espessa para passar em três tipos de pão, enormes rodelas de queijo, peixe com pele crocante, lagostins e ostras ainda nas conchas. Ana joga a cabeça para trás para engolir uma ostra, olha para o rei e lambe os lábios, sensual como uma gata. O rei cora e acena para que afastem a bandeja dela.

— Não são apropriadas à sua condição.

Sorridente, Ana concorda, mas se engana quanto ao sentido das palavras. Ele não está falando da fertilidade dela, e sim de sua condição de rainha. Não gosta de ver Ana sugando conchas de ostra como uma mulher com desejos terrenos e um apetite saudável. Agora que estão casados, ele não quer uma mulher de verdade. Quer uma esposa que esteja acima das outras mulheres: uma esposa santa e uma rainha remota.

Os criados trazem carne de caça assada, faisão e galinhola, tortas de carne bovina e de cordeiro, pudins de mel, bolos de hidromel e pudins de Sussex com uma bola de manteiga com especiarias no cerne doce. O rei toma grandes goles do vinho tinto, e seus serviçais enchem seu cálice sem parar enquanto ele faz brindes aos caçadores e aos veados, ao dia e às damas. Ana, ao lado dele, está bebendo água com um pingo de vinho, completamente sóbria, enquanto o rei ri cada vez mais alto das próprias piadas. Ele repete uma história sobre uma caçada na França que contou no começo da refeição, e os homens dão gargalhadas sonoras, como se a ouvissem pela primeira vez; e as damas ecoam o divertimento falso, mas lançam um olhar ansioso na direção da esposa dele e em sua expressão pétrea.

Ana conquistou seu lugar nesta corte por ser a jovem que ficava para beber com os homens, que ria e cantava para o rei. Ela se recusava a se retirar com a rainha Catarina, que sempre ia embora assim que o jovem marido começava a se exaltar. Ninguém jamais contou uma piada indecente à rainha espanhola, mas Ana era a primeira a contar uma piada, a primeira a desafiar o rei para um enigma, um poema ou um jogo. Ela se tornou o coração pulsante da corte, que amava rir, cortejar e cantar. Ninguém tinha mais de trinta anos, ninguém se importava que as regras na corte de Ana rivalizassem com a sobriedade grave da rainha mais velha.

Mas Ana agora é a rainha, sua corte, antes rival, passou a ser a única, e ninguém sabe bem o que fazer enquanto essa nova rainha, sóbria, pálida e silenciosa, fica sentada ao lado do marido que bebe pesadamente enquanto começa a fazer brindes a suas damas de companhia.

— À linda lady Rochford! — estrondeia ele, e a corte ergue os cálices dourados para mim, e tenho que me levantar e sorrir e retribuir, fazendo um brinde de volta ao rei.

— À lady Coffin — diz ele, e ela olha para Ana buscando permissão para responder, então se levanta e ergue o cálice para o rei e a corte.

Na mesma hora, vejo aonde isso vai chegar e o que vai acontecer em seguida, mas estou impotente. Não posso fazer nada.

— À linda condessa Elizabeth Somerset! — declara o rei. — Nosso condado favorito!

Alguém grita que o rei tem passado muito tempo em Somerset, e o irmão de Elizabeth, Anthony Browne, bate o cálice dourado na mesa e olha com raiva para ela. Mas o rei não vê nada, só continua nomeando as damas.

— À Margaret Douglas, minha querida sobrinha — diz ele.

Todos os homens ovacionam, mas lorde Thom Howard, o meio-irmão do duque de Norfolk, ergue o cálice para Margaret em uma promessa silenciosa. Ela se levanta e aceita o brinde, com os olhos fixos em lorde Thom, e o rei grita alto:

— À mais bela dama do seu coração! E cada um de vocês deve beber à sua própria escolha!

Os homens gargalham alto, e as mulheres batem os cílios e sorriem. Algumas esposas lançam olhares de alerta aos maridos, mas os homens se erguem e fixam olhares bêbados e lascivos em suas damas favoritas, antes de erguer os cálices. Alguns dos velhos lordes sorriem para as segundas esposas, jovens o bastante para serem suas filhas. Charles Brandon está na companhia da bela garota que era sua protegida e agora é sua duquesa, e a jovem Catarina Brandon se levanta para beber em resposta ao marido velho o bastante para ser seu avô.

Tudo isso faz parte do jogo do amor cortês de que o rei tanto gosta, mas é sempre difícil estabelecer o limite entre seu recato e a alegria exuberante. A antiga rainha estabelecia uma linha clara: suas damas eram severamente instruídas e se comportavam com modéstia. Mas Ana está presa no paradoxo da amante que virou esposa, do caçador ilegal que virou guarda-caça. Tem que interpretar o papel de governanta espanhola, mas ser tão excitante e promissora quanto uma nova amante. Deve ser tanto a favorita lasciva quanto a rainha digna, e isso é um dilema. É impossível.

George nem olha para mim, sua esposa, e ergue seu cálice para Ana. William Brereton faz o mesmo, em uma reprimenda ao rei, assim como Francis Bryan, com um sorriso torto no rosto com tapa-olho, em um raro elogio à prima. Surpreendentemente, Charles Brandon faz o mesmo, erguendo-se nas pernas instáveis pela segunda vez. Ele sempre foi nosso inimigo, um aliado ferrenho da antiga rainha e certamente é membro da facção espanhola, e, por um momento, espero que sua cortesia a Ana signifique que mudou de lado. Então entendo que Francis Bryan e Charles Brandon estão dando cobertura para o joguinho do rei, que se levanta meio cambaleante, aponta o cálice diretamente para Agnes e sussurra o nome dela.

Agnes o encara com um olhar intenso e se levanta para responder ao brinde, mas ele não se senta de volta; assim, enquanto todos os outros se acomodam, os dois continuam em pé. Agnes ergue seu cálice a ele em um brinde silencioso, depois vira a bebida com o braço erguido, de modo que a manga deslize para dar um vislumbre proibido do seu cotovelo e da pele pálida e oculta do antebraço macio. Ela sorri para o rei, um sorriso demorado, doce como uma promessa, e se senta de novo entre as donzelas, tão modesta como uma prímula.

A corte fica muda, atordoada; é o fim do jantar. Por Deus, gostaria que fosse o fim do dia, mas ainda teremos que cavalgar juntos de volta para casa. George e eu levamos Ana para sua liteira e seguimos ao lado dela, na frente de todos, de forma que a rainha não veja o rei se demorando com Agnes no final da procissão. Ela fecha as cortinas, e nós seguimos de cada lado em um silêncio pétreo.

Quando estamos chegando em casa, ouvimos o rei a meio-galope atrás de nós, com Francis Bryan e Charles Brandon o cercando, e cedo meu lugar para que ele possa cavalgar ao lado da liteira de Ana.

— O rei! — murmuro, depressa, para ela saber que ele está lá, mas Ana não abre a cortina para cumprimentá-lo.

— Acho que a rainha está dormindo — justifica George, como explicação para o silêncio e as cortinas fechadas.

O rei dá uma risada baixa, ainda bêbado.

— Melhor não despertar a fera, não acham?

Charles Brandon ri alto.

— As cadelas costumam morder quando são acordadas.

Ana escancara a cortina, e Charles Brandon curva a cabeça e vira o cavalo para o lado.

— Cansada, milady? — pergunta o rei, com a polidez cuidadosa de um marido ébrio.

Ana lança um olhar furioso para ele e não diz nada. George se afasta um pouco para dar privacidade ao casal, mas todos estão vendo a mão de Ana segurando a cortina de seda contra a estrutura banhada a ouro e ouvindo sua litania de reclamações em voz baixa.

— Faça-a se calar — me pede George.

— Faça você — respondo, pois ambos sabemos que não posso abrir caminho entre o rei e a liteira.

De toda forma, os cavalariços pararam as mulas, e a corte inteira consegue ouvir a voz furiosa e tonitruante do rei.

— Madame, eu lhe direi uma coisa e só direi uma vez. Você vai fechar os olhos e suportar, como mulheres melhores que você suportaram…

Eu me viro e vejo o choque horrorizado no rosto da mãe de Ana. A rainha cospe uma resposta venenosa, mas o rei ergue a voz e continua:

— Você deve saber que… — Ele está bêbado, mas as palavras saem perfeitamente nítidas; vão ouvi-lo até no final da procissão. — Você deve saber que tenho o poder de rebaixá-la a qualquer momento. E rápido! Tão rápido quando a fiz ascender!

Ana não se encolhe da raiva. Mas não olha para ele: continua olhando para a frente, o rosto lívido. O rei dá uma gargalhada dura e grosseira, então chama os amigos para acompanhá-lo. O grupo passa pela liteira a todo galope na direção do palácio. As lindas mulas francesas atreladas à liteira se remexem, inquietas, e sacodem Ana em seu assento.

George inclina a cabeça para mim, em uma ordem para eu ficar ao lado dela, enquanto finca os calcanhares na égua e sai trovejando atrás do rei. A mãe deles, a condessa de Wiltshire, aproxima-se do outro lado da liteira, mas não diz nada. Cavalgamos de volta ao palácio em um silêncio pétreo, a poeira do galope do rei se assentando nas cortinas brancas-prateadas.

Ana desce assim que a liteira para diante das largas portas da frente, e ela e a mãe entram enquanto estou apeando. Devagar, sigo as duas até os aposentos da rainha, com as damas de companhia à minha frente. Hesito um momento, lembrando-me de todas as vezes que entrei ali e ouvi alguém lendo a Bíblia, ou o zumbido de risadas e conversas, com a rainha Catarina presidindo um recinto movimentado, mas em paz. Agora, ao entrar, encontro uma câmara privada silenciosa e as damas emburradas depois de uma repreensão.

Elizabeth Somerset aponta o quarto com a cabeça.

— É para você entrar. Nós todas somos uma desgraça. Nenhuma de nós sabe o porquê. Nada disso é culpa nossa!

No quarto, George está encostado na lareira apagada. A mãe de Ana fugiu para os próprios aposentos através da porta do rei. Ana está acomodada no assento da janela, ainda usando o vestido de cavalgada de veludo vermelho, olhando para o jardim abaixo.

Fecho a porta e espero.

— Vocês viram o que ele fez — diz ela, tensa. — Ouviram ele gritar comigo.

— Vocês vão fazer as pazes — afirmo. — Sempre brigam e fazem as pazes.

— Faremos. Mas esse é o último brinde que ele fará para ela.

Olho para George. Seu lindo rosto está petrificado, como se tivesse sido entalhado por um artista, tal qual a lareira de calcário.

— Mande Agnes embora — ordena Ana. — Diga a ela que não pode ficar na corte.

Eu hesito.

— Melhor não fazer isso hoje — respondo. — Não depois daquela cena. É melhor esperar até ela poder partir discretamente, não?

— Não — diz George, em um tom decisivo. — Será um exemplo para as outras. Podem ir para a cama com o rei, mas não podem aconselhá-lo. Não podem pôr palavras na boca dele. Esse direito é nosso, e só nosso. Ela tem que ir. Não porque é coquete, mas porque sugeriu a ele que Catarina de Aragão era uma mulher melhor que Ana. Porque disse que Ana deveria suportar o mesmo que foi feito com mulheres superiores a ela.

Ana cospe um palavrão e olha pela janela.

— O duque, nosso tio, quer que ela vá — confirmo.

— Então o que está esperando? — pergunta George, com um sorriso forçado. — Vá! Voe, meu falcão!

— É a minha ordem — decreta Ana.

ENTRO NA ATMOSFERA taciturna da câmara privada.

— Onde está Agnes? — pergunto a uma das damas de honra.

— Trocando de roupa — responde ela. — O rei mandou de presente para ela um par de mangas belíssimas. Estavam na cama dela quando chegou. — A garota dá um risinho afetado. — Com um poema! Ele escreveu uma canção de amor para Agnes!

Entro sem bater no quarto que Agnes divide com as outras damas de honra. Três garotas, suspirando enquanto leem o conteúdo da carta, soltam o papel quando me veem e saem depressa pela porta. Agnes está ao lado da cama com as novas mangas estendidas diante de si. Eu as pego e as dobro sobre o braço; ela faz um pequeno movimento, como se fosse arrancá-las de mim, mas se mantém imóvel.

— Eu avisei — digo gentilmente, pois ela parece uma criança assustada, parada ao lado da cama. — Eu avisei, mas você continuou se comportando...

— O rei! — sussurra ela.

— O comportamento do rei não admite censura. Ele é o rei. Você serve à rainha, e é a boa opinião dela que deveria buscar. Mas a perdeu. Portanto, perdeu seu lugar. Deve escrever a seus pais para que a levem embora da corte imediatamente.

— O marquês de Exeter garantiu aos meus pais que eu teria um lugar nos aposentos da rainha.

Garota tola. Acaba de revelar seu benfeitor: o marquês de Exeter é Henry Courtenay, membro da antiga família real, líder da facção espanhola. Ela é uma espiã novata, como acaba de confirmar, levada à corte e infiltrada nos aposentos da rainha na esperança de que afastasse o rei de Ana. A facção deve estar encantada com o progresso de Agnes. O rei jamais falara com Ana daquele jeito, nunca ordenara que ela suportasse o que fosse, como faziam mulheres superiores a ela. Até o momento, nunca sequer pensara que *havia* alguém superior à Ana. Isso não é uma briguinha de amantes, é um golpe de mestre contra nós. Os Pole, os Courtenay, todos os primos e parentes reais sabem que o rei deve estar cercado pelos melhores. os melhores cavalheiros, os melhores dançarinos, os melhores poetas, as mulheres mais belas. Por ter sido o segundo filho, ele não tolera o segundo lugar em mais nada. E eles sabem disso, pois o conhecem desde a infância. Agnes é a boca deles no ouvido do rei, é um perigo para nós. Ela tem que ir embora.

— Que gentileza do marquês de Exeter, mas a rainha tem o direito de escolher suas damas de companhia. Você não é adequada. Então reúna seus pertences e vá embora. Sua graça não quer vê-la de novo.

Agnes abre a boca para falar, mas não tem nada a dizer. Hesita, balbucia, e, de repente, parece muito mais jovem, como se estivesse prestes a chorar.

— Vou levar isso — aviso, mostrando as mangas lindamente bordadas em meus braços. Os olhos dela se demoram nos botões de madrepérola luminosos, nos cortes de seda finos. — Chegaram a você por acidente. O rei pretendia enviá-las à rainha. Será melhor, muito melhor para você, se eu disser isso a ela. Mas providenciarei para que você seja convidada de volta à corte dentro de um ano ou dois. Então você poderá retornar, e ninguém saberá que eu ordenei que fosse embora.

— Você, ordenar! — Agnes encontra a coragem para falar, mesmo com um leve tremor na voz. — Quem é você para me dar ordens?

— Sou uma Howard — digo, simplesmente. — Sua graça, Thomas Howard, duque de Norfolk, é o chefe da minha casa, e a rainha é minha cunhada. Quem é você para me questionar?

Ela faz uma mesura rasa e emburrada.

— Devolverei pessoalmente as mangas ao guarda-roupa real — diz.

É sua rendição, então entrego as mangas para ela, saio do quarto e fecho a porta. Enquanto atravesso a câmara de audiências, escuto seus passos correndo e um pequeno soluço ofegante. Ela está procurando uma amiga para afogar as mágoas e reclamar de mim, e alguém para levar uma carta a seus pais, e outra pessoa para levar as mangas de volta ao guarda-roupa real.

Estamos livres dela. Meu trabalho, meu trabalho mesquinho de dama da corte, está feito.

Meia hora depois, o rei irrompe na câmara de audiências da rainha, ignorando todas as damas de companhia, embora estejamos vestidas à perfeição e esperando por sua chegada. Ele diz a Ana que quer conversa em privado.

O rosto dela se ilumina: Ana acredita que ele veio para uma briga ardente e uma reconciliação, como sempre faziam. Ela o leva para sua câmara privada e fecha a porta atrás de si. Acha que vai saltar sobre ele e estapeá-lo, e que ele a agarrará e a beijará até ela se submeter. Que talvez passem da raiva à luxúria, da câmara privada ao quarto, e todos chegaremos atrasados ao jantar.

Mas está errada. Ela é a rainha, e os dias de sentir raiva e fazer amor ficaram para trás.

Fico parada próxima à porta da câmara privada, impedindo que as outras ouçam, e escuto os murmúrios acalorados da raiva abafada do rei e as respostas rápidas e cortantes de Ana, negando o que ele está dizendo. Então ele fala bem alto:

— Se ela está causando tantos problemas entre nós, tem que ir embora.

A porta se abre com tudo, e ele sai para a câmara de audiências.

Eu penso: de qualquer forma, vencemos. O rei reconheceu que Agnes causa problemas e insiste que ela deve ir embora. É neste exato momento que, da galeria que leva à câmara de audiências, os amigos do rei entram, tranquilos e alegres como sempre. George está entre eles, e, para meu completo espanto, vem de braço dado com Agnes, que não está chorosa e envergonhada, e sim rosada, tagarelando e sorrindo, como se todo dia entrasse na corte com meu marido ao lado... E está vestindo as mangas novas.

Anne Parr, uma das damas, toca minha mão e diz:

— A rainha quer falar com você.

Não consigo afastar os olhos do triunfo de Agnes.

— Quê?

— A rainha. Na câmara privada.

Faço uma mesura ao rei, mas ele não me vê. George não reconhece minha presença. De repente, sou invisível, e todos estão sorrindo para Agnes, que abre os braços e gira para mostrar as mangas novas.

Entro na câmara privada, e Ana está branca de raiva.

— Agnes acabou de entrar — digo a ela. — De braço dado com George. Usando mangas novas.

— O rei diz que ela ficará na corte — relata a rainha, entre dentes. — Diz que você não deve atormentá-la. Que você tem que ir embora, já que causou todo esse transtorno.

Mal consigo ouvir.

— Eu?

George abre a porta e a fecha depressa.

— Vá para lá — instrui. — Rápido, não dê a ela nem mais um momento para se exibir. E sorria. Pelo amor de Deus, aja como se isso não fosse nada. Foi uma briguinha entre suas damas, Jane e Agnes. Não tem nada a ver com você.

— Depois do que ele me disse na caçada?

— Por causa disso! — insiste George, com urgência. — Você deve ser mais régia do que nunca. Ela não é nada comparada a você, não passa de um capricho passageiro. Tire-a da cabeça dele. Brilhe mais do que ela. Você consegue! Já fez isso antes. O rei precisa esquecer que disse que elevou você do nada, esquecer que disse que Catarina era superior. Temos que transformar isso numa rixa insignificante entre duas mulheres. Não é que ele esteja vendo você pelo que de fato é, o problema é Jane. É culpa dela. É Jane que está repreendendo e intimidando Agnes.

— Mas não é! — Consigo, enfim, falar. — Agnes sabe que eu estava obedecendo às ordens de Ana, com certeza contou isso ao rei.

— Ana vai negar — retruca George, ríspido. Ele belisca as bochechas da irmã com gentileza, para que fique corada, e dá um beijo rápido em seus lábios, para lhe dar coragem, então a empurra para a porta. — Vá. Irei assim que tirar Jane do caminho.

Ana empina o queixo e ajeita os ombros. Respira fundo, uma atriz preparando-se para entrar no palco, e sai sem olhar para mim.

— Me tirar do caminho? — repito. — Como assim?

— Meu amor, você tem que levar a culpa pela briga com Agnes.

— Não houve briga! Como pode haver uma briga entre uma cortesã e a principal dama de companhia? Eu a dispensei, como você me mandou fazer! Como o duque me mandou fazer! Como Ana me mandou fazer! Eu não afrouxei a sela e matei a garota! Fiz muito menos do que Ana queria! Não vou levar a culpa por isso.

— Vai, sim — responde ele, curto e grosso. — Agnes vai ficar na corte, e você vai se aposentar. O rei não quer você causando problemas. — Ele ergue uma das mãos para impedir minhas objeções. — Eu sei! Nós sabemos! Essas são as palavras de Courtenay na boca de sua majestade. Mas é melhor para todos se você simplesmente for. Traremos você de volta em algumas semanas, e Courtenay vai se arrepender de ter colocado uma garota contra nós. Isso é um fato. Mas você precisa partir hoje à noite. Já mandei selarem seu cavalo, e um guarda está pronto para acompanhá-la.

— Mas eu fiz isso por Ana! — protesto. — Por você! Pelos Bolena! Pelos Howard! Vocês não podem me recompensar com essa culpa.

— Não culpamos você — retruca ele, mais do que depressa. — Amamos você, como sempre. Isso é apenas um revés. A facção espanhola ganhou a rodada, mas vamos reconquistar o rei.

— Quero ver o duque.

— Ele estará no jantar.

— Não vou embora sem vê-lo.

George suspira.

— Não se aborreça. Vá vestir suas roupas de viagem. Pedirei à sua graça que a encontre no pátio do estábulo.

Thomas Howard, o duque de Norfolk, vai intervir por mim. Vai me convidar para passar uns dias em sua mansão londrina em Lambeth até tudo isso passar. Tem mais influência que os Courtenay, é meu benfeitor e estou sob o escudo do seu nome. Ele me ama. Confiou na minha palavra acima da palavra da própria esposa.

Jogo meus livros e meu estojo de joias numa caixinha. Digo ao homem à porta de nossos aposentos para levá-la até o pátio do estábulo e colocá-la na carroça com o restante das minhas coisas, mas só estou fingindo arrumar as malas: mercadorias falsas em uma caixa falsa, como no teatro. Não estou partindo de verdade. Visto minha roupa de cavalgada, ponho o chapéu e a capa, então desço as escadas às pressas até o pátio do estábulo, onde o guarda dos Bolena está montado e esperando, e meu cavalo, selado e a postos. Tento sorrir para a criada à minha espera.

— Não vamos a lugar algum — digo a ela.

Então Thomas Howard, duque de Norfolk, sai por uma das portas da ala do rei, e eu sei que estou a salvo.

— Você ordenou que Agnes Trent deixasse a corte? — pergunta ele, sem preâmbulos, o rosto mais parecido com um falcão do que nunca.

— Como o senhor mandou.

— A garota foi até Courtenay e reclamou de você, e ele falou com o rei.

— Mas o senhor vai intervir por mim — digo.

Ele dá de ombros, os olhos pretos encovados e as pálpebras caídas.

— Ana não está disposta a defender você, seu próprio marido não fala em sua defesa... Por que eu deveria?

— Porque eu trabalho para o senhor desde que era garota! — exclamo. — O senhor é meu benfeitor! Está prometido a mim e eu, ao senhor. Quem vai servi-lo quando eu estiver longe? Quem será seus olhos e ouvidos nos aposentos da rainha?

Ele ri com divertimento genuíno.

— Ah, não se preocupe com isso. Tenho Mary Shelton, ou minha irmã, ou minha filha Mary. Tenho meia dúzia de Howard nos aposentos da rainha, e poderia comprar mais cinco ou seis com alguns trocados. Mas você… está chamando atenção demais. No momento, não me serve de nada.

— Você disse que me protegeria! Prometeu que…

Estou chocada como uma criança.

— Você era minha espiã — admite ele. — E, se tivesse nascido do sexo daquele belo tolo que é seu marido, eu a teria transformado em um grande diplomata, um embaixador muito melhor do que ele. Se fosse atraente como sua cunhada, Ana, teria sido uma rainha melhor do que ela, muito melhor. Mas você é só uma jovem muito bonita e excessivamente instruída, Jane. Não há nada que possa fazer na corte exceto brigar com outras garotas bonitas.

— Você sabe que não foi uma briga! Sabe que não eram garotas bonitas brigando!

Ele se vira como se desse a conversa por encerrada. Preciso chamar a atenção dele.

— Sei de algo sobre seu meio-irmão, Thom — sibilo. — Ele jurou amor a Margaret Douglas, a sobrinha do rei. Os dois pretendem se casar em segredo.

Ele faz uma pausa e assente.

— Não é um grande segredo, eu já sabia disso.

— Eu sei mais — insisto, desesperada. — Sei de algo sobre Ana. Algo sério!

Ele espera.

— O rei não é potente com ela! Ele perdeu o desejo.

O duque fica em silêncio.

— Isso é um grande segredo, um grave segredo, mas qualquer coisa que deprecie a majestade do rei é traição. Você é uma traidora por dizer isso. Vá para o interior, Jane, e estude o silêncio.

Ele dá meia-volta e me deixa, como se não houvesse mais nada a ser dito, como se nunca fosse falar comigo de novo.

Estou atordoada. Eu o deixo ir sem uma palavra de protesto.

O cavalariço traz meu cavalo, e George me ajuda a subir os degraus de pedra do bloco de montaria em silêncio. Ele aperta minha mão em simpatia.

— Trarei você de volta assim que puder.

— Eu não sou uma traidora!

— Não, claro que não. A questão é que você não serve para nada no momento.

— Achei que ele fosse me proteger.

Ele balança a cabeça.

— Ele, não! Tem um coração de pedra, aquele homem. Mas Ana e eu amamos você. Traremos você de volta.

— O duque disse que eu tenho que estudar o silêncio.

— Bem, você vai ao lugar certo para isso — diz meu marido, animado.

— Beaulieu? Terei cem coisas para fazer.

— Você não vai a Beaulieu.

Eu o encaro.

— Não vou para casa? Para onde eu vou? — Ouço o pânico agudo em minha voz. — Não vou para Hever com Maria Bolena!

— Você vai para casa, ficar com seu pai.

Fico gelada como se estivesse entrando na Torre pelo portão na água.

— George, vai se divorciar de mim? Vai me afastar, como a rainha Catarina? Vai me expulsar da minha casa, como nosso tio fez com a duquesa de Norfolk?

— Não, não! Eu, não! — Ele ri da minha consternação. — Não ficaremos separados para sempre! Mas se o rei ordena que você deixe a corte... o que posso fazer? — O sorriso charmoso dele é tão parecido com o de Ana. — Estamos na corda bamba. Não podemos carregar o peso do desagrado do rei. A facção espanhola pôs Agnes na cama do rei, e ela sussurrou as palavras deles em seu ouvido e o virou contra nós. E estamos culpando você por tudo isso. Se o rei não a quer aqui, então você não serve de nada. Temos que deixar você partir.

MORLEY HALLINGBURY, NORFOLK, INVERNO

1534

Levo quase um ano, um longo ano, para entender o que meu marido quis dizer com "me deixar partir". É uma queda, uma queda tão terrível que perco toda noção de quem sou. É como a queda abrupta dos portões do paraíso para a terra: a queda do anjo do céu para um inferno de inexistência. Eu era uma estrela da manhã na corte, mas fui eclipsada. Estive entre os cortesãos desde a infância, fui criada e instruída para ser indispensável à dança complexa de uma corte real, para conhecer as máscaras à mostra e os rostos que ocultam. Agora não há mais sorrisos falsos e elogios fingidos; minha mãe e meu pai usam a mesma expressão de decepção.

Não tenho um mestre espião e ninguém para vigiar, nenhum trabalho exceto as tarefas maçantes de uma filha solteira na mansão da família: costurar, lustrar, trabalhar no preparo de licores e conservas, na sala de especiarias e no jardim de ervas, tecer, fazer caridade aos pobres e servir à Igreja. Produzo tinta para meu pai a partir de galhas de carvalho fervidas em vinho e misturadas com goma arábica. Ordeno ao guarda-caça que capture corvos e arranco penas de suas asas esquerdas para apará-las, de modo que a curva da pena se encaixe na mão direita do meu pai.

Eu me apego ao meu nome e insisto em ser chamada de lady Rochford, mas, aqui, não tenho nenhum séquito de marido, cunhada da realeza, panóplia de primos, um tio duque. Perdi minhas casas, os lares da infância: os palácios reais de Greenwich, de Westminster, o castelo de Windsor e Hampton Court. Estou confinada a uma casa que é grandiosa em Norfolk, mas pouco mais que uma mansão recém-construída. Tudo parece impossivelmente pequeno, eu não sou ninguém, e me surpreende o orgulho do meu pai com sua casa em Morley Hallingbury, que deixei aos onze anos pensando que jamais veria de novo.

Olho ao redor, para o quarto vazio das crianças, e me pergunto onde foi parar aquela menina, o que ela se tornou. A garotinha séria com o cabelo trançado, indiferente à mãe, mas que idolatrava o pai erudito. Ele a incentivou a estudar, deixando-a desperdiçar papel caro rabiscando verbos em latim e francês. Ele a ensinara a guardar os livros na estante, centenas de livros, alguns herdados da benfeitora dele, a avó do rei, alguns enviados por amigos eruditos, alguns escritos por ele mesmo e encadernados pelas freiras da Abadia de Syon. Ele ensinou línguas à menina dele: italiano, para ela ler os grandes escritores de Florença; grego, para transcrever autores clássicos.

Eu achava que não havia um chamado mais elevado do que ser sua assistente. Queria ficar em casa a vida toda, ser sua sombra. Era a única de seus filhos com permissão para estudar com ele. Meu irmão só se interessava em caçar, minha irmã era jovem e barulhenta demais para a biblioteca, só eu me equiparava às inteligentes filhas de sir Thomas More, na Londres distante.

Mas agora sir Thomas está na Torre. A famosa educação de Margaret More não pode salvá-lo, e eu fui descartada. Meu pai deve achar que a educação feminina não tem serventia alguma, que foi apenas um experimento fracassado. Minha mãe disse a ele, certa vez, que meu coração mole trairia minha cabeça astuta, e agora ele acha que ela estava certa.

Os dois nunca me perguntam o que aconteceu na corte. Minha mãe me imagina soluçando as censuras desoladas de uma esposa ciumenta e me oferece uma empatia silenciosa com seus olhares úmidos, como se eu também fosse fraca. Eu a ignoro. Não sei o que meu pai pensa. Sinto seu olhar me medindo, me avaliando em silêncio, como se eu fosse um ensaio devolvido por um colega erudito, lido somente até a metade. Ele tem certeza de que não fui dispensada da corte por um fracasso de inteligência masculina, pois me educou bem demais para isso, então a culpa deve ser atribuída a fraquezas femininas, à maldição de Eva: sensibilidade excessiva, enfermidades imaginárias, histeria.

Não consigo contar ao meu pai que não foi a *minha* fraqueza que causou meu exílio, e sim a de George. Foi a George que faltou determinação, firmeza de caráter, força de propósito e lealdade viril. Mas não trairei meu marido. Jamais farei isso.

Meu pai passa a maior parte do tempo no escritório, mas não sou convidada a escrever suas cartas. Nem peço para ler seus livros: eles não me ajudaram em nada. Estudei as traduções que ele fez de Nicolau Maquiavel e Baldassare Castiglione e entendi os cálculos frios que explicam como um rei usurpa o poder de seus nobres, assim como um cortesão rouba o poder de outro cortesão. Mas esse conhecimento não me ajudou em nada, pois o trabalho de cortesão foi degradado e reduzido à bajulação servil para um único homem.

Não há mais sutileza política e persuasão na corte de Henrique; tudo se resume a agradar a um homem difícil cercado de homens fracos. Ana, os Howard e os reformistas não realizaram nada do trabalho sutil e inteligente de um cortesão treinado. Só atraíram o rei para o seu lado, como quem chama um cão: o afagaram, seduziram, embalaram e inflamaram, até que ele abandonou a Igreja e a esposa.

Na época, achei que tínhamos obtido uma grande vitória para a Reforma e para Ana. Agora, vejo que foi exatamente como descreve Maquiavel: conforme um poder ascende, outro cai, e, assim que um poder cair, tentará ascender de novo. Nada muda de verdade: há ascensão e queda, fluxo e refluxo, mas é o mesmo rio. Derrotamos a rainha e a facção espanhola quando Ana roubou o rei para ela. Agora, querem que Agnes o roube de volta.

Só vejo meu pai uma vez por dia, quando todos jantamos no grande salão, e, pelo silêncio que recai sobre a casa quando passo pelas mesas dos criados, sei que todos acham que estou envergonhada por ter sido devolvida a Morley Hallingbury, em vez de ir a meu palácio em Beaulieu. Exilada da biblioteca do meu pai, eu me sento à noitinha ao lado do fogo, na saleta privada da minha mãe, e costuramos à luz de velas. Às vezes, leio para ela alguns romances em inglês ou um livro sobre a vida dos santos.

Não há nada de interessante naquele cômodo; ela não tem documentos sobre a Reforma da Igreja nem livros de novos conhecimentos. Seu confessor, o padre que servia em nossa capela, mudou-se sem alarde para a igreja paroquial depois da Reforma e da desonra do papa. Agora, a capela em nossa casa é um cômodo frio e silencioso, sempre fechado, e, na pequena igreja do vilarejo, o padre declara do púlpito que o rei é o chefe supremo da Igreja. Sua teologia é um misto da velha fé com a Reforma. Ele omite todas as preces para o santo pai, mas ainda reza a missa do jeito antigo, recitando monotonamente em latim, e, sem muito alarde, respeita todas as festividades e datas sagradas, como se não tivessem sido proibidas. Minha mãe não repara, e, como meu pai é o dono da igreja e paga o padre, ninguém vai saber, a não ser que haja uma inspeção do bispo. Eu que não me importo. As discussões calorosas que tive com Ana e George sobre a Reforma parecem distantes e inúteis. Mal me lembro delas. É possível que eu nunca mais discuta com George de novo; talvez nunca mais concorde com ele. Fui abandonada, não sei se voltarão para me buscar.

Não recebo notícia de nenhum deles: nem de meu benfeitor, Thomas Howard, nem de minha sogra, nem de Ana, nem mesmo do marido que prometeu ficar comigo até que a morte nos separasse, e me dou conta de que os Bolena — Ana e George — e os Howard são como os cortesãos de Maquiavel: fiéis apenas a si mesmos. Tudo que falam, falam como cortesãos: o sorriso polido, o rosto falso, a palavra doce… sempre um meio para um fim. George escreve poemas amorosos por esperteza, não por amor. Ele é Mestre dos Cães de Caça não para caçar, mas para cavalgar perto do rei. Ele se casou comigo não por amor, mas porque nossas propriedades eram vizinhas, porque meu dote era bom, porque meu pai era um erudito influente na época em que o rei estava interessado em erudição. Ele disse que estava feliz em ser meu marido porque não seria educado dizer qualquer outra coisa, e George tem modos impecáveis. Mas nenhum dos Bolena ou dos Howard, nem ninguém da corte real, jamais se importou comigo por quem eu sou. Fui querida enquanto servia para alguma coisa. Quando fracassei, me descartaram.

Sei disso, mas tenho que repetir essa verdade o tempo todo para fixá-la na mente. Meu pai não me amava mais do que qualquer lorde se importa com os filhos trancados na ala das crianças. Ele se divertia que a garotinha saísse correndo do lado da mãe para ser sua assistente na biblioteca, e tinha orgulho de dizer que sua filha era tão inteligente quanto Margaret More.

Thomas Howard não me amava: para ele, eu era uma pequena espiã, uma arma mascarada pela infância. Minha inocência e a confiança que eu tinha nele faziam de mim uma ferramenta poderosa. Ninguém jamais quis a minha felicidade, ninguém nunca nem pensou nisso.

Conforme os dias passam, caminho pelos bosques e campos da propriedade, agora encerrados por um muro enorme para preservar a caça: nada pode correr livre na Inglaterra dos Tudor, nem os cervos. Quando chuto as folhas caídas em um rodopio de cor ao redor dos pés, murmuro como uma mulher ensandecida, dizendo verdades duras para mim mesma. Preciso ensinar à garotinha que fui que ser usada não é o mesmo que ser amada. Quando entendo isso, quando tudo se esclarece, feito a demonstração de um teorema, penso que finalizei meu curso completo em mágoa.

Então outro pensamento me ocorre. Não fui atrás de George como uma noiva em busca de amor nem atrás de Ana como uma garota à procura de uma irmã.

Naquela época, eu já era uma criança sábia. Já trabalhava havia três anos como cortesã e espiã em uma corte cheia de suspeitas. Meu amor por eles era uma mistura de necessidade e ambição. O que eu realmente queria de Ana, de George, do duque, era ser um deles, entrar no grupo dos Howard, ser uma viscondessa por casamento. Não me casei para entrar na família deles, exatamente, foi mais como ser recrutada para uma facção política, protegida da facção espanhola; mas, quando tivemos problemas, fui tão desleal quanto eles foram comigo.

Caminho por trilhas enlameadas que endurecem com a geada invernal e penso que não sou uma vítima inocente. Eu também falei palavras amorosas enquanto preferia segredos. Eu dizia que os amava, mas vendi todos: ao meu tio, entreguei minha tia, a duquesa, o aborto de Ana e a impotência do rei; a George, a inabilidade de Ana de seduzir o rei. Nunca fui fiel a nenhum deles. Por um momento, me orgulho de nunca ter traído George, mas então percebo que, em dez anos de casamento, ele nunca me confiou nenhum segredo. Mesmo assim... mesmo assim... bem, é um pequeno conforto pensar que nunca o traí.

Meu primeiro pensamento ao acordar de manhã e o último após as preces noturnas na cama é o pátio do estábulo: minhas mãos frias nas rédeas, George ao lado do bloco de montaria me encarando lá de baixo com os olhos escuros de Ana em seu rosto comprido dos Howard e dizendo: "Estamos na corda bamba. Não podemos carregar o peso do desagrado do rei. A facção espanhola pôs Agnes na cama do rei, e ela sussurrou as palavras deles em seu ouvido e o virou contra nós. E estamos culpando você por tudo isso. Se o rei não a quer aqui, então você não nos serve de nada. Temos que deixar você partir".

Converso com George como se ele estivesse ao meu lado durante essas longas caminhadas diárias, e o vejo de novo em meus sonhos. Sou arrebatada por um desejo vergonhoso e unilateral por ele, que não me deseja agora e talvez nunca tenha desejado. Em meus sonhos, seu toque é leve, insubstancial, e acordo me sentindo seca e fria. Sei que é um sonho pecador, e que não posso gerar um bebê sozinha em sonhos secos mais do que poderia fazê-lo sozinha numa cama conjugal. Sou um campo intocado, um ninho vazio, uma cadela estéril. Nem George, nem Ana, nem meu tio, nem ninguém nos aposentos da rainha e em toda a corte jamais me amou por quem de fato sou. Então penso: ninguém jamais me conheceu de fato. Nem eu mesma.

Os dias ficam mais frios, e a névoa espessa de novembro nos campos envolve os vales ondulantes e as árvores desfolhadas ao redor de Morley Hall. Faz quase vinte anos que não passo o inverno no campo. Tinha me esquecido de como é desolador. Não sei como minha mãe aguenta passar meses acendendo velas pela manhã para escrever os registros de aluguel, encolhendo-se junto ao fogo em seus aposentos privados de noite. O inverno na corte é uma explosão de banquetes e entretenimentos, tudo iluminado por arandelas de velas de cera e aquecido por fogos crepitantes em cada cômodo. Sinto tanta falta da luz e do calor quanto da música e das conversas. Sinto falta da sensação de importância, de saber de tudo no coração do reino... aqui, a vida está passando por mim, e eu não estou fazendo nada.

Meu pai vai a Londres, convocado à cadeira que ocupa na Câmara dos Lordes para passar duas novas leis escritas por Ana. Tenho certeza de que são obra dela, quase posso ver sua caligrafia e ouvir seu tom de voz nas palavras. Todos no país serão obrigados a fazer um juramento público de que Ana é a rainha e seus filhos são os herdeiros reais, e de que Catarina de Aragão e lady Maria não são mais rainha e princesa. A segunda lei é que o rei é o chefe supremo da Igreja na Inglaterra, não o papa. Ana já ganhou a corte, o rei, o parlamento e o país, e agora carimba seu selo no próximo rei, que será seu filho, e na Igreja, que será o tesouro dele. Anseio por vê-la se regozijar em seu triunfo, mas sei que ela não mandará me buscar; não precisa de mim neste momento de vitória. Derrotou a facção espanhola e seus outros inimigos contando apenas com a própria inteligência afiada e com a espada de sua força de vontade.

Meu pai volta para casa em dezembro, cavalgando nas estradas congeladas, com um humor tão sombrio quanto a tarde. Ele cumpriu seu dever com o rei e fez o juramento, mas teme que a antiga rainha e a princesa Maria nunca serão convencidas a jurar que uma é uma puta e a outra é a filha bastarda de uma puta. E o confessor da rainha, John Fisher, e o velho lorde chanceler, sir Thomas More, nunca vão jurar que o rei é o chefe da Igreja. Como poderiam? Na juventude, se atrelaram a uma Igreja fundada por um papa escolhido por Deus e confirmado por seus cardeais, uma Igreja baseada na pedra de São Pedro. Como podem acreditar, de repente, que a coroa papal pode ser encontrada por um Tudor em um espinheiro?

— Então suponho que terei que presidir o julgamento deles — diz meu pai, sombrio, desmontando no pátio do estábulo.

Estou embrulhada para me proteger do frio, esperando por ele e torcendo para que me conte tudo o que está acontecendo em Londres em seus primeiros momentos de alívio por chegar em casa.

— O senhor não pode se recusar a julgar, se o caso for a julgamento? Não pode dizer que sua consciência...?

Ele faz uma careta, tira as grossas luvas de cavalgada e esfrega as mãos frias.

— Não é época para um homem ter consciência. Sou leal à sua cunhada, a rainha Ana, assim como todo homem que quer subir na vida. De todo modo, ela estabeleceu que é traição rejeitá-la.

— Ana estava lutando para voltar às graças do rei quando deixei a corte — sussurro. — A facção espanhola tinha colocado uma nova amante na cama dele, e ela estava falando em favor de lady Maria.

— Bem, Ana deve ter derrotado a garota e a facção espanhola. Aqui se vê os frutos dessa vitória. Ela vai mandar avaliar os monastérios, conventos e abadias, e todas as suas riquezas e terras serão taxadas para que paguem impostos ao rei. Persuadiu o rei de que não pode haver outro governante na Inglaterra além dele, com ela como sua rainha e conselheira-chefe, e Cromwell como mestre dos impostos, guardando os lucros. — Nisso, meu pai se lembra de algo. — Aliás, encontrei com ele, o secretário-mor. Ele falou de você.

— De mim? — Não consigo conceber a ideia de Thomas Cromwell lembrando-se de mim depois que meu próprio marido me abandonou e eles conquistaram todo o poder de que precisavam sem minha ajuda.

— Sim. Ele pensa em tudo, aquele homem, e não se esquece de nada. Mandou um bilhete para você. — Meu pai tira uma folha do bolso interno do casaco e me entrega um recado dobrado e selado. — Pode abrir. Vá lá para dentro. Eu vou sair do frio assim que os cavalos estiverem no estábulo.

Levo a carta à cozinha, o único cômodo no salão onde o fogo está sempre aceso, e me sento ao lado da barriga quente do forno de pão, ignorando a movimentação irritada da cozinheira. O bilhete tem uma dobradura intricada, para impedir que seja aberto e selado de novo. A folha está dobrada para trás, com a ponta enfiada em uma fenda ao pé da página, e colada com um lacre de cera. Só pode ser aberta quebrando o lacre e soltando a dobra de segurança, o que fará um corte no canto inferior da página. Ninguém pode abri-la, lê-la e selá-la de novo sem cortar o canto e se trair. Já vi cartas como essa, mas nunca tinha recebido nenhuma.

Pego uma faca da cozinheira, corto o fecho e quebro o lacre, e lá está a assinatura de Cromwell: o C como uma meia-lua erguendo-se sobre a fenda na página. Ele diz que espera que eu esteja bem e pergunta se recebi muitas visitas. Recorda-me de enviar um presente de Ano-Novo ao rei e à rainha, assim como à princesa Elizabeth e a lady Maria. A corte estará em Greenwich no Natal, e ele lamenta que serei o único rosto ausente. Minha cunhada, Maria Bolena, se casou em segredo, e os Bolena também a rejeitaram. Ela terá que viver em alguma casa de fazenda no campo com o marido fazendeiro. Pediu ajuda a Thomas Cromwell, que providenciará um posto no castelo de Calais para seu marido.

Apoio a página com o canto cortado no colo. Não faço ideia de suas intenções ao compartilhar esses segredos de família comigo, mas então compreendo:

Maria Bolena — ou sra. Stafford, como agora é chamada — não pode retornar à corte, o que deixará sua graça, a rainha, sem uma pessoa da família em seus aposentos em caso de necessidade. Posso convidar a senhora de volta à corte, se for o seu desejo.

Um convite para servir na corte é um favor incrível, em geral comprado com algumas cartas suplicantes acompanhadas de presentes requintados. Impossível ganhar tal posto sem uma longa campanha e cobrança de favores. Um convite de Thomas Cromwell é como um cometa rasgando o céu escuro: extraordinário por si só, e um presságio de algo mais.

Tomo muito cuidado com a resposta, que escrevo em latim:

Caro secretário-mor,
Espero que se encontre bem e agradeço-lhe pelo interesse na saúde de meu pai e minha mãe, que (graças a Deus) estão ótimos neste Natal.

Agradeço-lhe pelo convite para retornar à corte. Se houver qualquer serviço que possa prestar ao senhor, não falharei.

Jane Bolena.

Dobro e redobro a carta e passo uma hora fazendo a dobra de segurança e selando o papel com cera. Não custa nada demonstrar a ele que meu pai me ensinou a arte dos espiões italianos tão bem como as habilidades dos cortesãos. Não sei o que Thomas Cromwell quer de mim, mas não está me oferecendo esta oportunidade de resgate sem querer nada em troca. Ninguém a serviço de Thomas Cromwell fica ocioso.

MORLEY HALLINGBURY, NORFOLK, PRIMAVERA

1535

As campânulas-brancas começam a florescer, parecendo pequenas unhas verdes e brancas abrindo caminho por entre as folhas mortas como se nunca fossem crescer alto e curvar as belas cabecinhas feito sinos. Acho que o inverno foi longo para elas, mas, ainda assim, estão brotando. O estoque de comida dos moradores dos chalés de Hallingbury acabaram, e minha mãe diz que precisam recorrer à caridade das abadias: a nova Igreja deve cuidar dos pobres do rei, assim como a antiga. Alguém pula o muro do parque e mata um cervo, e meu pai diz que vai enforcá-lo. Os animais de nosso parque são destinados à caça esportiva (pode ser que algum dia o rei queira vir matar nossos cervos), não para o ensopado dos famintos.

Também foi um inverno longo e frio para os traidores na Torre: quatro monges, um padre, sir Thomas More e o bispo Fisher passaram toda a estação sem lareiras ou comida quente. Suponho que o rei os esteja deixando lá para morrer de frio e de fome, mas meu pai diz que não, que o secretário-mor Cromwell está num embate com eles.

— Num embate? — pergunto, como se eles tivessem uma barraca no gramado da Torre.

— Montando uma armadilha — explica ele. — Mas duvido que Thomas Cromwell consiga enganar Thomas More. Ele é um homem instruído e ama sua família. Não soltará a língua de forma que lhe custaria a cabeça. Vai querer voltar para casa, para aquela esposa engraçada e a grande biblioteca, na linda casa junto ao rio.

— Quem quer a casa junto ao rio? — pergunta minha mãe, entrando no fim da conversa e, como sempre, entendendo tudo errado. — Quem vai ficar com a biblioteca?

Aos poucos, a aurora passa a despontar mais cedo a cada dia, os pássaros começam a cantar às sete da manhã, ao mesmo tempo que o sino da igreja, e depois às seis e às cinco; os bosques ficam verdes, e eu ainda espero o convite para retornar à corte. Na igreja, certo domingo, o sol se infiltra pelo vitral e, quando entro cedo para a missa, encontro nosso padre trabalhando no missal com faca e cola, como um espião com uma carta. Ele está colando um pedaço de papel sobre cada menção ao nome do papa nas preces para as bênçãos.

— O que está fazendo, padre Pierce?

— Obedecendo a uma instrução do meu bispo — explica ele, o rosto corado de irritação. — Devo cortar o nome do... do bispo de Roma... — O título soa esquisito naquela igreja, que rezou por nosso santo pai desde sua construção, quinhentos anos atrás. — Devo cortá-lo do meu livro de preces! E não devemos mais rezar por... ele. Veja aqui...

O padre me mostra a carta do bispo. Ela diz que, em vez do papa e dos cardeais, as preces devem ser feitas para toda a Igreja Católica e para a Igreja Católica Romana, para o rei, o único chefe supremo da Igreja Católica da Inglaterra, para a rainha Ana e lady Elizabeth e todo o clero e a temporalidade.

Ele olha para mim, indignado.

— O que seu pai dirá sobre isso, lady Rochford? O que ele quer que eu faça? Pois é uma ordem do meu bispo, mas as pessoas não vão gostar, e eu... — Ele se cala.

— Ele iria querer que você obedecesse ao rei — digo, com firmeza.

— Mas é essa a vontade do rei? — pergunta o vigário. — Porque não é o que ele jurou em sua coroação, nem o que eu jurei quando fui ordenado. É a vontade do rei ou de maus conselheiros?

Balanço a cabeça. Ambos sabemos que é a vontade de Ana, e a lei foi escrita por ordem dela. Quem além de Ana mandaria o povo da Inglaterra rezar por ela e ordenaria todos os padres a nomeá-la em preces reais em toda paróquia, no lugar do papa?

— Meu pai obedece à lei — digo, apenas. — Como todos nós.

Ele curva a cabeça e vira as costas, como se estivesse decepcionado comigo, e volta a alterar seu missal. Ambos sabemos que o que vai aborrecer meu pai mais que tudo é a vandalização do livro.

MORLEY HALLINGBURY, NORFOLK, VERÃO

1535

No meio do verão, meu pai é convocado a Londres para cuidar de assuntos da realeza.

— Não fui chamada? — pergunto a ele.

Ele balança a cabeça.

— Você não quer ir à corte este verão, Jane. Eu mesmo gostaria de ficar bem longe. Vai ser um negócio feio, esses julgamentos do bispo Fisher e do amigo mais querido do rei, Thomas More.

Minha mãe e eu ficamos paradas na grande escadaria do novo salão para nos despedirmos, as portas de carvalho duplas polidas atrás de nós abrindo-se para o sol de verão.

— Voltarei em uma semana — promete meu pai, carrancudo. — Isso não vai demorar muito.

Desço os degraus até parar junto à cabeça do cavalo dele e pergunto, em voz baixa, para ninguém mais ouvir:

— E se eles se declararem inocentes? E se o bispo Fisher e sir Thomas se recusarem a fazer o juramento, mas também a dizer qualquer outra coisa? A pessoa não pode ser acusada de falar palavras traidoras se não falar nada, pode? O senhor não pode declará-los culpados se não fizerem o juramento, mas não disserem por quê?

Meu pai faz uma careta.

— Eu não estou cavalgando até Londres no calor de julho para declará-los inocentes — diz, brusco. — Isso é um julgamento de traição organizado pelo mestre Cromwell em benefício dos Bolena. O veredito está tão certo quanto ao domínio da lei que aquele sujeito detém… ou seja, de garras à mostra, *unguibus.*

Estou indo até lá para demonstrar lealdade ao rei e impor sua vontade, não para determinar culpa ou inocência.

Curvo a cabeça, à espera da sua bênção, e ele apoia a mão pesada em meu capelo.

— Enfim — diz, mais animado. — Cromwell me prometeu todos os livros que eu quiser da biblioteca de Thomas More, e só isso já seria motivo suficiente para que eu fosse até lá. Seu marido já recebeu as terras de More.

— Antes do veredito? — pergunto, chocada, embora também queira saber quais terras e quanto valem.

— Sim — responde meu pai. — Antes do veredito. Antes de nós, os juízes, sequer chegarmos, antes de fazermos nosso juramento no tribunal. Para você ver que não há dúvida, não é? Thomas More não vai voltar para casa e descobrir que sua mobília e seus livros desapareceram. Ele não vai voltar para casa, ponto.

Meu pai vira o cavalo para sair, e seus homens entram em formação ao redor dele, dois na frente, dois de cada lado e dois atrás; as estradas da Inglaterra de Ana são perigosas. Ele acena para minha mãe e bate no bolso, mostrando que está com a lista de coisas de que ela precisa do comércio londrino. Por fim, acena para mim e parte na longa estrada entre as faias verdejantes para sentenciar o bispo de Rochester e o lorde chanceler da Inglaterra à morte, tudo porque esses dois bons homens, grandes homens, se recusaram a obedecer à nova lei de Ana.

Quando meu pai volta para casa, seguido por um cavalo de carga com os livros da biblioteca, traz a notícia (que não é novidade alguma) de que Thomas More e o bispo John Fisher, além de cinco religiosos, foram todos sentenciados à morte por se recusarem a reconhecer que há um novo papa e que ele é Henrique. Thomas More e John Fisher foram para o cadafalso fiéis à fé de sua infância.

— Não pode haver um poder maior que o do rei da Inglaterra na Inglaterra — diz meu pai, simplesmente. — Portanto, o rei é o papa e o imperador da Inglaterra.

Abro a boca para perguntar se, uma vez que só existe uma Igreja e o rei é o papa na Inglaterra, o rei também seria o papa na Itália, onde o outro papa se senta no trono de Roma. Ele é imperador na Espanha, onde o imperador é Carlos?

Mas meu pai balança a cabeça, me puxa bem para perto e sussurra em meu ouvido:

— Sete eruditos melhores do que eu responderam a essa pergunta e estão mortos por isso. As pessoas sensatas, homens ou mulheres, jamais fazem esse questionamento. Os bons cortesãos nem pensam nisso. Prepare-se para seu retorno à corte, Jane, e não pense em coisas sobre as quais o rei já foi aconselhado, que o parlamento já decretou como lei e que o carrasco já confirmou da forma mais definitiva que só ele é capaz.

Com as mortes do bispo Fisher e de Thomas More, a corte parte para a excursão de verão pelo país sem a menor preocupação. Protestantes e papistas, inimigos e amigos, todos deixam a capital enferma e lotada durante algumas semanas, e a Igreja e o povo são esquecidos pelo homem que exigiu poder total sobre ambos.

— Ninguém vai convidar você de volta enquanto eles estiverem viajando — diz minha mãe, declarando o óbvio.

— Eu sei — respondo, paciente. — Não espero por isso.

— Então, já que sabe de tudo, quando espera ir?

— Não sei — respondo, rangendo os dentes de irritação. — O secretário-mor mandará me buscar quando a rainha precisar de mim.

— Ela consegue tudo o que quer — diz minha mãe, com certo despeito.

— Claro — respondo. — É a rainha.

É só no fim do verão que chega outra carta para mim, com o selo de Cromwell na parte externa e as iniciais rebuscadas e curvas do *T* de Thomas e do *C* de Cromwell ao pé da página. Mais uma vez, a carta tem um lacre e foi dobrada várias vezes e encaixada em si mesma, embora, como na anterior, não haja nada no conteúdo que possa interessar a qualquer espião.

Cromwell escreve as cortesias de sempre, conta da excursão de verão da corte ao sudoeste, e que escolheram não se hospedar no grande palácio de Margaret Pole em Bisham (o que entendo como uma ofensa à dama da antiga família real e um golpe à facção espanhola, que está atordoada com a morte de seus campeões, Fischer e More), e como suas majestades ficaram muito felizes que a excursão tenha se prologado até o outono.

Só no final da carta encontro o convite.

Seu bom senso fez falta nos aposentos da rainha, e sua supervisão fez falta às damas da corte. Sua majestade precisará de damas da própria família em seu próximo resguardo, e sua irmã, Maria Bolena (agora Maria Stafford) nunca retornará à corte. A senhora pode retomar seu lugar anterior como a principal dama de companhia nos aposentos da rainha, vivendo com seu marido na ala do rei, sob os termos costumeiros. A rainha ordena que eu lhe diga para vir de imediato, e confio que você me considerará um amigo.

Reparo que Ana, a esposa de um papa e de um imperador, passou a ser chamada de "sua majestade". Não me importo; eu a chamarei de santo padre, se assim ela desejar.

Bato à porta da biblioteca e entro, confiante de que serei bem-vinda. Meu pai está sentado diante da grande mesa entalhada, cercado de pergaminhos desenrolados e segurados por pesos, escrevendo em um grande fólio com uma das muitas penas que aparo para ele. Vejo os rascunhos de diferentes traduções e as tentativas de encontrar rimas cobertas de tinta. Ele ergue os olhos quando entro e sorri para mim.

— O secretário-mor disse que a convidaria para voltar à corte depois da excursão de verão. Convidou?

Ponho a carta à sua frente e vejo seu sorriso satisfeito enquanto a lê.

— Você não poderia ter um homem melhor como benfeitor — diz meu pai. — Ele não tem sangue nobre, mas não o despreze por isso, Jane. É um homem de grandes habilidades e um favorito do rei. É a prova de que um homem comum pode ascender através de trabalho e educação. O italiano dele é melhor que o meu; invejo os anos que passou em Florença.

— Ele diz que devo considerá-lo um amigo — comento, apontando as palavras na caligrafia floreada.

— Sim, significa que você deve contar a ele tudo o que se passar nos aposentos da rainha.

Meu pai pega a pena e corrige um erro de ortografia, só pela própria satisfação, porque não consegue resistir ao impulso de melhorar uma frase, mesmo de outro autor.

— Nunca mais vou interferir em assuntos reais — digo, inflamada. — Não vou lutar as batalhas de Ana por ela!

— Você vai cumprir seu dever — corrige meu pai. — Ele não a convidou de volta para ficar ociosa. Você vai observá-la, assim como as damas dela, e relatar tudo o que ver. Ele vai colocá-la nos aposentos da rainha para que o alerte de qualquer coisa que acontecer. Vai querer saber de tudo antes que seja divulgado: se a gravidez está progredindo como deveria, se as damas são adequadas para o posto, se alguém está falando contra as novas leis, quem está a favor da antiga rainha... esse tipo de coisa. Acima de tudo, vai querer saber o que Ana está pensando antes de ouvir do rei que ele, sozinho, teve uma nova ideia que deve se tornar lei no dia seguinte.

— Como a principal dama da rainha, é meu dever manter o principal secretário do rei informado — digo, cautelosa.

— Conte a ele todos os pensamentos da rainha — aconselha meu pai. — Se puder, informe a ele o que ela ainda vai dizer, antes que ela coloque o assunto na mente do rei como se fosse ideia dele. Antecipe-se a ela, e você se antecipará ao rei, e dessa forma Cromwell também o fará.

Hesito.

— Mas, pai, não é assim que se cria um tirano? Fazendo a vontade dele antes que peça? Se o rei é o primeiro entre iguais, não deveria expressar seus desejos e fazer com que seus pares debatam a questão no parlamento? E agora, como chefe da Igreja... ele não deveria apresentar suas ideias aos bispos e eruditos, que as colocarão em prova contra a Bíblia e os filósofos? Do contrário, ele não seria o único poder na Inglaterra? Isso não é tirania, em vez de monarquia? Não foi esse o dilema de Roma?

Meu pai apoia a mão gentil na minha.

— Sim — diz, muito baixo. — Mas acabei de voltar da execução de um homem que fez este alerta. Pense, Jane, do jeito que eu a treinei para pensar. Maquiavel diz que todos os reis têm que avançar para a tirania, ou serão derrubados. Essa é a ascensão dos Tudor à tirania, é a ascensão de Ana à tirania, e você deve se certificar de ascender com eles.

PALÁCIO DE GREENWICH, OUTONO

1535

GEORGE NÃO ME espera no pátio dos estábulos de Greenwich quando chego, à frente de um pequeno séquito de criados do meu pai. Também não está em nossos aposentos quando vou trocar as roupas de viagem. Logo compreendo que retornei à corte, mas não à posição de uma verdadeira esposa. O aposento arrumado e limpo é frio e indiferente. Não estou voltando para um lar amoroso. Sigo até o outro lado do grande salão, rumo aos aposentos da rainha. Os guardas abrem as portas com uma mesura, e eu entro.

Ana mal ergue os olhos para minha mesura reverente. Está sentada em uma cadeira decorada, usando um vestido tão grande quanto uma tenda, como que para enfatizar que não suporta amarras apertadas sobre o bebê em sua barriga. Essa gravidez não será segredo. Esse bebê, anunciado no primeiro mês, já demorou demais para vir. Seu cabelo escuro está solto, pendendo sobre seus ombros, e ela está coroada com um diadema de trigo. Suas damas estão ensaiando a dança desta noite, em que a corte celebra a colheita, e Ana está sentada no centro.

Ela acena para mim e diz, sombria:

— Eu sou Ceres, a Fertilidade.

— Não seria Deméter?

Ela faz uma careta.

— Pelo amor de Deus! Vejo que você passou o ano todo na biblioteca do seu pai.

— Não quis corrigi-la... é só que Deméter é a deusa grega, e seu vestido tem o estilo grego, então pensei...

— Chame o vestido de Deméter, então. E eu sou Ceres, dentro dele. Satisfeita?

Dou uma risadinha, e ela finalmente sorri.

— Enfim, bem-vinda de volta — diz.

Ela pode não ter sentido minha falta, mas precisa de mim. Está cercada de familiares e companheiras, mas não tem nenhuma amiga. Com uma passada de olho, vejo que a nova coquete favorita deve ser nossa parente, Mary Shelton, a segunda garota Shelton a vir à corte. Ela conduz as damas na dança, e ao lado dela há um lugar vazio para seu parceiro, o senhor da colheita. Quem mais poderia interpretá-lo, senão o rei? Ele não vai ficar sentado ao lado da esposa grávida pelos próximos sete meses. Mary Shelton tem o rosto comprido dos Bolena, mas seus olhos cinzentos cintilam de empolgação, e ela está sempre sorrindo. É uma versão mais jovem e alegre de Ana. Se a mente de Ana algum dia foi livre de preocupações, teria sido como essa jovem.

Um olhar para Mary e as lindas mangas costuradas em seu vestido comum me diz tudo: nossa família pôs uma de nós no caminho do rei, para que o lugar da esposa Bolena durante a gravidez seja mantido por uma amante Bolena. Alguém conseguiu persuadir Ana de que ela não poderá exigir a fidelidade do rei pelos próximos sete meses. Alguém escolheu Mary Shelton como uma garota cuja lealdade à família significa que ela dará um passo à frente para então recuar, e alguém persuadiu Ana a desviar o olhar. Só pode ter sido meu marido — apenas George convenceria a irmã a tolerar Mary Shelton, sua própria prima, como a nova favorita, e de que é melhor ser uma rainha reinante no poder a vida toda do que uma amante favorecida por meses e depois esquecida.

Sorrio para Mary Shelton, para que ela saiba que entendo bem a situação: ela é o novo arauto da supremacia do rei e não haverá leite em seus lençóis nem beliscões. Olho para seu rosto alegre e corado e penso que é uma pena que toda essa animação e beleza seja dedicada a um homem que a usará apenas para demonstrar virilidade.

— Tenho que aprender os passos? — pergunto a Ana.

Ela assente.

— Reservamos um lugar para você. Seu par é Edward Seymour.

— E quem é o par de George? — pergunto, a voz soando dolorosa, pois assumo que ele agora tem uma amante.

— Ele se sentará comigo.

Margery Horsman aponta para onde devo ficar, e assumo meu lugar nas fileiras de jovens mulheres, olhando ao redor. Nan Zouche e Jane Ashley sorriem para mim, Margaret Shelton me dá o aceno confiante de uma parente, e Anne Cobham faz uma mesura, mas Jane Seymour, que foi dama de companhia comigo nos aposentos da rainha Catarina, é tímida demais para me cumprimentar, e só Deus sabe por que Ana a trouxe de volta à corte. Anne Parr, minha velha colega de escola, me dá um sorriso irônico; sua irmã mais nova, Catarina, está ao seu lado, visitando a corte. Elizabeth Somerset apresenta uma jovem parente sua. Sempre tem que haver um campo defensivo de mulheres cercando a rainha da Inglaterra, qualquer que seja seu nome: Deméter ou Ceres, Catarina ou Anne.

Aprendo a coreografia, e a repassamos três vezes. Até que Ana diz, como se estivesse entediada de assistir do seu trono cerimonial:

— Está bem, está bem, vocês podem fazer de novo amanhã. Vou descansar, vocês podem ficar costurando. Margery, leia os evangelhos; o restante vai escutar.

Há um murmúrio de descontentamento das damas, algo que nunca ouvi nos aposentos de uma rainha, mas Ana o ignora e faz um gesto para que eu a siga até sua câmara privada.

— Elas reclamam de costurar? — pergunto. — Costurávamos todo dia para a rainha Catarina, e ainda íamos à capela três vezes por dia!

— Elas são tão ociosas… — Ana dá de ombros. — Vêm à corte para arranjar marido, não para servir, como fazíamos. Aquela Mary Shelton escreve poemas para Thomas Wyatt e bilhetinhos de amor para Francis Weston, mas, como está escrevendo canções com o próprio rei, não posso repreendê-la! Ela rabisca os versinhos em seu livro de preces e o passa adiante na própria capela! Enfim, como foi lá no interior? Imagino que não prefira ficar por lá, como minha irmã. Você soube que ela foi viver com um fazendeiro e que não vai voltar, não é?

— Sim, fiquei sabendo. — Não digo a ela quem me contou.

— Ela apareceu aqui com uma barriga enorme, uma despudorada! Expliquei que precisamos estar acima de todo questionamento. É inconcebível que o rei duvide da virtude de um Bolena. Você terá que ser irrepreensível, Jane.

— Serei — prometo. — Ninguém dirá nada contra mim, contra você, ou contra qualquer um de nós. Ele está feliz, agora que você tem um bebê a caminho?

Ana faz uma careta.

— Tivemos um bom verão na excursão — conta. — Às vezes ficávamos alegres, ele esquecia que sou sua esposa e rainha, e éramos amantes felizes, como nos velhos tempos. Mas, assim que voltamos a Westminster e eu contei que estou grávida, fui transfigurada na Virgem Maria.

Dou uma risadinha, não consigo evitar. Por um momento, Ana parece irritada, mas então ri comigo.

— Eu sei! Eu sei. Agora que estou carregando o herdeiro do trono, sou abençoada entre as mulheres. Tenho que ser tão santa quanto Nossa Senhora.

— E qual é o papel dele? João Batista?

— São Pedro — retruca ela, sombria. — A pedra da Igreja. O primeiro papa de todos. Infalível como papa. E um imperador igualmente poderoso, agora que comanda tanto a Igreja como o povo. Claro, graças a mim, ele está mais rico do que jamais sonhou: não precisa de mais impostos além dos que arranjei para ele da Igreja; nunca mais vai precisar da anuência do parlamento. Pode multar todo monastério que alegar ser corrupto. Pode fechá-los e tomar tudo, caso se recusem a pagar. Deus queira que ele nunca perceba o poder que lhe entreguei! Mas viu que herança providenciei para meu filho? Ele será o primeiro príncipe reformado do mundo, um papa inglês verdadeiramente divino, e terá posse da fortuna do rei e da fortuna da Igreja. — Ela dá um sorriso irônico. — E a mãe será uma santa.

— "A mais feliz".

— Se eu tiver um filho, controlo o rei, e o rei controla tudo — diz ela, séria. — Percebe? Tudo o que fiz, tudo o que planejei, depende de um parto, como uma camponesa sob uma sebe. Se conseguir um menino, terei construído um país devoto com um rei tirano que está sob meu controle. Nenhuma mulher no mundo teve mais poder.

— Ora, por que você não teria um menino? — questiono. — Como diz, qualquer camponesa consegue. Por que você não conseguiria?

— O rei acredita que os príncipes são presentes de Deus — explica ela, inquieta. — Como Deus não abençoou seu casamento com Catarina, eles não tiveram meninos que sobreviveram. Ele enfiou na cabeça a ideia de que um filho homem seria um presente de Deus. E sabe quem foi o tolo que colocou essa ideia naquela cabecinha?

— Não foi o capelão de George? O erudito grego?

Ela ri, uma risada dura e sem humor.

— Não! Fui eu. Fui eu que disse isso ao capelão de George, e ele repetiu ao rei. Das muitas jogadas que fiz contra Catarina, foi a mais brilhante: afirmar que ela nunca lhe daria um filho porque não era uma esposa de verdade. Eu o coloquei contra ela de forma que ninguém mais poderia ter feito. E… *voilà*! A lição volta para me assombrar. A quem o rei vai culpar, se eu perder esse bebê? Ou se for outra garota inútil?

— Ele não pode dizer que seu casamento foi inválido! — protesto. — Você não foi casada com o irmão dele, como ela!

— Ele se deitou com minha irmã — aponta Ana. — Alguns dizem que se deitou com minha mãe.

— Deus, não! — exclamo.

— Ah, dizem que se deitou com a *sua* também! — Ana ri do choque no meu rosto. — Então você não precisa ser tão Seymour.

— Tão o quê?

— Tão Seymour... com essa cara dolorida de virgem virtuosa e pia, de freira modesta e chocada. É uma nova moda. Mas não importa com quem ele se deitou, basta que eu tenha um menino. Se eu tiver um menino, serei uma rainha abençoada por Deus. A mulher mais poderosa do mundo.

— Você não pode perdê-lo. — Faço o sinal da cruz. — Não vai.

— Desejam-me o mal — comenta ela, taciturna. — Aquela bruxa velha da Catarina e sua filha Maria estão rezando para que eu morra no parto, junto com meu bebê.

— Ela não faria isso — digo imediatamente. Lembro-me das devoções meticulosas da rainha, lutando contra seus desejos egoístas, e do amor determinado e resoluto por seus inimigos, até Ana. — Ela nunca rezaria pela morte de um bebê. Nunca faria uma coisa dessas.

— Ela é minha morte, e eu sou a dela — comenta Ana, sombria. — E Deus sabe que rezo pela morte dela toda noite.

Olho para minha cunhada e sinto algo parecido com desespero. Só passei um ano longe da corte e achei que voltaria para *Anna Vincit Omnia,* mas parece que as apostas estão mais altas; os temores, mais sombrios; os riscos, maiores... como isso vai acabar?

— Ela está doente, sabe, pode estar morrendo agora mesmo — comenta Ana, em voz baixa. Por um momento, ambas ficamos em silêncio com a enormidade da ideia que é a rainha a quem servimos morrendo em um castelo frio e distante. — E, se não morrer, eu vou matá-la. Vou encurralá-la com minhas leis, acusá-la de traição e decapitá-la.

Notando minha expressão horrorizada, ela dá uma risada cruel.

— Jane, se ela não jurar que nunca foi rainha, terá que morrer. Terá que negar a si mesma ou se matar, não me importo com o que ela vai escolher. Mas não pode continuar vivendo lá, recusando-se a responder se não a chamam de "rainha Catarina". Se ela e Maria não reconhecem o rei como o chefe supremo e a mim como única rainha, são tão culpadas de traição quanto Thomas More. Tão culpadas quanto o bispo Fisher. E veja só o que fiz com eles! Ambas terão que morrer, como More e Fisher, sob o machado.

NA MINHA PRIMEIRA NOITE de volta em casa, não janto com a corte, e sim com Ana, em seus aposentos privados. Também durmo com ela, não com meu marido. Isso evidencia a razão do meu retorno; com certeza não foi para uma segunda lua de mel. Nem mesmo vejo George até que ele entra no quarto da rainha pela porta privada para lhe desejar boa-noite enquanto nos preparamos para dormir. Meu marido está tão diferente que, por um momento, não o reconheço, chocada com a visão daquele homem de cabeça redonda e rosto duro que entra tão silencioso quanto um criado. O cabelo está cortado rente, e uma barba escura cobre seu queixo. Ele tem o rosto de um homem mais velho, um homem comum. A mecha que costumava afastar casualmente dos olhos escuros se foi; as linhas limpas do rosto se tornaram duras.

— Ah, George! Você está tão diferente!

Ele passa a mão no cabelo curto.

— Ah, é a nova moda. O rei cortou o cabelo e deixou a barba crescer, então mandou todos nós fazermos o mesmo.

— Você gosta? — pergunto a Ana.

Ela faz uma leve careta.

— Não vou reclamar. Lembra o escândalo que a antiga rainha fez quando o rei deixou a barba crescer? Eu não digo nada.

— Mas, George, seu lindo cabelo!

— Nenhum cortesão pode ter um lindo cabelo na corte de um rei que está ficando careca. — George senta-se numa banqueta junto ao fogo e observa Ana tomar o chá de ervas indicado pela parteira. Ele segura um jarro de mel das colmeias de Hever e lhe dá uma colherada enquanto ela se obriga a engolir a bebida quente.

— Muito bem — diz George, indulgente. — Boa menina. Durma bem.

— Você já vai para cama? — pergunta ela.

Ele balança a cabeça.

— Vou voltar aos aposentos do rei, eles estão dançando.

Ana se remexe, inquieta.

— Com quem ele está dançando?

— Jane Seymour.

— Então com quem Mary Shelton está dançando?

— Henry Norris.

Dançaram por mais de um ano sem a minha companhia e continuam dançando, mesmo comigo de volta. Fica evidente que apenas Thomas Cromwell me queria de volta, e só Ana precisa de mim.

— É sempre uma dança em círculo — digo. — Girando e girando. Onde está Agnes?

— Que Agnes? — pergunta George, impassível, piscando um olho para mim. — Sumiu faz tempo.

— Então ela não teve importância alguma — murmuro, pensando que eles tinham me abandonado por alguém que no final não tinha relevância alguma. Que eu tinha passado mais de um ano chorando por causa de alguém que não teve importância para ninguém.

— Norris deve estar morrendo de vontade de dançar comigo — comenta Ana, cheia de despeito. — Ele é apaixonado por mim há anos. Não enlouqueceu por Mary Shelton, como o resto da corte.

— Todos somos apaixonados por você — afirma George, com leveza. — Agora vá dormir.

Ele toma a mão dela e a leva à cama. Ana se deita, obediente, e ele a beija na boca como se fosse uma filha.

— Durma — repete, com seu sorriso charmoso e familiar. — Nada disso importa para a mãe de um príncipe. O rei não vai chegar a lugar nenhum com Seymour, a Virgem, e vai se cansar de Mary Shelton assim que puder retornar a você. — Ele olha para mim enquanto visto a touca de dormir. — Boa noite, Jane. Estou feliz que você voltou à corte.

— Ah, sentiu muito minha falta? — pergunto, amarga.

— Quietos — ordena Ana. — Não posso me aborrecer com as picuinhas de vocês.

Ele faz uma saudação, então some para os aposentos privados do rei sem dizer mais nada.

O SECRETÁRIO-MOR CROMWELL, meu novo benfeitor, está com o rei na primeira missa da manhã, na capela real, deslizando cartas para sua assinatura, uma após a outra, sobre o genuflexório. Tudo continua igual, a não ser o rei, que está absurdamente diferente. Deixou a barba crescer de orelha a orelha e cortou o cabelo bem curto. Vejo que o corte drástico foi para esconder o quanto seu cabelo dourado está ralo, e a barba esconde o pescoço engrossado. Depois do meu ano de exílio, não reconheço o belo príncipe da minha juventude nesse homem de meia-idade, cujo crânio brilha rosado por entre os fios curtos e grisalhos, e cujos ombros, alargados por ombreiras bordadas, não conseguem mascarar a barriga enorme. O rei se parece mais com os antigos lordes, inchados e escleróticos, do que com os belos rapazes da corte, bem mais jovens que ele. Pode ordenar que cortem o cabelo para combinar com sua cabeça calva, pode mandar que usem gibões estofados para imitar seu peso, mas ainda assim parece velho o bastante para ser pai deles, e não o primeiro entre iguais. Sua perna, ferida por uma lesão de justa na juventude, está apoiada num escabelo. Ele ergue a cabeça para olhar o padre, repete "Amém" sem convicção e se debruça outra vez para assinar e assinar, olhando de relance para as ordens e assentindo em aprovação.

Receio que vá erguer os olhos e me ver, e então receberei a careta aterrorizante do desagrado real. Mas ele nem parece me notar ali. Mestre Cromwell espalha areia na tinta molhada e entrega cada documento para seu assistente segurar até secar completamente antes de o colocar na caixa de escrita de nogueira. O país inteiro é governado a partir dessa caixa, e mestre Cromwell tem a única chave. O rei pode expressar qualquer mínimo desejo — que um rico monastério seja inspecionado, que um novo navio seja projetado, que uma ala do palácio seja reconstruída, ou que uma viúva pobre seja recompensada com uma pensão — e mestre Cromwell vai escrever as instruções, o rei vai assiná-las, e será feito. O governante supremo tem uma máquina de eficiência suprema para realizar suas vontades sem atrasos nem questionamentos.

Mestre Cromwell olha para a rainha e suas damas, do nosso lado da capela, as cabeças devotamente curvadas sobre os livros de prece, seguindo o serviço em latim, cantando as respostas e ouvindo o sermão. Ele me vê olhando e inclina a cabeça.

Seguimos o rei até o desjejum. Thomas Cromwell é como sua sombra enquanto ele manca pesadamente até o salão; no momento em que o rei se senta diante da corte, o secretário recua e se torna quase invisível. Agora o rei está livre para se empanturrar, fazer piadas, jurar que hoje vai cavalgar mais rápido que qualquer homem e passar os olhos pelas damas como se escolhesse quem será sua coquete e lisonjeadora principal.

Mestre Cromwell levará o trabalho em sua caixa de nogueira e enviará as cartas em seu próprio código, com lacres produzidos por seus assistentes, para agentes espalhados por todo o país: os xerifes que nomeou, os que se tornaram prefeitos, os juízes de paz que escolheu, seus inspetores de impostos, oficiais de alfândega e espiões. Esse sujeito baixo, feio, de costas fortes, com o cabelo escuro como o de um cigano, sem um título de nobreza, sem uma linhagem ilustre, conquistou a posição de homem mais importante do reino, depois apenas do rei. A palavra do rei é lei, mas é mestre Cromwell que escreve as palavras da lei, e são seus homens que garantem que sejam cumpridas.

Ele se curva profundamente à rainha, que mal reconhece sua presença, como de costume, e passa pela mesa das damas, cumprimentando-nos na ordem correta de precedência, com uma pequena mesura.

— Bem-vinda de volta à corte, lady Rochford.

— Obrigada — digo. — Estou muito feliz por estar aqui.

Ele faz um gesto modesto com as mãos largas e calejadas.

— E seu pai, está bem? Tem uma carta dele para mim?

Percebo que é assim que nos encontraremos.

— Sim, mestre Cromwell. Ele me deu sua nova tradução para entregar ao senhor.

— Pode levá-la à câmara de audiências de sua majestade mais tarde? — pede, e em seguida deixa o salão de jantar, desviando-se do caminho dos serviçais que passam com bandejas pesadas, como se ele não fosse um homem poderoso e eles não fossem obrigados a lhe dar passagem.

* * *

Pego um dos poemas mais recentes do meu pai e atravesso a multidão habitual de peticionários na galeria diante da câmara de audiências do rei. Há um pequeno alvoroço quando mestre Cromwell passa, sóbrio como um simples secretário em sua jaqueta escura e camisa de linho branco. Ele sorri e assente para cada homem ansioso, prometendo voltar e ouvir todos eles depois da audiência com o rei. Oferece o braço para mim e me puxa para um canto tranquilo.

— Obrigada por me trazer de volta à corte — digo. — Eu lhe agradeço profundamente, mestre Cromwell. Sou muito grata.

Ele assente, mas não perde tempo com minha gratidão.

— A rainha está grávida mesmo? Não está fingindo? Ela diz que está de dois meses. É verdade?

— É, sim. Ela não mentiria sobre isso.

O sorriso torto que se forma no canto da boca dele me diz que acha que Ana mentiria sobre a gravidez e qualquer outra coisa se achasse que conseguiria escapar impune.

— E Mary Shelton? Está envolvida para distrair o rei e impedir que ele tome outra amante? Ela sabe que esse é o seu papel? Foi a sua família que escolheu a candidata?

Ele nos faz parecer treinadores de cães ao redor de um urso encurralado, escolhendo uma cadela por vez para entrar na arena com a fera.

— Não é assim — digo, depressa. — Mary Shelton sabe que a tarefa de uma cortesã é entreter o rei e alegrar a vida na corte.

— E a rainha aceita esse… entretenimento cortês?

Não tenho como explicar a esse homem de berço comum, usando roupas simples, que as damas Howard são criadas para ser poetas e musas, para inspirar e interpretar o amor. A garota mais nova na sala de aula em Norfolk House, em Lambeth, sabe que sua missão na vida é conquistar o favor do rei e garantir um bom casamento. O garoto mais novo sabe que a única rota para a fama e a fortuna é no serviço ao rei.

— A rainha é senhora de seus aposentos, suas damas são um reflexo dela — digo. — Seus aposentos são, por direito, o coração da corte. Um rei deve ser servido pela realeza.

Ele dá uma risada curta.

— Sim, vocês fazem isso muito bem. E lady Shelton? Ela procura esse posto?

As perguntas rápidas fazem com que eu me sinta como um dos documentos dele passando rapidamente sobre a mesa para serem assinados ou carimbados.

— Ela não tem objeções. Veio a uma corte que todos conhecem como o centro do amor cortês e da poesia. Ela mesma escreve poesia, poesia de amor.

— Para o rei?

— Para o rei e outros poetas: Thomas Wyatt e Henry Howard. Para meu marido George e para Henry Norris.

— Em Veneza, uma mulher com tantos homens não seria chamada de cortesã?

O comentário vulgar me deixa corada de irritação.

— É um jogo — digo. — Como o senhor bem sabe, mestre Cromwell. É o jogo do amor cortês, e ninguém leva isso a sério. Todas as damas são apaixonadas pelo rei, todos os nobres são apaixonados pela rainha.

Ele balança a cabeça.

— Isso foge à compreensão de um mero advogado como eu. A senhora tem um amante, lady Rochford?

Viro a cabeça para longe do escrutínio de seus olhos escuros.

— Estou na corte há tempo demais — digo, baixinho. — Vim ainda menina e já vi coisa demais.

Resisto à tentação de confessar que estou farta desse jogo constante de amor cortês e cada vez mais temerosa de que o amor de verdade não exista. Por um momento, o olhar calculista dele se suaviza.

— Imagino que de fato tenha visto demais, pobrezinha. A rainha favorece alguém?

— Henry Norris, suponho. E Francis. Thomas Wyatt tem sido devotado a ela desde que eram bem novinhos... — Deixo a frase no ar.

— Weston ou Bryan?

— Quê?

— O favorito dela é Francis Weston ou Francis Bryan?

Dou minha risada falsa para esconder o desconforto.

— Ah, os dois! É o que estou dizendo. Esta é uma corte de flertes!

— E eles a aconselham, esses amantes? Falam da princesa viúva, da aliança com a França? Falam do papa e da necessidade da Reforma? Ela lê livros proibidos, não lê? Com quem? O irmão? Ambos são reformistas empenhados? Seu marido é o conselheiro principal dela? Do que eles falam?

— Claro, George tem a total confiança tanto do rei quanto da rainha...

Ele faz um barulho, um *tsc* irritado.

— Lady Rochford, a senhora não confia em mim?

— Claro que confio! Falei de como sou grata...

— Por favor, confie em mim. Metade do que está me contando eu já sei. Sei, por exemplo, que a rainha tem livros proibidos em sua biblioteca privada, e que metade deles foi presente do irmão. Que ambos estão determinados a realizar a Reforma da Igreja, a ponto de jurar que, em dez anos, não restará nenhum monastério de pé...

— Só os que são corruptos…

— E quem a senhora acha que os inspeciona em busca de corrupção? Eu! Estou do seu lado, lady Rochford. Estamos todos do mesmo lado. Eu defendo a Reforma, a rainha, o filho dela e uma Inglaterra Tudor em paz.

— George aconselha Ana — admito. — E todo o nosso círculo interno defende a Reforma e repudia a facção espanhola, a Espanha e a antiga rainha.

— E o que acha de Jane Seymour? — pergunta ele, casual. — Ela tenta chamar a atenção?

Ele troca de assunto tão rápido que me surpreende, levando-me a responder com honestidade.

— Jane Seymour? Ela não é nada! Ganhou seu posto como um favor aos irmãos. Estou surpresa por ter voltado à corte de Ana. Era muito afeiçoada à rai… à princesa viúva.

— Ela também tem um séquito de admiradores?

Sorrio ao ouvir aquele palpite.

— Se pensa que ela o tem, o senhor não deve saber de tudo, secretário-mor. Ela é famosamente modesta, notoriamente modesta, constrangedoramente modesta. Não incentiva ninguém.

Ele dá um tapinha em minha mão.

— Por favor, se atente a ela no futuro, lady Rochford. E diga-me o que pensa de Jane. Ela certamente tem grandes amigos na corte; amigos importantes, se não admiradores.

— Nunca a vi conversando com ninguém — aviso. — Mas, claro, é raro ela falar. Jamais conseguirá atrair o rei assim.

O sorriso dele se alarga.

— Bem como eu pensei! A senhora é uma estudiosa da corte, lady Rochford. Quando nos encontrarmos de novo, quero que me conte qual é o propósito de lady Jane Seymour… e quem lhe ensinou o silêncio.

Nossa dança de colheita com Ana no papel de Ceres acaba virando o tipo de farra que o rei adora e que Ana costumava encenar para ele noite sim, noite não quando ainda cortejavam, quando seus aposentos cintilantes em Whitehall rivalizavam e superavam o brilho de graça e dignidade da antiga rainha em Westminster. É como se aquela época tivesse retornado quando o Mestre das Festividades anuncia que a dança das damas trazendo a colheita precisa ser interrompida, pois alguns estranhos homens do campo exigiram a devolução de seus maços de trigo. Todos os cavalheiros entram, usando roupas simples de linho como as de homens rústicos. O rei, muito mais alto e mais gordo que todos e com passos hesitantes, é fácil de identificar, mas os outros estão ocultos sob camisões de trabalho soltos, com os chapéus encobrindo os olhos. Mary Shelton dá um grito de espanto deliciado, e as dançarinas se dispersam em confusão. Os coristas do rei entram marchando, vestidos como camponeses, cantando canções de colheita e saltitando ao nosso redor, e todas pegamos os maços de trigo e os empilhamos ao redor do trono de Ana como um castelinho improvisado, jurando defender a colheita contra esse ataque.

Ana ri com aparente deleite quando o rei salta sobre Mary Shelton, que berra e se agacha, agarrando firme seu maço de trigo. Jane Seymour simplesmente sai correndo, como se aquilo fosse farra demais para ela, mas seu irmão, Edward, um jovem bonito de cabelo escuro com cerca de trinta anos, me toma nos braços, erguendo-me do chão, e arquejo enquanto o outro irmão dela, Thomas, rouba meu maço de trigo e o joga do outro lado do salão. O trigo é capturado pelo bobo da corte, que pula alto e dá um aceno alegre para nós, correndo na direção de Ana para devolver o maço a ela, a rainha da colheita.

Edward Seymour grita com o bobo por trair a causa dos camponeses, e o bobo finge estar confuso com os gritos, foge na direção do rei e se lança a seus pés. O rei quase cai em cima dele, mas então toma o maço e o devolve para mim, num gesto de cavalheirismo. Corro com o trigo até Ana e sou cumprimentada por sua risada mais falsa.

Estamos todas desalinhadas e descabeladas, sem fôlego e rindo. Elizabeth Somerset segura uma das mangas do vestido, que rasgou de um jeito a deixar seu ombro nu à mostra; Margaret Shelton simplesmente desapareceu com alguém; Anne Parr está disputando um maço de trigo com William Herbert quando o Mestre das Festividades anuncia que a colheita chegou ao seu destino, e as damas venceram. Ana, como Ceres, estende a coroa para a dama de companhia que lhe trouxe o primeiro maço, e seu sorriso gracioso não vacila por um instante sequer quando Mary Shelton emerge de um canto escuro, toda amarrotada, faz uma mesura e curva a cabeça escura para a coroa de milho trançado.

A ceia da colheita é servida no grande salão, e comemos no estilo camponês: nada de garfos franceses, guardanapos elegantes ou saleiros de prata; apenas grandes pães na mesa, presuntos e frangos assados inteiros, e os serviçais trazendo grandes canecos de cerveja e sidra. Ana é a rainha do banquete, ao pé da mesa, mas Mary Shelton, como a rainha da colheita, está sentada ao lado do rei, na cabeceira. O rei capturou Jane Seymour e a forçou a se sentar à esquerda dele, onde ela permanece toda corada. O irmão dela, Edward, sentou-se ao lado dela para monitorar qualquer palavra que ela se atreva a sussurrar. As damas da colheita e os falsos camponeses sentam-se lado a lado à mesma mesa, abandonando a divisão usual de damas de um lado do salão e cavalheiros do outro. As pessoas sentam-se onde querem, sem hierarquia, em uma celebração da desordem: o mundo virado de ponta-cabeça.

Os velhos lordes e suas esposas não estão à vista; eles sabiam que seria o tipo de folia que desprezam, mas que não podem condenar enquanto o rei estiver no coração dos festejos, farreando como um homem com a metade de sua idade. A celebração não poderia ter sido mais bem-sucedida em inspirar risos joviais na corte da rainha e mostrar à velha guarda que estão todos ultrapassados, que não têm lugar à mesa, e que o rei é como nós: jovem, atrevido e alegre.

Ana tem George de um lado, fazendo-a rir e afastando todos os olhares do rei e de Mary Shelton, e Henry Norris está à esquerda, sussurrando em seu ouvido e lhe entregando os melhores cortes de carne. Eu a vejo jogar a cabeça para trás após algum sussurro impertinente e viro a cabeça para ver se o rei está olhando. Margaret Douglas está ao lado de lorde Thom, com sua carinha de bebê; e Anne Parr, ao lado de William Herbert.

Thomas Cromwell deveria mapear essa mesa como mapeou as terras da Igreja, mostrando as conexões familiares e os segredos que unem cada ponto. Assim, teria um mapa dos amores corteses que finge achar tão confusos e poderia julgar se também são corruptos.

— Você é nova — diz uma voz ao meu lado, e o bobo da corte, ainda vestindo um camisão branco de camponês, me mostra as mãos vazias: primeiro as palmas, depois o dorso.

— Estou na corte desde menina — respondo. — É você que é novo.

— Não, sou bobo desde que nasci — retruca ele. — Já era bobo no berço.

— Acho que todos são bobos no berço — digo.

— Acha que somos bobos por nascer? — pergunta ele, como se estivesse interessado na minha opinião. Ele vira as mãos para cima, e agora há uma cereja em cada mão.

Bato palmas para o truque.

— As cerejas são para mim?

— Você pode fazê-las desaparecer?

Eu as pego da mão dele e as enfio na boca.

Ele bate palmas, imitando minha reação anterior, com o mesmo sorrisinho falso.

— Viu? Você pode ser boba como eu.

— Eu sou a cunhada do rei, uma Bolena — revelo, pensando que ele não me conhece. — Não sou boba.

— Deus abençoe! — responde ele, com um sorriso amistoso. — Os Bolena são os maiores bobos de todos.

Os olhos do rei pousam em nós, e ele acena para que eu me aproxime. Sinto um embrulho no estômago quando me levanto, me afasto do banco e faço uma mesura a ele.

— Vossa majestade — digo, usando o novo título, sabendo que ele prefere ser chamado assim.

Combina com ele. Henrique não é mais o príncipe que chamavam de mais belo da Cristandade; envelheceu no ano em que estive afastada, engordou, perdeu o cabelo. O pescoço, os ombros e o peito ficaram mais largos; a pele do seu rosto, mais áspera, marcada pela passagem do tempo e pelo álcool. Mas ainda é o maior homem da Inglaterra, um dos homens mais ricos do mundo, a estrela mais brilhante nos céus da minha infância. Sinto que vou morrer de vergonha se ele disser uma palavra contra mim ou recusar meu retorno na frente de todos. Ele agora é majestoso, combinando com o título.

Seu sorriso é como o sol irrompendo entre nuvens de tempestade.

— Ora, a bela Jane voltou para nós! — exclama. — Por que passou tanto tempo longe, Jane, minha querida?

Não tenho tempo de olhar para Ana em busca de instrução; George, ao lado direito do rei, abre um sorriso brando. Dou uma risada cortês e declaro:

— Loucura, majestade. Só podia estar louca, para ficar tanto tempo longe do senhor!

E ele dá uma gargalhada sonora, abre os braços e me envolve em um abraço de urso; um urso instigado em um fosso, prestes a esmagar uma cadelinha tonta em seus braços imensos.

PALÁCIO DE ELTHAM, NATAL

1535

Lembro-me de que o bobo da corte chamou os Bolena de bobos quando o chefe de nossa casa, meu tio Thomas Howard, o duque de Norfolk, traz a filha, Mary, para passar o Natal na corte, na esperança de que ela enfim tenha permissão de se deitar com o filho bastardo do rei, Henry Fitzroy. Certamente, este ano, aos dezesseis, Henry Fitzroy deve estar forte o bastante para ser marido. Ele é forte o bastante para cavalgar o dia todo com seu amigo e cunhado, lorde Thom; os dois são fortes o bastante para rondar eternamente as damas na corte, ambos poetas, ambos amantes corteses, trocando sonetos com Mary Shelton e a sobrinha do rei, Margaret Douglas, transbordando rimas e luxúria juvenil.

Já faz dois anos que meu tio, o duque, tem cerrado os dentes, impaciente, esperando a permissão do rei para que seu único e precioso filho confirme o casamento. Sem a consumação, o casamento pode ser cancelado e negado, destruindo as esperanças do meu tio de ter um neto Tudor-Howard. Mas Thomas Howard é o único com pressa para ver esse matrimônio consumado. O rei, sempre indiferente ao duque, a não ser que precise dele para matar alguém, nem pensa nisso, e tampouco Ana, que se arrepende de ter concordado com o casamento.

Thomas Howard não reconheceria um *silogismo hipotético* nem se lhe fizesse uma mesura, mas deve ser assombrado por aquele que diz: "se, se, então...". *Se* Ana falhar em ter um filho homem, *se* a princesa Elizabeth for desqualificada do trono por ser mulher, *se* lady Maria, que além de mulher foi nomeada bastarda, também for desqualificada, *se* o bastardo Fitzroy gerar um menino com Mary Howard, *então* haverá um bebê Tudor-Howard herdeiro real.

Mas o jovem casal não está com pressa de servir à ambição dos Howard. O jovem Henry Fitzroy se apaixona por uma garota diferente a cada vez que entra nos aposentos da rainha. Ele não precisa de uma esposa para saciar sua sede, há mulheres o bastante nas tavernas à beira-rio que os rapazes visitam de noite. Mary Howard, a noiva, não faz nada para incentivar o marido com quem se casou por ordem do pai. É uma jovem fria, que dedica ao duque uma obediência gélida, completamente afastada da mãe desde que a mulher foi trancafiada com base nas informações que eu forneci.

Por conta disso, não é uma grande amiga minha. Provavelmente sabe que eu traí sua mãe por conspirar com a facção espanhola e mal sorri para mim quando cumprimento meu tio e ela, na imensa câmara de audiências do palácio de Eltham. O duque me beija na testa como se eu nunca tivesse caído em desgraça e sido expulsa da corte. Age como se tivesse esquecido que me abandonou, mas eu não esqueci.

— Ah, minha querida amiga Jane! Você é bem-vinda de volta à corte — diz. — Sua cunhada vai precisar de você durante o resguardo. Quando começa?

— Não sei — respondo, sem querer ajudar em nada. — Ela ainda não anunciou uma data.

— Ela não quer nutrir esperanças? — pergunta ele, sagaz. — Pode me contar, Jane. Não tenho como ser amigo dela nem um bom tio para você ou seu marido, se não souber do que precisam.

Nunca confiarei nele de novo.

— Vossa graça, é muita gentileza sua. Mas não acho que a rainha nem meu marido precisam de sua ajuda. A rainha está carregando um príncipe, e meu marido receberá a Ordem da Jarreteira na próxima cerimônia, em abril.

Ele torce a boca em um sorriso.

— Ficarei feliz em vê-lo receber a placa em Windsor — diz ele. — Pena que George não foi considerado da última vez. Mas, é claro, receberá meu voto para a próxima.

Meu sorriso é tão falso quanto o dele.

— Somos gratos, milorde.

— ELE PROMETEU QUE vai votar em mim? — pergunta George.

Estamos parados um de cada lado de Ana, que está sentada para assistir à chegada do tronco de Natal. Os criados arrastam um enorme tronco de madeira, que ficou um ano inteiro secando no pátio de lenha fora do palácio, e Will, o bobo da corte, dança ao redor deles com um machadinho na mão, tentando golpear o tronco em movimento, os criados praguejando diante da ameaça a seus dedos. Os coristas estão cantando a canção do tronco natalino, e as damas dançam em uma procissão logo atrás. Os cavalheiros estão rindo e cantando, segurando canecas de vinho com especiarias. Todos estão ali para ver o tronco de Natal, até alguns amigos da antiga rainha: Henry Courtenay, marquês de Exter, e sua esposa, Gertrude; o filho de lady Margaret Pole, Henry Pole, o lorde Montague; seu irmão, sir Geoffrey; e a irmã, Ursula. Eles ficam juntos, sorrindo, como se não estivessem pensando que tudo isso era melhor na época da rainha Catarina. Sir Geoffrey não tem nem o bom senso de aparentar uma alegria natalina, só lança olhares ao redor com a expressão de um menino contrariado.

— Prometeu! — ergo a voz acima das canções e das risadas. — Mas eu disse que você conseguiria a Ordem de toda forma.

Ana ri.

— Muito bem! É ele que precisa da nossa amizade agora, não o contrário.

— Ele sempre terá a amizade do rei quando houver trabalho sujo a ser feito — comenta George. — Quando o rei precisar de um exército para dispersar uma revolta contra impostos, ou quando mulheres pobres ousarem protestar contra o roubo de seus campos.

— Ele pode ficar com o trabalho sujo — diz Ana. — Mas logo não terá mais o que fazer. Não haverá revoltas, já que não haverá impostos paroquiais sobre os pobres depois que eu fizer o rei dar as multas dos monastérios aos pobres. Quando Cromwell fechar um monastério corrupto, será reaberto como um centro de aprendizado, uma escola ou um hospital. As vilas ficarão ricas com a fortuna das igrejas.

— Thomas Cromwell também pensa assim — comento.

— Claro que pensa — diz George, desdenhoso. — É gente da laia dele que está quebrando as cercas e liderando as revoltas.

Ana ri do desdém de George pelas origens de Cromwell.

O bobo salta sobre o tronco, que está sendo levado na direção das brasas ardentes da lareira.

— Cuidado! — grito para ele.

O bobo faz uma dancinha, correndo sobre a extensão do tronco, enquanto os criados o arrastam até a lareira. Então ele se afasta de um pulo quando o tronco é rolado para o fundo da grelha, até as cinzas brilhantes.

— Cuidado você! — retruca ele, o que não faz o menor sentido.

— Não vejo graça nesse bobo — comenta Ana, vendo-o dançar pela corte ameaçando os vestidos das damas com as mãos cheias de fuligem. — Nunca o ouvi dizer nada espirituoso.

— Ele não é um bobo espirituoso — concorda George. — É um bobo sábio. Diz ao rei coisas que ninguém mais ousaria dizer.

— Chegamos a esse ponto? — indaga ela. — O conselheiro mais sábio do rei é seu bobo da corte?

— Todos sabem que é você — intervenho.

— Sim, mas preciso de vocês dois atrás de mim — retruca ela, em voz baixa.

Retomei meu lugar como o terceiro ponto desse triângulo, o *trígono* nomeado pelos filósofos gregos como a forma mais forte para suportar um peso. A influência de Ana sobre o rei é um fardo pesado de carregar, e eu ajudo com meu trabalho de cortesã. Não acredito mais que estou ligada aos Bolena por amor. Há amor entre eles dois, mas é um sentimento que exclui todos os outros. Endureci meu coração durante o longo exílio. Abandonei meu desejo de amor, assim como eles me abandonaram, e voltei à corte por ambição.

O bobo arrasta as pessoas para uma dança; ele começa com as mãos pretas de fuligem da chaminé e, conforme os participantes vão dando os passos e passando de mão em mão, transmitem a fuligem uns para os outros e se encolhem aos risos. Jane Seymour o empurra com as duas mãos esticadas, feito uma criancinha tentando manter o vestido limpo, e corre para se esconder atrás do rei, que usa o próprio lenço de seda para limpar os dedos dela, rindo e repreendendo o bobo por provocá-la.

— Bobos parecem estar na moda — digo, amarga.

Como toda a corte, participo da troca de presentes na câmara de audiências do rei. É mais um tributo forçado do que uma troca alegre. Todos se enfileiram para entregar seu presente a um secretário, que estima o valor e o anota de forma que o outro secretário ao lado dele consiga ver. Este escolhe um presente de uma mesa próxima, com um valor um pouco menor, e o passa ao rei, que o entrega ao cortesão ajoelhado com uma palavra de alegria natalina.

Nada poderia ser mais distante de uma troca de presentes amorosa e espontânea: é uma cerimônia organizada, em que o valor é tirado dos cortesãos e dado ao rei, e eles fingem estar felizes com isso. Em um esforço para angariar favor e oferecer um item difícil de estimar, costumo presentear com algo que eu mesma faço: uma caixa de colarinhos para as camisas do rei, bordados com fio de ouro. Esse ano levei mais tempo para costurar do que o normal. O pescoço dele está mais gordo, e os colarinhos ficaram com quarenta e cinco centímetros.

— Ouvi dizer que seu pai deu uma das traduções dele a lady Maria — comenta Thomas Cromwell, enquanto as pessoas se enfileiram para entregar presentes ao rei e receber seus presentes de volta.

— Sim, a *Saudação Angélica*, de Tomás de Aquino — esclareço. — A primeira parte.

— A mãe dela, a princesa viúva, parece estar gravemente enferma — comenta Thomas Cromwell. — Seu pai aconselharia lady Maria a visitá-la uma última vez? Ele a aconselharia a fazer o juramento e reconhecer o rei como chefe supremo da Igreja, de forma que possa se despedir da mãe?

Não comento como é cruel fazer lady Maria declarar que a mãe é uma puta como o preço para estar junto dela em seu leito de morte. Certifico-me de enfatizar a lealdade do meu pai ao rei.

— Ele sempre a aconselharia a obedecer ao pai.

Ignorado pelos outros, que estão dando e recebendo presentes reais, Thomas Cromwell se inclina mais para perto e pergunta:

— É verdade que a rainha Ana disse que lady Maria pode visitar a corte? A rainha está experimentando ser gentil?

— Apenas para comprá-la; ela precisa fazer o juramento.

— Ah, tenho certeza de que elas seriam amigas! A rainha pode ser encantadora. Ela se tornou a amada do rei através de encantamentos, não é? *Sortiliéges*? Magia em seus sorrisos?

Hesito.

— Foi mágico no sentido de que eles se apaixonaram. Ela é encantadora nesse sentido.

— Por quê? Que outro sentido existe? — pergunta ele, como se ignorasse os outros significados de *sortiliége:* feitiçaria e artes das trevas. — Se seu pai pudesse persuadir lady Maria a fazer o juramento e vir à corte, a rainha poderia lançar seu feitiço. Lady Maria terá que obedecer ao pai, no fim das contas. Não é?

Penso no brilho do martírio nos olhos da princesa.

— Ela certamente deveria — respondo, cautelosa.

— Seu pai ama lady Maria?

— Um amor cortês — digo a ele. — Um amor paternal. O senhor sabe que não significa nada.

Ele me encara com atenção.

— O amor paternal não significa nada, lady Rochford?

— Meu pai é um filósofo — explico. — A cabeça governa o coração.

Cromwell assente.

— Por favor, peça a ele que aconselhe lady Maria a fazer o juramento — diz, gentilmente. — Quanto antes, melhor. A senhora poderia mencionar o assunto a lady Margaret Pole. Até mesmo a lady Gertrude Courtenay. Diga-lhes que ela deveria jurar agora, quando a opção é oferecida com gentileza, e não arriscar o desfavor da rainha. Thomas More arriscou o desfavor da rainha; não queremos mais mártires.

— Ana nunca... — começo, mas me lembro de ouvi-la dizendo: *Ela é minha morte, e eu sou a dela.*

— Exatamente — diz ele. — A facção espanhola deveria considerar o que vai acontecer com lady Maria quando a mãe não estiver mais aqui para protegê-la. Os amigos devem desejar que lady Maria fique a salvo... mesmo que muito longe daqui.

Thomas Cromwell nunca diz uma palavra que não seja carregada de significado. Será que está sugerindo que lady Maria deve fugir?

— Imagino que ela não possa simplesmente partir.

— Imagino que ela tenha amigos, e que sejam ricos o suficiente para embarcá-la em um navio espanhol rumo a algum porto não vigiado.

— Existem portos não vigiados? — pergunto.

— Talvez.

— Ela não seria capturada, se tentasse fugir? Seria a pior coisa que poderia acontecer. Nesse caso, não seria o mesmo que aconselhá-la a partir rumo à própria morte?

— Ela não seria capturada — garante Cromwell. — Se tentasse fugir, tenho certeza de que conseguiria escapar. Se alguém fosse pego, seriam seus assistentes, a facção espanhola. Imagino que vocês, Bolena, não se importariam se eles fossem acusados de traição. Do mesmíssimo ato traidor que tirou lady Maria do país em segurança.

Ele não espera minha resposta, apenas se curva para o rei e se retira do salão, seguido por seu silencioso secretário. A fila de pessoas esperando para entregar presentes ao rei é longa, mas espero até que lady Margaret Pole avance e seu criado faça uma mesura e apresente uma bela sela de fabricação espanhola. O secretário anota o valor, lady Margaret faz uma mesura ao rei, seu primo, e ele se levanta do trono e a beija nas duas faces. Seu camareiro lhe estende uma caixinha de joias como presente para ela, como se aquela mulher, que nasceu princesa, fosse ficar honrada por receber uma bugiganga de segunda mão. Ela faz uma mesura e recua com deferência, só dando as costas ao rei quando chega à porta da câmara de audiências. Também faço uma mesura e a sigo pela galeria até os aposentos dos Pole, onde está hospedada com os filhos, lorde Montague e sir Geoffrey Pole.

— Milady — digo, alcançando-a.

— Lady Rochford. — Ela sorri como se quisesse me ver como sua pupila esperta nos aposentos da rainha Catarina, e não a dama da corte habilidosa que me tornei.

— Meu pai vai visitar lady Maria após a Noite de Reis — digo. — Devo pedir a ele que leve seus cumprimentos?

A mulher é cautelosa demais para confiar em mim.

— Obrigada — responde. — Por favor, transmita minhas bênçãos a ela. Seu pai sempre foi um bom amigo. Lady Maria e eu gostávamos muito de ler as traduções dele.

Baixo a voz.

— Ele vai aconselhá-la a fazer o juramento de lealdade.

— Tenho certeza de que ela ficará feliz pelo conselho. — Essa mulher sobreviveu a quatro reis, não vai cometer uma indiscrição, por mais que eu a surpreenda.

— Lady Maria deve entender o que sir Thomas More não entendeu: que não há escolha. Se ela quiser viver na Inglaterra, terá que declarar obediência ao rei como chefe supremo da Igreja, casado com a primeira e única esposa dele: a rainha Ana. Ela deve se nomear sua filha bastarda... — Faço uma pausa. — *Se* ela quiser permanecer na Inglaterra — acrescento, para que ela pense em exílio.

Lady Margaret esconde as mãos, que estão tremendo, nas mangas.

— Agradeço-lhe pelo conselho — diz, devagar, como se pesasse cada palavra. — Sei que a senhora amava lady Maria quando estudavam juntas.

Dou minha risada falsa.

— Ah, éramos pequenas rivais! Eu costumava dizer a ela: "*Ir a España!*".

Ela fala espanhol, como eu. Entende o que eu disse, "vá para a Espanha", mas não revela nada.

— Ah, sim, eu tinha me esquecido disso — diz ela, sorrindo.

Com uma mesura, eu a deixo à porta dos aposentos dos Pole. Lady Margaret é uma mulher inteligente, não preciso dizer mais nada. Tenho a sensação inebriante de poder, como um falcão solto no ar. Hoje fiz algo muito bom para lady Maria e que resultará na ruína da facção espanhola. Estendo os dedos feito as garras de um falcão. Sinto com se pudesse agarrar qualquer coisa.

PALÁCIO DE GREENWICH, JANEIRO

1536

Eu poderia ter tirado lady Maria em segurança do país e destruído a facção espanhola por seu papel na fuga, mas eles paralisam, incapazes de agir, horrorizados pelo declínio da antiga rainha nos dias escuros do novo ano. Mesmo eu, cunhada da mulher que a substituiu com tamanha brutalidade, espero, ansiosa, pela chegada diária de notícias ruins do castelo Kimbolton. Receio que ela esteja sofrendo com o frio do rigoroso inverno nos pântanos orientais: tendo sido criada como uma princesa da Espanha, no palácio de Alhambra, em Granada, sempre se ressentira com o frio. Eu a imagino sozinha na torre de um castelo desconfortável, afastada da filha amada, sem nada para deixar aos criados após uma vida usando as joias de rainha, sabendo que até seu próprio nome lhe foi negado, sem nenhuma outra certeza exceto sua fé. Imagino-a encolhendo sob o vento frio do leste, que traz mais neve, sabendo que nenhum de nós que já a amou tem permissão de visitá-la, nem mesmo em seu leito de morte.

Faço o sinal da cruz, meio oculta no canto da câmara de audiências da rainha, e rezo pela alma da mulher que Ana e eu, e quase todas aqui, servimos como se de fato amássemos, antes de nos voltarmos contra ela, em traição. Em minhas preces, chamo sua filha de princesa Maria. Penso nela à espera de notícias da morte da mãe, amargamente ciente de que só poderá dar seu último adeus se fizer um juramento negando a mãe como esposa e rainha, o que é pior do que a própria morte.

Ana irrompe na câmara de audiências de mãos dadas com o rei, parecendo radiante, como se tivéssemos vencido uma guerra.

— Graças a Deus! Graças a Deus ela se foi, estamos a salvo!

Todas as damas de Ana se erguem num salto e fingem surpresa e alegria. Tiro os olhos do jardim gelado para cumprimentar o casal real com um sorriso intenso.

— E livres do perigo de guerra com a Espanha! — exclama o rei. — Ninguém vai nos invadir sem causa! E o papa nunca vai publicar minha excomunhão... nós vencemos na esperteza! — Ele infla o peito largo. — Fomos rápidos demais para ele! Rá!

Ana nem hesita diante da alegação de que a morte da antiga rainha é um crédito à nossa astúcia. Os amigos do rei entram atrás do casal alegre, todos rindo e conversando, como um coro representando a vitória em uma mascarada. A facção espanhola — os antigos cortesãos da rainha e seus amigos mais íntimos — murmuram as mesmas palavras, anuindo com a cabeça como marionetes, mas não conseguem obrigar os lábios a sorrir. Gertrude Courtenay está pálida como as pérolas que usa nessa manhã, e seu marido, o marquês de Exeter, tem uma expressão sombria.

— E agora podemos nos encontrar com o papa e o imperador como amigos — diz meu tio, Thomas Howard, deslizando suavemente para o lado do rei. — Eles não têm mais causa contra nós. Podemos fazer acordos com eles, adentrar de novo a Cristandade. Não teremos mais que ficar contornando os franceses. Podemos voltar aos velhos costumes.

— Não vamos ficar amigos da Espanha! — retruca Ana. — Eles têm sido nossos inimigos há anos. Por que confiaríamos neles? Só porque sua princesa morreu?

O tio lhe dá um sorriso lento, a boca fina parecendo uma armadilha.

— É certo que eles nunca confiariam em vossa graça — responde ele. — Já há boatos de que a rainha foi envenenada e que foi sua famosa sopa.

O rei não ouve nada disso, ainda recebendo os cumprimentos dos amigos, mas a cor irrompe nas faces de Ana, e George a aplaca, segurando-a pelo braço.

— Princesa viúva — corrige ele, com calma. — Só há uma rainha. E a Espanha não tem causa contra nós. Não vão escutar fofocas contra a única rainha da Inglaterra quando precisam de nossa aliança contra a França.

Henry Courtenay e Henry Pole, líderes da facção espanhola, ignoram-se mutuamente, um comportamento calculado.

— Graças a Deus! — Thomas Howard se vira para longe de Ana e George para apertar a mão do rei, como se o parabenizasse. — Graças a Deus a mulher que o reivindicou erroneamente está morta.

A mulher que o reivindica atualmente estreita os olhos para o tio, mas não diz nada. A compreensão de que agora Henrique será visto pelo papa e por todo o mundo católico romano como um viúvo, livre para se casar de novo na Igreja verdadeira, a deixa reflexiva.

Mas nós coreografamos um baile de máscaras alegre e não podemos ter dúvidas. Há danças e bebidas, os amigos do rei brindam à liberdade dele, e, no dia seguinte, o rei e a rainha vão à igreja para uma missa de ação de graças com a pequena princesa Elizabeth vestida de amarelo brilhante, carregada à frente dos dois como a herdeira inegável de seu casamento inegável. Ana usa um vestido esvoaçante com o cinto amarrado alto e bem apertado, de forma a exibir a gravidez de três meses, como se declarasse que a época em que poderia perder tinha ficado para trás e que está marchando rumo à certeza.

Se esse bebê for menino, usará o mandrião de batizado real, e, dessa vez, não haverá rainha exilada para alegar que era o mandrião da família dela, trazido da Espanha, e que o bebê de Ana é um bastardo indigno. Esse bebê terá o título de duque da Cornualha e se chamará Henrique, e todos esquecerão que já houve outro pequeno Henrique, duque da Cornualha, que viveu apenas cinquenta e dois dias e morreu nos braços da rainha Catarina. Quando este nascer, no auge do verão, todos terão esquecido a primeira rainha; ela terá sido como uma rainha das festividades de primeiro de maio, que some à meia-noite e é substituída no ano seguinte.

— Escreva para minha irmã, Maria — ordena Ana, enquanto faz seu repouso da tarde.

— Maria? Por quê?

Jamais passaria pela minha cabeça que Ana algum dia gostaria de ter a irmã, antiga amante do rei, de volta à corte.

Ela está reluzindo de alegria.

— Quero que ela veja meu triunfo. Duvidou de mim e agora verá que sou rainha, a única rainha. Preciso dela, preciso da minha família ao meu redor, preciso de parentes leais ao meu redor. Não posso confiar em ninguém senão naqueles que dependem de mim.

— Maria não depende de você — observo. — Ela escolheu uma vida de pobreza ao lado de um fazendeiro, em vez de depender de você.

— Apenas escreva para ela e conte tudo — insiste Ana.

— Mas ela virá? Vocês não se despediram nos melhores termos, não é? Você não a chamou de puta?

Maria foi exilada da corte em um grande escândalo enquanto eu estava em Morley Hall. Ao que parece, ela disse que se casou por amor e exibiu a barriga saliente. Não sei o que irritou mais Ana, já que perdi os gritos e as brigas e as lágrimas.

— Ela virá se eu mandar — diz Ana, simplesmente. — Não tem escolha.

Maria Bolena chega, taciturna como uma escrava, a tempo do grande torneio de justa, que não recebeu um tema, mas todos sabem que é em comemoração à morte da rainha. Aqueles que a amavam, como Maria e eu, certificam-se de manter o luto bem escondido. Não perdemos tempo com compaixão mútua: Maria me despreza por ser uma mulher que dedicou a vida à ambição, e eu fico reconfortada ao ver que, embora ela tenha escolhido o amor, não consegue escapar da tirania da corte: ainda é obrigada a servir.

O rei também participa da justa, regozijando-se com sua juventude e vitalidade, agora que a ex-esposa morreu. Seria de pensar que ele era mais de dez anos mais novo que ela. Ele interpreta o papel de jovem marido de uma jovem esposa grávida.

A liça é o palco de Henrique, projetada por ele para exibir sua performance de si mesmo. De cada lado do pátio há duas torres octogonais com balcões abertos, um para as damas da corte e outro para os nobres, de modo que podemos nos sentar bem no alto e apreciar cada detalhe do esplendor e da coragem irrefutável do rei. Opostas às torres ficam as arquibancadas, para o povo de Londres admirar seu rei, que cavalga sob seu estandarte vestido com suas próprias cores. Mesmo quando a justa é feita com disfarces, todos sabem quem ele é. O rei foi um grande cavaleiro na juventude e, mesmo agora, não poupa esforços. E, claro, quase sempre vence. Hoje não é diferente.

Ana está na grande torre octogonal ao lado da liça, à frente das damas que observam o pátio, e todas passamos a manhã cheias de admiração. Maria Bolena, agora sra. Stafford, como faz questão de recordar a todos, está em pé, nos fundos: retornou à corte, mas não a suas boas graças. George cavalga bem e vence seu combate com a luva de Ana presa à lança. O rei participa de uma rodada, quebra a lança contra o peito do oponente e derrota um homem mais jovem. Todos comentam em voz alta que ele cavalga como um rapaz de vinte anos.

Ele vai descansar durante os próximos confrontos e, em seguida, voltará para a prova do aro, uma demonstração de habilidade no fim da tarde, para que o enorme público de cortesãos, comerciantes ricos e cidadãos que vieram de Londres possam testemunhar sua excelência real.

Ana volta ao palácio para descansar por uma hora no ar fresco enquanto os outros homens competem. Ela leva consigo Mary Shelton e Jane Seymour, a mulher que o rei já cortejou e a que está cortejando, e deixa as outras damas para trás, para assistirmos aos outros combates.

Um cavaleiro desiste por causa de um cavalo manco e outro combate termina depressa com apenas uma investida, então o rei decide voltar antes do previsto. Não quer que ninguém pense que precisa descansar. Mando um pajem correndo até os aposentos da rainha para avisar Ana que o rei vai competir novamente e que ela deve voltar o quanto antes.

Henrique sai da tenda e espera que tragam seu cavalo imenso. O animal também usa uma armadura pesada, a cabeça e os ombros cobertos com placas forjadas: uma casca de ferro que encerra o grande cavalo de guerra de carne e sangue. Um cavalariço o faz parar, e outro fica de quatro no chão, ao lado dos grandes cascos. O rei pisa com todo o seu peso nas costas do homem, enfia uma bota no estribo e se puxa para a sela. O grande cavalo de batalha oscila quando o rei se acomoda em seu lombo e segura as rédeas. Ele baixa o visor no elmo com um estrondo metálico, e agora é um ser mítico, um monstro de metal anônimo no alto de uma enorme criatura metálica. Seu escudeiro monta no próprio cavalo e sai na frente, para anunciá-lo: seu lema para a justa é o mesmo de Ana: "O mais feliz", como um elogio a Ana e uma chacota final à rainha morta. Ele é o mais feliz, e a ex-esposa nem foi enterrada ainda.

O rei vai cavalgar até os aros, uma demonstração da habilidade e da rapidez de seus olhos e mãos, uma exibição para agradar à plateia antes de avançar a toda velocidade no último combate. Há três aros pendendo de arcos, um seguido do outro no longo trecho de terra entre as duas torres de observação, e ele deve cavalgar sob eles, tentando enfiá-los na lança. O rei desfila ao redor da arena sob os vivas da multidão, mas os gritos são contidos: muitos ainda se lembram da antiga rainha, e alguns apontam para o trono vazio na torre de observação das damas e dizem que nenhuma mulher jamais será digna de ocupar o lugar dela.

O rei ergue a lança para encorajar os aplausos, dá uma segunda volta a galope para certificar-se de que todos estão olhando, então crava as esporas nos flancos do cavalo. O animal pula para a frente, trovejando rumo aos aros pendurados. O rei ergue a lança, engancha um e o solta em um movimento suave, depois engancha o segundo… então ouvimos um clangor metálico e um estrépito quando ele erra a distância do terceiro e a lança fica presa no arco, dando um tranco terrível no cavalo a galope.

Henrique é jogado da sela e voa rumo ao chão, seu peso puxando o animal assustado, que cambaleia e, com um estrondo de metal horrível, cai em cima dele: o rei de armadura esmagado sob o peso terrível do cavalo também revestido de ferro.

Todos gritam, e os cavalariços e escudeiros correm em disparada para a liça, em direção ao cavalo se debatendo no chão. Mas não conseguem se aproximar: as patas dianteiras arranham o ar às cegas, e as patas traseiras não param de coicear. O animal não consegue enxergar com o elmo na cabeça, nem se levantar sob o peso das placas de ferro. Enquanto se debate, tentando rolar e se levantar, o corpo do rei continua preso embaixo dele, terrivelmente imóvel enquanto o cavalo tenta se erguer e despenca inúmeras vezes.

Um cavalariço se lança corajosamente sobre a cabeça do cavalo, tira o adereço de metal para a criatura conseguir enxergar, e puxa as rédeas para levantá-lo. Eu o ouço berrar:

— Levanta, Trovão! Levanta! Pelo amor de Deus! Saia de cima dele!

Por fim, o animal consegue apoiar os cascos da frente no chão e ergue a cabeçorra, mas seu corpo, o peso terrível do grande corpo e das ancas musculosas, esmagam o cavaleiro imóvel. O cavalo enfim se levanta nas quatro patas e treme, em um tinido terrível de armadura dobrada e afrouxada, e se afasta do homem caído, que jaz imóvel como a morte.

Estou com as mãos sobre a boca; e não estou respirando. Puxo o ar, trêmula, e me agarro ao parapeito. O médico do rei, dr. Butts, sai correndo da torre de observação, tropeçando na areia sulcada da liça. Ele cai de joelhos ao lado do corpo imóvel e, com carinho e cuidado infinito, ergue o visor do elmo e baixa a cabeça para ouvir a respiração do rei. Então assente... talvez o rei esteja respirando? O médico enfia a mão gentilmente dentro do elmo, procurando uma pulsação, assente com mais confiança e se levanta.

— Ele está vivo — diz em voz baixa para a arena cheia de expectativa.

Nesse momento, os pajens do rei chegam correndo com um tampo de mesa tirado de alguma tenda, e o colocam no chão ao lado dele. Devagar, sob a orientação do dr. Butts, deslizam a tábua na areia sob o corpo inerte, dos pés ao elmo, como se fossem erguer a estátua de ferro forjado de um rei. Erguem a tábua com um único movimento, desequilibrando-se com o peso, e saem da liça a passinhos curtos, tomando todo o cuidado. A areia escorre da tábua feito água, como uma estátua de ferro submersa sendo erguida do leito do mar. Há um longo suspiro, como um gemido de dor, vindo das centenas de pessoas que assistem enquanto o rei da Inglaterra, nosso único rei, nosso rei sem herdeiro, é carregado como um naufrágio da liça até o palácio.

Sem dizer nada, conduzo as damas em uma procissão silenciosa que segue os pajens com seu fardo terrível. Mesmo agora, neste momento de terror, nós, cortesãos, seguimos a ordem de precedência. Os duques primeiro: meu tio, Thomas Howard, o duque de Norfolk, logo atrás do corpo imóvel do rei; Charles Brandon, o duque de Suffolk, ao lado dele; e Robert Radcliffe, o conde de Sussex, na ponta. Depois vêm os lordes menores e os cavaleiros. Nós, as damas, vamos atrás, e homens com títulos ainda mais modestos seguem atrás de nós. É como se estivéssemos indo a um grande banquete ou prestes a dançar: todos na ordem correta. Mas é como se fôssemos fantasmas enfileirados, pois estamos em completo silêncio e, quando chega minha vez de entrar no grande salão do palácio, estremeço com o frio súbito, e pisco para acostumar os olhos que saem do sol forte para a sombra. Todos os rostos estão pálidos, como se estivéssemos debaixo d'água.

Colocam a tábua com o rei sobre um par de cavaletes, e ele continua imóvel feito um navio no fundo do mar enquanto o rodeamos como cardumes de peixes boquiabertos.

— Afastem-se, deixem ele respirar — ordena o dr. Butts, com firmeza, mas escuto o tremor de medo em sua voz.

George está ao lado.

— Devo tirar o elmo dele?

O dr. Butts hesita, e tenho uma súbita visão de pesadelo: George erguendo o elmo e a cabeça saindo junto, de modo que meu marido terá decapitado nosso rei.

— Com cuidado, muito cuidado — recomenda o dr. Butts, e apoia o pescoço grosso com ambas as mãos enquanto George segura o elmo.

O metal não cede. George troca um olhar horrorizado com o médico, então puxa novamente, mais forte. Imagino os ossos quebrados do pescoço se separando e vejo meu marido cerrar os dentes, mas então o elmo cede e sai, e a cabeça horrivelmente raspada, redonda como uma bola lisa, pende para trás, mole, nas mãos do médico. Os olhos do rei estão fechados, seu rosto de um branco-esverdeado, feito o cadáver de um afogado. O dr. Butts tateia o pescoço outra vez em busca do pulso e se curva para sentir o hálito azedo contra a bochecha.

— Devemos levá-lo aos seus aposentos? — pergunta George, lívido de choque.

— Sim, sim.

Charles Brandon vai na frente, afastando as pessoas do caminho e gritando para os guardas reais abrirem as portas duplas o máximo possível para deixar passar o tampo de mesa. Os pajens na ponta da frente têm que ir de costas, arrastando os pés e olhando por cima dos ombros, desesperados para se manterem firmes. Os homens do rei andam ao lado deles, uma mão em cada ombro, murmurando:

— Cuidado, sigam reto, pisem aqui, isso, passaram da porta…

A enorme câmara de audiências se abre a partir da sala de espera. Ninguém vai tentar levar aquele peso morto escada acima, até seus aposentos privados e o quarto. Os dois pares de portas imensas são escancarados feito a boca do inferno para admitir a procissão, e os cavalheiros da câmara do rei entram correndo em seguida. As portas se fecham atrás deles e ficamos do lado de fora em completo silêncio.

Olho para as outras damas de companhia.

— A rainha — digo, apreensiva. — Temos que contar à rainha.

— Conte você — retruca Gertrude Courtenay. — Vá ao quarto dela. Esperaremos do lado de fora.

Seguimos em nossa procissão formal até os aposentos da rainha, nos fundos do palácio, e lá estão Jane Seymour e Mary Shelton, à toa na câmara de audiências, olhando pela janela com vista para o rio, sem ver nada, como as tolas que são.

— O que está acontecendo? — quer saber Mary. — O duque de Norfolk acabou de entrar feito um touro, nos expulsou da câmara privada e falou para esperarmos aqui.

— Ele está com a rainha?

Elas assentem.

— Sua majestade sofreu um acidente — digo, sem rodeios. — O médico está com ele.

— Deus! Meu tio não disse…

Tenho certeza de que não! Ele saiu correndo para falar com Ana antes de qualquer um. Como sua principal dama de companhia, devo estar ao lado dela, mesmo se tiver que interromper meu tio, um duque.

Olho ao redor em busca da irmã dela, Maria.

— Você vem comigo? — pergunto.

— Não — responde, grosseira.

Não há ninguém para me ajudar. Vou à porta da câmara privada, bato delicadamente, então entro.

Ana está meio caída em uma cadeira, como se estivesse desmaiada, com Thomas Howard a segurando pelos ombros.

— Aqui — diz ele. — Dê um tapa nela, ou algo assim.

Ana se debate nos braços dele.

— Jane! O que está acontecendo?

— O rei caiu do cavalo…

Ela alcança sua cadeira e se vira para o tio.

— Você disse que ele morreu!

— Eu disse que ele parecia morto — corrige o duque, depressa. — Você tem que entender que este é um momento de extrema importância. Se ele morrer…

— Você disse que ele morreu!

— Não disse. Escute, pelo amor de Deus! *Se* ele morrer, temos que garantir que você se torne a regente. Se a criança em sua barriga for um menino, você será a rainha regente pelos próximos vinte e um anos, até ele crescer. A única governante da Inglaterra, praticamente um rei.

Ana olha para mim, ensandecida.

— O rei morreu? Morreu?

Balanço a cabeça e esfrego suas mãos geladas.

— Não, o dr. Butts está com ele. O rei não está falando, está inconsciente, mas está vivo. Fique calma, Ana.

— Chame George! — A voz dela é um guincho estridente. Ela se levanta de um pulo e cambaleia, atordoada.

Preciso segurá-la para impedi-la de sair correndo atrás do irmão.

— Ana, fique quieta! Ele está com o rei, assim como todos os seus homens mais próximos. Estão na câmara privada, entraram lá com ele. O rei caiu, e o cavalo caiu em cima dele, mas estava usando armadura completa, então pode ser que esteja apenas desacordado…

Ela arqueja e leva a mão à barriga. Por um momento, ninguém diz nada, então ela inspira fundo, a cor retorna às faces, ela pisca e se recobra. Eu a vejo recuperar a razão e endireitar as costas, calculando sua vantagem.

— Isso — digo, incerta. — Isso, calma.

São palavras vazias enquanto assisto ao *silogismo hipotético* operar sua mágica naqueles dois: *se, se, então… Se* o rei morrer hoje, *se* Ana der à luz um menino, *se* a facção espanhola estiver mais enfraquecida que os Howard, *então* haverá uma regência Howard para um bebê rei Tudor-Howard!

Ana se vira para o tio, que está parado ao lado da lareira apagada, olhando para a grade fria, esperando que ela se torne a política habilidosa que ele sabe que é. Ela puxa o ar, trêmula.

— Regente — diz, para incentivá-lo a falar.

Ele assente.

— Entenda isso: a irmã do rei, Margaret, foi rainha regente da Escócia quando o marido morreu e a deixou com um filho pequeno. Ela foi a rainha regente até o menino ser coroado. E não foi a única. A rainha Margarida de Anjou foi regente para o filho pequeno quando o marido perdeu a razão. Já aconteceu. É o certo a se fazer. Você conseguiria. Com meu apoio, pode assumir o título. Com meu apoio, pode se declarar regente e tomar o poder de um rei. Governaria como um rei, com parlamento e conselho privado, até seu filho ter vinte e um anos. Juntos, podemos conseguir. — Ele a encara, os olhos escuros se estreitando de suspeita. — Mas entenda que nenhum de nós vai conseguir sozinho.

— Uma regência Howard — diz Ana.

Ele assente. Há um longo silêncio.

— Teríamos que trabalhar juntos — enfatiza o duque. — Nada de truques.

— Teríamos que nos livrar de lady Maria imediatamente — diz ela. — Antes que alguém a sugira como herdeira e rainha...

Ele assente.

— Casá-la com alguém leal... ou...

— Mandá-la para a Espanha? — sugiro, em voz baixa.

— Não. Teríamos que nos livrar dela para sempre — insiste Ana. — Permanentemente.

Ele entende primeiro e assente.

— Preciso vê-lo — diz Ana.

Ela dá dois passos na direção da porta, mas cambaleia, e eu seguro sua mão gelada.

— Sente-se, Ana. Deixe-me ver se...

— Não, deixe-a ir — ordena o duque. — Ela precisa ser vista tomando o controle, gerindo tudo. Eu a levarei.

Ele estende o braço, e Ana entende exatamente a imagem que eles devem apresentar: a rainha grávida e seu tio, o duque, que protegerá a ela e a seu filho ainda não nascido, o legítimo herdeiro real. Ninguém pode se opor aos dois. Se o rei estiver morto, o filho dela é o único herdeiro legítimo, e Thomas Howard, com seu exército privado, a tornará rainha regente. O bebê em sua barriga é o próximo rei, e Ana e o tio vão governar em nome dele até que assuma o trono. Essa é a trama e a urdidura dos sonhos dos Howard.

Thomas Howard sorri para mim, um de seus raros sorrisos doces.

— Isso mesmo — diz para Ana, muito educado. — Seja régia. Inegável.

Ana apoia a mão no braço dele e se endireita, enquanto eu vou na frente e abro a porta para a câmara de audiências, onde as damas se dispersam das fofocas em pânico e afundam em cortesias quando a rainha Bolena e o duque Howard passam.

O rei jaz como um homem morto. Ele está despido e deitado na cama, mas não emite qualquer ruído. Está vivo, respirando e quente, mas não escuta nem enxerga nada. Alguns estão comentando que é a mesma maldição que atingiu um rei Henrique anterior, que dormiu por mais de um ano e, quando acordou, encontrou seu país em guerra; e seu trono, perdido.

— De forma alguma — diz Thomas Howard. — O país não está dividido. Não há nenhum pretendente ao trono. Estamos unificados.

Thomas Cromwell, esperando notícias na câmara de audiências como o resto de nós, troca um breve olhar comigo. Claro que há outros pretendentes, sempre há outros pretendentes. Há lady Maria, agora chamada de bastarda, mas reconhecida como princesa real e a verdadeira herdeira por todos os papistas no país e todos no exterior. Há a única filha legítima: a princesa Elizabeth, com apenas dois anos e, ainda por cima, uma garota. Se contarmos os bastardos reconhecidos, temos Henry Fitzroy, casado com Mary Howard. Há outros pretendentes, como o séquito infinito de primos, sobrinhos e meios-irmãos da antiga família real: os Courtenay, os Pole, os Lisle e seus filhos.

— Eles acham que ela será regente? — pergunta Thomas Cromwell para mim, tão baixo que mal escuto quando aparece ao meu lado.

— Sim — digo apenas.

— Estavam fazendo planos para o caso da morte dele?

Isso seria traição.

— Claro que estão pensando no que o rei iria querer...

Mestre Cromwell assente e faz seu caminho até a sala onde Thomas Howard espera, na porta da câmara privada, com a rainha apoiada em seu braço. Os dois homens confabulam depressa em voz baixa, com Ana ouvindo em silêncio. Em seguida, a porta da câmara privada do rei se abre, e Ana entra sozinha.

De canto de olho, vejo Henry Courtenay falando rápido e em voz baixa com um dos seus homens, que faz uma mesura e sai da sala. Não somos os únicos pensando em lady Maria enquanto o pai dela jaz moribundo.

Todos esperamos por uma hora, sem conseguir sair de perto e mal nos atrevendo a falar, embora lá fora as pessoas comuns estejam murmurando, as bandeiras do torneio estejam balançando à brisa do rio e os cavalos permaneçam imóveis sob as selas pesadas. Finalmente, o dr. Butts emerge, e as portas se fecham atrás dele.

— Tenho a satisfação de informar que sua majestade recobrou os sentidos — diz. — Deus o salvou, ele não está ferido. Deus salve o rei!

— Deus salve o rei! — suspiramos, quase grunhindo.

Ana aparece, branca como um fantasma, e arreganha os dentes em um sorriso sem alegria.

— O rei vai descansar no quarto — anuncia o dr. Butts. — Eu ficarei ao lado dele.

Ele se vira para a porta do quarto do rei, e os guardas o deixam entrar. Ana me chama com um gesto.

— Me ajude — diz, impaciente.

Ela se apoia no meu braço até voltarmos à ala da rainha, e eu a deixo em sua cadeira na câmara privada. As damas de companhia vêm atrás, arrastando os pés. Nenhuma quer bordar. Todas querem descrever o próprio choque, o que viram, o que sentiram, mas basta um olhar para o rosto pálido de Ana para que desistam.

— Vocês podem ir rezar — declara ela. — Minhas irmãs, Mary e Jane Seymour, vão me ajudar a deitar. O restante pode trocar de roupa e ir rezar pela saúde do rei e dar graças pela recuperação dele. Jantem na minha câmara de audiências, não no salão. Nada de música. Nada de dança.

Todos temos certeza de que testemunhamos um milagre. Um milagre! O rei sobreviveu a uma queda que teria matado um homem normal, mas se ergueu incólume. Dizemos isso a nós mesmos todo dia, damos graças pela saúde dele na capela quatro vezes por dia. Porém, embora tenha sido salvo por um milagre, o rei não reaparece. Ouvimos dizer que o antigo ferimento em sua perna reabriu, e ele está sofrendo de dor, passa dias sem conseguir se levantar. Ana, em seus aposentos silenciosos, continua tão pálida quanto ficou ao pensar que o marido iria morrer. Não há mais missas de graças pelo falecimento de Catarina de Aragão, e o rei não manda chamar Ana.

Por fim, ele sai de seus aposentos privados, a cabeça raspada marcada com o hematoma do elmo, como uma máscara azul-escura que ele não pode apagar. Está mancando por conta da dor na perna, que piorou, e parece estranhamente furtivo, como um homem escondendo um segredo terrível. Ele descobriu a própria mortalidade. Competindo na justa contra jovens para celebrar a morte da primeira esposa, ele tinha certeza de que era imortal. Agora aprendeu que também pode morrer, em um instante, sozinho como ela estava, com frio como ela estava, com um grande peso expulsando o ar de seus pulmões.

— É preciso ser um grande estudioso para conseguir imaginar a morte — comenta meu pai, em uma visita aos meus aposentos Rochford lindamente decorados.

Estou sozinha; George está fazendo companhia a Ana. Nos últimos dias, os dois passaram horas sentados em silêncio, como se também tivessem tido a revelação súbita de que o rei é mortal e que não temos futuro sem o bebê na barriga dela.

— É quase impossível para um homem imaginar a própria morte, exceto como uma tragédia para os outros — comenta meu pai, pensando em voz alta. — Como a mente pode imaginar sua própria ausência? É um paradoxo. E um rei, que passa a vida fazendo valer sua vontade e encarnando seus desejos... como ele pode imaginar essa vontade e esses desejos não mais presentes? A ausência dessa vontade? Como imaginar um mundo sem suas ordens? — Pensativo, meu pai abre seu missal e rabisca uma breve nota para si mesmo na última folha em branco.

— Ele nunca gostou da cor preta — ofereço.

— Ele sempre temeu a ideia da morte — concorda meu pai. — Mas terá que pensar nisso agora.

— Ele declarou que é traição sequer falar disso.

— Podemos manter silêncio, mas como vamos não pensar no assunto? E sir Thomas More foi executado por pensamentos que nunca disse.

Franzo o cenho.

— O senhor não me disse isso. Ele foi acusado por pensamentos de traição?

— Sim, argumentaram que ele teria falado, se fosse em boa-fé. Seu silêncio significava traição.

— Mas isso não faz sentido, não é?

— Fez sentido para os Bolena, que exigiram o julgamento — diz meu pai, sorrindo.

— Foi tão triste.

— Qualquer tolo pode ficar triste. Veja mestre Sommers, o bobo, que tem que se manter sério agora que o rei esqueceu como rir. Devo perguntar a ele se consegue imaginar não existir? Talvez um bobo, que tem tão pouca vontade, mas tanta imaginação, consiga imaginar a própria morte.

A RAINHA É ENTERRADA COM AS escassas honras devidas a uma princesa viúva na distante catedral de Peterborough, e não como uma rainha, na abadia de Westminster. Fingimos que ela nunca se casou com o rei Henrique, nunca foi esposa e rainha por vinte e quatro anos, que nunca gerou criança após criança, que nunca criou uma linda princesa. Seu enterro é feito com respeito e cerimônia, mas nenhum de nós comparece. Ninguém de importância comparece.

Mesmo aqueles que genuinamente lamentam a perda dela como amiga querida estão proibidos de ir. A jovem esposa de Charles Brandon, Catarina Brandon, e sua filha, Eleanor Brandon, são autorizadas a ir como um favor a ele. Espiões comparecem, é claro. Meu tio Thomas Howard envia a nora, Frances, e Ana envia a amiga, Elizabeth Somerset, para saber quem estava lá e entreouvir os enlutados que ousassem seguir o caixão.

A morte da antiga rainha deveria significar a vitória total e completa de Ana, mas não podemos celebrar. A morte de Catarina torna a grande mentira de Ana uma verdade: ela dizia que o casamento do rei era ilegítimo e que ele não tinha esposa alguma além dela, e agora é assim. Ela dizia que só havia uma rainha, e agora lá está ela. Dizia que o rei não tinha nenhum filho legítimo além de Elizabeth, que os outros dois são bastardos, e todo o país jurou que isso é verdade. As alegações mais absurdas de Ana se tornaram fato; a própria realidade se rende às vontades dela. Mas, embora esteja em ascensão, Ana se sente mais insegura do que nunca. Tem o posto de rainha, mas não é favorecida pelo rei. Ele se mantém recluso, o rosto ainda marcado, a ferida na perna ainda aberta. Ana conquistou tudo, mas, estranhamente, a sensação é de derrota.

COMO TODOS CONCORDAMOS que o rei nunca foi marido de Catarina de Aragão, os poucos tesouros que ela deixou no castelo de Baynard quando foi exilada da corte são herdados pela filha, lady Maria. O rei não tem direito a eles, claro, mas os deseja, e os contesta para si, como viúvo. Ana ordena que a antiga rainha seja enterrada como uma parente distante, mas revira seus bens como se fosse uma herdeira.

Elizabeth Somerset, Jane Seymour e eu pegamos a barca real com Ana e subimos o rio, de Greenwich até o castelo de Baynard, como belos abutres circulando uma lebre morta. Elizabeth Somerset está mais avançada na gravidez do que Ana, e há muita discussão sobre desconfortos e dores e desejos por comidas estranhas enquanto remamos para o interior na maré baixa. Jane, cada dia mais insistentemente virginal, e eu, uma esposa sem filhos, nos sentamos na proa, enrijecidas, sem poder partilhar desses segredos.

Elas comentam que uma parteira pode apressar um parto demorado acariciando a mãe até ela desfalecer de prazer, e Elizabeth diz:

— Não só uma parteira… qualquer um poderia fazer isso, suponho? Em caso de necessidade?

Ana murmura, sem de fato falar:

— Mark Smeaton?

Ao que Elizabeth pergunta:

— Quão grande é sua necessidade?

E as duas irrompem em gargalhadas. Jane parece prestes a desmaiar de um excesso de pudor, e eu comento bem alto com ela sobre a probabilidade de chuva.

No velho castelo, os bens deixados pela antiga rainha são de pouco valor, mas Ana escolhe uma caneca de chifre com tampa e base de marfim, um baú revestido de veludo carmesim, um conjunto de tábuas de madeira para pão e um tabuleiro de xadrez de marfim para o rei. Jane encontra uma caixinha modesta para suas joias pequenas, e Elizabeth Somerset escolhe uma mesa incrustrada de madeira escura para seus aposentos.

Eu não pego nada. Nossos aposentos privados no palácio são ricamente decorados, e George e eu nos orgulhamos de comprar tudo o que desejamos. Nossa casa, o palácio de Beaulieu, foi mobiliada pelo próprio rei antes de nos presentear com ela, então não preciso das sobras da pobre rainha: o rei vai dá-las de Natal aos cortesãos de quem não gosta.

Ana tem uma manhã feliz, de triunfo mesquinho, virando tapeçarias com desdém, declarando-as antiquadas e absurdamente espanholas, abrindo baús e soltando as tampas com estrondo. Mas, quando se curva sobre uma caixa de livros, diz de repente:

— Não. Ah, não.

— O que foi? — pergunta Jane Seymour, ávida, pensando que a rainha encontrou algum tesouro empolgante, mas, quando vê os dentes de Ana arreganhados num rosnado, recua às pressas.

— É o bebê? — pergunto.

Ana se joga sobre mim e derrete como uma mulher de cera.

— Me leve para casa — sussurra. — Estou com dor, uma dor terrível!

Graças a Deus, a barca está esperando no píer e a maré, baixando. Elizabeth e eu a ajudamos a entrar, ignorando a guarda de honra de remadores, e partimos para o palácio de Greenwich. Sinto que passamos longas horas na água antes de poder atravessar os aposentos dela e seguir direto para seu quarto. As pessoas recuam diante de nosso avanço silencioso; é como o rei voltando para casa num tampo de mesa outra vez. Ninguém se atreve a perguntar. Talvez tudo fique bem, como ficou para o rei. Talvez Ana se erga em triunfo, como ele.

Em seus aposentos, tiramos seu corpete, as mangas, o vestido interno e a saia, nossos dedos tremendo enquanto desatamos as fitas douradas nas rendas de seda. As peças exteriores saem, então vejo a mancha vermelha se espalhando nas roupas de baixo. Jane Seymour foge do quarto, mas tem o bom senso de chamar a irmã de Ana, Maria, e a mãe delas. Elizabeth Bolena chama a parteira, então nos encontramos na mesma situação da primeira vez, reunidas ao redor da cama, contando mentiras umas às outras: que não é um aborto, que tudo vai ficar bem, que aquilo não passa de um pequeno sangramento, coisa que pode acontecer sem gerar danos. Mas, então no final do longo dia, depois que a parteira chegou e fez seu trabalho sujo, que é a morte, dura e inegável, a morte indiscutível.

Dessa vez, não podemos mentir. Todos nos viram voltar para casa, todos nos viram entrar às pressas no quarto da rainha. Jane Seymour saiu correndo e contou a quem quisesse ouvir que, por ser donzela, uma donzela *tão* inocente, não poderia servir à rainha que estava perdendo seu bebê. Todos sabem.

LEVA UM DIA E UMA NOITE até que tudo termine, e, quando Ana está em um estado de desespero sombrio, nos avisam que o rei está chegando para uma visita.

Elizabeth Somerset tem o bom senso de desaparecer com sua barriga enorme. Maria Bolena, uma antiga amante fértil, sai do quarto. Ninguém quer ver uma mulher grávida hoje, ninguém quer ver uma ex-amante.

Limpamos o quarto de toda visão desagradável. Não há comida, não há bebida, não há roupas, não há bacia de água para se lavar. Arrumamos o cômodo como se fosse o cenário de fundo de uma pintura, uma versão mascarada do quarto de uma rainha. Tornamos sua cama um leito conjugal, como se o rei estivesse vindo para fazer amor. Ana está perfumada com óleo de flores, as faces rosadas pintadas de ruge, os olhos escurecidos e convidativos com gotas de beladona, o cabelo é uma pilha cheirosa de cachos no topo da cabeça, e sua camisola está recatadamente fechada até o pescoço, com fitas que só precisam de um puxão para se abrirem.

Batem à porta e logo a escancaram. No instante em que ele entra, no instante em que vejo como ele arrasta a perna ferida, com o rosto contorcido e a boca petulante, sei que Ana está perdida. Henrique aprendeu a imaginar a morte, coisa que meu pai pensou que não poderia. Agora, todos terão que pensar nela também, o rei não pode guardar o medo para si. Ele é nossa cabeça, e nós somos o corpo: quando ele está com dor, todos sentimos dor; quando está com medo, todos ficamos aterrorizados. Agora que consegue imaginar a morte, todos deveremos temê-la, o tempo todo.

Os olhos de Ana se enchem de lágrimas de verdade, e ela estende a mão trêmula para ele.

— Marido — diz, e a voz estremece com luto genuíno. — Foi um acidente. Teremos outros filhos, certamente. E o próximo será melhor, mais forte. Mais bem formado.

Os amigos e companheiros dele não entram no quarto, apenas ficam parados no umbral da porta, uma parede de testemunhas hostis. Vejo os rostos duros dos antigos lordes; entre eles, alguns amigos da rainha Catarina, que estão ali para se regozijar. Ana os ignora, sussurrando para que não possam ouvir. Mas ela não deveria ter dito nada, porque o rei veio com um discurso preparado, e não é um ator tão bom a ponto de conseguir recitar suas falas após uma deixa errada. Ele se endireita. Vejo-o se encolher de dor quando apoia o peso na perna ferida. Ele ergue as mãos para silenciá-la, para poder dizer o que quer sem interrupção.

— Eu não entendo uma coisa dessas — afirma.

O rei percebe que empregou o tom de voz errado, que soa rabugento em vez de majestoso. Então, limpa a garganta e começa de novo:

— Eu não entendo uma coisa dessas. Sou tão saudável, tão cheio de vida, não entendo sua dificuldade.

— Foi meu tio, o duque de Norfolk — diz Ana, depressa. — Ele veio correndo falar comigo no dia do seu acidente! Achei que o senhor tinha morrido! Temi que estivesse morto! — A voz dela estremece, mas o rosto do rei não se suaviza.

Nosso tio, o duque, está entre os companheiros do rei, escutando da porta. Está pronto para dar um passo à frente e contradizê-la se Ana tentar jogar a culpa nele de novo, mas não tenho como avisá-la de sua expressão sombria.

— E o senhor tem dado muita atenção a outras… — diz Ana, censurando-o. Então baixa a voz. — O senhor me fez duvidar de seu amor… — Ela lhe lança um olhar rápido sob os cílios abaixados. — Me negligenciou. Me magoou. Fiquei desamparada. O senhor perseguiu aquela mulher e a colocou como minha rival… depois de tudo o que prometeu…

Isso teria funcionado quando Ana estava em seu auge, mas, desde que aprendeu a temer a morte, o rei não se importa com os temores alheios, nem mesmo os dela. Agora, focado em seu próprio discurso, não a ouve. Tem uma pergunta para testá-la, a pior pergunta:

— Era um menino?

Era cedo demais para saber, mas é mais trágico para ele se fosse um menino. Porque assim vai pensar na criança como um herdeiro perdido… mais um herdeiro perdido.

Ana esconde o rosto entre as mãos aromatizadas, como a *Miseria* em uma tapeçaria. Certamente o rei dará um passo à frente, afastará suas mãos e beijará suas faces molhadas. Mas não, essa tragédia é dele, exclusivamente dele. O rei não vai reconfortá-la: é ele a quem todos deveriam estar reconfortando. Ele é o protagonista da peça, não um coadjuvante.

— Vejo claramente que Deus não deseja me dar um varão — diz ele, bem alto.

Todos os cortesãos arquejam, e Jane Seymour solta um gritinho de compaixão. George me dá um olhar assustado: o que Deus está dizendo ao rei agora? Que seu casamento é estéril? Que Ana não é mais esposa do que a anterior? Que esse aborto prova que o casamento está amaldiçoado? Que não é melhor do que o último?

Henrique se vira na direção da porta. Os antigos lordes — Margaret Pole e Henry e Geoffrey, seus filhos; os Courtenay, primos deles; todos os amigos do rei e nossos inimigos — abrem passagem e o recebem, envolvendo-o em sua compaixão, capturando-o.

— Mas, majestade... — diz Ana.

Ela não consegue acreditar que o rei está saindo do quarto que preparamos com tanto cuidado. Pela porta aberta, pode ver suas damas se abaixarem em uma onda de mesuras, o capelo inglês modesto de Jane Seymour curvando-se baixo sobre o cabelo loiro.

O rei para no meio do caminho antes de sair da câmara privada, cercado por nossos inimigos, em meio ao triunfo da facção espanhola.

— Virei visitá-la quando estiver recuperada — diz, como se ela estivesse maculada, e, mancando para demonstrar a própria dor, vai embora.

E todos o acompanham. O bobo, Will Sommers, sai pulando atrás dele em uma paródia exagerada dos passos claudicantes — como se alguém fosse se atrever a rir.

Fecho as portas atrás de todos e me viro para Ana.

— Vá buscar George — diz ela, entre os dentes cerrados.

PALÁCIO DE GREENWICH, PRIMAVERA

1536

Aprendemos uma dura lição: o poder de Ana sobre o parlamento, a Igreja e o país depende de seu domínio sobre o rei. E ela só pode dominá-lo se o capturar e sustentar a atenção volúvel dele, o que tem de fazer de novo após tê-lo decepcionado e enojado. Todos os Howard, todos os Bolena, todos os apadrinhados, homens e mulheres, a quem o rei concedeu posições, todos os apoiadores da Reforma, se esforçam para devolver Ana ao trono como rainha da corte do amor, senhora de uma centena de corações partidos, a mulher mais linda e desejada, "A mais feliz". O rei primeiro tem que ser persuadido de que ela é a melhor mulher do mundo, proeminente em sua corte; só então ela pode governar o rei e o país. Assim que ela consegue ficar de pé sem sangrar, nós a fazemos andar; assim que consegue andar sem desmaiar, nós a fazemos dançar.

O rei vai para Whitehall, em Londres, com alguns amigos, nenhum deles amigos nossos, mas vai voltar, e organizamos mascaradas, duelos de poesia, torneios de tênis, competições de arquearia, bailes, peças, esportes, jogos, todo tipo de distração para quando ele voltar.

O rei não manda uma única palavra a Ana enquanto está fora, mas envia uma bolsa de moedas de ouro a Jane Seymour — um adiantamento por sua virgindade. Ela a devolve sem abrir. Isso pode significar que a pesou na mão e achou que não era suficiente para um tesouro preservado por tanto tempo, ou que de fato não está à venda. De toda forma, o rei não tem sucesso com a garota Seymour, e esperamos que o caminho esteja limpo para seduzi-lo de volta à cama de Ana.

Quando a barca real é avistada descendo o rio, é uma Ana confiante, cercada de uma falange de Howard, que vai recebê-lo no píer diante do lindo palácio, envolta em suas peles russas mais sofisticadas e sob um clarão de tochas contra o crepúsculo frio de primavera.

George consulta nosso tio, o duque de Norfolk, e todos concordamos em jamais mencionar o aborto outra vez: nosso tio não foi a causa, e isso não aconteceu. Será como o anterior, rapidamente esquecido na tempestade de divertimentos que só nós somos capazes de conjurar. Nós nos unimos para destruir as esperanças dos Seymour, que se mudam para os velhos aposentos de Thomas Cromwell, contíguos à câmara privada do rei. É uma grande demonstração de favor aos dois irmãos Seymour, e Ana diz que mostra que a influência de Cromwell está minguando, se essa família medíocre vai receber os cômodos dele. No íntimo, penso que pode igualmente se provar que é a nossa influência que é a lua minguante — e Cromwell está fazendo um favor aos Seymour, assim como antes fazia aos Bolena.

Porém, se os Seymour achavam que tinham um esconderijo para encontros secretos com o rei, nós estragamos essa festa. Ana escolhe Jane como sua companheira para passar a maioria das noites, e a jovem permanece a mais virginal das damas de companhia. Não há desafio em perseguir Jane, não há esconde-esconde para o rei. Quando ele a convoca ao seu lado, Jane senta-se em silêncio enfadonho. Quando o rei diz algo espirituoso e flerta com ela, Jane permanece com um sorriso neutro no rosto. A corte tagarela e fofoqueira não consegue ver a graça dela, mas mais de uma jovem experimenta o novo visual de recato e castidade, e o capelo inglês feioso entra em moda, uma reprovação silenciosa ao estilo francês de Ana.

Thomas Cromwell se muda para novos aposentos, mais distantes do quarto real, porém mais grandiosos, com uma escada privada até um cômodo no térreo, onde ele trabalha. O cômodo tem grade na janela e uma porta dupla, para prevenir bisbilhotagem. Todas as cartas para o rei são entregues primeiro na câmera escura de mestre Cromwell, para serem traduzidas, decodificadas e copiadas.

Certa noite, ele vai jogar cartas com o rei nos aposentos de Ana e me escolhe como parceira. Quando aproximamos a cabeça para contabilizar nossos ganhos, diz em voz baixa:

— Vejo que estão mantendo a srta. Seymour por perto.

— Não tão perto quanto eu gostaria — respondo. — Ela é aconselhada por sir Nicholas Carew, que não é amigo da rainha.

— Ah, é mesmo? — É tudo que ele diz.

— E por Gertrude Courtenay — acrescento.

— Eu sabia que você a acharia interessante — afirma ele, como se estivesse satisfeito com sua previsão. — Ela é parte da facção espanhola, ou só está do lado deles? Acha que ela aconselha Gertrude Courtenay quanto ao humor do rei?

Faço uma pequena careta.

— O que Jane Seymour saberia dos humores reais? O sol sempre brilha sobre ela.

Os olhos escuros dele se enrugam com divertimento diante da minha irritação.

— De fato. Acha que ela fala com o rei em nome de lady Maria?

Penso por um momento.

— É possível, imagino. Ela é muito gentil. — Pelo tom da minha voz, ele pode concluir que não penso que gentileza seja uma virtude para uma cortesã.

— Algum indivíduo solícito avisou à facção espanhola que lady Maria deve fazer o juramento ou enfrentar uma acusação de traição — diz ele, sorrindo para mim. — Os amigos de lady Maria estão horrorizados. Há muita agitação no galinheiro, mensageiros indo de um lado ao outro. Acredito que vão tentar tirá-la do país.

— Como sabe que estão agitados? — pergunto.

— Eles escrevem. Escrevem muito.

— Sua câmara escura recebe todas as cartas? Como aquelas de Veneza?

— Eu me inspirei em Veneza para projetar meus aposentos. A informação é o sangue vital de um Estado poderoso. O doge veneziano é um tirano muito bem-sucedido.

— A facção espanhola não usa códigos?

Cromwell dá de ombros.

— Eu tenho o código. Tenho o nome do navio, o plano de fuga e o nome dos que a avisaram de que precisa fugir.

— Mas não tem o meu nome — afirmo.

Ele assente.

— Não tenho. Lady Margaret Pole é uma mulher muito discreta, ao contrário do filho, sir Geoffrey, que tem a língua solta. Ela nunca escreve nada. Você fez um bom trabalho, Jane. Eles estão desesperados e vão agir em desespero, e lady Maria será salva da santificação, mesmo que não se esforce para isso, e essa conversinha deles vai levá-los ao cadafalso.

PALÁCIO DE GREENWICH, PRIMAVERA

1536

Todos os nossos amigos e aliados conspiram para criar nos aposentos de Ana um turbilhão de divertimentos, esportes, flerte, música e apostas. Maria Bolena ("Sra. Stafford, por favor!") volta à obscuridade rural por ser lenta demais para esse redemoinho de estímulos. Rondamos Ana como se ela fosse a última mulher que resta no mundo. Mary Shelton escreve pequenos enigmas e poemas para Ana recitar como se fossem seus, e a irmã dela, Margaret Shelton, libera o noivo, Henry Norris, para se ajoelhar aos pés de Ana. Todo homem que atravessa a porta dos aposentos da rainha é provocado, importunado e cortejado até jurar que Ana é a mulher mais linda do mundo e a única que ele deseja. Cada dança a apresenta em seu melhor, cada fantasia é costurada para ter o melhor caimento possível, e ela vence todas as competições de tiro com arco, arremesso de bolas e cartas. Canta as canções de amor do rei, desafia os poetas Thomas Wyatt, e até seu irmão, George, a admitir que as rimas do rei são as melhores, e é a parceira do rei em tudo o que ele faz. Ela o deslumbra com o brilho de sua aparência e charme. Criamos um frenesi de desejo, com Ana sempre à frente, tudo direcionado ao rei.

A sutileza habitual do amor cortês é deixada de lado conforme a corte se torna mais urgente, mais indecente. Todas as canções são de amor, todo amor é ardente, e não há amizades sequer entre mulheres: tudo é passional, tudo é rápido e furtivo. Mãos vagam livres. As mulheres tocam os próprios lábios, descendo os dedos pela linha do pescoço como se precisassem ser tocadas, nem que fosse por si mesmas. Os homens ajustam o véu das mulheres, tocam seus colares, pairam atrás de seus ouvidos. Um beijo de cortesia na face se demora, e os homens sentem as mulheres cederem ao menor toque. Os galanteios avançam rápido: Anne Parr e William Herbert estão abertamente enamorados; Margaret Douglas e Thom Howard vivem escapulindo juntos.

Até esposas nobres como eu são um alvo lícito para os jovens da corte, que deslizam as mãos para tocar a parte inferior do meu seio quando deveriam estar me segurando pela cintura para dançar. Eu permito, tomada pelo frenesi de amor da corte; estamos todos no cio.

Ana começa a usar o capelo francês cada vez mais afastado do rosto, para que o cabelo escuro emoldure sua face. Quando se levanta do trono para dançar, rodopia a saia e exibe os bordados finos nas laterais das meias, na altura do tornozelo. Quando se inclina para a frente, em uma mesura ao rei, revela as curvas cremosas do alto de seus seios. Tudo o que deveria estar oculto pode ser vislumbrado, se a pessoa for rápida — e todos são rápidos em olhar, todos são rápidos em mostrar.

Só o rei não é arrebatado. Ele se diverte no calor fervilhante dos aposentos da rainha noite após noite, encarando cada mulher com ávidos olhares de esguelha, mas sempre volta para o próprio quarto e dorme sozinho. Não sente desejo algum por Ana, mesmo com o vinho fluindo na taça de todos, a música tocando cada vez mais rápido, e todas nós dançamos como se fôssemos a garota do conto popular, condenada a dançar até morrer. Sentimos que estamos dançando por nossa vida, usando os sapatos escarlates das prostitutas. Nenhum de nós está seguro na posição que ocupa nem com a própria fortuna até o rei subir na cama da rainha e lhe dar outro filho. Temos que continuar girando neste turbilhão de extravagância e diversão frenética até que Ana esteja satisfeita e se torne mãe de um príncipe.

Escovo seu cabelo escuro na frente do espelho e não digo a ela que vejo um, apenas um, fio prateado em sua lustrosa cabeleira cor de ébano.

— Ele é um homem de contradições — diz Ana, com os olhos fechados, a cabeça oscilando ao ritmo das escovadas rítmicas. — Um rei que precisa de um herdeiro, mas não consegue se deitar com sua rainha. A mãe dele morreu depois do parto, como que para ensinar que a luxúria é fatal. Ele foi criado pela avó, que se declarava celibatária. Depois se casou com uma mulher fria como água benta, que lhe deu uma filha e mais de uma dúzia de natimortos. Ele acha que a luxúria por uma esposa só leva à morte.

— Conceber um príncipe é um ato abençoado por Deus. Não é luxúria carnal, não leva à morte…

— Mas ele nunca conseguiu, não é? Deitou-se na cama da antiga rainha e deitou-se na minha, e tudo o que recebeu foram meninas e bebês mortos. Fui eu que disse a ele que seu casamento era pecaminoso e que era por isso que só recebia morte da antiga rainha. Os caixõezinhos eram a prova. Agora, alguém — talvez Charles Brandon, ou os Courtenay, ou os Pole, ou Nicholas Carew, ou algum papista — disse a ele que nosso casamento também é pecaminoso. Você o ouviu! Deus disse a ele que foi por isso que perdi os bebês.

— Só um. — Eu a corrijo. — Só admitimos um. Mas você está enganada. A facção espanhola não está conspirando contra você, estão todos em pânico por causa de lady Maria. Alguém contou a eles que ela está em perigo.

— E se pensarem que o jeito mais fácil de salvá-la é me destruindo?

Fico horrorizada. Desvio o rosto do olhar dela no espelho até conseguir evocar um sorriso falso.

— Não, de jeito nenhum, não se atreveriam. Vão arranjar um navio espanhol para tirá-la daqui. Tenho certeza de que é isso que farão. Eles não têm poder para atacar a rainha.

— Eles vão arranjar um veneno italiano e dar cabo de mim.

* * *

O REI CONCEDE MAIS TERRAS A George e faz um inventário de tudo que nos deu até agora, como que para confirmar nossa riqueza enquanto a faz crescer. Entro no quarto de Ana, sem aviso, para contar da nova riqueza de seu irmão, e ela e Elizabeth Somerset se afastam com um pulo, como se eu as tivesse pegado em um ato secreto. Estou tão acostumada a encontrar casais escondidos nas sombras que, por um momento, meu coração desaba, pensando que as duas estão se beijando ou se tocando em alguma nova brincadeira amorosa, mas logo vejo Elizabeth escondendo uma bolsinha no topo do corpete. Ela sai do quarto sem dizer nada.

— O que foi isso? — pergunto, sem rodeios.

Ana balança a cabeça, como se quisesse me calar.

— Nada. Ela precisava de um pouco de dinheiro, e eu emprestei.

— Quanto?

Ela dá risada.

— Quem é você, minha tesoureira?

— Ela não deveria pegar dinheiro emprestado de você. O que fez para merecer isso?

Ana joga a cabeça para trás.

— É só um empréstimo. Emprestei cem libras a ela.

Soltou um suspiro: isso equivale à remuneração anual de George como cortesão sênior. É uma fortuna, vai aparecer na contabilidade da rainha, e todos vão se perguntar o que Elizabeth fez ou o que sabe.

— O que você queria que eu fizesse? Recusasse ajuda a uma amiga em apuros?

— Sim — digo, simplesmente. — Por que ela não pode falar com o marido?

— É um segredo.

— Mas ela pode contar para você?

Ana dá uma risada cruel.

— Ela tem um segredo meu, como garantia.

— O que ela sabe? — questiono, eu mesma uma comerciante de segredos.

Ana faz uma careta de leve.

— Ela me pegou… falando com… alguém.

— Quem?

— Mark, o belo Mark — diz Ana, e dá uma risada cortês, totalmente sem humor.

— O músico? O alaudista do rei?

— Só há um belo Mark. E a loucura saiu barata, se cem libras compram o silêncio de Elizabeth. Ela manterá a boca fechada. Não é melhor que eu. Nós concordamos que ela não é pior que eu, e eu não sou melhor que ela, e todas vamos enlouquecer nessa estação, juro que estamos com uma febre de primavera.

Balanço a cabeça.

— Ana, você não pode viver como uma dama de companhia... muito menos como uma dama promíscua. Elizabeth Somerset se permite liberdades que a rainha não pode tomar.

Ana dá de ombros.

— Ninguém sabe nada sobre as liberdades de Elizabeth Somerset, nem sobre as minhas.

ANSEIO PELO VERÃO ainda mais do que quando estava presa ao frio e à escuridão do campo. Se conseguirmos chegar ao Primeiro de Maio, estaremos na estação mais alegre da corte. A partir do meio do verão, o rei e Ana partirão na excursão real, caçando, viajando e vivendo à custa dos outros, hospedados nas casas dos nobres. Longe da corte e das brincadeiras frenéticas dos aposentos da rainha, ele a procurará de novo. Se conseguirmos atravessar o verão, vamos reconquistá-lo, e ela só precisa de uma noite de sorte para engravidar, então estaremos seguros de novo: uma família da realeza com um príncipe no berço. Ana poderá flertar com o alaudista sem ninguém se importar, e a facção espanhola poderá levar lady Maria embora sem ninguém sentir falta dela.

O ferimento na perna do rei sara, e, sob nossa alegria incessante, ele fica mais animado. Volta à cama de Ana, e fazemos piadas sobre seu apetite e a fertilidade dela. Repetimos o tempo todo como Ana é desejável, como todos os homens estão apaixonados por ela. Só um rei poderia conquistá-la, só o príncipe mais belo do mundo poderia segurá-la nos braços. O velho embaixador espanhol, Eustace Chapuys, não guarda mais rancor de Ana agora que a antiga rainha espanhola morreu. Ele vem à corte, e, pela primeira vez, os dois se encontram cara a cara. Ele faz uma mesura para Ana, que o cumprimenta. É um triunfo diplomático para nós, e um golpe para a facção espanhola, que o embaixador reconheça Ana como rainha.

George janta com Chapuys. Os dois tomam vinho até tarde da noite, e meu marido o convence de que são os Bolena que determinam as políticas da Inglaterra. Os antigos aliados do embaixador, a facção espanhola, os mesmos que o aborrecem para arranjar um navio para a fuga de lady Maria, são os homens do passado. Ele não precisa se preocupar com essa gente. Nós somos os únicos conselheiros, e o embaixador terá que lidar conosco se quiser soldados ingleses na guerra da Espanha contra os infiéis.

— E com isso a maré virou! — diz George, baixinho, muito satisfeito, aparecendo em nossos cômodos depois de acompanhar Eustace Chapuys até sua barca.

— Se Ana conseguir um menino na barriga este verão, estaremos a salvo, sem inimigos — concordo. Ele se acomoda numa cadeira ao meu lado, junto à lareira.

— Lady Maria pode fugir para a Espanha, e os únicos herdeiros legítimos na Inglaterra serão os Tudor Bolena.

Ele põe a mão sobre a minha.

— Você tem sido inestimável — diz. — Sozinho, eu não conseguiria tirar Ana do desespero e colocá-la de volta à ativa.

Ele nem sempre me considerou inestimável. Não derreto sob seu toque.

— É meu dever servir a rainha — respondo, tranquila.

— Por amor? — pergunta ele.

Sei que está se divertindo, falando de amor comigo, que nunca tive nem nunca terei o amor dele.

— Por amor ao meu ofício — respondo. — Eu sou uma cortesã. Meu pai me ensinou a fazer esse trabalho, e sua família me ensinou a ambição.

— Eu não me casei com uma cortesã, mas com uma esposa.

— Sim, sei que se casou — digo. — E depois se livrou de mim.

George ri alto, isso não é nada para ele.

— Ah, Jane! Nunca vai me perdoar por isso? Sabe que não foi meu desejo, sabe que não foi para magoar você!

— Você faria de novo?

— Só se fosse necessário — responde, sensato. — E com muita relutância e arrependimento!

— Então… com muita relutância… e arrependimento… nunca o perdoarei.

Ele sorri.

— Então devemos ser apenas colegas cortesãos, não amantes?

— Nunca fomos amantes — respondo. — Acho que você não sabe amar outra mulher que não seja Ana.

A FEBRE DE PRIMAVERA dos aposentos da rainha continua verão adentro, e, embora as danças e a bebedeira inspirem o rei a visitar a cama da esposa quase toda noite, ele ainda suspira ao redor de Jane Seymour durante o dia, preferindo-a como parceira em toda brincadeira de amor cortês. Os rapazes Seymour treinam a irmã na arte perdida da recusa afetada, e as pessoas começam a fazer apostas sobre quantos dias vai durar esse jogo até que os dois mandem Jane ceder ao rei e ir para a cama com ele. Os Seymour não são uma família rica e não podem se dar ao luxo de prolongar um flerte em que o enredo gira em torno da recusa de presentes caros. Foi um grande erro demonstrar a virtude dela recusando dinheiro; Jane poderia ter tirado algum proveito das pequenas liberdades até agora, mas apostaram tudo em sua virgindade.

Os homens mais velhos, amigos desde a juventude do rei, quase não se afetam pelos novos flertes intensos e jogos perigosos que se desenrolam nos aposentos da rainha. Foram criados na corte de Catarina, e sempre mantiveram suas paixões fora dos cômodos dela, seguras em tavernas e bordéis, onde eram notoriamente vis e violentos. Muitos deles já estão velhos demais e não aguentam ficar acordados até tão tarde. Também não representam ameaça à Reforma e à diminuição do poder do Parlamento. Não entendem a mudança de poder que realizamos; não enxergam o ganho que há para os cortesãos em transformar a corte em um tirano.

Alguns dos lordes mais velhos compreendem o que estamos fazendo e nos desprezam por isso. Francis Bryan vira seu único olho para nossos jogos, e a cicatriz abaixo do tapa-olho, no outro lado do rosto, se enruga como se sorrisse por trás da máscara.

Ele me cumprimenta primeiro, pois estou junto à porta, e, além de mim, vê Elizabeth Somerset jogando cartas com Jane Ashley, apostando botões, em vez de dinheiro. Atrás delas está o rei, cochichando no ouvido de Jane Seymour, tão próximo que toca os lábios na orelhinha dela.

Francis examina os aposentos agitados com o único olho, sem deixar passar nada.

— Endividada de novo? — sussurra ele, curvando-se sobre a mão de Elizabeth Somerset. — Quem vai pagar pelo berço do seu novo bebê? O pai? Mas quem é, exatamente?

— Não estou nada endividada — retruca ela, com uma bela risada, então, mais baixo: — Francis, seja um cavalheiro de verdade comigo. Não mencione ao meu marido que estou sem dinheiro, está bem?

— Nunca achei que ele se importasse com suas dívidas, de um jeito ou de outro — responde, a boca se torcendo em um sorriso que combina com o rosto torto. — Achei que fosse seu bom irmão, Anthony, que a mantinha sob rédeas tão curtas a ponto de a senhora precisar apostar botões.

Ela pisca. Mesmo com a barriga grande, consegue ser atraente.

— Ah, Deus! Não consigo fazer nada certo!

— Você tem sorte — diz ele. — Eu nunca faço nada certo e ninguém se importa. Mas um irmão atencioso está na moda nesta corte. Seu irmão a visita na cama, como George faz com a rainha?

Ela dá uma risadinha aguda.

— Só se for para ralhar comigo! — responde, e gesticula na direção de Ana.

Sir Francis faz uma mesura profunda, beija a mão de Ana e a aperta contra o peito. Com o olho fixo no rosto sorridente da rainha, desliza os dedos dela sobre seu peito, passando pelo gibão bordado, na direção da braguilha.

Ana puxa a mão de volta.

— Sir Francis! O senhor está muito atrevido hoje. Não sei para onde me levaria.

— Levar a senhora? — pergunta sir Francis, fazendo papel de idiota.

— Ora, para onde gostaria de me levar?

A provocação é desprovida da sutileza usual de Ana, mas ela está de olho no rei, que tomou a mão de Jane Seymour e parece implorar um favor.

— Não, eu não gosto das sobras de outros homens — sussurra Francis.

— O rei não me deixou! — Ana lança um olhar homicida na direção de Jane Seymour. — O senhor sabe muito bem que isso é só um joguinho da corte.

— Ele não sabe — diz Francis, com um ar triunfante. — Não estava falando das sobras do rei. Estava falando de Henry Percy. A senhora não é uma sobra de Henry Percy, de Northumberland?

Por um momento, ela fica pasma com a ressurreição de uma fofoca velha.

— O que está dizendo? Do que está falan...

— Não ficou sabendo? A esposa de Percy de repente anunciou que o casamento deles é ilegal! Foi um escândalo! E, pior, ela está dizendo que é ilegal porque ele já é casado: que ele se casou e se deitou com a senhora. Ela o deixou. Diz que ele é seu marido e quer saber se a senhora não vai aceitá-lo de volta!

Graças a Deus não há ninguém além de mim perto o bastante para escutar o que ele diz. Os olhos escuros de Ana se transformam em pontos de gelo preto, mas ela não vacila nem por um segundo. Nem mesmo se afasta dele: mantém a cabeça inclinada na direção do homem, o sorriso fixo no lugar, como se o encorajasse. Se o rei desviasse os olhos de Jane, só veria Ana sendo cortejada pelo velho amigo, sir Francis Bryan, na postura e no lugar do amor cortês.

— Anos atrás — afirma Ana, devagar, em um sibilo baixo, o sorriso sem vacilar. — Isso faz anos, como o senhor bem sabe. E Henry Percy negou tudo sob juramento. Ninguém sequer se atreveu a me perguntar sobre isso na época. Ninguém sonharia em me perguntar sobre isso. Nem na época nem agora. Na época, era mentira, uma mentira estúpida. Mas agora é traição, e quem fala uma coisa dessas é um traidor. Mais uma palavra sobre isso, sir Francis, e o senhor é um homem morto.

— Sopa envenenada? — pergunta ele, sorrindo. — Como a que a senhora mandou ao bispo Fisher? Ou seria pelo carrasco que contratou para sir Thomas More?

Ele recua antes que ela tenha tempo de responder, faz uma mesura tão profunda como deveria ser, com a mão no coração. Então vai até o rei e se inclina sobre o ombro dele, sussurrando uma piada indecente que o faz gargalhar. Por fim, some na multidão dos aposentos abafados.

Ana, sozinha na cadeira dourada, joga a cabeça para trás e ri sem motivo; só eu noto o calafrio que desce por sua coluna. Lança um olhar neutro na minha direção, desacreditada do que acabou de acontecer. Ela se vira para Mark Smeaton e reclama:

— Toque! Por que não está tocando?

— Uma canção para agitar o coração? — pergunta ele, olhando para Ana com um olhar cheio de significado, mas a rainha está olhando para além dele, para George, que caminha na direção dela jogando um comentário sobre o ombro para alguém, como se estivesse atravessando casualmente o cômodo.

— Sir Francis enlouqueceu — sussurra ela.

George mal a escuta, está escondendo a própria fúria.

— Não recebi a Ordem da Jarreteira! — dispara. — Nicholas Carew ficou com o lugar que me foi prometido. Fui preterido outra vez. Não votaram em mim. Não serei um Cavaleiro da Jarreteira este ano. De novo!

— Carew? Não vou aceitar que ele seja favorecido e tire seu lugar. Isso é um insulto a mim e a todos nós. É um voto pela facção espanhola escondido sob o nome dele. Não vou aceitar. Vou ordenar que ele recuse; Carew é nosso parente, vou falar para o duque, nosso tio, mandá-lo recusar.

Estou pensando furiosamente.

— Isso foi uma jogada contra nós ou apenas mais uma disputa entre os nobres? Quem votou por Carew e contra George?

— Calma — sussurra George para a irmã.

Ele tira minha mão de seu braço e a leva à boca, em um beijo elegante, mas seus lábios não tocam meus dedos: é tudo uma farsa.

— Carew foi nomeado pelo rei Francisco, da França, um homem que sempre achei que era meu amigo. Alguém deve ter contado a ele que eu me encontrei com o embaixador espanhol. — Ele dá um sorriso irônico para a irmã. — Os Cavaleiros da Jarreteira escolhem os seus, não é um presente para uma mulher... Nem mesmo você. Quero ser conhecido como um verdadeiro cavaleiro, não o protegido da minha irmã. Vou conseguir ano que vem, eu juro. Era para eu ter ganhado este ano, mas com certeza conseguirei ano que vem.

— O rei francês nomeou Carew, em vez de você? Por quê? — Faço a pergunta essencial. Ele não duvida de que estamos governando o país, certo? Os monastérios estão sendo dissolvidos, um a um. Estamos reformando a Igreja. Lady Maria fará o juramento ou será exilada. Por que a França apoiaria Carew, da facção espanhola? Por que agora, quando eles estão perdendo e nós estamos ganhando?

Os dois Bolena me encaram como se eu estivesse me intrometendo num momento de dor privada.

— Eu vou conseguir ano que vem — repete George.

— O ponto não é esse! — retruco, impaciente. — Quem está dizendo ao rei francês que é seguro preterir você este ano? E por que estão dizendo isso? E onde a esposa de Henry Percy aprendeu a se comportar com tamanha rebeldia? Por que agora?

As portas duplas se abrem, e sir Nicholas Carew, o novo Cavaleiro da Jarreteira, entra, faz uma mesura ao rei, põe uma mão no coração para se curvar diante de Ana e assente para George.

— Boa sorte ano que vem — diz, animado.

— Viva Carew! — grita o rei, e todos ecoam, obedientes:

— Viva Carew!

— Parabéns pela honra merecida, primo! — diz Ana, enfática. Ela se levanta da cadeira e vai até o rei com as mãos estendidas, ignorando Jane, que salta para longe como um cervo assustado. — Marido, devemos festejar e dançar após o jantar, para comemorar a honra merecida do meu querido primo.

O sorriso largo de Nicholas Carew mostra que ele sabe que Ana está se engasgando de inveja, como se estivesse tomando uma sopa envenenada. Ele se curva, fingindo gratidão pelos elogios.

— Estou tão orgulhoso — diz ao rei. — É uma honra.

— Não há ninguém mais merecedor — responde o rei, mesmo com George parado bem ao lado da irmã.

Não consigo parar de pensar enquanto mantenho as mãos unidas em puro deleite e sorrio para Nicholas Carew. Algo deu muito errado: perdemos espaço com o rei, até mesmo com o rei francês... o que ele ouviu dos espiões que eu não fiquei sabendo? A pobre coitada da Maria Talbot saiu da casa de Henry Percy há quatro anos, por que ela traria o assunto desse casamento com Ana logo agora? Na superfície, tudo parece fluir na nossa direção, mas algo não está certo. De algum jeito, a maré virou e está contra nós.

Fico surpresa ao ver meu pai entrar no grande salão para o jantar, na companhia de outros lordes. Meu pai é simpático com eles, um lorde entre seus pares, amigável com todos, um verdadeiro cortesão. Eu me pergunto se encontrou um momento para perguntar a Will Sommers se sua mente de Bobo consegue imaginar a morte.

Meu pai vem até mim quando estão retirando as mesas para o baile, e eu me ajoelho para receber sua bênção.

— Não sabia que o senhor voltaria à corte tão cedo — digo, erguendo-me, e ele me dá um beijo.

— Sua mãe precisava de algumas coisas do comércio de Londres — esclarece. — Tudo bem? Em bom ânimo?

Em outras ocasiões, ele nunca tinha ido à corte perguntar sobre mim.

— O senhor ouviu alguma coisa?

— Não, não, tudo está bem — responde ele.

Ele coloca minha mão em seu braço e me leva para longe do barulho da festa. A música abafa nossa conversa.

— Pai, está tudo bem?

— Espero que esteja! Você é obediente ao chefe da sua casa, o duque de Norfolk?

— Não o vejo com frequência. Ele e a rainha mal se falam, depois da enfermidade dela.

— Melhor não se envolver nessas brigas de família… — Meu pai encerra o assunto, como se não quisesse saber de nada, mas costuma ser um homem que quer saber de tudo.

— Não estou envolvida — respondo, calma. — Pai, o senhor ouviu alguma coisa? Tem alguém agindo contra nós? Ouviu que os Bolena estão perdendo influência?

— Eu não ouvi nada. Vocês estão perdendo influência?

— George não conseguiu a Jarreteira de novo, pelo segundo ano, embora tivessem prometido a ele — admito. — E a esposa de Henry Percy está fazendo acusações absurdas…

— Seu benfeitor, seu conselheiro, é Thomas Cromwell? — interrompe ele. — Você relata tudo a ele? Conta-lhe tudo?

Assinto, cautelosa.

— E ele ainda está do lado dos Bolena? Pela reforma da Igreja, pela destruição das abadias corruptas?

— Sim… só que Ana pensa que o rei deveria encurtar as rédeas de mestre Cromwell, que as abadias deveriam ser reformadas, não fechadas, e que outras deveriam abrir como escolas e centros de caridade. Ela acha mestre Cromwell ganancioso e corrupto…

— Não, você deve seguir os conselhos dele. — Meu pai balança a cabeça. — Ninguém quer dar a riqueza da Igreja aos pobres, muito menos o rei. A fortuna dos lordes, ou do próprio rei, não deve ser decidida por damas.

— Mas a Reforma foi incentivada pelas damas! — exclamo. — Todo o novo conhecimento começou nos aposentos da rainha.

— Conhecimento, sim, mas, agora que uma riqueza maior está envolvida, está nas mãos dos homens. A fé pode ser a obra das damas, mas a riqueza é o ofício dos homens. E nada acontece neste reino se Thomas Cromwell não concordar. Mesmo eu estou aqui por incumbência dele.

— Que tipo de incumbência?

— Como um juiz de provas iniciais. Em um novo inquérito.

— Inquérito de quê?

Meu pai olha em volta, mas não há ninguém que possa nos ouvir.

— Essa é a questão: não me contaram. Só fui convocado para ouvir as provas iniciais e ver se há um caso a ser feito.

Hesito, pensando.

— O secretário-mor está preparando outro julgamento de traição?

Ele assente.

— Sem dúvida, mas não sei quem será acusado.

— Ah, pai, ele não vai agir contra a princesa Maria, vai? Logo agora? Ana está exigindo que ela faça o juramento. Mas não podem julgar uma princesa por traição, podem?

— Lady Maria — corrige ele. — Não, o rei nunca usaria os lordes contra ela, é amada demais. E Carew, que é um dos seus maiores defensores, acabou de receber a Jarreteira. Tem que ser outra pessoa. Alguém cuja estrela esteja em declínio. — Ele olha para mim com expectativa.

Balanço a cabeça.

— Ninguém está em declínio... Mary Shelton foi substituída como favorita por Jane Seymour, e os Seymour estão em alta, mas isso é só fofoca das mulheres. Estamos planejando uma celebração de Primeiro de Maio, e George e Henry Norris serão os principais competidores da justa, o que significa que estão entre os favoritos do rei. Depois haverá uma excursão para Dover, e eles atravessarão o canal para homenagear os Lisle em Calais, então a velha família real está em alta conta. Ninguém está em declínio.

— Bem, alguém vai enfrentar um inquérito dos lordes — avisa meu pai. — Então deve ser um cortesão ou um homem da igreja. Um plebeu iria aos tribunais dos comuns. Mas, Jane, se mestre Cromwell perguntar alguma coisa, sobre quem quer que seja, certifique-se de contar tudo o que você sabe. Ele certamente já estará a par. Não segure nada. Você não quer que ele desconfie de você, além de... dessa pessoa da qual desconfia.

— Contarei. Sempre conto tudo a ele.

Nós nos viramos para observar os dançarinos. O rei está sentado em seu trono, marcando o tempo com a mão. Ana está ao lado dele, e a vemos dizer algo charmoso — sei que é charmoso pela forma como ela vira a cabeça —, e o rei assente e responde, sorridente, antes de olhar para o outro lado do salão, onde Jane Seymour aguarda, hesitante, sua vez de dar um passo à frente.

— Uma pena o que aconteceu com o cavalo — diz meu pai.

— Que cavalo?

— Trovão, aquele baio enorme do rei. O que caiu.

— Mas eu o vi levantar. Ele estava bem.

— Não se feriu, mas o rei mandou decapitá-lo — conta meu pai. — Por traição, suponho. — Ele tem que esconder o sorriso. — Cair sobre o rei foi considerado traição. A punição para traidores é decapitação. *Ergo*, o cavalo foi decapitado. Do mesmo jeito que os julgamentos do Pritaneu, em Atenas.

Penso no lindo animal, com sua pelagem brilhante e os grandes olhos escuros e inteligentes.

— Ah, pobre cavalo, era tão lindo! — exclamo. — Isso não é justiça!

— O rei é o chefe supremo da Igreja. E é o rei da Inglaterra. A justiça é o que ele disser que é. — Ele hesita. — É por isso que estou lhe aconselhando a reportar tudo a Cromwell.

Como se soubesse que meu pai falou comigo, mestre Cromwell me convoca à câmara escura no dia seguinte. A mobília é modesta, como se o secretário-mor do rei não precisasse de nada além de tábuas nuas, uma mesa, uma cadeira de espaldar alto com assento forrado de junco para si, e uma segunda cadeira do outro lado da mesa. A caixa de escrita que ele sempre leva consigo está na ponta da mesa, trancada com a chavezinha de bronze na fechadura. Há uma mesa e uma cadeira para um secretário, sobre a qual vejo dispostos toda sorte de instrumentos para espionagem de correspondência: adagas para cortar lacres, um arame finíssimo para remover selos de cera sem danificá-los e recolocá-los no lugar intactos, escovas de pelo de texugo para espalhar areia e revelar frases invisíveis feitas com material pegajoso, velas prontas para fazer palavras escritas com suco de limão aparecerem no papel chamuscado.

— O que é isso? — pergunto, apoiando a mão numa série de rodas de cobre, uma dentro da outra, cada uma com algumas letras gravadas na borda.

— Um dispositivo italiano. — Ele me mostra que a roda interna tem um ponteiro que indica uma letra do alfabeto e está ligada à roda externa, de forma a exibir seis letras à frente ou dez letras atrás, com outra engrenagem que altera a seleção de letras entre os parágrafos. — Isso traduz códigos, para ler ou para escrever — explica. — Basta combinar com o correspondente qual configuração usar e quando mudar.

— Muito esperto — comento, admirada. — Deve acelerar bastante a escrita em código.

— Meus secretários precisam trabalhar rápido. Nunca vi uma época tão agitada.

— A corte também anda agitada — concordo, abaixando as rodas de cifra. — A rainha quer promover um Primeiro de Maio especial para o rei, já que ele não poderá cavalgar este ano.

— Ela contou às damas que ele não pode cavalgar?

— Todos sabem. Mestre Cromwell, por que o senhor queria me ver?

— É sempre um prazer vê-la. E ela fala da poesia do rei?

— Todas falamos de poesia.

— Mas a rainha e o irmão dela, seu marido, e sua prima Mary Shelton, e o amigo dela, Thomas Wyatt, são todos poetas renomados, não são? O jovem Thom Howard também? Vocês estudam métrica, rima e todo esse tipo de coisa, criticam o trabalho uns dos outros, escrevem versos alternativos espirituosos? Eu não saberia, não sou um homem instruído...

— Claro que comentamos a poesia uns dos outros.

— E a poesia do rei?

— Todos rimos de rimas canhestra.

— E riem das rimas canhestras do rei?

— Não especialmente. Todos ali se provocam e se atormentam.

— A rainha reclama da infidelidade dele?

— O senhor sabe que sim. O amor que ela sente por ele não pode tolerar uma rival...

— E quanto ao fracasso dele no amor?

— Bem... ela receia que ele prefira as outras...

— E na cama? A rainha diz que ele falha? Ela o considera incapaz?

— Claro, ele foi gravemente ferido poucos meses atrás! — exclamo. — E o ferimento na perna ainda não sarou...

— Ela disse isso a você? Disse que ele é impotente?

Eu me sinto encurralada por meu próprio benfeitor. Todos sabem quando o rei se deita com a esposa, pois vai ao quarto dela com um séquito, acompanhado por metade dos amigos. As noites em que ele jaz imóvel como uma estátua são evidentes para os lordes, uma vez que vão buscá-lo pela manhã e o encontram como deixaram, e até as criadas que trocam os lençóis sem manchas sabem que ele não fez nada. Ninguém fala a respeito, é traição sugerir que o rei não está com saúde e vigor perfeitos.

Baixo a voz.

— Não é assim com todo homem...

— E a senhora contou isso a muitas pessoas?

— Não! Eu só contei a George, mas em uma conversa anterior. Anos atrás.

O rosto largo e bronzeado se enruga de compaixão.

— Anos atrás? Há quanto tempo isso vem acontecendo?

— Eu não me lembro.... Antes de eu deixar a corte. Depois... Cerca de dois anos atrás.

— Deve ser uma grande preocupação para ela, não? Como teremos um príncipe se o rei está... incapacitado?

— Sim. Exatamente — digo.

— Ela não faz nada para ajudá-lo? Para assisti-lo?

Penso em Geroge me contando que embebedou o rei para que Ana pudesse montá-lo antes que ele perdesse a vontade, dizendo que ela deveria tentar de tudo: práticas francesas, nudez...

— Ela faz tudo que uma boa esposa deve fazer.

— Beijos, beijos de língua, esse tipo de coisa?

Ruborizo.

— O que for necessário.

— *Sortiliéges,* práticas francesas?

— Nada proibido — digo, com firmeza.

— Nenhuma poção ou erva? Nenhum feitiço?

— Ela bebe um chá para fertilidade — conto, a contragosto. — Recebeu da parteira... depois do último... da última vez.

— Do último aborto?

Assinto.

— Que foi o segundo? — Ele pergunta para confirmar, suave feito uma parteira, gentil feito uma mulher colhendo ovos no galinheiro.

— Negamos o primeiro.

— E todas as damas sabem que o rei está incapacitado?

— Não, claro que não... São questões privadas entre marido e mulher... exceto que passamos muito tempo tentando encorajá-lo — digo, com um pequeno lapso de ressentimento. — Dificilmente é um segredo. O senhor sabe... o senhor mesmo faz isso.

— Eu? — Seus olhos de groselha se arregalam de espanto por alguém pensar que ele faz parte do incentivo incessante da corte para ajudar na potência do rei.

— Não dizemos ao rei o quanto o admiramos, como Ana é linda, como todos estão apaixonados por ela, como ele é o único homem que pode possui-la? — Eu o desafio. — Todos não falam o tempo todo sobre a força e a virilidade dele? Sua beleza?

— E não estão sendo sinceros? — Ele soa perplexo.

Ignoro a falsidade.

— Todos falamos para encorajar o amor.

— Ela criou uma corte de casos amorosos constantes para inspirá-lo a amá-la? Para incitá-lo? Excitá-lo? Ela cria uma excitação pecaminosa com outros homens com esse propósito? O tema da mascarada agora é "A mais desejada"?

— Não! "A mais desejável"...

— Mas alguns casos são reais — insiste ele.

— Claro que são, o jogo do amor cortês muitas vezes extrapola os limites e vira amor real. Lorde Thom e Margaret Douglas estão cortejando, assim como Anne Parr e William Herbet, Henry Norris e Margaret Shelton...

— Eu sou só um homem simples. Não entendo o jogo do amor cortês.

Sorrio para ele, subitamente confiante.

— Secretário-mor, o senhor entende perfeitamente bem. Isso tem sido o jogo de toda a corte real desde Leonor da Aquitânia.

— Leonor de Aquitânia? A adúltera?

— Bem, sim. Mas o ponto não é esse.

— O ponto é que a corte cria um jogo de adultério ao redor da rainha para encorajar o rei no seu amor por ela? Uma vez que todos sabem que ele precisa de incentivo? — Meu amigo Thomas Cromwell abre um sorriso gentil. — Não se preocupe, lady Rochford. Já sei de tudo isso. Eu a uso como um referencial da verdade, não como fonte de fofocas.

Ele se levanta, e entendo que nossa reunião acabou.

— Achei que o senhor estivesse se preparando para um julgamento — comento.

Ele balança a cabeça e abre a porta interna para mim, que passo pelo vão entre as duas portas antes de abrir a externa, que dá para o corredor de pedra escuro. Com as portas duplas, ninguém consegue entreouvir o que se passa lá dentro.

— O que disse sobre lady Margaret Douglas? — pergunta ele, muito baixo.

Um homem aguarda do lado de fora: o dr. Richard Samson, o especialista de Ana em lei eclesiástica. É o conselheiro que redigiu todas as leis para Ana anular o casamento do rei com a rainha Catarina. Mestre Cromwell não registra sua presença, então presumo que ele deveria ser invisível.

— Ela está cortejando lorde Thom, o meio-irmão do meu tio — digo, baixinho, com um olho no dr. Sampson, me perguntando o que ele está fazendo aqui. — Deu a ela um anel contra convulsões.

— Ela sofre muito de convulsões?

— Não sofre mais — digo. — Agora ela tem um anel contra convulsões.

Ele dá uma risadinha.

— Enfim, nada fora do normal para vocês, damas? — confere.

Balanço a cabeça em negativa.

— Só amor cortês.

— Conte-me se for além disso — diz, casual. — Ela é meia-irmã do rei da Escócia. Ele não vai querer que se case com um Howard. Não importa o que vocês, Howard, queiram.

Ele se vira para o dr. Sampson, que faz uma mesura silenciosa para mim, sorrindo, e passa a caminho da sala privada de mestre Cromwell, para sentar-se na mesma cadeira que me sentei antes e, sem dúvida, oferecer informações que mestre Cromwell já tem.

TEMOS QUE PLANEJAR um Primeiro de Maio animado para o rei, mesmo que ele não possa cavalgar, já que o ferimento na perna ainda está muito ruim. Anunciamos bem alto que Ana implorou para que ele não cavalgasse, de tanto que teme por sua segurança, mas a verdade é muito pior.

— Ele está com medo — diz George, baixinho, como se o medo fosse uma coisa vergonhosa, olhando para a areia rastelada da liça. — Sonha que está sendo esmagado pelo cavalo e acorda gritando. Fica lembrando o que aconteceu. É como se tivesse percebido, pela primeira vez, que é mortal. E está com medo de morrer.

— Então criaremos uma justa de poesia e música e o deixaremos vencer — sugere Ana, gesticulando para o espaço como se pudesse preenchê-lo com dançarinos e músicos e abafar o terrível guincho metálico de quando o cavalo de ferro caiu sobre o homem vestido de ferro. — Alguma coisa para fazê-lo se sentir forte e jovem de novo, o melhor de todos da corte.

— Uma justa sem justas? — pergunta George.

— Por que não? — retruca Ana, sombria. — Tudo agora não é só um espetáculo?

Planejamos detalhadamente, coreografando cada passo. Haverá justas no centro de tudo, mas só os jovens irão competir. George e Henry Norris serão os principais concorrentes. Ambos usarão verde para representar os Tudor e a primavera, e entrarão na arena um depois do outro, com uma prenda de suas damas na lança. Cada competidor vai recitar um poema ou cantar uma canção sobre o amor em uma manhã de Primeiro de Maio, e o rei, sentado em seu balcão com a perna manca escondida, apoiada em um escabelo, vai responder com um poema próprio, como se o tivesse composto na hora. Thomas Wyatt estará ao lado dele para sugerir os versos, de modo que pareça que ele está criando de improviso.

Será uma justa de inteligência e poesia, e a sagacidade do rei vai derrotar todos. As competições a cavalo serão a parte menos importante, e, quando acabarem, haverá um jantar comemorativo com mais poesia e canções e danças. Mas as danças serão só um espetáculo, como as justas: nem Ana, nem o rei dançarão. Não haverá nenhum rei alto entrando disfarçado para nos surpreender este ano; ele não consegue ficar de pé sem dor, e seu passo claudicante o deixa furioso, como um urso instigado no fosso.

As damas estão costurando fitas nos capelos sob o olhar irritado de Ana, que assiste de sua grande cadeira no centro da câmara de audiências da rainha, quando George entra no cômodo com Henry Norris. Ele faz uma mesura geral para todas nós, depois vai até Ana e beija sua mão. Henry o segue, e Ana gesticula para que se sente num banquinho ao seu lado. Ela espalha fios de bordado nos joelhos para ele os organizar, curvando a bela cabeça morena sobre o colo, tão perto que poderia estar beijando os joelhos.

— Onde está Mark? — pergunta George, olhando ao redor. — Queria que ele tocasse enquanto canto na justa.

— Eu toco para você — oferece Mary Shelton, de pronto.

— Não pode, é na liça — diz George.

— Ah! Não posso ir disfarçada como seu escudeiro?

Ambos olham para Ana, que deveria dizer imediatamente que isso não é permitido. Uma dama não pode sair andando pela liça em roupas de escudeiro, na frente de todos que pagaram por um assento.

— Eu também vou! — diz ela, surpreendendo. — Será uma cena e tanto! George, você vai me vestir em sua libré, e podemos ambas ir de máscara...

Toco gentilmente o braço dela, me inclino e sussurro:

— Melhor não.

— Por que não? — questiona a rainha. — Eu ficaria maravilhosa como pajem.

Balanço a cabeça, explicando:

— É fantasioso demais.

Ela se desvencilha da minha mão.

— Ah, tudo bem — diz, e pensa por um momento. — Mas, se eu não vou, Mary também não vai se vestir de escudeiro e se exibir por aí. Você terá que chamar um dos músicos do rei, ou um dos coristas. Deus sabe que há muitos rapazes disponíveis.

George faz uma careta ao perceber o mau humor da irmã e olha para mim em busca de ajuda.

Dou de ombros. Agora que a antiga rainha não é mais uma ameaça constante e a facção espanhola não está mais em nosso encalço, Ana não tem mais inimigos contra quem elaborar seus planos. O tempo paira muito pesado nessa vida de conto de fadas.

— Encontrarei alguém — diz ele, simpático. — Você tem um favorito? Sei que todos estão apaixonados por você.

— Tem um rapaz bonito chamado Peter Last — sugere. — Ele fica corado como uma rosa quando me vê.

— Então Last será o escolhido — decide George, tranquilo. — Escreverei uma canção de amor para você, e ele pode cantá-la.

— Não vai escrever uma canção de amor para mim? — pergunta Elizabeth Somerset.

George se vira para sussurrar algo no ouvido dela, que dá uma risadinha e o afasta com as mãos. Como se não suportasse um único instante da atenção de George direcionada a outra mulher, Ana se vira para Henry Norris:

— E o que está fazendo aqui, totalmente mudo? — questiona. — Deveria estar arrulhando feito uma pombinha para sua prometida, não enrolando minhas linhas de bordado. Quando vai se casar com a coitada da Margaret?

— Ah, me casarei no meu próprio tempo. — Ele se inclina mais para perto dos fios de seda espalhados no joelho dela, toca um, depois outro, apoiando o dedo em todos, de modo que ela possa sentir o calor de sua pele através do vestido.

— Além disso, a senhora me deu a missão de encontrar a rosa perfeita, e acho que está aqui… não nas sedas, mas no rubor de seus lábios.

— Não acredito que o senhor tenha a menor intenção honrosa com Margaret — repreende ela, seu mau humor suavizado pela lisonja. — Por que fica rondando meus aposentos o dia todo? Parece um fantasma apaixonado!

— Porque sou um fantasma que morreu de amor! — retruca ele, teatral, então ergue um fio vermelho e o enrola no dedo dela, acima da aliança de casamento. — Só existe a senhora para mim. Ninguém mais.

Envolvida no flerte, Ana desliza a aliança para fora do dedo, deixando o fio de seda escarlate no lugar, e ergue a mão para que ele admire.

— Se algo acontecesse com o rei, acho que você me teria — sussurra ela.

Por apenas um breve instante, os dois permanecem concentrados no jogo, mas então Ana percebe o que disse. Desajeitada, arranca o fio do dedo e enfia a aliança de volta.

— Eu nunca ergueria minha cabeça tão alto… preferiria perdê-la! — murmura Henry Norris.

Ana empurra os fios de seda do colo para o chão.

— Bom Deus! O senhor quer me levar à perdição… garantirei que perca a cabeça!

George tira os olhos de Elizabeth, com quem estava aos cochichos, e nota meu olhar angustiado.

— O que foi? — pergunta, aproximando-se e vendo as sedas jogadas no chão, Norris de pé e Ana pálida.

— Só a loucura do Primeiro de Maio — digo, dando minha risada de dama de corte, um tinido tão doce quanto um sino de alerta.

Norris se vira para George; está furioso.

— Cometi um erro — comenta. — Não sabia a resposta do enigma de sua irmã. Mas não era algo que sua majestade deveria ter dito.

— Ela é uma rainha muito espirituosa — diz George, que tenta entender a súbita troca de humores: de flerte atrevido para o que parece ser pânico. Ele oferece a mão para a irmã, como se fosse puxá-la para longe do perigo. Ela aceita a gentileza, se levanta e os dois se afastam dos fios de seda espalhados no chão, os passos em sincronia, movendo-se como uma criatura de duas cabeças.

Henry Norris me encara, inexpressivo, como se eu pudesse explicar o que aconteceu.

— Nada — repito. — Não foi nada.

— Foi loucura — argumenta ele. — Qualquer um podia ter ouvido! Ela me acusou!

— Ninguém ouviu — digo. — E não foi nada.

— Pelo menos algumas pessoas ouviram — insiste ele. — E todo homem e mulher nesta corte é espião de alguém. Alguém vai contar ao rei. Vou falar com o *esmoler* da rainha agora mesmo e jurar que não foi nada.

— Não foi nada. E não há espiões aqui.

Eu me apresso para alcançar o secretário-mor a caminho do salão para o jantar. Paramos para cochichar sob o arco da janela saliente, próximos feito amantes.

— Sir Henry Norris cometeu uma gafe — conto. — Foi só uma piada sobre amar a rainha mais do que Margaret Shelton, mas ele foi jurar ao *esmoler* da rainha que não significava nada, então achei que deveria informar ao senhor.

— Sim, você tem razão.

— O senhor já sabia? — pergunto, curiosa.

Seu sorriso é difícil de ler nas sombras da escadaria.

— Henry Norris é o novo favorito? — pergunta ele.

— Um deles.

— E sir Francis é outro?

— Weston ou Bryan? — pergunto, hesitante.

Ele sorri.

— Dois Francis! Um Thomas, um Mark, um Richard e um Henry. São tantos! William Brereton?

Balanço a cabeça. É um alívio poder dizer não.

— O cunhado de Elizabeth Somerset? Nunca! Ele só nos visita para censurar Elizabeth…

— E, claro, George, que passa o tempo todo com a irmã. Entrando e saindo dos aposentos privados dela.

— Ah, sim — garanto. — George sempre está ao lado dela. George a mantém em segurança. Pode falar em defesa dela.

Escuto um barulho vindo da câmara de audiências do rei, acima de nós. Ouço a voz de Ana, seguida pelo choro irritante de uma criança mimada: ela deve ter levado Elizabeth para ver o rei.

— O que está acontecendo? — pergunto a Cromwell, olhando escada acima. — É a princesa?

— A rainha mandou buscá-la… Depois dessa questão com Norris, essa gafe, como a senhora chamou.

— Mas por quê? — pergunto. — Por que chamar Elizabeth?

— É sempre uma mascarada com vocês, não é? Sempre um teatro, por assim dizer. Acho que o título dessa é "A esposa fiel e a única herdeira real".

Vou até o topo da escada e vejo Ana mandar as amas da menina de volta para a ala das crianças, então deslizar a mão no braço do rei e o encarar, como que para persuadi-lo de alguma coisa. Ela abre seu sorriso confiante, expondo os dentes, mas ele está estranhamente impassível, rígido, apoiado sobre a perna dolorida.

— Está tudo bem — diz Cromwell, tranquilo, aparecendo atrás de mim.

A situação não parece nada bem.

— O rei está com dor? — pergunto. — A ferida voltou a abrir? Ele conseguirá participar das festividades do Primeiro de Maio e da excursão até Calais?

— A viagem foi cancelada — avisa o secretário-mor, em seu tom casual. — Nada de Calais.

— Cancelada? Por quê?

Ele faz um leve movimento com os ombros, como se não soubesse.

— Talvez sir Nicholas Carew tenha desaconselhado a viagem.

— E desde quando Nicholas Carew determina para onde será a excursão?

— Desde que ele é um amigo da Espanha, e a Espanha agora é nossa amiga. — Cromwell sorri como se recitasse um enigma inteligente que eu poderia apreciar. — A facção espanhola é nossa amiga, assim como os Lisle, que cuidam de Calais para nós. São amigos confiáveis e parentes, como os Pole e os Courtenay.

— A facção espanhola agora é nossa amiga?

— Amiga leal — acrescenta ele.

— Até sir Geoffrey, com sua língua solta? — arrisco.

Ele sorri.

— Sir Geoffrey é o mais confiável de todos, já que não guarda nenhum segredo.

Thomas Cromwell tem sido comerciante de tecidos e de segredos há tanto tempo que ninguém sabe dizer que tipo de trama está envolvida em suas negociações.

— O senhor está zombando de mim — digo, sem entender direito.

Ele balança a cabeça.

— Estou falando muito sério.

Acima, começa a música para as damas dançarem, e a melodia desce escada abaixo como um convite alegre àqueles com pés felizes. É um chamado para os cortesãos assumirem seu lugar.

— O senhor vem, mestre Cromwell?

Ele balança a cabeça.

— Preciso pegar a maré de volta a Stepney. Esta noite, tenho trabalho em casa. Diga-me, o que acha de Mark Smeaton?

— O alaudista? O cantor?

O sorriso dele é inescrutável.

— Acha que ele cantaria para mim?

— Se o senhor pedir. Mas ele é muito apegado à rainha.

— Foi o que ouvi dizer — diz ele.

PALÁCIO DE GREENWICH, PRIMEIRO DE MAIO

1536

A manhã do Primeiro de Maio é mágica como sempre. Os coristas se levantam de madrugada para cantar ao nascer do sol sob a janela de Ana. Despertamos com o som retumbante de uma cantiga se misturando ao canto dos pássaros, e abrimos bem as janelas para ouvir. Há presentes na porta do quarto das damas, deixados por seus pretendentes, coisinhas como coroas de galhos de espinheiro com flores brancas e prímulas amanteigadas: coisas reais, como se fossem amores reais.

Caminhamos até a liça carregando varinhas de salgueiro, feito camponesas, o cabelo solto sobre os ombros, entrelaçado com fitas brancas e coloridas. Todos estão felizes e tranquilos, exceto Ana, que está tensa feito um carretel de seda, desesperada para que o rei desfrute do dia sem se lembrar da última justa, quando achou que fosse morrer. Todos fingimos que ele é jovem e forte o suficiente para competir, mas que decidiu, por vontade própria, não cavalgar hoje. Seu medo de cair, seu terror de sofrer ferimentos e de morrer, é um segredo que todos conhecem e ninguém comenta.

Ele nunca passou um Primeiro de Maio inteiro sentado em seu balcão da torre octogonal. Construiu as torres para ser visto, mas hoje é um espectador, acomodado na torre do rei, cercado pela facção espanhola: de um lado, Henry Courtenay, da antiga família real; do outro, Nicholas Carew, aliado da Espanha. Os irmãos Seymour servem vinho e fazem piadas com ele. Na torre oposta, Ana aperta os lábios em um sorriso duro e coloca Jane Seymour na primeira fileira das damas, na esperança de que a visão dela tentará o rei a vir até nós.

Os competidores cavalgam pela arena com as lanças erguidas em saudação ao rei e à rainha e param entre as duas torres para ler os poemas que compuseram. O rei se inclina para a frente e dá sua resposta, recitando a poesia de Thomas Wyatt como se fosse sua. Todos aplaudem seu talento extraordinário, e ele faz o sinal para que a justa comece.

Os competidores curvam a cabeça nua e dão a volta na arena a meio-galope, antes de pegar as armas. Os criados servem vinho e oferecem guloseimas, e Ana, em sua galeria, assiste e aplaude o tempo todo, demonstrando que está se divertindo, de olho na torre octogonal oposta, onde o rei está bebendo e comendo em excesso enquanto ri com os amigos: o som ressonante de homens rindo sem nenhum divertimento real.

A última competição do dia é entre George e Henry Norris, e é bem equilibrada. Mas, como se soubesse que a justa não é real, que a alegria é fabricada, o cavalo de Norris se recusa a avançar. Sir Henry o atiça com as esporas, e seu escudeiro se aproxima depressa, estalando um chicote comprido no traseiro do grande animal. George espera em sua posição, o cavalo dando passinhos para o lado, pronto para avançar, enquanto o cavalo de sir Henry dá um passo para trás na diagonal e movimenta a cabeça, mostrando o branco dos olhos, então recua e se vira, se recusando a prosseguir.

Alguma garota idiota (Jane Seymour, é claro) diz:

— O cavalo! Ele sabe que tem alguma coisa errada!

Margaret Shelton arqueja ao ver o futuro marido lutando com dificuldade para controlar o animal e diz:

— Ele deveria descer. Deveria se retirar. Lembram que o rei…

Ana joga a cabeça para trás e ri, um berro de desafio.

— É só um cavalo mal treinado! — retruca, grosseira, e grita para sir Henry: — Você não pode carregar meu favor se só consegue andar para trás!

Não podemos ver o rosto dele por trás do visor, mas deve estar rangendo os dentes de raiva. O rei se levanta e se inclina sobre o parapeito da galeria.

— Pegue meu cavalo emprestado! — grita para sir Henry. — O seu está amedrontado. Não vai conseguir um bom avanço com ele.

Henry Norris, resgatado da vergonha pública, puxa o cavalo suado e saúda o rei com gratidão. Assim que vira a cabeça do cavalo para longe da liça, o animal fica dócil e vai tranquilamente da arena até a área de seladura atrás das arquibancadas públicas.

Esperamos alguns momentos enquanto a armadura é retirada às pressas do animal de sir Henry e transferida para o novo cavalo de batalha do rei. Depois, ajudam o cavaleiro, rígido na armadura pesada, a montar na sela. Sir Henry, então, vai até o balcão do rei e agradece pela generosidade. O rei é todo sorrisos, exibindo sua generosidade real, e a multidão aplaude.

O grande cavalo ergue a cabeça, como se soubesse o trabalho que tem para fazer, e Norris ergue a lança primeiro em agradecimento ao rei, depois em saudação a Ana, e finalmente para George, que esperou esse tempo todo dando uma volta com o cavalo pela liça para mantê-lo aquecido e pronto. Henry circula a arena a meio-galope sob aplausos, um competidor popular no cavalo do próprio rei.

Os dois cavalos giram e seguem a meio-galope para pontas opostas da liça. Os cavaleiros seguram as rédeas para fazê-los esperar, enquanto cravam as esporas contra seus flancos para deixá-los a postos, para que saltem da imobilidade direto para um galope assim que derem o sinal. Ana se levanta, espera que todos os olhos estejam nela, ergue seu lenço e o deixa cair. Simultaneamente, os dois cravam as esporas e afrouxam as rédeas, e os animais se lançam para a frente, da imobilidade para a disparada, correndo diretamente um de encontro ao outro, erguendo uma nuvem de poeira dos cascos. Ouvimos um baque altíssimo quando a lança de George atinge Norris em cheio, bem na barriga, e a armadura dele se racha. Sir Henry continua sentado no cavalo do rei, mas é provável que o golpe tenha tirado seu fôlego.

Os dois se afastam até as extremidades e giram de novo, percorrendo o círculo da arena a meio-galope para pôr os cavalos de volta no lugar e recuperar o fôlego por trás dos elmos. Preparam-se mais uma vez e viram os rostos de metal na direção de Ana, que solta o lenço novamente. Então os dois voltam a avançar, e George consegue o melhor golpe pela segunda vez. As competições entre os dois costumam ser bem equilibradas, mas é o Primeiro de Maio, e sir Henry está cavalgando um animal estranho e está irritado consigo mesmo. Só no último avanço ele quebra a lança contra George, redimindo-se diante da multidão, que ruge por ele, e o torneio acaba com George, meu George, como vencedor.

Os dois cavalgam ao redor da arena, o punho de metal erguido para receber os aplausos; os músicos tocam, as damas jogam flores, e eu me viro radiante para Nicholas Carew, sentado ao lado do rei no outro lado da arena: quem é o melhor cavaleiro hoje? Quem deveria ser o novo cavaleiro da Jarreteira? Mas Nicholas Carew está sozinho, o assento à sua frente vazio, porque o rei foi embora. Partiu sem dar o prêmio, sem aceitar os aplausos, sem sequer acenar para a multidão que veio de Londres para vê-lo.

Seu trono está vazio, não há ninguém na torre de observação do rei exceto os irmãos Seymour, Henry Courtenay e Nicholas Carew, todos homens da facção espanhola e da velha religião. Será que o ofenderam? Somos tão sortudos assim, para que o tenham ofendido a ponto de ele os deixar sem uma palavra? Será que recebemos alguma vitória extraordinária contra eles sem fazer nada? Nem sei se o rei viu o último avanço... será que não presenciou nada além dos triunfos de George? Ou se sentiu mal e voltou para seus aposentos?

— O rei foi embora — digo, baixinho, para Ana, segurando a caixa com correntes de ouro para ela presentear aos vencedores.

— Para onde? — pergunta, sem virar a cabeça.

— Não sei. Apenas se retirou.

Ana se debruça sobre o parapeito para entregar os prêmios, mas só George cavalga até parar na frente dela e receber a corrente dourada.

— Onde está Norris? — pergunto a ele, inclinando-me sobre o parapeito enquanto Ana passa a corrente por sua cabeça nua, ajeitando-a sobre seus ombros ainda de armadura.

— Ele estava de mau humor? — pergunta Margaret Shelton, do outro lado.

— Não — responde George. — O rei apareceu atrás da arquibancada e disse que os dois tinham que partir imediatamente para Whitehall.

— De barca?

— O rei disse que iria a cavalo e mandou Norris ir junto.

— Mas ele não pode cavalgar — comento. — Sua perna...

— Ele foi a cavalo — responde George.

Os aplausos vão se extinguindo, e as pessoas começam a se levantar, descer das arquibancadas e partir. O cavalo de George dá uns passinhos para o lado enquanto ele o mantém próximo da galeria para cochichar com Ana.

— Por quê? Por que ele foi embora? — indaga ela. — Sem dizer nada a ninguém? Ainda temos a mascarada e as danças, não? E o jantar? Ele não decorou um poema para recitar no jantar?

Ela se endireita e sorri para o povo que permanece na arena, e bate palmas para o irmão.

— Foi previamente planejado — diz George, baixinho. — O cavalariço estava com um animal selado à espera. Os batedores estavam esperando por ele. Norris não sabia. Ele tirou a armadura e foi do jeito que estava.

O sorriso dela não vacila.

— Ah, Deus, ele é impossível — diz, entre os dentes cerrados.

A rainha acena para a multidão de londrinos, que erguem um brinde.

— Deus, queria que ele tivesse...

— ... ficado — George termina a frase por ela, mais do que depressa.

Ana se inclina sobre a amurada, como se fosse beijar a testa do vencedor.

— Vá atrás deles — sussurra, tão baixo que só eu, ao seu lado, consigo ouvir. — Vá atrás deles e certifique-se de que o rei esteja feliz e de que Norris não diga nada idiota sobre mim. Especialmente depois de ontem. Certifique-se de que Norris não diga nada sobre *nada*.

Ele puxa as rédeas do cavalo, faz uma saudação para ela, vira o animal e dá mais uma volta na arena, erguendo a lança em reconhecimento dos aplausos altos, antes de ir embora. Nós nos levantamos, reunimos nossas flores e presentes, e voltamos ao palácio. Fico pensando que temos vestidos e fantasias especiais para a mascarada de Primeiro de Maio, mas nem vale o esforço, se o rei decidiu deixar seu palácio favorito na melhor noite do ano para jantar sozinho em Londres com Henry Norris, e George, que está correndo atrás dos dois.

Então, antes do jantar, quando os coristas entram para cantar as canções do Primeiro de Maio, Mark Smeaton, o tocador de alaúde, não está em lugar algum.

— Onde ele se meteu? — sibila o Mestre das Festividades para o Mestre da Música, que dá de ombros. Ambos olham para mim, já que Mark é um serviçal do rei atrelado aos aposentos da rainha.

— Talvez tenha morrido de amor — sugere Mary Shelton. Ela vira o rosto sorridente para a rainha. — Foi demais para o pobre Mark, e ele morreu de amor por você.

Ana ri como se tivesse achado graça.

— Cantaremos sem ele, será seu lamento — responde. — Pobre Mark, morreu de amor!

Jane Seymour e Margaret Shelton estão sem seus pares, George e Henry Norris, então precisam achar outros parceiros para a dança. O bobo, Will Sommers, dá uns pulinhos e ensaia alguns passos de palhaço com Margaret. Em uma paródia do amor cortês, beija a mão dela e finge erguer a bainha de seu vestido para beijar seus pés. Ele leva a mão ao coração e depois, num gesto chocante, à virilha. Damos risada, porque tudo é permitido. É o Primeiro de Maio; as regras usuais não se aplicam. Jane Seymour, corada de vergonha, vira o rosto.

O rei não iria dançar ou atuar, mas tudo foi planejado para entretê-lo; a coreografia, pensada para o olhar dele. A mascarada celebra um rei erudito, Artur, o legislador. Mas todos os elogios erram o alvo quando o trono está desocupado, e o escabelo dourado onde ele apoia o pé, vazio. De que adianta fingir felicidade quando ele não vê nossa alegria simulada? Dançamos e bebemos e cantamos até a meia-noite, mas estamos discordantes e descompassados sem nossa plateia de um homem só.

Assim que o grande relógio bate à meia-noite, encerrando o Primeiro de Maio, Ana se levanta, sem conseguir esconder o tédio. Todos fazem uma mesura a ela, e, por fim, todas nós, damas de companhia, nos retiramos com a rainha. Três de nós a ajudamos a se despir e a se vestir para dormir, servimos a ela o chá de ervas quente e dobramos as cobertas da cama imensa, mesmo sabendo que o rei não vai visitar a esposa e que nenhum bebê será gerado nesta noite tão especial de magia e amor. O rei escolheu estar a uns bons dezesseis quilômetros da esposa, e não há jeito de trazê-lo de volta de barca, já que a maré está contra nós. Uma grande lua leitosa puxou uma maré alta para o oeste, rio acima, e é como se todas as águas da Inglaterra, rio e mar, salgadas e doces, estivessem transbordando contra nós.

Ana ordena que eu durma com ela, faz suas preces e sobe na cama. Fico deitada ao lado dela, acordada, pensando no cavalo de Henry Norris e em como seus grandes cascos arrancavam torrões da terra enquanto se recusava a avançar, recuando e fincando as patas no chão. Em como o rei desapareceu sem dizer nada, como se estivesse só esperando tudo acabar. E por que ir até Whitehall na melhor noite do ano? Por que levar Henry Norris? Por que ele, e não outros favoritos? Ele foi encontrar mestre Cromwell, ocupado com questões privadas em sua casa em Stepney? E onde foi parar Mark Smeaton? Estará cantando para Thomas Cromwell?

* * *

PELA MANHÃ, ANA LEVA as damas até a capela, como sempre, embora o rei não esteja no lugar dele, e a galeria real esteja vazia. Depois, voltamos aos aposentos da rainha e não há nada para fazer. Claro, já tivemos uma corte só de damas em outras ocasiões, o rei se ausenta para cuidar de negócios, mas nunca sem preparativos ou anúncio.

Conversamos sobre a justa e as danças da noite anterior como se tivesse sido um prazer assistir-lhes, como se alguém tivesse se divertido. Ninguém menciona o desaparecimento súbito do rei e sua ausência esta manhã. Não temos notícias de George, e Margaret não recebeu nada de Henry Norris. Mark Smeaton não reaparece com uma nova canção e um pedido de desculpas. Ana obriga todas a costurar camisas para os pobres e manda Jane Seymour ler em voz alta um livro instrutivo em inglês, já que a garota do campo não sabe nada de latim.

Estamos sentadas, ocupadas em nosso tédio, quando há uma batida à porta da câmara de audiências. Os homens da guarda do rei abrem as portas duplas, e o camareiro de Ana anuncia:

— O Conselho do Rei, para ver a rainha.

Ana arqueja e se levanta devagar, as faces coradas e a mão apoiada no encosto da cadeira para se firmar. Ela mantém as costas eretas, a cabeça erguida à espera de uma coroa.

De imediato, sei o que está pensando: talvez seja este o seu grande momento, o maior momento da sua vida. Talvez o rei tenha morrido na cavalgada até Londres, e o Conselho tenha vindo contar que ela é a mãe da primeira rainha da Inglaterra e será regente por dezoito anos, até Elizabeth atingir a maioridade. Rainha regente: finalmente nossa hora tinha chegado.

Mas o tio dela, o duque de Norfolk, tem uma expressão grave e sombria; não está sugando os lábios finos de empolgação, como fez antes, quando pensou que o rei jazia morto e sua sobrinha carregava o próximo herdeiro ao trono. Naquela ocasião, manteve-se ao lado dela a cada passo; agora, olha para Ana através da vasta extensão do piso de madeira e diz:

— Precisamos falar a sós, vossa majestade, a sós.

Ana estreita os olhos, tentando ler o rosto impassível do tio, mas faz um gesto sucinto, e todas as damas, até eu, temos que sair da câmara de audiências e aguardar na galeria, onde, postados na porta para garantir que ninguém ouça nada, dois homens da guarda fecham as portas duplas e param logo à frente, as alabardas cruzadas.

Temos que esperar em pé, uma ou outra ainda com as costuras nas mãos. Jane Seymour acomoda-se junto à janela. Ela fecha o livro, como se soubesse que não vai mais ler hoje, e une as mãos, a cabeça curvada como se rezasse. Algo nela chama minha atenção; está estranhamente serena, embora o resto de nós transborde apreensão.

Esperamos. Ninguém se pergunta em voz alta o que está acontecendo dentro da câmara de audiências de Ana. Ninguém sequer sussurra, todas nos esforçando ao máximo para ouvir o que se passa através das portas grossas. De vez em quando, ouvimos o rimbombar grave de vozes masculinas raivosas, como se estivessem fazendo perguntas, e não ouvimos nada além do que poderia ser uma resposta curta. Parece uma discussão, mas o Conselho não pode discutir com uma rainha coroada. Só há uma certeza: não estão implorando para que ela aceite a regência.

Depois de batidas rápidas à porta, as sentinelas dão um passo para o lado e as abrem, então Ana aparece diante de nós, o rosto totalmente impassível, os olhos escuríssimos, os lordes meio passo atrás dela.

— A capa de sua graça? — O duque de Norfolk dispara para mim, e eu atravesso a câmara de audiências correndo para pegá-la, como se fosse a camareira.

Quando volto, todos já sumiram: meu tio Norfolk; John de Vere; William Sandys, lorde chamberlain da casa real, que não é amigo dos Bolena; e minha cunhada, Ana, que partiu com três homens que a odeiam. Mas para onde foram?

— Para a barca — conta Margery Horsman.

Dou as costas para ela e desço correndo a pequena escada de pedra até o jardim e o píer, e ela vem trotando ao meu lado, como se quisesse ajudar, mas na verdade só quer ver o que vai acontecer.

Quando chegamos ao píer, já embarcaram Ana na barca real. Ela está sentada com as formalidades da rainha, na popa, o tio logo ao lado, e os dois outros homens estão em terra, esperando a capa. Entrego-a ali mesmo, na beira do rio, e aponto discretamente para a figura congelada na cadeira.

— Eu não vou junto? — pergunto a John de Vere. — E as damas dela?

— Você não quer ir junto! — responde ele, rindo, como se fosse uma excelente piada.

Ele sobe pela prancha, que é puxada a bordo, e a barca parte. Margery e eu ficamos no píer, assistindo aos remadores se movendo no ritmo das batidas dos tambores, remando até o meio do rio, onde a embarcação é pega pela corrente e ganha velocidade, afastando-se depressa, subindo na maré crescente. Ana não se moveu um centímetro e, embora tenham pegado sua capa, não a vestiu.

Sou a dama de companhia principal, mas não tenho ideia do que fazer. George está em Whitehall com o rei, e Ana subiu o rio, presumo que convocada a se juntar a eles em Whitehall, mas ninguém tem certeza. Olho para Margery Horsman e vejo um medo confuso em seu rosto, uma expressão que preciso apagar do meu enquanto voltamos para os aposentos da rainha.

— Bem, podem continuar com as camisas para os pobres, imagino — digo, em uma tentativa fraca de disciplina, e aceno para as damas e criadas voltarem à câmara de audiências, mas, uma a uma, elas baixam as peças e se retiram discretamente, e sei que estão indo contar a seus benfeitores, mães ou mestre espião que o lorde chamberlain do rei levou a rainha rio acima, para Londres, sem nenhuma companhia além de sua capa. Jane Seymour nem esperou que eu voltasse da beira do rio: não estava mais em seu lugar junto à janela quando cheguei.

Deixo as damas mais jovens costurando com Margery Horsman, saio pela porta do quarto e vou até a ala do rei para ver se George voltou. Nosso quarto está vazio, ninguém dormiu na cama. Nem parece nosso quarto, onde vivemos, cortesãos profissionais, marido e mulher, por onze anos. Parece o quarto de um desconhecido, preparado para desconhecidos, arrumado de um jeito frio e impessoal, como se o cômodo em si estivesse esperando por alguém que não virá, alguém que nunca mais vai voltar.

Desço a galeria até os aposentos dos Howard e bato à porta. O criado de sempre atende. Sabe perfeitamente quem eu sou, mas hoje finge não me conhecer e não me deixa entrar.

— Quando sua graça vai voltar? — pergunto, parada junto ao batente, espiando o saguão por cima do ombro dele.

O criado faz uma mesura.

— Sua graça não disse.

Eu me viro como se não me importasse nem um pouco.

— Sabe para onde ele foi?

— Ele não me disse, madame.

Percorro a galeria do rei e desço as escadinhas que passam pela câmara escura de Cromwell até o pátio do estábulo. Pelo menos aqui tudo está normal. Os cavalariços estão bombeando a água em baldes, alguém assovia enquanto limpa o esterco de uma baia, e três cavalos estão selados e aguardando seus cavaleiros. Os animais de George estão na baia de sempre, e o cavalariço está escovando um deles.

— Prepare-se para ir ao palácio de Whitehall — digo. — Tenho que enviar uma carta a seu senhor. Você pode ir de barca.

Ele assente, e entro no escritório do Mestre dos Cavalariços, onde há uma mesa com pena e papel para mandar ordens aos mercadores de milho e fazendeiros de feno. Pego uma pena muito mal aparada, enfio-a na tinta pegajosa e escrevo:

Nossa irmã subiu o rio de barca com nosso tio e outros membros do Conselho. Por favor, escreva dizendo o que devo fazer. J.

Se cair em mãos erradas, não é nada incriminadora, nem nos identifica como Bolena. Não posso pensar por que estou me preocupando com esse simples recado. Acrescento mais uma linha.

Não deixe de responder.

Então a dou ao cavalariço e o mando embora com uma moeda de seis *pence*.

PASSAMOS UMA NOITE estranhíssima. Jantamos na câmara de audiências da rainha, e ninguém ergue a voz acima de um sussurro. Embora cartas sejam dispostas nas mesas depois de comermos e de os criados servirem vinho, ninguém joga nem ri. Os músicos tocam uma música de dançar, como que por hábito, com um ritmo animado e os olhos sobre nós, mas ninguém se levanta. Os homens jantam na ala do rei e nos visitam depois, a esmo, como se não tivessem nada mais para fazer. Quando notam a cadeira vazia de Ana, na cabeceira da mesa, vão embora em silêncio. Todos olham para mim, como se eu soubesse o que está acontecendo, então curvo a boca em um sorriso falso e olho em volta, como se estivesse pronta para ser entretida. Mas a verdade é que não sei de nada, e meu mensageiro não retornou.

Até consigo encontrar Jane Seymour, que volta com a cara inexpressiva de sempre, e pergunto onde esteve o dia todo e se sabe quando o rei vai voltar. Ela balança a cabeça loira, me fita com os olhos azul-claros e diz que os irmãos precisavam dela para cuidar de negócios da família e que não sabe de nada.

Durmo em minha própria cama, no quarto silencioso que divido com George, inquieta, torcendo para que ele apareça durante a noite, que volte para casa na barca da maré vazante. Mas ele não volta.

ACORDO CEDO ao sol morno das manhãs de maio, jogo um vestido sobre a camisola e atravesso a portinha que conecta os aposentos da rainha à ala do rei, entrando no quarto de Ana. Está vazio; ela também não voltou. Não consigo imaginar onde pode estar, nem o que está fazendo sem mim e suas damas.

Enquanto estou parada, impotente, diante do baú de vestidos dela, ponderando as roupas que ela mantém em Whitehall e do que pode precisar, alguém bate à porta da câmara privada. Saio do quarto e vou até lá.

— Sim? — respondo.

— É o cavalariço dos Bolena, chamando por lady Rochford — diz o guarda do outro lado da porta.

Eu a abro, e lá está meu cavalariço. Na mão dele está a carta que enviei a George.

— Por que não a entregou?

— Ele não estava lá — diz o homem, o rosto oculto na mesma máscara inexpressiva que todos estamos usando. — Fui até seus aposentos em Whitehall, e ele já tinha partido. Seu cavalo estava nos estábulos, onde ele o deixou; parece que foi de barca.

— Mas nossa barca está aqui. Ele pegou a de quem? E para onde foi?

— Era uma barca sem identificação — afirma o homem, a voz muito baixa. — Sem identificação e sem estandartes. Que o levou à Torre. Ele e Henry Norris.

Isso não significa nada. Não preciso temer. A Torre é um palácio real, e nós temos aposentos lá.

— Henry Norris também? Com meu marido na barca? Para lhe fazer companhia?

Ele abre as mãos, como que para dizer que não foi uma viagem a lazer, mas não me contradiz.

— Para lhe fazer companhia, muito bem — digo, com o máximo de calma que consigo transmitir, mas minha voz estremece, e tenho que limpar a garganta. — Não comente sobre isso nos estábulos. Deve ser só mais um joguinho do rei. Você sabe como ele adora fantasias e surpresas. Deve ser uma mascarada, uma mascarada de Primeiro de Maio.

Ele assente sem muita certeza.

Enfio a carta no bolso, para queimar depois, e volto a meus próprios aposentos para me vestir. Hesito como uma tola na frente do baú de roupas e, quando minha criada entra, não sei o que usar. Não sei o que vou fazer hoje. Não sei se deveria me embonecar para um jantar nos bosques cada vez mais verdes ou me vestir para o frio, caso pegue a barca para a Torre. Minha cabeça está latejando como se eu estivesse com febre. Não consigo escolher um vestido, tudo gira diante dos meus olhos. Fico vendo o cavalo de Henry Norris recuando e ninguém conseguindo fazê-lo avançar.

Já vestida, entro rígida na câmara de audiências da rainha e só encontro algumas damas, e metade delas é desleal. Estão costurando camisas para os pobres. Como se elas se importassem com os pobres! Olho ao redor, para os lugares vazios.

— Onde está Jane? — pergunto. — Onde está Jane Seymour?

Margery Horsman ergue os olhos.

— Ela partiu. Foi com sir Nicholas Carew para Beddington.

Todas estão completamente inexpressivas, como se uma dama de honra tivesse permissão de deixar seu posto e partir com um cortesão sem dizer uma palavra à mestre das damas ou à primeira dama de companhia. Como se Nicholas Carew pudesse dar ordens a uma dama à serviço da rainha. Como se ele fosse um cortesão com alguma importância. A mansão Carew, em Beddington, é a casa da família dele. Ele tirou Jane Seymour do lugar que ela conquistou a duras penas nos aposentos da rainha, e tirou-a da corte sem permissão e sem aviso. E Jane não é a única ausente.

— E onde estão as outras? — Olho ao redor. — Quem não está aqui? Elizabeth Somerset, lady Worcester? Anne Braye, lady Cobham?

— O Conselho Privado mandou chamá-las — informa a sra. Horsman.

Todas estão com a cabeça curvada sobre a costura, como se temessem que, ao levantar os olhos, também fossem chamadas.

— Por quê? — pergunto.

— Disseram que há um inquérito.

— Ah, o inquérito — digo, com confiança. — Sim, fiquei sabendo do inquérito.

Saio dos aposentos da rainha, e os homens da guarda abrem a porta para mim sem hesitação. Desço as escadas até a câmara escura de Thomas Cromwell e bato à porta externa, depois à interna. Ele não está lá, mas seu secretário está organizando alguns papéis com todo o cuidado, em pilhas separadas; são escrituras de propriedades. Quando me vê, ele vira os documentos para baixo, como que para esconder o nome dos donos, e faz uma mesura.

— Lady Rochford.

— Onde está mestre Cromwell?

— Não sei, madame.

— Ele disse que ia passar o Primeiro de Maio em casa, em Stepney.

— Já estava de saída quando cheguei.

— A cavalo? Foi se juntar ao rei em Whitehall? De barca? Ele foi à Torre?

— Não sei, lady Rochford. Não sei onde ele está.

Eu me aproximo um pouco mais.

— Preciso contar algo muito importante a ele.

— Gostaria de escrever para ele? Vou a Stepney em breve, posso levar uma mensagem.

Isso não me ajuda em nada, pois não tenho o que contar a ele. Ele com certeza sabe que Ana saiu da corte, que George foi para a Torre; Jane Seymour, para Beddington; e lady Worcester e lady Cobham, para o inquérito. O Conselho não agiria sem seu conhecimento.

— Escreverei — decido.

O criado me entrega uma folha, além de agulha, linha, uma faca, uma caneta e cera de lacre, mas não tenho tempo para fazer um fecho de carta. Escrevo algo que qualquer um poderia ler:

Senhor,

Como deve saber, o Conselho levou Ana de barca para Londres. Acredito que meu marido tenha sido levado à Torre. Por favor, avise se eu deveria me juntar a eles e quanto vai durar a estadia dos dois, para eu poder mandar algumas roupas. Devo servir à rainha?

À disposição,

JR

— Não entregue isso a ninguém exceto seu mestre — ordeno.

Ele faz uma mesura. Pertence à casa de Cromwell, nunca entregaria nada a ninguém além de Cromwell.

Não posso voltar aos aposentos da rainha e às mulheres assustadas que costuram camisas. Em vez disso, vou à ala do rei e bato à porta dos aposentos dos Bolena. Encaro o brasão heráldico colorido, recém-pintado, com as três cabeças de touro pretas e a faixa vermelha, antes que a porta se abra e o camareiro faça uma mesura para mim.

— Lorde Wiltshire está aqui? — pergunto.

— Não, madame. Está em Westminster.

— Ele é esperado em casa esta noite?

— Não, madame, vai pernoitar com os outros lordes no palácio de Westminster.

Assinto como se fosse o que eu esperava ouvir e desço pela galeria até meus próprios aposentos, os cômodos Rochford. Não sei o que mais posso fazer. Se o pai de Ana está em Whitehall, acompanhando os outros lordes no inquérito, vai proteger os interesses da família: do filho George e da filha Ana. Não tenho motivos para me preocupar, já que todos os nossos quatro aliados — meu mentor Cromwell, meu pai, o pai de George e até nosso tio, Thomas Howard — são juízes nesse inquérito. Os números estão a nosso favor, e não sei nem quem está sendo acusado. Não tenho nada a temer.

Ainda não é nem meio-dia, mas estou cansada como se tivesse passado a noite de vigília na torre de um castelo sitiado, esperando um inimigo. No entanto, não sei quem é o inimigo nem quem está dentro e quem está fora do castelo.

Continuo sem notícias até o dia seguinte, quando Thomas Cromwell volta a Greenwich sozinho, sem o rei, George, meu pai ou os outros lordes. Mas meu coração palpita ao ver seu cavalo grande e robusto na baia, e, ao fim do dia, aguardo meu mestre espião na porta dos estábulos.

— A senhora me assustou — diz ele, quando desponto no crepúsculo do início da noite.

Sei que não o assustei.

— Escrevi ao senhor ontem. Perguntei o que deveria fazer.

— Eu não podia lhe dizer no momento. Estava tão ignorante quanto a senhora.

— Mas não está mais — observo.

Ele assente.

— Mas há grande escuridão — diz, com um ar piedoso.

Sinto uma onda de impaciência, como uma filha menosprezada.

— Mestre Cromwell, se vou trabalhar para o senhor, preciso saber o que está acontecendo, para evitar cometer erros.

Ele sorri.

— Tenho certeza de que a senhora não cometeria erros, lady Rochford. Já foi muito útil. As coisas avançaram bem depressa e inesperadamente, mas já posso lhe contar tudo.

Sei que ele nunca vai me contar tudo.

— Onde está meu marido?

— Na Torre. Ele está preso.

Arquejo e ponho as mãos atrás das costas, apoiando-me nos tijolos ásperos, como se precisasse das paredes para me segurar.

— E Ana?

— Também.

— Pelo quê? Pelo quê?

Ele limpa a garganta.

— Como eu disse, a questão se tornou bastante complicada. Fui instruído pelo rei a abrir um inquérito sobre a validade do casamento real. Obedecendo às ordens dele, convoquei lordes respeitados, inclusive seu pai, para declarar que o rei mantém uma intimidade proibida com a irmã de sua antiga amante. Como todos sabem, ele se casou com Ana mesmo sendo amante de Maria Bolena, o que é uma ofensa a Deus.

— Ele recebeu uma dispensa papal — aponto.

— Sim. Mas... lembra-se? O papa não tem autoridade para dar uma dispensa na Inglaterra. E dois abortos provam que o casamento é uma ofensa contra Deus.

— Um aborto — insisto, teimosamente. — Foi só um.

— Dois — corrige ele, com gentileza. — Um foi negado.

Fico em silêncio; ele encontra meus olhos, tão inocente quanto uma criança.

— Isso é *superstitio*, uma crença sendo posta acima de um fato — digo a ele.

— Mas é a *superstitio* do rei. E a crença do rei vem diretamente de Deus.

— Como Moisés?

Thomas Cromwell esconde seu sorriso com uma mesura.

— Deus fala com o rei, e isso sobrepuja tudo, até os fatos tal como nós, homens inferiores, podemos vê-los.

Por um momento, quase dou risada: Thomas Cromwell e a filha erudita de lorde Morley concordando que os caprichos de Henrique Tudor são mais reais que a realidade. Isso é levar o trabalho de cortesão ao extremo. Mas são tempos extremos.

— Ah, então é por isso que estavam entoando a velha canção do noivado de Henry Percy com Ana! — exclamo, quando essa peça do quebra-cabeça se encaixa. — Para desacreditar o casamento dela com o rei.

De repente, tudo fica claro.

— Mestre Cromwell, isso é obra da facção espanhola! Francis Bryan insultou Ana na cara dela, chamou-a de sobras de Henry Percy. Foi no mesmo dia que deram a Jarreteira para Nicholas Carew! Eles têm instigado o rei a pensar que seu casamento não é legítimo. Devem estar dizendo a ele que não houve dispensa para seu caso com Maria Bolena e que Ana se casou com Henry Percy.

Pelo silêncio dele, sei que estou certa.

— E é por isso que o senhor se encontrou com o dr. Samson: para provar que não é válido! — digo, triunfante. — Eu o vi aguardando, naquele dia que estive aqui. O dr. Samson foi consultor no caso que invalidou o casamento com Catarina de Aragão. E o senhor o trouxe de volta para invalidar este.

Ele assente, sem dizer nada.

— A facção espanhola persuadiu o rei de que seu casamento não é legítimo — digo, devagar. — E o senhor abriu um inquérito para investigar. — Desfruto de cada passo da descoberta, mas sei que esse é um caminho que leva ao fim dos Bolena. — Mestre Cromwell, não acredito que o senhor está do lado dos espanhóis…

— Obedecendo ao rei — intervém ele.

— … do lado dos espanhóis para determinar que Ana não é uma esposa válida e, portanto, não é a rainha?

— Infelizmente, agora que Deus informou o rei, não há mais como negar.

— E quanto aos juramentos? Toda a Inglaterra jurou que ela era a única esposa e rainha. O senhor jurou! Eu jurei! Por que sir Thomas More morreu, se Ana não era a única esposa e rainha?

— Ele morreu por negar que o rei é supremo. Ninguém pode negar tal coisa.

Abro a boca para dizer que, se o rei é supremo, então pode se dar uma dispensa e continuar casado com Ana. Mas a fecho de novo.

— Exato — diz Thomas Cromwell. — O chefe supremo da Igreja recebeu uma nova visão e Ana não faz parte dela.

Levo alguns instantes para compreender que é o fim de Ana como rainha. Ela terá que se retirar para o campo, talvez até ir para o exterior. George e eu teremos que ficar longe de vista até esse escândalo ser seguido por outro e tudo ser esquecido, ou até que a nova visão do rei exija nossos serviços. Nunca conseguiremos pagar nossos empréstimos e devolver nossos presentes; só as dívidas da corte já são muito maiores que nossa renda. E, se não estivermos na corte, não receberemos nada das riquezas das abadias, de impostos ou subornos. Só Deus sabe como vamos nos manter, só Deus sabe o que faremos. Ambos fomos criados e treinados como cortesãos: George como diplomata, eu como espiã. Perdemos nossa fortuna, nossa vida e nosso ofício.

É uma vitória ofuscante para a facção espanhola, que se livrou de uma rainha inimiga e de todos os seus apoiadores. Quando Ana se for, poderão devolver lady Maria às graças do rei e declará-la herdeira ao trono, desbancando nossa princesa Elizabeth. O rei estará livre para se casar de novo e, claro, já escolheu sua noiva, que está sob o controle deles, morando na casa de sir Nicholas Carew.

O rei pode se casar com Jane Seymour amanhã, pode se casar com ela numa igreja romana católica, se quiser. O maldito do papa pode até casá-los na maldita Capela Sistina, se for a sua vontade, e lady Maria vai segurar a cauda do vestido da nova madrasta com o coração feliz. Será o triunfo dela sobre Ana e a vingança final de sua mãe morta. Eles terão ganhado, e nós teremos perdido, e tudo aconteceu nos quatro primeiros dias de maio.

— Que reviravolta contra nós — digo, pensando nas dívidas, em empacotar pertences e esvaziar nossos aposentos. — Que mudança de estação. E eles vão voltar para cá? Ana e George? Ou temos que sair da corte imediatamente?

— Eu tinha planejado para que voltassem aqui, assinassem os contratos e se retirassem. — Mestre Cromwell fala com calma, tão devagar quanto um advogado, para que eu entenda. — Porém, houve um desenvolvimento que eu não orquestrei. Meu inquérito estava completo. Então, para minha surpresa, uma nova evidência foi apresentada.

— Que nova evidência?

Mal estou ouvindo; só os falcões de George já custam mais do que podemos bancar.

— Evidência de adultério, de infidelidade.

Agora ele tem minha total atenção.

— Adultério de quem?

— Adultério da rainha — explica Cromwell. — Do éter, encontraram evidências de adultério da rainha.

Raspo os nós dos dedos contra os tijolos às minhas costas, como que para me despertar de um pesadelo.

— Isso é *antinômico* — argumento, tentando me apoiar na erudição. — Se provaram que o casamento era ilegítimo, ela é uma mulher solteira. Qualquer caso que tenha tido não é adultério. Ela é livre para ser promíscua, tão livre quanto qualquer dama de companhia...

— Concordo com você. E é por isso que não estão parando em adultério: acusam-na de algo pior. Alegam que houve perversidade, até aprisionamento mágico...

— Mas isso é ridículo! — Respiro fundo. — Mestre Cromwell, sei que o senhor jamais levaria um caso à corte com uma acusação infundada e testemunhos indiretos. Meu pai diz que o senhor é o maior advogado da Inglaterra. Nunca aceitaria fofocas repulsivas como evidência.

Ele sorri.

— Seu pai é generoso.

— Mas o senhor não faria isso.

— De fato, eu não faria. Mas minha opinião é irrelevante. Pegaram meu inqueritozinho prosaico e o usaram para criar pânico.

— Pânico? — Minha voz sai afiada demais, como se eu também estivesse sendo tomada por um medo sem fundamento. Inspiro antes de continuar. — Adultério não é causa para pânico.

— Mas traição é. Uma enorme trama de traição no coração da corte. Perversão sexual, uma rede de corrupção e feitiçaria.

Irrompo numa gargalhada com essa história absurda, semelhante a romances antigos.

— Não, não, isso não pode acontecer! — exclamo. — Ana escreveu as leis sobre traição! Ela não pode ser julgada pelas leis que inventou. Mestre Cromwell, o senhor não pode permitir que a facção espanhola tome o poder inventando uma história dessas. Eles não podem inventar acusações e levá-las a julgamento! Onde isso vai parar?

— Esse é exatamente o ponto — diz Cromwell, como se estivesse feliz que alguém concordasse com ele. — Eles não vão parar, e eu os deixarei ir até as raias da loucura. Vão dar um passo maior que a perna e se destruir. Estão planejando nomear dezenas de homens e citar incidentes que nunca poderiam ter acontecido, acusando-a de encontrar um homem numa noite em que estava a quilômetros de distância e na cama com o rei. Acusando-a de vulgaridade, de perversões, até de bruxaria. As acusações contra a rainha são exageros tão absurdos que sua mentira será evidente para todos. Estou dando a corda para que se enforquem. Eles pensam que a estão encurralando, mas estão encurralando a si mesmos.

— E o que acontecerá quando o julgamento desabar, por continuar *ad absurdum longitudines*?

— O rei vai se virar contra eles por não lhe darem o que quer, então vai destruí-los.

— E o senhor vai salvar os Bolena! Ana vai se afastar, e o rei poderá se casar com Jane Seymour.

— Não vai ser fácil — admite ele. — Mas imagine só! A facção espanhola arruinada para sempre, todos expostos como loucos e loucas, o casamento de Ana anulado, como o rei quer, mas nada contra ela como mulher ou rainha, e os Bolena sem motivo para vergonha. E você e sir George podem manter seus lugares na corte. Ana poderá até visitá-los, se desejar.

O medo me causa um acesso de risadinhas.

— Não acho que ninguém iria querer isso! Ela estará segura, mas não vai agradecê-lo por isso!

Ele ri comigo.

— Verdade, você provavelmente tem razão.

Outra noite sozinha na cama enquanto o grande cavalo de Henry Norris recua em meus sonhos, eternamente se recusando a avançar. Quando acordo, estou tão assombrada pela lembrança dos cascos do cavalo de batalha arrancando torrões do chão da liça que desço até os estábulos para ver sua cabeçorra balançando sobre a porta da baia. Por um momento, achei que o rei poderia tê-lo executado por desobediência, como fez com seu próprio cavalo por cair. Estendo a mão, e o animal me fareja com seu hálito doce de aveia, depois recua para longe da porta, como se pudesse sentir o aroma do azar em meus dedos.

Um mensageiro na libré do Arcebispo de Canterbury, nosso velho amigo Thomas Cranmer, entra a galope no pátio. Abro a porta do estábulo e me enfio lá dentro com o cavalo inquieto, de onde escuto o criado de Cranmer ordenar ao cavalariço:

— Dê comida e água para ele. Tenho uma mensagem para o rei e aguardarei a resposta.

— Não me diga que o arcebispo está trancado na Torre também! — diz o cavalariço, em uma tentativa canhestra de piada.

— Não; sua graça está seguro no palácio de Lambeth. Mas ansioso. Rezando. Ele não para de repetir: "Como pode ser verdade? Como pode existir tal mulher?", e chora.

— Ele é o único que vai chorar por ela — responde o cavalariço, truculento. — Foi uma esposa infiel e não foi uma boa rainha para nós. Não como a rainha Catarina.

— Infiel? — questiona o mensageiro.

— Muitas vezes, com muitos homens — afirma o cavalariço, com confiança. — Em dois lugares ao mesmo tempo, feito bruxa, para satisfazer suas vontades.

Eles vão cada um para um lado: o mensageiro para os aposentos do rei; o cavalariço para levar o animal a uma baia vazia. Eu saio de fininho. Queria não ter escutado. Queria não ter ouvido isso. É uma amostra do que teremos que suportar enquanto deixamos a facção espanhola exagerar e dar um passo maior que a perna.

À tarde, eu me sento na câmara privada meio vazia da rainha com um punhado de damas, todas Bolena. As outras sumiram. Alguém diz que Francis Weston, favorito do rei, não estava em seu lugar no jantar, e que o rei, que estava bêbado, contou a alguém, que imediatamente repetiu para todo mundo, que Ana se deitou com até cem homens. Eu penso: isso é uma boa notícia, é *ad absurdio,* uma alegação tão extrema que torna o argumento ridículo. Nossos inimigos estão indo longe demais, como mestre Cromwell disse que fariam, e nós os estamos encurralando. Só precisamos esperar.

NO DIA SEGUINTE, OS SECRETÁRIOS de Thomas Cromwell vão aos aposentos da rainha, tiram todos os livros das estantes e pegam cada papel que encontram, até trechinhos de poemas, enigmas e cartas. Eu os vejo embalar cada bilhete da escrivaninha dela nos sacos verdes que os advogados usam, como se tudo ali fosse algum tipo de prova a ser usada no tribunal! Os livros são perigosamente luteranos, mas Ana leu cada um daqueles livros para o próprio rei, e Thomas Cromwell tem cópias da maioria. É mais seguro que eles fiquem com Thomas Cromwell, que vai defender Ana e George contra a acusação de heresia, que a facção espanhola certamente levantará, junto das outras acusações insanas.

Depois dos secretários, aparecem os camareiros do guarda-roupa real, que levam todas as roupas dela: vestidos, capas, capelos e mangas. Serviçais do Tesouro coletam as joias, até as peças que são dela, e não me escutam quando digo que um bracelete ou algumas pérolas são tesouros de família dos Bolena. Tudo deve ser guardado e mantido em segurança na Casa do Tesouro, na Torre. Eu me certifico de que os objetos estejam adequadamente etiquetados, pois, quando tudo isso acabar, Ana vai querer seus tesouros pessoais de volta.

Termino de arrumar e limpar os aposentos da rainha enquanto espero um criado da casa para trancar as portas duplas atrás de mim. Elizabeth Somerset passa com uma caixinha de madeira para fitas nas mãos.

— Essas coisas são minhas! — explica, depressa. — Coisas que emprestei para ela.

Acredito nela, mas ainda acho que é uma ladra.

Elizabeth baixa a voz a um sussurro.

— O que você disse no inquérito?

— Ainda não me chamaram.

— Eu não disse nada sobre meu cunhado, William Brereton. — Ela soa aflita. — William nunca faria nada. Por que o prenderam? E eu não disse nada sobre Ana, exceto o que é de conhecimento comum...

— O que você disse? — exijo saber.

— Nada no inquérito, só mais cedo, para meu irmão Anthony. Ele estava gritando comigo, você sabe como ele é severo, estava me injuriando... você sabe como brigamos! Eu disse que não tinha feito nada pior do que a rainha fez. Ele insistiu para eu me explicar, você sabe como ele é, e, antes que eu pudesse reagir, ele e Thomas Wriothesley, logo Thomas, como se tivesse o direito de me questionar! Bem, os dois ficaram perguntando o que eu queria dizer. E afirmaram que levarão o que eu disse às autoridades. — Ela se interrompe quando vê meu rosto. — Eu não disse nada. Coisas sem importância. Eu disse que não era nada. Que tudo era só amor cortês. — Ela aponta para a própria barriga de grávida. — O que mais posso fazer, além de falar? Falar era só o que Ana e eu fazíamos!

Tento sorrir e concordar com ela, mas sinto o rosto inteiro congelado.

— Se ela lhe entregou aquelas cem libras para manter o silêncio, foi um mau negócio — digo, cruel.

Elizabeth se vira sem responder e se apressa pela galeria, afastando-se das portas trancadas dos aposentos da rainha, onde nada aconteceu.

A CORTE PRATICAMENTE VIBRA com toda aquela fofoca, feito uma colmeia agitada, um zumbido baixo e raivoso que se silencia quando passo. Não há dúvidas de que eu e minha família estamos no centro do escândalo, mas conheço a cabeça dos cortesãos, sei que, quando Ana for inocentada, todos voltarão a ser meus melhores amigos. A facção espanhola terá dado um passo maior do que a perna, e o inquérito será considerado um punhado de alegações ridículas. Mas então eu penso: meu pai nunca será tomado pelo ridículo. Eu deveria avisá-lo de que isso é uma conspiração da facção espanhola, algo que deve ser encorajado para que eles se enforquem com a própria corda. Envio uma mensagem urgente, pedindo permissão para visitá-lo em Westminster. Digo que tenho algo a contar.

Ele responde sem demora:

Filha,

Testemunhos das damas já foram registrados, e nada mais é necessário. Como você não sabe de nada, não precisa vir aqui. Não diga nada a ninguém, sobretudo ao rei, que está muito ofendido, e com toda razão. Sir Thomas Wyatt e Richard Page foram presos hoje, e o inquérito convocou sir Francis Bryan.

Morley.

Meu pai nunca assina suas cartas para mim com seu título, e com isso sei que está escrevendo uma carta que pode ser lida por qualquer espião. No entanto, consegue me dar muitas informações. Sei que não devo dizer nada e, principalmente, que não sei de nada. Que prenderam Thomas Wyatt, que ama Ana desde que ela era garota e certamente irá defendê-la. Richard Page não tem inimigos e sua presença deve ser passageira, para fazer volume. Sir Francis Bryan é o anfitrião e benfeitor de Jane Seymour, um amigo declarado da Espanha e nosso inimigo; seu despeito contra Ana vai tentá-lo a dizer uma batelada de mentiras, piscando por trás do tapa-olho. Ele trairá a conspiração, exatamente como mestre Cromwell prometeu. Uma conspiração contra a rainha é um ato de traição, cuja punição é a morte. Eles vão se arrepender de assustar essa lebre, que vai correr em círculos, como as lebres sempre fazem.

Vou bastante alegre para o jantar no grande salão. Só o que ocupa a mesa real é a prataria, e os criados servem uma refeição de vinte pratos em respeito ao rei ausente, que ainda está em Whitehall, mas dizem que foi jantar em Londres no melhor dos humores. Entramos todos em ordem de precedência e fazemos uma mesura ao trono. Cinco ou seis damas sentam-se comigo à mesa das damas, e comemos em silêncio. Não há música, e ninguém quer dançar, uma vez que metade da corte tem algum parente preso na Torre.

Depois do jantar, alguns lordes conversam enquanto bebem vinho, mas as damas se recolhem aos próprios aposentos. Estou na entrada da área dos Bolena quando meu tio Norfolk aparece. Ele entra comigo, sem pedir permissão, e dispensa o criado.

— Cromwell lhe prometeu segurança? — pergunta, sem preâmbulos. — A você e a George? Sei que você não foi chamada para depor... e que ele vai soltar Thom Wyatt... ele prometeu soltar George também?

— Ele não me fez promessas — digo, o que é verdade: não fez mesmo. — Não preciso de promessas. Nenhum inquérito vai encontrar nada contra George ou contra mim. É uma trama da facção espanhola contra Ana, com acusações imaginárias, e vai explodir na cara deles.

O rosto afiado do duque, mais do que nunca, lembra um falcão.

— Claro que é uma trama — diz, sombrio. — Mas é uma boa trama. Vão provar as acusações. Vão derrubá-la. A questão é: você e George também vão cair?

— Se o casamento for considerado ilegítimo, ela não era esposa dele — digo, paciente. Meu tio Norfolk é mortífero no comando de seus homens, mas não é a lâmina mais afiada no confronto com ideias. — Se ela não era esposa, não houve adultério. Como tio dela, como chefe da nossa casa, sua tarefa é esperar que passem vergonha, depois tirar Ana de lá.

A risada dele é um latido brusco.

— Você está desatualizada, Jane. A questão foi muito além da validade do casamento, muito além de adultério! Se ela não é esposa dele, o adultério não importa. Suponha que Ana seja acusada de beijar Henry Norris. Até de ir para a cama com ele. O arcebispo vai declarar que ela é adúltera e mandá-la a um convento. Como uma Guinevere moderna. Mas isso não é o suficiente para eles, eles querem Ana morta! Algum idiota disse a eles que Ana declarou que era ela ou lady Maria! Estão todos querendo a pena de morte para Ana. Dizem que ela e o irmão tramaram a morte do rei em uma cama conspurcada. Ambos terão que morrer por isso.

— Traição? Com George? É ridículo.

— Pior! Dizem que os dois dormiam juntos. Amantes, irmão e irmã! Amantes incestuosos!

Fico sem fôlego.

— Vocês se acham tão espertos — comenta ele, com uma maldade súbita. — Vocês três, tão espertos e jovens e pecaminosos. Você também estava na cama?

— Ninguém pode dizer isso! Ninguém testemunhou! Não há provas!

— Todo mundo deu provas — escarnece ele. — Todo mundo presenciou.

— Mentiras! E dizer uma coisa dessas? Uma coisa tão perversa...

Eu me interrompo. Na verdade, é bem inteligente, pois todos sabem da intimidade dos dois. Eu mesma disse a Cromwell que George está sempre com a irmã. É impossível saber o que se passa por trás de portas fechadas. Mas é a pior das acusações, elaborada pela pior das imaginações. E por que atacar George? Por que acrescentar incesto às acusações de adultério?

Sinto o escrutínio do meu tio sobre meu rosto pálido e ergo os olhos, buscando ajuda.

— Mas por quê? — pergunto, apenas. — Se isso for um ataque dos inimigos de Ana, os Pole, os irmãos Seymour e a facção espanhola, todos trabalhando juntos, por que uma acusação tão grotesca? Por que incesto, além de feitiçaria?

— Tem que ser algo terrível a ponto de despertar a ira do rei — explica ele. — Ninguém vai perguntar "mas ela foi casada antes?" quando ouvir isso. Ninguém vai se importar. É um pecado tão vil que todos vão clamar a morte dela, o rei principalmente. Vão apavorá-lo pela luxúria que sentiu por ela. Quando terminarem de difamá-la, o rei vai pensar em Ana como a pessoa que o fez cair em tentação e destruiu sua vida. A bruxa que o deixou impotente, derrubou um cavalo em cima dele, matou sua primeira esposa e adoeceu sua filha. O rei não ficará satisfeito com nada menos que a morte dela.

— Espere! — digo. — Posso defender George. Posso salvá-lo. Não houve traição. Não houve incesto. Ninguém tramou a morte do rei. Eu estava em todos os encontros...

Ele me agarra pelo braço e me puxa para perto.

— Se você estava em todos os encontros, é uma traidora que participou da bruxaria homicida e adúltera da rainha — rosna no meu ouvido. — Se estava lá em todos os encontros, estava na cama com os dois, um em cima do outro, beijando de língua, escondendo bebês mortos, amaldiçoando o rei para que se tornasse impotente, tomando poções. Você escolhe! Vá até seu mestre espião Cromwell: ele está com o livro aberto na página de confissões.

Norfolk aperta forte, mas eu mal sinto. Fico cambaleante, enojada. Ele faz uma pausa e encara meu rosto pálido.

— Você quer morrer? Quer morrer como bruxa traidora e incestuosa, junto de George e Ana?

— Eles não vão morrer.

— Você quer morrer com eles?

Eu sei que não.

— Não.

— Então faça como eu: condene-os.

— Você não pode condená-los, sua própria sobrinha e sobrinho. Não pode mandá-los para a morte sem dizer uma palavra!

Norfolk sorri, mostrando os dentes amarelados.

— Ah, eu vou falar uma palavra — diz, sem humor. — Vou falar uma palavra, sim. Vou dizer: "culpados".

NINGUÉM DIZ ÀS DAMAS para irem embora, mas, sem uma rainha, não há nada para fazermos aqui. Aquelas de nós cujas famílias têm aposentos na corte vão para lá, e outras, como Anne Basset, cuja mãe, lady Lisle, está em Calais, ficarão com amigos em Londres. Sir Nicholas Carew não abre sua mansão grandiosa em Croydon para nenhuma outra dama de honra além de Jane Seymour, que não reaparece para ajudar enquanto empacotamos nossas coisas.

— Para onde você vai? — pergunto a Margery Horsman.

— Para casa — diz ela, apenas. — Respondi sobre tudo o que perguntaram. Não preciso ficar.

— Como assim, tudo o que perguntaram? Quem lhe fez perguntas?

— Mestre Cromwell fez as perguntas e o secretário dele anotou as respostas. "Quem falou com quem? Quem dançou com a rainha? Quem ela favorecia?" Eu disse que vi o que todo mundo viu, que o próprio rei viu tudo. Mestre Holbein podia ter pintado a cena! Não há nada de novo. Mascaradas, danças, peças, amor cortês, tudo normal. Você vai para Beaulieu?

Balanço a cabeça.

— Vou esperar por George em nossos aposentos. Ele vai voltar para cá assim que der seu depoimento.

Ela baixa a voz.

— Ficou sabendo? Que prenderam Thomas Wyatt?

Penso em Cromwell dizendo: *Dois Francis! Um Thomas, um Mark, um Richard e um Henry. São tantos! E William Brereton?*

Balanço a cabeça.

— Não — minto. — Passei o dia todo aqui, arrumando as coisas. Mas não pode ser uma prisão, Wyatt é um dos favoritos do rei, assim como Henry Norris. Deve ter sido convocado para depor no inquérito, como George e Francis. Ninguém acreditaria em nada dito contra Francis.

Vou a nossos aposentos e escrevo uma carta a George.

Querido marido,

Eu lhe envio essas roupas, um pouco de papel e novas canetas e tintas. Falarei com o rei a seu favor, se puder.

Sua esposa fiel,

Jane.

Levo a carta aos estábulos e encontro nosso cavalariço. Ofereço mais uma moeda de seis pence, mas ele hesita.

— Perdão, lady Rochford, mas não posso aceitar menos que um xelim. No tempo que eu for até lá e voltar, provavelmente serei dispensado.

— Você trabalha para mim — digo. — Ninguém pode dispensá-lo.

Ele retorce o chapéu nas mãos grandes.

— Dizem que os Bolena não terão dinheiro para me pagar, e já não tenho mais lugar à mesa de jantar do cavalariço real. Antes eu recebia meu pagamento e comia no palácio… Agora não tenho nem onde sentar nem o que comer.

Não vou defender a inocência da minha família ao cavalariço do meu marido. Eu lhe dou um xelim.

— Leve a mensagem e me traga uma resposta. — É tudo o que digo.

Poderia ter poupado meu dinheiro. A resposta de George é tão curta e formal que só pode estar ciente de que suas cartas estão sendo lidas e confia em mim para fazer o que puder. Mas fico feliz por ter uma carta que não diz nada, significa que ele está pensando em sua segurança, não se enfurecendo em defesa de Ana. Deve ter tido dificuldade para negar a acusação de ter escondido o casamento secreto da irmã com Henry Percy, mas a acusação de adultério e traição vai ruir sob o próprio peso, desabando sobre aqueles que a levantaram. Quanto pior tentarem nos pintar, pior será sua derrota. Tudo o que temos a fazer é não dizer nada.

UMA ACUSAÇÃO DA FACÇÃO ESPANHOLA contra quatro homens do povo acusados de adultério com Ana é aberta, em toda a sua falta de lógica ridícula, no Salão de Westminster, diante de uma audiência de londrinos empolgados. É ridícula porque todos sabem que as alegações são falsas; e é ilógica porque, se os quatro forem acusados desse adultério, Ana irá a julgamento com um veredito já definido contra ela. A rainha da Inglaterra será condenada por adultério porque um tocador de alaúde admitiu, sob tortura, que fornicou com ela? Sem testemunhas? Sem evidências? É uma acusação tão absurda que me tranquilizo com a certeza de que ninguém a levará a sério. Só no fim do dia, quando encontro a tola da Elizabeth Somerset, é que percebo que o colapso do plano da facção espanhola está perigosamente atrasado.

Com a gravidez avançada, Elizabeth está subindo com dificuldade em uma liteira no pátio do estábulo. Ela tenta fazer careta para mim, como se quisesse rir do seu apuro, mas seu rosto está tenso e abatido. O rubor bonito da gravidez é um carimbo lívido na pele pálida do nariz e das bochechas.

— Vou para casa, para meu confinamento — diz ela, quando atravesso a arcada. — Meu marido me mandou voltar para casa no instante em que entraram em julgamento! Que tristeza! Quem poderia imaginar que levariam tudo tão a sério!

— O quê? — pergunto, tensa. — Levaram o que tão a sério?

— Não ficou sabendo?

— Não.

— Ah, não gosto de ser a pessoa que vai lhe contar! — Ela hesita.

Eu me aproximo da liteira.

— Mas me conte, Elizabeth. Não fiquei sabendo de nada, e ninguém além de você fala disso comigo.

— Ora, é claro que não fariam isso! — exclama ela. — Ah! Minha querida! Sinto tanto! Que horror! Bem... de qualquer forma... Smeaton, pobrezinho, confessou, embora estivesse um trapo, a cabeça toda machucada. Os nobres negaram tudo, claro. Mas os lordes os condenaram! Pode imaginar? Culpados. — Ela parece prestes a chorar. — Claro que virá um perdão. Mas é um escândalo enorme, e nos deixa muito mal na corte. Até a minha reputação...

— Culpados? — pergunto.

— Sim! Todos os nossos adorados amigos. Graças a Deus, George não estava lá. Ele e Ana serão julgados pelos lordes, não por um tribunal comum. E os queridos Norris e Francis Weston serão perdoados, com certeza. E ninguém jamais pensaria algo contra William, por mais desagradável que ele seja. Smeaton confessou; mas, claro, ninguém acredita de verdade. Ainda assim, meu marido quer que eu volte para casa imediatamente! — Ela se inclina para sussurrar: — Está tentando negar que o bebê é dele! Diz que somos todos farinha do mesmo saco. Que foi exatamente o que eu disse desde o começo! Querendo dizer que somos todos inocentes, claro!

Afasto-me dela com repulsa, mas ela continua.

— Pense em mim! A única coisa boa é que não verei meu marido por quase dois meses... — A voz dela vai morrendo quando percebe que não vejo meu marido desde o Primeiro de Maio. Elizabeth me chama mais para perto. — Ficou sabendo sobre Jane Seymour?

Balanço a cabeça.

— Foi tirada da casa de Nicholas Carew. Longe demais de Whitehall, é pouco conveniente! Ela está na casa de sir Francis Bryan, na Strand. Então Francis Bryan foi liberado para bancar o anfitrião... tinha sido chamado para dar depoimento, mas não há nada contra ele. Mesmo sendo o pior homem da corte. Agora o rei janta lá todas as noites! Nada mal para uma simplória de Wiltshire.

— A casa de sir Francis? — repito.

— O rei janta lá todas as noites. Vai de barca, com os músicos tocando.

— É mesmo?

— Sim. Dá para ouvir do píer.

Os muleiros, cansados da espera, se viram para encará-la.

— Ah, está na hora de ir. Bem, adeus — diz, simplesmente.

— Boa sorte — respondo.

Vejo o movimento rápido de seus dedos, o dedão entrando entre o indicador e o dedo do meio, o velho sinal para afastar feitiçaria; como se eu fosse tão azarada, como se nós, Bolena, fôssemos tão azarados, que minha bênção sobre ela é uma maldição.

TORRE DE LONDRES, MAIO

1536

Em três dias, o cenário na Torre de Londres para o que será o julgamento de Ana está pronto. Foi construída uma arquibancada para os espectadores, e organizaram grandes mesas e cadeiras pesadas para dar ao tribunal um ar mais solene do que uma arena onde um urso enfrenta uma matilha de cães, embora o desfecho seja o mesmo, a morte. Não há dúvida quanto ao resultado: assim como se lança um cão atrás do outro até o urso sucumbir, eles jogarão uma acusação atrás da outra, de forma que nem um santo resistiria ao peso. Não é apenas meu tio Norfolk que vai à Torre para declarar Ana "culpada": ninguém pode alegar que ela é inocente se a corte inferior já condenou seus supostos amantes. Os juízes seguem os rituais como velhos parceiros repetindo os passos de uma dança ensaiada; mas o veredito está dado de antemão. Ela não pode ser inocente se quatro homens já foram considerados culpados de adultério com ela.

Não assisto ao julgamento. Minha fúria contra a facção espanhola é maior que meu desejo acadêmico de presenciar tudo. Sei que ela é inocente das acusações que lhe fazem, mas também sei que é culpada de coisas piores. Ela não tramou a morte do rei, mas foi responsável pelas mortes do bispo Fisher e de Thomas More, e a lei que ela mesma escreveu teria condenado à morte a rainha anterior e lady Maria. Nossos inimigos decidiram destruir Ana quando entenderam que só havia lugar para uma: ela ou lady Maria.

Eu alimentei os medos deles, então também sou culpada. Informei à facção espanhola que a vida de lady Maria corria perigo. Pedi a meu pai para avisá-la. Disse à lady Margaret Pole que ela deveria fugir. Fui aconselhada por Thomas Cromwell, pensei que estava fazendo a coisa certa, mas não previ essa *hamartia*, essa tragédia florescendo de um erro. Jamais imaginei que algumas palavras de um cortesão, meias mentiras e meias-verdades, levaria a nós, os Bolena, à desgraça.

Dizem que Ana se mantém inflexível enquanto a declaram culpada. Consigo imaginá-la ouvindo o veredito dos homens que chegaram ao poder e foram por ele agraciados agarrados à barra de suas saias: o próprio pai, o tio e até o homem que a desposou em segredo, Henry Percy, que agora a renega. Consigo imaginar seu olhar sombrio passando por cada rosto, a cabeça inclinada, ouvindo um Judas após outro, e o aceno rápido da cabeça quando tudo termina e lhe dizem que será decapitada ou queimada, a critério do rei. Até os juízes murmuram diante de uma sentença tão terrível. Um murmúrio tênue, dolorosamente contido.

O JULGAMENTO DE GEORGE vem depois da condenação da irmã, e a corte está apostando em sua absolvição: querem uma tarde mais alegre depois da tragédia monstruosa que se desenrolou naquela manhã. O amor por apostas continua forte entre os cortesãos, e não há outros entretenimentos para desfrutar exceto os julgamentos. Diante dos juízes, com o pai e o sogro entre eles e o tio presidindo o julgamento, ele volta a ser o George que todos sempre adoraram: espirituoso e tranquilo mesmo sob ataque, charmoso ao ceder, ferozmente inteligente. Ninguém duvida de que vai se livrar da acusação com a força de seus próprios argumentos. As probabilidades estão 10 para 1 a seu favor, e alguém me oferece uma parte na aposta. Não aceito. Respondo que não vou ao julgamento, mas uso um véu grosso para ocultar a mentira nos olhos e no rosto e me esgueiro para o fundo do tribunal.

Os juízes estão sentados diante de uma mesa comprida, de frente para George, que os encara de pé como um espadachim: pés leves, uma das mãos apoiada no cinturão no qual deveria estar sua espada. Ele olha para cada um dos presentes. Todos são parentes que o conhecem desde a infância, ou amigos da corte. Ele responde a cada acusação com confiança e não tem dificuldade em provar que não estava onde dizem que estava, que sequer estava na corte nesta ou naquela noite, que ninguém o viu no quarto de Ana, que ninguém tem provas além de boatos, e ninguém foi chamado para depor contra ele. George é o favorito do rei, um diplomata de confiança, cunhado do rei. Certamente será solto e declarado inocente.

Assinto conforme ouço os argumentos infalíveis e me forço a ficar sentada quieta, mas toda a galeria está ao lado dele. Não sou a única mulher inclinada para a frente, assistindo através de um véu, seguindo cada passo dele na escalada rumo à absolvição.

Mas então lhe entregam um bilhete e avisam que é um registro de algo que ele mesmo disse. O juiz que preside o julgamento, nosso tio Thomas Howard, pergunta a George se ele disse as palavras escritas naquele papel. São palavras tão perigosas, palavras tão traidoras, que ele avisa a George para não as ler em voz alta.

George abre o papel, avalia as palavras em silêncio e ergue a cabeça morena. Encara a corte com escárnio, os olhos escuros brilhando de desdém, e lê alto, em sua voz ressonante e desafiadora:

— Isso aqui diz: "O rei está emasculado e não é capaz de engravidar uma mulher". — Depois amassa o papel, como um ator encenando desdém, e o joga no chão. — Não há necessidade de passar isso de mão em mão como um enigma infame. É uma mentira e não deve ser alçada ao posto de evidência. Eu não disse essas palavras. Jamais diria tal coisa. Sei que não é verdade. A alegação de impotência lança dúvida sobre a paternidade de todos os filhos do rei, e, pior, sobre todos os herdeiros reais que abençoarão o rei no futuro, como todos nós rezamos lealmente para que aconteça. Isso nunca deveria ter sido escrito ou submetido como evidência. Não são minhas palavras, e eu as nego.

Há um arquejo horrorizado. Todos sabemos que o rei é impotente vez ou outra... na verdade, com frequência. Mas, se a alegação for arquivada nos registros do tribunal, isso lança dúvida sobre nossa herdeira Bolena, sobre a paternidade de Elizabeth. Quatro homens foram declarados culpados de adultério com Ana, qualquer um deles poderia ser apontado como pai de Elizabeth, se aquele papel for aceito como evidência. Mesmo se George só tivesse olhado e negado, a alegação teria entrado nos registros do tribunal. Jogando aquilo no chão, ele desacredita a evidência.

George sabe disso. Leu as palavras em voz alta e as negou em nome de sua irmã Ana e da filha dela, Elizabeth. Se tivesse permanecido em silêncio, teria sido absolvido. Mas seu desafio à corte, seu desdém pelo plano deles, é suficiente para condená-lo. Ele mentiu sob juramento ao dizer que o rei não é impotente, que nunca foi impotente, para insistir que Elizabeth é filha do rei. Pôs a cabeça no bloco do carrasco para não deixar dúvidas quanto à paternidade da sobrinha.

Eu deveria pensar nele como um herói por conta disso. Mas estou tão furiosa que o último ato dele foi resguardar os direitos da filha da irmã que fico entorpecida de raiva. Não consigo sentir nada. George desafiou a corte, e para quê? Por amor a Ana e à sua filhinha, Elizabeth. Agora não posso salvá-lo, ninguém pode. Ele se condenou. É sua rejeição final a mim. Ele escolheu morrer para que a sobrinha mantenha o título de princesa. A ambição dos Bolena e o amor por Ana importam mais para ele do que a própria vida.

Empurro as pessoas que se esticam para ver seu rosto sorridente, o inclinar desafiador da cabeça ao receber o veredito de culpa e caminhar com leveza rumo à própria morte. Saio da sala e encaro o vento frio do leste, a luz ofuscante do sol me cega. Nunca o perdoarei por isso. É sua traição final. Seu último ato de amor pela irmã e pela sobrinha. Atravesso o gramado da Torre com passos duros em direção ao portão sombrio e penso que nunca mais voltarei a este lugar. Nunca mais verei George.

Estou completamente arruinada. A rainha a quem servi morrerá acusada de luxúrias perversas, como esposa adúltera, uma rainha traidora e bruxa. Meu marido foi acusado de cometer crimes terríveis com ela e escolheu morrer com a irmã em vez de viver comigo. Com a morte dele, perderei minha fortuna e meu lar. Com a morte dela, perderei meu lugar na corte e o favor real. Ficarei pobre, sem casa, desfavorecida. Não sei o que será de mim. Como Bolena, serei rejeitada como a esposa de um adúltero e incestuoso, e cunhada de uma bruxa luxuriosa. A história me chamará de cafetina, alcoviteira e, provavelmente, também de luxuriosa.

George é executado em Tower Hill; Henry Norris, seu amigo Francis Weston e William Breretin o seguem ao cadafalso, respeitando a ordem de precedência mesmo na hora da morte. O plebeu, Mark Smeaton, é o último a subir, encharcado pelo sangue dos outros homens, e tem um fim miserável.

Não consigo acreditar. Não consigo compreender. Mal consigo pensar em tudo o que aconteceu. Parece um conceito complexo demais para estudar, mesmo para uma erudita. Sinto uma raiva ardente por Ana, George e todos os Bolena: meus sogros, que não fizeram o mínimo esforço pelos filhos. A raiva se estende a todos os Howard, que se afastaram tanto de seus parentes que, nessa temporada, chegaram a se parecer mais com os Seymour. Maria Bolena desapareceu, evitando o desastre como evitava o sucesso.

Ana é colocada em aposentos agradáveis, com vista para a área de decapitação da Tower Green, para esperar o carrasco, que vem da França. Ela será decapitada com uma espada, não queimada. E assim a cena final é adiada, à espera de um adereço único para uma mascarada especial. A corte não sabe qual é a etiqueta para decapitar uma rainha. Não há nenhum ritual consolidado no livro da corte da avó do rei. Ninguém jamais matou uma rainha em um cadafalso na Inglaterra.

Na verdade, acredito que ninguém tenha executado uma rainha em qualquer lugar. As lendas gregas contam as histórias de Clitemnestra e Pentesileia, mas nenhuma das duas foi decapitada pelas vias legais, diante de uma plateia seleta de cerca de mil familiares e amigos na área especial de Tower Green, a grama aparada para a ocasião. Também não consigo compreender isso. Quase poderia rir só de pensar que Ana, que sempre preferiu as modas francesas, receberia um espadachim da França.

As pessoas não sabem se devem usar trajes de luto, e acabam decidindo por usar suas melhores roupas, em cores fortes, para a decapitação pública de uma rainha. Não escolho um vestido. Não vou comparecer. Não suporto a ideia de assistir. Mas sei quando acontece, pois, sentada no vazio desolador do salão do palácio de Greenwich, ouço o estrondo dos disparos do canhão da Torre, como que para uma grande celebração. O rei ordenou o disparo completo do canhão, para que pudesse ouvi-lo rio acima, em Chelsea, onde cronometra o baile de forma que possa tirar sua nova noiva no momento exato da decapitação do grande amor de sua vida.

No dia seguinte, o noivado é anunciado. Ele vai se casar com Jane Seymour.

PALÁCIO DE GREENWICH, VERÃO

1536

Eu me escondo nos aposentos dos Bolena, evitando todas as armadilhas em meus caminhos habituais, como uma lebre com um pé ferido. Os pais de George partiram para Hever logo depois da sentença, antes das execuções. Seus cavalos estavam a postos, esperando o pai de Ana dar seu veredito com seus colegas juízes. Ele disse "culpado" para o próprio filho, disse "culpada" para a própria filha, e então juntou-se à esposa e partiram para Kent enquanto o cunhado, tio de seus filhos, cobria a cabeça com o tecido preto, girava o machado e declarava a pena de morte.

Os criados foram dispensados, restando só um camareiro para entregar as chaves aos novos ocupantes de seus aposentos no palácio de Greenwich. Não me proibiram de me esconder nos aposentos vazios, meu último lar na corte. Mas também não me ofereceram refúgio. Nem falaram comigo.

Em sua ausência, e na ausência de outros ocupantes, o camareiro e eu nos acomodamos pelo palácio como mendigos em um celeiro. Ele dorme no chão do quarto dos criados, e eu no antigo cômodo dos Bolena, em uma cama pequena e baixa, em meio à poeira das ervas espalhadas nos tempos áureos, e com um cobertor que ficou esquecido em uma caixa abandonada. Não estou com frio. Tenho um banquinho que fica junto à lareira e algumas caixas com meus pertences que consegui salvar dos cobradores de dívidas de George: roupas, um par de sapatos, meus livros. Salvei meus livros, embora não tenha energia para a leitura.

Janto no grande salão com os poucos cortesãos remanescentes, embora nunca esteja com fome. Todo dia, sigo até a mesa das damas quase esperando que um serviçal me mande embora, mas ninguém protesta quando tomo um lugar humilde entre as damas solteiras e viúvas da corte. Elas também não têm para onde ir, mas não são dispensadas nem convidadas para outro lugar. Ninguém fala comigo, o que não me incomoda, dado que não tenho nada a dizer.

Curvamos a cabeça em silêncio para dar as graças e comemos em um silêncio ininterrupto, como os beneditinos. Depois do jantar, caminho junto ao rio para ver a água fluindo até o mar, como se ela também estivesse partindo sem se despedir. Volto aos jardins cansados, as folhas empoeiradas sob o calor do verão. O sol açoita os caminhos sinuosos dos jardins privados, as trilhas de pedra branca brilhantes demais para o olho suportar, mas não sinto calor.

O rei permanece longe da corte, os nobres restantes retornaram a suas propriedades no campo, e os criados limpam seus aposentos. Tenho que andar com cuidado pelo piso molhado das galerias, com baldes e esfregões deixados no umbral das portas abertas que dão para aposentos imensos.

O tempo fica subitamente frio e chuvoso, e o camareiro Bolena e eu pegamos carvão e velas dos depósitos reais para acender o fogo, à noite, no salão dos Bolena. Não sinto frio.

Não sinto nem frio nem calor. Penso em Deus dizendo: "Assim, porque és morno, e não és frio nem quente, vomitar-te-ei da minha boca. Não sabes que és um desgraçado, e miserável."

Acho que é *Apocalipse 3*, mas não rezo. Penso que, se sou desgraçada e miserável, não tenho pelo que rezar. A alma de George e a de Ana, a alma de nossos amigos mortos decapitados com eles, irão para o inferno, suponho, por seus pecados terríveis. A não ser que sejam todos inocentes e acabem no purgatório. Vai depender se esse julgamento em particular estiver sob o controle da facção espanhola ou dos Bolena. Se a velha fé estiver correta e eles estiverem esperando no purgatório para que as missas os libertem para o paraíso, como a facção espanhola diria, ou se foram diretamente para a bem-aventurança ou o inferno, como nós, reformistas, acreditamos.

Suponho que terei que ir a um purgatório ainda em vida: minha casa em Morley Halingbury. Não tenho mais para onde ir. Não há lugar para mim nos palácios e castelos dos meus dias de noiva, e não posso custear a governança do palácio Beaulieu nem pagar os criados. Fiquei de fora novamente, mas dessa vez ninguém vai me convocar de volta à corte, e meu pai jamais perdoará minha desgraça. Suponho que viverei e morrerei lá, e serei enterrada na igreja da paróquia, sob uma lápide modesta, adequada a uma filha viúva sem importância.

Não consigo escrever a meu pai para pedir que mande seus criados para me levarem de volta para casa. Tenho papel e penas em uma das caixas com meus livros. Não consigo me dar ao trabalho de procurá-los. Pela primeira vez na vida, não tenho interesse em estudar.

Os dias vão passando. Uma semana se passa. Então, um dia, ao voltar aos cômodos após o jantar, o camareiro está me esperando.

— A senhora recebeu uma carta — anuncia. — Lacre especial.

Eu a pego num gesto desinteressado e encaro o homem, impassível, até que ele baixa a cabeça em uma mesura e volta para o próprio quarto. Sento-me no banquinho junto ao fogo e examino a carta, a primeira que recebo desde aquela do meu pai me dizendo para não ir à Torre nem falar com o rei.

Sinto uma centelha de interesse, o surgir de uma tentação. Não é uma carta comum: tem um lacre. A ponta do papel dá uma volta em si mesma e está presa pelo lacre. Quem poderia ter escrito algo que só pode ser lido por mim?

Avalio o lacre: é de Thomas Cromwell.

Obtive para você o posto de primeira dama de companhia da rainha Jane. Pode pegar vestidos etc. do guarda-roupa real e sua remuneração do Tesouro. Outras damas chegarão ao palácio de Greenwich em breve. Por favor, certifique-se de que sejam acomodadas apropriadamente nos aposentos da rainha e que os cômodos estejam preparados para sua graça, que chegará dentro de uma semana.

Observo o traço do T e a meia-lua do C e penso: bom Deus, não morrerei em desgraça, não sou uma desgraçada miserável. Vou sobreviver a isso. Bom Deus, minha vida vai recomeçar.

Thomas Cromwell não agiu como os antigos lordes, que fizeram as malas e voltaram para sua casa no campo enquanto o rei se diverte com uma nova esposa. Thomas Cromwell não se esconde da desgraça, como os Howard e os Bolena. Ele está seguindo em frente. Provavelmente não parou, nem durante os julgamentos. A câmara escura ainda recebe as cartas do rei e de todos os outros, onde são lidas, seladas de volta e enviadas para os destinatários, aparentemente intocadas. Os homens de Cromwell ainda estão em seus postos: xerifes, prefeitos, juízes de paz, funcionários modestos e mercadores ricos. A máquina de governo de Cromwell continua funcionando, implacável. A Corte de Aquisições que ele preside recebe e redistribui a riqueza dos monastérios, e os inspetores de Cromwell viajam pelo território para encontrar corrupção nos monastérios ricos. E, para minha surpresa, em meio a todo esse trabalho, Cromwell ainda pensa em mim.

Claro que ele não está pensando em *mim* — eu, Jane Bolena, viúva pobre. Está pensando em como pode me usar. Precisa de uma espiã na corte da nova rainha, precisa de alguém para vigiar os Seymour, alguém para vigiar a facção espanhola, alguém para prever a próxima ideia do rei, alguém para criar a próxima ideia do rei e deslizá-la entre seus desejos. Sou mais útil do que nunca, agora que a facção espanhola pensa que sou uma amiga, acreditando que os avisei do perigo para lady Maria. Eles acham que testemunhei contra Ana e levei ela e George à morte. Thomas Cromwell criou um papel para mim nessa mascarada: a traidora de uma rainha cuja estrela estava em declínio e amiga da estrela ascendente.

Jane Seymour ficará tão feliz de ter uma dama de companhia familiarizada com os rituais privados da rainha que vai relevar o *froideur* natural entre uma nova esposa e uma antiga cunhada. Seus irmãos me ignoram, pois pensam que todas as mulheres são tão desinteressantes quanto a irmã. O próprio rei deve pensar em mim mais como um móvel do palácio do que uma Bolena — ele me viu todos os dias pelos últimos vinte anos, estivesse eu solteira, casada ou viúva.

Chamo o camareiro com um grito. Ele fica tão assustado ao ouvir minha voz se elevar após dias de silêncio nos aposentos vazios que o escuto se levantar, todo atrapalhado, e escancarar a porta. Vem correndo até mim.

— O que foi? O que dizia a carta?

— Pode mover minhas caixas — digo a ele.

— Para onde? — Seus olhos estão arregalados de medo. — A Torre? Você também?

— Para os aposentos da rainha — respondo, triunfante. — Aos aposentos da primeira dama de companhia.

EM POUCOS DIAS está tudo restaurado. Tudo está do jeito que tinha sido para a rainha anterior, e para a anterior a ela. As damas de companhia retornam, e cumprimento as mesmas jovens de sempre. Até os amigos do rei, entrando e saindo com elogios e convites, são os mesmos. Por que deveria haver qualquer diferença? Apenas duas semanas separam a morte de uma rainha e a chegada de outra.

Jane Seymour chega de Chelsea na barca de Ana, usando as roupas de Ana, e dorme na cama e com os lençóis de Ana. Os monogramas nas toalhas e roupas de cama são desfeitos, e o "A" sobre o diadema é substituído por um "J". À noite, acendemos as mesmas velas que Ana encomendou: elas ainda não tinham terminado de queimar e continuam em suas arandelas. Tudo é igual, somente a rainha mudou, assim como o humor jubiloso da corte.

Estamos mais alegres do que em abril e mais felizes do que no Primeiro de Maio, naquela justa de Primeiro de Maio que ninguém jamais menciona. O rei está com um humor exuberante, contente com tudo. Os entretenimentos e jogos planejados pelo mesmo Mestre das Festividades agora lhe proporcionam uma alegria real, como se antes ele estivesse fingindo estar feliz, tão falso quanto qualquer cortesão. Ele entra nos aposentos da rainha com o rosto aberto em sorrisos, o manquitolar quase imperceptível. Seu bobo, Will Sommers, dá cambalhotas feito um cordeiro seguindo um leão bem alimentado, como se nenhum de nós tivesse qualquer coisa a temer.

Faltam alguns rostos: a música do alaúde é animada, mas não da forma que Mark Smeaton tocava. Os amigos do rei ainda vêm correndo avisar que o rei está a caminho e é melhor nos arrumarmos o melhor possível, mas sentimos falta da empolgação jovial de Francis Weston. Não temos Henry Norris encostado no batente, flertando com Margaret Shelton e piscando para mim, nem William Brereton franzindo o cenho para Elizabeth Somerset, que ainda está afastada da corte, no confinamento de que ela e Ana achavam que iam partilhar. O bebê de Ana já está morto e esquecido, assim como a própria Ana.

E, claro, não temos George. O corpo do meu marido foi enterrado junto da cabeça decepada na capela da Torre. A irmã jaz ao lado dele, em um velho baú de flechas, a cabeça enfiada sob os pés. Esqueceram-se de encomendar um caixão para ela. Continuam tão inseparáveis na morte quanto eram na vida, e estou bem distante dos dois.

É difícil para mim assimilar que tudo é igual, a não ser pelos seis que estão faltando. É difícil assimilar que estou no meu lugar de costume, à direita da cadeira da rainha, pronta para sorrir ou fazer um comentário para preencher um silêncio desconfortável, mas esses seis estão ausentes. Não consigo acreditar que, quando olho para a esquerda, lá está a rainha, em sua cadeira pesada e entalhada, mas não é Ana, não é nem mesmo Catarina de Aragão. As duas estão mortas. É a pequena Jane Seymour, com seu capelo inglês feioso puxado sobre o cabelo loiro e seu rosto branco reluzindo de espanto por se ver na cadeira de Ana, com os amigos de Ana, no ápice da corte de Ana.

Há novas damas, é claro; a facção espanhola venceu e está colhendo os prêmios. Eles nomeiam mulheres Pole, Courtenay, Grey, Darcy, Hussey e, como era de se esperar, Seymour. Quase nenhuma das novas damas foi escolhida pela nova rainha: Mary Brandon, filha do primeiro casamento real de Charles Brandon, foi imposta, e não há a menor chance de ela ter desejado Margaret Douglas, cujo flerte ardoroso com lorde Thom (um meio-irmão Howard) vai explodir como uma bolsa de serpentina, agora que temos uma rainha que não repara em nada e não controla ninguém. Eleanor Manners, Mary Zouch e Anne Parr retornaram, embora Anne Parr seja uma apoiadora fervorosa da reforma da igreja e sinta-se desconfortável nessa corte, que vai retomar a velha religião assim que puder.

Como qualquer uma de nós pode tratar Jane Seymour com respeito, quando ela era uma novata desprezada, e todas rimos na vez que Ana estapeou seu rosto por sentar o traseiro no joelho bom do rei? A rainha recém-estabelecida nomeia damas que não são dignas do posto: Margaret Dymoke, que foi uma espiã cruel para Ana na Torre, e algumas mulheres Seymour vulgares do campo. Anne Seymour é a pior, agora que a cunhada é a rainha.

As duas me encaram com desdém e suspeita, perguntando-se como comprei meu lugar, apesar de tudo o que aconteceu. Mantenho meu sorriso de cortesã. Posso não ser mais parente da rainha, como as duas, posso não ser mais da família real, como as duas, posso não estar ascendendo nas saias da minha cunhada, como já fiz, como Anne Seymour está fazendo, mas sobrevivi, ainda que minha fortuna, meus amigos, meu marido e minha rainha tenham sido levados em um grande auto de fé da facção espanhola, agora triunfante.

E eis que, como se para provar sua ascendência, lady Margaret Pole faz uma visita à nova rainha para orquestrar o retorno de lady Maria ao seu lugar adequado na corte. Margaret entra nos aposentos com toda a calma do mundo, como se tivesse voltado a ser dona do lugar. Seus dois filhos e seus primos têm as boas graças do rei, e ela e a cunhada, Gertrude Courtenay, são bem-vindas nos aposentos da rainha e homenageadas em toda ocasião importante. O primo dela, Arthur Plantaganet, o lorde Lisle, comanda o forte-chave de Calais; seu filho erudito, Reginald, é muito admirado pelo papa em Roma, e seu grande livro vai oferecer um meio-termo brilhante entre a reforma e a antiga igreja: um caminho para nosso rei retornar a Roma. É o fim da reforma de Ana e a restauração de Roma.

Eles pensaram em tudo, ou quase tudo, pois esqueceram, ou talvez nunca tenham conhecido, o poder silencioso de Thomas Cromwell. A única coisa que me dá algum prazer neste verão é vê-los perceber pouco a pouco, como o surgimento de uma aurora perolada de verão com pássaros cantando alto às quatro da manhã e o sol já quente às oito, que Thomas Cromwell tem um grande poder e que, agora que Ana se foi, não há nenhum outro poder capaz de se opor a ele.

A facção espanhola é bem-vinda na corte e banhada em honrarias, mas não controla o governo. Eles rezam fervorosamente com o rei na capela de manhã e de noite, mas ele ainda assina seu nome durante a missa nas ordens de avaliação de um monastério após o outro e cobra grandes multas da igreja. Eles falam com afeição de lady Maria, e o rei sorri e assente, mas ela não vai receber uma dispensa do juramento: se quiser voltar à corte, ainda terá que jurar que é bastarda.

A rainha reformista está morta, mas a reforma prossegue. Como é possível? Sinto um prazer secreto ao vê-los compreender que Thomas Cromwell é uma ameaça maior para eles e sua fé do que Ana jamais poderia ter sido. Que Thomas Cromwell, o plebeu calado, é mais do que um mero secretário fazendo a vontade do rei. Pouco a pouco, eles compreendem que fizeram um grande favor a Cromwell ao destruir sua única rival. Agora, o rei não tem nenhum conselheiro além dele. E Cromwell mantém seu lugar no ouvido do rei, sua caixa de madeira contém as ordens reais que traduz em leis, e é sua administração que as implementa.

Os irmãos Seymour podem se pavonear pelos corredores, tagarelando sugestões, mas não têm os negócios da realeza na ponta dos dedos, como Cromwell. A família Pole é a antiga casa real, mas não possui uma rede de espiões e administradores por todo o país. Sir Geoffrey Pole pode agir como se soubesse segredos, mas não possui uma rede de agentes e espiões estrangeiros.

O rei visita a cama de Jane Seymour toda noite e passa por mim no quarto da rainha com um sorriso caloroso e uma saudação, como um amigo familiar e amado, seus olhos na grande cama dourada e na cabeça loira de touca branca cheia de decoro no lugar de Ana, que costumava sorrir preguiçosamente. Ser humilhado como um homem traído parece tê-lo animado; ser chamado publicamente de impotente estimulou seu ardor. Uma nova esposa sem absolutamente nenhum atrativo parece ter conseguido o que a mulher mais desejável da Inglaterra não pôde fazer: instigar sua luxúria. A falta de entusiasmo da pálida Jane o tranquiliza de que se deitar com ela é um ato sagrado, livre de pecado e certamente sem prazer para ela. Os ataques zombeteiros contra sua poesia o inspiraram a escrever, e ele completou uma tragédia de três atos baseada nos eventos de sua vida, que lê a qualquer um que acredite ser sagaz o suficiente para entendê-la. Para mim: ele a lê para mim.

Congelo o rosto em uma expressão de interesse educado enquanto o rei lê sem parar, passando por três atos de pentâmetros desajeitados sobre sua sedução com práticas e *sortiliéges* franceses, a traição de uma rainha bruxa com centenas de homens, e o ato final de sua ira virtuosa quando corta a cabeça dela, separando-a do corpo, como se decapitasse uma serpente. O rei deve estar louco: como pode ler uma peça sobre o incesto de um homem com sua irmã e a execução sangrenta dos dois à viúva do homem em questão?

— Você é a única que entende pelo que passei, Jane — diz, a voz embargada com lágrimas.

— Eu partilho de seu sofrimento — respondo, e ele toma minha mão e a beija.

O rei é o único que fala de Ana e George, mas compensa o silêncio de todos, pois fala deles o tempo inteiro, como eventos terríveis no passado distante, uma época próxima da criação do mundo: a Queda, e Ana e George como um monstro mitológico, a serpente de duas cabeças. Ninguém mais fala dos seis ausentes.

Chamamos Jane de "rainha" desde o dia em que ela é proclamada, pouco mais de duas semanas depois que o carrasco tirou a cabeça de Ana. Ninguém comenta que os lindos vestidos de Ana precisam ser ajustados para servir no corpo ossudo de Jane. Ninguém diz que o capelo inglês de Jane é como a touca de uma freira, e que ela mais se parece com a avó do rei. Ninguém se pergunta por que as damas da rainha agora são famosas pela modéstia quando, só duas semanas atrás, eram famosas pelos flertes espirituosos. Ninguém diz, mas, no verão passado, a excursão real foi à casa de Jane, à propriedade dos Seymour, Wolf Hall, e era uma casinha mal posicionada e pequena demais para alojar a corte. Os ralos transbordaram, e a família dela era uma vergonha, então como é possível uma jovem de um lugar desses acabar no trono da Inglaterra?

Eu me lembro de nós, os Bolena, como um trio unido, uma *troika*: movimentando-nos como o vento, inseparáveis o dia todo, e depois, à noite, eu dormia com um dos dois. Agora sou um terço da pessoa que já fui. Estou sozinha, o único ponto restante de um triângulo apagado.

Não sei como ser eu mesma, pois não sei o que sou, agora que não estou ao lado de George ou um passo atrás de Ana.

Os lordes do inquérito dão um grande jantar em Greenwich, para celebrar o trabalho antes de se dispersarem para suas casas de campo. Encontro meu pai num quarto de hóspedes, preparando-se para partir.

— Não consigo viver sem eles — digo, simplesmente. — Não consigo viver aqui sem eles.

— Você não tem escolha — retruca ele, irritado. — Se partir agora, nunca mais vamos colocá-la de volta na corte. E, sem sua remuneração de dama de companhia, você não terá dinheiro. George deixou uma pilha de dívidas, o rei confiscou todos os bens dele pela traição, e os Bolena não terão a generosidade de manter a renda que você recebia quando casada, ainda mais que é uma viúva sem filhos de um filho traidor. Você não tem perspectivas, Jane. Teria que se casar de novo, e quem a aceitaria, dado o que fez com seu antigo marido?

— Eu não testemunhei contra ele — digo, cansada. — Você foi juiz no inquérito e sabe disso.

— Bem, mas não tentou salvá-lo, como a esposa de Francis Weston fez.

— Você me disse para não fazer isso!

— Sim — concorda ele. — É verdade. Enfim, você não pode voltar para casa. Terá que ficar na corte.

— Não quis dizer que não posso viver na corte sem eles. Quero dizer que não posso viver sem eles de forma alguma! Não posso ser eu mesma sem eles! Sem eles, sou um terço de uma pessoa. Dois terços de mim estão mortos!

Por um momento, ele parece interessado.

— É mesmo? Você se imagina dois terços morta? Como imagina a ausência?

Penso por um momento.

— Não. O senhor tem razão. Não consigo imaginar os dois terços ausentes, sinto um vazio. Mas, pai, eu não quis falar filosoficamente. Só quis dizer que estou tomada pelo desespero. Um desespero terrível.

— Desespero, na corte, é uma emoção apropriada — retruca ele. — A doença do cortesão é o desespero.

— Eu quero ir a Beaulieu! Quero viver como uma viúva.

— A casa foi devolvida ao rei.

Eu o encaro, sem entender.

— Mas é nossa enquanto vivermos.

— A vida de George acabou.

— A minha, não!

— Achei que tinha dito que sim. Então estamos fazendo progresso. Seu marido está morto, sua cunhada está morta, mas sua vida continua; *ergo,* você existe, *ergo,* você tem que morar em algum lugar, *ergo,* vai ficar na corte. Concorda?

— Pai, isso é lógica, mas não me traz nenhum conforto.

— A lógica deveria confortar um erudito. Agora, perguntei a mestre Cromwell... sabia que ele vai se tornar "lorde Cromwell"? É a recompensa pela solução do paradoxo de como um homem se divorcia de uma mulher que não é sua esposa. Enfim, pedi a ele para considerar sua pensão de viúva a receber dos Bolena, e ele prometeu conseguir um acordo. Você tem sorte de tê-lo como benfeitor. Nenhum homem, exceto Cromwell, poderia ter sobrevivido à antipatia da rainha, à rivalidade dos Howard e à inimizade dos antigos membros da realeza e da facção espanhola. Mas ele os fez se voltarem uns contra os outros. E agora irão se destruir.

Isso é um conforto maior do que a lógica.

— Como vão se destruir?

— Você sabe que o filho de lady Margaret Pole, Reginald, vem trabalhando há anos no seu livro de teologia, comissionado pelo rei, certo? Para unir os reformistas e os tradicionalistas na Igreja? Bem, o livro está pronto. E não é nada do que o rei encomendou. Segundo todos os relatos, o livro nega o divórcio do rei da primeira rainha, nega sua reforma da Igreja e nega que ele tenha qualquer direito às terras da Igreja na Inglaterra. Destrói o argumento do rei desde seu quarto até seu tesouro. Pole o mostrou ao papa, que o adotou como seu próprio credo e vai excomungar o rei.

Olho para meu pai, completamente horrorizada. Um homem excomungado não pode ir à missa, não pode entrar numa igreja. Todo bom cristão é obrigado a desobedecê-lo ou prendê-lo, e, no caso de um rei excomungado, é um dever sagrado dos fiéis declarar uma guerra santa contra o país dele. Os reis franceses e espanhóis serão enviados em uma nova cruzada, contra um novo infiel, a Inglaterra. É uma declaração de guerra da Cristandade à Inglaterra de Henrique.

Estou pasma.

— Meu Deus! Como ele fez isso? Ele mandou a mãe para Roma? Não pode ter feito isso com a mãe na corte! Lady Margaret Pole se foi, e toda a sua família junto?

Meu pai parece prestes a rir.

— Ele vive pela verdade, não pela verdade dos cortesãos. Não publicou a obra. Enviou uma cópia privada ao rei e pediu que alguém a leia a ele. Quer discuti-la.

Eu poderia rir dessa erudição ingênua se não soubesse como é perigoso tentar ensinar qualquer coisa ao rei.

— Mas não o senhor? — pergunto. — O senhor não vai ser o leitor!

— Eu, não! Vi apenas um capítulo, e era incendiário. Eu não o leria ao rei nem por uma fortuna. Não tenho interesse em despertar a fúria real sobre mim, muito menos em voltá-la aos Courtenay e aos Pole, os parentes de Reginald Pole.

— Thomas Cromwell não será tão gentil. Ele usará isso para destruí-los.

Meu pai assente.

— É o que imagino. Você verá Ana e George vingados. Os Courtenay e os Pole serão suspeitos de traição, constantemente vigiados, e a pobre lady Maria ficará sem amigos e uma facção para apoiá-la.

Meu pai faz uma pausa.

— É irônico que será a flor da família, o erudito do rei, Reginald Pole, um herdeiro real, um príncipe Plantageneta, que os derrubará. É bem verdade, como diria Maquiavel: um amigo é mais perigoso que um inimigo!

EXCURSÃO REAL, VERÃO

1536

FICA EVIDENTE PARA a facção espanhola que o retorno de lady Maria como princesa ainda não está garantido. E, quando Henry Fitzroy, filho bastardo do rei, agora duque de Richmond, abre a sessão do parlamento em Westminster, eles percebem que sequer a colocaram em primeiro lugar nas afeições erráticas do pai. Fitzroy se porta com o orgulho de um príncipe. A cerimônia inteira é projetada para homenageá-lo. O jovem de dezessete anos entra na frente do pai, carregando o chapéu de veludo do Estado. O Parlamento, conforme as orientações do meu mestre espião, convida o rei a nomear seu próprio herdeiro —

uma ideia extraordinária, aprovada por lordes e plebeus como se não fosse a destruição dos direitos dos ingleses.

Com essa única jogada, a monarquia da Inglaterra, sempre hereditária e sempre confirmada pelo Parlamento, tornou-se um governo de César, a propriedade de Henrique Tudor, a ser designada por ele para um herdeiro de sua escolha. A longa discussão pública entre Deus e Henrique Tudor quanto ao fato de seu casamento (o primeiro, o segundo ou o terceiro) ser abençoado com um herdeiro foi abruptamente resolvida pelo próprio Henrique, que simplesmente a tirou das mãos de Deus. Deus não terá voz na discussão. Henrique Tudor é quem decide se será abençoado com um herdeiro e quem será esse herdeiro, não Deus. Ele pode nomear uma princesa de berço real, lady Maria, ou a garota que declarou ser sua bastarda, lady Elizabeth. Nem as mães nem Deus têm qualquer relação com a sucessão ao trono. Nosso rei se tornou um Anjo Caído, impondo sua vontade contra os céus.

Eu me encontro com Cromwell, agora lorde Cromwell, no jardim de rosas em Greenwich:

— Acho que estou enlouquecendo, mestre Cromwell. Acho que estou enlouquecendo.

E ele responde, com um tom muito apaziguador:

— Lorde Cromwell. É lorde Cromwell agora. É um novo reinado, e eu tenho um novo título.

— Não é um novo reinado — protesto. — É o mesmo rei, mas imensuravelmente mais grandioso, um rei tão poderoso que requer uma sucessão de rainhas. Estou servindo a terceira, a terceira em quatro anos! E todos agem como se fosse normal. E ele agora nem precisa gerar um filho com ela! Pode só nomear um herdeiro! Então, por que tudo aquilo? Acho que estou enlouquecendo!

— Não há necessidade de enlouquecer — diz ele, apaziguador. — A senhora não é acusada de nada.

— Quê?

— Um louco não pode ser executado — diz ele, sorrindo. — Nem uma louca. Mas, como a senhora não é acusada de nada, não há necessidade de enlouquecer, minha cara lady Rochford. Não precisa desse refúgio.

— Não estou fingindo! — exclamo. — Eu me sinto louca! Ou sou a única pessoa sã em um mundo louco?

Ele assente, com empatia.

— Ah, sim. Agora entendo o que quer dizer. Sim, eu também sinto isso.

Por um momento, nossos olhos se encontram: os dele, cor de groselha-preta e implacáveis; os meus, cinzentos e anuviados por lágrimas.

— A senhora está viva, não está? — pergunta ele, gentil. — E eles, não. Ainda está no jogo, não está? No jogo que eles perderam? Enxerga e fala, e eles estão imóveis e frios, não enxergam e não escutam nada.

— Não foram nem enterrados com honras! — exclamo, engasgada. — Nem na cripta da família. Eu não vou ficar com meu marido na morte!

— A não ser que seja executada por traição e enterrada na capela da Torre! — retruca o lorde, em uma fraca tentativa de humor. — Então vocês podem acabar lado a lado. Não seria difícil de arranjar.

Eu nem o escuto.

— Sinto falta deles. Sinto falta deles, lorde Cromwell.

— Ah, eu também sinto — diz ele, surpreendendo-me com a emoção na voz. — E daquele velho tolo corajoso, o bispo Fisher, e de sir Thomas More... Deus sabe o que perdemos quando o silenciamos... e dos monastérios, e dos conventos, e das casas e da arte e da beleza e dos coros. Sinto falta de todos. Lembro a primeira vez que vi a rainha Catarina. Eu era um jovem tolo, e ela era uma linda princesa, e todos achavam que seria um novo reinado e um novo rei e uma nova rainha e uma nova aurora para a Inglaterra.

"Tudo isso não vem sem custo para mim. Não pense que não há um custo para mim. Consigo ver para onde estamos rumando, mas não posso prever onde vai acabar. Uma decisão leva a outra e então a mais outra, e uma miríade delas há de seguir. Acredito que estou servindo a Deus e sei que estou servindo ao meu rei, sei que estou sobrevivendo... mas não sem custo."

— O senhor faz parecer uma *via ad insanium* — digo, deprimida.

Por um momento, nós nos entreolhamos como pessoas no meio de uma terra estéril que criamos com as próprias mãos: como se tivéssemos herdado uma floresta verdejante que queimamos até sobrar apenas tocos enegrecidos e galhos de carvão.

Cromwell toma minha mão confortavelmente na dobra do cotovelo e me guia para o pátio.

— Diga-me que a senhora não perdeu a cabeça — pede, gentil. — Porque quero que pense sobre Mary Howard.

A pergunta, assim como o calor do toque dele, me faz retomar a postura de dama da corte.

— A filha de Thomas Howard? Minha prima? Por quê?

— Se o rei vai nomear o próprio herdeiro, quem escolheria além de Henry Fitzroy, seu amado filho bastardo? Ele está casado há três longos anos com Mary Howard, mas ainda não consumou a união. O pai dela já deve estar perdendo a paciência, não? Mary Howard se casou com o rapaz que será o próximo rei da Inglaterra, mas o casamento ainda não foi consumado.

Abro um sorriso diante do prazer evidente de meu benfeitor.

— Meu tio não me disse nada... ele tem pressionado o rei?

— Ele não se atreve. Acha que ele se arriscaria a colocar os dois na cama?

— Nunca — respondo, balançando a cabeça. — Ela não aceitaria. Não confiaria no pai. Ninguém na família jamais vai confiar no duque de novo... — Eu hesito. — Depois de... tudo aquilo.

Cromwell meneia a cabeça de leve, de um lado para o outro, feito um alfaiate negociando o valor de um rolo de lã.

— Tudo aquilo. Bem, não vou abençoar a cama do casal. Henry Fitzroy deveria se casar com uma princesa estrangeira. Qual a vantagem de se livrar de Ana e colocar outra Howard no trono?

— Mary Howard seria uma rainha muito discreta e sensata — aponto. — E ela é a favor da reforma.

— Mas o pai... — É tudo o que meu mestre diz, dando de ombros. — Eu preferiria ter uma princesa alemã bem treinada, até mesmo uma luterana, do que outra garota Howard. Sem ofensas.

— O senhor não me ofende.

— Se ouvir alguma coisa dos planos de Howard, me avise — pede ele, tão casualmente que sei que é importante. — Se o pai a mandar para casa, se lançá-la nos braços de Fitzroy... qualquer coisa assim. Conto com a senhora, minha querida lady Rochester. E vou recompensá-la. Sei bem, muito bem, que os Bolena não pagarão sua renda, não quitarão suas dívidas. Estou trabalhando nisso, pode confiar.

Ele balança a cabeça, silenciando minhas perguntas.

— Bem... está pronta para a excursão? — pergunta, educadamente. — A rainha sabe que não vamos cruzar o estreito até Calais, que só iremos até Dover?

Parte da nossa loucura cotidiana é que a excursão de Primeiro de Maio, adiada para aprisionar e matar a rainha, acontecerá com sua substituta, e seguindo exatamente o que havia sido planejado: a mesma rota e as mesmas paradas ao longo do caminho para Dover, os mesmos cavalos, roupas e acompanhantes.

— Estou pronta — digo, mas não é verdade. Acho que nunca estarei pronta para assumir meu lugar atrás do vestido vermelho bordado de Ana para erguer a pesada cauda vermelha bordada de Ana e caminhar atrás de Jane Seymour, que dá passinhos hesitantes quando Ana andava com confiança.

Lorde Cromwell faz uma mesura para mim e volta ao palácio, e eu vou para o pátio, onde as damas de companhia estão se preparando para sair a cavalo, preocupadas com a possibilidade de chuva. Jane não vai cavalgar, nem mesmo em seu cavalo firme, pois Deus nos livre que ela caia! Será levada na liteira de Ana, puxada pelas mulas brancas que George trouxe da França. Parece muito pequena e pálida entre as almofadas suntuosas, e ajeito as peles de zibelina de Ana ao redor dela, que é tão friorenta quanto a rainha Catarina. Agora, tanto Catarina quanto Ana estarão frias pela eternidade, e Jane está usando suas peles, e essa é a nova peça e seus novos atores. Monto meu próprio cavalo, meu ruão de Norfolk, acostumado a cavalgar ao lado da liteira de Ana, mas ele dá um passinho para o lado e vira a cabeça para as cortinas esvoaçantes, como se quisesse me dizer que ali dentro está a mulher errada.

O rei se puxa pesadamente para a sela e dá o sinal, e os nobres os seguem pela grande entrada de pedra. Sir Geoffrey Pole cavalga na frente, o rosto jovem reluzindo com a própria importância.

Estou pronta para avançar quando reparo que lady Margaret Douglas, a sobrinha do rei, não está onde deveria, imediatamente atrás da liteira da rainha. Seu cavalo de estirpe nobre espera junto ao bloco de montaria, mas não há sinal dela. Nem mesmo a filha da rainha da Escócia, meia-irmã do rei da Escócia e sobrinha do nosso rei, deveria atrasar Jane, que, embora seja apenas uma Seymour, é a rainha.

Irritada, lanço as rédeas para o meu cavalariço, apeio e subo os degraus de pedra que levam aos aposentos da rainha. Então meu tio, o duque de Norfolk, sai do palácio apressado.

— Por que o atraso?

— Lady Margaret Douglas.

— Ela não vai. — Ele mostra os dentes amarelados em um sorriso sem alegria. — Podem partir sem ela. Não precisa fazer alarde.

— Não vai? — pergunto. — Ela está doente?

— Não, não... — Ele olha em volta, furtivo. — Está sendo interrogada. Não precisa contar à rainha e às outras damas. Tudo isso vai passar, é só amor cortês. Nada além de amor cortês. Não precisa fazer escândalo por nada.

— Não fiz escândalo algum — retruco rapidamente ao homem que mandou a sobrinha ao cadafalso por algo semelhante. Baixo a voz. — Mas por que ela está sendo interrogada?

— Fale baixo — diz ele. — Não precisa chamar a atenção da rainha. Ela vai notar a ausência de Margaret?

Jane Seymour é tão nova em seu papel de rainha que nunca sabe quem deveria atendê-la e quem está ausente.

— Uma das damas vai contar a ela. Posso distraí-la se souber o que lady Margaret fez.

Ele faz uma careta como se mastigasse um limão.

— Margaret não fez nada, isso é outro ataque contra mim, contra nossa casa A facção espanhola acusa meu meio-irmão, Thom, de flertar com lady Margaret.

— Eles contaram ao rei?

— Isso vai passar — diz o duque, confiante. — Lady Margaret cairá em desgraça por alguns dias. Vou levar o jovem Thom para casa. Garanta que essa história não se espalhe.

Volto para o pátio do estábulo e sorrio para a rainha.

— Não há necessidade de aguardar lady Margaret. Meu tio Howard diz que ela está atrasada com assuntos do rei.

Jane espia de dentro das peles de zibelina e pergunta, feito boba:

— Mas que assuntos podem tê-la atrasado? Que assuntos ela tem para cuidar?

É fácil calar Jane. Eu me inclino e sussurro contra seu capelo incrustado de joias:

— Ela pode estar encrencada por amar Thom Howard. Vossa graça não sabia?

Jane fica branca como as cortinas da liteira.

— Eu não sei de nada! — exclama, numa vozinha fina.

Assinto.

— É o que todas diremos. Diremos que não sabíamos de nada e que nada aconteceu.

Ela parece enjoada de pavor.

— Meu irmão... — diz, olhando ao redor, em busca de ajuda.

— Vamos manter isso entre nós, damas — aconselho. — Vamos dizer que vossa graça não sabia de nada. Todos vão acreditar!

— Mas, lady Rochford, eu realmente não sei de nada!

— Eu sei — digo, reconfortante.

Eu a incentivo a erguer a mão, e os muleteiros incitam os animais. O restante de nós segue a liteira a cavalo, e deixamos o duque de Norfolk nos degraus, acenando até sairmos de vista, como se não tivesse a menor preocupação no mundo.

Na primeira noite da excursão, paramos em Cobham Hall, demonstrando a predileção real por Anne, lady Cobham. Ninguém pergunta o que ela fez em maio para ser recompensada com essa visita real em julho. Ela está à porta do grande salão com o marido para dar as boas-vindas ao rei e à Jane. Eu me pergunto se Jane se lembra de que lady Cobham fazia mesuras igualmente profundas para a rainha Ana e que a beijava com a mesma afeição, e se ela sabe que a mulher ofereceu provas que levaram Ana ao cadafalso. De todo modo, duvido que Jane se importe. Afinal, estava dançando com o viúvo de Ana no exato momento em que ela morria — por que hesitaria diante da mulher que a traiu?

Jane aguarda educadamente para ouvir o discurso de boas-vindas do arauto Cobham, mas o rei já está entrando na casa, com lorde Cobham o seguindo às pressas para levá-lo a seus aposentos. A perna deve estar doendo depois de um longo dia na sela, e ele precisa urinar e comer alguns doces finos.

No dia seguinte, a corte está pronta para caçar, mas o rei diz que seu cavalo está cansado demais e culpa o cavalariço por não manter o animal em boas condições. O cavalariço curva a cabeça em contrição e implora por perdão. Will Sommers, o bobo, diz que está cansado demais para dar mais um passo sequer e exige que o cavalariço o carregue até sua cama e monta nele para uma galopada matinal, e o rei dá uma gargalhada estrondosa, seu bom humor restaurado. Vejo Jane lançar um olhar inquisitivo do marido ao bobo: ou ela não entendeu o trocadilho com "montar" ou decidiu, observando o comportamento *non exemplar* de Anne diante de si, ater-se à inocência virginal.

Tiramos um dia de descanso, e no dia seguinte o rei reclama que agora seu cavalo está refrescado demais e malcomportado. Com isso, todos sabemos que ele está cansado e provavelmente com dor, mas se anima quando o animal segue a passos firmes pela rua Watling, a larga estrada de peregrinos que vai de Londres até o santuário de São Tomás Becket, em Canterbury. O rei acena para grupos de peregrinos dos dois lados da estrada enquanto os arautos sopram suas trombetas e exclamam: "Abram caminho para o rei!".

Mas algo azedou na Inglaterra neste verão, como leite batido deixado ao sol. As pessoas ainda afastam o capuz e tiram o chapéu quando a corte passa, mas não há rostos sorridentes voltados para nós. Todos os peregrinos que se deslocam de um local sagrado a outro sabem que os conventos e monastérios estão sendo inspecionados. Sabem que são todos bem geridos e devotados, mas estão sendo injustamente acusados de corrupção, desperdício ou indisciplina. São duramente multados por transgressões imaginárias e às vezes até fechados, tendo seus tesouros levados, e suas vastas terras entregues a favoritos da corte.

E o que vai acontecer com o hospital? A biblioteca? A escola? A igreja onde as pessoas rezam há centenas de anos? Será que o próprio santuário de São Tomas Becket será tomado pelo rei, e seus ricos tesouros sugados para o tesouro real? Será que o corpo sagrado do santo será sequestrado e jogado em um depósito com todas as outras relíquias, embora todos tenham visto e ouvido falar dos milagres que realizou? Um ataque ao corpo de Tomás Becket seria um segundo martírio nas mãos de um segundo rei Henrique, e todos temem que *esse* Henrique está rodeado de conselheiros piores do que o anterior, pois não mandaram matar um mero padre perturbado, e sim o bispo de Rochester, sir Thomas More, outro padre, quatro monges, uma rainha e até a puta que tomou seu lugar, com mais seis homens acusados junto dela.

O rei apruma os ombros e sua boca pequena faz um muxoxo sob o bigode. Ele ordena que os arautos empurrem as pessoas mais para trás, para longe da estrada, rumo às valas e cercas vivas. Quando chegamos à estalagem de Lyon, em Sittingbourne, estamos todos tão calados quanto Jane, sentada feito uma bonequinha atrás das cortinas de seda branca, e que se inclina para a frente para fechá-las de vez quando ouve alguém gritar, em desafio:

— Deus abençoe o bispo Fisher!

Estamos desmontando no pátio da estalagem, e os portões estão se fechando diante da multidão lá fora quando ouvimos um grito que vem da estrada, e um bando de cavaleiros exaustos usando a libré de Henry Fitzroy entra trovejando no pátio.

Thomas Cromwell, que cavalga à frente da corte para assegurar a recepção do rei, sai da estalagem para encontrá-los, antes que o cavaleiro na frente tenha tempo para desmontar, e apressa o arauto de Fitzroy para que vá ao grande salão conversar com o rei em particular.

Jane, descendo devagar da liteira, pergunta para mim:

— Quem era? Por que estão com tanta presa? — Quando conto, ela pergunta: — E o que devo fazer?

Indico que ela deve entrar e ficar ao lado do rei para receber qualquer que seja a notícia que Fitzroy enviou com tanta urgência, depois tomo suas luvas e a sigo, sentindo como se estivesse empurrando uma égua relutante para o estábulo. Mas ela é tão lenta que Cromwell já fechou a porta da sala privada do rei.

Jane olha dos painéis da porta fechada para mim, esperando um conselho, e sussurro:

— É melhor esperar.

Ficamos paradas, sem jeito, na frente da porta, sob os olhares de todos. Então escuto um grito alto que vem lá de dentro, como se o rei tivesse sido atingido pelo chifre de um touro ou sido esfaqueado no coração. Quase entro correndo, tal é minha certeza de que ele foi atacado, quando o escuto berrar:

— Não! Não! Não!

Thomas Seymour abre caminho entre os cortesãos silenciosos para chegar à rainha.

— Você tem que entrar! — diz, com urgência. — Acho que Henry Fitzroy morreu. Acho que acabaram de contar a ele.

— Ah, não! — exclama a rainha. — Ah, por quê? Pobre menino! Mas... ah, não, Thomas, não posso entrar...

Mesmo em choque, eu quase poderia rir desse novo irmão aconselhando essa nova rainha, que, tão diferente da predecessora, recusa-se a aproveitar sua chance.

A porta de repente é escancarada diante de nós, e o mensageiro e Thomas Cromwell saem. Por um momento, antes que a porta seja fechada com um baque e os guardas se postem com as alabardas bem à frente, vejo o interior: o rei está de quatro no chão coberto de juncos, gritando como um cervo derrubado por uma lança. Foi ferido sem chance de recuperação, a boca escancarada em berros de dor. É como ver uma morte, um momento de intimidade chocante.

Jane se agarra a mim.

— Eu não vou entrar lá — diz ao irmão.

Só uma pessoa, lady Margaret Pole, nascida na família real, prima do rei, tem coragem de dar um passo à frente. Ela diz uma palavra breve aos filhos, Henry e Geoffrey, então avança e toma a mão de Jane.

— Nós duas entraremos — diz, com firmeza.

Os guardas erguem a alabarda para ela, como fariam para uma princesa real, e Margaret puxa Jane para dentro. A porta é fechada atrás delas, e Thomas Cromwell aparece ao meu lado.

— Mande as damas para seus aposentos, o jantar será servido mais tarde — avisa. — Henry Fitzroy morreu de uma doença breve. O rei vai jantar sozinho em sua câmara privada.

Do outro lado da porta, ouvimos seus soluços agonizados.

— Fitzroy! Meu herdeiro! Como Deus pôde fazer isso comigo? Como Deus pôde se voltar contra mim? Por que Deus me puniria assim? Deve ser o pecado das mulheres! O pecado das mulheres! Amaldiçoada seja a mulher que fez isso!

Após três dias em Lyon, o rei ainda está fechado em seus aposentos privados. Não o vemos. Sequer o ouvimos, depois daquela primeira noite de gritaria. Jane, cambaleante de medo, sai do aposento agarrada a Margaret Pole, e o rei tranca a porta atrás delas. Ele só deixa entrar os criados, que levam quantidades inacreditáveis de comida, o suficiente para meia dúzia de homens, como se ele estivesse abafando soluços com pão e manteiga.

Tudo acabou: o triunfo secreto de ter um filho forte, pronto para ser nomeado seu herdeiro. Sua nova mudança na legislação, imposta a um parlamento obediente. Até a esperança dos Howard de colocar Mary Howard na linhagem real se tornou inútil: o marido, Henry Fitzroy, está morto, e todos os planos foram por água abaixo. O rei não tem herdeiros homens, só mulheres: lady Maria, declarada bastarda, lady Elizabeth, outra bastarda, e lady Margaret Douglas, sua sobrinha meio-Tudor legítima que desapareceu e ninguém sabe onde está.

— Na Torre — revela Thomas Cromwell, num tom casual, como se fosse de pouco interesse. — Presa por ter se casado com o jovem Thom Howard sem permissão.

Tenho que me controlar para manter o rosto completamente imóvel.

— Achei que meu parente, lorde Thom, estava indo para casa, em Kenninghall.

— Eu esqueceria esse parentesco, se fosse você — aconselha lorde Cromwell. — Ele também está na Torre, por seduzir uma herdeira do trono. O amor cortês virou traição.

Percebo que minhas mãos estão tremendo e as escondo atrás das costas.

— Um casamento secreto não é traição...

— É contra a lei.

— Não é, não. — Disso, eu sei.

— É uma nova lei, ainda não aprovada. Uma nova lei que dirá que um membro da família real só pode se casar com a permissão do rei. Se lorde Thom e lady Margaret se casaram em segredo, desrespeitaram a lei.

— Mas não estava escrita quando eles se casaram…

Ele assente, impassível.

— Isso não é justiça — digo, pensando na última vez que disse que algo era injusto. Foi quando o cavalo de batalha do rei foi decapitado por traição. Desde então, ele decapitou a esposa e o meu marido. Será que vai decapitar a sobrinha também? Será que não direi nada pela sobrinha, assim como não disse nada pela esposa dele ou pelo cavalo? Como não disse nada por meu marido?

— O rei é a lei — recorda Cromwell. — Ele não pode ser injusto.

— *Rex non potest peccare?* — Cito. — O rei não pode estar errado?

Cromwell sorri.

— Precisamente.

Sir William Paulet, o novo supervisor de contas da nova administração da rainha, aproxima-se de seu benfeitor, lorde Cromwell, para perguntar suas ordens.

— Vamos pernoitar mais um dia, senhor?

Cromwell assente.

— Creio que sim, mais um.

— Terei que encomendar roupas de luto para a rainha e as damas do camareiro do guarda-roupa em Londres — digo a sir William.

Lorde Cromwell balança a cabeça.

— Não haverá luto.

— Nem quando voltarmos a Greenwich? Para o funeral?

— Não haverá funeral.

— Não haverá funeral para o filho do rei? — pergunto, incrédula.

— Ele está morto — murmura Cromwell, no meu ouvido. — Então não tem nenhuma relação com rei.

— O rei ordenou que o duque de Norfolk organizasse o enterro do corpo na capela da família dele no priorado de Thetford — diz sir William, como se isso fosse completamente normal.

— Thomas Howard vai enterrar o filho do rei? — pergunto, incrédula.

— É o sogro dele — lembra sir William, pomposo. — Henry Fitzroy será enterrado por seu sogro, na cripta da família.

Thomas Cromwell e eu desfrutamos silenciosamente da ironia de que meu tio Thomas, que capturou Henry Fitzroy como genro e o cobiçou em vida, agora o tem todo para si na morte. A morte precoce será toda Howard e nada Tudor. O rei jurou que não terá mais filhos mortos, então seu amado rapaz não morreu, apenas sumiu, como um serafim em um milagre teatral. É como se nunca tivesse existido, e a corte terá mais um fantasma que nunca mencionaremos.

O REI EMERGE DE seus aposentos sem dizer uma única palavra sobre sua vigília glutônica, e retomamos a viagem até Dover como se absolutamente nada tivesse acontecido. Jane mal se atreve a olhar para ele, de tão assustada que ficou com os gritos e os banquetes solitários. Quando tem que ficar ao lado do marido, para as apresentações em Dover, preciso apoiá-la por trás; sem um suporte, ela oscila para longe do rei.

Lorde Lisle e a esposa, Honor, atravessaram os mares estreitos desde sua fortaleza em Calais para cumprimentar o rei e sua nova rainha, e escondem o deleite com a notícia de que o herdeiro real morreu. Nem o cumprimento taciturno do rei suplanta o esplendor do sol ascendente deles dois. São da família Plantageneta, sangue real antigo e da religião tradicional, amavam a antiga rainha e rezam por sua filha, lady Maria. Depois do banquete, no qual o rei se entope de comida como se alimentasse seu desespero, o casal escapa discretamente para os aposentos dos Pole a fim de celebrar o triunfo da família sobre os Bolena. Tudo está dando certo para eles: Ana Bolena, a rainha reformista, caiu em desgraça e morreu; Henry Fitzroy, o herdeiro protestante, também morreu; Elizabeth foi declarada bastarda. Então, a queridinha deles, lady Maria, é a única herdeira real legítima. E quem poderia ser um marido melhor para ela e o rei consorte da Inglaterra do que o filho favorito da antiga família real: Reginald Pole em pessoa? A rosa vermelha dos Tudor/Lancaster e a rosa branca dos Plantageneta/York vai se unir para trazer a paz duradoura, e o jovem casal real vai devolver a Inglaterra à Igreja de Roma. Sir Geoffrey Pole, indiscreto, está radiante de felicidade. E, durante todo o trajeto de volta para casa, de Dover a Londres, os Pole e os Courtenay cavalgam com expressões extasiadas, como se tivessem recebido um chamado à grandeza.

Lorde Cromwell se afasta do lado do rei para aproximar seu cavalo baixo e robusto do meu belo ruão.

— Parece que não deram um passo maior que a perna, afinal. Estão com a grandeza nas mãos — comento.

— Tiveram sorte — responde ele, a contragosto. — Mataram Ana, a rainha protestante, mas o próprio Deus levou Fitzroy, o herdeiro protestante. Agora acham que venceram, porque têm o único herdeiro que resta.

— É uma *annuntiatio* — digo, amargurada. — E sir Geoffrey Pole é a Virgem Maria.

Abro um sorriso com a risadinha discreta dele.

PALÁCIO DE WESTMINSTER, VERÃO

1536

Mas o rei nos surpreende. Assim que chegamos a Westminster, ele obriga lady Maria a fazer o juramento, e a jovem, em vez de triunfo, nega o casamento da mãe morta e se declara filha ilegítima. A ferida na perna reabriu, o rei mal consegue andar, e não há herdeiro ao trono. Lady Maria se declara ilegítima, lady Elizabeth é ilegítima e jovem demais, e lady Margaret Douglas, sua sobrinha, ainda está caída em desgraça e presa na Torre.

— O que ela fez? — sussurra Jane, gesticulando para que eu chegue mais perto.

— Casou-se com o jovem Thom Howard, meio-irmão do duque de Norfolk. Thom foi preso e também está sendo interrogado.

Ela fica ainda mais pálida.

— Nós não sabíamos de nada — sussurra, como uma lição.

— Exatamente. E, enfim, tudo isso aconteceu… — Deixo a frase no ar. Ana e seu reinado, ou a rainha Catarina e seu reinado, nunca são mencionados na corte de Jane, que não sabe de nada, muito menos de história.

— Mas vão me culpar — prediz Jane, pesarosa. — Meu irmão Edward e sua esposa, Anne, vão me culpar. Todos eles vão me culpar, mesmo que eu não saiba de nada.

Ela tem razão. Os Seymour a culpam pela falsidade de Margaret Douglas, mas é ainda pior para os Howard: o rei os acusa de ter se infiltrado na linha de sucessão pela terceira vez. Primeiro, com Ana Bolena e seus *sortiléges*; depois, com Mary Howard e seu contrato de casamento; agora, com Thom Howard e um casamento secreto. O que seria isso, senão uma conspiração dos Howard?

Para aplacar o rei, Thomas Cromwell sugere um novo dispositivo legal para acelerar execuções: uma "ordem de execução sumária". Agora, o rei pode exigir uma execução sem julgamento, e ninguém poderá apelar contra sua sentença de morte. Thom Howard não é acusado, julgado ou defendido; o rei sabe que ele é culpado, e o Parlamento servil concorda que ele tem que morrer.

Passo por lorde Cromwell na escada sinuosa.

— Estamos mais loucos do que nunca? — pergunto.

— É melhor que lady Margaret Douglas esteja louca, pois nada mais poderá salvá-la — responde e desce os degraus sinuosos até o rio escuro abaixo.

PALÁCIO DE WESTMINSTER, OUTONO

1536

O HUMOR AZEDO DOS peregrinos na estrada para Canterbury se espalha pelo país como uma tempestade de fim de verão. Todos os lordes relatam que os trabalhadores em suas terras e os arrendatários em suas fazendas estão insatisfeitos, dizendo que a Igreja, tanto sua própria paróquia quanto a Igreja mãe, está sob ataque. Pessoas que doaram seus poucos trocados à igreja para os dias santos, as velas e os vitrais não permitirão que seus tesouros sejam roubados; e suas janelas, estilhaçadas. Cada vilarejo exige que sua própria abadia, monastério ou convento seja poupado, não importa o que aconteça com os outros.

Até os camponeses ficam sabendo da excomunhão do rei, e há rumores apavorantes de que o papa vai lançar uma cruzada contra o rei e que Reginald Pole vai liderar a invasão de um exército santo para restaurar a Inglaterra à fé verdadeira. Na corte, os Pole, especialmente o filho mais jovem de lady Margaret, sir Geoffrey, são ostensivamente leais. Nunca são vistos juntos, nunca falam uns com os outros, de forma que tenho certeza de que estão se organizando, e os ocupantes de suas vastas terras, que cobrem quase todo o oeste da Inglaterra, estão prontos para se erguer em rebelião no instante em que seu filho favorito, Reginald, atracar no comando de uma cruzada. Lorde Cromwell traz as duas princesas, Maria e Elizabeth, para se juntarem a nós atrás das paredes de Westminster, e reúne homens, provisões e armas para o caso de Londres ser sitiada.

Lady Maria entra confiante nos aposentos da rainha, usando a púrpura da realeza, e faz uma mesura a Jane Seymour. O ângulo de sua cabeça sob o capelo incrustrado de joias é exatamente o que deve ser feito por uma princesa de sangue real que se curva a uma rainha por casamento. Jane, que sabiamente insiste em não saber de nada, levanta-se depressa do trono e beija a enteada, e lady Margaret Pole, que escoltou sua *protégé* de volta ao seu lugar na corte, recua e sorri para mim. A vitória de restituir lady Maria a um lugar de honra na corte passou quase despercebida: a sorte está outra vez ao lado da facção espanhola.

Vou ao quarto das crianças para cumprimentar minha sobrinha, lady Elizabeth, e encontro uma menininha imperiosa que esconde o temor com o ambiente estranho exigindo uma coisa após a outra da governanta exausta. Ela é imediatamente reconhecível como filha de Ana, embora tenha a compleição do rei. O olhar que lança por sob os cílios cor de areia é veloz e calculista, como o da mãe. Aos três anos, já sabe que não deve demonstrar emoções, e as bochechas rechonchudas de bebê são sua máscara.

Pego a mão dela.

— Acho que você vai ser a maior dama da corte que já existiu.

— Não, não — retruca ela. — Eu era a princesa Elizabeth, mas agora sou lady Elizabeth. — Tem um leve ceceio infantil, mas não há nada de infantil em sua dignidade.

— Eu sou lady Rochford — digo a ela. — Sou sua tia.

— Tudor? — pergunta, astuta.

— Bolena.

Ela se vira, a inclinação de sua cabecinha cor de cobre é uma cópia exata do desdém de Ana.

— Tenha um bom dia, lady Elizabeth — digo a ela.

As filhas do rei estão refugiadas na segurança dos muros do palácio de Westminster, que por sua vez está protegido dentro das muralhas da cidade de Londres, porque os homens e mulheres de Lincoln, depois de Yorkshire e, por fim, de todos os grandes condados do norte declaram que não terão sua fé destruída e suas lindas igrejas esvaziadas de tesouros. A cada dia, um ou outro lorde traz notícias de que os rebeldes, que se autodenominam peregrinos, estão marchando em fileiras disciplinadas sob os estandartes das cinco chagas de Cristo. É o velho estandarte das cruzadas: um chamado aos fiéis. Nenhum cristão pode levantar uma espada contra eles.

Claro que meu tio Norfolk é imediatamente perdoado de qualquer ofensa. Nada mais importa quando o rei precisa de um assassino de confiança. Ele recebe ordens de reunir seu exército e ir a Yorkshire, para onde parte pronto para matar algumas centenas de camponeses armados com bastões, porém se vê cercado por cinquenta mil homens liderados por membros armados da aristocracia rural, determinados a defender as igrejas fundadas por seus ancestrais e a serviço do povo, e a impedir que sofram o abuso dos inspetores de Cromwell e sejam engolidas pelo tesouro do rei.

Meu tio, em desvantagem de cinco para um, compreende a gravidade da situação e empenha sua honra vazia em amizade ao inimigo. Ele jura aos rebeldes que basta o rei ouvir suas queixas para que tudo seja resolvido. Todas essas mudanças, essas heresias, são culpa do conselheiro perverso do rei: lorde Cromwell.

Meu tio mata dois coelhos com uma cajadada: ganha tempo contra os rebeldes e redireciona a raiva deles para seu maior rival, Cromwell. Ele promete que o rei vai reabrir os monastérios fechados, pagar pelos tesouros que tomou e se reunir com o papa. Promete um perdão total e irrestrito para todos os homens, e os elogia por fazerem a obra de Deus, protegendo a igreja contra o infiel Cromwell.

Thomas Howard é São Paulo: viu a luz. Posso imaginá-lo rangendo os dentes enquanto sorri para eles e envia, apavorado, mensagens desesperadas exigindo ajuda da corte em Westminster.

— Perdoe-os! — Jane cai de joelhos em um borrão de seda clara e ergue o rosto sincero, emoldurado pelo capelo quadrado feioso. — Misericórdia!

Há um silêncio estupefato na câmara privada. Não poderia ser mais desconfortável. Lorde Cromwell se interrompe no meio da leitura de uma carta subserviente do meu tio Norfolk, listando as infinitas reformas que prometeu aos peregrinos para impedir o exército do rei de ser massacrado.

Ninguém está falando de um perdão verdadeiro. Ninguém jamais falaria de um perdão verdadeiro, só Jane poderia pensar que haveria essa possibilidade.

Olho ao redor, buscando ajuda para tirar a rainha da mira do mau humor do rei. Ninguém responde. Lady Maria, a princesa dos peregrinos, é sábia demais para dar qualquer passo para a frente ou para trás. Ela une as mãos sob as mangas como uma freira e olha de cima para Jane, ajoelhada aos pés do rei.

— Perdoá-los? Perdoá-los? — zomba o rei, a voz em um falsete debochado. — Senhora, seria melhor dar um herdeiro ao trono do que me aconselhar a jogá-lo fora.

É um insulto chocante a uma esposa recém-casada nesses primeiros dias de lua de mel. Olho para Cromwell e vejo que ele não fará nada para resgatar Jane, que permanece ajoelhada, condenada como tola diante de toda a corte — uma tola infértil, ainda por cima. Os irmãos de Jane a instruíram para fazer essa performance digna de uma rainha, mas não poderiam ter se enganado mais na aposta. Não é a mesma situação de quando Catarina de Aragão suplicou pelo perdão de jovens aprendizes rebeldes e lamuriosos condenados à morte. Estes são rebeldes poderosos, com a facção espanhola, a Igreja, a antiga família real e a maioria dos lordes do norte do seu lado. Falam com uma voz unificada, e o rei não quer ouvi-los. Clamam pela morte de Cromwell, que não vai encorajar um perdão.

Os dois homens deixam Jane ajoelhada, e é o bobo que a salva.

— Perdoe-os! — guincha Will, lançando-se de joelhos e unindo as mãos em uma reprodução exata da súplica de Jane. — Perdoe-os! E traga seus líderes para Londres e os execute assim que chegarem! Foi isso que eu quis dizer. Não os perdoar de fato e restaurar as abadias. E certamente não devolver as terras. E não devolver o dinheiro! Muito pelo contrário! Tome mais!

Há um silêncio horrorizado. Jane, completamente perplexa, vira a cabeça para Will, ajoelhado ao lado dela, então o rei dá uma gargalhada, e todos jogam a cabeça para trás e riem também.

Balanço a cabeça diante do cinismo do bobo e, rindo alto, avanço e puxo Jane para que se coloque de pé com a mão sob seu cotovelo. Ela está pálida, à beira das lágrimas. Dou um beliscão no interior de seu braço.

— O quê? — Ela arqueja.

— Ria — ordeno, e ela consegue dar uma risadinha débil.

— Pois é o que vou fazer! — brada o rei. Ele se vira para Cromwell. — Este bobo é um conselheiro melhor que você! E um soldado melhor que Thomas Howard!

— Quase todo mundo é um soldado melhor que Thomas Howard — concorda lorde Cromwell, sorrindo. — E, se a estratégia do bobo os ajudar a capturar Robert Aske, o líder rebelde, o bobo real vai conhecer o bobo dos peregrinos!

O rei estreita os olhos em pequenas fendas azuis.

— Eles vão confiar na minha palavra? Virão a Londres se eu oferecer passagem segura? Vão interromper a rebelião?

— Eles estão em uma peregrinação — observa lorde Cromwell. — Acreditam em milagres.

PALÁCIO DE GREENWICH, NATAL

1536

Celebramos o Natal em Greenwich, e são as festividades mais falsas que já vi em muitos anos de falsidade. Mais interesseiras do que a troca de presentes sem afeto, mais calculistas do que quando os cortesãos tiveram que escolher entre a corte de Natal da rainha Catarina e a corte rival de Ana, em Whitehall. Lorde Cromwell desaparece, aparentemente caído em desgraça, e o rebelde Robert Aske é um convidado de honra que recebe todas as graças do rei. Deslumbrado com honrarias e inundado de afeição, ele jura que vai mandar os rebeldes, que já formam metade da Inglaterra, de volta para casa assim que o rei declarar uma nova Jerusalém de santidade.

Robert Aske é um homem provinciano, educado e atraente, um advogado e um cavalheiro. Acho que a corte nunca conheceu um homem tão honesto. Ele descreve o amor que o povo mais pobre tem pelas instituições religiosas e a determinação com que desejam garantir que os sinos da prece matinal sempre soem sobre os campos verdes da Inglaterra. Conta ao rei que seus filhos estudam nas escolas dos monastérios, que seus doentes são tratados nos hospitais das igrejas, que peregrinos vão de um local ao outro e sempre encontram uma cama para pernoitar, que as preces das capelas salvam a alma de suas mães e seus pais das torturas do inferno. Ele pede ao rei que seja um bom pai para seu povo, que consulte o Parlamento, em vez de comandá-lo, e que seja aconselhado pelo papa, em vez de desafiá-lo.

Estamos tão encantados por essa visão da Inglaterra pacífica, com um rei amado e uma Igreja respeitada, que todos nos enamoramos por Robert Aske. De fato, os únicos que o evitam são os que possivelmente concordam com ele: os antigos membros da realeza e a facção espanhola, os Pole, os Courtenay, o embaixador espanhol. Nunca são vistos interagindo com seu herói, apenas sorriem de longe, observando sua amizade com o rei. Sir Geoffrey Pole, o filho mais jovem e mimado de lady Margaret, deixa a corte e passa as festas na mansão londrina da família, em vez de dizer a graça em latim no jantar com Robert Aske, o peregrino.

O rei chama Robert Aske de seu bom anjo e salvador: o homem que resgatou a Inglaterra do mau caminho. Robert Aske não é convidado à troca relutante de presentes. O rei tira uma corrente dourada do próprio pescoço e uma jaqueta escarlate de veludo dos ombros e os dispõe sobre seu mais novo e caro amigo. Jane aperta as mãos em agradecimento por seu presente, um antigo missal em latim.

Ele me procura, uma amiga de confiança da rainha, e me pergunta o nome das pessoas que vêm e vão, pede que eu aponte os grandes proprietários de terras. Em troca, pergunto a ele sobre o perdão que obteve para todos os peregrinos.

— Os Courtenay deveriam pedir perdão também?

— Por que fariam isso?

— Reginald Pole, o filho de Margaret Pole, não prometeu liderar os peregrinos? — pergunto.

Ele balança a cabeça.

— Não sei nada a respeito disso. Só estive em Lincoln e em Yorkshire, com o povo humilde que ama sua religião. Nunca conheci nenhuma dessas pessoas importantes até vir a corte.

Assinto, abro um sorriso e tomo nota.

ROBERT ASKE ASSUME O LUGAR de lorde Cromwell como o novo conselheiro do rei. Ele recomenda que um conselho especial seja realizado em York, para ouvir todas as queixas dos peregrinos. O rei diz que a corte inteira vai viajar para o norte, e que Jane será coroada na cidade, como gesto de perdão e união. Robert Aske diz que os sinos das igrejas vão badalar sobre as charnecas, os vales e os rios. Monastérios e conventos serão restaurados, o rei vai trazer a Igreja Católica Romana de volta à Inglaterra. Lorde Cromwell será exilado como um mau conselheiro, e Reginald Pole voltará para sua família amorosa.

Tudo isso é proclamado com tanta certeza e recebido com tamanha alegria que até eu começo a acreditar que não estamos dançando uma nova mascarada — "A Renascença" —, que os bons tempos estão mesmo chegando. É o fim da reforma de Ana, o fim do meu mestre espião e o fim da minha carreira de espiã. Eu me tornarei dama de uma corte nova, da única e verdadeira fé e da única e verdadeira palavra, e serei amiga desse novo conselheiro, Robert Aske.

Ele é o homem da temporada, o ponto alto do banquete de Natal, como um leitão assado servido em uma travessa dourada com uma maçã na boca morta. O novo ano vê o belo jovem partir carregado de presentes e bênçãos, cavalgando rumo ao norte para levar as boas novas aos peregrinos, contar que venceram e que terão suas igrejas de volta.

Mas, enquanto ele parte pelo portão do salão principal, ao norte, lorde Cromwell retorna pelo portão do Soberano ao sul, imperturbável em seu traje preto soturno, sentado na sela de seu cavalo robusto, cumprimentando os velhos amigos com um sorriso.

— O senhor acabou de perder Robert Aske — informo a ele.

— Acredito que ainda o conhecerei — responde ele.

Ele convida meu pai e a mim para um ritual de troca de presentes no Ano-Novo, em seus velhos aposentos na corte, que foram tomados de volta dos Seymour, ampliados e redecorados. Meu pai traz um tesouro para ele.

— Minha tradução de *O príncipe*, de Maquiavel — anuncia a Cromwell, que estende as mãos ávidas para o manuscrito encadernado com esmero por uma artesã outrora renomada no comando da oficina em seu convento e que agora viaja de porta em porta e trabalha por comida.

— Estou muito contente de ter uma cópia em inglês — exclama Cromwell. — Ficarei feliz de ver o seu trabalho. "Duplicidade" se traduz bem ou é um conceito exclusivo do italiano, em sua opinião?

— É *duplicità* no original, então a tradução é fácil, mas o conceito não é nada inglês — diz meu pai, sorrindo.

— Não há duplicidade na Inglaterra?

— É a ferramenta de um cortesão — diz meu pai. — Mas um homem como Robert Aske a desconheceria.

— Acho que ele vai aprender o que significa — comenta Cromwell.

O príncipe é um livro que ensina a todos os governantes como ganhar o poder necessário para governar. Está longe, muito longe, da velha crença do "primeiro entre iguais", o código dos reis Plantageneta que precederam os Tudor. Os reis da família de Margaret Pole acreditavam que só podiam governar com o apoio de seus lordes, que, por sua vez, governavam com o consentimento de seu povo; o poder se apoiava em uma base robusta de amor e lealdade, e as fundações eram profundas. O conselho do filósofo italiano Nicolau Maquiavel é que nada é dado por amor: tudo é trocado por poder, e um governante que queira comandar deve prometer tudo e dar o mínimo possível.

— Acha que ele está certo, que o rei perfeito é um tirano? — pergunta Cromwell a meu pai.

— Um rei perfeito exerce o poder perfeito, então, logicamente, só pode ser um tirano — responde meu pai.

Cromwell dá uma risada curta.

— É melhor tiranizar as pessoas do que ter o amor delas?

— Não tenho confiança no amor — diz meu pai. — Não é fácil de medir.

Os dois sorriem em concordância.

— E sua bela filha coloca a busca pelo poder acima da busca pelo amor? — pergunta Cromwell, virando-se para mim.

— Espero que nenhuma filha minha saia em busca de amor — afirma meu pai, desdenhoso.

Cromwell sorri para mim.

— Ah, Jane. — É tudo o que diz.

PALÁCIO DE GREENWICH, PRIMAVERA

1537

— A RAINHA ESTÁ ALEGRE? — pergunta-me lorde Cromwell, vendo Jane e o rei engajados em um jogo de cartas silencioso com os irmãos dela.

Não se diz uma única palavra espirituosa e não há mais risadas à mesa. O rei parece descontente enquanto todos descartam cartas boas, desesperados, querendo perder para ele. A pilha de moedas junto a seu cotovelo cresce, mas como é o dinheiro de terras e lugares que ele mesmo lhes concedeu, o rei sente pouco prazer em ganhá-las.

— Ela nunca reclama. Mostra-nos o que é ser uma rainha verdadeiramente feminina.

Cromwell ergue as sobrancelhas escuras.

— A senhora a admira?

— Ela não busca nenhum poder masculino — digo, tão afetada quanto uma Seymour. — Nenhum estudo pesa sua mente. Ela não se interessa por teologia nem pela reforma, então o rei pode falar qualquer coisa e ela nunca vai discordar. Não conversa com ele como um conselheiro, nem trama como um cortesão. É somente uma esposa: aquilo que seu amigo William Tyndale chamaria de receptáculo vazio.

Cromwell dá um grunhido, escondendo uma risada atrás das luvas pretas de couro.

— É bom que esse receptáculo se encha — avisa.

Dou de ombros.

— Ela cumpre seu dever. Mas fique tranquilo, não há nenhum *sortiliége* envolvido.

Jane Seymour não tem poder nem influência, e tampouco deseja tê-los. Suas poucas súplicas por misericórdia para certos monastérios são completamente ignoradas pelos homens que aconselham o rei e lucram com o saqueamento da velha Igreja. Ela é gentil com as enteadas e mantém lady Maria na corte, mas há pouca alegria nisso.

A rainha Jane tem o guarda-roupa real e o tesouro sob seu comando, mas não organiza mascaradas e bailes para usar joias finas e roupas fantásticas. O rei parou de dançar, e nenhuma rainha da Inglaterra jamais deveria ser passada por uma sequência de homens belos e sorridentes. Só a vejo animada quando planeja sua coroação em York. Por algumas breves semanas em janeiro, ela se deleitou, no centro da atenção dos irmãos, mas isso se revela outra promessa vazia. O rei usou o nome de Jane para aplacar os rebeldes e fazê-los voltar para casa, e começamos a nos perguntar se vai coroá-la um dia.

— Não há sinal de bebê? — pergunta Thomas Cromwell.

— Nada — respondo.

— Mais alguém chamou a atenção dele? — pergunta ele.

Espio o rei, que olha o salão, distraído. Seu olhar pousa em Margaret Shelton e em Anne Basset, garotas animadas, espirituosas, vivazes.

— Ainda não.

— E o que acha que acontecerá nesse caso?

— A maioria das garotas preferiria ser amante à rainha — sugiro. — A ambição está fora de moda desde Ana Bolena.

A salvação de Jane Seymour é que suas regras não vêm em janeiro, e, seguindo meu conselho, ela conta ao rei que está grávida quando também não aparecem no final de fevereiro. Juro que, se ela tivesse esperado até março, ele teria declarado guerra contra a Espanha ou a França, ou reformado a Igreja conforme os preceitos judaicos, ou se casado com outra mulher... o rei estava incalculavelmente entediado.

Sob o pretexto de alimentar uma rainha grávida, nenhum de nós jejua na Quaresma. Comemos como príncipes e enfiamos comida no corpo magro da rainha como se ela estivesse botando ovos em uma colmeia. Lady Lisle manda codornas de seu aviário em Calais, e os Pole mandam salmão do rio Test; nada é bom demais para a esposa cuja família é famosamente fértil, cuja linhagem tende para homens (ela tem seis irmãos, três ainda vivos), e que concebeu um príncipe no primeiro ano de casamento. Nós a carregamos de um lado para o outro como o desfile de uma estátua da Madona, e ela fica cada vez mais gorda, os tornozelos grossos. Até seus dedos do pé ficam inchados.

Acredito que esse bebê é mesmo o milagre que dizemos ser. O rei observa cada dama no salão, e suas mãos vagam sobre o pescoço delas, mas ele não se deita com nenhuma, nem quando a Páscoa põe fim ao período de santidade da Quaresma. Suspeito que, embora seus olhos ainda cintilem e os dedos perambulem, suas outras partes estão adormecidas, e esse bebê seja um triunfo de vontade da parte do pai, bombeado à mão para dentro de uma mãe humilhada em silêncio. Tal bebê, concebido sem luxúria, será um bebê piedoso na opinião do pai: vai nascer com vida, e vai sobreviver.

Embora ainda não tenha nascido, essa criança já está servindo ao pai. É a desculpa real para permanecer em terras seguras por todo o verão. O rei não quer encontrar o povo do norte, que está descobrindo a profundidade e a vastidão de sua traição. Ele se esconde atrás de Jane e manda meu tio em seu lugar.

Robert Aske, o homem de fé, dissolve o enorme exército rebelde confiando na palavra do rei, mas logo descobre que as promessas natalinas eram vazias. Meu tio Norfolk, com um exército de mil homens, o segue para o norte distribuindo perdões gerais para todos, seguidos de ordens de execução.

Robert Aske, que estava tão feliz e bonito na corte, vestido com a jaqueta de seda vermelha que ganhara do rei, é preso em York, e implora pelo privilégio de cavalheiro de não ser estripado antes do enforcamento. Meu tio, com seu famoso charme, promete que, como cavalheiro, Robert Aske será poupado do insulto do enforcamento. Em vez disso, o prende numa jaula de ferro e o suspende da Torre de Clifford, onde o deixa até morrer de fome, pendurado acima da cidade que o chamou de herói, e corvos e abutres comem sua carne.

Os irmãos da rainha Jane mudam o tom depressa, e ela nunca diz mais uma só palavra em defesa de Robert Aske, nem sussurra o menor pedido de perdão para os milhares de outros que meu tio Norfolk captura para o rei e enforca nas encruzilhadas de seus vilarejos.

O rei não vai botar o pé no norte até que cada rebelde esteja morto. Não há a menor chance de uma coroação de Jane em York. Ele não quer ver rostos magros e esfomeados e ouvir murmúrios ressentidos quando passar montado em um cavalo mais bem alimentado e mais bem acomodado que seu povo. Tem certeza de que concebeu um menino, e isso prova que é abençoado por Deus. Os rebeldes estão morrendo às centenas, o que prova que não são. Ele quer esquecer seu medo do povo, e meu tio Norfolk relata que não há nada a temer, que não sobrou ninguém.

Satisfeito com a paz em seu país, o rei faz viagens curtas para caçar, nunca se afastando muito da rainha inchada e sua barriga enorme.

A condição abençoada de Jane não a torna nem um pouco mais interessante para ele, e a corte vira um tédio enquanto as damas se dedicam a mantê-la quieta, em vez de fabricar distrações emocionantes ao redor dele. O rei nos faz visitas breves, então parte com os amigos homens, rindo às gargalhadas com a liberdade deles, enquanto ela suporta os meses de dor e mal-estar e a solidão com muita doçura, sem reclamar.

PALÁCIO DE GREENWICH, VERÃO

1537

FICO DE VIGÍLIA como vigiei as duas outras rainhas, esperando que ela se dobre de dor, aperte a barriga e corra para o quarto, para começar a longa saga de sangramento e lágrimas. Mas Jane, sempre calma, estoica e resignada, parece ter um útero que mulheres melhores que ela não tinham. Seu bebê senta-se imóvel e tranquilo na barriga, assim como ela se senta imóvel e tranquila onde quer que a coloquemos, e os irmãos a visitam com doces e folhados, como se estivessem engordando um ganso para fazer patê.

Enquanto ela come, dorme e sorri, reconhecendo nossa preocupação e sempre respondendo que se sente bem, só um pouquinho cansada, as atividades dos aposentos da rainha seguem firmes, e eu me torno cada vez mais importante para o funcionamento suave de uma corte com uma rainha totalmente ociosa. Encomendo suas roupas de verão do guarda-roupa real e faço a contagem de suas joias com Anne Parr. Decido o destino do dinheiro para caridade e escuto os pedidos das mulheres pobres que procuram a rainha em busca de justiça ou alguma graça. Consulto o tesoureiro para garantir que estamos recebendo os aluguéis corretos das terras reais no solstício de verão e me certifico de que a Corte de Aquisições não nos esqueça quando distribui os lucros dos monastérios. Quando fecham um monastério rico e nos enviam crucifixos de ouro e objetos eclesiásticos incrustrados de pedras preciosas, chamo ourives para transformá-los em joias. Verifico que as novas leis não prejudiquem os interesses das terras e dos direitos da rainha. Decido, com o arcebispo de Canterbury, quem terá a proteção da rainha na Igreja, e vendo os postos paroquiais que ela tem à disposição para o comprador que oferece o maior preço.

Nas raras ocasiões em que faz uma aparição pública, estou ao lado dela, sussurrando o papel que deve interpretar e sabendo as falas melhor do que ela. Jane se ampara em mim como uma amiga, e eu me sento com suas damas na câmara privada ou sozinha com ela no quarto. Deus sabe que ela não é uma companheira exigente. Estudo durante seus cochilos, e ela nunca interrompe meus pensamentos. Raramente costura e não é de ficar andando de um lado para o outro, contenta-se em permanecer ociosa, sem dizer nada, com as mãos brancas na barriga redonda.

Às vezes, pergunto a ela em que está pensando, e ela arregala os olhos e diz:

— Nada. Não estou pensando em nada. — Aí fica alguns instantes em silêncio e então pergunta, um pouco ansiosa: — Em que eu deveria estar pensando? Há algo que preciso fazer?

Tenho que conter uma risada.

— Não, eu já cuidei de tudo.

Agora que não tenho mais um marido a serviço da realeza, não tenho aposentos na ala do rei. O brasão da família Parr é gravado na porta dos meus antigos cômodos, e William Parr vive sozinho lá, pois sua esposa nunca vem à corte. A mãe dele e sua irmã mais nova, Catarina Parr, ficam com ele quando visitam. Meus aposentos são uma suíte na ala da rainha: um quarto, uma pequena capela para minhas preces privadas e um pequeno lavatório. Minha criada dorme com as outras, e os criados reais limpam minha lareira e acendem o fogo. Os cavalariços reais cuidam do meu cavalo nos estábulos. Vendi todos os falcões de George, que agora voam sob o assovio de outro homem. Toda a nossa riqueza se foi, e é como se nunca tivéssemos sido casados. Pensei que ficaria envergonhada de perder a mansão e os criados, a mobília nova e os tesouros, mas me sinto estranhamente livre. Tudo o que tenho para proteger agora sou eu mesma e meus próprios interesses.

Sem tramoias, sem esforço, subo em importância na corte enquanto faço o trabalho que as outras não fazem, o trabalho que a rainha evita. Sou uma mulher no ápice, minha graça de menina refinada em uma beleza confiante, minha ambição satisfeita. Sou uma viúva sem luto. Ninguém jamais menciona George ou Ana, que não reconheceriam a corte nesses meses silenciosos. Acho que também não me reconheceriam. Não sou a garota com que George se casou, nem a esposa que ele largou. Eu me tornei uma grande dama da corte por mérito próprio, a maior dama nos aposentos da rainha.

HAMPTON COURT, OUTONO

1537

No outono, vamos todos a Hampton Court para Jane dar à luz nos aposentos recém-reformados da rainha; um belíssimo projeto de Ana, que transformou os cômodos em uma concha glamurosa para uma rainha deslumbrante. Jane fica intimidada pelas folhas de ouro nos entalhes de madeira, pelas feras heráldicas, pelas enormes janelas e pela mobília pesada. Parece uma prima do interior que veio visitar e fica empoleirada, desconfortável, na beira do trono.

É uma corte pequena, só algumas damas são aceitas. Há uma peste em Londres, e o rei, sempre com pavor de doenças, insiste que Jane seja trancafiada no palácio vazio enquanto ele se esconde em Esher. Em sua ânsia para fugir, nem se despede direito da esposa.

Já vi duas rainhas sofrerem abortos espontâneos. Durante todo o parto, que dura um dia e uma noite, fico esperando que algo dê errado, mas Jane processa o trabalho de parto envolta nos adereços de sua fé antiquada: o manuscrito desenrolado que ela chama de cinta da Virgem ao redor da barriga saliente, a hóstia de comunhão em um enorme ostensório de cristal à sua vista, água benta de um lado do berço, vinho abençoado do outro, óleo sagrado em uma jarra, um pedaço da cruz verdadeira em sua mesa, alguns ossos de santos dentro de um cristal e meia dúzia de outras coisas, a maioria falsificações, assim como as preces de um padre murmurando do outro lado da grade de uma porta fechada. Nas primeiras horas da segunda manhã, ela dá à luz um menino.

Os mensageiros na câmara de audiências mantiveram os cavalos selados e prontos a noite toda para serem os primeiros a levar a notícia ao rei, aos lordes e a Londres. Não preciso contar a meu mestre espião; seu mestre dos pombos envia o pássaro mais rápido de uma das torres de Hampton Court. Ele receberá a notícia antes de qualquer outro.

Há uma enorme missa de ação de graças na catedral de St. Paul e em todas as igrejas do país, e o maquinário da corte se lança em movimento. Os construtores dão os toques finais à capela real, e o palácio se enche de nobres para o batizado. O rei cumprimenta os visitantes, não vai comparecer ao batizado real. Ele prefere seguir a tradição e manter distância do que ser ofuscado por um bebê.

Meu pai recebe a honraria de caminhar com lady Elizabeth, de quatro anos, pelo corredor da capela real, carregando o frasco de óleo para a unção de seu meio-irmão caçula, com o irmão da rainha, Edward Seymour, do outro lado. Papistas declarados e antigos inimigos de Ana recebem a honraria de outros papéis proeminentes na missa. Gertrude Courtenay, da facção espanhola, carrega o precioso bebê, com o marido ao lado. Lady Maria é a madrinha, e seu último insulto a Ana é que a esposa de seu carcereiro na Torre, lady Kingston, carrega a cauda de seu vestido. Os homens que deram testemunhos fatais contra Ana, sir Francis Bryan, sir Nicholas Carew e sir Anthony Browne, são os guardiões da pia batismal. Os juízes de Ana, meu tio Norfolk e Charles Brandon, e o confessor dela, o arcebispo Cranmer, são os padrinhos.

O rei não se encontra com a esposa a sós, não quer vê-la em quartos privados até que ela seja purificada e deixe os aposentos após o resguardo. Maridos amorosos ignoram essa regra, mas o rei, que cultiva o mesmo horror a doenças e aos mistérios femininos, mantém distância. Com isso, não vê o orgulho silencioso de Jane quando levamos o bebê ao quarto dela e lhe contamos que ele foi batizado como príncipe Eduardo, em homenagem ao santo do dia do seu nascimento, como um bom bebê católico romano.

Na verdade, o rei nunca mais vê Jane, uma vez que ela morre de uma febre pouco mais de uma semana depois do batizado. A ausência dele não foi sentida; Jane teria ficado horrorizada com uma visita do marido ao seu leito de morte, e como poderíamos recebê-lo e flertar com ele enquanto estávamos distraídas com a morte dela? Sem o rei, ela teve uma boa morte: melhor que a de suas predecessoras, com conforto, após uma confissão completa, ungida no óleo da extrema-unção, regozijando-se no único momento de triunfo em toda a sua vida altruísta.

PALÁCIO DE GREENWICH, INVERNO

1537

O REI DECLARA QUE nunca mais vai se casar, pois perdeu o amor de sua vida. O papel de viúvo inconsolável é novo para ele, embora esta seja sua terceira esposa morta, e ele o eleva ao seu maior papel. Ordena que seja enterrada em Windsor e jura que vai jazer ao lado dela, pois eles devem entrar juntos no paraíso. Gosta muito mais dela morta do que gostava quando estava viva. O último presente de Jane foi restaurar seu senso de juventude eterna. Ela era jovem, mas morreu antes dele; na mente do rei, isso significa que ele é mais jovem que ela. Exulta em estar vivo enquanto a esposa está morta, em estar sadio e forte enquanto ela está na cova, em ter a vida inteira pela frente enquanto a dela terminou. E agora ele tem seu bebê, um filho e herdeiro, e nenhuma mulher pode reivindicar o crédito por tê-lo dado à luz. Ele se sente divino: tal como Zeus, pode criar uma criança da própria testa.

Mais uma vez, uma rainha morreu, e, mais uma vez, as damas da rainha não são dispensadas. Os aposentos dela são fechados, mas o rei não pode viver sem admiradoras. Temos que permanecer na corte. Damas casadas vão morar nos aposentos do marido, e as solteiras voltam para a casa do pai. Meu tio me oferece uma suíte elegante nos aposentos dos Howard. Isso não se dá por amor nem lealdade familiar: meu tio sabe que meu benfeitor está em ascensão; lorde Cromwell assumiu o posto de Lorde do Selo Privado, antes de Thomas Bolena, e recebeu a Ordem da Jarreteira, que George tanto queria.

A filha do rei, lady Maria, sobreviveu às madrastas e agora é a dama de maior status da corte. Lorde Cromwell está negociando seu casamento com príncipes estrangeiros. Mas, com um menino no berço real, o rei não tem tempo para pensar nas filhas e não se dará ao trabalho de determinar se lady Maria é uma princesa legítima ou uma bastarda filha de um casamento inválido. Nem os Howard ousam perguntar sobre lady Elizabeth, cujos criados foram transferidos para atender a um príncipe bebê legítimo.

Margaret Douglas, que também perdeu seu lugar para esse menino, é liberta da Torre, desesperadamente enferma, e enviada à abadia de Syon para convalescer. Seu marido, o pobre Thom Howard, morreu de febre, então ela se tornou viúva depois de mal ter sido esposa. Se conseguir se recuperar da febre adquirida na prisão e do coração partido, voltará à corte para se unir a essa meia-vida que estamos vivendo: damas de companhia sem ninguém a quem acompanhar, princesas sem título, herdeiras sem herança, as damas da rainha sem os aposentos da rainha para atender ou uma rainha a quem servir.

É um sinal de quão pouco o rei valoriza as damas. Ele nos mantém por perto mesmo sem nada para fazer, exceto pelas noites em que quer companhia, dança ou música. Os cavalariços não deixariam seus cavalos ociosos, os caçadores não deixariam seus cães presos, mas as damas da corte são usadas e descartadas.

— Ele não tem nenhuma favorita em especial? — pergunta lorde Cromwell, mais uma vez, enquanto as mesas são afastadas após o jantar na câmara de audiências do rei e os músicos afinam seus instrumentos para as damas dançarem. Seguimos nossos passos como éguas num mercado enquanto o rei assiste e marca o ritmo com a perna boa. — Não quero arranjar um casamento para ele com uma princesa estrangeira se outra Jane for aparecer do interior e arruinar tudo.

— Ele é atencioso com Anne Basset — aviso, olhando para as dançarinas, enquanto o rei assume seu lugar em uma dança em círculo que o levará a ser parceiro de cada dama. — A filha de lady Lisle de Calais. A facção espanhola está apostando nela. E Mary Shelton. Mas ele gosta de plateia mais do que de uma parceira. Gosta de nós em bando.

— Está se deitando com alguma?

É traição dizer que o rei é impotente.

— Não que eu tenha notado — digo, discreta. — Não é nem um pouco notável — acrescento, sendo recompensada com um grunhido de divertimento.

— Compreendo. Avise se houver alguma estrela ascendente. Ou se qualquer outra coisa ascender...

Ele deixa a frase no ar, e eu inclino a cabeça com um sorriso oculto. Sei o que está dizendo, mas Jane ensinou suas damas a ignorarem piadas vulgares.

— Sua prima Mary Howard não vai tentar chamar a atenção do rei? — sugere ele. — Ela é bonita e bastante esperta, não? Não acredito que o pai não sugeriu nada ainda. Ele está sempre empurrando um Howard para alguma cama real. Não iria nem pestanejar antes de casá-la com o próprio sogro.

Balanço a cabeça.

— Ela é uma jovem de princípios, adotou a religião reformada e é sincera em sua fé.

Os olhos escuros dele se enrugam quando sorri.

— E a senhora, minha cara lady Rochford? Não emprega seus charmes, não tenta *sortiléges*?

— Não — respondo. — Eu não estou mais louca, lorde Cromwell. Estou sã, fria e seca. Vivo minha própria vida e não quero nem cortejo, nem amor, nem amor cortês.

Ele me dá um sorriso torto de simpatia.

— Eu mesmo sou viúvo — conta. — Há muito a ser dito das vantagens de ser são, frio e seco.

PALÁCIO DE GREENWICH, PRIMAVERA

1538

Meu pai presenteia lady Maria com sua tradução do salmo 36. É uma dica para ela manter os amigos (os Pole, os Courtenay, o embaixador espanhol e seus espiões) a uma distância segura. Eles estão no ápice do poder. Não posso achar que vão dar um passo maior que a perna, nada parece além do seu alcance. Parece parte do triunfo deles que minha sogra, Elizabeth Bolena, morra sem retornar à corte, e que meu sogro tenha que encarar o resto da vida sozinho, com uma filha afastada, e os filhos favoritos e a esposa mortos.

Mas meu pai tinha razão em alertar lady Maria: *Não venha sobre mim o pé dos soberbos.*

O Primeiro de Maio é uma celebração contida, apropriada para um rei que jura que nunca mais será feliz. Lorde Cromwell conversa com todas as damas e elogia o rei, cuja perna está tão melhor que ele consegue participar de uma dança em círculo, passando por todas as damas até chegar a mim. Faço uma mesura baixa para ele, como meu novo parceiro de dança, e observo a circunferência de barril do seu peitoral, o alargamento do cinto e a braguilha bordada projetando-se sob a saia espessamente incrustrada de joias da jaqueta.

— Bela Jane — diz ele, o que faz seu rosto grande e redondo corar e lágrimas brotarem em seus olhos. — Era assim que eu a chamava.

Pego a mão dele.

— Eu sei — digo. — E ela era muito bela.

— Ela me adorava.

— De fato — concordo. — Todas as damas o adoram, majestade. Mas a maior honra para ela era que o senhor a amava. Era seu cavaleiro errante.

Os músicos fazem uma pausa. Todos estão imóveis, esperando o rei começar a dança, notando o calor do seu olhar em meu rosto, sua cabeça próxima à minha.

— Você me entende — diz ele, sorrindo através das lágrimas. — Como ela.

— Estou em sua corte há tanto tempo...

É um erro e mordo a língua. O rei não quer pensar no meu longo serviço às três rainhas, em uma corte que envelhece. Deve ser visto como um jovem viúvo, lamentando a perda da única esposa verdadeira. Ele cora de irritação e larga minha mão, repetindo com um tom de censura:

— Tanto tempo?

— Tempo suficiente para conhecê-lo e amá-lo — digo, depressa. — Mas não tempo demais, de forma alguma! E vossa majestade não parece nem um dia mais velho!

Ele sorri de novo e beija minha mão. Os músicos começam a tocar, e dançamos juntos, então ele passa para a parceira seguinte, Anne Basset, que afunda numa mesura tão baixa que sua boca sorridente fica no nível da braguilha dele.

A dança termina, os dançarinos se dispersam, e eu me vejo ao lado de lorde Cromwell. Os coristas começam a canção de Primeiro de Maio, sobre primavera e esperança jovial, promessas, e um amor que nunca morrerá. A mensagem não me faz sorrir. Meu Primeiro de Maio é um aniversário de terror e perda.

— Você o ofendeu? — pergunta Cromwell.

— Quem não o ofende? Foi um lapso, mas me recobrei. Estou feliz em vê-lo, lorde Cromwell.

Ele encaixa minha mão em seu braço e me leva para longe dos dançarinos, na direção das mesas de cartas. Com um aperto gentil, me incita a sentar, pega um baralho e começa a embaralhar. As imagens, cada uma com um significado secreto, como códigos, passam por suas mãos fortes.

— Tem novidades para mim?

— Tenho. O senhor lembra que lady Margaret Pole tem uma abadia, fundada pela própria família, na propriedade dela em Bisham?

— Lembro. Fechada pelos meus inspetores por corrupção e por abrigar um padre herege fugido.

— O rei a reabriu. Prometeu que nunca será fechada de novo.

Ele não hesita nem por um segundo enquanto embaralha as cartas.

— Não sabia disso.

— Será uma capela para a alma imortal da rainha Jane. O rei vai pagar por um ofício permanente, com freiras entoando missas diárias para Jane. As mulheres santas serão abrigadas na abadia de Bisham, sob a proteção de lady Margaret Pole.

Nós, reformistas, não acreditamos na existência do purgatório, nem que as missas podem liberar um pecador mais cedo do tormento. É obviamente uma farsa para arrancar dinheiro de famílias enlutadas. Em outros tempos, o rei concordava conosco, mas raramente sua majestade sustenta uma posição teológica com a mesma firmeza que sustenta seus caprichos.

Cromwell vira as cartas ao acaso.

— Não é exatamente a peregrinação gloriosa da graça que Reginald, o filho de lady Margaret, prometeu liderar, é? — pergunta, nada impressionado. — Uma abadia reaberta, só uma, e à custa de Pole? Mas sem dúvida será uma grande alegria para lady Margaret reabrir a abadia de sua família depois que eu a fechei. Isso deve dar esperança a ela. — Ele faz uma pausa. — E se você vir algum outro sinal de esperança, livros contra a reforma, cartas de Reginald ou outros exilados, ou qualquer tipo de coisa, avise-me, querida lady Rochford.

— Avisarei. Mas ela não chegou aos sessenta e cinco anos e sobreviveu a quatro reinados deixando sinais de esperança largados por aí para serem vistos por qualquer um.

— Não — concorda ele, com um sorriso. — Mas ela não está cercada por qualquer um, e sim por uma família grande, indiscreta e que precisa desesperadamente de dinheiro. Um deles decerto a trairá. — Seus olhos pousam no filho mais novo de Margaret, sir Geoffrey, o menos bonito e menos simpático de uma família bonita e simpática. — Gostaria de apostar em qual vai ser?

PALÁCIO DE WESTMINSTER

1538

Sou sábia demais para arriscar meu precioso dinheiro na inconfiabilidade do filho mais jovem de lady Margaret. Sir Geoffrey é levado à Torre para ser interrogado nos dias mais quentes de agosto, enquanto muitos de seus parentes estão em suas casas de campo; o rei, em excursão; e toda a corte, dispersa. Ninguém repara que o jovem desapareceu nos cômodos insuportavelmente quentes, sob os chumbos do telhado da Torre, e sir Geoffrey, fervilhando de ressentimento contra os irmãos mais velhos, enfurecido pelas questões de lorde Cromwell, desfaz-se em fofocas rancorosas.

Quando a corte retorna a Westminster, no outono, e fica sabendo que sir Geoffrey está preso, todos presumem que foi por aceitar subornos do embaixador espanhol, ou mesmo do francês, e que aprenderá uma lição com o breve encarceramento. A família Pole reage com desaprovação glacial quando um de seus membros cai abaixo de seus altos padrões, mas todos temos certeza de que seu nome e suas dívidas serão limpos pela matriarca, lady Margaret Pole.

Mas há outros portentos. A capela eterna para a rainha Jane, a abadia da família Pole em Bisham, é novamente fechada, meses após sua breve reabertura. O rei mudou de ideia. Agora, pensa que as almas não esperam pacientemente no purgatório até que alguém pague sua entrada no paraíso com milhares de missas cantadas. E, se não há purgatório, não há necessidade de uma capela cara, então a abadia da família Pole pode ser fechada de volta sem pesar para ninguém exceto os Pole, que ficam aflitos, é claro.

Esse não é o único sinal da mudança de ventos. O túmulo de Tomás Becket, um destino sagrado para as centenas de peregrinos que cruzam e entrecruzam toda a Europa, também é fechado. As joias presenteadas ao longo de séculos desaparecem na Corte de Aquisições de Thomas Cromwell, e os ossos inestimáveis do santo são retirados da tumba. O grande rubi de Tomás Becket, o maior tesouro do relicário, desaparece com os ossos do santo, mas reaparece — um milagre moderno! — no dedão gordo do rei.

A tristeza em Canterbury é completamente silenciosa. Penso no padre do vilarejo do meu pai apagando todas as referências ao papa do missal. Agora, também terá que apagar São Tomás Beckett. Melhor jogar fora sua Bíblia latina. Toda igreja terá uma nova, em inglês, e ninguém mais falará com Deus em latim. O rei sabe que Deus fala inglês. Teremos um Deus inglês, para um papa e rei inglês.

Estes são reveses sérios para a facção espanhola papista, mas não sua queda. Eles acreditam que estão seguros: seu elo mais fraco, sir Geoffrey, na Torre, não está dizendo nada. Eles não admitem nada mais que a pequena indiscrição dele, e ninguém pode ser executado por uma indiscrição.

— Trago boas notícias para você — informa meu mestre espião, quando me encontra à toa no cais do rio, observando os peixes romperem a superfície da água parada.

— São sempre bem-vindas — respondo.

— Prometi uma recompensa em troca de sua lealdade.

Eu espero.

— Seu sogro enfim cedeu à lógica. Quer acertar as próprias contas e, por sorte, o dote de sua viuvez lhe garante o usufruto vitalício de terras que ele deseja deixar para a única filha viva.

— Ele nunca me pagou de volta pelo aluguel — digo, ressentida. — E ele não gostava tanto assim de Maria quando a outra filha era rainha.

Cromwell sorri, percebendo meu ressentimento.

— Sei bem. Mas consegui elaborar um acordo que lhe garante boas terras em Cambridge, em troca do seu dote em Buckinghamshire. — Ele faz uma pausa, ainda sorrindo. — Além disso, você será inquilina vitalícia da propriedade de Blickling.

— Blickling? — A antiga residência da família Bolena, antes de Hever.

Ele assente.

— Não a consegui em caráter definitivo, mas será sua por toda a vida, e farei com que isso seja confirmado no Parlamento. O próprio rei concordará.

Aquele homem, filho de um ferreiro, estava fazendo por mim o que um duque da Inglaterra e meu tio não fizeram. Estava revertendo a minha sorte. Sou, outra vez, uma mulher de posses. Posso pagar minhas dívidas e compras na corte. Posso comprar vestidos, cavalos e joias que condizem com meu posto. Posso andar de cabeça erguida. Sou lady Rochford, tenho uma casa imponente e terras à altura do meu título. Sou Jane Bolena e meu lar é a casa ancestral dos Bolena. Escolhi viver na corte, por livre e espontânea vontade, não dependo de ninguém. Voltei a ter uma casa.

— Não sei como agradecer — digo, quase sem fôlego de tanta alegria.

— Não precisa — responde ele. — Você conquistou todas essas coisas. Prometi que, se dissesse o que eu precisava saber, seria recompensada. E você me contou, o que lhe custou a casa e o marido. É justo que eu lhe devolva a casa.

— Espere — falo. — Eu não disse nada contra George que ajudasse em sua condenação. Não prestei depoimento, não assinei nada.

Cromwell se curva.

— Então, a casa é um pagamento por nada.

HAMPTON COURT, INVERNO

1538

Como que para desafiar a sombra sobre a antiga família real, em novembro lady Lisle sai da fortaleza de Calais e enfrenta os revoltos Mares Estreitos para nos visitar e ver a filha, Anne Basset, que aos poucos tem se tornado a nova favorita do rei. Promovemos um pequeno banquete para celebrar sua chegada. Ela é uma mulher bonita, robusta, e Thomas Culpeper, o camareiro favorito do rei, foi obviamente instruído a demonstrar-lhe todo tipo de pequenas atenções. Anne

Basset, que já estava de olho em Thomas Culpeper, fica ofendidíssima com esse flerte, e escutam-na dizer que, se mestre Thomas Culpeper quiser um falcão de Calais, sem dúvida pode pagar por um como todo mundo e não há necessidade de lançar olhares enamorados para uma mulher com idade para ser mãe dele.

Lady Lisle permanece na corte por vários dias, caçando com cães e falcões e caminhando nos jardins, amigável com todos e aduladora e coquete com o rei. Nunca a vejo sozinha com seus muitos parentes, os Pole, os Courtenay e os lordes católicos romanos, mas a mulher os cumprimenta casualmente em público. Encontra-se numa posição de alta confiança: seu marido, Arthur, lorde Lisle, pertence à antiga família real, os Plantageneta, e mantém o forte inglês de Calais para proteger a Inglaterra e a Igreja inglesa no mar de papismo invejoso que é a Europa. Ele não poderia estar em posição mais taticamente importante nem de maior confiança. Lady Lisle, entrando em um banquete dado em sua honra de braço dado com o rei, recorda a todos que a antiga família real, a facção espanhola, ainda está em alta conta, e que ela e o marido foram confiados com as chaves para a entrada do reino.

Porém, depois que se despede e parte para Calais, enquanto a corte se prepara para o Natal, chegam notícias extraordinárias da Torre. Sir Geoffrey Pole confessou uma trama contra o rei e a Igreja da Inglaterra. Diz que sua família apoiou a rebelião dos peregrinos e planejou uma invasão da Inglaterra, que seria liderada pelo filho exilado, Reginald Pole, com o objetivo de depor o rei, destruir a Igreja e então se casar com lady Maria para assumir o trono.

Assim que assinou essa sentença de morte para a família, ele entrou em pânico, arrependido, e fortaleceu sua confissão ao apunhalar o próprio coração com uma faca de pão depois de desfrutar do bom jantar que foi sua recompensa pela traição. Se tivesse usado uma faca de verdade e conseguido se matar, a família o teria declarado insano e suas palavras perderiam o valor, resumindo-se aos delírios de um louco. Mas ele não conseguiu se machucar o bastante para salvá-los. A faca sem corte e a sobrevivência chorosa provam sua sanidade e a culpa de todos. Uma avalanche de ordens de prisão se segue.

Seu irmão, Henry Pole, é levado à Torre junto de sir Edward Neville. Henry Courtenay, marquês de Exeter, e a esposa, Gertrude, também são presos por traição. Até as crianças da família são levadas com os pais: Edward Courtenay e o jovem Henry Pole desaparecem na escuridão sob o gradeado do portão.

Sir Geoffrey deixou mais nomes: um cônego da catedral de Chichester, um padre da recém-fechada abadia de Bisham, um mercador que transportava cartas secretas ao traidor Reginald Pole. Mandam prender até sir Nicholas Carew, que recebeu a Ordem da Jarreteira no lugar de George. Só por dizer que não suportará servir em outro julgamento de amigos antigos e leais, lorde De la Warr é preso e mantido na Torre com eles.

Ninguém se rebaixa a uma confissão. Gertrude Courtenay declara que todos são inocentes, e ela mesma é uma tola cuja palavra não é confiável, e as muitas coisas que disse em defesa de lady Maria, assim como sua insistência em chamá-la de "princesa", não passavam de tolice feminina.

A velha dama, Margaret Pole, destemida demais para tolices femininas, é interrogada, seu palácio em Bisham é revistado, e ela é levada ao castelo de Cowdray, em Sussex, onde William Fitzwilliam, o recém-nomeado conde de Southampton, a interroga por horas, dia após dia. A velha dama é sábia e corajosa demais para ser pega pela intimidação de Fitzwilliam. Ela não se quebra, nem sequer se curva, enquanto seu amado filho e o irmão, o primo, Henry Courtenay, e seu parente, sir Edward Neville, assim como os padres e o mensageiro deles, são julgados por traição, declarados culpados e decapitados enquanto a corte comemora um feliz Natal.

ENCONTRO LORDE CROMWELL na troca de presentes do rei, e assistimos juntos enquanto os cortesãos avançam, como que para fazer sacrifícios de sangue em um altar fedorento.

— O senhor está mantendo lady Margaret e lady Gertrude na Torre com os filhos? — pergunto. — Mas eles serão libertos?

— É claro. Ninguém executaria uma grande dama como ela, e os meninos são só crianças. Mas sem dúvida voltarão a conspirar assim que estiverem livres. Estou cercado por rivais que capturam a imaginação do rei e o arrastam para o lado deles. Sempre há algum rapaz esperto subindo pelas fileiras, sempre há uma bela garota Howard no quarto das crianças.

Dou risada, reconhecendo a verdade do comentário.

— Meu tio me falou de uma prima, Catarina Howard, sobrinha dele, que deve vir à corte. E os aposentos do rei devoram jovens rapazes como uma mantícora; ele precisa de um suprimento constante de companheiros. Mas o senhor está seguro?

— Enquanto o rei desejar um país bem gerido, uma fortuna sem o transtorno de ter que trabalhar e tudo feito do jeito dele antes que sequer tenha pensado nisso, eu estarei seguro. — Ele olha para o rei, recebendo presentes que custam uma fortuna e retribuindo com ninharias. — Mas servir um homem de poder é alimentar uma fornalha. Quanto mais ele tem, mais ele quer.

— Riquezas? — pergunto.

— Riquezas eu consigo com facilidade — responde o destruidor da igreja. — O poder é que é mais difícil. O maior desejo de um homem rico é ter poder sobre os outros.

PALÁCIO DE WHITEHALL, PRIMAVERA

1539

Nicholas Carew é julgado e decapitado na primavera pelo crime de questionar a prisão da família Pole. Como ele morre por fazer perguntas, ninguém se atreve a perguntar sobre ele. Penso que alguém deveria falar em sua defesa, mas ele não foi amigo meu nem do meu marido, portanto não digo nada.

Em maio, lorde Cromwell apresenta ao Parlamento o caso de sua antiga inimiga, lady Margaret Pole, como se fosse mais uma justa de Primeiro de Maio. Ele mostra à Câmara uma túnica de seda encontrada no fundo de um velho baú na casa dela, bordada com as cinco chagas de Cristo, o antigo emblema das cruzadas que os peregrinos rebeldes adotaram quando o norte se insurgiu. Não há nada que conecte o bordado com a rebelião, não há nada que prove que a velha dama o costurou e que não foi deixado ali por um velho cruzado, anos antes. Mas aquele único bordado na seda é suficiente para o parlamento acovardado condená-la à morte sem julgamento.

Ninguém ousa defender uma princesa caída em desgraça; já temos três delas, silenciosas, na corte. Ninguém vai defender a mãe de um cardeal. A velha dama é enviada à Torre de Londres, onde seus filhos e parentes foram mortos, e ali aguarda a própria execução. O neto de doze anos, Harry, Gertrude Courtenay e o filho dela, Edward, a visitam em sua cela.

— Mas ela não será executada, não é? — pergunto a lorde Cromwell. — O senhor me disse que ela não seria executada.

— Não — confirma ele, me tranquilizando. — Na hora certa será solta, mas nunca mais terá o poder de incitar o norte ou de matar uma rainha, como sua cunhada, ou seu marido. É o fim dos Pole e da facção espanhola, como eu prometi.

Trocamos um sorriso. Essa é a nossa vingança.

PALÁCIO DE WESTMINSTER, VERÃO

1539

O humor da corte continua a pender contra as antigas famílias e a antiga fé. No solstício de verão, temos uma alegre batalha de barcas encenada no rio. De um lado, uma barca adornada com a púrpura imperial, ocupada por uma figura grotesca, gorda de indulgências, abanando uma férula papal, e todo um colégio de cardeais gordos e preguiçosos com remos. Do outro lado do rio, em sua barca, estão os remadores Tudor, usando verde, e os soldados da reforma de preto e branco. Fogos de artifício explodem ao redor, tiros falsos de canhão rugem, e jatos d'água borrifam quando a batalha começa. A barca real, com o rei e as damas da corte, aproxima-se o suficiente para ver a ação, e todos ficam encharcados. Damos gritos de prazer e incentivo enquanto a barca da reforma lança ganchos de ferro e seus soldados pulam para a barca papal. Há um combate intenso, até que os reformistas virtuosos triunfam e lançam o papa e seus homens no rio, onde ficam balançando e implorando pelo resgate.

O rei ordena que sejam pescados da água com ganchos de barco antes que se afoguem naquelas túnicas enormes e aplaude os dois lados pelo espetáculo. A corte e os espectadores nas margens comemoram, mas veem esse entretenimento pela lição que é: a antiga fé, as antigas famílias católicas romanas e a facção espanhola enfim deram um passo maior que a perna e foram derrotadas, tão seguramente quanto se tivessem sido lançadas no rio e se afogado.

CASTELO DE WINDSOR, INVERNO

1539

O REI, QUE NUNCA mais vai se casar, envia o pintor da corte, Hans Holbein, por toda a Europa para desenhar retratos de jovens mulheres. Há Maria de Guise, que escolhe se casar com o rei da Escócia, uma ofensa profunda, mas ela tem duas irmãs, Louise e Renee. Há as duas filhas do duque de Cleves: Christina, duquesa de Milão, e Ana de Lorraine; e a irmã do rei da França, Marguerite.

Thomas Cromwell não quer a Inglaterra aliada por casamento nem à França nem à Espanha, mas quer que o país seja uma potência independente jogando um lado contra o outro, então escolhe uma noiva livre do poder do papa: Ana de Cleves, uma princesa criada como luterana, a mais antipapista de todas as religiões. Seu dote, seu único dote, é uma aliança com os príncipes luteranos da Alemanha.

O rei anuncia que fez sua escolha e ordena que ela faça a jornada por mar, no inverno, para que possa admirar o poder e a força de sua escolta naval. Thomas Cromwell se compadece e a envia pela rota mais segura e fácil, por terra.

No início de dezembro, Arthur, lorde Lisle, deixa sua cidade-fortaleza de Calais e acompanha a nova rainha até os domínios do rei. Ele sobreviveu ao expurgo de sua família e permanece como nosso comandante de confiança em Calais. William Fitzwilliam, conde de Southhampton, que caiu nas graças do rei após intimidar lady Margaret Pole, escolta a nova rainha para sua fortaleza, e finalmente, após um Natal feliz e exuberante, com muitos flertes e provocações do noivo mais bonito da Cristandade, as damas dos aposentos da rainha retornam a Rochester para conhecer sua nova senhora e dar-lhe as boas-vindas ao seu novo país. Dizemos que esperamos que seja feliz, mas nunca admitiremos que é quase certo que não será.

ABADIA DE ST. ANDREW, ROCHESTER, KENT, PRIMAVERA

1540

Ela é uma bela mulher de vinte e poucos anos, esguia e muito branca, embora o vestido acolchoado a deixe grande feito um cavalo, e o capelo na cabeça lembre o teto de uma casa. Serei a principal dama de companhia outra vez. Quem sabe gerir os aposentos da rainha melhor do que eu, afinal? Esta será a minha quarta.

Faço uma mesura a ela e sugiro que vista os trajes que trouxemos do guarda-roupa real antes de continuar a jornada até Londres.

Ela arregala os olhos castanhos para mim e sorri.

— *Was*? — diz, encorajadora. — *Was*?

— Pelo amor de Deus, ela não fala inglês? — esbravejo para a duquesa de Suffolk, que a recebeu em Dover.

Katherine Brandon só tem dezoito anos, mas já é duquesa, casada com o velho Charles Brandon desde os catorze, e deveria saber que isso não é motivo para risadinhas.

— A senhora é a primeira pessoa a esperar uma resposta — explica. — Todo mundo apenas lê as boas-vindas cerimoniais em latim, e ela assente e sorri e não fala nada. Meu marido gritou como se ela fosse parte da sua cavalaria. Não reparou que ela nunca respondeu. Não a culpo, eu mesma nunca falo com ele, se posso evitar.

Dou um olhar furioso para Susannah Hornebolt, a artista.

— Era para você ensinar inglês a ela! — Susannah abre as mãos em um pedido de desculpas, e noto uma mancha de tinta em seu dedo indicador. — Você passou seu tempo pintando — acuso.

— Não! Estou ensinando inglês a sua graça, ela está fazendo um bom progresso.

Eu me viro para a futura rainha silenciosa.

— *Français?* — pergunto. — *Parlez-vous français?*

O belo sorriso se alarga, mas ela balança a cabeça.

— Latim?

Ela ri.

— *Kannst du Deutsch?*

— Sim — respondo em alemão. — Muito pouco. Mas teremos que lhe ensinar inglês logo.

Ela une as mãos ao ouvir minha resposta e diz, em alemão:

— Claro que devo falar inglês. Comecei a aprender, mas todos falam tão rápido!

— Falarei devagar — prometo, em um tom contido, e Catarina Howard, uma nova dama de honra, sobrinha do duque, dá uma risadinha, feito uma estudante travessa, cutuca Katherine Brandon e sussurra, com um sotaque alemão exagerado:

— *Falarei devagar.*

Acompanho a rainha até seu quarto, para examinar os vestidos em seus baús de viagem pesados. Ela se recusa a usar vestidos ingleses e insiste que fará sua grande entrada em Londres em seu melhor vestido de tecido de ouro, que a mãe lhe disse para usar, com um capelo que parece uma bigorna presa à cabeça. Não adianta discutir com uma rainha em uma língua que só ela fala fluentemente, então deixo as damas a enfiarem no vestido pesado e feioso e vou para meu próprio quarto, onde um criado pede que eu vá ao salão.

Vejo de imediato por que fui convocada. Um grupo de cavalheiros fala alto no salão, agitando capas de mascarada sarapintadas ao redor dos ombros e virando grandes taças de vinho, acompanhados por músicos e dançarinos que ensaiam passos ao redor deles. No meio, está o mais barulhento de todos, uma figura imediatamente reconhecível: largo como uma viga, embrulhado em uma capa com um redemoinho de cores, um chapéu afastado do rosto largo, uma máscara colorida esticada da testa à boca sorridente.

Eu me abaixo em uma mesura, levando a mão ao coração como se estivesse ofegante de surpresa.

— Você adivinhou! — diz ele. — Adivinhou de cara! Apostei que iria! Não disse que Jane Bolena me reconheceria em qualquer lugar? Em qualquer disfarce?

Os outros gritam e riem e batem os cálices dourados em um brinde a mim.

— Agora, Jane, a senhora terá que se juntar ao nosso bando e jurar guardar nosso segredo.

Eu me endireito, sorrindo.

— Majestade, não podia ser ninguém exceto o senhor! Tão alto e belo, em roupas tão vistosas! E que lorde exceto o senhor cavalgaria até aqui para surpreender sua noiva?

— Sou um príncipe de contos de fadas saído dos antigos romances! — brada ele, com uma gargalhada. — Fiz como meu irmão, tantos anos atrás, quando cavalgou até o meio do caminho para encontrar sua noiva na estrada para Londres. Todos diziam que ele era um verdadeiro cavaleiro errante, e agora eu o superei.

— Vossa majestade o superou muito — digo, captando minha deixa, e um dos homens atrás dele, mascarado e em trajes suntuosos, grita um "Viva!". — Guardarei seu segredo — prometo. — Mas preciso ir preparar sua noiva para a surpresa.

Estou absolutamente determinada a não deixar que ela conheça o rei naquele capelo feio, e me viro para subir a escada até seus aposentos.

— Não, não! — O rei me agarra pela manga e me puxa escada abaixo, passando um braço ao redor da minha cintura. Seu hálito é uma lufada de vinho quente no meu rosto. — Não vou deixar você estragar nossa surpresa, Jane. Estou falando sério. Você vai ficar aqui e ganhar uma capa e uma máscara própria, e vai se juntar ao meu bando. Vamos entrar com música enquanto ela estiver assistindo à luta do touro, temos tudo planejado, vamos dançar com ela e suas damas, e você não vai nos trair.

— Não vou contar, prometo. — Estou desesperada para tirá-la daquele capelo ridículo e vesti-la com um belo vestido decotado. — Mas ela vai querer estar o mais bonita possível. Vossa majestade deve surpreendê-la quando ela estiver no seu melhor.

— Ela não tem uma beleza natural? — pergunta ele, imediatamente desconfiado, os olhos afiados atrás da máscara. — Tão bela quanto a minha Jane?

— Muito bela — digo, de imediato. — Quem é um juiz melhor do que o senhor? Quem captura um rosto melhor que mestre Holbein? Vossa majestade não poderia se enganar com sua escolha. Eu só quero...

— Não, não — diz ele, e me entrega a sir Anthony Browne, cujo depoimento levou minha cunhada ao carrasco francês e meu marido ao cadafalso. Nós nos cumprimentamos com beijos e um aperto de mãos. — Sir Anthony! Dê a minha querida Jane uma capa e uma máscara e um capuz! — exclama o rei. — Esta noite, ela será um dos meus homens!

Dou risada com todos, como se essa fosse a melhor piada do mundo, e sir Anthony me leva para os fundos do salão e me dá um espelhinho de prata para segurar enquanto põe uma capa sarapintada em meus ombros e ergue o colarinho.

— Tenho que ir até ela... — digo, com urgência.

— Primeiro troque seu capelo por uma touca — diz ele, e, com um gesto estranhamente íntimo, solta meu capelo e o troca por um chapéu de homem, puxado sobre os olhos como o dele. Ele amarra a máscara colorida em meu rosto e ergue o capuz da capa, sombrando minha expressão. Eu me olho no espelho e vejo que meus pensamentos estão ocultos atrás de um rosto sorridente, escondido pela máscara e sob as sombras de um capuz.

— Eu não me reconheceria — digo.

— Todos temos muitos rostos — responde ele. — Venha, vamos entrar.

— Espere — digo. — Eu preciso…

Mas ele me toma pela mão e me faz seguir os outros pela escadaria de pedra larga.

— Onde está lorde Cromwell? — pergunto, desesperada, enquanto o barulho no pátio abaixo se torna um alvoroço. Imagino que o touro tenha sido solto e que estejam jogando cachorros no pátio para ele destroçar.

Sir Anthony dá uma risada despreocupada.

— Ficou em Londres! Isso é trabalho para cortesãos, não para um velho escriturário de contabilidade! — Ele me puxa pela mão escada acima. — Esta é a nossa noite! O rei e seus companheiros! O rei entra primeiro, nós entramos atrás, os músicos nos seguem! O rei a cumprimenta, dá um presente para ela, rouba um beijo, os músicos começam a tocar, todos dançamos… O de sempre. A dança será a gavota.

— Mas ela não vai reconhecê-lo — digo, com urgência. — Sir Anthony, deixe-me alertá-la. A rainha não vai saber que precisa reconhecê-lo só depois que ele tirar a máscara. Ela não sabe que precisa fingir não o reconhecer antes disso. Não sabe como as coisas são feitas…

Ele ri; acho que está bêbado demais para entender que essa ideia terá um fim terrível. De toda forma, é tarde demais: a porta à nossa frente se abre, e entramos na grande câmara da rainha.

Ela está na janela, assistindo ao touro lá embaixo. Ergue os olhos quando entramos, e seu sorriso de boas-vindas morre quando vê a tropa de homens bêbados, estranhamente mascarados e seguidos por músicos. Por um momento, parece cautelosa, como o touro no pátio abaixo, enfrentando os cães que chegaram para atormentá-la.

Sir Anthony aperta minha mão com força e começa a me preparar para a dança.

— Solte-me! — Eu o empurro. — Preciso avisá-la…

O rei salta na direção da figura imóvel na janela e, em um momento horrível, puxa a jovem para seus braços e planta um beijo vigoroso em seus lábios. Ela recua de imediato, saltando para trás, empurrando-o para longe, olhando ao redor em busca dos guardas. Grita algo para ele em alemão. Limpa a boca com a manga e, horrivelmente, terrivelmente, cospe no chão. Ela se vira para dar as costas, sibilando uma ordem para os criados o expulsarem, junto de todos os seus comparsas bêbados, para fora de seus aposentos.

Os músicos se calam com um estremecimento das cordas; todos estão congelados de horror. O rei está parado, sozinho, a máscara meio removida, parecendo completamente chocado. Ele beijou sua noiva, e ela cuspiu. Ele não se parece, nem um pouco, com o príncipe mais bonito da Cristandade: é um homem de quase cinquenta anos, acima do peso, que levou um golpe pesado. Olha ao redor, como se buscasse ajuda, procurando alguém que faça graça da situação. Olha ao redor como se suas pernas estivessem fracas e precisasse se sentar, sentar-se em um trono, para todos saberem que ele é o rei.

Ninguém se move. Ninguém diz nada.

Então, a pequena Catarina Howard, a recém-chegada, a mais jovem de todas as damas, dá um passo à frente.

— O rei! — exclama, afetada. — Ele é tão belo! Eu o reconheceria em qualquer lugar! Veja, minha dama! É nosso belo rei!

Ela quebra o feitiço que nos manteve congelados. Katherine Brandon avança até a rainha para informá-la de que aquele é o rei Henrique, e não, como a jovem tinha pensado, um tolo bêbado com um bando de bufões. Ana se vira de volta para ele, afunda em uma mesura, escarlate de vergonha, e Henrique ri da situação, uma risada dura e rouca.

Todos riem com ele, com as bocas escancaradas, como se estivessem gritando. Os músicos corajosamente retomam a gavota, mas a música vai morrendo quando ninguém pega um parceiro, ninguém se move. Ninguém quer dançar uma gavota, cujo clímax é um beijo, dado como o beijo anterior foi recebido.

Olho para sir Anthony.

— O senhor devia ter me deixado prepará-la.

Ele está sorrindo.

— Melhor que o rei veja a escolha de lorde Cromwell como ela realmente é.

Está acontecendo alguma coisa aqui que eu não entendo.

— Ela foi a escolha do rei...

— De uma curta lista de duas duquesas luteranas. — Ele toma minha mão e a beija. — Ela é a escolha de Cromwell. O lorde a escolheu por seus próprios bons motivos, e agora terá que responder por isso. E, se o rei não gostar dela, lorde Cromwell terá que responder por isso também.

Percebo que tudo aquilo não é uma peça que deu errado, mas que transcorreu exatamente como deveria. O primeiro encontro do rei com a noiva de Cromwell foi um desastre, mas a garota Howard salvou o dia. Acabei de presenciar a primeira jogada da brilhante aposta dos Howard pelo trono com outra garota da família no tabuleiro.

Naquela noite, envio uma carta selada por um dos mensageiros de Cromwell. Eu a marco como *urgente*, então o homem vai cavalgar a noite toda.

PALÁCIO DE GREENWICH, JANEIRO

1540

A RESPOSTA DE LORDE Cromwell é uma recepção magnífica para a rainha em Blackheath, com toda a extravagância teatral que o rei adora. Escoltado por centenas de cortesãos nobres, o rei entra em um grande cavalo, usando o veludo púrpura imperial com uma jaqueta de fio de ouro, enquanto lady Ana emerge de um pavilhão como uma princesa em uma tapeçaria, montando um cavalo branco, e avançando para cumprimentá-lo.

Três mil londrinos aplaudem seu rei, que recepciona a nova rainha em seu novo lar em Greenwich, e Ana sorri e acena, então cavalga de mãos dadas com seu novo marido pela nova estrada que Cromwell abriu através dos boques na direção do palácio à beira-rio.

Lorde Cromwell cumprimenta todas as damas da rainha que apeiam na porta e, quando toma minha mão, eu aperto seus dedos. Não preciso fazer mais nada; ele deixa a mesa de jantar quando estão servindo as frutas e os doces, e saio discretamente da mesa das damas e o encontro me esperando na galeria.

O zumbido alegre da corte conversando, rindo e flertando no grande salão ecoa pelos arcos de pedra até onde estamos parados, parecendo amantes, semiocultos em uma arcada.

— O que ela fez?

Cromwell, tenso, exige respostas. Já enfrentou a raiva de seu mestre régio, que foi horrivelmente traído e obrigado a um casamento que nunca quis, com uma mulher feia demais para suportar.

— Ela o ofendeu, mas foi planejado, juro ao senhor — digo, depressa. — Foi como escrevi: ninguém a preparou, e o rei simplesmente entrou e a cumprimentou feito um cavaleiro errante em uma mascarada. Sem anúncio, sabe, os foliões desconhecidos... foi como se estivessem usando peles russas ou turbantes turcos. Entraram gritando, assustaram-na, e ele a agarrou. Ela o empurrou e cuspiu o beijo. Praguejou contra ele como se fosse um bêbado qualquer. Foi um desastre. A nova garota Howard, Catarina, salvou o dia. Mas não foi algo da cabeça dela, tenho certeza. Nem suas palavras. Ela é jovem demais, inexperiente para pensar tão rápido. Mas se adiantou e lisonjeou o rei, e com isso aliviou a tensão. Ela foi brilhante. Pareceu ensaiado.

— Howard? — pergunta ele, pensativo. — Uma nova peça dos Howard?

— Escrita por eles, eu apostaria qualquer coisa nisso. Mas o ataque contra a princesa de Cleves é um ataque contra o senhor, uma vingança da facção espanhola.

Aposto que Honor Lisle escreveu para seus amigos, os velhos lordes, assim que Ana de Cleves chegou em Calais. Aposto que contou a eles que a duquesa não fala inglês, que não é bonita nem espirituosa nem esperta, que podia ser levada a parecer uma tola. Os velhos lordes e o resto da facção espanhola não querem uma princesa luterana apoiando a reforma no ouvido do rei. Não querem uma aliança com a Alemanha contra a Espanha. E não querem o senhor como um casamenteiro bem-sucedido.

Ele assente.

— Eles querem vingança pela morte dos Pole.

— Não podiam prever exatamente o que aconteceria, mas sabiam que, se ele a surpreendesse bêbado e disfarçado, ela não saberia o que fazer. E me puxaram de lado, para eu não poder avisá-la. Agora, o rei está terrivelmente envergonhado e a culpa por tudo. Os Howard sabiam que haveria um revés e preparam a garota deles para ser a salvação do rei. Têm suas próprias jogadas. Assim, tanto eles quanto os velhos lordes dão um salto adiante, e os reformistas da Igreja, o senhor em especial, são empurrados um passo para trás.

O rosto de Cromwell, parcialmente oculto pelo chapéu preto simples, está sombrio. Suas roupas, ainda pretas como as de um secretário, agora são feitas de seda e veludo bordado.

— Só um passinho, espero. Se o rei gostar mais dela agora, depois dessa grande recepção, com todos aplaudindo, vai relevar o primeiro encontro, esquecê-lo como se nunca tivesse acontecido. Se ela lhe der um filho, tudo isso será esquecido. E não importa o que os velhos lordes pensem, não há futuro para a Inglaterra exceto em alianças com outros países protestantes. Carlos da Espanha está se encontrando com Francisco da França agora mesmo e jurando aliança contra nós.

— Ele nunca vai desejá-la — digo, com urgência. — Acredite em mim, senhor. Ela o humilhou profundamente.

Cromwell faz uma careta.

— E ela? Ainda o acha desagradável, agora que sabe que é o rei?

Dou de ombros.

— Ela não se abre comigo nem com suas damas alemãs, na língua delas.

— Você escuta?

— Claro. Ela não diz nada, nem em suas preces.

— É discreta. — Ele aprova. — Se eu conseguir fazer os dois casarem e consumarem o ato, confiarei na natureza alemã para fazer o resto.

— Ela é uma duquesa, não uma vaca frísia — digo, ácida.

Ele sorri de novo.

— Não meça palavras como se fosse uma Seymour. Tudo de que precisamos dela é que nos dê um bezerro.

— O senhor não vai levá-lo até o campo, não vai fazê-lo atravessar o portão — respondo, e ele ri da minha vulgaridade, beija minha mão e volta ao grande salão, onde o rei está sentado, com uma careta, ao lado da noiva com seu sorriso insípido.

Quatro dias depois, estou parada atrás da noiva nos aposentos da rainha, no palácio de Westminster, endireitando a cauda do seu vestido. Mantenho a expressão tão agradável e sorridente quanto a das outras damas, que cingem as correntes douradas ao redor de sua cintura esguia e penteiam seu cabelo sobre os ombros. Seu rosto redondo e bonito está corado, e ela usa um diadema incrustrado de pedras preciosas no lindo cabelo castanho-dourado. Seu vestido de casamento é feito de tecido de ouro, incrustrado com flores compostas de pérolas enormes, como se ela estivesse se transformando em pedra diante de nossos olhos. A noiva carrega um pequeno buquê de alecrim, representando amor e fertilidade, e a vejo tremer até que aperta ambas as mãos na frente do corpo e cerra a mandíbula. Está determinada a não demonstrar fraqueza a essa corte de estranhos hostis.

Ela sabe, todos sabemos, que o rei exigiu que o casamento fosse adiado até que chegassem provas de que o contrato anterior de casamento dela tinha sido apropriadamente cancelado. Ainda menininha, aos onze anos, foi prometida em casamento a um duque vizinho. O contrato foi revogado, o duque se casou com outra, e o documento cancelado foi esquecido em algum cofre em Cleves — quem se importava?

Mas agora o rei da Inglaterra se importa e está dizendo que o casamento não pode ser realizado até o contrato cancelado estar em suas mãos. Ela sabe que ele está procurando uma desculpa para se livrar desse casamento. Mas, claro, é uma bobagem. Nem Henrique pode trazer uma duquesa real do outro lado da Europa na pior época do ano para um casamento de verão e então cancelar a cerimônia por conta de um pedaço de papel que nunca o interessou.

Enquanto isso, França e Espanha forjaram uma aliança de dez anos em que juram não declarar guerra sem a concordância um do outro. Ou seja, com nossos inimigos unidos contra nós, temos que encontrar novos aliados. Se Paris ou Toledo querem guerra, nossa única segurança é a noiva alemã; ela é nossa defesa, tão essencial quanto os castelos que o rei está construindo em todos os portos do sul. O casamento tem que ser celebrado pela segurança da Inglaterra.

Deve exigir cada pingo de coragem dela para erguer a cabeça, alisar a linda cascata de cabelo sobre os ombros e cumprimentar Henry Bourchier, conde de Essex, atrasado como de costume, que a conduz pela longa galeria até o rei. Sua majestade está magnífico, vestido em um casaco de cetim carmesim com botões de diamante sobre um traje de tecido de ouro. Ele dá uma pequena mesura emburrada em resposta às três mesuras profundas dela. Ana está magnífica, de vestido e diadema, reluzindo com pérolas que combinam com sua pele perolada. Ao lado dela, o rei parece velho e taciturno, as roupas deslumbrantes contrastando com a boca apertada num muxoxo e o rosto vermelho e esburacado.

O conde Overstein, de Cleves, o rosto redondo sorridente sem o menor indício de dúvida, dá um passo à frente e pega a duquesa pela mão para levá-la à capela da rainha para uma cerimônia privada. Nosso velho amigo, o arcebispo Thomas Cranmer, será o responsável por oficiar tudo.

Enquanto esperamos do lado de fora, em um silêncio reverente, uma dama não para quieta, mantendo os olhos baixos, como manda o protocolo. Catarina Howard, nova dama de honra e a estrela da noite terrível em Rochester, está erguendo a barra do vestido verde-sálvia para examinar as rosetas em seus sapatos de cetim. Está usando roupas caras demais para uma parente tão pobre: alguém está apostando um bom dinheiro na chance de Catarina chamar a atenção. Tão pequena e delicada, ela parece uma bonequinha ao lado das mulheres mais velhas. O cabelo é de um tom bronze maravilhoso; os olhos são castanhos, mas, à luz das velas, parecem tão verdes quanto o vestido. Treinada pela duquesa viúva de Norfolk, ela é graciosa como uma dançarina e caminha como se ouvisse música. Seus modos são sofisticados; sua educação, completamente negligenciada. Ela sente meu olhar e, quando franzo o cenho para que fique quieta, me dá um sorriso de desculpas e continua a se remexer.

Mais uma vez, ajudo uma rainha a se deitar e espero ao lado dela até as grandes portas duplas serem escancaradas e seu marido e os amigos bêbados entrarem. Mais uma vez, Henrique passa por mim na câmara real, seu olhar fixo na cama. Dessa vez, não sorri para mim, nem para ninguém. Vai mancando até lá, como um velho contrariado indo realizar uma tarefa árdua.

Ela ergue os olhos para o rei, que para ao lado da cama, e diz um "Boa noite!" cuidadoso com seu sotaque. Seu sorriso não vacila diante da careta sombria dele, a expressão de boas-vindas cortês não se altera, nem quando ele se senta pesadamente ao lado dela e seus camareiros erguem, com esforço, a perna na atadura e o empurram fisicamente até o lado dela.

As damas da rainha saem devagar do quarto de núpcias e tomam um cálice da cerveja do casamento na câmara de audiências com expressões falsas de boa vontade, antes de eu mandá-las para o quarto. Catarina Howard, com o rosto radiante e travesso, diz um "Boa noite!" imitando o sotaque da rainha quando sai, e as damas mais jovens dão risadinhas.

Os nobres partem com pressa para beber em seus próprios aposentos, como se não houvesse nada a celebrar ali. Meu tio me dá um aceno satisfeito; ele sabe que a vaidade do rei não vai lhe permitir gostar dessa noiva depois de seu primeiro erro fatal.

— Está indo bem — comenta, com um sorriso astucioso.

— Muito bem — respondo imediatamente, e faço uma mesura enquanto ele sai.

Lorde Cromwell despede-se das damas e faz uma pausa antes de se curvar sobre a minha mão.

— Ela estava bonita — diz. — Você a arrumou bem. Tem um rosto bonito.

— Ela tem um rosto bonito — respondo, simplesmente —, mas não um rosto falso. E ele nunca viu nada além de rostos falsos e sorrisos pintados a vida toda. Acha que vai querer uma mulher honesta agora? Algum homem quer uma mulher honesta como esposa? Todos vocês não preferem as mentirosas?

A NOVA RAINHA NÃO É TOLA. Não entende metade do que dizemos, mas não precisa que ninguém lhe diga que o marido não a deseja. O rei deixa a cama dela após algumas horas na primeira noite, sem qualquer marca nos lençóis, e, pela manhã, o cabelo dela ainda está preso na grossa trança loira, arrumado sob a touca.

Catarina Howard, uma dama de berço nobre, que não deveria saber nada de tais sinais, me dá um olhar significativo quando a rainha se senta diante do espelho e desatamos sua touca e escovamos seu cabelo.

Ana vê os olhares que trocamos e não diz nada.

— SÃO SÓ OS PRIMEIROS DIAS — diz Thomas Cromwell, resoluto, quando o rei e a rainha vão à missa e ao café da manhã, sentando-se lado a lado, sorridentes, como ícones dourados de êxtase marital.

— Não passou pelo portão, não entrou no campo — digo, vulgarmente.

— Tem certeza?

— Tenho.

Ele faz uma careta.

— O rei me disse que soube, por certos sinais, que ela não é uma donzela.

Aperto os lábios, contendo uma réplica afiada. Não adianta discutir contra as certezas do rei.

— Mas a senhora diria que ela é uma donzela? — pergunta-me Cromwell, com cuidado.

— Uma donzela linda e inteligente. Perfeitamente adequada para ser uma jovem rainha.

— É o que penso — diz meu mestre espião, com firmeza. — São só os primeiros dias.

Chamo as criadas para avisar que, se alguém soltar uma palavra sequer sobre os lençóis limpos e a cama arrumada, farei com que sejam penduradas pelos dedões entre os presuntos na despensa. Os fofoqueiros não descobrem nada por meio das criadas da rainha, mas não duvido que Catarina Howard se reporte ao tio, o duque Thomas Howard; e Catherine Carey, à mãe, minha cunhada, Maria Bolena, que leva a notícia aos apoiadores da reforma; Anne Basset reportará à mãe, lady Lisle, que levará a informação aos velhos lordes. Os espiões espanhóis, quem quer que sejam, reportarão a Don Chapuys e a lady Maria; o espião francês fará valer sua pensão transmitindo informações ao embaixador francês. Mas o rei e a rainha passam pelas celebrações de janeiro em perfeita concordância pública, e a corte não sabe que, de noite, dormem lado a lado feito estátuas em uma tumba, sem nunca se tocar.

Todo dia, os Howard mandam Catarina Howard em um vestido mais bonito e um capelo menor, e seus espiões e agentes comentam, ao alcance do ouvido do rei, que é uma pena a nova rainha estar demorando tanto para aprender a dançar, ou cantar, ou tocar um instrumento ou escrever um poema, e como essas duquesas luteranas devem ser criadas com severidade para considerarem um dever sagrado não deleitar os olhos e entreter a mente! Todos os dias, os Seymour comentam bem alto como a nova rainha é charmosa e uma herdeira digna à garota deles. Os Seymour não se importam se o casamento for um *marriage blanc*, um mero espetáculo público. Até preferem. A última coisa que querem é que seu príncipe ganhe um meio-irmão; querem ter toda a atenção sobre Eduardo e sua família.

Todos os dias, lorde Cromwell olha para mim, do outro lado da capela, durante as preces matinais, e só ergue uma sobrancelha, como que para perguntar: *e o touro, atravessou o portão e entrou no campo?* Todos os dias, eu balanço a cabeça em negativa, bem de leve. O rei passa a maioria das noites na cama dela, mas acho que ou Ana não sabe como incitar o ato, ou ele perdeu a capacidade de realizá-lo.

— Ela tem que o agradar — diz Cromwell, direto, alcançando-me enquanto espero os cavalariços trazerem meu cavalo para que eu acompanhe a rainha.

Ela fica linda a cavalo, quando não tem medo de dizer ou fazer a coisa errada. Monta confortável seu grande Holsteiner e cavalga tão rápido quanto qualquer homem. Eles gritam e comemoram quando ela os acompanha, e se apressam para ajudá-la a desmontar quando voltamos para casa.

— Ela tem que o convidar — insiste Cromwell. — Tem que o incitar à felicidade. Tem que o encorajar. Tem que inspirar desejo. Preciso mandar a camareira dizer isso a ela? Ou você vai falar com ela?

— *Sortiléges*? — pergunto, inexpressiva. — O senhor quer *sortiléges* agora?

Ele estreita os olhos.

— Não — diz, ríspido. — Não faça gracinhas comigo. Isso não é engraçado. Ela tem que fazer alguma coisa, qualquer coisa, para atraí-lo. Se ele não for encorajado, não vai ter um menino. Se não tiver um menino, vai dizer que isso prova que o casamento não foi abençoado por Deus. E, se Deus for contra o casamento, ele vai querer dar um jeito de anular o contrato. E digo a você, Jane, nem Deus nem eu podemos tirá-lo desse. Não sem aborrecer todos os príncipes alemães e nos deixar abertos a ataques da Espanha e da França. Não sem causar retrocessos à causa da reforma. Não sem que o rei precise de outra noiva para que seu orgulho não seja ferido. E onde vou encontrá-la? Quem seria uma quinta esposa?

— Ela não pode fazer mais do que já faz — digo, apenas. — Cumprimenta-o com prazer sempre que o vê, está aprendendo inglês o mais rápido possível, está aprendendo as danças, nossos entretenimentos. Se ele aparecer de novo disfarçado, ela sabe que deve agir surpresa e como se estivesse se apaixonando por ele. Ela passou a se vestir de acordo com a moda francesa. Cavalga como um centauro e tem a paciência de uma santa. O que mais quer que ela faça?

— Eu quero que seja como Catarina Howard! — exclama ele, mas imediatamente baixa a voz. — Quero que flerte com o rei.

— Catarina Howard é uma coquete, nascida e criada assim. Se o rei tivesse se casado com Catarina, o senhor derrubaria os Howard com um inquérito cheio dos amantes dela no primeiro ano.

— Ela tem amantes? — quer saber ele, alerta a qualquer fraqueza dos Howard.

— Só Deus sabe o que a duquesa Agnes permite que aconteça em Norfolk — digo. — Ela já se apaixonou por três cortesãos. No momento, é Thomas Culpeper, o novo favorito do rei.

Cromwell sorri com divertimento verdadeiro.

— Como ela vai atrair o olhar do rei se está cortejando um camareiro real?

— Ela é uma Howard — respondo, astuta. — É capaz de fazer as duas coisas.

PALÁCIO DE WHITEHALL, FEVEREIRO

1540

Em fevereiro, encontro caixas no salão dos Howard e a capa de viagem do meu tio jogada por cima.

— O senhor vai viajar? — pergunto, com uma mesura.

— À França — revela ele. — Para persuadir o rei Francisco de que, não importa quem seja a esposa do nosso rei, mesmo sendo uma luterana, ainda somos amigos do seu país. E amigos melhores do que ele jamais encontrará na Espanha.

— Que Deus o acompanhe — digo, reverente.

Meu tio aperta meu cotovelo com força.

— Pode dizer ao seu bom amigo, Thomas Cromwell, que, se eu conseguir trazer o rei da França de volta para o nosso lado, e creio que conseguirei, não vamos mais precisar da amizade com os Cleves, nem com qualquer principezinho alemão, nem com luteranos reclamões. E, se não estivermos presos a eles, poderemos nos livrar da rainha herege e mais: nos despedir alegremente do tolo que promoveu o casamento!

Continuo parada, imóvel, e ele me solta.

— Não se ela gerar um filho — respondo, tentando sondar o que ele sabe.

A careta sob suas sobrancelhas grossas indica que ele não sabe que o rei não se deita com a rainha. Catarina Howard não se reportou ao tio, o segredo da rainha ainda está seguro. Gosto dela por essa lealdade inesperada à rainha.

— Só quando os porcos voarem de traseiro para a frente — retruca ele, mas está blefando.

— Ele visita a cama dela toda noite.

— E reclama que ela não é muito convidativa — retruca o duque, sem muita segurança.

— O rei não precisa de estímulos. Não há homem mais potente que ele na Inglaterra.

Esse homem matou meu marido por questionar a potência do rei.

— É claro — responde ele. — Todos sabemos disso.

Catarina Howard e eu deveríamos estar dispondo o vestido de noite da rainha, mas ela está saltitando pelo cômodo, com uma capa nos ombros, em vez de estendê-la sobre o baú.

— Fico feliz que você não tenha contado a seu tio todos os segredos do quarto da rainha — comento. — Tire isso, criança.

— Como a senhora sabe? — pergunta ela, curiosa. — Sabe de tudo que acontece em todo lugar?

— Sim — respondo, rindo. — Sou uma papisa, onipresente e onisciente.

— Mas a senhora é muito inteligente, não é? — continua ela, charmosa. — Quer dizer, lê o tempo todo, entende latim e tudo o mais.

— Você poderia entender latim. Posso lhe ensinar.

Ela faz um biquinho charmoso.

— Eu não preciso saber latim — responde. — Já acho bem difícil ler e escrever. — Então me dá um olhar tímido. — Mas a senhora poderia me aconselhar sobre dinheiro?

Nenhuma das damas resiste a comprar fitas e joias com seus salários; estão sempre endividadas.

— Posso tentar.

— Tenho cem libras em moedas e não sei onde guardá-las em segurança — diz. — Não são minhas, senão eu simplesmente as gastaria. Prometi guardá-las, mas onde?

— Cem libras? Isso é uma fortuna, Catarina. Onde você arranjou isso?

Ela parece encabulada e desafiadora.

— Meu jovem... um jovem conhecido meu deixou a Inglaterra e as deixou comigo, para guardar em segurança até seu retorno.

— É dinheiro roubado?

— Ah, não! Pelo menos, não de um assalto...

— Ele obteve essa quantia com trapaças? Fraude? — Hesito. — Não é dinheiro falsificado, é?

— Não... — Ouvindo essa pergunta, ela se remexe feito uma criança. — Não tenho certeza. Não perguntei. Nem pensei em perguntar. Acho que pode ser... — Ela hesita. Mente muito mal. — Acho que pode ser o lucro do trabalho dele.

— Seria um trabalho muito rentável — comento, ácida. — E é muito dinheiro para um jovem confiar a uma amiga. Ou vocês estão noivos, para que ele lhe entregue suas economias?

— Ah, não! — Ela ri, cora, e então toma minhas mãos. — Ah, não me pergunte! A senhora sabe como é quando a gente se apaixona... no começo, faz todo tipo de promessa, todo tipo de coisas! Mas, agora que vim à corte, vejo que não foi nada sério. Ele não significa nada para mim, agora que conheci rapazes da nobreza. Imagine me dar dinheiro, mas não para gastar! Dizendo que pode nunca mais voltar!

— É melhor me entregar, e o guardarei no baú de tesouros em meu quarto. Ficará seguro lá. Se ele voltar, me informe, e eu mesma devolverei. Assim, ele não ficará devendo nada a você, nem você a ele. E, se ele não voltar, eu lhe devolverei a quantia e não diremos mais nada a respeito. Contanto que você tenha certeza de que não é roubado, Catarina. Que trabalho ele fez, para merecer tal fortuna?

— Ele era provisor da casa de minha avó em Lambeth — responde, alegremente. — Então a senhora vê que eu nunca teria ficado noiva de um jovem desses.

— De fato. Ele é muito inferior a você, e nossa família jamais teria consentido. De toda forma, está claro como ele ganhou esse dinheiro: roubou de sua avó.

Ela parece chocada.

— É, deve ter roubado. Achei que ele era maravilhoso, quando vivia lá. Mas, agora que vim à corte e conheci cavalheiros como o mestre Culp… — Ela se interrompe.

— Há muitos cavalheiros e nobres belos na corte — digo, severa. — Muito mais adequados a você do que o provisor de sua avó. Mas há vigaristas e trapaceiros na corte, assim como em Norfolk. Você deve tomar cuidado, Catarina. Terá que se casar com quem lhe ordenarem, não com quem sentir vontade. Você é a filha de uma grande Casa. Nosso bom nome é o seu bom nome. Deve carregá-lo com orgulho.

— Ah, eu tenho orgulho! — Ela arregala os olhos castanhos, sem me convencer nem um pouco. — Juro.

— A duquesa ou seu tio lhe prometeram um bom casamento? — pergunto, curiosa. — Disseram a você o que dizer quando o rei entrou disfarçado em Rochester?

Ela dá uma risadinha.

— Sem parar! Testaram uns dez jeitos diferentes. Ensaiaram como uma mascarada, até eu saber exatamente o que fazer. Mas foi fácil: o rei é um velhinho doce, e os velhos sempre gostam de mim.

— Você não pode aceitar nenhum favor — alerto. — Nem de lordes velhos, nem dos jovens.

— Ah, não! Vovó é muito rígida. Ela diz que minha sorte pode me surpreender, se eu parar de me comportar feito uma puta.

— Bom conselho, ainda que um pouco rude — digo. — Mas faça isso mesmo.

PALÁCIO DE WESTMINSTER, PRIMAVERA

1540

Lorde Cromwell me convoca a seus grandes aposentos em uma torre do palácio de Westminster. O segredo da cama fria da rainha escapou. O rei traiu seus próprios segredos. Escolheu contar a seus amigos que é impotente com ela, o ato de auto-humilhação mais extraordinário que já vi. Nenhum homem nesta corte de apostadores, cavaleiros e sedutores exuberantes jamais admitiria tal fraqueza. Mas o rei admitiu. Está tão desesperado para contar ao mundo que não gosta da nova rainha que está disposto a se declarar emasculado, a declarar aquilo que somos proibidos por lei de dizer: que ele é impotente.

Encontro meu mestre espião olhando pela janela para o jardinzinho abaixo de sua torre, onde botões verdes de narciso dançam ao pé de uma árvore, num gramado verdejante, e um melro-preto canta uma melodia ondulante. Acho que nunca o vi ocioso antes. Fecho a pesada porta de madeira e me sento.

Seus livros de contabilidade estão em uma ponta da mesa: ele usa o sistema italiano, de entradas duplas, contabilizando o que sai de sua bolsa e o que entra, então calculando sua fortuna comparando os valores. Os velhos lordes, meu tio entre eles, contam apenas a renda: aluguéis, taxas, presentes, subornos e pensões, torcendo para não estarem gastando mais do que no ano anterior. Se o administrador os avisa que os estoques do tesouro estão baixos, eles aumentam os aluguéis, vendem terras ou fazem um empréstimo. Até trabalhar para lorde Cromwell, eu não sabia que era possível conhecer, com exatidão de centavos, quanto eu valho. Com ele, aprendi a calcular o valor do meu baú de joias e de dinheiro e, mais importante, da minha própria vida: ambição contra derrota, ascensão contra ser largada. Usando entradas duplas, insiro meu poder e influência e vejo meu valor crescer.

— O rei diz que o corpo dela é frouxo e usado. — Lorde Cromwell se vira da janela para fazer uma careta para mim. — Diz que a barriga dela é gorda como a de uma mulher que já pariu, e que seus seios pendem como os de uma mulher que já amamentou.

Minha máscara cortês cai do rosto, de tanto espanto.

— Ela é uma virgem de vinte e cinco anos! Seus seios são firmes e altos, a barriga é redonda e firme. Susannah Hornebolt poderia pintá-la como a Beleza.

Ele bufa.

— Holbein a pintou como uma beldade, é por isso que ela está aqui.

— O rei reclamou com mestre Holbein?

Ele dá de ombros, ignorando a pergunta.

— Ele diz que ela fede.

Lorde Cromwell sabe, tão bem quanto eu, que o rei sofre de constipação e toma purgativos que causam peidos fedorentos, e que a ferida em sua perna vaza um pus amarelado nauseabundo. Seus camareiros e o dr. Butts trocam as ataduras três vezes por dia, mas o fedor o acompanha por todo lado. Nós carregamos fragrâncias para quando ele está por perto e lavamos a roupa de cama da rainha todo dia, para nos livrar do fedor familiar do rei.

— Você nega? — pergunta ele.

Eu lhe dou um olhar demorado e impassível.

— Obviamente, ela não fede.

— Então ele deve estar sofrendo de ilusões — diz Cromwell, a voz agradável, como se essa fosse uma boa resposta. — Deve ter sido enfeitiçado. Alguém pôs um feitiço no rei para fazê-lo achar a esposa luterana desagradável. Quem faria uma coisa tão perversa?

— Enfeitiçado? — repito, absorvendo essa nova jogada.

Meu mestre espião estala a língua com a minha lerdeza.

— Jane, por favor. Vamos presumir, em prol do argumento, que o rei foi enfeitiçado a ponto de ficar emasculado.

— Podemos dizer emasculado?

— Em prol do argumento.

— *Petitio principii*? Argumentamos uma suposição falsa e tentamos prová-la?

— Como eruditos — diz ele. — Vamos proceder pela lógica e esquecer a verdade por um momento. Digamos que alguém o esteja desencorajando a se deitar com a rainha. Quem faria tal coisa?

Retomo minha expressão de cortesã e me junto à mascarada de falsas acusações.

— Todos os papistas, a facção espanhola, a facção francesa?

— A própria rainha?

— Por que a rainha lançaria um feitiço para torná-lo impotente?

— Por asco, para evitá-lo. Ou para acelerar a morte dele, para ser uma rainha viúva. Ela tem ambições. Quer ser rainha regente?

Não respondo, é ridículo demais. Balanço a cabeça.

— Bem, deixemos isso de lado por ora. Mais alguém? Alguma família está apresentando uma bela mocinha para tomar o lugar dela? Quem é nova na corte?

— Catherine Carey, filha de Maria Bolena, é tão bela quanto a mãe, mas é a sobrinha do rei, talvez até filha dele. O rei gosta de Catarina Parr, que está visitando a irmã, Anne, mas ela é casada com lorde Latimer. Ou Mary Norris, filha de… hã, sir Henry… — Eu me interrompo. — Mas sua favorita, de longe, é Catarina Howard.

— Não, não posso acusar uma garota Howard de feitiçaria — diz ele, ríspido. — A estrela de Thomas Howard está em ascensão desde que ele reprimiu a rebelião e matou tanta gente, tão rápido. Se ele voltar da França com uma aliança, será inatacável.

— Não, milorde — digo, pomposa. — O senhor não pode acusar uma garota Howard, nem nenhuma garota inocente por feitiçaria, porque seria a morte dela. E nenhuma das damas da corte ou damas de companhia são culpadas de nada além de serem bobas e coquetes. Ninguém está lançando feitiços.

— Concordo… mas, só para o exercício, lembre-se… vamos presumir que alguém *esteja* lançando feitiços. Não importa quem. — Ele bate a mão na mesa e me assusta. Nunca o vi ser descortês. — Pelo argumento, Jane.

— Como deseja. Como uma "falácia útil". — Paro para considerar os buracos daquela invencionice. — Mas, milorde, quem sobrou? Gertrude Courtenay e Geoffrey Pole foram soltos e aterrorizados até entrar na linha. E, se lady Margaret Pole puder convocar uma bruxa da Torre, então o guardião da Torre está sendo seriamente negligente. — Faço uma pausa. — E este seria o senhor, milorde.

Ele dá sua bufada familiar.

— Tudo bem. Ela, não. Que tal lady Maria?

— Ninguém jamais acreditaria que lady Maria instruiria uma bruxa — digo, impassível.

— Então tem que ser os Lisle. Lady Lisle, que colocou sua bela filha, Anne Basset, na corte, usando seus truques com o rei para substituir a rainha luterana. Anne Basset, que é o cavalo favorito deles nesta corrida, e Arthur, lorde Lisle, traindo Calais aos papistas... o que até pode ser verdade. E a família Lisle é a antiga família real, os Plantagenetas, que certamente fazem parte da facção espanhola e são parentes de lorde Hungerford! — Ele encerra com um floreio.

— O que lorde Hungerford tem a ver com qualquer coisa?

— A esposa dele tem provas de que é um traidor e papista! E ele contratou uma bruxa, chamada Mãe Roache, para prever o fim dos Tudor. Aí está a bruxa: Mãe Roache; aí está o motivo: uma trama papista; aí estão os culpados: a facção espanhola, os antigos membros da realeza, os Plantageneta e os Hungerford; e aí está a candidata a rainha: Anne Basset. E, portanto, a conspiração!

— Isso se sustenta como argumento, mas nunca se sustentaria em julgamento. Ninguém acreditaria que lorde Lisle e a esposa são desleais, e ela é soberba demais para se relacionar com um bêbado como Hungerford e uma bruxa plebeia. Mesmo se alguém puder ser convencido de que lorde Hungerford contratou uma bruxa, para começo de conversa.

— Ah, isso é verdade — garante Cromwell. — Tenho um depoimento de Eliza Hungerford feito sob juramento. Ela quer o divórcio e dirá qualquer coisa para se livrar do marido. Mas você tem razão: não vai chegar a julgamento. Eu daria uma ordem de execução sumária. Só diria às Câmaras do Parlamento que ele é culpado e obteria a pena de morte. Julgamentos são incontroláveis, os réus falam demais. Não vou usar um julgamento de novo.

Faço uma pausa.

— O senhor se lembra de que um julgamento justo é direito de todos os ingleses, conquistado pelos barões na Magna Carta? O que nos tornaremos, sem justiça na Inglaterra?

Ele toca minha mão com gentileza, quase como se pedisse desculpas.

— Seremos uma boa tirania, governados por homens santos. É o melhor jeito de governar, o mais eficiente.

Ficamos um momento em silêncio; seus dedos quentes nas costas da minha mão.

— Enfim — continua ele, baixinho. — O que mais, além de feitiçaria, poderia levar sua majestade à impotência?

Cromwell está me desafiando a dizer que a vulgaridade do rei, sua bebedeira e seu medo supersticioso do pecado interpõem-se entre ele e uma luxúria normal e sadia. Eu nem penso em amor. O rei não tem capacidade de amar. Acho que a perdeu quando exilou Catarina de Aragão, o amor de sua vida.

— Pois bem — diz lorde Cromwell, tomando meu silêncio como concordância, como fazem os tiranos. — Então, veja que eu resolvi o mistério da impotência do rei. Ele foi enfeitiçado por lorde Hungerford em conspiração com os Lisle, para colocá-lo contra a rainha luterana, que seria substituída por uma rainha deles. É muito conveniente: com um só golpe, eu me livro de lorde Hungerford; a esposa dele, Elizabeth, se livra do marido; e nós, reformistas, nos livramos dos Lisle e do último reduto da facção espanhola. Parece ótimo, não acha, Jane?

— De fato — concordo. — Mas e se, depois que matar todo mundo, o vigor do rei não for restaurado? E se o senhor executar lorde Hungerford e aquela pobre senhora, Lorde Lisle e seus parentes... e o rei ainda não se deitar com a esposa? Ainda não a desejar como mulher?

Ele assente, muito sério.

— Sim, é verdade, Jane. Você tem razão. O trabalho está pela metade. O rei não pode ter uma esposa que não o incite. Teremos que nos livrar dela. Por trás da trama, há a rainha, que o está emasculando.

Fico horrorizada. Isso é pior do que acusar as damas de companhia inocentes.

— Não, não, milorde! O senhor não pode dizer uma coisa dessas. Não pode acusá-la de feitiçaria. O menor sussurro a respeito disso seria a ruína dela.

Ele dá de ombros.

— O que mais posso fazer? Se o rei não quer o casamento, tem que ser dissolvido, de um jeito ou de outro.

— Sim, entendo! — Estou desesperada para impedi-la de ser acusada de feitiçaria. — Mas ele não pode anulá-lo? É o chefe da Igreja!

Cromwell sorri para mim.

— Isso não seria tirania? — Ele interrompe a provocação quando vê o medo em meu rosto. — Ah, muito bem, pode ser feito! Se a senhora insiste. Em prol do argumento, claro. Diremos que o noivado de infância dela ainda é válido e que Deus falou com o rei no altar, então ele não consentiu em seu coração e não consumou o casamento. E, se não foi consumado, é facilmente anulado. Que tal? — Ele me encara com um ar de triunfo.

— Um contrato anterior de novo? — pergunto, incrédula. — A rainha Ana será a terceira esposa real que já era casada? Não é um pouco demais?

— A senhora prefere a rota dos papistas e da feitiçaria, em que lorde Lisle morre, lorde Hungerford morre, seu padre e seu médico e a Mãe Roache morrem no cadafalso comum, e até a pobre e idosa lady Margaret Pole morre? E na qual todos os depoimentos levam à rainha como mestre conspiradora e bruxa?

— Ninguém acreditaria que a rainha é bruxa — protesto.

Ele balança a cabeça.

— As pessoas acreditam em qualquer coisa, se for repetida o suficiente, alto o suficiente. A senhora, de todas as pessoas, devia saber disso, uma vez que perdeu a família por conta de boatos.

— Já houve mortes o suficiente — digo, em voz baixa, meus lábios tão frios que mal consigo falar. — Alguém deveria falar contra as mortes.

— Pois fale! — diz ele, encorajador. — Salve-os! Ajude-me a salvar todos eles! Se a rainha concordar que seu casamento não foi válido, que ela já foi casada, então o rei não é impotente, e sim guiado por Deus em um celibato santo. Não há mulher feia e gorda, não há cheiros, não há feitiçaria e não há bruxa, e até os Lisle podem ser salvos! Ela pode ficar na Inglaterra pelo resto da vida. Vou me certificar de que ganhe uma pensão: oito mil *nobles* por ano, uma fortuna, e que tenha o palácio Richmond como sua casa.

É uma fortuna, mas uma recompensa irrisória em troca do trono da Inglaterra.

— Não é em troca do trono da Inglaterra — ressalta lorde Cromwell, lendo meus pensamentos. — É em troca de uma acusação de feitiçaria escandalosa que levaria algumas pessoas à morte e mancharia o nome dela para sempre como uma mulher gorda e fedorenta com quem um rei não suportou se deitar.

— Tem que haver outro jeito!

— Não consigo ver outro!

Minha cabeça está girando. Também não consigo ver outro jeito.

— Então... sim — digo apenas. — Vou aconselhá-la a mentir. Vou dizer a ela para alegar que já tinha um casamento anterior e aceitar uma anulação, se o senhor jura que ela não tem outra escolha.

Cromwell curva a cabeça.

— Eu sempre prefiro deixar as pessoas sem escolha — afirma. — Torna as decisões bem mais rápidas.

HAMPTON COURT,
PRIMAVERA

1540

A QUARESMA DESSE ANO é observada sem muito rigor. Não comemos carne, mas a nova Igreja da Inglaterra declara que frango, carne de caça e ovos são "peixes" durante os quarenta dias de jejum. Lady Lisle manda codornas e borrelhos de seus aviários para a mesa da rainha, e a filha, Anne Basset, dá marmelada ao rei, feita com a receita da mãe. Mas nem as codornas nem a marmelada afastam os olhos do rei de Catarina Howard, que o encoraja feito uma neta recatada. Seu sorriso convidativo desaparece assim que o tio, usando uma nova capa francesa, volta para o palácio. Ele entra nos aposentos da rainha antes do jantar com os outros lordes.

— Lady Rochford, a senhora não vai contar para ele sobre Thomas Culpeper, vai? — sussurra ela, com urgência. — Foi só um beijo na Terça-feira Gorda, ele disse que ia se abster de mim para a Quaresma. Eu nunca faria de novo, foi só porque era a terça gorda. Como uma panqueca, sabe. Sinto muito.

— Não vou mencionar — digo, e ela desaparece entre as outras garotas e mantém uma boa distância do tio poderoso, que vem até mim e beija minha bochecha.

— Tudo bem? — pergunta, brusco.

— Tudo bem — respondo. — A viagem à França foi bem-sucedida?

Basta olhar para seu rosto de falcão radiante para saber que ele garantiu um tratado com nosso vizinho mais próximo e o separou da aliança com a Espanha.

— Tive. Mas voltei para ouvir notícias que teria esperado escutar primeiro de você. Lembre-se de que é uma Howard, quem quer que seja seu mestre espião. Espero que me mantenha a par dos eventos nos aposentos da rainha.

— Não escondi nada — respondo, perguntando-me o que ele descobriu na estrada desde Harwich. — Não tenho mestre algum. E não poderia mandar segredos por escrito, de toda forma.

— O rei contou ao Conselho que não consegue consumar o casamento. Você não me contou.

— Ele disse isso? — Faço uma expressão chocada. — Mas visita a cama da rainha algumas noites por semana, e ela não disse nada a ninguém.

Vejo que ele está inseguro. Tinha certeza de que eu o enganara, mas agora está se perguntando se seu informante estava mentindo.

— Ela não disse nada?

— Não, senhor. Eu o teria informado.

— Você tem que saber! Não escuta à porta? Tem que ter ouvido!

Balanço a cabeça.

— Às vezes, sua majestade passa a noite toda, e às vezes chama o pajem e vai para a própria cama por volta da meia-noite. Ele nunca disse nada para nós, damas. Ela também não. Estávamos esperando por um príncipe, como o senhor sabe.

— Uma esperança vã! O rei disse que nada aconteceu e que nunca vai acontecer.

— Ah!

— Ele diz que Deus o salvou do pecado de adultério e bigamia.

— Ah.

Meu tio estreita os olhos e me encara duramente.

— Então o Conselho tem que decidir se a rainha é bígama. O que tem a dizer quanto a isso? "Ah" de novo?

— Não, senhor. Ouvi falar que havia um noivado de infância, mas o novo embaixador de Cleves vem a Hampton Court para a Quaresma. Ele não vai trazer documentos comprovando que o noivado foi anulado?

— Melhor para nós que ele não traga — sussurra meu tio. — Se o casamento do rei for anulado, ele estará livre para se casar. E ele já escolheu a noiva que quer, não? Não está cortejando Catarina?

— Deu vários presentes a ela.

— E ela está se comportando?

Assinto, sem me comprometer com palavras.

— Muito bem. Se a rainha pedir seu conselho, sabe qual deve ser a resposta: que ele não pode e não vai consumar o casamento e que ela deve admitir um contrato anterior e deixar o casamento ser anulado. Assim, o rei estará livre para se casar com a nossa garota, e a garota de Cromwell pode voltar a Cleves. Ficamos com a rainha, e ele fica parecendo um tolo.

O rei se deleita com os rituais de Páscoa da velha Igreja — engatinha até a cruz, abençoa anéis contra convulsões, lava os pés de homens pobres — e a rainha o obedece, como em tudo o mais, ainda que, para ela, as tradições devam parecer quase pagãs. Os dois assistem à missa de Páscoa vestidos em tecido de ouro, parados lado a lado diante de um altar queimando incenso e encharcado de água benta.

Depois da longa missa, há um jantar com carne de vaca, vitela, cordeiro e toninha, além de pudins, para celebrar o fim da Quaresma. Então há uma mascarada e danças entre os nobres mais jovens e as damas da rainha. Os amigos mais velhos do rei ficam ao lado dele, bebendo e assistindo às garotas dançarem com a nova geração dos belos filhos das grandes casas: o enteado de lorde Lisle, John Dudley; Anthony Kingston, filho do carcereiro do meu marido; Richard Cromwell, sobrinho do meu mestre espião, e o filho dele, Gregory Cromwell. George Carew, parente de sir Nicolas, está em casa, de licença do forte de Rysbank, em Calais, e há vários belos jovens Howard recém-chegados à corte, incluindo meu primo Charles. Margaret Douglas, de volta à corte e sem ter aprendido nada da desgraça da viuvez, dança duas vezes com Charles Howard, e digo à rainha para direcioná-la a um novo parceiro para a terceira dança.

Meu mestre espião, lorde Cromwell, assiste às danças sorridente, conversando de tempos em tempos com os outros lordes e o rei. A crença do meu tio em sua queda se provou errada: o rei vai recompensá-lo com uma grande honra em abril, o título de conde de Essex. Lorde Cromwell recebe a notícia com orgulho discreto, e o rei dá um jantar em sua honra na câmara do conselho. O próprio Cromwell se senta à cabeceira, e a corte assiste a uma nova mascarada, que poderia ser chamada de "A ascensão do homem comum", quando o novo conde se senta de um lado do rei e Thomas Howard, duque de Norfolk, rígido de orgulho ferido, senta-se do outro.

PALÁCIO DE WESTMINSTER, MAIO

1540

A JUSTA DE PRIMEIRO de Maio é realizada na bela pista do palácio de Westminster, e Thomas Seymour compete em nome do rei. Ele derrota todos os adversários. A rainha Ana, em frente às cortinas com as letras H e A restauradas de outros tempos esvoaçando na brisa quente, entrega o troféu a ele com um sorriso. O enteado de lorde Lisle, John Dudley, cavalga bem, assim como George Carew, parente de Nicholas Carew, que espera atrair o olhar do rei para uma promoção antes de retornar ao serviço em Calais. Gregory Cromwell, tão corajoso quanto o filho de qualquer nobre, quebra a lança contra meu jovem primo Henry Howard, conde de Surrey, e Thomas Culpeper carrega uma prenda de Bess Harvey.

— Não é sua? — pergunto a Catarina.

Seus olhos estão vermelhos; ela me fita com insolência.

— Não! — diz, ríspida. — Ele parece preferir madame Harvey a mim — acrescenta, o lábio tremendo. — Não me importo, lady Rochford, juro. Se o vir, pode dizer a ele que não me importo nem um pouco.

— Ele provavelmente decidiu evitá-la quando viu que o rei está interessado em você — digo, tentando consolá-la. — O rei gosta muito de você, não é?

— Sim — responde ela, fungando. — Ele me deu uma corrente de ouro, o que é ótimo, mas ele é mais velho do que meu tio!

Dou risada.

— Não mesmo! Sua majestade está no ápice!

Ela abre um sorriso cortesão.

— Esqueci-me disso por um instante — responde, desculpando-se.

No dia seguinte ao Primeiro de Maio, Richard Cromwell, filho do meu mestre espião, é nomeado cavaleiro e se torna sir Richard, e lorde Lisle dá um grande banquete em Dereham House. A rainha está linda no capelo francês que eu a persuadi a usar, e o rei, ao lado dela, está alegre e fala alto, elogiando os competidores e o jantar. A riqueza dos monastérios e as terras das abadias que enchem o tesouro real o tornam tão generoso quanto Pluto. Ele dá a cada um dos campeões uma bolsa de ouro e uma casa. Lorde Lisle fica radiante com a honra concedida a seu enteado e aplaude o presente absurdamente extravagante dado aos competidores. Lorde Cromwell, vestido de preto com a simplicidade de sempre, dá um tapinha nas costas do filho, Richard, quando ninguém está olhando.

Lorde Lisle é um homem alto e bonito, atraente e charmoso, como todos da família real Plantageneta, todos mais régios do que qualquer Tudor. Ele está no auge do favoritismo do rei e vai ganhar um condado por seu serviço leal mantendo e administrando Calais, um posto difícil, tão próximo da França e tão longe de Londres, um tesouro para todos os espiões e hereges que viajam entre a França e a Espanha, a Escócia e a Inglaterra. Ele não faz ideia de que Thomas Cromwell e eu imaginamos sua derrocada, e fico feliz por saber que a trama não irá se concretizar.

As mortes do meu marido e cunhada foram inteiramente vingadas pela queda dos Courtenay, não preciso de mais. Espero que lorde Lisle use seu tempo sob o sol das graças do rei para falar em nome de sua parente, lady Margaret Pole, que deveria ser solta da Torre para encerrar a longa vida no conforto da própria casa. Sentirei que uma boa tirania está no poder quando a vir retornar à abadia de Bisham.

Lorde Lisle comparece confiante a uma reunião do Conselho Privado, esperando que seu condado seja anunciado pelo amado primo, o rei, e oriento as damas a usar suas melhores roupas para um jantar tardio em comemoração à nova honraria. A rainha parece tensa, e Catarina Howard está deslumbrante. Imagino que o rei e seus amigos vão aparecer mais tarde, depois de beber pela saúde do novo conde, e tiro um momento para olhar pela janela da câmara da rainha, sobre o rio, até os jardins e campos na margem sul, subindo o rio para onde o sol se põe sobre o palácio de Lambeth.

Abaixo de mim, em meio aos barquinhos que circulam no Tâmisa, uma barca escura rema silenciosamente rio acima. Ela vira na água parada e atraca no píer sem ruído algum. Enquanto observo, sir William Kingston, o governador da Torre, e seu amigo lorde Lisle saem por uma pequena porta do jardim abaixo da minha janela e caminham sob a luz dourada do entardecer, descendo as escadas até o ancoradouro.

Lorde Lisle está usando uma capa, embora seja uma noite amena. Sir William Kingston acompanha seu passo de cabeça baixa. Eles não estão de braços dados, conversando como amigos que deixam uma festa alegre; caminham em silêncio, passando por outras embarcações com pinturas alegres e estandartes esvoaçando, até a prancha que leva à barca preta sem identificação. Então partem sem dizer nada, sem ninguém nas margens para se despedir. Não há escolta para honrar o novo conde, não há trombeteiros. Não há som algum exceto os gritos das gaivotas, nenhuma celebração dos remadores, nenhuma palavra do timoneiro ao mestre barqueiro: é tudo silencioso, como num pesadelo. Não pode ser nada além de uma prisão, tem que ser uma prisão, embora os dois sejam velhos amigos, e ontem mesmo, no Primeiro de Maio, seus filhos tenham competido juntos como camaradas.

Fico olhando pela janela sem me mexer, sem dizer nada. Pela primeira vez na vida, não penso: o que isso significa e como devo usar essa informação? Pela primeira vez na vida, não penso nada e não faço nada. Sequer bato à janela, para que o lorde saiba que alguém viu sua partida e escreverá à sua esposa, lady Lisle, em Calais, e avisará sua enteada, Anne Basset, que ensaia passos de dança no cômodo atrás de mim sem a menor ideia de que o pai acabou de subir em uma barca da Torre e partiu veloz e silenciosamente rio abaixo, como um cormorão escuro disparando para o leste sobre águas cintilantes.

Só no jantar, quando todos reparam que lorde Lisle não está em seu lugar de costume e seu camareiro diz que ele foi convocado a Londres, eu me permito pensar: será que foi a falsa suposição, a *petitio principii* com que Thomas Cromwell e eu brincamos ao dizer: "E se o rei tiver sido emasculado por feitiçaria"? E se os papistas contrataram uma bruxa? Será que eu o ajudei a conceber uma suposição que não foi um jogo intelectual, e sim a primeira cena de uma nova mascarada de detenções?

O DESAPARECIMENTO SILENCIOSO de lorde Lisle é o início de uma onda de ordens de prisão, como uma pedra jogada num lago cria ondulações que se espalham pela água escura. O dr. Richard Sampson, conselheiro confiável do rei no quesito divórcio, também é detido. Nenhum motivo é dado, mas me pergunto se ele pensava, como eu, que três contratos anteriores de três esposas sucessivas já forçava os limites da credibilidade.

George Carew, o jovem parente do executado sir Nicholas Carew, segue seu comandante, lorde Lisle, para a Torre, ambos acusados de dar as chaves da última fortaleza inglesa na França para nossos inimigos.

Anne Basset chora o dia todo em seu quarto pela mãe, lady Lisle, que manda um bilhete angustiado para contar que foi expulsa da casa em Calais e que seus pertences e até os guarda-roupas de lindos trajes foram tirados dela. Até seu famoso aviário de codornas foi tomado por Robert Radcliffe, conde de Sussex, um dos velhos lordes brutos, que ganha não só as codornas, mas Calais também.

— Pobres passarinhos! — diz Catarina Howard, embalando Anne Basset nos braços. — Ele nunca vai cuidar dos bichinhos direito.

O CONDE DE SUSSEX mergulha nas riquezas de Calais e em todos os registros de espiões. É uma cidade estraçalhada por fofocas, heresias, deslealdades e traições. Thomas Cromwell tem amigos por toda a área comercial, onde os mercadores se reúnem, metade deles luteranos e alguns até pior. Dizem que Reginald Pole tem as chaves do castelo e que o rei da França é amigo dos Lisle. Radcliffe encontra um documento que mostra que lorde Lisle uma vez vendeu um cavalo ao imperador da Espanha: um agente desonesto poderia fazer uma tempestade em copo d'água por conta disso — e é o que ele faz. E se Arthur, lorde Lisle, for acusado de traição, a trama imaginária vai prosseguir? Lorde Hungerford será acusado de feitiçaria? Alguém vai mencionar a rainha?

A cada dia ficamos sabendo de outra ordem de prisão, e nem todas são de papistas: muitas são de luteranos, a religião da rainha. Suspeitas se espalham como uma névoa pestilenta enquanto caminho ao redor do palácio de Westminster, embrulhada contra o frio como se estivesse em uma mascarada, uma capa escondendo o vestido e um capuz escondendo o rosto. É tão parecido com o mês de maio de quatros anos atrás, quando ninguém sabia o que estava acontecendo e quem tinha ofendido, que sinto que estou revivendo os dias em que escrevia para George e meu pai, e me encontrava com mestre Cromwell e o duque, e perguntava a todos: o que está acontecendo? O que está acontecendo?

Desta vez, não preciso perguntar. Posso imaginar o que está acontecendo, estava na sala quando o impensável foi concebido, construído como uma escadaria escura, um degrau após o outro, o mais baixo sendo acusar a rainha de bruxaria.

Penso: preciso falar com ela, preciso avisá-la para tomar cuidado com perguntas sobre feitiçaria. Preciso me certificar de que ela conheça as palavras feitiçaria, encantamento, *sortiliége,* artes das trevas, maldição, impotência e morte, para negá-las se forem ditas em um interrogatório. Preciso avisá-la para dizer aos amigos que ela teme que seu casamento com o rei não seja válido. Ela precisa fazer isso imediatamente, antes que a música mude de novo e alguém, como o conde de Sussex, que dança por Calais, ou William Fitzwilliam, que foi um parceiro tão fiel para Margaret Pole, a tome nos braços e a gire em uma nova dança, chamada de Volta do Mentiroso.

Thomas Cromwell é o único que pode me garantir que a rainha está a salvo, e espero escondida por ele certa manhã, quando chega com um criado carregando sua grande caixa de madeira, cheia de ordens de prisão para o rei assinar durante as preces matinais.

— Lorde Cromwell? — Faço uma mesura. — Senhor?

Ele abre um sorriso largo para mim.

— Agora deve me chamar de lorde Essex, lady Rochford!

— Lorde Essex, não vou atrasá-lo, sei que está indo para a missa.

— Tenho um momento para a senhora, lady Rochford. O sino ainda não tocou.

— As damas nos aposentos da rainha estão muito preocupadas com as detenções, lorde Cromwell.

— Estão? — pergunta ele, sorrindo. — Me surpreenderia saber que elas pensam em algo além de suas próprias ambições. Ou é só a senhora? A senhora que está preocupada? Já que eu tenho um momento, mas só um momento...

Dou um passo mais para perto dele.

— O senhor não vai seguir com a *petitio principii*? — sussurro. — A acusação de feitiçaria?

— Vou — responde, com franqueza. — Mas não até a porta da rainha. Ela ficará fora disso, contanto que concorde com uma anulação. A questão pode começar e acabar com o infeliz do lorde Hungerford e seus amigos em um cadafalso, e o infeliz do lorde Lisle em outro, sem que haja nenhuma conexão entre eles e a rainha.

— Mas *não há* conexão — aponto. — Não há a menor conexão com a rainha!

Lorde Cromwell sorri.

— Nenhuma, e nenhuma será feita, contanto que ela concorde com a anulação.

— E se ela não concordar, então o senhor tem esse... esse possível terceiro ato?

— Esse incentivo — corrige ele, gentil. — Ela pode fazer uma admissão falsa de invalidade ou enfrentar uma acusação falsa de feitiçaria. É escolha dela. Não tenho preferência. Ambas terão o mesmo resultado: quero dar um golpe final na facção espanhola e libertar o rei de um casamento que ele não deseja.

Cromwell está tão alegre e sorridente que me sinto tola ao tomar suas mãos e dizer, sem fôlego:

— Mas, lorde Essex, um método dá a uma mulher oitocentos *nobles* por ano e o palácio de Richmond, e o outro a acusa de bruxaria. E a sentença para isso é a morte!

Ele se curva sobre minhas mãos e me solta.

— É por isso que sei que a senhora vai aconselhá-la a tomar a decisão certa. Pode levar as damas dela à Torre para testemunhar, lady Rochford? Vou mandar uma barca para vocês. Gostaria que uma... não, que duas damas assinassem um depoimento. Pode escolher quem julgar que será mais convincente.

Ponho a mão no braço dele.

— Sei que o senhor não a feriria — digo, com seriedade. — Ela é muito jovem, o pai acabou de morrer, o irmão não a protege. Ela não é fluente na nossa língua. Poderia facilmente cair na armadilha de um mau conselheiro. Mas foi o senhor que a trouxe à Inglaterra, lorde Essex, e ela não fez nada de errado. O senhor não a feriria.

Ele cobre minha mão com a dele, as palmas ainda calejadas pelo trabalho braçal, mesmo vivendo entre a nobreza há anos.

— Não vou feri-la — promete. — Mas ela precisa me ajudar a libertá-la. A senhora precisa me ajudar a libertá-la desse casamento.

É COMO O OUTRO Primeiro de Maio. Sinto a mesma vertigem sombria atrás dos olhos e tenho a impressão de estar correndo aonde quer que eu vá, mesmo sem saber muito bem para onde ir; e decerto não deveria ser vista correndo sem fôlego.

Paro de repente diante das portas duplas dos aposentos da rainha no exato momento em que se abrem, e faço uma mesura quando a rainha e suas damas saem para a missa, todas com a cabeça oculta sob um véu, segurando seus livros de preces. Às pressas, pego um lenço para cobrir a cabeça e entro na procissão atrás da rainha.

Na capela real, tudo está confortavelmente igual: o rei em seu balcão, com o pé apoiado em um escabelo, ouvindo distraidamente o padre que recita as preces em latim, embora as leituras da Bíblia hoje sejam em inglês. O rei segura uma pena na mão enquanto Cromwell, firme como uma roda de moinho em movimento, se debruça, desliza um papel para a frente dele e sussurra em seu ouvido antes que ele assine sem ler. Atrás de Cromwell, o secretário dele joga areia sobre as assinaturas para secar a tinta antes de guardar os documentos na grande caixa de madeira. De joelhos, orando ao lado do rei, está seu novo favorito, Thomas Culpeper; do outro lado, seu cunhado, Thomas Seymour, enquanto sir Anthony Browne está de pé no fundo do balcão.

Tudo está como sempre esteve e como sempre estará. Exceto que eu sei que, neste mesmo dia no ano que vem, haverá uma nova rainha ao meu lado, olhando para o rei e curvando-se com respeito, caindo de joelhos e rezando sinceramente para que Deus lhe conceda um filho, coisa que o rei não pode dar. Hoje, o destino da rainha está em minhas mãos, e Cromwell me mostrou um jeito de tirá-la do vale da sombra da morte e levá-la à segurança e liberdade. Ajoelho-me ao lado dela e estendo meu missal para compartilharmos. Eu já me ajoelhei próximo dela antes, para orientá-la nesse ritual que lhe é estranho, mas dessa vez sussurro:

— Preciso aconselhá-la, sua graça — falo em alemão, para que nenhuma das damas inglesas nos entenda se nos entreouvirem.

Ela não é tola. Nem a menor expressão cruza seu rosto imperturbável. A rainha mantém os olhos no livro, os lábios se movendo em prece, e sequer me dá um olhar de relance.

— O ministro do rei vai pôr um fim ao seu casamento — revelo. Não sei a palavra para anulação em alemão, e talvez soasse mais delicada em francês, mas estamos mais seguras na língua dela. — Por favor, permaneça imóvel e em silêncio.

Ela mantém os olhos no altar.

— Amém — diz, no final da oração de coleta, o que entendo como concordância.

— Há duas maneiras para fazer isso. Uma é muito ruim para vossa graça. Muito ruim. — Espero até vê-la assentir de leve. Ela sabe o que "muito ruim" significa para uma rainha na Inglaterra. — O outro jeito lhe dá uma pensão, um *vermögen*, e duas lindas casas. Vossa graça seria uma mulher solteira, uma inglesa tão livre e rica quanto uma viúva abastada. Seria respeitada.

Ela está muito pálida e receio que vá desmaiar. Sob a proteção do suporte de veludo em que nossos livros de preces estão apoiados, aperto sua mão. Ela não tira os olhos do padre celebrante, mas assente minimamente.

— *Sprechen* — sussurra. — Fale.

— Vão perguntar a vossa graça se foi noiva do duque de Lorraine.

— Já me perguntaram. Eu disse que não.

— Eu sei. Mas vão perguntar de novo, e, desta vez, vossa graça deve dar uma resposta diferente. Não negue. Apenas diga que não sabe. Que era só uma menina, não sabe os termos dos contratos feitos por seu pai. E agora seu pai está morto, não há como vossa graça perguntar para ele. Como saberia?

— Eu vi o documento de cancelamento — diz ela, apenas. — Jurei, pela minha honra, que estava livre para me casar com o rei, meu marido.

— Vossa graça tem que dizer que pode ter se enganado — insisto. — Pela sua vida, para salvar sua vida, precisa fazer isso.

— Mas é uma mentira — observa ela, em voz baixa, o olhar no crucifixo do altar.

— Eu sei. Mas deve dizê-la, então os clérigos vão investigar e decidir que já foi casada e que seu casamento com o rei não tem legitimidade.

— Então estou casada com o duque de Lorraine? — confirma ela, baixinho. — E estou casada com ele desde os onze anos de idade?

— Não importa que não faça sentido. É um pretexto, como em uma mascarada. Mas vai salvar a sua vida.

Mais uma vez, ela fica branca feito cera.

Dou um beliscão em sua palma macia. O padre começou a chamar à missa. Não tenho muito tempo para fazê-la entender.

— Vossa graça tem que dizer que o casamento com o rei não foi consumado — sussurro. Não faço ideia da palavra para "consumação" em alemão. — Diga que ele não se deitou com você. Nada de cama. Nada de coito. Nada de bebê. Entende?

— Por ser velho? — sussurra ela. — Não consegue?

— Não, não! Nunca, nunca diga que ele não consegue. Se disser isso, vão falar que há uma bruxa, um mau-olhado, uma magia das trevas. Diga que não sabe o que deve ser feito na cama. Vossa graça é uma donzela. Não entende nada a respeito disso. Ele só lhe dá um beijo de boa-noite e de bom-dia, e vossa graça achou que isso era necessário para fazer um bebê.

— Mas ele sabe que não... — comenta ela.

— Sim, mas vai dizer que não faz o que teria que fazer, que escolheu não fazer, porque soube, assim que a conheceu, que vossa graça era a esposa do duque de Lorraine.

Mesmo correndo esse risco terrível, ela percebe o quanto é ridículo. Baixa as pálpebras para esconder a centelha de divertimento nos olhos castanho-escuros.

— Como ele soube disso? — sussurra em inglês.

— Deus informou — digo, sem sorrir.

Ela esconde o rosto nas mãos como se rezasse.

— O que quer que pense, qualquer que seja a verdade, tem que ser feito assim — digo, severa.

O padre começa a confissão de fé, e as damas atrás de mim seguem as palavras inglesas estranhas em um coro sussurrado.

Ergo o missal para esconder o rosto da rainha do padre.

— Vossa graça tem que concordar que não houve cópula, então o casamento pode ser anulado, e vossa graça obterá uma pensão, as terras, e será livre. Tem que concordar que já tinha um contrato de casamento anterior, tem que dizer que ainda é virgem, tem que concordar que o rei dormiu ao seu lado, mas nunca a tocou. Vossa graça não sabia que havia mais a fazer. Vocês trocam beijos de boa-noite e de bom-dia, e é tudo.

— Não é verdade — diz ela, seca. — Todos vão saber que não é verdade.

— Se não disser essa mentira, o rei vai revelar que está impotente, e então dirão que a impotência foi causada por feitiçaria. — Pressiono as palavras na lateral de seu capelo com os lábios, como se pudesse enfiá-las dentro da cabeça dela. — Vão dizer que alguém o enfeitiçou para garantir que nunca tivesse um bebê com vossa graça. Podem afirmar que vossa graça sabia. Que queria o rei emasculado. Podem acusá-la de ser a própria bruxa.

Achei que ela ficaria assustada, mas, sob o vestido pesado, vejo um mínimo dar de ombros.

— Tão idiota quanto a outra história — diz, em inglês.

Se não estivéssemos na capela, com o rei à nossa frente e Cromwell colocando ordens de execução à frente dele, eu teria dado uma risada chocada.

O TEMPO MELHORA, e maio é um mês alegre de detenções. Lorde Hungerford é levado à Torre para ser interrogado. Anunciam que ele previu a morte do rei com uma bruxa e apresentam a pobre mulher, além do padre e do médico dele. Todos são acusados de conspirar com os peregrinos rebeldes mortos pelo retorno da antiga família real: Reginald Pole e Arthur, lorde Lisle. Tal perversidade lhes garante a pena de morte. A justiça deve ser ligeira, e não há necessidade de julgamento: eles são condenados por uma ordem de execução sumária, que é aceita com o assentimento de uma Câmara do Parlamento horrorizada.

O lorde chamberlain da rainha, Thomas, conde de Rutland, me aborda no meio de junho e diz que o Conselho do Rei alerta que há uma doença em Londres.

— Mas não é a peste? — pergunto.

— Infelizmente, sim — diz ele, os olhos distantes. — O Conselho acha que seria melhor se sua graça se transferisse para o palácio de Richmond.

Ambos sabemos que, se houvesse uma peste em Londres, o rei já estaria em Windsor. Mas temos que interpretar nossos papéis.

— Palácio de Richmond? O rei se juntará a nós?

— Em alguns dias — mente ele, tão bem que só eu, outra mentirosa contumaz, seria capaz de detectar. — Por favor, explique a sua graça que o palácio é conhecido pelos bons ares.

— Explicarei.

Não falo com ela desde a manhã na capela. Espero que entenda que a prisão de lorde Hungerford e de sua bruxa é parte da trama que poderia derrubá-la, mas não sei o que está pensando nem se tem planos próprios. Ela não tem como enviar uma mensagem secreta ao irmão em Cleves, pois qualquer carta seria imediatamente entregue à câmara escura de Thomas Cromwell, onde seria aberta, traduzida e lida, e só encaminhada se servisse aos propósitos do novo conde de Essex. O embaixador da rainha, recém-chegado de Cleves, não tem dinheiro e não fala inglês. Ele não pode ajudar. O povo de Londres gostou dela à primeira vista, mas não pode fazer nada, e ela não conhece ninguém na Inglaterra exceto suas damas. Sua amiga mais confiável sou eu, que estou tramando a anulação de seu casamento e sua humilhação.

Faço uma mesura ao lorde chamberlain e entro devagar nos aposentos da rainha.

Ela está jogando cartas com Catherine Carey e Anne Basset, cujos olhos estão vermelhos. Espero que o rosto lacrimoso de Anne lembre a rainha do perigo que ela corre. Se um primo real como lorde Lisle pode ser preso, uma jovem duquesa estrangeira sem amigos pode desaparecer da noite para o dia. Uma mentira para se salvar é permitida por Deus, chamada pelos judeus de *pikuach nefesh*. A cristã mais fiel da Igreja Católica Romana na Inglaterra, lady Maria, jurou que era bastarda para salvar a própria vida. Se lady Maria pode mentir, essa luterana com certeza também pode.

As garotas à mesa de carteado tentam sorrir quando entro.

— Ai, lady Rochford — diz a rainha. — Essas meninas estão me roubando.

— São ladras terríveis! — brinco, com uma risada, e Anne Basset enrubesce. Eu me apresso a acrescentar: — Acabei de falar com o lorde chamberlain, vossa graça. Devemos nos mudar para o palácio de Richmond amanhã. Creio que gostará do palácio, é um dos novos edifícios mais belos à beira-rio e mais benéfico à saúde que Londres nesta época do ano.

Nenhum lampejo de expressão sugere que ela sabe que o palácio de Richmond será parte de sua compensação.

— Sua majestade irá conosco? — pergunta.

— Ele se juntará a nós mais tarde — digo. — Quando terminar seus compromissos em Londres.

À menção dos compromissos do rei em Londres (a execução do seu padrasto, lorde Lisle), Anne Basset pede licença e sai correndo do quarto.

Eu me sento no lugar dela e pego suas cartas. A rainha assente, como se estivesse feliz, e ergue as próprias cartas de novo, tranquila, como se eu não tivesse dito nada além de um detalhe de administração doméstica.

— É sua vez, madame Carey — diz ela.

PALÁCIO DE WESTMINSTER, JUNHO

1540

APÓS AS PRECES MATINAIS, vou ver se meu mestre espião está trabalhando em sua câmara escura. Um homem da guarda real protege a porta fechada, e passo reto por ele, como se o cômodo nunca tivesse sido meu destino. O ar quente flutua pela porta aberta dos jardins e me convida a um passeio pelos pátios e pela confusão de caminhos do antigo palácio.

Sigo até os estábulos reais. O cavalo robusto de lorde Cromwell está na baia de sempre, e o cavalariço está lustrando a grande sela de couro em um banco do lado de fora.

— Onde está seu mestre?

Ele se ergue de um pulo, puxa a boina da cabeça e se curva.

— Não sei, madame — responde. Nenhum dos homens de Cromwell jamais me conta nada.

— Quando ele vier pegar o cavalo, por favor informe-o de que lady Rochford gostaria de vê-lo.

Estou voltando aos aposentos da rainha quando meu tio, Thomas Howard, duque de Norfolk, entra cavalgando e salta do cavalo feito um homem com metade da sua idade.

— Ah, Jane, aí está você — diz, animado. — E cá estou eu, adiantado para uma reunião do Conselho Privado. Temos muito a fazer hoje — acrescenta, com uma risada. — Muito a fazer.

Acompanho-o pelos degraus de pedra até a entrada aberta para o palácio.

— É mesmo? Mais prisões? — Baixo a voz. — Milorde, a rainha está envolvida de alguma forma?

— Prisões! — exclama ele. — Estão chegando de Calais como se fossem codornas! Treze, todos hereges.

Tenho que firmar a voz antes de perguntar de novo.

— Tio, o senhor sabe se a rainha está envolvida?

— Não é com a rainha que você precisa se preocupar! — Ele ri, mostrando os dentes amarelados. — Não com ela! Mas com um dos seus caros amigos. Você saberá na hora certa. Eu ainda a verei à minha porta, reivindicando nosso parentesco e querendo amizade. Ainda a verei cheia de belos sorrisos à minha porta, Jane.

— Sempre tive orgulho de pertencer à casa dos Howard — digo, hesitante. — Sempre fiquei feliz por ter sua amizade, tio.

— Hoje mais do que nunca! — zomba ele, e sobe as escadas de pedra até a câmara do Conselho Privado.

Thomas Cromwell deve estar na reunião do Conselho Privado com meu tio e os outros lordes, e imagino que vá me procurar quando acabar. As reuniões costumam durar a manhã inteira, ainda mais nestes tempos turbulentos em que os desejos do rei são incertos e mutáveis, quando um grupo ascende enquanto outro cai, e só Thomas Cromwell — Thomas Essex, como é conhecido agora — se mantém na crista de toda onda.

Nos aposentos da rainha, as garotas estão costurando, e Catarina Howard ensina à rainha os passos de uma nova dança. Passo por elas até as altas janelas de vidro veneziano e olho para o cais e o rio além.

A barca da Torre está atracada no píer outra vez. Esfrego os olhos como se não conseguisse acreditar que a vejo de novo, como se fosse um fantasma, um arauto, uma barca pintada de preto, sem bandeira ou estandarte, balançando-se de leve no refluxo da maré; os remadores em seus lugares, como se prontos para partir a qualquer momento, a prancha contra o píer, as escoras no lugar, e o mestre barqueiro esperando no píer como se tivesse que manter posição de atenção porque seus passageiros chegarão a qualquer momento.

Então o vejo, a cabeça nua, meio curvado, descendo os degraus de pedra e seguindo pela doca pavimentada aos tropeços, uma das mãos apertando a frente da jaqueta, o lindo casaco preto rasgado em uma luta. Alguém joga seu chapéu para ele, e, enquanto voa no ar, o reconheço: é o belo chapéu preto de veludo bordado que lorde Cromwell sempre usa, semelhante ao que usava quando era comerciante de lã. O homem atrás dele pega o chapéu e o entrega a ele com uma pequena mesura esquisita, como se não quisesse ser impolido com aquele homem que manca como se estivesse fatalmente ferido, com aquele homem que não diz nada enquanto segue aos tropeços, com aquele homem que governava toda a Inglaterra naquela mesma manhã e agora está sendo levado às pressas para uma barca para pegar o refluxo da maré e chegar à Torre ainda esta tarde.

É Thomas Cromwell sendo detido. É Thomas Cromwell, com a cabeça nua, o chapéu nas mãos, a jaqueta rasgada onde alguém arrancou sua insígnia, as calças desfiando onde alguém puxou sua Ordem da Jarreteira. Isso é um desastre para mim, para a rainha e para o próprio Thomas Cromwell.

Olho de volta para a sala, para as damas tão belas e confortáveis, concentradas em suas pequenas ocupações insignificantes, e penso que ninguém em tão belo cômodo jamais vai saber o terror que me domina enquanto me viro, sorrio e digo que precisamos nos aprontar, pois o rei e os nobres virão em breve e está quase na hora do jantar.

Supervisiono as damas que vestem a rainha, tomando um cuidado particular com o posicionamento de suas joias e de seu capelo no cabelo loiro. Encontro os olhos castanhos questionadores dela no espelho, como se me perguntasse que importância isso teria, se ela vai para o palácio de Richmond amanhã, se deve se declarar duquesa de Cleves e não uma rainha da Inglaterra. Por que se vestir como uma esposa se ela está prestes a concordar com a anulação do casamento?

Não digo a ela qùe esse resultado lamentável é agora nossa esperança mais ambiciosa, que o homem que planejou pôr fim ao casamento dela, mas salvar seu pescoço, está descendo o rio depressa em uma barca sem identificação rumo à Torre de Londres. E eu não sei por quê. Não sei o que o espera lá. Não posso contar a ela que havia outro plano, pronto e à mão, um plano em que ela morre no cadafalso por bruxaria, como aconteceu à minha cunhada.

Não sei quem vai ser chefe da câmara escura se Thomas Cromwell for decapitado, quem vai abrir a caixa de cartas secretas, quem vai endossar as leis propostas, quem vai escolher qual plano implementar. Ambos os planos para a remoção da rainha estão igualmente prontos, mas um lhe dá o palácio de Richmond e oito mil *nobles* por ano, e o outro implica sua desgraça ou até sua morte. Não sei o que vai acontecer com ela sem Cromwell fazendo as leis; não sei o que vai acontecer comigo sem a proteção dele. Sorrio confiante e pergunto:

— Vossa graça vai dançar esta noite?

— Ah, vamos! — diz Catarina Howard.

A rainha ri do desejo incessante da garota por danças e jovens parceiros e responde:

— Por que não?

De acordo com a previsão de meu tio, o duque de Norfolk, estou à porta dele na manhã seguinte, embora a barca da rainha esteja no píer, aguardando a maré alta para levá-la ao palácio de Richmond. Pergunto ao criado se sua graça está em casa e se eu poderia falar com ele, e o próprio duque vem à porta sorrindo.

— Ah, Jane, eu estava esperando você — diz. — Entre, minha querida sobrinha.

Ele me leva à câmara interna. A grade da lareira está cheia de ervas, e o cômodo cheira a erva-cidreira e hissopo.

— Deve estar ansiosa para saber o que aconteceu com seu mestre espião.

Assinto. Não há por que negar.

Ele está radiante de triunfo, feito um falcão bem alimentado.

— Thomas Essex, agora novamente Thomas Cromwell, está sendo interrogado na Torre por heresia e traição. Imagino que será executado em um mês.

Eu me sinto fria.

— Tem certeza, senhor?

— O povo dança nas ruas de alegria.

— Não há chance de perdão? Ou algum engano?

— Os arqueiros do rei coletaram sacos de peças de ouro do convento de Austin Friars, baús de dinheiro e o livro de dívidas de Cromwell. Acha que, ao ver os lucros, o rei vai devolvê-los?

— Lorde Cromwell terá um julgamento? — pergunto.

Ele balança a cabeça.

— Como ele mesmo diz, julgamentos demoram demais, envolvem opiniões demais. É mais rápido e fácil para todos se eu apresentar as provas às Câmaras do Parlamento, que escreverá uma ordem de execução primária para ele.

— Isso não é justiça — comento, simplesmente. — Ninguém pode acreditar que ele traiu o rei.

— Como eu disse: não preciso de opiniões. Claramente, Cromwell forçou o rei a entrar em um casamento que era contra seus interesses. Claramente, a mulher é uma esposa luterana, e Cromwell, um espião luterano. O casamento será anulado, e o homem traiçoeiro que obrigou o rei a contraí-lo vai morrer por isso. Os amigos verdadeiros do rei, os antigos lordes do reino, a verdadeira nobreza, serão restaurados como seus únicos conselheiros. Todos já estamos fartos de homens novos. Não seremos governados por mercadores e prefeitos. O rei estará livre para se casar com quem quiser. Por acaso, ele escolheu minha sobrinha.

— Catarina?

— A srta. Catarina Howard. Então ela não vai com vocês para Richmond. Pode inventar uma desculpa para contar à duquesa.

— Duquesa?

— A duquesa de Cleves. — Ele vê meu rosto. — Ah, tudo bem, à rainha. Enfim, Catarina Howard não vai mais servi-la. Vai para casa, ficar com a avó. O rei pode cortejá-la lá sem escândalo.

Fico completamente muda. É claro que o rei, um homem de quase cinquenta anos nos primeiros meses do quarto casamento, não pode cortejar uma moça de dezessete, dama de honra da esposa, sem causar escândalo — nem em Lambeth, nem em lugar nenhum.

Mas meu primeiro pensamento é pela minha própria segurança.

— Os criados leais de lorde Cromwell devem estar com medo. Muitas pessoas o informam, os investigadores dos monastérios, a rede de prefeitos, xerifes e mercadores...

— Está falando de si mesma, imagino? Pelo amor de Cristo, Jane, não desperdice meu tempo fingindo que se importa com os lacaios de Cromwell. Seu nome não precisa ser mencionado... *se* você estiver preparada para ser útil.

— Em que posso ajudá-lo, tio?

— Thomas Cromwell tinha um plano para libertar o rei desse falso casamento? Ele diz que sim, diz que pode colocá-lo em ação em troca de sua liberdade. Você sabe qual é?

Não hesito.

— Sei.

— O que é?

— Ele não vai contar pessoalmente? Em troca de sua liberdade?

Meu tio me fita com seus olhos de falcão.

— Ou você pode me contar agora.

Não tenho escolha.

— A rainha vai receber o palácio de Richmond e oito mil *nobles* por ano — revelo. — Em troca, tem que concordar com a anulação. Dizer que o casamento não foi consumado porque o rei sabia que ela tinha um casamento anterior.

— Um casamento anterior, de novo? — diz ele, incrédulo como eu fiquei.

— Sim — concordo, com firmeza. — Cromwell achou que era a única solução.

Thomas Howard toma meu queixo na mão e vira meu rosto para a luz. Não vacilo sob a inspeção penetrante.

— Não é a única solução, eu diria. Não houve alguma discussão sobre uma bruxa amaldiçoando o leito marital do rei? Não houve algum encantamento lançado sobre a potência do rei? Você sabe por que lorde Hungerford está na Torre?

Algo no jeito como seu dedão se crava em meu queixo me lembra de que ele é forte e de que eu sou apenas uma mulher, mas ao mesmo tempo sei que sua força facilita para que o duque seja estúpido. Minha fragilidade significa que penso mais rápido, que sou mais astuta. Posso enganá-lo. Posso enganá-lo agora.

Arquejo e faço o sinal da cruz.

— Deus nos proteja. Não sei nada sobre lorde Hungerford, exceto o que todo mundo sabe: que era cruel com a esposa e perverso.

— Então a rainha não está envolvida com feitiçaria desta vez? — pergunta ele. — Não como a outra?

— Não há necessidade de acusações de feitiçaria se tudo for feito de comum acordo — insisto.

— Então por que lorde Hungerford está condenado a morrer?

Viro um rosto impassível para ele, de modo que acredite que eu não sei de nada.

— Por rebelião, não é? E por prever a morte do rei? — Eu tenho sobressalto. — Ah, dizem que ele usou uma bruxa, não foi? Mas em Wiltshire. Uma velha? Nada a ver com a rainha.

— Um caso totalmente separado?

— Ah, sim.

— Muito bem — declara, satisfeito. — E você apresentou esse acordo à rainha? Ela está pronta para declarar que chegou pura como uma donzela a este país e que o rei foi inspirado por Deus a deixá-la dessa forma?

— Ela vai consentir — garanto.

— E você tem damas enfileiradas para dar testemunhos convincentes de que o rei visitou a cama dela, noite após noite, e escolheu não consumar o casamento em nome de sua consciência? Nada sobre impotência?

— Nada sobre impotência — repito, como se estivesse aprendendo com ele.

— Muito bem — diz ele, com satisfação silenciosa. — Cromwell é um mestre nesse tipo de coisa, preciso admitir. Leve a rainha ao palácio de Richmond com a maré alta e traga suas damas de volta para dar o depoimento quando eu mandar. E prepare a duquesa para fazer um juramento.

— E se tudo for feito como Thomas Cromwell planejou, isso vai lhe garantir um perdão?

— Por que você deveria se importar? — pergunta meu tio, ríspido. — A não ser que partilhe da fé dele, da fé traidora dele? A não ser que tenha trabalhado com ele, como sua espiã e comparsa em conspirações traidoras? A não ser que seja uma traidora como ele? Você é? Outra traidora Bolena?

Fico em silêncio. Meu mestre espião, com seu sorriso de olhos escuros e sua risada relutante, terá que cair sem uma palavra minha de apoio. Ele tem centenas de amigos, milhares de dependentes. Alguém deveria falar por ele; eu não posso.

— Não, claro que não. Farei o que devo fazer em obediência ao senhor, tio.

— Bom — diz ele, curto e grosso. — E, se isso der certo, essa história com a rainha e as damas de companhia, com os depoimentos sob juramento e uma anulação legal, nunca diremos que foi um plano de Cromwell, Jane. Eu vou levar o crédito e ganhar as graças do rei.

— Muito bem.

Mas penso: sim, você levará o crédito sem nunca saber que o plano foi meu. Sou esperta demais para reivindicar o crédito. Verei tudo acontecer das sombras e serei a única a saber que vocês todos estão dançando conforme a minha música.

— Você nunca mais vai mencionar Thomas Cromwell — ordena.

Sei que isso significa a morte de Thomas Cromwell, que foi um amigo quando eu não tinha ninguém e que fez eu me sentir amada quando ninguém me amou. Ele foi meu tutor, meu mestre espião, e me ensinou tudo sobre traições, então não vai se surpreender quando descobrir que chegou ao cadafalso sem uma só palavra minha em sua defesa.

— Muito bem.

PALÁCIO DE RICHMOND, VERÃO

1540

Dizemos à rainha que estamos em Richmond para evitar a peste e o calor da cidade no verão e que o rei se juntará a nós em breve. Bordamos essa mentira garantindo-lhe que o rei sempre sai de Londres em excursão para lindas mansões no campo e que ela vai gostar da viagem.

Catarina Howard não está conosco: a barca de Norfolk a levou na maré alta para a casa da avó, em Lambeth, antes de embarcarmos. Ela não se despediu da rainha nem de nenhuma das damas, só da amiga e prima com quem dividia a cama, Catherine Carey, que diz que ela chorou muito e nunca mais será feliz. Pela primeira vez, acho que a garota tola tem razão. Ela tem a perspectiva de futuro mais gloriosa de qualquer moça na Inglaterra, mas duvido que encontrará a felicidade.

Dizemos à rainha que a avó de Catarina Howard, a duquesa viúva Agnes, está enferma, e que Catarina voltou a Lambeth. A rainha me lança um olhar como se perguntasse se isso é mais uma mentira, como todas as outras que estamos contando a ela agora. Baixo as pálpebras, tornando meu rosto uma máscara que nada mostra.

— Mas ela vai voltar?

— Não sei quando.

Ninguém diz à rainha que o Parlamento está em sessão todo dia, mas, no início de julho, ficamos sabendo que passaram uma nova lei para dizer que um segundo matrimônio, contraído depois de um casamento não consumado, é legal, não bigamia. A rainha não pergunta o que essa lei significa, e eu não explico que o rei pode se casar de novo, basta provar que seu casamento com ela não foi consumado.

Três dias depois, tudo fica claro para ela quando os novos conselheiros do rei, velhos nobres e favoritos, nenhum deles erudito ou advogado, chegam em barcas movidas a remos com o novo embaixador dela, Herr Harst. Fico ao lado da rainha quando seu lorde chamberlain diz a ela que o Conselho Privado implorou ao rei que conduzisse um inquérito sobre o casamento deles. O embaixador dela está mergulhado em uma fúria silenciosa, o tesoureiro está constrangido, e eu estou tão desprovida de emoção quanto uma máscara descartada.

Eles fazem longos discursos em inglês, que são traduzidos com dificuldade em um alemão ruim pelo renomado mentiroso Richard Rich. A rainha Ana não responde, nem em inglês, nem em alemão. À tarde, eles voltam para explicar o que ficou evidente desde o dia em que contei a ela, na capela, que ela devia fingir acreditar em uma série de mentiras. Dizem que ela já estava prometida ao duque de Lorraine quando se casou com o rei, que Deus avisou o rei disso na noite de núpcias e que o casamento não foi consumado em nenhuma das noites subsequentes.

— Vossa graça precisará vê-los de novo — aviso. — E, desta vez, terá que responder que será como o rei deseja.

Ela olha para mim.

— Como ele deseja? O que poderia ser?

— Não é o rei que vossa graça precisa temer. O rei tem novos conselheiros, e eu não sei do que são capazes. Eles têm todo o poder, e vossa graça não tem nenhum. Seu irmão não vai defendê-la; ele está na França. Abandonou vossa graça e a Inglaterra. Não há escolha exceto aceitar. — Hesito. — Imploro que aceite...

— Não é o rei que está fazendo isso? — pergunta ela.

Balanço a cabeça.

— Ele não faz nada; os homens fazem tudo por ele, antes mesmo que ele diga o que quer. Agora, ele quer uma nova esposa.

Os homens do rei entram: Charles Brandon, cunhado do rei, e Thomas Audley, que chega com os novos ventos da corte. William Fitzwilliam chega com o bispo Stephen Gardiner. Atrás deles vem sir William Kingston, o condestável da Torre, que escoltou meu marido George até o cadafalso e Ana até o bloco. Meu coração perde o compasso. Ele veio prender a rainha? Como prendeu seu amigo, Thomas Cromwell?

Ela faz menção de que vai se levantar para cumprimentá-los, mas quando os cinco entram marchando duro, com semblantes tão rígidos e velhos, tão imunes à sua beleza juvenil, suas pernas vacilam, e ela cai de volta na cadeira. Charles Brandon, o mais sênior do grupo e o mais estúpido, mal espera que ela se recobre antes de dizer que estão com documentos provando que ela contraiu um casamento anterior com o duque de Lorraine.

O embaixador Harst argumenta em alemão e exige ver os documentos; ninguém lhe dá atenção. Isso é uma mascarada, não uma consulta de verdade. Os documentos nem estão com eles, estamos fazendo mímica como se fossem reais, gesticulando com as mãos vazias. Os homens do rei são uns bobalhões; já os vi em dezenas de mascaradas fantasiados de russos ou turcos, e agora entram como carrascos. A rainha Ana, silenciosa em seu trono, é uma mulher interpretando o papel de "Infortúnio", sentada na roda da fortuna de madeira pintada. É impossível levar tal confronto teatral a sério, exceto que poderia ser mais grave. Se não interpretarmos nossos papéis nesta mascarada chamada "Rendição", sem dúvidas nos oferecerão papéis em outra, chamada "Caça às bruxas".

Eu me inclino para a frente e falo com ela. Meu papel é o da "conselheira gentil", e o interpreto tão bem como sempre. Obediente ao meu conselho, recitando meu roteiro, a jovem rainha ergue a cabeça e diz que sempre está satisfeita com sua majestade, o rei, e que, claro, ele tem razão em tudo o que diz. Se ele afirma que havia um contrato anterior e que o casamento deve ser anulado, não pode estar enganado.

Os lordes, Audley, Suffolk e Southampton, fazem uma mesura baixa e conseguem conter o impulso de dar tapinhas nas costas um do outro.

Passam a noite no palácio de Richmond, onde jantam bem e bebem à vontade no grande salão, enquanto a rainha e suas damas comem nos aposentos dela. Eles entram após o jantar para nos dar boa-noite, e William Fitzwilliam faz menção para que eu o acompanhe até a porta.

— Amanhã de manhã, antes do desjejum, traga duas damas com a senhora para jurar que o casamento não foi consumado — diz. — Imagino que não haverá dificuldade nisso.

— Nenhuma.

— Quem vai levar?

— Pensei em lady Katherine Edgcumbe. — Ela serviu comigo à antiga rainha, Catarina de Aragão, a quem abandonou sem o menor remorso. — E Eleanor Manners, a condessa de Rutland. — Eleanor foi dama de companhia da minha cunhada e, até onde sei, depôs contra ela e meu marido. Dizer sob juramento que um casamento não foi consumado não será nada, comparado ao que ela teve que alegar na época.

— E elas saberão o que fazer?

Quase dou risada ao vê-lo me explicar meu próprio plano.

— Sim, senhor. Todas sabemos muito bem o que temos que fazer.

PREPARAMOS NOSSA DECLARAÇÃO como três Judas na primeira Quarta-feira de Espião, sentadas no fundo da barca, embrulhadas em nossas capas quentes, unindo os capelos feito três bruxas reescrevendo o passado para que o futuro transcorra conforme nossos desejos. Concebemos o relato de uma conversa improvável, ignorando que Katherine e Eleanor não falam alemão e a rainha não sabe palavras inglesas para discutir intimidade. Não importa que a rainha nunca tenha falado com ninguém sobre o que acontecia em seu leito conjugal e seu marido. Não importa que ninguém em sã consciência vá acreditar em uma palavra sequer da conversa que rascunho na popa da barca que avança veloz sob a força dos homens que puxam e revezam os remos de tal forma que parece que estamos em uma mascarada, imitando o balanço de um barco falso sobre as ondas pintadas de um mar de seda.

— Que tal dizer que perguntamos a ela se achava que poderia estar grávida? — começo, conforme os remos rangem, e a barca sobe e desce.

— Ela nunca teria discutido isso conosco — objeta Eleanor, deixando a probabilidade atrapalhar uma boa história.

— Não importa, ela não vai negar. Sua graça quer que isso acabe tanto quanto o rei. Ela sabe que temos que dizer isso. Todos sabemos que não é verdade, que é uma saída para ambos.

Olho para rosto frio e determinado de uma dama da corte profissional para a outra e penso: *Jesus! Será que tenho essa cara também?*

— Tudo bem — diz Eleanor. — Vou dizer que perguntei a ela o que ele faz quando vai à sua cama.

— E ela pode responder que ele a beija e a toma pela mão e se deita e passa a noite dormindo ao lado dela — concorda Katherine. As duas dão risinhos sarcásticos como homens vulgares.

— Temos que dizer que ela não sabe de nada — lembro a elas. — Temos que dizer que ela é inocente.

— Ah, podemos dizer que perguntei a ela o que o rei diz de manhã, e que ela me contou que ele fala: "Até mais, querida, até a missa"!

As duas se dobram de tanto rir com essa piada sofisticada. Sinceramente, eu deveria ter contratado Will, o bobo, para escrever uma mascarada alegre.

— Acha provável que uma de nós teria pedido mais detalhes? — indago, escrevendo o ditado alegre delas.

— Vou dizer que respondi: "Madame, deve ter ocorrido algo mais que isso, ou levará muito tempo até termos um duque de York, que todo o reino deseja ansiosamente" — diz Eleanor, com um ar pomposo. — Não me incomodo em jurar isso.

Anoto o diálogo extraordinariamente improvável.

— Atenham-se a isso. Estamos depondo sob juramento. Não podemos nunca trair nossa palavra, não podemos nunca trair umas às outras nem à rainha.

— É o que o rei quer? — pergunta Katherine, como se fosse a única pergunta relevante. — Quer se livrar de Ana e se casar com Catarina?

— É o que ele quer — respondo. — E esse é o único jeito de tirar a duquesa dessa armadilha em que os homens a colocaram.

— Ah, os homens! — exclama Eleanor, jogando as mãos para o alto e parecendo chocada, como se algum dia já tivesse sentido um pingo de solidariedade por outra mulher. — Sim, sim, Jane. Temos nosso roteiro, sabemos nossos papéis, não vamos decepcionar você. E haverá uma recompensa?

— Haverá uma recompensa.

Estou satisfeita com as palavras que anotei. Não há nenhuma menção à impotência causada por uma bruxa maculando o leito real. Não há nada que sugira que o rei é impotente ou que já o foi, o que é essencial para todos acreditarem que o príncipe Eduardo é filho dele, essencial caso ele seja creditado como genitor de outro futuro filho. O rei e sua linhagem devem estar livres de qualquer suspeita de falta de vigor. Ele contará a todos que Deus o avisou para não se deitar com sua noiva, e tudo que temos que fazer é confirmar que não o fez. O diálogo completamente ridículo, que teria acontecido em inglês, invadindo a privacidade da rainha, torna claro que Ana de Cleves é uma donzela ainda mais virginal que sua predecessora, Ana Bolena, que uma vez me disse que era tão virginal quanto a Virgem Maria.

A barca desacelera, e os remadores a giram para a contracorrente, pronta para nos levar para casa na mudança da maré, quando nosso trabalho acabar. Charles Brandon entra a bordo para nos ajudar a descer a prancha e percorrer o cais. Os outros dois lordes o seguem. É uma guarda de honra, embora, por um momento, pareça desagradavelmente com uma prisão. Penso de repente: seria isso uma punhalada pelas costas? Será que estou liderando o caminho até minha confissão? Será que não sou a aranha, mas uma mosca zumbindo estupidamente?

Brandon nos conduz pelo labirinto de pátios e jardins até o coração do palácio e o aposento que conheço bem: a sala do meu mestre espião, com vista para o jardim. Está limpo e arrumado, como ele sempre o deixava, sua grande cadeira de um lado da mesa e duas menores na frente, convenientes para conversas ou confissões. Não consigo contar quantas vezes sentei-me aqui e vi o nascer de seu lento sorriso, ou ouvi o baque suave de uma carta caindo pela fenda atrás de mim, ciente de que os portões da comporta no lago do moinho de informações de Cromwell estavam abertos e que o maquinário estava triturando grãos. Hoje, esta é a minha câmara escura. Eu sou o mestre espião.

LEVAMOS CERCA DE UMA HORA para dar nossos depoimentos, e os relógios soam a meia hora quando a jovem esposa de Charles Brandon, Katherine, bate à porta e entra na sala, seguida por um secretário trazendo uma grande caixa de madeira.

— O senhor meu marido pediu que eu as convidasse para o desjejum — anuncia, com indiferença ensaiada. Sei que está contrariada por ter que obedecer e nos encontrar. Ela é uma reformista, uma apoiadora secreta de lorde Cromwell, e ficou feliz com a vinda da rainha luterana. — Este é o secretário do meu marido.

Em silêncio, o homem abre a caixa de madeira como uma bocarra para que eu disponha nossas páginas assinadas no interior. Há papéis no fundo da caixa. Reconheço a letra regular de secretário de Thomas Cromwell, a volta na meia-lua do C de sua assinatura, como um sorriso. Ele já deu sua declaração, e ali está ela, na caixa, posicionada com capricho abaixo da minha. Não consigo ver o que escreveu, mas sei que será um relato preciso da chegada da rainha à Inglaterra e da rejeição imediata do rei, inspirada por Deus, e de como o contrato anterior significa que o casamento deve ser anulado sem culpa para ela, e sim com uma bela pensão.

Embaixo da declaração dele há ainda mais papéis; todo cortesão deve ter desejado demonstrar apoio à causa do rei. Vão repetir as mentiras cruéis e repulsivas que o rei contou sobre ela: que é gorda, que fede, que seus seios são flácidos, que ela não é uma donzela. O dr. Butts vai testemunhar que o rei é tão libidinoso quanto um touro no prado, mas que Deus falou com ele e o avisou de que a rainha é esposa de outro homem.

Lembro-me de dizer a Cromwell: "o senhor não vai fazê-lo atravessar o portão", então quase dou risada dessa caixa de roteiros, dessa enorme produção teatral, dessa grande mascarada, uma das maiores que a corte já produziu, feita para tirar o rei da cama de uma linda jovem digna de ser rainha e levá-lo à cama de uma das damas dela. É a terceira vez que livramos o rei de uma boa mulher para que ele assuma uma inferior. Mas eu sou a primeira conselheira a obter esse resultado sem derramar sangue, e me permito saborear esse feito.

Comemos um bom desjejum com a jovem e taciturna duquesa Brandon, então pegamos a barca de volta a Richmond. Assim que entramos nos belos aposentos da rainha, ela pergunta onde passamos a manhã. As outras duas damas deixam que eu faça uma mesura enquanto se apressam para trocar de roupa. Digo a ela que fomos chamadas a depor, para declarar que acreditamos que seu casamento não foi consumado.

Ela me dá um olhar sombrio, como se eu a tivesse traído com seus inimigos. Inclino-me para perto e sussurro em seu ouvido:

— Vossa graça sabe que eu tive que fazer isso. Sabe que é o único jeito, o melhor jeito, de libertá-la. Fiz isso para o seu próprio bem.

— Sim, eu sei. Não sou esposa dele, mas uma súdita, no seu país. Ele tem o poder.

— Mas pense nesse palácio adorável como seu e em oito mil *nobles* por ano!

Ela me dá um olhar grave e entra em sua capela privada.

NO DIA SEGUINTE, a rainha se mantém no quarto e não quer companhia. Quando bato à porta e entro, ela diz que está lendo, mas está olhando pela janela com um livro fechado no colo e as faces molhadas.

O dia se arrasta sem divertimentos e ninguém nos visita. O tempo está ensolarado, os pássaros cantam e cantam, mas ela não quer andar no jardim nem passear de barco no rio. Estamos esperando algo acontecer, mas ninguém entra ou sai do palácio de Richmond o dia inteiro.

Nós a despimos e a colocamos na cama como uma criança solitária. Todas já fomos para a própria cama quando alguém começa a martelar a porta: o embaixador dela, Harst, que veio correndo até nós com a decisão da convocação.

Caímos da cama para acordá-la, mas ela já está desperta, com seu roupão de dormir lindamente bordado sobre a camisola e uma touca branca bordada na cabeça loira.

Ele conta a ela, em alemão, que a convocação concordou por unanimidade que o casamento é ilegal e será anulado. Enquanto o homem fala, mensageiros da convocação são anunciados, com papéis a serem assinados. Devem ter pulado em uma barca e vindo o mais rápido que os remadores conseguiam para alcançar Herr Harst, pois chegam poucos minutos depois dele.

Não basta que lhe informem a decisão, querem que ela reconheça que vai obedecê-la. Ana tem que assinar uma carta de aceite. Enquanto assistem, ansiosos, ela se declara irmã e serviçal do rei, e cinco das damas de companhia assinam como testemunha depois de mim. Todas queremos nossos nomes nesse documento que o rei vai ler com prazer. Ele verá que meu nome é o primeiro. O breve casamento e o curto reinado da rainha Ana terminaram.

IMEDIATAMENTE, RICHMOND não é mais um palácio real: agora é o lar privado de Ana de Cleves, uma duquesa alemã, que não é mais a rainha da Inglaterra. Ela será conhecida como irmã do rei e terá precedência sobre todas as damas, exceto a próxima rainha, embora, com tato ponderoso, os homens não lhe digam quem será. Terá uma bela renda, claro, mas não o suficiente para sua atual equipe de cento e trinta criados. Como uma dama solteira, vai precisar de uma ou duas damas de companhia, não dezenas de nós.

O mestre do guarda-roupa real chega para coletar peles e vestidos; o mestre da caixa de joias reúne diamantes e rubis preciosos, além das pérolas que caíam tão bem nela. Eu me sento com Ana em sua capela e escuto os homens e as damas, lá no quarto, embalando os tesouros da rainha com cuidado e capricho, para que a nova rainha tenha prazer em abri-los. As outras damas estão empacotando seus próprios pertences e se preparando para partir nas barcas que levarão tapeçarias e tapetes do palácio.

— Você ficará comigo? — pergunta Ana de Cleves em inglês, tão calmamente que não soa como uma súplica.

Claro que eu poderia viver com ela, como uma dama particular, afastada do serviço real, e me tornar uma mulher anônima. Mas eu não faria isso; não agora, depois de ter conquistado algo que ninguém mais conseguiu: encerrar um casamento real sem morte. Ninguém conseguiu tal feito, nem Wolsey nem Cromwell. Se eu fosse um homem, seria lorde chanceler só por isso. Tenho apenas trinta e cinco anos, seria loucura me aposentar do ofício para trabalhar com uma esposa descartada em uma casa tranquila à beira do rio quando minha prima será a próxima rainha da Inglaterra e só eu tenho as habilidades para tornar esse casamento possível.

— Tenho ordens de retornar a Westminster com suas joias, vossa graça. Estou a serviço do rei, não sou livre para escolher onde vivo.

— Você vai agora? — Ela fica surpresa. — Ninguém ficará comigo?

— Suas damas alemãs ficarão com vossa graça — digo, gentil. — E seu lorde chamberlain encontrará novas damas inglesas para lhe fazer companhia. Muitos dos seus criados vão ficar — acrescento, sorrindo —, e vossa graça deve manter seu cozinheiro, agora que o ensinou a fazer *birnentorte,* torta de pera! E vai manter seus cavalos e sua própria barca. Terá uma casa no campo também, Bletchingley. Acredito que seja muito bela, e fica bem perto daqui, em Surrey.

Bletchingley, que era a casa de Nicholas Carew, foi tomada pela coroa após sua execução por traição e agora será de Ana de Cleves.

— E estão oferecendo o castelo de Hever também! Era o lar da minha família em Kent, um castelinho adequado, muito bonito. O rei foi muito generoso. As pessoas irão visitá-la, e vossa graça visitará a corte. O rei prometeu ser seu amigo e tratá-la como irmã. Vossa graça será feliz.

— Eu serei uma dama inglesa — diz, insegura.

— Uma nobre inglesa — corrijo. — Uma nobre inglesa rica!

— Você voltará para a corte em Londres? — Ela tira um anel do dedo. — Leve isso. Minha aliança de casamento. Deve ir com as outras coisas.

Ana de Cleves solta a peça em minha mão: um anel de ouro gravado com o lema "Deus me proteja e guarde". Está completamente inexpressiva; seus inimigos diriam que é idiota demais para lamentar ser abandonada e desprezada. Mas então diz:

— Diga ao rei que eu falei que ele pode quebrá-la e derretê-la, pelo valor do ouro. Diga que não tem nenhum outro valor, como Deus sabe.

PALÁCIO DE OATLANDS, SURREY, VERÃO

1540

— Minha querida, queridíssima Jane! — Catarina Howard atravessa voando a longa e ensolarada câmara de audiências do palácio de Oatlands, as mãos estendidas e o cabelo dourado esvoaçando por baixo de uma pequena touca. — Finalmente você chegou! Achei que nunca viria! Meu tio disse que você seria minha principal dama de companhia, e eu disse claro! Ela sabe de tudo!

Não tenho tempo de fazer uma mesura: Catarina se joga em meus braços em um redemoinho de sedas e uma névoa de um caríssimo perfume turco com óleo de rosas.

— Jane, eu tenho o guarda-roupa real inteiro à minha disposição. E você não vai acreditar nas joias! Ah, claro que vai! Você conhece todas! Bem, enfim, agora são minhas! E, Jane, tenho meus próprios cavalos. Ele me deu as casas de dois homens mortos! Eu receberei aluguéis! Serei rica! Pense só em tudo o que vou comprar!

Eu me desvencilho do abraço apertado e afundo em uma mesura.

— Você não tem que se curvar para mim!

— Tenho, sim — respondo. — Todas as suas damas precisam fazer mesuras. Vossa graça não pode mais ser Catarina Howard. Vai ser a rainha da Inglaterra.

Ela faz um biquinho.

— Mas de que adianta, se não sou livre para fazer exatamente o que quero?

Vejo que uma estadia com a avó, a duquesa viúva Agnes Howard, não ajudou em nada na preparação de Catarina Howard para se tornar rainha Catarina. A velha dama é notoriamente descuidada, treinando suas filhas e sobrinhas para ter modos refinados e a cabeça vazia.

— Vossa graça não pode fazer exatamente o que deseja. Sabe tão bem quanto eu que uma rainha não é nada livre. Recebe todas as joias, as roupas e o dinheiro, mas tem que interpretar seu papel.

— Ele diz que sou perfeita do jeito que sou — retruca ela, a cara emburrada. — Diz que nunca devo mudar, nem um centímetro.

— Deus permita que ele sempre pense assim — respondo, com cuidado. — Mas vossa graça não iria querer decepcioná-lo, não é? E certamente não quer que seu tio pense que não é apta a ocupar esse lugar grandioso ao qual Deus a convocou?

Ela se vira, e penso que essa não será uma rainha fácil de servir — talvez a mais difícil de todas. Ainda tem apenas dezesseis anos, mas vai ter que crescer depressa. Posso lhe ensinar astúcia, mas nada lhe ensinará sabedoria.

— Não fique brava comigo por lhe ensinar os modos de uma rainha, Catarina. Sou sua amiga tanto quanto era quando tentei lhe ensinar a ser uma boa dama de companhia.

Imediatamente, ela se vira, toda sorrisos.

— Não, eu sei que você é minha amiga! Mas não seja chata e severa logo no meu primeiro dia. Vou me casar com o rei da Inglaterra amanhã! Esta noite, podemos beber vinho e dançar e nos comportar mal, não podemos?

— Na verdade, não.

Apesar da minha cautela, temos um jantar alegre no grande salão do palácio de Oatlands. Não fico surpresa quando a música começa e meu tio, o duque de Norfolk, corado de bebida e triunfo, me chama de canto.

— Você vai ter que mantê-la na rédea curta — diz, curto e grosso.

— Vou?

— Por ora, nada que ela faz é errado. Ele a adora. Mas não estamos seguros até ela emprenhar.

— O senhor sempre está em segurança, aconteça o que acontecer. Sempre retorna, sempre ascende.

Ele me encara, severo.

— Pois eu poderia dizer o mesmo de você — retruca, com um olhar astuto. — Mas você sabe tão bem quanto eu que essa não é a primeira vez que alguém da nossa família chega ao trono da Inglaterra. Ela precisa nos dar um herdeiro real. Sua sorte depende dessa aí.

Olho para os dançarinos. Catarina está girando com as outras garotas, tão livres e ruborizadas quanto mênades em uma bacanal. O rei sorri afetuosamente para a jovem noiva, a perna envenenada, inchada e vultosa de ataduras repousando em uma banqueta. Ele se reclina no trono para que a barriga se assente confortavelmente sobre o corpo grande, como um íncubo envolto em tecido de ouro.

— Não há motivo para pensar que ela não é fértil — digo, hesitante. — Não há motivo para ela não ter um filho.

— O médico do rei diz que ele tem total capacidade, agora que se casou com a mulher certa, uma Howard, não uma escolha de Cromwell. Você vai manter o olho atento à noite de núpcias, Jane. Ela precisa agradá-lo. Precisa seduzi-lo. Ele precisa conceber um filho; digo isso pelo bem do reino, não só pelo nosso.

Vejo que eu me tornei uma Howard completa; não farei mais nada além de cheirar camisolas. Não haverá discussões de filosofia, ou teologia ou o campo cambiante da política. Não haverá o horizonte mais amplo da Europa, da Cristandade, nada de *petitio principii* — argumentos falsos em nome da lógica. Como uma dama na casa Howard, eu não sirvo para nada além de sexo, nascimento e morte.

Meu tio encosta a boca rançosa em meu ouvido.

— Ela tem dezesseis anos, e ele, cinquenta. Essa não é só uma rainha Howard, ela será uma rainha regente Howard. Você a manterá sob controle, e nós governaremos a Inglaterra por meio dela.

A CERIMÔNIA É DISCRETA, um casamento secreto no palácio de Oatlands, em um verão tão quente e abafado que mais de uma dama de companhia desmaia e precisa ser retirada do salão. O bispo Bonner celebra a cerimônia, mas não há nada da glória que Catarina esperava: nem a catedral de Westminster, nem a capela de Greenwich, e nada de multidões aplaudindo ou embaixadores admirados. Verdade seja dita: mesmo com vinho transbordando das fontes de Londres, não haveria multidões animadas. A cidade está farta de esposas Tudor, está suando tanto quanto Veneza e arrasada pela peste. Durante o desjejum do casamento, chega um mensageiro para o rei, que é chamado à mesa para sussurrar em seu ouvido.

Tenho um momento de completo pavor, pensando que Ana de Cleves, deixada sozinha no palácio de Richmond, tenha dado algum passo fatal, se jogado no rio e se afogado nesta manhã de verão. Mas o aceno sorridente do rei me diz que nenhum desastre lançou uma sombra sobre o dia do seu casamento; qualquer que seja a notícia, seu sorriso farto revela que é boa.

Só depois que as mesas foram removidas e Catarina está dançando, que eu descubro que foi, de fato, uma morte. Uma morte que deixa o rei sorrindo e batendo a mão no ritmo da melodia. Os músicos não perdem uma nota sequer por conta dessa morte. O coro não perde o fôlego. É a morte do meu amigo. É a morte de um homem que eu amava, que não era nem amante, nem marido, nem pai, mas algo ainda mais querido para mim do que todos eles.

— Thomas Cromwell foi executado — conta Katherine Brandon, sua voz cuidadosamente modulada, sem expressar a emoção. — Os velhos lordes venceram contra o arrivista. Os velhos costumes da religião ganharam contra a reforma. E todos seremos papistas outra vez.

Meu senso de perda vem em uma onda súbita, como um bando de gaivotas gritando em uma praia vazia. Penso: Thomas Cromwell? Thomas Cromwell? Eu não me despedi de você, jamais lhe contei... sinto que deveria ir à cidade e lavar a cabeça dele na estaca em que foi fincada, na ponte de Londres, como a filha de Thomas More lavou o rosto sereno do pai. Deveria ir à tumba de George e Ana, na capela da Torre, com flores para este novo túmulo; devem ter lançado seu corpo na cripta ao lado dos dois.

Gostaria de tê-lo agradecido por sua proteção, gostaria ter dito a ele o quanto me ensinou. Gostaria de ter dito que, de um jeito que não tento definir, eu o amava. Ele era meu *magister*: meu mestre, meu tutor, o espelho do mundo para mim. Eu ouvia a tudo que ele dizia com muita atenção, com tanta frequência, que ouço sua voz agora, mesmo depois de cortarem seu pescoço. Vejo seu sorriso e a astúcia de quem sabe mais que os outros em seus olhos, mesmo que estejam fechados na morte. Posso ouvir sua voz, acho que sempre a ouvirei.

— Deus salve o rei! — exclamo, com firmeza, olhando o rosto pálido e jovem de Katherine Brandon.

— E Deus salve a rainha — responde ela, não como um grito de celebração, mas como se achasse que ser casada sem consentimento com um homem velho o bastante para ser seu avô não fosse a maior sorte da vida de uma garota. Ela deve saber: seu guardião, Charles Brandon, tomou ela e a sua fortuna em um golpe só.

O lema de Catarina, escolhido pelo rei com confiança afetuosa, é "Nenhuma vontade que não a dele". O rei não faz ideia de como isso é irônico: de todas as suas esposas, essa é a mais voluntariosa e a mais egoísta. É a última pessoa do mundo que colocaria o desejo de qualquer um antes dos próprios.

Mas Catarina, uma garota que mal saiu da sala de aula, sabe melhor que todas elas como fingir obediência, e Henrique despeja riquezas sobre ela: o tesouro real é escavado em busca de joias para seu cabelo, seus chapéus, seus dedos e a barra de seus vestidos. O guarda-roupa real é saqueado atrás de tecidos de prata para novos trajes. Costureiras de toda Londres bordam pérolas em corpetes e rubis em mangas, enquanto Catarina e o marido cavalgam todo dia no parque de Hampton Court, indo até o palácio de Oatlands e além, ao longo do rio, adentrando profundamente nos campos. O rei está de volta na sela e todo dia monta um grande cavalo ao lado da noiva, por horas. Até a ferida na perna parece estar sarando, as ataduras cada vez mais leves e finas, o manquitolar menos perceptível, o fedor se dissipando. Sua compleição melhora, ele perde peso, e os médicos falam de um rejuvenescimento milagroso.

— Ele está se deitando com ela? — pergunta meu tio, parando o cavalo ao lado do meu enquanto observamos Catarina tomar a mão de seu Mestre dos Cavalos, John Dudley, para subir no bloco de montaria no pátio, sob a grande torre de relógio.

— Senhor? — indago, irritada, fingindo não o ouvir em meio aos uivos dos cães de caça irlandeses e os gritos dos ajudantes com chicotes.

— Você me ouviu.

— Posso adivinhar, pois o senhor nunca me pergunta mais nada.

— Ele está?

— Sim. Está.

— Completamente?

— É o que ela diz.

— E ela saberia?

Não digo nada. Toda noiva real tem como saber. A sugestão de que Ana de Cleves era ignorante acerca de seu único dever como rainha foi ridícula.

— Então podemos esperar um bebê? — insiste ele, tão ávido quanto os cães que latem com impaciência.

— Podemos ter esperança de um bebê — corrijo.

— Eu não sou homem de ter esperanças. Conte-me quando ela engravidar. Não me importo com suas esperanças.

— Contarei. Mas lembre-se: mesmo se ela conceber, mesmo se for um menino, ele não será o próximo rei, só um segundo filho.

— O príncipe Eduardo é doente — retruca, alegre. — Muitos segundos filhos assumem o trono. O próprio rei é um segundo filho.

Curvo a cabeça. Penso: quem estaria interessado na informação de que o duque de Norfolk está torcendo pela morte do garoto Seymour? Todo mundo estaria interessado nisso, mas não há ninguém a quem eu gostaria de contar. Ninguém vai me dar um olhar escuro e um sorriso e perguntar: "Tem notícias para mim?".

Ninguém vai me fazer rir dizendo: "O que eu gosto no seu tio é que ele é sempre tão previsível". Penso: ninguém desfruta do teatro infinito de ambição cortês como ele… e, sem ele, não é tão bom.

O palafrém bem treinado de Catarina é trazido, e a ajudam a montar. Verificam a sela e as rédeas, certificam-se de que ela as segure corretamente e que não esteja nervosa, então a rainha leva seu cavalo até o lado do rei. O adestrador dos cães sabe que não deve deixar os animais irem rápido demais. O rei jura que se sente como um rapaz de vinte anos, mas não é o cavaleiro de antes, e Catarina não cavalga tão bem quanto minha cunhada, Ana, embora esteja usando sua jaqueta de montaria de veludo vermelho.

A caçada começa: os cães e os ajudantes com os chicotes primeiro, o Mestre dos Cavalos do rei em seguida, John Dudley emparelhado a ele, depois o rei e a rainha, lado a lado, como um velho afetuoso e sua neta favorita. O restante de nós segue atrás, conversando e animados para o dia, como se não tivéssemos cavalgado assim dezenas, centenas de vezes antes, seguindo quatro rainhas anteriores.

EXCURSÃO, VERÃO

1540

Em agosto, vamos de um chalé de caça a outro, o que agrada ao rei como uma lua de mel estendida, mas decepciona Catarina, que quer ser a rainha de um palácio. O calor do verão continua; alguns dias são quentes demais para cavalgar, e Catarina fica ao lado do marido e o observa pescar no fosso ou atirar com o arco. A cada peixe capturado, a cada acerto no centro do alvo, o rei se vira para ela, orgulhoso feito um menino mimado, e Catarina sorri com prazer, às vezes batendo palminhas encantadoras. Claro, ela está ficando cada vez mais entediada com esse velho no primeiro rubor da felicidade.

À tarde, eu a faço descansar sozinha no quarto, para que possa ter um tempo sem corar e sorrir. Suborno-a em troca de bom comportamento com guloseimas e docinhos de ameixa. O rei comprou um bichinho de estimação para si, como o cãozinho de colo de Ana, Purkoy, e é minha tarefa treiná-la para fazer truques bonitinhos que o agradem. Ela dança como um anjo e caminha como se estivesse dançando. Purkoy tinha aprendido a pedir, sentando-se nas pernas traseiras de um jeitinho adorável. Eu a ensino a fazer o mesmo.

A nova é resgatada do tédio pela chegada de suas damas de companhia. Muitas foram transferidas tão rápido do serviço a Ana de Cleves para o de Catarina que nem trocam de quarto, só voltam para seus antigos aposentos após algumas semanas em casa. Catarina tem que empregar damas da própria família: sua irmã Isabel Baynton, esposa de sir Edward Baynton, o vice-chamberlain; e Catharine Tilney, sua parente e amiga de infância da casa Norfolk. Até a avó-madrasta da rainha, a duquesa viúva, terá um lugar como primeira dama da corte quando vier visitar. Katherine Edgcumbe e Eleanor Manners, condessa de Rutland, são recompensadas pelas habilidades extraordinárias como autoras de uma conversa impossível com Ana de Cleves sobre virgindade. A sra. Stonor, que espionou minha cunhada, Ana, em seus últimos dias na Torre de Londres, ganha um lugar. Anne Parr, agora lady Herbert, assume o controle das joias reais, tendo servido a cada uma das quatro rainhas anteriores comigo. De volta às rédeas, feito as mulas brancas da liteira da rainha, estamos acostumadas ao ritmo do serviço real. O fardo é uma mulher diferente, mas isso não faz diferença para nós.

Catarina tem uma infinidade de criados. Seu Mestre dos Cavalos é John Dudley. Thomas Manners, conde de Rutland, vai gerir suas terras — ela recebe tudo o que Jane Seymour ganhou com sua gravidez fatal. Um conselho inteiro de tesoureiros, agentes de terra e gerentes se reúne toda semana para administrar suas vastas propriedades. Ela não comparece, diz que é chato demais, e eu tenho que ir em seu lugar. Catarina tem um estábulo cheio de cavalariços e dois muleteiros para conduzir a liteira francesa.

Os empregados mal foram designados a seus antigos papéis e começaram a trabalhar quando deixamos a maioria deles para sair na excursão de verão com uma pequena corte montada. É um percurso apressado, quase uma fuga, como se o rei estivesse evitando uma entrada estatal em Londres com mais uma rainha, como se não quisesse que o povo visse que ele está cada vez mais velho, e suas esposas, cada vez mais jovens. A excursão parece mais uma retirada desordenada, sem um plano.

Nos últimos dez anos, tudo foi organizado meticulosamente pelo meu mestre espião. Todos os departamentos governamentais que ele criou seguem em frente: relatando, inspecionando e taxando. Mas são as velas de um moinho girando com um vento passageiro. Não há moleiro observando as nuvens e guiando as velas; as engrenagens não estão funcionando. Os velhos lordes não são hábeis nos negócios, na reforma da Igreja, na taxação ou em gerir os condados e controlar as cidades. Não conseguem administrar as Câmaras do Parlamento, têm influência só em suas pequenas esferas, não têm uma visão da nação inteira. Não fazem ideia de como funcionam as alianças estrangeiras e o comércio exterior. Não têm uma política unificada, governam apenas para si mesmos.

Ninguém planeja uma rota como Cromwell: suprimindo cidades tumultuosas com nosso séquito armado, recompensando apoiadores com uma visita sorridente, tecendo um caminho entre ameaças e subornos. Os velhos lordes nem sequer conhecem o país fora de suas próprias fronteiras ou possuem mapas de terras que não sejas as deles.

VÁRIAS DAMAS FICAM na corte apenas por tempo suficiente para assegurar seus lugares antes de anunciar que estão grávidas e se retirarem para a própria casa pelo resto do verão, talvez pelo resto deste reinado. Anne Parr dá as chaves da casa de joias a Elizabeth Tyrwhitt e me diz que vai partir quando chegarmos a Ampthill. É um final de tarde ruim, após mais um dia desorganizado: o próprio cunhado da rainha e quinze homens da casa dela se embebedaram e brigaram com os carregadores na noite anterior.

— Você não pode nos deixar! — exclamo. — Não até eu pôr alguma ordem nos aposentos da rainha!

— Não posso ficar — retruca ela, apontando para barriga plana como uma tábua. — Dá para ver que tenho que ir.

— Não vejo nada, Anne Herbert! — digo, irritada. — E não posso estar em todo lugar. A rainha gosta de um ambiente caótico, gosta de ver todo mundo correndo e gritando. E se o próprio vice-chamberlain dela vai se meter em brigas...

Anne Herbert se inclina para sussurrar:

— Você viu que o irmão dela, Charles Howard, está cortejando lady Margaret Douglas?

— Que Deus nos proteja!

— Outro golpe para os Howard — observa, neutra.

— Não funcionou tão bem da última vez.

— Não, mas desta vez... com uma rainha Howard no trono...

— Duvido que até Catarina Howard consiga persuadir o rei de que a sobrinha real deve se casar com seu irmão Charles. Lembre-se do que ele disse da última vez sobre seduzir membros da família real! E lady Margaret acabou de sair da abadia de Syon, o último amante dela morreu na Torre. Seria de pensar que ela teria aprendido a lição.

— Não é tão ruim quanto da última vez. Não é um noivado, apenas poemas e promessas. Mas eu não queria deixar a corte sem avisar você.

— Você não deveria deixar a corte de forma alguma — rebato, irritada. — Todos os amigos da rainha são jovens e tolos, e o rei não é um marido jovem e tolo.

— Ela pode encantá-lo, e você pode controlá-la. — Anne me garante.

— Ah, ele tem afeto por ela, mas uma corte jovem o recorda de que tem idade para ser avô deles. A juventude da rainha, para ele, é um *memento mori*.

— O trabalho de um cortesão é alçar o rei — avisa Anne Herbert. — Não diminuí-lo.

— Ela só tem dezessete anos! — digo, desesperada. — Como não vai fazê-lo se sentir velho e cansado, em comparação?

CASTELO DE WINDSOR, OUTONO

1540

MAL VOLTAMOS AO castelo de Windsor quando lady Agnes, a velha duquesa viúva de Norfolk, anuncia que vem visitar sua amada neta.

No mesmo instante, a rainha jovem e vaidosa volta a ser uma estudante assustada.

— Não nos deixe a sós! — Ela implora. — Você não sabe como ela fica quando está brava. E eu sempre a deixo brava, não importa o que faça!

— Ela não pode ficar brava com a rainha da Inglaterra — pondero. — Ameace-a com uma ordem de execução sumária por traição e a jogue na Torre.

— Ah! — Catarina dá uma risadinha. — Ah! Bem que eu queria! Mas não é certo prender velhas damas na Torre.

Não discordo, embora lady Margaret Pole ainda esteja lá, aguardando perdão.

— Bem, de toda forma, ela não pode repreendê-la — garanto. — Vossa graça só deve obediência ao seu marido, o rei, e talvez ao chefe de sua casa. E o duque não vem com ela, vem?

— Ah, Deus, não! — exclama, mais apavorada do que nunca. — Ele vem? Não posso enfrentar os dois juntos. Direi que estou me sentindo mal.

— Não pode fazer isso — respondo. — Mas vou ficar com vossa graça. Ela não pode censurá-la na minha frente. É parte dos meus deveres garantir que se sinta feliz.

— É mesmo? — Catarina se distrai imediatamente. — É seu dever me deixar feliz?

— Felicidades lícitas — lembro, amortecendo o entusiasmo dela. — Só felicidades lícitas.

A DUQUESA VIÚVA NÃO se deslumbra com a grandiosidade da garota sem mãe que criou, nutrida por negligência em sua casa de campo em Horsham e na grandiosidade desgastada da Norfolk House, em Lambeth. A velha dama, esguia como um cão de caça com pedigree, vem acompanhada pela filha, a condessa de Bridgewater, uma mulher tão amolada por desastres que nada é capaz de feri-la ou assustá-la. Juntas, entram no castelo de Windsor como duas invasoras, examinando tudo o que pode ser saqueado nos grandes salões ecoantes, como se não vissem nada a ser admirado: nem as tapeçarias ricas nas paredes, nem a pintura a ouro nas vigas azul-escuras, nem a vista do Tâmisa serpenteando através dos boques no vale abaixo.

Ambas fazem mesuras tão baixas quanto se deve fazer a uma rainha.

— Senhora minha avó, querida prima — diz a rainha, numa voz fraca. — Sejam bem-vindas.

Atrás delas, entram o tio da rainha, lorde William Howard, e sua esposa, lady Margaret, e em seguida os irmãos dela, Charles e George. É assim que sei que vieram em massa para obrigar Catarina a fazer algo por eles.

— Devo incomodá-la por uma cadeira, vossa graça. Não sou tão jovem como na época em que a acolhi, uma garota insignificante sem um vintém, sem mãe e com um pai imprestável — começa a duquesa viúva.

— Sou muito grata — sussurra Catarina, afundando em seu trono e gesticulando para que todos se sentem.

Fico atrás dela.

— Falaremos com você a sós — anuncia a velha dama, olhando feio para mim.

Jurei à jovem rainha que não a abandonaria durante a visita familiar mesmo antes de saber como a velha duquesa viúva é aterrorizante e como sua filha tem um rosto pétreo.

— Fique — ordena ela, em uma vozinha fina.

— A rainha exige minha presença — digo, pomposa.

— Então é melhor manter a boca fechada sobre o que falaremos — comanda a duquesa viúva, virando os olhos azuis afiados para mim. — É uma Howard por casamento, mesmo que não por sangue.

Faço uma mesura.

— Como a senhora, pois era uma Tilney antes de ser uma segunda esposa.

Mantendo a altivez, ela ignora a impertinência.

— É aquele tolo, Francis Dereham — anuncia, abrupta. — Meu provisor. Ele foi à Inglaterra fazer sua fortuna e voltou para casa sem nada. Agora quer um lugar na corte. A seu serviço.

— Não posso — diz Catarina, imediatamente.

— Melhor lhe dar um posto e um pequeno salário para deixá-lo feliz do que deixá-lo tagarelar nas tavernas de Londres — aponta lorde William Howard. — Todos vocês, jovens, eram muito abusados, mas sei que você foi alertada mais de uma vez...

— Não fizemos nada.

— Nada disso importa — corrige a duquesa viúva. — Já tirei dele um punhado de cartas, poemas e outras bobagens enviadas por meia dúzia de garotas. Não as li, mas imagino que você tenha sido tão leviana quanto as outras.

Catarina solta um pequeno gemido.

— Não foi nada.

— Bem, enfim, eu as guardei em segurança, então ele não tem provas. Mas anda dizendo por aí que vocês eram amantes, noivos e sabe lá Deus o que mais. Ele afirma que lhe deu cem libras antes de partir, e que agora você é rainha. Que alguma recompensa lhe é devida.

— Eu devolvo o dinheiro dele, não gastei nada — responde Catarina, irritada. Ela olha para mim. — É aquela bolsa que está com você, Jane.

A viúva me dá um olhar afiado.

— Você está com a bolsa, é? É a confidente dela?

— Eu não tenho nada a ver com isso — digo, depressa. — Só guardei a bolsa. Posso devolvê-la hoje mesmo. Achei melhor que sua graça não guardasse dinheiro pertencente a um jovem rapaz, mesmo antes de ser rainha.

— Excelente. — Lorde Howard bate palmas, e a esposa Margaret repete o gesto, como se o seguisse em uma dança, copiando os passos com um segundo de atraso. — Então só falta encontrar um lugar para ele entre seus empregados.

— Não precisamos de um provisor — comento em voz baixa.

— Ele pode ser o secretário dela! — sugere a velha. — Sabe escrever.

— Não basta apenas saber escrever — aponto. — A posição de secretário da rainha deve ser preenchida por um homem que tenha dinheiro para a taxa de entrada, uma família para pedir em seu nome e uma educação à altura. E que seja perfeitamente discreto.

— Dereham é um parente distante dos Howard — alega a duquesa viúva, como se fosse uma conexão boa o suficiente para qualquer posição. — E quem se importa com a educação dele?

— O vice-chamberlain da rainha se importaria.

— O marido da minha enteada! Ele fará o que eu disser!

— Não! — interrompe Catarina. — Secretário, não. Ele não pode fazer outra coisa?

— Tenho certeza de que podemos encontrar alguma posição — comento em um tom glacial. — Se vossa majestade insiste.

— Por que não pode mantê-lo na sua casa? — pergunta Catarina, lamuriosa. — Ele sempre foi o seu preferido.

Há um breve silêncio desconfortável. Só a condessa de Bridgewater, que já viu coisa pior e sobreviveu a coisa muito pior, o interrompe.

— Ele é um merdinha — diz, grosseiramente. — É melhor para você, vossa graça, que ele esteja cagando na sua retrete do que em cima de todos nós, com os inimigos da nossa família e um bando de pregadores reformistas. Se ele disser qualquer coisa na corte de que vossa graça não gostar, será a primeira a saber e poderá ordenar que ele seja espancado na primeira palavra e preso na segunda.

— É traição falar contra mim — sussurra Catarina, tão pálida que vejo veias azuis saltarem em suas têmporas, combinando com os colares de safiras que dão voltas em seu pescoço.

— Então mande enforcá-lo — diz a condessa, simplesmente. — Mas não o deixe apostando e se arrastando por St. Paul's, contando a luteranos imundos que a rainha, uma rainha Howard, é uma puta tão baixa quanto a prima Ana.

Catarina dá um gritinho e se ergue de um pulo.

— Como se atreve?

Todos têm que se levantar, já que ela se levantou, mas a avó se ergue sem pressa. Dou um passo à frente.

— Lady Bridgewater... — Chamo a atenção da condessa, furiosa. — A senhora esquece o respeito que é devido...

Ela me dá um olhar duro.

— Ah, sim. Esqueci que você era a cunhada dela. Mas estou certa? Ou não?

— Está certa — admito, a contragosto. — Não queremos fofocas em Londres.

— Lorde William vai trazê-lo à corte e apresentá-lo. Ele pode ser camareiro — determina a condessa viúva.

— Eu, não! — diz lorde William, depressa. — Não suporto o sujeito. Minha esposa pode fazer isso, ela é sua dama de companhia, isso é natural para ela.

Lady Margaret dá um olhar horrorizado para ele.

— Muito bem — concorda a condessa. — Lady Margaret pode apresentá-lo.

— Pronto! — diz Agnes, a condessa viúva. — Eu sabia que tudo terminaria bem. — Ela se vira para a porta. — Não vou ficar para o jantar. Direi a Dereham para começar no outono. Na véspera de Todos os Santos. Lady Margaret o apresentará.

Lady Margaret murmura alguma coisa que pode ser uma recusa, mas todos os Howard a ignoram.

— Meu tio, o duque, sabe disso? — pergunto à condessa de rosto pétreo quando ela se vira para seguir a mãe.

— Não — responde, brusca. — É melhor não o incomodarmos com isso, não acha?

— Sim — concordo. — Melhor não.

* * *

Thomas Howard, o duque de Norfolk, com o instinto de um caçador que fareja uma presa oculta, visita os aposentos da sobrinha antes que o restante dos lordes e o rei apareçam para o jantar. Ele faz uma mesura baixa à rainha e vem até mim.

— Fiquei sabendo que minha madrasta visitou vocês hoje.

— Ela queria um favor. Instalar seu antigo provisor na equipe da rainha.

— Muito bem. Algo mais?

— Nada.

Ele se vira para a rainha.

— Devo parabenizar vossa graça: receberá mais algumas terras. Presentes do rei, seu marido generoso.

Catarina Howard, que sabe tanto sobre ser proprietária de terras quanto de mineração de carvão, abre um sorriso largo para o tio.

— Ele é tão bom comigo!

As portas duplas se abrem, e ela sai dançando do trono e vai na direção do rei, que entra se apoiando de leve no braço de Edward Seymour.

— Obrigada, meu marido! Meu tio acabou de me informar que vossa majestade vai me conceder mais terras!

— A fortuna de Thomas Cromwell — explica ele, tomando e beijando a mão da esposa. Ela não se retrai, embora o beijo nos nós de seus dedos seja molhado como limo. — Você vai compartilhá-la com o jovem Thomas Culpeper.

Catarina se vira e dá um sorriso radiante, como se tivesse esquecido completamente que ele preferiu Bess Harvey a ela.

— Ah, parabéns, mestre Culpeper!

— Foi um ótimo trabalho, tirá-las de um trapaceiro e passá-las a duas pessoas em que posso confiar — diz o rei. — Mas é um desperdício lhe dar terras, minha beldade. Sei que só gosta de joias.

— Ah, não, vossa majestade. Eu gosto de joias *também*! — responde ela, com tanta sinceridade que todos riem de sua ganância infantil.

— Se você fizer uma bela dança para mim depois do jantar, eu lhe darei um anel de rubi — promete ele. — Quem escolherá como parceiro?

Ela se vira para considerar suas damas. Maria Howard é a melhor dançarina, mas Catarina prefere um parceiro de cabelo escuro para criar um contraste.

— Vá com Thomas — diz o rei. — Vocês formam um belo par.

Os olhos dos dois se encontram; e o sorriso de Culpeper é caloroso e divertido. Ele sabe muito bem que Catarina ainda está ofendida, mas não pode recusar um parceiro proposto pelo rei. E Culpeper sabe, como todo homem belo, que ela ainda gosta dele.

— Vossa graça me daria a honra? — pergunta, com uma mesura.

— Como sua majestade deseja — responde ela, com frieza, depois toma o braço do marido, e eles lideram o caminho até o jantar.

A CORTE VAI CELEBRAR O Dia de Todos os Santos com os rituais papistas inalterados, apesar do desaparecimento dos santuários e do fechamento das capelas. O rei vai passar o dia em prece e, apesar de seus protestos, Catarina é obrigada a assistir a três missas de duas horas usando roupas discretas e a rezar ostensivamente pela alma da rainha Jane. A jovem suporta tudo isso muito bem, mas sei que está quase chorando de tédio e com dor de tanto tentar não se remexer.

Quando vai para seus aposentos esperar o rei e uma corte reduzida que se unirão a ela para um jantar tranquilo, lady Margaret Howard, esposa do tio de Catarina, William, se apresenta, como combinado anteriormente, com um belo rapaz de cabelo escuro que segue respeitosamente a três passos de distância. Charles Howard, irmão de Catarina, vem junto, como que para garantir que Margaret siga o roteiro dessa mascarada.

Margaret faz uma mesura à sobrinha e sussurra algumas palavras tão inarticuladas que ninguém escuta a apresentação que deveria estar fazendo. Charles Howard tem que falar bem alto:

— Ora, Francis Dereham! Não o vejo há meses!

Sinto aversão por ele à primeira vista. Parece um belo vigarista, um homem a quem não se deve confiar segredos nem dinheiro. Catarina interpreta seu papel esplendidamente: estende-lhe a ponta dos dedos com o mais leve sorriso e uma inclinação da cabeça. Age como se só tivesse vagas lembranças dele da infância, dá-lhe as boas-vindas ao castelo de Windsor, diz que a avó pediu uma posição para ele e, antes que o rapaz consiga abrir a boca, o entrega nas mãos de seu vice-chamberlain, seu cunhado sir Edward Baynton, que o conduz discretamente para fora da câmara de audiências.

Ninguém que tenha visto a mesura modesta de Dereham e sua aceitação alegre da dispensa da rainha imaginaria que houve algo entre os dois. Atrevo-me a ter esperanças de que o rapaz tenha atingido o ápice de sua ambição e de que vai passar uma temporada a serviço da rainha, lucrar o que conseguir, entediar-se e fugir de novo, de modo a permitir que todos nós nos esqueçamos dele.

PALÁCIO DE WOKING, OUTONO

1540

Passamos longos dias em Windsor, fazemos outra visita ao palácio de Oatlands e chegamos ao palácio de Woking quando termina a seca e começa a temporada de chuvas. Os dias de Catarina se tornam ainda mais entediantes. A corte não pode caçar com falcões, já que os animais não voam na chuva, e ficamos presas dentro do palácio enquanto a água escorre pelas janelas o dia todo, com o rei e seus homens jovens apostando e bebendo em seus próprios aposentos. Catarina dá voltas em seus aposentos silenciosos, inquieta e entediada, perguntando várias vezes se eu sei quando iremos a Londres, quando seu casamento será anunciado, quando será proclamada rainha, quando será coroada.

— Ela só vai ganhar uma coroação quando estiver grávida — prevê meu tio Thomas Howard. — O rei nunca vai coroar uma rainha infértil. Nunca mais! Ela sabe disso?

— Sabe. Mas está determinada a ser proclamada rainha mesmo se a coroação de fato só acontecer mais tarde. E ela precisa mesmo ser anunciada. Metade do país nem sabe que eles se casaram.

— Ah, ele vai anunciá-la. Fará isso em Hampton Court antes do banquete de Natal — promete meu tio. — Já fiz os arranjos. Detalhes infinitos, milhares de convites. Só Deus sabe como Cromwell fazia isso tudo. Minha filha vai carregar a cauda — comenta, de repente lembrando-se da filha viúva. — Mary tem que ser vista. Garanta que ela assuma um lugar de destaque em qualquer dança ou mascarada.

— Ela quer se casar de novo? — pergunto, sabendo que não quer.

— Thomas Seymour — murmura ele. — O tio do herdeiro. É o melhor que vamos conseguir. Temos que estar aliados a eles quando… — Ele deixa a frase no ar.

Não precisa completá-la. Quando o rei morrer, os Seymour serão os parentes mais próximos do príncipe Eduardo. Se houver um Conselho da Regência, será liderado pelos dois irmãos Seymour, Edward e Thomas. Mary Howard seria a esposa do lorde protetor. Se a rainha viúva Catarina for nomeada rainha regente, Thomas Howard terá uma filha e uma sobrinha bem no coração do poder.

Penso em Thomas Seymour, moreno e charmoso, e na beleza glacial de Mary Howard.

— Não consigo imaginar — digo.

— Mas vai — responde meu tio. — Se suborno e força puderem fazer acontecer.

— Quem o senhor vai subornar? — pergunto, curiosa.

— Thomas Seymour.
— E quem vai forçar?
— Minha filha.

HAMPTON COURT, INVERNO

1540

EM DEZEMBRO, TODA A NOBREZA é convocada para cumprimentar a nova rainha em Hampton Court: o casamento é formalmente anunciado, e a rainha Catarina enfim tem a recepção que deseja, jantando sob um baldaquino com a duquesa viúva de Richmond, a jovem Mary Howard, que segura a tigela dourada para ela molhar os dedos, e a duquesa de Suffolk, Katherine Brandon, que lhe estende uma toalha para que seque as mãos. Nenhuma das duas deixa transparecer o menor lampejo de desdém pela garota que conheciam como uma dama de companhia inferior, uma das mais tolas da nova corte. Isso não é difícil para Mary Howard, que aprendeu a esconder seus verdadeiros sentimentos no berço, e Katherine Brandon sabe muito bem como as rainhas vêm e vão.

O banquete de Natal é um dos mais alegres que a corte tem em anos: o rei adora sua jovem esposa, estamos em paz com os outros países da Cristandade, e o interesse real na reforma minguou tanto que só alguns hereges foram queimados nestes dias santos.

Ele despeja presentes de Ano-Novo sobre sua pequena rainha: diamantes de corte reto, cordões de pérolas, um cachecol de veludo preto com pele de zibelina pontilhado com rubis e centenas de pérolas. Ela puxa as joias para si como uma apostadora varrendo seus ganhos da mesa, e o fluxo constante de presentes mantém seu temperamento doce, mesmo ela sendo posta à prova nos dias de tempo ruim, sendo obrigada a ficar dentro de casa jogando cartas e brincando de enigmas com o rei.

Lady Maria, a filha mais velha do rei, vem de sua própria casa em Hunsdon para uma visita, e a corte inteira está ansiosa para ver como a filha de uma princesa da Espanha, ela mesma pertencente à família real, oito anos mais velha que sua delicada madrasta e muito mais sábia graças a uma vida cruel, vai cumprimentar essa antiga dama de companhia sentada no trono que foi de sua mãe, ostentando as joias que foram de sua mãe.

— Vou casá-la com um dos príncipes franceses — comenta meu tio, em meu ouvido, quando o primeiro cavaleiro do séquito dela entra pelo portão do relógio.

Lady Maria está montada em um magnífico cavalo espanhol, um andaluz castanho de peito largo, e usa uma jaqueta de cavalgada púrpura, a cor para membros da realeza e imperadores, com uma touca de veludo combinando. Uma pena da mesma cor está presa com uma ametista magnífica, fazendo uma volta para emoldurar seu rosto pálido e intenso. É uma entrada tão teatral quanto a mascarada antes de uma justa, quando os competidores desfilam seus estandartes e os espectadores escolhem seus favoritos.

— Por que arranjar um bom casamento para ela? — pergunto, enquanto a procissão se aproxima, a princesa olha para nós e fazemos uma mesura de boas-vindas. — Qual é a vantagem?

— Não me importo com ela — diz meu tio, pelo canto da boca. — Mas, se estiver casada com alguém de fora do reino, a criança real mais velha que restará na Inglaterra é nossa garota Tudor Howard. Elizabeth receberá mais atenção.

A princesa desmonta e sobe os degraus até onde sir Edward Baynton espera para escoltá-la aos aposentos da rainha, os aposentos de sua mãe. Lady Maria conhece o caminho melhor que ele.

— O senhor uma vez disse a ela que bateria sua cabeça contra a parede até ficar macia feito uma maçã assada — observo em voz baixa.

— Palavras de amor — responde meu tio, com um de seus sorrisos de falcão. — Amor de pai.

A PALIDEZ DE LADY MARIA é o único sinal de sua angústia ao ver uma segunda garota Howard derrubando mais uma rainha de berço superior. Sua mesura na entrada da câmera de audiências da rainha, antes de se aproximar do trono, tem a exata profundidade exigida: ela passou a vida inteira curvando-se a mulheres inferiores que se tornaram suas madrastas.

— Foi uma mesura apropriada? — pergunta-me Catarina, em um sussurro ríspido atrás da mão.

— Perfeitamente — digo, admirando a demonstração rasa de deferência.

Faço uma mesura a lady Maria e a levo até a rainha. As duas se cumprimentam, ambas beijando o ar ao lado da bochecha uma da outra, as faces mal se tocando, frias como enguias.

Catarina se apressa para se sentar antes que lady Maria afunde no assento da janela, correndo para reivindicar a precedência, e então não tem nada a dizer.

— Seja bem-vinda à corte, lady Maria — preencho o silêncio desconfortável. — Meu pai manda seus melhores votos. Sei que ele lhe enviou a tradução que fez dos salmos do cardeal Torquemada este ano.

Lady Maria desvia o olhar da rainha rígida.

— Seu pai é um correspondente constante. Por favor, transmita minha gratidão. Estou sempre muito interessada no trabalho dele.

A rainha continua sem dizer nada, apenas suspira como se estivesse exausta de tédio e olha pela janela, para o jardim. Está chovendo granizo no jardim formal, e os quadrados de diferentes cores de cascalho, divididos por pequenas cercas vivas, aos poucos vão ficando cinza e branco. As estátuas de feras heráldicas, pintadas em cores alegres, ganham coroas de neve derretida, e o rio além cintila prateado no ar frio. Catarina olha pela janela, tão inexpressiva quanto as nuvens geladas.

No silêncio da rainha, minha conversa com lady Maria vai do clima às muitas palavras da língua inglesa para "chuva".

— O dialeto de Veneza tem uma palavra para o reflexo da luz na água iluminando o teto — comento. — *Gibigiana.* Luz refletida.

— Do que estão falando? — exige saber Catarina, de repente. — Não sei do que estão falando! Que bobagem é essa?

Quase coro com a grosseria. Todos interrompem as conversas em voz baixa e olham da rainha para lady Maria.

— Estávamos falando de uma palavra italiana, vossa graça — explica lady Maria, educadamente. — Uma palavra que significa tanto o reflexo da luz e, o que é interessante, uma mulher espalhafatosa e que usa muitos brilhos.

Mantenho o rosto perfeitamente imóvel após essa demonstração inesperada e indesejada da erudição de lady Maria.

Catarina, ofuscante como uma pega-rabuda envolta nas joias da mãe de lady Maria, fica muito branca, exceto por duas manchas vermelhas nas faces, como se alguém a tivesse estapeado.

— Lady Rochford — ela me chama com a voz esganiçada. — Uma palavrinha, por favor.

Eu me levanto imediatamente e me posiciono atrás do trono, inclinando-me sobre o ombro da rainha para que ela possa sibilar uma queixa histérica.

— Ela me insultou!

— Ela não teve a intenção.

— Ela deveria estar falando comigo, não com você!

— Você não disse nada para ela.

— Ela não me chamou de "majestade".

— Ela a chamou de "sua graça", que é muito adequado, já que a sua coroação ainda não aconteceu.

— Eu não a quero na corte.

Dou um olhar de relance para a princesa, que conversa, tranquilamente, em um espanhol baixo e ondulado, com Katherine Brandon, a filha metade espanhola da dama de companhia mais amada de Catarina de Aragão. Essa visita só piora.

— Você precisa aceitá-la nesta temporada — afirmo, sem inflexão. — O rei ordenou, você é a madrasta dela.

— Diga a ela que exijo respeito. Ela foi respeitosa com Jane Seymour, não foi? E com Ana de Cleves?

— Minha querida, ela foi tão respeitosa com elas quanto é com você. Acredite, não há motivo para criar briga. E você vai parecer tola.

— Eu não sou tola! — rebate ela, estridente.

— Mas vai parecer, se brigar com a filha do rei sem motivo. — Eu aposto no amor que ela tem pelas aparências.

O olhar irrequieto dela passa por mim e pousa no séquito de lady Maria.

— E quantas damas de companhia ela trouxe? Ela só tem permissão para duas. Eu sei disso. Ela só tem permissão para duas.

Sigo seu olhar. Quatro damas estão tendo uma conversa agradável.

— Não vale a pena fazer alarde por isso...

— Diga a ela que vou reduzir seu número de atendentes. Ela vai perder dois criados.

A porta é escancarada: nesta tarde entediante, o rei está interpretando o papel de marido e pai encantado que veio visitar a esposa e a filha. Ele é todo sorrisos, e os nobres entram logo atrás, encantados por ver as damas em uma harmonia tão pitoresca.

Catarina se levanta com deleite e toma a mão de lady Maria para conduzi-la à frente.

— Eu a informarei mais tarde — digo.

PARA MINHA SURPRESA, meu pai está no cortejo do rei. Faço uma mesura a ele, que apoia a mão em bênção em meu capelo e beija minha testa. Enquanto a rainha joga cartas com o rei e lady Maria, nós nos acomodamos no assento junto à janela.

— Por que o senhor está na corte, pai? — pergunto, ansiosa. — Não há nenhum inquérito, certo?

O rei está entretido numa conversa agradável com lady Maria. Catarina está puxando a manga dele.

— Você me faz parecer uma Cassandra, sempre trazendo más notícias — reclama meu pai. — Claro que não há nenhum inquérito! Como poderia haver, agora que lorde Cromwell se foi? Só vim apresentar meus cumprimentos ao rei e lhe presentear com minha tradução dos *Comentários do turco*. Não sou um cortesão nato como você, Jane. Não gosto dessa vida. Não tenho paciência para isso.

— Eu não gosto tanto quanto antigamente — revelo. — Eu sei demais. É como se tivesse entrado nos bastidores de uma mascarada e visto o maquinário que cria o trovão e as rodas que giram para criar as ondas do mar. Não sinto nenhum prazer com o espetáculo, agora que já empurrei as rodas. Sou parte da máquina, não da plateia.

Ele está interessado na metáfora, mas não em mim.

— Crie grandes ondas, então — recomenda, olhando de relance para o rei. — Certifique-se de ser a pessoa operando o maquinário.

HAMPTON COURT, JANEIRO

1541

No fim, todos nos unimos atrás da roda para criar a magia de uma corte real para as celebrações de Ano-Novo. Uma visita de Ana de Cleves faz o maquinário funcionar na potência máxima. Ela faz uma mesura tão baixa para Catarina que é como se sua antiga dama fosse uma imperatriz, depois se acomoda junto das duquesas à metade da mesa que já supervisionou como rainha. Quando dançamos após o jantar, o rei observa suas esposas darem as mãos como parceiras e bate palmas para marcar o ritmo da música.

Todos parecem ter esquecido que Ana é tão feia que nenhum homem poderia desejá-la. Ninguém acha que seus seios são flácidos e que ela fede. Ana está muito bem-vestida; deve gastar uma fortuna em roupas novas, todas com um corte revelador, no estilo francês, para se ajustar às suas curvas. Trouxe presentes extravagantes para o rei, dois xairéis para cavalo em veludo púrpura imperial, e ele a recompensa generosamente. Até Catarina divide parte do seu butim, passando para a frente os presentes do rei que não quer: dois filhotes de cão que Ana ergue e beija, e um anel de ouro que a rainha enfia no dedo dela.

Quando é hora de ir, Ana se despede alegremente de todos seus velhos e falsos amigos, e eu caminho com ela até o pátio da torre do relógio, onde seu cavalo e seus guardas estão esperando.

— Você está feliz? — pergunto.

— Mais que você, acredito — responde ela. — Estou como você disse que estaria: livre do espetáculo e livre do medo. Vivo sem um mestre. Imagine só: vou cavalgar dez quilômetros por um parque congelado e chegar em casa antes do crepúsculo, a tempo do jantar. Vou comer o que quiser e dormir sozinha na minha cama enorme. Acordarei amanhã e então... farei o que quiser!

— Fico feliz por você.

— Mas o que vai acontecer quando ele morrer? — pergunta ela, em alemão, para que ninguém possa nos entender, caso escute.

Ainda assim, olho ao redor.

— É contra a lei falar... — começo a avisá-la.

— Eu sei. Mas não pode demorar muito. Não no estado dele.

— Seu lugar está assegurado — digo. — Ele determinou por lei que você receba uma pensão e seja reconhecida como irmã dele.

— E você? — Ela olha para mim. — Catarina Howard é jovem, vai viver décadas a mais que ele, como achei que eu faria. Pensei que eu seria uma rainha regente, governando a Inglaterra até meu enteado atingir a maioridade, então receberia as honras apropriadas à mãe do rei. Mas será Catarina, não eu. Ele está tão apaixonado que poderia ser persuadido a nomeá-la rainha regente em seu testamento, então você e a família Howard seriam o poder por trás do trono de uma regente governando a Inglaterra. — Ela me dá um olhar especulativo. — Você sabe como fazer isso. Aprendeu a governar o reino. Na verdade, seria bem boa!

Baixo os olhos para que ela não veja a força da minha ambição.

— Pensei nisso — admito.

Ela ri com divertimento genuíno.

— Seria engraçado, depois da ânsia dele por um filho, que seu reino fosse governado por uma mulher! E ainda mais engraçado se a mulher fosse uma Bolena.

Sou lembrada da previsão sombria do meu pai, de que ninguém sabia encher um júri como Thomas Cromwell, quando sir Thomas Wyatt, nosso velho amigo, o poeta, é preso sem aviso e levado à Torre. Ele está exaustivamente familiarizado com os cômodos da prisão; só foi liberto da última vez porque Cromwell tinha provas suficientes contra Ana e não precisou jogá-lo na balança contra ela. Desta vez, o único amigo de Wyatt é sir John Wallop, embaixador da França, que é chamado de Paris de repente. Os dois são detidos juntos.

E tudo fica assim, suspenso em silêncio sinistro e imobilidade. As casas deles são revistadas e seus criados, interrogados, mas nada é encontrado. Os dois homens ficam na Torre, mas não recebem nenhuma acusação. É como se alguém soubesse que houve um crime, mas não tivesse as habilidades para escrever uma ordem de execução sumária. Todos os velhos lordes estão tensos, aguardando notícias, com pavor de que alguma coisa aponte para um deles: um estandarte bordado no fundo de um velho baú, um recibo de um cavalo. Mas quem quer que tenha encomendado esse inquérito não sabe o que está fazendo. Começou com a acusação e agora procura evidências. Um conselheiro esperto lançaria *pão sobre as águas*; meu mestre espião semeava mentiras para criar mentiras muito antes de fazer uma acusação, compreendendo muito bem o ensinamento de Eclesiastes: *não sabes que mal haverá sobre a terra.*

Perambulo pela galeria fora da câmara do Conselho Privado enquanto os velhos lordes estão saindo, imersos em conversas indiscretas com os amigos, mas não descubro nada. Se havia um círculo de conspiradores ocultos, foram alertados pelas prisões. É verdade, como meu pai disse: ninguém sabe gerir um inquérito agora que Cromwell se foi.

— Thomas Wyatt é culpado de alguma coisa de fato? — pergunto ao meu tio.

— Ele é inteligente demais — responde ele, em um tom sombrio.

— Não é uma ofensa ser inteligente demais, é?

— É uma ofensa ostentar o próprio aprendizado, dizer que, juntando todos nós, antigos lordes, não se forma uma única mente inteligente, sugerir que a Inglaterra não pode ser governada sem um Wolsey ou um Cromwell, e que os poemas do rei não têm ritmo, rima nem palavras suficientes por verso, ou sabe-se mais lá o quê — retruca ele, irritado.

Eu o examino. Não temo seu mau gênio, agora que meu futuro ficou claro. Sou indispensável a uma rainha favorita e, se ela se tornar rainha regente, vai governar o país com os Seymour, e eu serei sua conselheira principal. Sua inexperiência e ignorância são vantagens para mim. Nenhuma rainha antes dela tinha uma educação tão ínfima, nenhuma rainha antes dela não tinha nada a fazer para preencher os dias vazios. Nascida inglesa, ela não poderia cumprir o papel de embaixadora, como Catarina de Aragão. Não tem nenhum interesse no catolicismo, como a primeira rainha devota, nem na reforma, como a segunda. Não tem opinião sobre o governo do país, nenhum interesse nos pobres, nem em resgatar aqueles que não têm para onde ir, agora que as escolas, os hospitais e os abrigos dos monastérios fecharam. Não tem irmãos espertos como os Seymour para apoiar sua autoridade. Foi criada para ser uma esposa calada, do tipo que se senta ao lado do marido em uma sela especial e nem tenta ver para onde está indo. Se o rei a tornar a rainha regente antes de morrer, eu governarei a Inglaterra através dela.

HAMPTOM COURT, FEVEREIRO

1541

Em fevereiro, o rei, cansado da falta de provas, vai a Londres com seus conselheiros para agilizar a execução de seus velhos amigos Thomas Wyatt e John Wallop. Meu pai os encontra lá, mas não sobe o rio até Hampton Court para me visitar. Com isso, entendo que está satisfeito com meu progresso de uma rainha a outra. Meu tio, o duque, viaja para o norte, em alerta contra a ameaça dos escoceses nas fronteiras. A corte, subitamente livre dos velhos lordes e do velho rei, transforma cada dia em um Primeiro de Maio em Hampton Court. O tempo fica gélido, e Catarina, uma princesa das neves de um conto de fadas, vestida de azul-claro, com penugem de cisne nos pulsos e no pescoço, lidera suas damas em uma corrida pelos jardins formais, saltando sobre as cercas vivas e raspando o cascalho colorido em uma batalha selvagem de bolas de neve. Os jovens homens da corte, sem trabalho nem supervisão enquanto o rei acusa seus velhos amigos em Londres, nos veem da janela e saem pelas portas aos brados, saltando e uivando, lançando punhados de neve fresca.

Saímos correndo, rindo. Ordenamos que pajens e camareiros enrolem um estoque de bolas de neve e montamos uma emboscada ao lado de um dos corredores de teixos. Enquanto correm pelo túnel verde-escuro, sobre um piso de folhas marrons, lançamos bolas de neves para cima deles e pulamos de trás dos teixos para cercá-los. Presos sob os galhos verdes no chão seco, eles não têm neve para criar mais munição: a vitória é nossa. Todos se rendem, erguendo as mãos e exigindo uma negociação de paz.

Thomas Culpeper se afasta do grupo de jovens sorridentes e encara Catarina, de cabelo solto e as faces rosadas como as de uma criança.

— Misericórdia — suplica, ajoelhando-se aos pés dela, mas seus olhos castanhos fitam os dela, dizendo: *Me beije!*

— O senhor sente muito, muito mesmo? — pergunta Catarina. Está ofegante da corrida e da batalha de brincadeira, mas acho que na verdade está resfolegando de desejo.

Ele tira o chapéu vermelho do cabelo castanho espesso.

— Estou deitado a seus pés — diz. — Pode fazer o que quiser comigo.

— O senhor está a meus pés — concorda ela. — Eu o lembrarei dessa promessa.

Os dois não se movem, e estamos todos congelados, capturados por esse *tableau* de desejo súbito, sob a sombra verde-escura das árvores, cercados pela brancura ofuscante do sol. Estamos escondidos com eles em um mundo privado, no sigilo rebelde do bosque verde, respirando o aroma pungente das frondes caídas e trituradas sob os joelhos de Culpeper, que fica de cócoras, apoiado nos calcanhares, parecendo disposto a passar o dia inteiro olhando para ela, como se o tempo tivesse congelado feito os sincelos gotejantes e aquela mulher fosse uma princesa da neve que vai derreter na boca dele.

Devagar, como se patinasse no gelo, Catarina desliza para a frente e estende a mão para ele. A penugem de cisne em sua manga tremula sob o hálito quente quando Culpeper pega seus dedos e baixa a cabeça escura sobre sua mão. Em um movimento fluido, ele se levanta, ergue a mão dela à boca, vira-a e planta um beijo na pele macia do interior do pulso, onde as veias azuis correm direto até o coração.

Todos veem isso como um gesto de amor cortês insignificante, mas, para mim, significa algo. Por um momento, vejo os dois iluminados na escuridão esverdeada por um feixe brilhante do sol branco do inverno e penso ter encontrado um coração em um mundo sem coração: amor entre os que não têm amor. Vendo os lábios de Thomas no pulso dela e a cor subindo do colarinho de penugem de cisne, ninguém poderia recriminar a bela rainha por estender a ponta dos dedos para ele. Nenhum jovem o recriminaria por levar a palma macia dela à boca. Todos estamos enfeitiçados pelo momento, como se de fato existisse isso que chamam de amor verdadeiro. Como se, nesta máquina de triturar que é a corte, possa existir o desejo: livremente oferecido e amorosamente aceito.

Não há ninguém aqui para nos lembrar de que nada é livre, que tudo é comprado e pago. Thomas Howard, duque de Norfolk, está muito longe, protegendo a entrada do reino feito um cachorro velho e mal-humorado. Os outros lordes estão em Londres com o rei, analisando provas contra um dos seus. A irmã mais velha da rainha, Isabel Baynton, está dentro da casa, aquecida, junto com o marido, sir Edward. O tio da rainha, lorde William Howard, está fazendo as malas para ir a Paris como embaixador, recém-promovido ao posto de um homem morto. Toda a jovem corte é como um jardim dos prazeres desprovido de um senhor severo e um tutor. Não conspiramos para essa liberdade, mas, de repente, estamos livres.

Vamos caçar com os cães do rei, mas ninguém se importa com a caçada: estamos cavalgando só por alegria e empolgação, imprudentemente seguindo os cães aonde nos levam, quase torcendo para nos perdermos no bosque enevoado, encontrando o caminho até as tendas quentes para jantar, bebendo vinho quente em excesso e voltando para casa a cavalo entoando canções de amor. Mary Norris cavalga de mãos dadas com o novo marido, George Carew; Catherine Carey e seu marido, sir Francis Knollys, são inseparáveis; e a própria rainha e Thomas Culpeper são como a ponta e o lápis de um compasso de desenho: onde quer que ela se sente, ele a rodeia, sempre ficando fora de alcance, mas nunca longe demais.

Onde quer que ele esteja, ela olha, como que para medir a distância entre os dois. Nunca ficam tão próximos quanto na guerra de bolas de neve, mas, estranhamente, esse distanciamento cuidadoso é mais intenso e erótico do que qualquer abraço. São como duas criaturas selvagens se rodeando, alertas apenas uma à outra, alheias a tudo o mais.

Quando dançamos em círculo e ela pode ver o lugar dele, duas garotas à frente, depois uma, depois o próximo passo vai trazê-lo até ela… Catarina dá um passo para trás e se retira da dança, acenando para que uma dama de honra assuma seu lugar, de modo a não tomar as mãos de Culpeper ou entrar no círculo de seus braços. Eu a elogiaria pela discrição, então vejo o sorriso triunfante que ela lança na direção do rapaz enquanto o evita, e percebo que está apenas brincando de recuar para trazê-lo mais e mais para perto. Ele a vê partir, vira o calor intenso de seu charme para a garota que ela deixou em seu lugar, e espera, sem olhar, que ela volte.

Aviso a ela que uma rainha da Inglaterra, sobretudo uma quarta esposa, deve estar além de qualquer suspeita.

— Como a esposa de César — explico.

— Quem é a esposa de César? — pergunta Catarina.

— Estou dizendo que ninguém pode caluniá-la.

— E não podem — diz ela, simplesmente. — Thomas Culpeper nunca fez nada além de beijar minha mão uma vez, e estávamos na frente de toda a corte. Você mesma viu. Só uma vez.

— Eu vi — concordo, e penso: deve ser minha culpa, não deles, que eu continue a ver a cena na mente, que continue a ver a mão da rainha na boca dele como um momento de beleza extraordinária.

Em um dia gélido, ao meio-dia, antes do jantar, temos a ideia de dançar na grama congelada dos jardins de tiro com arco, e convocamos músicos e coristas para tocar e cantar músicas campestres e galopes, mudando de parceiro a cada refrão. Enquanto caímos sobre almofadas e tapetes, afogueados e risonhos após uma dança em círculo animada, ouvimos o retumbar de tambores, insistente como um trovão distante no dia claro. São os tambores das barcas do rei, subindo o rio em um ritmo constante, agourentos como tambores de guerra. Então ouvimos o som agudo das trombetas quando a barca do rei atraca no píer.

Imediatamente, agarramos capas, chapéus e regalos que tínhamos largado durante a dança e corremos para o píer. Ninguém precisa receber ordens de amarrar as capas e endireitar os chapéus; nenhum de nós quer parecer desgrenhado por brincadeiras. As pessoas mais velhas saem do palácio mais devagar, examinando-nos com breves olhares desconfiados para se certificar de que não vamos trair sua falta de supervisão.

Sabíamos que o rei chegaria hoje ou amanhã, mas ainda nos sentimos pegos no pulo. Os companheiros do rei correm para se enfileirar na ordem de precedência, rígidos, esperando para saudá-lo como se não estivéssemos farreando feito pastores e garotas do campo poucos momentos atrás.

Passo os olhos dos rostos jovens e corados encarando o rio frio para as barcas pesadas dos velhos homens esperando atracar, uma armada de riqueza e idade, e penso: se o rei um dia enxergar a si mesmo como um dos velhos mal-humorados, frios e distantes, enxergar sua corte como jovem e brincalhona e de sangue quente, vai nos odiar. Catarina e suas damas de honra parecem estudantes fugidas chamadas por um professor severo. Apertam as mãos frias contra as bochechas rosadas e tentam fingir que não estão quentes da dança e dos flertes. A rainha parece culpada como uma criança com uma mancha de geleia no avental.

— Sorria, vossa graça — sussurro, com urgência. — O rei vai querer ver um rosto bonito para recepcioná-lo.

— Mas ele estava em Londres, executando pessoas!

— Não há por que parecer que você deveria estar na Torre.

Ela curva os lábios em um sorriso, mas, assim que vejo o rei se levantar pesadamente do trono, na popa da barca, sei que estamos todos com sérios problemas. Posso ler seu ressentimento na tensão dos ombros acolchoados, no jeito como ele ergue os olhos para as nuvens pesadas de neve.

A barca gira habilmente, os remadores inclinando-se contra os remos para trazê-la paralela ao píer. O rei dá um passo instável no convés oscilante; com a mão, aperta o ombro do mestre barqueiro. Ele está mancando de novo, e seu rosto gordo está enrugado de dor. Aperta os olhos contra a luz invernal forte, deslumbrante no rio cintilante.

Não consegue descer a prancha sem se apoiar no mestre barqueiro e, no final, estala os dedos para Thomas Culpeper, que tira o chapéu e vem correndo se ajoelhar.

— Erga-se, seu tolo, preciso do seu braço — diz o rei, puxando-o para perto e apoiando todo o peso no rapaz.

Culpeper cambaleia por um momento, mas o sustenta. Os dois começam a caminhar, o rei titubeante feito um bêbado. Culpeper hesita quando passam pela rainha, e Catarina afunda em uma mesura profunda, maravilhosamente graciosa, e consegue evocar um sorriso radiante.

O rei faz um ruído como se estivesse escarrando catarro e diz:

— Continue, seu idiota. Cada momento pisando nessa perna é um ano de dor.

Culpeper não pode fazer nada exceto carregar o rei, passando por Catarina como se ela não estivesse lá. John Dudley contorna os dois para chegar ao outro lado.

— Vossa majestade gostaria do meu braço também? — oferece.

— Acha que não consigo andar? — pergunta o rei, parando com um estremecimento. — Acha que não consigo andar pelo meu próprio jardim, até meu próprio palácio? Da minha maldita barca?

— Um ferimento que teria matado outro homem qualquer — exclama John Dudley.

— E está me matando — diz o rei, emburrado. — Dê o braço aqui e me leve a meus aposentos.

Os homens mais jovens da corte seguem atrás dele, esperando uma chance de ajudar, perguntando-se, no íntimo, como vão puxá-lo pelo enorme lance de escadas. As damas ficam para trás, completamente rejeitadas, na margem do rio. O dia de primavera brincalhão se tornou um crepúsculo invernal.

As barcas dos nobres, seguindo a do rei, enfileiram-se como cochos carregados para atracar, uma após a outra, e os velhos lordes marcham pelas pranchas e entram no palácio sem uma palavra cortês a ninguém, exceto uma mesura protocolar à rainha e um aceno para chamar seus parentes ou espiões.

— Devemos entrar, vossa graça? — pergunto a Catarina.

Ela está observando o rei, segurado por John Dudley de um lado e Thomas Culpeper do outro. Parece perplexa, como se nunca tivesse percebido que o marido é um homem trinta e dois anos mais velho que ela, inválido e mal-humorado, que só vai ficar mais velho e mais doente, e que toda a sua juventude e alegria e beleza será desperdiçada com um homem amargurado. Seu lábio inferior treme.

— Qual é o problema dele? — reclama. — Não me viu? Não viu minha mesura? — Desde aquele dia em Rochester, quando ela afastou o olhar dele de sua noiva verdadeira, o rei nunca tinha desviado os olhos dela. — O que tem de errado com ele? Ficou tão velho… de repente! Ficou cego?

— Quieta — sibilo. — Cale a boca.

Ela arqueja com minha grosseria, calando-se de choque, o suficiente para que eu a empurre para dentro do palácio, fora do alcance dos ouvidos de qualquer um, e a leve até seu quarto.

— Como… como se atreve? — pergunta, a voz fina, assim que a porta se fecha atrás de nós.

— Você pode morrer pela boca — rebato. — Nunca fale isso sobre o rei.

Ela afunda numa cadeira e tateia em busca do seu espelho de mão, como se tivesse que se ver, certificar-se de que está tão linda quanto sempre.

— Mas qual é o problema dele? — indaga de novo, sem nunca afastar o olhar do retrato de jovem pesar refletido na superfície.

— Ele é um homem velho com um ferimento antigo e terrível de uma justa — explico, em tom sombrio. — Tem quase cinquenta anos. A maioria dos homens morre antes dessa idade. E estava trabalhando muito em Londres enquanto estávamos nos divertindo aqui. Ficou ouvindo provas contra um amigo de infância, um homem que conheceu a vida inteira, um homem que já perdoou uma vez. Você não pode imaginar como é estar cercada por amigos em quem não pode confiar, mas o rei vive assim desde… desde…

Penso um pouco: foi antes da morte de Thomas Cromwell, antes de Ana, antes mesmo de Thomas More. Antes mesmo do cardeal Wolsey, que o guiou tão lealmente, e antes da rainha Catarina. Ele nunca confiou nas pessoas e nunca foi confiável, desde o momento em que, secretamente, se regozijou com a morte do irmão e passou a ocupar o lugar dele.

— Ele é muito solitário — digo. — O luto e a dor não o deixam dormir, então está sempre cansado e sempre com dor. E tem pavor de perda, mas executa seus amigos. Quer ser amado, mas não tem coração. Eu já o vi assim antes… — Mas nunca foi tão ruim, penso. — Lembre-se: você nunca, nunca deve dizer uma palavra sequer para sugerir que ele está velho, ou doente ou…

Eu me interrompo. Não acho que possa dizer a palavra "impotente" a essa criança que se observa no espelho, enquanto uma única lágrima escorre pelo seu rosto.

— Você não pode dizer nada exceto elogios. É contra a lei dizer que ele está velho ou enfermo. É ilegal dizer que ele pode morrer. É contra a lei, Catarina.

— Mas essa é uma lei idiota — observa ela. — Todo mundo morre.

— Mesmo assim, é a lei. Você pode ser julgada por traição e decapitada por dizer, como fez no píer, que o rei está parecendo velho ou doente. Nunca deve dizer isso.

— Ele passou direto por mim como se não me visse.

— Ele não a viu, não viu nenhum de nós, porque estava com tanta dor e está tão…

— Mas não foi só o rei! Todo mundo passou reto por mim!

Penso: ah, é Culpeper. Ela está descobrindo que o rei vem primeiro. Para um cortesão, o rei sempre tem que vir primeiro.

— Ninguém importa mais que o rei — digo, com firmeza. — Devemos colocá-lo em primeiro lugar. Thomas Culpeper tem que o colocar em primeiro lugar. Você também.

— Mas o que eu posso fazer? — pergunta ela, arregalando os olhos verdes diante do próprio reflexo.

— Tem que sorrir tanto quanto fazia quando estava feliz com os presentes dele. Tem que ser bela mesmo quando ninguém estiver observando. Mesmo se ele, ou qualquer outra pessoa, abandonar os bons modos, você jamais pode abandonar os seus. Sempre tem que ser tão bela e tão bem-comportada quanto da primeira vez que apareceu na frente dele.

Isso, ela entende. Foi criada para ser uma garota Howard: a mais charmosa, a mais bela, a mais desejável. Essa corte, uma ilusão, enfim tem uma rainha adequada, uma rainha que só se importa com a aparência das coisas, e não com a verdade.

— Vou usar meu vestido verde-escuro e minhas esmeraldas no jantar — decide, como uma solução para a infelicidade dele.

— Sim. Vou mandar trazê-las para você e descobrir se o rei quer jantar na câmara de audiências dele ou se quer vir aqui.

— E chame os músicos para...

— Não vamos dançar — alerto. — Ele não vai querer dançar com a perna doendo.

— Mas eu quero me recusar a dançar com...

— Ninguém vai dançar.

O REI ESTÁ COM DOR DEMAIS para jantar com a corte — não quer nem jantar sozinho com a esposa. Deseja apenas a companhia de alguns amigos mais favorecidos, e Thomas Culpeper tem que permanecer ao lado dele, sentando-se com ele o dia todo e dormindo em seu quarto à noite. Nenhum visitante consegue entrar: centenas de pleiteantes vêm à corte e não há ninguém para ouvir seus pedidos. Nobres e suas damas, que não passam de mendigos elegantes, só conseguem chegar até a câmara de audiências, e o rei não aparece em nenhum momento. Só seu médico é admitido na câmara privada pelos guardas à porta, e o dr. Butts emerge com uma expressão sombria, dizendo, como é legalmente obrigado a dizer, que o rei está forte e sadio.

Uma semana se passa, e a corte congela em um estado de imobilidade e quietude nos dias escuros de fevereiro. Quase todos os dias, a neve cai silenciosamente, com flocos grossos e pesados; o rio começa a congelar, estalando entre os juncos, e o céu escurece no início da tarde. Ninguém se atreve a erguer a voz ou correr batendo os saltos no assoalho de madeira, por medo de perturbar o sono do rei. As portas do quarto real estão trancadas, com guardas inexpressivos postados diante delas, as alabardas cruzadas para bloquear a aproximação de qualquer um. Ninguém pode se demorar do lado de fora para ver o médico entrar e sair.

Certa tarde, está nevando tanto que os flocos de neve formam um redemoinho cinza contra as janelas. Temos que acender velas ao meio-dia, e, no meio da tarde, todos já estão fartos de jogos de cartas e enigmas. A rainha olha com ânsia para os jardins brancos onde poucos dias antes brincamos com bolas de neve e dançamos, mas sabe que não pode sair correndo na neve enquanto o rei está enfurnado em seus aposentos como uma fera adormecida, como uma toupeira nas profundezas escuras. Ela está presa na nevasca, e não haverá traços de seus pezinhos nos montes de neve.

— Mas qual é o problema dele? — sussurra para mim.

— O doutor diz que está muito bem.

As pessoas começam a sussurrar que as enormes bandejas de comida são um engodo e que ele nem está lá. Eu me pergunto se há um engodo ainda maior: se ele morreu lá dentro e os Seymour estão escondendo sua morte até terem firmado alianças fortes o suficiente para anunciar uma regência Seymour e governar por meio de seu principezinho. Não posso ver os Seymour; estão trancafiados com o rei, feito uma ordem silenciosa. Não posso escrever a meu tio. Tenho que praticar a paciência e manter Catarina pronta para todos os cenários.

O dr. Butts chama outros médicos de Londres, como se tivesse perdido sua famosa convicção. Eles sobem o rio na barca real, o gelo rachando sob a onda da proa conforme a água gelada escorre. Lembro-me do dr. Butts dizendo a George para tirar o elmo do rei depois do acidente na justa, com todos nos perguntando se a cabeça sairia junto. O médico estava sozinho na época, não precisou de outra opinião para trazer o rei de volta à vida. Será que o rei está mais próximo da morte neste momento do que quando seu grande cavalo rolou por cima dele? O dr. Butts estará mais temeroso, o rei estará pior do que quando jazia como morto?

Caminho à beira-rio, embrulhada em minha capa escura para me proteger do frio, escondida pelo crepúsculo, e passo pelo píer enquanto os médicos embarcam de novo para voltar a Londres. Um deles diz baixinho que ventosas nunca vão abaixar uma febre terçã tão alta. Ele baixa ainda mais a voz:

— O coração dele não vai aguentar...

Agora todos sabem que o rei está com uma febre terçã, do tipo que persiste e persiste, até matar o doente. Alguém diz que ele estava delirando de febre, que precisaram segurá-lo na cama para impedi-lo de se jogar da janela, e que depois desabou em um transe silencioso, os olhos vidrados no teto, a boca escancarada em um grito silencioso de dor enquanto o veneno em sua perna corre pelo corpo. Dizem que quando esse veneno atingir seu cérebro, ele vai morrer. Seus favoritos nunca deixam seus aposentos, como se fossem ser enterrados com ele, como companheiros pagãos na tumba de um rei.

Mais uma vez, a corte é infectada pelo medo de morte do rei. Se ele morrer esta noite, há apenas um garoto frágil para sucedê-lo e um país dividido contra ele. Eu deveria alertar meu tio que sua sobrinha Catarina pode se tornar viúva, mas ele está viajando nas terras selvagens entre a Inglaterra e a Escócia. Não tem rede de mensageiros, como meu mestre espião; e não posso lhe contar que o rei está morrendo: isso é traição, e não temos nenhum código. Sou a única pessoa que pode guiar Catarina para seu futuro estado de viúva. Encontro Thomas Seymour subindo depressa as escadas de pedra, vindo dos estábulos.

— Lady Rochford — cumprimenta ele, com uma mesura.

— Sir Thomas. Diga-me: como está o rei hoje?

— Melhor — responde, mentindo. — Ele melhora a cada dia, creio.

— Agradeço a Deus por isso — respondo, tão desonesta quanto ele. — A rainha ficará feliz em saber. E nosso príncipe, o enteado da rainha, também está bem no castelo de Hertford?

Um olhar de soslaio dos seus olhos escuros me diz que ele reparou que reivindiquei o menino como enteado de Catarina.

— Sim, que Deus seja louvado.

— O rei costumava ler os relatórios da ama à rainha Catarina — comento. — A rainha sente falta deles. É uma madrasta muito devotada.

O sorrisinho de Thomas Seymour indica que sabe que isso é mentira.

— Ela mesma é uma jovem mulher — diz, como que para perdoar a indiferença da rainha.

— Tem idade suficiente para ser mãe — contradigo. — O rei pensa que ela tem idade para ser mãe e madrasta. Que tem idade para supervisionar seus enteados, nossa pequena parente, lady Elizabeth, e o príncipe Eduardo. Quando esquentar, ela vai visitar os dois.

Ele faz uma mesura.

— Tenho certeza de que eles se sentirão honrados — responde. — Vou me certificar de que a rainha receba os relatórios da ama de Hertford.

— E ela mandará seus conselhos através de vocês, os tios dele. Conselhos amorosos e maternais. Vocês e ela são os únicos parentes do príncipe, enquanto o rei não estiver bem.

Quero que ele entenda que não estou desafiando seu lugar, apenas esperando um compartilhamento do poder.

— Ficaremos felizes de receber os conselhos maternos da rainha — responde ele.

Um olhar direto de seus olhos escuros me diz que nos entendemos: ele sabe que, quando o rei morrer, haverá uma regência Seymour, e Catarina deverá ser nomeada rainha regente. Ele sabe muito bem que essa é minha ideia e meu plano, que terá que lidar comigo, e os Howard atrás de mim. Catarina é nossa testa de ferro; eu sou o poder.

Ele beija minha mão.

— Estou muito feliz que tivemos essa conversa.

— Eu também — respondo, abrindo um sorriso enquanto ele faz uma mesura e sobe as escadas até os aposentos reais, onde o rei está morrendo em segredo enquanto a febre ferve seu coração acelerado rumo ao silêncio.

NOS APOSENTOS DA RAINHA, não recebemos ninguém. Não há dança, cantoria nem sequer jogos de cartas. Os jovens nobres que entravam e saíam correndo dali agora estão confinados aos aposentos do rei, encerrados em silêncio. Só os parentes de Catarina a visitam, mas eles não pertencem ao círculo íntimo do rei e nada sabem. Charles Howard faz uma visita à irmã e beberica uma taça de vinho.

— Você contou ao rei que vinha aos meus aposentos? — pergunta Catarina.

O irmão balança a cabeça.

— Ele não pediu para vir me ver?

— Infelizmente, não — diz ele, com falsidade.

— Não mandou nenhuma mensagem?

Charles olha para mim em busca de ajuda.

— Não, não mandou — responde. — Na verdade, não.

Catarina sai do trono, então o irmão tem que se levantar. Ela apoia a mãozinha na manga ricamente bordada da jaqueta dele, que me passa sua taça, sem jeito, para poder segurar as mãos dela. Afasta-o das damas que escutam a conversa. Só eu, que os sigo de perto, ouço seu sussurro urgente:

— Meu irmão Charles, meu irmão querido, o rei está insatisfeito comigo?

— De forma alguma! — Ele se vira para mim com um olhar aflito. — Sua majestade, o rei, está saudável e pensa em você com afeto, como sempre. Ele está muito bem... vai se dar o prazer, sem dúvida... — Ele se desvencilha das mãos insistentes de Catarina, faz uma mesura baixa e lança um olhar desejoso para Margaret Douglas antes de sair do recinto.

Eu o alcanço na galeria, do lado de fora.

— O senhor agiu corretamente ao não alarmar a rainha, mas pode me contar. O rei está pensando nela com afeto? É melhor se eu souber. É melhor para todos nós se eu souber como aconselhar a rainha.

Meu coração despenca quando reconheço em seu rosto o alarme de um cortesão que perdeu o controle do seu senhor.

— Ninguém sabe o que ele está pensando — sussurra Charles, com urgência. — Porque ele está atarantado. Está com o rosto preto feito um limpador de chaminés, a respiração vem em arquejos. Ele não vê ninguém além do médico, o cozinheiro e dois favoritos. Não faz nada além de dormir e comer, exceto quando delira feito um louco por conta da dor. Deus sabe onde isso vai acabar. Eu não posso dizer... você me entende... não posso dizer.

— Mas ele não disse nada contra a rainha? — insisto, com urgência, uma mão em seu braço.

Não me atrevo a perguntar: ele não chamou um advogado? Não mudou seu testamento? Quando morrer, ela será reconhecida como a rainha viúva? Ele não nomeou nenhum herdeiro além do menino Seymour? Não aprovou um Conselho da Regência sem ela? Qualquer imbecil saberia o que quero dizer.

— Ele não diz absolutamente nada sobre Catarina — explode Charles. — Acho que se esqueceu completamente dela! Quando está delirando, jura que não tem nenhum amigo e nenhum conselheiro verdadeiro. Seu povo só tem rebeldes. Ele diz que não tem esposa. Que está morrendo tão solitário e torturado quanto ela. Ninguém pode tomar o lugar de lorde Cromwell.

— Ele está lamentando a perda de lorde Cromwell? — pergunto, chocada.

— Diz que nunca vai perdoar aqueles que o derrubaram... nós, os Howard!

— Mas lorde Cromwell arranjou o casamento de Cleves!

— Agora ele diz que não havia nada de errado com o casamento de Cleves! E nada de errado com Ana de Cleves!

— Ele pensa em chamá-la? — Estou pasma. — O que está pensando? Quer desfazer o acordo com a duquesa?

Isso é um pesadelo. Se o rei se arrepender do divórcio de Ana de Cleves e da morte do meu amigo Thomas Cromwell e de todos os outros — meu marido e minha cunhada, Henry Pole, Henry Courtenay, lorde Lisle, sir Thomas More, o bispo Fishe... então minha vida inteira foi um luto sem sentido, e perdi meu marido, minha cunhada e o único amigo que já tive para um homem desvairado.

Meu horror escancarado deixa Charles exasperado.

— Eu já disse! E eu... com certeza não deveria estar falando disso! Ele acha que está m... morrendo... e só fala de...

— Quem?

— Da princesa viúva — responde, e por um momento fico tão aflita que não consigo entender de quem está falando.

— Quem?

— Catarina de Aragão. Ele está sonhando que é jovem de novo e casado com a rainha Catarina. Quando acorda, chora por ela e chama o cardeal Wolsey e seu querido amigo Thomas More, e o leal Cromwell, e, quando não conseguimos trazê-los, diz que ninguém se importa com ele, com seu eu verdadeiro, e que somos todos… todos…

— O quê?

— Trai… trai… — Ele não consegue dizer a palavra: traidores. Não consegue fazê-la passar da garganta.

Agarro suas mãos frias e o obrigo a se virar para mim.

— Fale dela — ordeno. Sibilo as palavras em seu ouvido como se quisesse cuspi-las em sua cabeça bela e idiota. — Coloque a rainha, a nossa rainha, na cabeça dele de novo. Ela está aflita e se preocupa com ele.

— Como posso fazer isso? — pergunta Charles, sem forças. — Ele está cercado pelos Seymour, que ficam falando de Jane e do filho deles, do herdeiro dele.

— Ela tem que ser a rainha viúva! — Minhas mãos estão tão frias quanto as dele. — Tem que estar no Conselho da Regência. Você tem que dar um jeito de garantir que ele a nomeie para a regência.

— Estou lhe dizendo, ele vai morrer como um louco.

HAMPTON COURT, MARÇO

1541

A Terça-feira Gorda deste ano cai no primeiro dia de março, mas parece que a Quaresma veio mais cedo, anunciada com as batidas de tambor da barca do rei atracando nas docas do palácio, trazendo um Rei Pescador, um homem que só quer um reino de silêncio e tristeza. Não teremos mascaradas, nem justas, nem banquetes. O Mestre das Festividades não convoca músicos, não há nenhum cenário pintado para a liça, e nenhuma fantasia é costurada para mascaradas. Mal percebemos que é a Terça-feira Gorda: não há comida especial no jantar nem nenhum lorde do desgoverno. Will Sommers, o bobo da corte, permanece nos aposentos do rei e não pode inspirar nenhum riso: o silêncio das peças religiosas da Quaresma é como um feitiço espalhando uma mudez taciturna pelas galerias silenciosas e salões ecoantes.

— Nem parece que sou rainha — sussurra Catarina. — É pior que Lambeth. É pior que Horsham! Melhor ter ficado em casa, uma nada e uma ninguém, mas livre para fazer o que quiser.

— Espere — digo a ela. — Esses podem ser os dias mais importantes da sua vida.

Observamos a Quaresma com rigor nos aposentos da rainha, usando roupas modestas de cores escuras, jejuando em jantares sem carne e assistindo à missa na capela, que foi despida de toda cor. Observamos, em inveja silenciosa, as grandes montanhas de comida que são levadas aos aposentos do rei: carnes e cremes, manteigas e queijos, pudins e petiscos abundantes, jarras de vinho tinto escuro.

Catarina, sem apetite para os pratos de peixe e comidas sem cor da Quaresma, começa a perder peso; seu rosto redondo de menina fica mais magro, e ela não cora mais de prazer.

— Você tem que comer! — insisto. — Pode pedir um pouco de frango e carne de caça.

Ela balança a cabeça.

— Não tenho vontade. Não tenho vontade de nada. Quando acha que o rei vai sair do quarto? Ele *vai* sair do quarto? Os jovens serão livres de novo?

A corte inteira começa a prever que o rei permanecerá encerrado como o monstro que os peregrinos o acusaram de ser: o *mouldwarp*, a toupeira que vive se refastelando em túneis escuros no subterrâneo. Será que ele vai se esconder em seus aposentos até o final da Quaresma e só sair na Páscoa? Será possível que fique lá até esquentar e não saia antes do Pentecostes?

SEM QUALQUER AVISO, os guardas somem da porta dos aposentos do rei, as grandes portas da câmara de audiências são abertas e, quando vamos à missa matinal na capela, lá está o rei, em seu lugar de sempre, com sir Anthony Browne no lugar de Cromwell, curvado sobre ele e deslizando cartas à sua frente, como se nada tivesse mudado e como se ele não tivesse se ausentado.

Um alívio atordoado varre a corte. As pessoas caem de joelhos na capela para a primeira prece sincera de graças que já fizeram na vida. Nós, cortesãos, seguros atrás de muros altos; nós, proprietários de terras, em guerra com nossos arrendatários: como sobreviveríamos se o rei morresse? Quem nos sustentaria tão ricamente, assomando tão alto?

Quando o padre reza pela saúde do rei, todos curvam a cabeça, todos são fervorosos em suas preces pelo bem-estar dele, por sua saúde e felicidade e pela vida e fertilidade da rainha.

Catarina olha de relance para ele a missa toda, o rosto branco por trás da renda do véu, e sei que está com medo desse homem que voltou dos mortos, retornando para nós de seu purgatório terreno. Foi horrível ver as montanhas de comida entrando no quarto e os pratos sujos com ossos limpos e salgados quebrados saindo horas depois. Ela se sente uma noiva de contos de fadas, casada com um monstro.

O rei não tira os olhos dos papéis que são colocados com cuidado, um após o outro, na sua frente. Mas não os assina: carimba cada documento, como se batesse um punho raivoso, e cada papel é levado para que sua assinatura seja feita a tinta depois. Ele ficou preguiçoso demais até para rabiscar o nome? Será que deu a alguém o selo que torna lei qualquer capricho seu? Quem guarda o carimbo de sua assinatura? Quem está governando o país se o rei, que nunca lê os decretos que promulgou, agora nem sequer os assina?

— Devo fazer uma mesura para ele? — sussurra Catarina quando a missa acaba com a prece de intercessão.

— Sim — respondo. — Curve-se e erga-se sorrindo com alegria. Se ele quiser falar com você, vai chamá-la.

Ela parece horrorizada.

— Sorria — insisto. — Aja como se estivesse feliz por ele estar bem. Diga algo como "Deus é misericordioso com todos nós, porque vossa majestade está bem"... algo assim.

Ela parece aterrorizada, mas se levanta, faz uma mesura ao altar, então se vira e faz uma mesura ao rei. Ele acena a mão rechonchuda, incitando-a a dar um passo à frente. Ela vai e, obedecendo a outro aceno, curva-se sobre ele e beija sua face.

Sem aviso, ele a agarra pela nuca e puxa sua boca até a dele, dá um beijo molhado e a solta.

Catarina se endireita, e a corte aplaude. Posso ver que está tremendo, mas consegue dar um sorriso trêmulo.

— Deus é misericordioso... — repete minhas palavras. — Misericordioso.

— Estou sob a proteção especial Dele — conta o rei. — Deus restaurou minha saúde e meu vigor.

LONDRES ESTÁ LIVRE DA PESTE e, como está bem o bastante para ser visto em público, o rei quer atestar sua convalescença a todos. Exige uma cerimônia pública para mostrar que está tão sadio e robusto quanto um homem com metade de sua idade e que tem uma linda e jovem rainha. Pelo menos Catarina vai ganhar sua entrada cerimonial na capital. Não haverá coroação até ela estar grávida, ele nunca mais ficará preso a uma rainha infértil, mas quer exibir Catarina a uma multidão admiradora e ser celebrado como o marido potente de uma linda esposa. Visita a cama dela toda noite, no início de março, e sorri enquanto passa por mim, mancando.

Catarina floresce sob a atenção e a promessa de uma aparição pública. Pede a mim e ao vice-chamberlain, seu cunhado, sir Edward, para repassarmos as formalidades e explicarmos onde ela deve se sentar, quando deve se mover e os gestos régios de reconhecimento aos aplausos. Relutante, sir Edward, que não tem paciência com a vaidade feminina, diz que ela será orientada e guiada ao longo da cerimônia e que deve só observá-lo, que ele lhe dirá o que fazer.

Claro que isso não ajuda Catarina, que deve ser perfeita em toda dança. Então coloco uma cadeira em sua câmara privada para servir como o trono da barca, e as damas de honra e eu passamos gritando:

— Eu sou a guilda dos vinicultores!

— Eu sou a guilda dos pescadores!

— Eu sou o lorde prefeito!

E as damas gritam "bum!" para emular os disparos dos canhões da Torre, e algumas se sentam no peitoril da janela e dão vivas para representar o povo de Londres nas margens do rio para ver sua nova rainha.

As damas de honra transformam esse ensaio em uma farra: espalham ervas de cobrir o chão umas nas outras, como se fosse água do rio; fingem cair no rio de mentira, assombradas com a beleza de Catarina; rolam pelo chão fingindo se afogar. Nos velhos tempos, Catarina teria rolado com elas, mas hoje está muito séria e lhes diz para ou fazer aquilo direito, ou não fazer, me perguntando a altura exata das mesuras que deverá fazer ao lorde prefeito ou à guilda dos pescadores. Ordena que tragam todos os vestidos de tecido de prata do guarda-roupa real, e pedimos mais joias à Torre. Ela está determinada a deslumbrar Londres, que só a conhece como a filha desimportante de um nobre caído em desgraça, a dama de companhia insignificante de uma antiga rainha de sangue real.

— Eles amavam Ana de Cleves, não amavam? — pergunta, ansiosa, na privacidade do quarto, enquanto coloco vestido após vestido na frente de seu corpo, e Catherine Tilney segura o espelho comprido e revira os olhos.

— Eles não a conheciam — garanto a ela. — Vão amar vossa graça. Basta sorrir e acenar.

— E entrar na barca sem tropeçar — lembra ela. — E cumprimentar o lorde prefeito e todos na Torre, e depois fazer o desfile no rio certinho.

— Eles vão amar vossa graça — repito. — E sua majestade estará ao seu lado.

— E ele teve muita prática em proclamar rainhas — diz Catherine Tilney, amarga.

Mas Catarina parece ficar mais nervosa do que nunca ao pensar na presença taciturna do rei.

— Ele está bem agora? — sussurra ela.

— Devo continuar segurando esse espelho? Meus braços estão prestes a cair — reclama Catherine Tilney, com grosseria.

— Ah, não fique irritada — pede Catarina à dama. — Aguente mais um pouco. Você estaria apavorada, se estivesse no meu lugar.

— Eu vou apoiar isso aqui — diz a jovem, encostando o espelho na parede.

— Enfim, estou tão pronta quanto posso estar — declara Catarina, desesperada, escolhendo um vestido aleatório. — Vou usar este. Com as minhas pérolas.

TORRE DE LONDRES, MARÇO

1541

Claro, ela não usa aquele vestido, muda de ideia duas ou três vezes antes de sua entrada oficial em Londres. Durante a noite, na Torre, muda de ideia outra vez, então toda a excursão precisa aguardar enquanto ela escolhe os sapatos para o desfile do rio da Torre ao palácio de Greenwich.

— Você estará na barca, ninguém verá seus pés — digo, paciente.

— *Eu* saberei que os sapatos são horrendos — retruca. — E, enfim, posso trocar de sapatos quantas vezes eu bem entender, se quiser.

— Pode trocá-los o quanto quiser, mas não pode manter o rei esperando, e o Conselho e os oficiais municipais não podem ficar balançando no rio enquanto você troca de sapatos — aviso.

A simples menção ao rei a deixa em pânico e, quando o relógio bate a hora, ela calça os sapatos que chamou de horrendos, sai pela porta dos aposentos reais e desce os degraus de pedra. Desce as escadas tão rápido que não consigo acompanhá-la e guiá-la para a direita, para longe do gramado da Torre.

Catarina se vira na direção do gramado e segue reto — aquele lugar não significa nada para ela. Mantenho os olhos na barra do seu vestido, sem olhar para cima nem ao redor; não quero ver o gramado onde decapitaram minha cunhada, onde a grama cresce verde e fresca. Não vou erguer os olhos para as janelas da Torre, de onde Thomas Wyatt, amigo e companheiro de poesias de George, pode estar olhando para mim, como fez com Ana naquele dia. Olhando e ponderando se será liberto como antes, executado como tantos dos seus amigos ou só deixado ali para morrer, como Thom Howard.

Não quero ver seu rosto. O fantasma do meu marido pode estar olhando por cima de seus ombros, pois foram naqueles cômodos que ele ficou. Francis Weston, Henry Norris, William Brereton, Thomas More, o bispo Fisher e meu mestre espião, Thomas Cromwell, todos olharam dessas janelas enquanto esperavam para morrer. Não procuro por nenhum deles, não quero ver nenhum fantasma.

Avanço para ajudar a rainha a descer os degraus úmidos até o cais, onde a barca real espera, balançando na água escura, do lado de dentro do portão da água, uma grade contra a luz do rio. Seu rosto está pálido sob a sombra do arco. Nos aposentos acima, no lado sul da Torre, estão lady Margaret Pole, seu menino Pole e o primo dele, o garoto Courtenay. Provavelmente ouviram as trombetas da barca real, o rugido do canhão para homenagear Catarina Howard. Também não ergo os olhos para aquelas janelas, não quero ver o rosto da minha antiga professora.

O mestre barqueiro ajuda Catarina a subir a prancha até a barca e a acomoda na popa. As cortinas são abertas para que ela possa ser vista pelos londrinos à espera, nas margens do rio, e a aristocracia menor de Londres em suas embarcações. O rei desce os degraus, apoiando-se em Thomas Culpeper de um lado e em Edward Seymour do outro. O bispo Gardiner os segue enquanto o carregam como carga, levando-o ao assento do lado oposto da barca.

Penso: se Margaret Pole vir o bispo Gardiner, um inimigo da Reforma, nas graças do rei, pensará que sua liberação está próxima. Penso: que terrível estar encarcerada naquelas paredes úmidas enquanto do lado de fora o sol brilha sobre o rio, as gaivotas sobrevoam a água piando, e a primavera e o Primeiro de Maio estão chegando. Mas então penso: o Primeiro de Maio nunca foi um dia feliz na Torre.

— É um tanto deprimente — comenta Catarina, em uma vozinha fina, enquanto os remadores se afastam do portão da água escura, que se fecha atrás de nós, o mecanismo na torre acima soando como os moinhos do inferno, a água escura escorrendo entre as barras dos portões, as algas pendendo feito cabelo encharcado.

— É mesmo — concordo.

— Meio triste — diz ela. — Se você pensa em todas as pessoas que ficaram presas aqui. Se pensar nas que morreram.

Realmente não posso ficar papeando sobre prisioneiros na Torre e sua execução.

— Eu poderia pedir misericórdia ao rei? — Catarina dá um olhar incerto para ele, que está dizendo algo a Thomas Culpeper e não presta a menor atenção a ela. — Quer dizer, pedir misericórdia é uma coisa boa, não é?

Chegamos ao centro do rio, onde as barcaças de Londres estão atracadas. O tiro de canhão ruge sobre nossa cabeça, e ela acena e sorri para as barcaças e os navios dos mercadores e o povo que ovaciona. O rei está de costas para nós, acenando para a outra margem.

— Quem falou com você? — exijo saber.

Catarina admite de imediato:

— Mary Howard. Ela disse que Thomas Wyatt é um grande poeta, não um traidor.

— Isso pode muito bem ser verdade — digo, acenando para um par de crianças debruçadas sobre a proa de um barco lotado. — Então deixe Mary Howard pedir por misericórdia, se ela se importa tanto assim com ele.

— Ele escreveu um lindo poema sobre Ana Bolena — comenta Catarina, como se fosse só uma observação casual. — Elogiou-a por sua beleza.

— Sim, eu sei.

Percebo que Mary Howard sabe muito bem como inspirar a vaidade de Catarina com palavras astutas. A rainha continua:

— Mary Howard diz que as rainhas pedem misericórdia, que soltam o cabelo e se ajoelham na frente do rei, e que é uma cena muito bonita. As pessoas se lembram e ficam gratas para sempre. Se eu fizesse isso agora, todos no desfile veriam que sou uma boa rainha.

— Uma vez — digo, refreando o entusiasmo dela. — Catarina de Aragão pediu misericórdia *uma* vez pelos rapazes aprendizes, e foi tudo combinado com antecedência; planejado e ensaiado e, sim, foi muito bonito. Mas Jane Seymour pediu misericórdia pelos peregrinos, os rebeldes do norte, e o rei a deixou ajoelhada no chão com o cabelo solto. Consegue imaginar o ridículo?

Catarina parece chocada com a ideia.

— Ah, eu teria que saber que ele queria. Ele tem que querer um perdão antes que eu peça.

— Então não é questão de implorar pela vida de um homem, e sim de interpretar seu papel numa mascarada — aponto.

— Sim — diz ela, animada. — Foi isso que quis dizer. Igualzinho a uma mascarada. Comigo como a "Misericórdia"... podemos fazer agora?

— Agora?

Olho para o outro lado da barca. O rei está bebendo vinho e comendo alguns petiscos, acenando para a procissão de barcos que veio celebrar a nova rainha.

— Agora, onde todos podem me ver.

— Vou perguntar se ele quer — digo, e aceno para Thomas Culpeper, que vem de imediato, faz uma mesura polida e ouve minha pergunta sussurrada.

— Ah, com certeza — diz ele. — Sua majestade pensou em Wyatt com muito afeto, quando passamos a noite na Torre. Perguntou se ele recebeu um bom quarto e se estava de bom ânimo.

Não vou tentar entender o que significa o rei perguntando se um traidor está de bom ânimo. Não vou pensar nos monges que morreram de fome naqueles mesmos cômodos.

— Sua majestade estaria receptivo a uma súplica por misericórdia da rainha? — pergunto.

— Vou me certificar — diz ele, solícito. — Nenhum homem no mundo a recusaria...

Eu o vejo cruzar o convés até o rei, inclinar-se e sussurrar no ouvido dele. As bochechas do rei estão cheias de comida, e ele toma um gole de vinho antes de responder. Mas então o vejo abrir um sorriso largo e ordenar ao mestre barqueiro que pare. Os tambores cessam as batidas, e os remadores giram os remos para nos manter estáveis na água.

— Vá agora — digo a ela.

— Agora? — Catarina está encantada. — Agora mesmo? Posso?

— Você está muito ansiosa para vê-lo perdoado.

— Não — responde, honestamente. — Só para que todos me vejam sendo rainha.

Com cuidado, desamarro a capa dos ombros dela, tiro seu capelo e os alfinetes de marfim inestimáveis do cabelo, deixando a cabeleira cor de bronze cair sobre os ombros. Eu a aliso.

— O que eu faço?

— Só vá até ele, caia de joelhos, junte as mãos como se estivesse rezando e erga os olhos em sua direção — digo. — Seria ótimo se conseguisse chorar. Mas nada que estrague sua aparência. Só uma lágrima.

— Não digo nada?

— Só diga: "Eu peço misericórdia, misericórdia por Thomas Wyatt".

Ela se levanta do trono e lança um olhar breve e nervoso para Henrique, que está olhando para o rio, acenando para algumas pessoas que ovacionam de um barco de pesca.

— E quanto a John Wallop? — pergunto. — E lady Margaret Pole? Ela ainda está na Torre e é prima do rei. Deveria pedir perdão para eles também? Você deveria pedir perdão para ela?

— Ah, não — diz Catarina, depressa. — Não posso me demorar tanto. Sabe, não posso ser enfadonha. Além disso, as pessoas não vão ouvir o que eu falar. Não passa de um espetáculo.

Ela passa por mim, firme no convés que oscila de leve, sobe no tablado, em plena vista dos barcos do rio, ajoelha-se em seu vestido prateado, ergue as mãos em prece ao rei e encena, para todos que estão assistindo: a linda jovem rainha implorando por misericórdia. Tenho que esconder um sorriso quando vejo uma única lágrima escorrer por sua face.

O rei se inclina para a frente na cadeira, põe as mãos nos ombros dela e a levanta. Catarina se curva, com o cabelo caindo para a frente, e beija seus lábios manchados de vinho.

GREENWICH, MARÇO

1541

Meu pai nos cumprimenta no cais em Greenwich, ajoelhando-se diante do rei e da rainha, que passam orgulhosamente por ele, depois se levanta para me dar a bênção.

— Eu não sabia que o senhor vinha — digo, beijando sua bochecha. — A senhora minha mãe está bem, e minha irmã e meu irmão?

— Sim, sim, todos estão bem. E, antes que pergunte, estou aqui para pedir algumas terras ao rei, não há nenhum inquérito.

— Thomas Wyatt vai ser liberto — digo, baixinho. — A rainha pediu um perdão para ele.

— E para lady Margaret Pole? — Ele ergue uma sobrancelha.

Balanço a cabeça.

Meu pai suspira.

— *Circa Regna Tonat* — diz, citando um poema de Wyatt. — "Trovão ao redor do trono."

Tomo seu braço e seguimos os cortesãos para o palácio.

— E como vai sua nova rainha?

— Jovem, mas crescendo e se adaptando ao grande chamado — respondo.

Ele assente, entendendo.

— Seja modesta, filha — diz, com gentileza. — Mesmo o maior cortesão nunca esquece que sua função é servir. E você está sozinha agora, não tem protetor.

— Tenho o senhor — sugiro.

Ele dá de ombros de leve.

— Eu poderia traduzir um texto para você, mas pouco mais que isso. Sou um observador do maquinário por trás da mascarada, não empurro a roda com os ombros.

PALÁCIO DE GREENWICH, ABRIL

1541

Entro no quarto real em Greenwich e encontro Catarina ainda na cama. Ela tem um punhado de fichas de mesas de apostas espalhadas sobre os lençóis bordados e segura um calendário cheio de datas anotadas.

— O que é isso? — pergunto.

— Não tenho certeza — responde ela, sem fôlego. O calendário foi rabiscado e corrigido diversas vezes. Ela pôs pontos de interrogação no pé da página e uma semana de marcações confiantes no topo. — Não tenho certeza.

— Está tentando calcular suas regras?

Ela ergue os olhos com alívio.

— Jane, você sabe se é hora? Acha que estou atrasada?

Fui dama de companhia de cinco rainhas. Isso é uma função essencial do meu ofício.

— Sim — digo. — Vossa graça está alguns dias atrasada, mas pode não significar nada.

— Mas eu poderia estar grávida? — Ela ergue os olhos das fichas e do calendário. — Poderia estar grávida?

— Só se concebeu assim que o rei foi à sua cama. É cedo demais para dizer. Certamente, cedo demais para contar a qualquer um.

— Deve ser isso, então! — concorda ela. — Ele disse que Deus o abençoa. Eu estou grávida, sei que estou! Sinto um enorme desejo por docinhos de ameixa.

— Sempre sente — aponto.

— Bem mais que o normal — insiste, teimosa. — Vou contar ao rei.

— Não, espere. Não queremos que ele tenha esperanças e fique decepcionado.

O olhar que ela me dá é o de uma mulher muito mais velha e sábia.

— Jane, lembra como ele estava antes da Quaresma? Eu preciso ser coroada.

Ela tem razão, precisa mesmo. Na ocasião, achamos que ele morreria, e sua doença não está curada, só inativa: pode retornar amanhã. Ele poderia morrer antes que o bebê vingasse. Uma rainha viúva, vestida de preto e com um bebê na barriga, seria imbatível. Vale o risco.

— Contarei a ele após a missa — avisa ela, afastando os finos lençóis de linho. — Usarei azul; pegue meu vestido azul com as mangas azuis, Jane. Usarei azul como a própria Virgem.

— A *annuntiatio* — concordo, ouvindo a risadinha de um fantasma.

Catarina me pergunta qual é o jeito correto de informar a um rei que sua rainha está grávida. Informo o lorde chamberlain dela, que informa o lorde chamberlain do rei. Quando a missa acaba, esperamos do lado da capela reservado às damas enquanto o rei faz Culpeper levantá-lo. Eu a coloco para fazer uma mesura muito bonita, dar um passo à frente e sussurrar no ouvido dele, com um rubor nas faces. Culpeper estuda o chão. O rei toma a mão dela, beija-a na boca, vira-a como se ela fosse uma marionete para encarar o altar e diz:

— Regozija-te, tu que és favorecida pelos Céus! O Senhor está contigo, abençoada és entre as mulheres!

Todos dizem "Amém!" ou "Graças a Deus!" e comemoram em voz baixa. Os Seymour parecem ter engolido uma bola de pelo e precisar ir a um canto para vomitá-la discretamente, mas até eles fazem o sinal da cruz e dizem "Deus a abençoe e a mantenha em saúde", dirigindo-se a Catarina, que se levanta entre todos, corada e muito orgulhosa, com o rei segurando sua mão e os olhos cheios de lágrimas — não chorando a ponto de estragar sua aparência, apenas lágrimas de felicidade.

GREENWICH, QUARTA-FEIRA DE ESPIÃO

1541

A Quarta-feira de Espião é o dia anterior à Quinta-feira Santa, batizada assim em memória de Judas Iscariotes, e eu penso em meu mestre, o melhor espião da Inglaterra, como se este fosse o seu dia de luto — um dia para honrar os espiões. Penso: o que ele me aconselharia, com o rei sumindo da corte? O que faria quando o rei reaparecesse, recusando-se até a lembrar que quase morreu? O que faria com uma jovem rainha que talvez carregue no ventre um herdeiro real? Penso: ele teria se preparado para tudo, para qualquer coisa. É o que preciso fazer.

Catarina tenta fugir das longas missas e preces nos últimos dias da Quaresma, e sou obrigada a suborná-la para ir à igreja com lindas *mantillas* espanholas de renda preta que a rainha Catarina deixou no guarda-roupa real. Mas ela se recusa terminantemente a lavar os pés de dezessete mulheres pobres, uma para cada ano da sua vida.

— É bem pior para o rei, ele tem que lavar cinquenta — digo a ela. — Os velhos também.

— É bem pior para mim porque não tenho necessidade de me humilhar — retruca ela. — Eu não nasci rainha. Não sou um rei velho. Por que tenho que lavar os pés nojentos delas?

— Não são nojentos, já estão lavados. E todas as rainhas da Inglaterra fizeram.

— Ah, eu não vou aguentar! — lamenta, com um gritinho desolado. — Por que tenho que fazer isso?

— Porque nosso Senhor lavou os pés dos discípulos. O próprio papa faz isso em Roma. O rei faz isso. Você com certeza consegue fazer.

— Só se você me mostrar exatamente como e se prometer me fazer um favor depois.

— Ah, tudo bem — digo, impaciente.

Montamos uma fileira de bancos, e suas jovens damas de companhia dedicam-se aos papéis de velhas pobres. Elas mancam e tossem e insistem em ser carregadas e sentadas. Abaixam as meias e tiram os sapatos de cetim, gritando de rir e acusando uma à outra de ter pés fedidos.

— Nada de rir — manda Catarina, irritada. — As pobres não vão rir, vão? Por que eu tenho que fazer isso direito, se mais ninguém faz?!

Mostro a ela como cada mulher terá os pés em uma tigela, e tudo o que Catarina precisa fazer é verter uma jarra de água na tigela e tocar no topo dos pés.

— Jane Seymour fez isso lindamente — incentivo. — Ela via como parte do serviço de uma rainha.

Catarina percorre a fileira de damas sentadas e sorridentes, seu rosto tenso e sério, fingindo verter água de uma jarra vazia, tocando os pés delas com um dedo estendido. Margery Horsman tira a jarra das mãos dela no final da fileira de bancos, seca suas mãos e lhe estende uma bolsa. Catarina se vira e percorre a fileira de novo, dando uma moeda a cada mulher. Ela para no final da fileira e olha para mim.

— Depois eu só vou embora?

— Vossa graça pode abençoá-las e lhes desejar uma feliz Páscoa.

Catarina se vira com um sorriso angelical.

— Deus as abençoe, velhas fedidas, e feliz Páscoa — diz.

As garotas explodem em risadinhas.

— Deus a abençoe, rainha Catarina! — exclamam. — Deus abençoe seu doce rosto! Deus abençoe sua barriga excelente e o bebê dentro dela! Deus lhe permita conseguir mais um do jeito que conseguiu esse! Deus conceda que desfrute da experiência da próxima vez!

— Basta! — digo, severa. — E arrumem os bancos. — Eu me viro para Catarina. — Bom trabalho. Faça exatamente assim.

— Agora, meu favor!

De repente, ela fica com um ar travesso e me puxa para longe do barulho das garotas levando os bancos de volta aos seus aposentos.

— Que favor?

— O favor que você prometeu se eu fizesse isso.

— O que você quer? — pergunto, hesitante.

— Tenho um desejo — sussurra ela.

— Não mais que dez docinhos de ameixa.

Ela sorri.

— É uma pessoa, não uma ameixa. Mas tão doce e tão suculenta quanto…

— Que pessoa?

— Não consegue adivinhar? Logo você, que sempre sabe de tudo?

— Não vou adivinhar uma pessoa — respondo, sem querer ajudar.

— Vou dizer, então! Quero ver Thomas Culpeper, em privado, nos meus aposentos.

— Não pode — digo, sem hesitar. — Sua câmara de audiências está sempre cheia de gente, e sua câmara privada, de damas. Não pode receber um homem em seu quarto. Não há nenhum lugar onde possa vê-lo a sós.

— Quero dar um presente de Páscoa para ele — afirma Catarina. — Só isso.

— Depende do presente — retruco, desconfiada.

— Só um chapéu, um chapéu de veludo — sussurra ela. — Nada especial. Do tipo que o rei dá para seus favoritos no Natal. Igualzinho. Para agradecê-lo por ser tão bom com meu marido enquanto ele estava doente.

— Você não precisa agradecê-lo, é o dever dele. Vai encontrar os Seymour e agradecer todos eles também?

— Ah, Jane, não seja tão chata! Comprei um chapéu para ele e quero que o tenha, para que pense em mim quando o usar.

— Isso é bobagem.

— Mas não faz mal — implora ela. — Estou grávida, não posso fazer nada errado. Ninguém poderia dizer nada contra mim, não é?

— Você nem sabe onde poderiam se encontrar.

— Já pensei nisso! Bem na frente da porta do meu quarto! Na galeria. Eu poderia estar saindo dos meus aposentos com você. Catherine Tilney pode passar com ele, e nós nos encontramos por acidente. Só por um momento.

— E se alguém passar?

— Então eu passo por ele só com uma mesura. E você pode entregar o chapéu depois. Vamos, Jane, não vai fazer mal.

— Também não vai fazer bem — digo, nada convencida.

— Sim, mas eu quero! — retruca ela, como a criança que é. — Não vou lavar os pés das velhas nojentas se você não concordar, não vou nem levantar de manhã se você não concordar.

CATHERINE TILNEY NÃO TEM objeções a interpretar o papel de *Bialacoil*, o amigo que dá as boas-vindas nas histórias de amor cortês. Henry Webb, o mordomo da rainha, leva Thomas Culpeper até Catherine Tilney, que desce a galeria de braços dados com ele e dá um passo para trás quando a rainha sai de seu quarto.

Ele fica imóvel, como se percebesse que foi tudo planejado. Espera, como um homem experiente em flertes, para ver o que ela quer — e o quanto quer. Henry Webb vai para a outra ponta da galeria, de olho nas escadas, pronto para tossir alto se alguém aparecer.

Um encontro acidental entre uma rainha e um cortesão não requer guardas. Um presente de Páscoa entre rainha e cortesão não exige sigilo. Da mesma maneira, um encontro secreto de amantes não acontece diante de três testemunhas. Esse evento é indefinível, fica em uma fronteira entre um mundo e outro, em um limiar. Culpeper pode se tornar conhecido como o campeão da rainha, seu favorito publicamente reconhecido, o representante do rei em danças e caçadas. Seu prestígio vai aumentar e a reputação dela, permanecer incólume. O fascínio oculto dos dois pode se transformar na devoção pública de um cortesão leal a uma rainha amada. Culpeper conhece as regras do amor cortês tão bem quanto Catarina. Estou esperando que esse encontro, tão no limiar da indiscrição, mova ambos para os papéis seguros de Amante Humilde e Senhora Distante. Mas tudo acaba em um momento.

Vejo Catarina falar brevemente com ele e lhe passar algo pequeno e dobrado. Culpeper aceita o objeto e, obedecendo ao gesto apressado dela, o guarda fora de vista, sob a capa. Ele diz algo que acha engraçado, sei disso por sua cabeça inclinada e o sorriso bem-humorado, mas Catarina não acha graça. Dá um passo para trás, lança um olhar afiado por cima do ombro, diz algumas palavras e vai embora com um giro irritado do vestido.

Fico enormemente aliviada. Isso é muito melhor do que ele jurando a lealdade de um amante. Culpeper a ofendeu de novo, e ela não é mais uma garota apaixonada, a dama de companhia mais jovem, olhando-o enquanto ele dança com sua coquete preferida. Agora, está plenamente ciente do seu prestígio como rainha. Mestre Culpeper vai descobrir que não pode mais fazer piadas com Catarina: ela é uma rainha, não vai perdoar impertinências.

Ela não diz nada até eu trançar seu cabelo de noite.

— Aquele rapaz é muito estúpido — comenta.

— Eu achei também — respondo, agradável. — Ele tem um charme complacente.

— Tem mesmo! — exclama ela. — É exatamente isso. — Então hesita. — O que é isso?

— Fácil. Leve.

Penso em George e na inclinação da cabeça e na risada dele.

— Fácil. Leve — repito, pensando no sorriso de meu falecido marido, em como ele era sempre jovial, mesmo diante do maior dos perigos. — Amor cortês: só superfície, sem profundidade.

Catarina percebe minha tristeza. Encontro seus olhos no espelho.

— Não dura. Não é real — finalizo.

— Sim — sussurra ela. — Amor cortês, não real. Você viu? Eu o presenteei com um chapéu de veludo enfeitado com um broche dourado e uma corrente e fitas de ponta dourada, e ele nem ligou! Riu e disse que eu deveria ter sido gentil com ele quando era dama de companhia e éramos livres! Como se eu tivesse dinheiro para isso, naquela época! E depois que mandei Webb atrás dele, e Catherine Tilney, e fiz você me dar permissão, e saí na galeria para falar sozinha com ele!

— Culpeper não é nenhum trovador perdido de amor — digo, com satisfação silenciosa. — Não é um amante em um poema. Não é digno do favor de uma rainha. Não é bom o suficiente para você.

— Nem um pouco! — retruca ela, indignada. — E ele pode ter certeza de que, se eu tivesse ficado de graça e lhe dado um chapéu quando era dama de companhia, não teria sido nada engraçado para ele. Eu o teria feito se apaixonar por mim e partido seu coração. Mas agora sou rainha, não tenho tempo para jovens vaidosos. Culpeper pode ficar com o chapéu idiota. Pode usá-lo o tempo todo, e eu nem vou notar. Não vou mais pensar nele.

Amarro as fitas de sua touca branca e bordada sob o queixo. Ela avalia seu reflexo, satisfeita.

— É tão agradável estar grávida, o rei não vem à minha cama. Meus aposentos cheiram tão bem. Pode dormir comigo esta noite, Jane. Não precisamos de nenhum homem, nem dos jovens!

PALÁCIO DE GREENWICH, SEXTA-FEIRA SANTA

1541

Comemoramos a Sexta-feira Santa do jeito antigo. As reformas que meu mestre espião, Cromwell, conquistou poderiam muito bem nunca ter acontecido. Ele mesmo poderia nunca ter existido. O rei engatinha pelas estações da cruz na capela real, rezando e chorando em cada ponto, em uma orgia de santidade. Rasteja até o altar, o traseiro enorme movendo-se pesado e instável enquanto tenta evitar jogar o peso na perna ferida. Por fim, se prosta, com os braços estendidos, no chão de pedra. Catarina me dá um olhar ansioso.

— Ele está bem? — pergunta, só movendo a boca.

O rei jaz, imóvel feito um homem morto, em um êxtase de fervor religioso, e Catarina se remexe em seu genuflexório, a princípio alarmada, então entediada. Só depois de uma boa hora deitado na pedra fria, com todos os olhos sobre ele, o rei acena com as mãos abertas como uma foca encalhada na praia. Deu um mau jeito nas costas e agora não consegue se levantar. Thomas Culpeper, Thomas Seymour e Gregory Cromwell o puxam de joelhos, e ele fica inclinado para a frente feito um boneco de treino na liça. É tão pesado que Culpeper precisa ir para trás dele, e Seymour e Gregory ficam cada um de um lado, apoiando seus braços com os ombros. Eles têm que contar — *um, dois três* — antes de conseguir erguê-lo. O incrível é como conseguem fazê-lo com dignidade, como se ele ainda estivesse arrebatado pelas preces, de olhos bem fechados, uma das mãos apertando a Bíblia e a outra, um rosário. Só eu vejo sua careta de dor quando tem que apoiar o peso na perna ferida. Só eu adivinho que esse transe santo é fingimento.

A expressão de Catarina fica escondida pelo véu enquanto ela observa os três jovens cambalearem sob o preso de seu marido e o arrastarem de volta ao lugar. O coro inicia um cântico baixo e solene; a missa continua.

Penso: que Deus dê vida eterna a todos nós; o rei parece semimorto, e eu ainda não fiz Catarina ser nomeada rainha regente. Ainda não chegamos a um ponto em que ele possa morrer.

PALÁCIO DE GREENWICH, SÁBADO DE PÁSCOA

1541

No sábado, voltamos todos à capela para fazer nossas confissões individuais ao padre em preparação para o domingo de Páscoa. O rei está no altar de novo, usando veludo preto, uma massa escura e disforme na capela escura, abençoando anéis de ouro e prata no altar, cada um mergulhado em água benta da pia batismal. Cada anel entra na ponta de um dedo gordo e depois vai para uma bandeja, para ser dado a seus favoritos como anéis de convulsão: abençoados pelo rei, vão afastar a doença da queda e ataques convulsivos.

Catarina fará sua confissão primeiro, pois até Deus escuta em ordem de precedência. Eu me ajoelho ao lado dela enquanto enterra o rosto nas mãos para rezar, preparando-se para sentar-se ao lado do padre e sussurrar seus pecados no ouvido dele.

— Não precisa dizer nada sobre Culpeper — sussurro.

Ela vira o rosto pálido para mim.

— Ele não é um pecado perdoável?

— Não precisa mencioná-lo de forma alguma — respondo. — Só o pecado da vaidade.

Vejo os lábios dela tremerem.

— Não é vaidade — sussurra. — Não é, Jane. Não é um pecado ínfimo. É uma dor. Não consigo esquecê-la.

— Não é apropriado a uma rainha — sussurro, com urgência. — Não conte ao padre que você não é uma rainha de verdade. Não conte a Deus.

— Deus vai me perdoar — diz ela, confiante.

— Mas você não quer que o rei fique sabendo.

Isso a abala. Ela ergue o missal na frente do rosto para podermos sussurrar atrás do abrigo do livro de preces.

— Como ele saberia? Se eu falar em confissão, só o padre e Deus vão ouvir.

O padre recebe dinheiro de alguém. O bispo Gardiner, um clérigo implacável, estaria disposto a pagar uma boa quantia para saber que a nova rainha, uma rainha Howard, encontrou-se com um jovem cortesão em segredo. O arcebispo Cranmer, reformista e amigo dos Howard, também se interessaria.

— O rei é o chefe da Igreja, não é? — pergunto. — Então os padres trabalham para ele, não trabalham?

Ela fica branca.

— Nunca vou confessar nenhum outro pecado! — jura. — Não até estar no meu leito de morte e, quando alguém ficar sabendo, já terei morrido.

— Você não tem nada sério a confessar — garanto. — Atenha-se à vaidade e às fofocas.

Ela parece prestes a chorar.

— Eu não amo meu marido — diz, a voz um fiozinho fino, quase inaudível. — Jane, não amo meu marido como deveria.

— Não tem problema — respondo. — Você o obedece, não é?

— Ah, sim!

Toda a rebelião infantil foi extraída dela a pancadas, muito tempo atrás.

— É o que importa. O amor não é para as rainhas.

PALÁCIO DE GREENWICH, DOMINGO DE PÁSCOA

1541

Somos acordadas por um coro entoando hinos ao Senhor renascido e nos levantamos imediatamente para ir à capela. O lugar está de novo iluminado por luzes e cores; todos os santos pintados reluzem com uma nova camada de ouro, e as estátuas santas são desveladas e têm velas acesas diante delas. O rei, em seu posto, usa tecido de ouro e olha radiante para Catarina quando ela se acomoda ao seu lado em uma cadeira baixa.

Temos um grande banquete de Páscoa depois da longa missa, seguido por uma caminhada no jardim frio, com os pássaros cantando sem parar, os narcisos da Quaresma se balançando ao vento frio. Um leve aroma adocicado permeia o ar, vindo das encostas cobertas de prímulas. Todos os jovens cortesãos querem ficar ali fora e dançar nos gramados, que receberam o primeiro corte do ano e rescendem à grama verde, mas todos entram no palácio, longe do frio.

Nossa mascarada de Páscoa é a história de Afrodite, a deusa do amor. Claro que Catarina estava desesperada para ser Afrodite, em sua túnica diáfana, e o rei, como Hefesto, vai descansar a perna dolorida em uma bigorna e vê-la dançar. A parte da história que conta como Afrodite é infiel e tem dezenas de amantes é ignorada com tato. Nossa Afrodite recebe uma chuva de rosas e ama seu marido e mais ninguém.

— Será como antes — diz Catarina, encantada, prendendo diamantes no cabelo. — Estou igualzinha. Ninguém diria que estou grávida. Talvez eu continue perfeita até o fim?

— É melhor que sua aparência mude — respondo, seca. — Todos querem vê-la com uma boa barriga.

Ela faz uma careta para o espelho.

— Bem, pelo menos teremos uma justa de Páscoa. E darei uma prenda ao meu Mestre dos Cavalos e nada para mais ninguém, mesmo se alguém cair de joelhos e implorar.

Thomas Culpeper, sem saber que foi esnobado, compete na justa com Thomas Seymour, Gregory Cromwell e o irmão da rainha, George. Mas o torneio é morno, ofuscado pela lembrança da grande justa organizada por lorde Lisle, que ainda está preso na Torre. A grande cadeira do rei é colocada na torre de observação, mas está vazia; poucos dos lordes mais velhos se dão ao trabalho de comparecer, e nós, damas, interpretamos nosso papel como se seguíssemos um roteiro, com metade do volume habitual.

— Não vejo motivo para assistir, se ninguém está me assistindo — reclama Catarina, desolada.

PALÁCIO DE GREENWICH, ABRIL

1541

Assim que a justa e a mascarada terminam, o rei vai para Dover inspecionar as defesas, reclamando amargamente que ninguém mais é capaz de planejar ou construir. Ele perde a mascarada da primavera. Catarina interpreta o papel da estação iminente, usando um vestido verde bordado com margaridas, e desperta todas as damas de seu sono invernal afastando um véu branco que representa a neve. Jane Seymour usou o vestido e interpretou o papel antes dela, então todas sabemos nossos lugares, e a peça não exige ensaio nem cenário. As damas escolhem seus parceiros, e a corte inteira dança. Catarina percorre a fileira de cortesãos curvados, e há um momento, apenas um breve momento, quando ela e Thomas Culpeper estão de mãos dadas e cara a cara, em que tudo parece ficar muito imóvel e muito silencioso. Os dois olham um para o outro como se estivessem se vendo pela primeira vez. Olham inquisitivamente, como se reconhecendo algo no rosto desperto do outro... então os músicos voltam a tocar, os dançarinos seguem em frente, e os dois dançam separados de novo.

O rei retorna de Dover exausto da jornada e furioso porque as defesas, erguidas às pressas em meio ao terror de uma invasão espanhola, já estão desmoronando. Só Cromwell poderia ter garantido que fossem construídas direito, declara ele. Só Cromwell poderia manter o reino a salvo.

A ameaça à nossa segurança também é má notícia para o norte: meu tio Howard enfrenta uma tempestade do rei, que diz que Cromwell teria segurado o norte, o que um Howard é incapaz de fazer. Meu tio cerra os dentes e suporta a fúria real, seguro no conhecimento de que sua sobrinha está carregando o herdeiro Tudor e será coroada, orgulhosa como uma Seymour, grávida feito uma Seymour, no Pentecostes.

NÃO SERÁ DESTA VEZ. Quando vou ao quarto dela de noite, Catarina solta um grito de repente, enquanto está sendo despida, e manda as damas de honra e as criadas para fora do quarto.

— O que eu faço? O que eu faço? — pergunta. — Veja!

Ela me mostra sua anágua de linho branco, manchada com um fio escarlate de sangue.

— Minhas regras! Voltaram!

Catarina está perplexa por não ter conseguido o que queria, mas essa é uma cena enfadonhamente familiar para mim. Ela amarrota a anágua e a enfia sob a cama.

— Não contaremos a ninguém — decide. — Vamos fingir que não aconteceu. Você vai tirar as peças manchadas toda manhã e me despir de noite. Meu fluxo é sempre leve. Não vai ter muito o que fazer, você pode lavar tudo, e fingiremos que está tudo como deveria.

Por um momento, calculo quantos dias faltam até o Pentecostes, quando ela será coroada, e se poderíamos ousar contar ao rei depois da coroação. Então me lembro da terrível frieza dele com Ana depois que penteamos o cabelo dela e a dispusemos sobre travesseiros, quando ela jurou que da próxima vez seria um menino e ele seria mais forte.

— Não, Catarina, não podemos fingir. Vai ser pior quando você contar para ele.

— Depois que eu estiver coroada! — As palavras saem como um gritinho, e ela aperta as mãos sobre a boca.

Balanço a cabeça.

— Se o rei pensar que você pretendia se coroar a qualquer custo, vai achar que mentiu desde o começo. Vai considerá-la uma inimiga. Ele é assim. Seus sentimentos mudam da noite para o dia. Você não pode arriscar.

Ela chora, a pobre rainhazinha, chora feito uma criança, com lágrimas incontroláveis e soluços desesperados.

— Mas o que eu faço? O que eu faço? Jane, você tem que me ajudar! O que eu faço?

Tomo suas mãos e a faço se sentar. Enxugo as lágrimas do seu rosto.

— Fique calma. É cedo demais, não era um bebê, nem tinha começado.

— Eu não me importo com o bebê! — sibila ela, em um grito contido. — Por que eu ia querer que um bebê arruinasse meus seios? Eu quero minha coroação!

— Eu sei. Mas um bebê é a única coisa que vai lhe garantir uma coroação. Você tem que contar a verdade para ele esta noite. Hoje. Vai dizer que foi um equívoco honesto, o que de fato aconteceu. O rei já foi casado... — Quase dou risada dessa verdade amarga. — Ele sabe que bebês não vêm fácil. Sabe que você é jovem e nunca engravidou antes. Vai creditar que cometeu um erro.

Por dentro, penso: será que ele ainda consegue gerar filhos? Mesmo que consiga realizar o ato, sua semente ainda é boa?

— Lisonjeie-o. Diga que as regras atrasaram e achou que era um bebê, porque ele é tão forte e potente que você tinha certeza de que o amor dele lhe daria um filho na hora.

O rosto dela se contorce em uma careta de desgosto.

— Ele me machuca — diz, em uma vozinha fina. — E demora tanto. Não acredito que é assim que se consegue um bebê.

Hesito.

— Você tem que fingir que sente prazer — instruo. — Tem que dizer a ele que adora.

Ela aperta os lábios em uma linha feia.

— Cobri-lo de mentiras, como se unta um espeto — diz, ressentida.

— Exatamente — concordo. — Diga a ele que estava tão ansiosa para deixá-lo feliz, para lhe dar boas notícias, que se precipitou. Porque só quer a felicidade dele.

— E choro? — sugere ela.

— Sim, mas não desse jeito. Não a ponto de estragar seu rosto. E ele a ama tanto agora que certamente será carinhoso desta vez, a primeira vez. Peça o amor dele, faça-o voltar à sua cama e, da próxima vez, ou da outra, vai acontecer. Mas nunca diga que sofreu um aborto.

— Outra palavra que ele não pode ouvir? Já não pode ouvir a palavra "morte", "aborto" também não?

— Algumas palavras jamais são ditas ao alcance do ouvido dele. Você cometeu um erro na contagem das regras, só isso.

— Sou uma boba — diz ela, amarga. — Uma idiota.

Catarina tem esperanças de que o rei a ame tanto que a coroe mesmo assim. Mas ele não vai gastar uma fortuna com uma rainha que não merece o título. Mesmo apaixonado, protege seu poder. Visita a cama dela uma vez a cada três noites, aproximadamente, e me pergunta em voz baixa, certa noite, quando as regras dela devem vir de novo.

— E como *você* pôde cometer um erro desses, como ela? — questiona. — Você não é uma garota tola, Jane. Não é uma tolinha bonita.

Espalho um tesouro de palavras aos pés dele: a angústia de Catarina com a doença dele e seus temores por ele interromperam suas regras, como é comum acontecer. Mas sua felicidade com a recuperação do marido a tornará fértil de novo, e a potência dele sem dúvida trará uma criança.

— Quantos na família dela? — pergunta o rei. — Quantos filhos a mãe dela teve?

— Cerca de dez — digo, como se estivéssemos no estábulo discutindo uma égua de reprodução.

— Ana de Cleves era só uma de quatro filhos — diz ele, pensativo.

Seguro o fôlego.

— A duquesa, sua irmã?

Ele me dá um sorrisinho astuto.

— Jane, você sabe tão bem quanto eu que preciso de um segundo filho e de um terceiro, se puder. E, dez quilômetros rio acima, há uma linda mulher fértil da família real, comendo uma fortuna no meu palácio real, enquanto o irmão dela faz amizade com os franceses e entra na família real deles por casamento. Ela é mais útil do que nunca, e está me custando tanto como irmã quanto custaria como esposa.

— Exceto que vossa majestade ama muito a rainha — recordo-o. — E ela o adora. Ninguém o ama mais do que ela. E ela é tão bonita. Acho que poderia ter se casado com qualquer rei na Europa, mas só tem olhos para vossa majestade.

— Ah, sim. Sim, amo. — É como se eu o tivesse recordado de um detalhe que ele esqueceu. — E ela é muito jovem e de uma estirpe fértil.

PALÁCIO DE GREENWICH, PRIMEIRO DE MAIO

1541

— Nenhuma cria?

Meu tio me surpreende nas festividades do Primeiro de Maio, que são um tanto desanimadas, já que não temos uma coroação no Pentecostes diante de nós e nada para celebrar em uma primavera estéril.

— Ela cometeu um erro com as regras, não foi um aborto — explico.

— Sim, eu sei que é o que todas vocês andam dizendo — diz ele, desagradável. — Foi o que a outra disse, da última vez. Não sei por que vocês, mulheres, acham melhor dizer que ela é uma tola que não sabe fazer contas do que uma novilha que não consegue ter um bezerro.

Permaneço em silêncio.

— Ele a visita na cama? — pergunta meu tio.

— Visita.

— E faz o que precisa?

Não sou tola a ponto de responder.

— Então ela deve engravidar?

Assinto.

— Certifique-se de que engravide — orienta, como se eu pudesse invocar um bebê do vento que sopra tão doce do rio. — Eu não daria três *pence* por ela, se ela não engravidar.

Imediatamente, a brisa fica fria.

— Por que diria isso? Ele não está se virando contra ela, está? Catarina não fez nada de errado.

— Ele se casou com ela para ter outro filho; se ela não conseguir conceber um, vai encontrar outra que possa.

— Ela é sua sobrinha — digo, desesperada. — O senhor não quer que o rei volte para Ana de Cleves ou escolha outra dama de outra família. O que seria do senhor sem uma garota Howard no trono?

— Continuaria onde estou agora — afirma ele, brusco. — Trabalho feito um cão por ele no norte contra os papistas, e tudo o que escuto é "Cromwell teria feito melhor, Cromwell nunca teria permitido isso!". Se Catarina quer meu apoio, é bom que consiga um bebê na barriga e uma coroa na cabeça.

Cubro a boca para conter um fluxo de palavras apavoradas. Não quero revelar meu temor de que meu tio está exigindo algo que nenhuma mulher é capaz de fazer acontecer. Se atribuíssemos todos os abortos ao rei, em vez de culpar suas esposas mortas, ele contaria mais bebês mortos do que vivos. Gerou doze fantasmas. Mas é contra a lei pensar assim.

Eu me recordo do outro Primeiro de Maio, quando o rei foi embora logo depois da justa e ninguém sabia por quê. Dessa vez, ele não comparece à mascarada e vai a uma reunião com seu Conselho Privado. O país inteiro fica em alerta para a queda de Catarina, mas a questão é o norte do país, que entrou em guerra de novo, e o rei furioso manda um exército para reprimi-los, culpando Reginald Pole, na distante Itália, e a mãe de Reginald, Margaret Pole, na Torre. Ela já foi a mulher mais rica da Inglaterra, mas agora é tão pobre que o alfaiate real lhe manda roupas. Era uma princesa, mas agora está tão impotente que não lhe é permitido nem sequer alegar inocência. Não a levarão a julgamento, não a deixarão falar.

A mascarada do Primeiro de Maio seria uma celebração da recuperação da saúde do rei, da restauração de sua juventude viril e da gravidez da rainha. Mas, como ele não vai comparecer e ela não está grávida, os músicos tocam baixo, para não atrapalhar o Conselho Privado, e nós só seguimos os passos, distraídos, em vez de apresentar um espetáculo. O plano era ter outra vez Afrodite, deusa do amor e da fertilidade, mas Catarina não está animada e fica sentada no trono feito uma criança deixada de fora de uma brincadeira.

Os jovens homens da corte se embebedam de tédio, e as damas de companhia mais velhas saem cedo. Vejo como uma corte pode perder sua habilidade de criar magia, mesmo com o maquinário ainda no lugar. Thomas Culpeper lança olhares ocasionais para Catarina, ignorando a mulher que está cortejando, Bess Harvey, mas a rainha nem olha para ele. Quando a noite está para se concluir, Culpeper atravessa o salão na minha direção, ora falando uma palavra a um homem, ora fazendo um belo gesto a uma garota. Eu o vejo se aproximar.

— Lady Rochford.

Não consigo transformar meu sorriso em uma máscara fria para este rapaz que faz uma mesura e toma minha mão como se fosse me puxar para um abraço. Sei bem que esse charme é um hábito, a máscara de um cortesão, mas há algo irresistível em Thomas Culpeper, quase como um perfume: a fragrância do desejo.

— Queria tanto que a senhora fosse minha amiga, lady Rochford.

— Mestre Culpeper, eu só lhe desejo o bem.

— Quero que seja minha amiga com a rainha.

— Eu nunca disse uma palavra contra o senhor.

Ele toma minha mão, que encaixa no braço, e me leva para longe dos dançarinos, na direção das portas abertas, até a galeria sombreada onde Catarina o encontrou poucas semanas atrás. Estou parada onde ela estava quando lhe deu o presente de Páscoa, mas estamos mais próximos do que os dois ficaram, minha mão presa entre o braço e o peito dele. Sinto o calor de seu corpo através da jaqueta de seda bordada, os músculos rijos cobrindo suas costelas. Estou vividamente ciente do corpo dele sob as roupas, e sinto um desejo quase esquecido pelo aroma de um homem, o toque de sua pele, os pelos no seu peito fazendo cócegas na minha bochecha.

— Receio que eu tenha ofendido sua majestade — diz ele, quando nos afastamos de todos e ninguém pode nos ouvir.

— Eu não saberia dizer.

Ele me avalia de cima, os olhos castanhos muito calorosos.

— Ah, Jane, seja minha amiga. Você sabe, sim.

Ridiculamente, sinto um rubor esquentar as faces.

— Ela me surpreendeu com gentileza, me deu um presente, um presente generoso, e fui estúpido quando deveria ter sido cortês, fui rude quando deveria ter sido amoroso.

— Ouso dizer que ela já esqueceu o ocorrido.

— Ah, não diga isso, Jane, queridíssima Jane. Fale em meu nome, diga a ela que sou um tolo. Que estava escondendo meus verdadeiros sentimentos. Diga que idolatro o chão em que ela caminha, que lhe escreverei um poema…

— Então escreva seu poema — interrompo, fria. — Ou uma canção, ou participe de uma justa por ela. É tudo amor cortês, afinal. Não importa.

Ele se aproxima tanto de mim que sinto o calor de sua respiração na face. Se me virasse, nossos lábios se encostariam.

— Importa, sim — sussurra. — Não vou mentir. Não é amor cortês, é desejo. Como posso escrever um poema sobre isso? Eu a amo não como cortesão, mas como homem. Eu a desejo não como uma rainha, não como uma dama muito acima de mim, mas como mulher. Você dirá isso a ela?

Eu me afasto.

— Não, claro que não — respondo, com frieza. — Não cabe a mim falar à esposa do rei dessa forma. Também não cabe a você.

A gargalhada alegre que ele solta faz cabeças se virarem em nossa direção. Ele toma minhas mãos e as beija.

— Ah, Jane, amo você também! — Mas ele não consegue parar de rir. — Acha que não conheço as mulheres? Você vai contar a ela o que eu disse assim que estiverem sozinhas. E ela vai perguntar minhas exatas palavras, e você se lembrará de cada uma! E eu vou saber que você contou assim que a vir de novo. Verei isso no rosto dela e no seu.

Quero negar, mas estou rindo feito a garota da previsão dele, de sua confiança sorridente, e o empurro de volta aos dançarinos.

— Vá embora, mestre Culpeper. O senhor me puxou para essa dança de Primeiro de Maio, mas não vou carregar suas mensagens.

Ele dá um passo para trás e faz uma mesura baixa, lançando um olhar intenso para Catarina, que finge não nos ver e que está muito interessada na conversa com Mary Howard, que de fato parece não perceber nada.

— O QUE ELE QUERIA? — indaga ela, assim que a última dama de honra saiu do seu quarto. Catarina me puxa para que eu sente ao lado dela na cama. — O que ele disse?

— Muitas bobagens — respondo, tentando esfriar o entusiasmo dela.

— Ele é um jovem muito bobo — concorda, ávida. — Estou surpresa por você ter se dado ao trabalho de ouvi-lo. O que ele disse de tão bobo? Por que você estava rindo?

Não consigo resistir à tentação de lhe contar.

— No fim das contas, você teve sua vingança. Ele diz que a ama.

— Amor cortês.

— Ele diz que não, que a ama de verdade.

Catarina dá um gritinho de deleite e pula de joelhos na cama.

— Ele ama! Diz que sente muito por meu presente?

— Sim. E me perguntou se você estava descontente com ele.

— Ah, ah! E você disse que sim?

— Fiz melhor: disse que achava que você nem se lembrava do ocorrido.

Ela bate palmas.

— Você é esperta. Foi melhor assim. E ele está arrependido?

— Muito. Disse que foi estúpido.

A rainha abre um sorriso largo.

— Isso mesmo. Ele foi estúpido.

Assinto.

— E agora você teve sua vingança.

Ela se senta nos calcanhares e aperta as mãos sobre o coração.

— Quando posso vê-lo?

— Não, você não pode vê-lo — corrijo. — Eu só contei porque sabia que você ficaria contente. É aqui que termina, com sua vitória. Você o queria a seus pés; é onde ele está. Fim de história.

Ela arregala os olhos, que ficaram verdes de desejo.

— Ah, mas, Jane, eu preciso vê-lo!

— Não pode — digo, simplesmente. — Foi só uma vez, quando eu estava presente, quando você estava grávida do filho do rei. Agora você não tem nada a fazer, dia ou noite, exceto conceber o herdeiro do trono. Qualquer outro pensamento ou ação é um desperdício do seu tempo. E um perigo à sua reputação. Você não pode ficar sozinha com nenhum homem até ter o bebê do rei na barriga.

Ela fecha os olhos por um momento, as mãos ainda apertadas ao coração.

— Quando penso nele, eu derreto — sussurra.

Há uma batida alta à porta externa. Ela abre os olhos imediatamente.

— É o rei?

É o vice-chamberlain dele, anunciando que o rei visitará a cama de Catarina esta noite. Eu me apresso para amarrar sua touca e alisar seus lençóis. Vejo a alegria sumir de seu rosto, as faces rosadas ficarem pálidas. Quase posso vê-la ficar seca e fria. As portas duplas se abrem, e o rei entra mancando, com Thomas Culpeper apoiando-o do lado da perna ferida. O pajem do rei e Culpeper o arrastam até a beira da cama alta, ao lado dela, então erguem as pernas dele e as giram para cima. O colchão afunda, os cordões da cama rangem. Catarina perde o equilíbrio e se segura na coluna da cama para se endireitar.

Eles arrastam o rei para cima, até os travesseiros, e puxam as cobertas sobre seu peito gordo. Ele fica lá, deitado, feito uma efígie redonda, as roupas de cama empilhadas sobre seus pés rigidamente erguidos, a perna envolta em ataduras, a montanha que é sua enorme barriga e seu peito de barril. Ao lado dele, Catarina parece minúscula, uma criança sequestrada, e não olha para Thomas Culpeper nem para mim. Seu olhar está nas próprias mãos, unidas sobre os lençóis, como se rezasse para que nada daquilo estivesse de fato acontecendo.

— Boa noite, majestades, que Deus os abençoe — diz Thomas Culpeper, e o pajem e ele se curvam atrás de mim.

Faço uma mesura, sou a última a sair. Caminhamos de ré para a porta, e assim vejo — todos vemos — o velho rei virar seu rosto gordo e esburacado na direção da garota imóvel ao lado dele, e o vemos lançar-se na direção dela.

NO DIA SEGUINTE, enquanto nos preparamos para bater à porta da rainha e acordar o casal real, um mensageiro exausto chega aos aposentos do rei com uma carta da Escócia. Sir Anthony Browne tem autoridade para quebrar o lacre e nos conta que o bebê herdeiro do trono da Escócia morreu, e, num infortúnio sinistro, inacreditável, seu irmão recém-nascido, Robert, morreu também.

Essa tragédia insuportável para o rei dos escoceses é a melhor notícia que poderiam ter trazido ao nosso rei. Sir Anthony lhe entrega a carta enquanto ele se senta na cama ao lado de Catarina. O rei a lê pessoalmente, então exige que sir Anthony a leia em voz alta, com um sorriso satisfeito no rosto. Tinha desejado a alta e bela rainha da Escócia, Maria de Guise, como sua própria esposa; Ana de Cleves foi sua segunda opção. Agora, ele vê essa perda trágica de dois meninos como a punição de Deus a Maria de Guise, que preferiu Jaime, rei da Escócia, a ele. A Escócia, que tinha dois principezinhos, agora não tem um só herdeiro varão, mas a Inglaterra tem! Temos um príncipe, e eles, não.

— Aquela Maria de Guise cometeu um grande erro quando recusou minha proposta! — declara Henrique, alegre, estendendo os dois braços como uma criança para seus homens o puxarem da cama.

Aguardo à porta, mas posso ver daqui que o rei estava potente ontem à noite, e Catarina se esforça para esconder a vergonha. Sua touca foi retirada, e o cabelo loiro está todo emaranhado. Seu rosto está branco como se ela estivesse doente, e ela puxa as roupas de cama até o queixo e desvia o rosto. Thomas Culpeper e o pajem do rei mantêm-se polidamente alheios ao cabelo solto dela e às marcas de mordida em seu pescoço machucado. Eles erguem o rei ao lado da cama, enfiam seus pés gordos nos chinelos, e envolvem seus ombros no roupão volumoso, que amarram ao redor do torso enorme.

— Maria de Guise! Um grande erro! — exclama o rei, exultante, mas Catarina e Culpeper são jovens demais para lembrar as muitas mulheres que o rei considerou para ter como terceira esposa. O rei sorri para mim, sabendo que entenderei sua alegria. — O que ela ganhou com isso? — pergunta, radiante. — Casada com um louco e com dois filhos na cova! Deve estar com o coração partido esta manhã. Seus adoráveis olhos pretos devem estar chorando rios!

Faço uma mesura. Imagino que ela esteja de coração partido, mas pela perda de dois filhos, não porque recusou esse velho egoísta.

— Ouviu isso, querida? — O rei para a caminho da porta e se vira para vociferar com Catarina.

Ela assente, balançando a cabeça como uma boneca.

— Uma grande dama poderia estar no seu lugar, mas casou-se com outro rei — conta ele. — E, agora, ela não tem nada, porque Deus não abençoou seu casamento. Tenha um filho, ouviu? E vai triunfar sobre ela assim que o fizer, como eu triunfo agora!

Catarina assente. Sei que ela não faz ideia do que ele está falando, mas não importa. O rei está tão feliz consigo mesmo e com o mundo esta manhã que não vai esperar uma resposta. Os três — Thomas Culpeper, o rei e o pajem — passam por mim cambaleando feito bêbados, com os braços entrelaçados, seguidos por sir Anthony e alguns outros jovens cortesãos. Só o rei olha em volta, sorrindo. O restante encara as próprias botas, tão constrangidos quanto Catarina, sentada na cama com uma camisola manchada, balançando a cabeça para cima e para baixo enquanto um rubor carmesim sobe de sua clavícula até a testa.

— Sairemos em excursão — decide o rei, no limiar da porta, fazendo todos pararem de chofre. — Para o norte. Em uma excursão triunfante. E vamos encontrar Jaime da Escócia na fronteira. Vou me compadecer dele pela perda, e vamos estabelecer a paz. Ele vai querer um reino em paz, agora que não tem um filho. Não pode arriscar a vida se não tem um herdeiro. Mas eu tenho! Vou lembrá-lo disso. Este verão, iremos neste verão.

Os serviçais da casa real tentam planejar uma rota sem os mapas e o olhar detalhista de Thomas Cromwell e precisam alterá-la quando o rei exige paradas e visitas diferentes no caminho para o norte. Eu também planejo uma excursão para exibir Catarina às pessoas das terras ao norte como uma portadora da paz. Escolho diademas para ela usar, para lembrar a todos que ela é a esposa de um rei, e vestidos púrpura escuros para recordá-los de que em breve será a viúva. Ela será rainha viúva e, com sorte, rainha regente.

— Você precisa visitar os aposentos das crianças antes de irmos — digo a ela. — Estabelecer-se como madrasta do príncipe e de lady Elizabeth.

Ela faz uma careta.

— Preciso mesmo? Por que tenho que fazer isso?

— Porque vai deixá-la mais forte. Se as pessoas a virem como a madrasta do príncipe, se interessando pela criação dele, sendo uma mãe para ele... se o rei a vir como uma mãe para o príncipe, vai coroá-la.

— Os Seymour nunca vão me deixar chegar perto de seu menino precioso.

— Vão, sim. Já combinei com eles. E, quando for vê-lo, você deve afagá-lo, elogiá-lo e enfiar na cabeça dele que é sua nova mãe. Um dia, esse jovem será rei, e seu título vai depender do favor dele. Sua pensão também.

Catarina nunca é tola quando se trata dos próprios interesses. Criada como a filha de uma parente pobre em uma casa ambiciosa, sabe tudo sobre se posicionar na família, na corte, no mundo.

— E lady Elizabeth. Sim, ela também — insisto, quando ela protesta. — Você tem que ser a madrasta de todos eles. Tem que se relacionar bem com lady Maria. Não pode deixar que se oponha a você como regente.

— Eu não posso ser mãe dela! Ela é mais velha do que eu! E me odeia! — protesta Catarina.

— Ela sairá em excursão conosco. Será respeitosa com você, que deve demonstrar ser amorosa e gentil com ela. Você precisa cuidar de si mesma. Precisa agir como uma rainha coroada.

— E, se eu fizer isso, ele vai me coroar em York? Ia coroar Jane Seymour em York, não ia?

— Acho que sim — digo, tentando conter a empolgação na voz. — Ainda mais agora, que seria um insulto a Jaime da Escócia e um insulto a Maria de Guise. Sim. Acho que é o que ele fará.

HOLY CROSS, WALTHAM, ESSEX, MAIO

1541

As visitas de Catarina a lady Elizabeth e ao pequeno príncipe Eduardo são um triunfo. O rei é piegas com o menino de quatro anos órfão de mãe e chora por ele. Catarina fica horrorizada com as lágrimas do marido e com a hesitação imóvel da criança. Apoio uma mão firme às costas dela e a empurro na direção do garoto. O rei dá um grande soluço, e Catarina estende uma mão hesitante para a criança, que faz uma mesura. Percebendo como os dois ficariam bonitos juntos, Catarina joga os braços ao redor dos ombrinhos do menino e se abaixa para apoiar a cabeça cor de bronze contra a dele, a bochecha encostada em seu rosto redondo. Os olhos do pequeno príncipe se arregalam, mas ele continua sem dizer nada além do cumprimento formal que lhe foi ensinado à exaustão. Quando o levo de volta para a ama, percebo que se molhou de medo.

Lady Elizabeth é levada ao pai e recita um poema que traduziu do latim. O rei não tem muito interesse nela, embora a menina se esforce para ganhar a atenção dele. Vejo os olhos escuros dela voarem do pai para Catarina, avaliando a nova madrasta.

— Minha pequena parente! — exclama Catarina, estendendo os braços.

A garota de sete anos faz uma mesura e dá um passo à frente para um beijo, como se não valorizasse muito a conexão com os Howard nem depositasse muita fé em uma terceira madrasta.

Lady Maria também está visitando o quarto das crianças e, embora Catarina faça uma tentativa valorosa de ser charmosa com ela, a jovem é uma dama da corte experiente demais para demonstrar algo além de manter uma aparência falsa de afeto respeitoso. Estes já foram os cômodos de lady Maria, em uma abadia devota e rica, governada pelo rei e a rainha, sua mãe e seu pai. Nem um lampejo na expressão de seu rosto sugere que, para ela, o rico palácio, que já foi um centro da vida religiosa, agora é uma concha oca, ricocheteando o som estridente da ambição mundana que ela só visita às vezes, uma convidada indesejada.

— E onde está mestre Culpeper? — pergunta Catarina, com um ar de completa indiferença. — Ele não estava no jantar ontem à noite?

Um dos pajens do rei me informa que mestre Culpeper está acamado.

— Doente? — pergunta Catarina ao jovem. — Gravemente doente?

— Doente ou ferido, vossa graça. Só sei que está de cama.

— Ah, mande uma mensagem aos aposentos dele para descobrir, Jane. Ele caiu do cavalo ou está doente? Deus o proteja! Descubra se tem uma febre ou... Jane, pergunte se é a doença do suor maligno.

— Não posso. Seria estranho.

— Não seria nada — retruca ela, impaciente. — Mande uma das criadas perguntar. Não há motivo para você não perguntar como ele está! Ou mandarei Catherine Tilney.

— Não faça isso! — exclamo. É melhor que *eu* seja vista correndo atrás de mestre Culpeper do que Catherine Tilney.

Minha criada volta com a notícia de que ele está com febre, mas espera se recuperar até o final da semana.

Catarina manda um dos pratos bons da sua mesa de jantar ao favorito do rei. É um gesto gracioso, e ninguém dá muita atenção. Só eu sei que mestre Culpeper, por mais doente que esteja, vai rir e ver o prato como prova de que repassei a Catarina que ele está apaixonado por ela no mesmo dia em que me contou.

Ele manda um recado agradecendo pelo prato, ao qual ela responde. Os dois me tornam sua intermediária, esquecendo que, nas histórias de amor cortês, há dois tipos de mensageira, de duas naturezas diferentes: *Honte*, a pudica que tenta impedir o amor e trai os amantes, e *Vênus,* que os ajuda. Mas eu não sou nenhuma das duas; não tenho interesse em ajudar o flerte e nunca trairia Catarina. Ela confia mais em mim do que em qualquer pessoa. Cada segredo que me conta é um nó a mais no fio que nos ata. Como Francis Dereham, cuja posição foi comprada pelas indiscrições de menina dela, eu estarei ao lado dela, sendo paga por ela e comendo de sua mesa de jantar enquanto quiser. Meu futuro depende da mulher poderosa que espero que ela se torne: rainha viúva, membro do Conselho da Regência.

Muito mais poderosa que *Honte,* muito mais que *Vênus,* eu sou a vigia, a vigia noturna. Uso as habilidades que aprendi com Thomas Cromwell para abrir, ler e selar de volta cada nota trocada entre Catarina e Culpeper: banalidades sobre o tempo e as danças de que ela mais gosta. Sei tudo o que acontece e trabalho na escuridão. Não é difícil para mim ser completamente discreta, não contar a ninguém. Agora que meu mestre espião está morto, não tenho para quem contar.

PENSO NELE, MEU AMIGO, meu único amigo, Thomas Cromwell, no final de maio, quando sua antiga inimiga, lady Margaret Pole, a matriarca da facção espanhola e da família papista Pole, é finalmente liberta de sua longa e injusta detenção — não para a liberdade, mas para a morte. O rei, cansado de se aborrecer com a própria consciência por manter uma parente inocente na prisão, ordena que ela seja decapitada. Ela morre apenas para garantir a paz de espírito do rei.

É um choque perceber que foi isso mesmo o que aconteceu. Foi um ato do rei, do próprio rei, foi de sua própria escolha, livre e independente. Não foi uma decisão tomada por um dos muitos conselheiros que o guiaram ao longo da vida: a avó, a rainha Catarina, o cardeal Wolsey, a rainha Ana, meu tio ou Thomas Cromwell. Seus conselheiros sempre foram responsabilizados pelas crueldades anteriores. Eu mesma os culpei. Mas essa decisão é dele, só dele, e foi tomada livremente, em tempos de paz. Margaret Pole nunca levantou um dedo contra o primo. Nunca admitiu culpa, nem sob tortura nem no cadafalso. Lutou por seu bom nome e sua vida até o último momento, questionando por que caminhar até o gramado da Torre, resistindo aos guardas e até fugindo do machado do carrasco. Era uma mulher de quase setenta anos, a amiga mais querida da mãe do rei, e ele a matou sem razão nem piedade.

Isso é uma revelação para mim. Como dama da corte, eu pensava no rei como uma criatura que precisava ser guiada, apaziguada e controlada. Uma criatura que poderia ser afagada até a docilidade ou tentada a tomar uma nova direção. Todos os cortesãos pensam assim. Mas agora sei que não é o caso.

Ninguém colocou a ideia de matar lady Margaret na cabeça do rei, ninguém o persuadiu contra sua consciência. Não era do interesse de ninguém que ela morresse; ninguém ganhou posição ou fortuna com a morte dela. Foi uma morte redundante, sem sentido. Não é assim que um cortesão pensa, não é assim que um conselheiro planeja, não é assim que um bom rei comanda. Nenhum bom senso teria ordenado a morte de Margaret Pole. Ninguém honrado teria concebido isso. É loucura, é fruto do pensamento de um louco. A morte sob o comando de um homem insano, a morte por sua escolha ensandecida, a morte apenas para mostrar que ele pode causar a morte. A morte como conforto para ele, para apaziguar sua consciência insana.

O louco que decidiu isso é o louco que agora nos controla sem vigilância. Todos os seus conselheiros morreram, e todos foram mortos por ele. Homens que ele amava profundamente, como Thomas More; homens que lhe eram indispensáveis, como Thomas Cromwell; seu pai espiritual, o bispo Fisher; a mulher que ele adorava, minha cunhada Ana; meu marido; os amigos dele. O rei mata todos os mais próximos a ele porque não suporta precisar dessas pessoas. Não suporta que sejam mais sábios ou melhores que ele, ou mesmo mais belos. Ama-os no começo, chamando-os para o seu lado para que o façam parecer melhor, depois não tolera o modo como o ofuscam. Isso, ele não consegue suportar, e o carrasco está tão atarefado que precisa mandar um aprendiz que ainda não domina o ofício para decapitar Margaret Pole. Ele a destroça com machadadas desastradas enquanto ela grita em desafio.

Jantamos no grande salão naquela noite; depois do jantar, há música e dança. Meu sorriso é mais falso do que nunca; há uma nova leveza desprovida de alegria em minha voz. Eu já tive medo na corte, constantemente espiando o modo como o poder passava de um lorde ao outro, a ascensão e queda deste ou daquele homem, o favorecimento desta ou daquela mulher. Estive alerta às idas e vindas de dezenas de pessoas. Mas agora percebo que foi um estudo desperdiçado. A corte é uma ilusão de poder, assim como é uma ilusão de felicidade. Não há felicidade na corte e não há poder aqui. Todo o poder pertence ao rei. O poder sempre esteve nas mãos do rei, e aqueles de nós que pensavam guiá-lo ou controlá-la são vítimas em potencial. Apenas o rei está no poder, só ele fica feliz, só ele fica infeliz: o resto de nós está fingindo. Não importa como nos sentimos.

Não restou ninguém que ouse enfrentá-lo. Não restou ninguém que ouse contradizê-lo. Ninguém jamais sugeriria que ele está errado. Guiamos seus passos com os olhos na estrada há tanto tempo que perdemos o caminho: só ele olha adiante e os arredores. Só ele tem um vislumbre do nosso destino. Concordamos com leis insanas, e agora vivemos uma tirania jurídica. Piscamos o olho para a crueldade maníaca, e agora fechamos ambos os olhos de medo. Pensávamos estar no controle de um cavalo a galope, mas estamos emaranhados nas rédeas, sendo arrastados para a morte. Demos à luz, acalentamos e alimentamos um tirano, e agora nem sequer lamentamos quando nosso bebê monstruoso mata uma mulher que ele já chamou de "a melhor na Inglaterra".

Ela era uma princesa da casa dos Plantageneta, a filha do duque de Clarence, a melhor amiga da mãe do rei, conselheira de sua esposa. Ela educou lady Maria, lady Margaret Douglas e eu na sala de aula real com o cuidado que dedicava aos próprios filhos e filha. Ouvimos a notícia de sua morte sem interromper as risadas, e nós três, suas pupilas adoradas, dançamos depois do jantar.

EXCURSÃO REAL, VERÃO

1541

Só saímos em excursão no final de junho, e em alguns momentos pareceu impossível que a viagem de fato aconteceria. Milhares de cavalos e um exército com todo o equipamento de guerra vai marchar para o norte conosco. Todos os bens do palácio — tapetes, tapeçarias e mobília — terão que ser transportados em um séquito de bagagem que vai congestionar as estradas por quilômetros atrás de nós e chegar horas mais tarde ao destino.

Lady Maria se junta a nós com seus criados, guardas e damas de companhia. O provisor dos palácios do rei vai na frente para inspecionar e reformar cada parada, mas encontra tanto dano e negligência que não tem tempo de consertar tudo. Ficamos atolados nas estradas enlameadas meia hora depois de partir e temos que adiar a jornada por uma semana.

Catarina chora e diz que está doente demais para cavalgar. Não quer se levantar de manhã; a energia infantil de dama de honra se esvaiu, agora que é a esposa do rei. Ela sente dor na barriga, na virilha. Diz que não consegue se sentar num cavalo nem se deitar na liteira de mulas. Jura que não pode ir. A chuva cai sem parar, e dizem que, na estrada para o norte, há poças de água mais fundas que a altura de um homem, nas quais os viajantes se afogam quando anoitece.

Estamos encenando um espetáculo ambulante de poder e autoridade, mas, quando as carroças ficam presas na lama e os cavalos não conseguem avançar, a realidade emerge. O povo vê que não conseguimos nem realizar uma simples viagem. Temos que projetar uma imagem de majestade, como atores viajantes, mas, ao contrário deles, não podemos viajar sujos e desalinhados e assumir nossos papéis apenas ao chegar ao destino. Nossa corte deveria ser uma mascarada de poder e beleza infalíveis, triunfando sobre a distância e o clima, a fraqueza e a velhice. Mas a verdade é que estamos atolados em uma estrada enlameada tentando transportar um velho raivoso de um palácio decadente a outro.

Enfurecido com o atraso, o rei culpa cada paróquia pelas quais passamos por não fazer a manutenção das estradas, inundadas pelas tempestades do início do verão. Ele não para de repetir que ninguém cuida desses detalhes desde que Cromwell foi tirado dele, e que as pessoas que não se ajudam podem se afogar nas próprias poças. O povo comum responde, em canções sussurradas e poemas secretos, que Deus amaldiçoou a Inglaterra com um rei que se tornou um *mouldwarp*: um rei do submundo e do subterrâneo, levando morte ao seu povo sob um céu que chove lágrimas de luto enquanto ele permanece com os olhos secos.

Não viajamos mais que doze quilômetros no primeiro dia, e nos hospedamos no priorado de Dunstable, em uma grandiosa instituição religiosa convertida às pressas em palácio real, com aposentos contíguos para o rei e a rainha. Rezamos toda manhã na capela onde o primeiro casamento do rei foi anulado, mas ninguém se lembra disso, exceto, talvez, eu e a filha que naquele dia se tornou bastarda. Lady Maria troca um breve olhar comigo quando entro na igreja atrás dela, e penso: não é à toa que dizem que sofre de uma dor constante; toda vez que visita uma capela ou um palácio, deve ser uma recordação da perda. Em uma corte que se orgulha do esquecimento, parece que só lady Maria e eu sobrevivemos a cinco rainhas e nos lembramos de cada uma delas.

Por fim, o tempo melhora e podemos cavalgar com os capuzes baixos e olhar ao redor. Catarina tem um novo vestido de montaria, com uma jaqueta combinando, e suas dores melhoraram. Saímos para caçar e contemos os cavalos para que o rei possa ir na frente com os cães e alegar que foi sua flecha que derrubou um grande veado e duas corças. Não podemos armazenar nem levar carne, então, naquela noite, o jantar é um belo assado de carne de caça nas longas mesas em que os monges costumavam jejuar, e o rei ordena que a carne que sobrar seja levada ao lorde prefeito de Londres com os cumprimentos de seu soberano.

Depois do jantar, o grande salão é esvaziado, e os músicos tocam para dançarmos. O rei ordena que Catarina dance com suas damas, e ela vai para o centro da pista. Suas dores parecem ter desaparecido, e seu apetite retornou; acho que ela consegue tolerar as visitas do rei ao quarto dela se ele não estiver vociferando ou gelidamente furioso. Quando ele tem um dia bom, como hoje, ela não tem pavor da sua companhia; quando tem a corte ao redor, consegue encará-lo.

Ela segura minha mão, e sinto um bilhete dobrado.

— Leve para ele — sussurra, enquanto o rei acena para os homens avançarem com as damas e Thomas Culpeper faz uma mesura à minha frente e me leva para encabeçar a coluna de dançarinos.

— Sua graça está feliz esta noite — comenta ele, com um sorriso malicioso. — A senhora está feliz, lady Rochford?

— A felicidade da rainha é a minha também — observo, afetada.

— Também ama quem ela ama? — provoca ele.

— Claro, todos amamos o rei — digo, repreendendo-o, e deslizo o bilhete para sua mão enquanto a dança me leva para longe dele, até outro parceiro.

Aos poucos, o pesado séquito de bagagem e o exército de guardas segue para o norte. Repousamos por alguns dias na casa da avó do rei, Margaret Beaufort, onde ele fica sentimental e fala da devoção da anciã, sem notar que foi ele quem destruiu a Igreja dela. Penso em como ele só consegue amar pessoas que já morreram; só então fica livre de comparações invejosas.

Depois do palácio de Collyweston, somos recebidos por Katherine Brandon em seu castelo de Grimsthorpe. Claro, agora é o castelo do marido dela, o duque, que está animado para exibir seu prêmio, mas toma cuidado em se vangloriar: este é um rei capaz de tomar a propriedade de seu anfitrião como um presente compulsório. Brandon é um velho amigo e sabe como se gabar enquanto se mantém menor que o rei.

Katherine Brandon nos dá as boas-vindas a seu castelo. Tudo é belo e recém-construído com o dinheiro dela. Enquanto as damas preparam os cômodos para a rainha, sigo até meus próprios aposentos. Na mesma hora, Catherine Tilney bate à porta e diz que a rainha quer saber se eu tenho a coisa especial que ela quer. Tilney borbulha de risadinhas, e intuo que Catarina lhe contou que anda trocando bilhetes com Culpeper. A garota é leal à rainha, como uma parente e colega estudante na casa da duquesa em Lambeth, mas é tolice de Catarina cometer tamanha indiscrição, ainda mais quando nosso tio, o duque de Norfolk, é esperado a qualquer momento.

— Ah, poupe-me do meu tio! — reclama Catarina, mesmo com vários cortesãos ao redor.

— Amém — sussurra a duquesa de Suffolk.

Thomas Howard chega de mau humor e recebe boas-vindas mornas do rei, que está sendo entretido por Charles Brandon e flertando com a jovem duquesa.

— Todas vocês parecem muito alegres — comenta, quando nos encontramos nos aposentos da rainha antes do jantar.

— Sim, milorde — digo, num tom agradável. — Suas majestades estão desfrutando da excursão.

— E ele está...? — Meu tio não precisa dizer mais. É a única coisa que me pergunta.

— Sim, milorde, como eu disse. Estamos desfrutando da excursão.

Ele quer saber mais, quer garantias de que um homem que todos acharam que morreria na Quaresma terá um filho até o próximo mês de maio.

— Se for a vontade de Deus — digo, em censura.

Ele apoia a mão no meu braço, mas não aperta dolorosamente, como às vezes faz. Quase poderia pensar que está apelando por ajuda.

— Jane, se Deus não nos favorecer, ninguém mais vai — diz, baixinho, e inclina a cabeça na direção do rei, deixando claro o significado das palavras. — O rei diz que vai nomear lady Maria como herdeira depois do príncipe Eduardo. Nossa lady Elizabeth ficou de fora.

Ele baixa a voz.

— Ele trouxe lady Maria na excursão para mostrar ao norte que estão reconciliados. É capaz de dar a ela seu próprio conselho no norte. E se ele reconhecer que é um reino dividido: norte e sul, papista e protestante? O que será de nós se ela tiver um conselho no norte, e os Seymour, uma regência no sul?

Tento afastar a mão que segura meu braço, mas ele não me solta.

— Acha que o rei está suportando bem a viagem? Posso fazer minha filha se casar com Thomas Seymour dentro de um ano. Será rápido o bastante?

— Ele parece melhor — digo, cautelosa. — Graças a Deus.

— Amém. Mas nosso futuro depende de Catarina. Ela precisa engravidar e ser coroada antes que o rei… antes que aconteça! Ela usa poções, feitiços, feitiçaria? — pergunta ele, como se esperasse que a resposta fosse sim. — Você não pode fazer nada mais?

Balanço a cabeça.

— Bem, faça o que puder. Faça tudo o que puder, Jane. Obviamente não temos muito tempo.

A GRANDE ESTRADA DO NORTE está em condições terríveis e não suporta o peso da excursão. Se o rei precisar de um exército no norte da Inglaterra de novo, nunca fará seus homens chegarem a tempo. Cavalgo ao lado de Catarina, seguindo os guardas, atravessando os campos e as terras comuns em vez da estrada pantanosa, e planejamos nossa entrada grandiosa em Lincoln.

— O que devo usar? — pergunta ela.

— Tecido de prata, e o rei usará tecido de ouro.

Ela dá uma risadinha antes de comentar:

— Vamos parecer fadas.

— Vão parecer régios — corrijo, severa.

Mas ela já esqueceu a fantasia.

— Ele diz que, se conseguir escapar, vai me visitar esta noite — sussurra.

— Não pode — disparo. Já abri o papelzinho dobrado e li a promessa e insistirei para que seja recusada. — Você disse que seria seguro entregar seus bilhetes, que só diria como estava. Não pode marcar encontros secretos.

— Só um — implora ela. — Só uma vez, Jane. Preciso vê-lo sozinha só uma vez.

Balanço a cabeça.

— Não.

— E se você encontrasse uma galeriazinha privada, como aquela em que nos encontramos antes? — sussurra ela. — Por favor, Jane. Não suporto vê-lo todos os dias de um lado do rei e eu, do outro, sendo que alguns dias mal conseguimos nos falar.

— Eu não posso sair vagando pelo palácio do bispo de Lincoln procurando um canto silencioso! Que explicação daria?

— Pode dizer que vai encontrar um amante! — sugere ela, rindo. — Vamos, Jane. Você é jovem e bela o suficiente. Por que não poderia se esgueirar por aí para encontrar alguém? Poderia ser o próprio Culpeper.

— Porque, se a principal dama de companhia da rainha escapulir para encontrar um amante, isso reflete mal na rainha! — repreendo, severa, mas não consigo conter um sorriso.

— Ele diz que iria ao seu encontro no instante em que você o convidasse. Diz que qualquer um deles iria.

Dou risada.

— Ah, Catarina, não seja ridícula! Não posso me encontrar com um rapaz, não mais do que você.

— Só uma vez. Juro, só dessa vez.

— Não é possível.

A luz esvai do rosto dela, que traz o cavalo para perto do meu e estende a mão para apertar as minhas. Nunca a vi tão séria.

— Jane, não estou rindo agora, eu realmente não suporto... — Ela se interrompe. — É difícil para mim fazer o que preciso... — Ela se impede de dizer mais. — Não vejo como superar esses dias... essas noites...

Catarina faz uma pausa e solta minhas mãos, segurando as próprias rédeas. Seu rosto está sombrio; parece uma mulher cumprindo uma sentença perpétua. Penso: nós a forçamos demais, ela não pode desmoronar agora.

— Eu preciso ter algo, alguma coisa que me deixe feliz! — explica de forma comovente. — Se tenho que sorrir o tempo todo e dançar toda noite... se tenho que o cumprimentar quando o rolam para a minha cama... se tenho que o deixar... Jane, se tenho que o deixar fazer o que precisa fazer... e não é como... não é como fazer amor... juro por Deus, preciso de algum momento no dia em que esteja feliz, em que seja eu mesma.

Há um contraste muito amargo entre o belo vestido e o chapéu cravejado de joias com seus olhos castanhos mortos. Penso: se eu conseguir levá-la a York, o rei vai coroá-la lá, então ela será rainha, e estaremos a meio caminho do prêmio. Penso: preciso fazer com que ela sobreviva a este ano, ele não deve durar mais um inverno. Penso: sou uma dama da corte calejada, mas até eu acho horrível forçar uma jovem — uma garota, na verdade — a subir na cama de um velho para realizar um ato que não é melhor do que um estupro. Isso é um trabalho brutal, é um trabalho perverso. Se o preço da obediência dela é ver Thomas Culpeper uma única vez, não posso recusar. É melhor para mim promover um encontro seguro do que ter dois jovens amantes sendo notados. É melhor para mim ser a *Vênus* nesta história de amor cortês do que ter Catherine Tilney entrando no meu lugar e ganhando o poder de uma confidente.

— Muito bem, mas só desta vez. Verei se há uma escada, ou galeria ou algum lugar onde vocês podem se encontrar, mas só desta vez e só por um momento.

— Só desta vez, só por um momento — promete ela, e, de imediato, como uma criança, se transforma. Seu rosto está radiante, a cor volta às faces. — Só uma vez, Jane, e então poderei suportar Lincoln e mais esta noite. Juro que nunca vou pedir de novo.

FAZEMOS UMA ENTRADA triunfal em Lincoln, com as ruas limpas e cobertas de areia prateada até a altura dos tornozelos, os sinos da catedral badalando, os cidadãos de joelhos para implorar perdão pela revolta, o clérigo da igreja e os oficiais da cidade trazendo presentes e recitando boas-vindas. Catarina morre de tédio com os discursos em latim, mas seus olhos são tão largos, sua boca naturalmente erguida num sorriso, que, mesmo quando está muito infeliz, sua beleza continua angelical.

Entramos na catedral para uma longa missa, na qual Catarina se ajoelha e se levanta, curva a cabeça em prece, beija o crucifixo e escuta um longo discurso de boas-vindas em latim e um hino em seu louvor sem ficar se remexendo. Ela não olha na direção de Thomas Culpeper, que está parado atrás do rei. Tem uma aparência tão régia quanto se tivesse nascido para isso, e não como se estivesse atuando com esforço.

A missa se estende por horas, e só lady Maria presta atenção o tempo inteiro. Quando finalmente termina, suas majestades deixam a catedral sob a altíssima porta oeste e descem a colina de mãos dadas sobre as pedras do pavimento varridas até o palácio do bispo. Posso ver pelo jeito desajeitado como Catarina caminha que ele está se apoiando nela. Os favoritos se aproximam dele, temendo que a rainha se desequilibre, mas não ousam oferecer ajuda.

Quando chegamos ao pé da colina, o rei está afogueado e suando, arrastando o pé sobre as pedras duras da entrada. Assim que os portões se fecham, bloqueando os rostos que observavam lá fora, ele se vira para Catarina, furioso, e a manda para seus aposentos. Chama Culpeper e Seymour, cada um de um lado, e os dois praticamente o carregam para dentro. Enquanto o puxam pelas escadas, ouvimos um grunhido abafado de dor. Catarina sai correndo, e nós corremos atrás dela.

Ela recebeu uma linda suíte, com janelas de vidro veneziano das quais pode ver tanto a catedral como o castelo, assim como as pessoas ainda se demorando nas ruas abaixo. Meu quarto fica no andar de cima, adjacente ao banheiro dela. É o quarto do capitão da guarda, e fica diante de uma escadaria que dá diretamente para os fundos do palácio, os estábulos e o jardim. Tiro meus pertences dos baús, depois abro a porta trancada e desço em silêncio pela escadinha circular de pedra até o pátio interno, onde o jardim acompanha o declive da colina. É uma entrada secreta perfeita.

No jantar, o rei já se recuperou do mau humor e ouvimos longos discursos elogiosos que o animam, mas a noite não vai se estender muito. Ele come demais: todo prato vai primeiro para ele, depois para a rainha, e só então é servido para o restante da corte, em ordem de precedência. O rei não deixa nada intocado; pega uma colherada de tudo, e muitas vezes porções duplas ou até triplas. Ao lado, Catarina, beliscando a comida, se assemelha a um passarinho, cada vez mais etérea. Parece impossível que seja a esposa dele, como se fosse quebrar com o peso do rei quando ele a monta, e ser asfixiada por seu peito gordo.

Mas o rei não visitará a cama dela esta noite. O duque de Norfolk me lança um olhar raivoso, mas ninguém pode impedir o rei de comer até cair num estupor. Quando o erguem, ele fica parado, balançando; está bêbado e flatulento. Agradece o bispo pela boa companhia, beija a mão de Catarina e chama seus favoritos para ajudá-lo a ir a seus aposentos. As jovens damas olham com esperança para a rainha, torcendo por uma noite de danças alegres, uma vez que o velho rei decidiu ir para a cama, mas Catarina as decepciona e decide também ir a seus aposentos.

Fingimos nos preparar para dormir, vestindo a rainha com a camisola e o roupão decorado, amarrando sua touca de dormir e mandando as damas para suas camas. A rainha diz a Catherine Tilney que vai se sentar comigo por um tempo no meu quarto. Ela observa enquanto acomodo a rainha numa cadeira e atiço a pequena lareira.

— Devo esperar? — pergunta.

— Não, eu levarei a rainha para a cama — respondo, fechando a porta em sua cara surpresa.

Assim que ela parte, Catarina se levanta de um pulo.

— Não, ainda não — digo. — Só quando todos estiverem quietos, e as luzes forem apagadas em todo o palácio.

— Mas ele não vai esperar no escuro!

— Terá que esperar — falo, com firmeza. — Não vamos deixá-lo entrar até eu ter certeza de que o palácio inteiro está em silêncio.

Ela tira a touca e liberta o cabelo da trança em uma cascata de ondas castanho-douradas.

— Você não vai encontrá-lo assim — digo, inexpressiva. — Coloque a touca de volta.

Em vez disso, ela pega meu capuz de veludo e joga uma capa de veludo escuro sobre o roupão.

— Pronto.

— Melhor. Mas ainda temos que esperar.

Espero meia hora, calculando o tempo pelos sinos da catedral, e enfim abro a porta da escadaria. Com Catarina atrás de mim, desço a escada sinuosa na ponta dos pés, as mãos roçando as paredes frias de cada lado. Abro a porta ao pé da escada e, de repente, bem do outro lado do cascalho, um vigia noturno aparece fazendo suas rondas com uma tocha acesa na mão.

Pulo de volta para o abrigo da porta e empurro Catarina escada acima, fechando a porta enquanto esperamos, trêmulas. Ouço seus passos se aproximando da porta e subimos as escadas correndo, nossos chinelos silenciosos sem emitir som algum, até estarmos escondidas pela curva da escadaria. Lá embaixo, escuto o rangido da fechadura quando ele gira a chave do lado de fora e a leva embora, deixando-nos trancadas ali.

Acima de mim, com o rosto pálido sob o luar que entra pela fenda de flechas, Catarina está horrorizada.

— Ele nos trancou aqui dentro, e Thomas ficou fora!

— Temos que voltar para a cama — digo em voz baixa. — Perdemos nossa chance hoje.

É como se ela tivesse sido apunhalada no coração.

— Não falo — diz, apenas. — Não posso ficar sem vê-lo. Jane, você tem que dar a volta, ir ao jardim e encontrar…

— Não — digo, firme. — Tentaremos de novo mais tarde.

— Passei o dia inteiro esperando por isso. — A voz dela estremece, à beira das lágrimas. — O dia inteiro. Ele é a única coisa que me permite suportar esses dias. Não vou aguentar…

— Eu sei — interrompo. — Podemos tentar outra noite.

— Eu não quero outra noite, não posso esperar outra noite. Quero esta noite!

— Estamos trancadas. O vigia tem a chave. Não podemos fazer nada.

— Ah, Jane! — Ela dá um pequeno soluço, estremecendo.

Não há como argumentar com ela.

— Catarina, seja sensata. Volte para a cama e tentaremos amanhã.

Ela balança a cabeça.

— Não vou suportar mais um dia sem vê-lo. E se o rei vier à minha cama amanhã? Prefiro morrer a suportar outro dia. Prefiro morrer a ter o rei na minha cama.

— Pare, pare com isso. Fique calma, não diga essas coisas. Pense! Você é a garota mais sortuda…

Ela agarra minha mão.

— Olhe para mim! — exige.

Eu a encaro. Seus olhos estão transbordando de lágrimas; seu rosto, contorcido de tristeza.

— Não posso viver assim — diz.

Ela agarra meu braço quando ouvimos um barulho na porta do jardim. Não é o vigia retornando, e sim um *tra-tra-tra* ritmado. Descemos as escadas de novo; eu primeiro, Catarina silenciosa atrás de mim.

— Quem está aí? — sussurro.

— Hã... sir Lancelot! — responde uma voz sussurrada, com uma risadinha.

— É ele! — sussurra Catarina, em meu ouvido. — Ele veio!

Ela está imediatamente recuperada, vibrante de desejo. Quer passa por mim para sussurrar pelo buraco da chave, mas eu a seguro.

— Estamos trancadas — sibilo. — Tem um guarda noturno aí fora. Cuidado para não ser visto.

— Ele foi pelo outro lado — diz Culpeper, baixinho. — Acho que consigo arrombar a fechadura.

— Ele sabe arrombar fechaduras! — sussurra Catarina, com adoração.

Esperamos, ouvindo uma lâmina fina sendo enfiada no buraco da fechadura e o barulho de metal contra metal enquanto ela é girada de um lado ao outro. Por fim, a tranca cede e vira para dentro, e ele entra. Seu criado, que arrombou a fechadura, dá um passo discreto para trás, mas já nos viu.

Catarina está nos braços de Culpeper em um segundo. Não posso impedi-la de saltar para a frente, nem o impedir de envolvê-la em seus braços. Os dois se abraçam, o rosto dela enterrado no ombro dele, a cabeça morena dele curvada sobre o pescoço dela enquanto inala o seu perfume.

— Entrem — digo, com urgência. — Vamos. Vocês não podem ficar aqui.

Catarina se recupera em um instante e dá um passo para trás quando ele a solta. Ele faz uma mesura, e ela curva a cabeça.

— Perdoe-me — sussurra, mas seus olhos estão escuros de desejo, e Catarina está tremendo. — Perdoe-me.

Conduzo-os escada acima, passando pelo meu quarto até o banheiro da rainha. A retrete, um trono de veludo gloriosamente bordado com jarras de água quente e esponjas e sabonetes, está no canto do cômodo, escondida por uma tela. Na parte principal do quarto há uma mesa com um jarro de água, toalhas, um roupão quente, dois bancos na frente da pequena lareira com o fogo abafado para durar a noite inteira, e uma cadeira no canto.

Catarina se encolhe.

— Aqui não! — sussurra. — Aqui não!

Mesmo nas circunstâncias mais escandalosas, ela ainda pensa nas aparências.

— Este é o lugar mais seguro, ninguém vai perturbar vocês aqui — aponto. — Podemos trancar a porta, e ninguém vai bater. Ninguém tem o direito de entrar.

— Não importa — sussurra ele. — Tanto faz o lugar, contanto que possamos estar juntos.

Ele a puxa até os bancos na frente do fogo. Eu me sento na cadeira, a certa distância. Observo-os, silhuetas contra a luz do fogo, e vejo a absoluta beleza dos dois, a clareza de seus perfis, a ternura da inclinação da cabeça dela enquanto sussurra, então o olhar que ergue para ele ao ouvir sua resposta.

Depois daquele mergulho nos braços um do outro, pensei que se beijariam, mas não se beijam. Ficam de mãos dadas, como crianças prometidas em noivado, e passam horas sussurrando tão baixinho que só conseguem se ouvir ao juntar as testas, as bochechas se tocando, os lábios no pescoço um do outro. Falam da infância, de seus pais, suas famílias, dos amores que tiveram, e, por mais de uma hora, por mais de duas, conversam sobre quando se viram pela primeira vez, quando souberam que estavam apaixonados, como ansiaram por estar juntos neste momento. Ele implora o perdão dela por partir seu coração quando era dama de honra de Ana de Cleves e confessa que foi amante de Bess Harvey, mas que nunca terá outra mulher depois desta noite. Ouço a risada suave da rainha; Catarina diz que o caso não foi muito vantajoso para Bess, que é conhecida pelas roupas puídas. Ele diz que, se Catarina tivesse continuado como dama de honra, teria sido sua esposa; ela responde que não, que teria despedaçado o coração dele por vingança, e ele sussurra que seu coração é dela, e que ela conseguiu sua vingança.

Como crianças, os dois não planejam nada, não pensam no amanhã, não consideram as semanas de excursão pela frente, muito menos o que vai acontecer quando todos voltarmos à vida normal nos castelos e palácios reais, e Culpeper tiver que ajudar o velho rei a subir na cama da garota que ele ama. Não falam do rei, da doença dele, da luxúria dele por Catarina; é como se estivessem se encontrando em outro mundo, onde nenhuma das crueldades deste pode feri-los.

Sussurram, dando voltas e mais voltas, como melros acomodando-se ao pôr do sol, um falando baixinho, o outro respondendo baixinho, até que ouço o vigia noturno gritar a hora lá embaixo, no jardim, e o sino da catedral bater três longas notas, e preciso recordá-los do mundo real.

— Vossa graça, mestre Culpeper, são três da manhã. Vocês têm que voltar para a cama.

Eles não suportam se separar. Culpeper vai à porta, depois volta para um beijo; Catarina segura as fitas da capa dele e ordena que diga que a ama pela milésima vez. Preciso mandar que ela volte ao quarto, abrir a porta da escada do jardim e expulsá-lo dos meus aposentos.

Fico ouvindo no topo da escada, até escutar a porta lá embaixo se abrir e se fechar e me certificar de que ele conseguiu sair para o jardim. Depois, volto ao quarto da rainha e encontro Catarina na cama, o cabelo solto espalhado em ondas douradas no travesseiro, já dormindo profundamente.

Qualquer um que se importasse com ela veria, na manhã seguinte, que está mudada. A leve faixa violeta sob os olhos límpidos sugere uma noite insone, mas a radiância de seu rosto mostra que foi uma vigília alegre. Há algo no jeito como mantém a cabeça erguida, a cor dos seus olhos, que brilham, mais verdes que castanhos, e algo no seu sorriso, atrás do qual se esconde um segredo... Mas ninguém em toda essa corte de pessoas que dependem dela para viver, dos criados que usam sua libré às damas que jantam à mesa dela, até o criminoso que foi liberto hoje porque Catarina pediu tão charmosamente por um perdão ao rei, absolutamente ninguém se importa com ela. Entre esses milhares de homens e mulheres, só Thomas Culpeper e eu a amamos por quem é. Mas meu amor é parcialmente motivado por interesse próprio, e não sei quanto ao dele. Cercada por uma corte adoradora, assim como vivia cercada por criados em Lambeth, ela ainda é uma garotinha solitária negligenciada por quem deveria protegê-la.

Surpreendentemente, só o duque nota a mudança nela.

— Ela engravidou? — pergunta-me. — Parece uma mulher, não mais uma criança de rua faminta.

— Ainda não — respondo, mas penso: ele tem razão, amar Culpeper pode torná-la fértil. De tanto desejá-lo, ela pode conceber um filho do rei. Penso por um momento: Senhor, que linda criança Catarina e Culpeper produziriam! Então penso: é arriscado demais, a não ser que tivéssemos certeza de que o rei está em seus últimos dias e de que ser uma viúva grávida lhe garantiria o título de rainha viúva.

Catarina está radiante, uma garota apaixonada vivendo seu primeiro amor, um amor sagrado. Não consegue pensar em nada exceto em Thomas Culpeper. Dá a Bess Harvey, a antiga amante dele, um vestido do guarda-roupa real como uma piada privada, mas não faz nenhum outro gesto público. Os dois passam o dia todo sem trocar um só olhar. O rei vai dormir cedo de novo, e Catarina resiste à tentação de ficar acordada até tarde e dançar com Culpeper. Amá-lo a mudou. Ela não quer ostentá-lo diante de suas damas de honra, não quer nem triunfar sobre Bess Harvey.

* * *

Culpeper desliza um bilhete na minha mão no jantar que apenas diz: *meia-noite*, de forma que não tenho como recusá-lo. Quando o sino bate a hora, Catarina está aguardando diante do fogo no banheiro. Minha criada e Catherine Tilney insistem em esperar, pensando que estamos sentadas diante da lareira no meu quarto de novo. Eu as faço aguardar em uma alcova do lado de fora do quarto.

Digo aos amantes que as duas estão do outro lado da minha porta e que eles não podem ficar muito tempo, mas nenhum tempo seria suficiente para os dois. Repetem tudo que disseram na noite passada e falam dos eventos do dia que os mantiveram separados. Ele diz que não consegue tirar os olhos dela quando Catarina e o rei estão na capela; ela diz como precisa olhar para o chão quando faz sua mesura de bom-dia ao rei. Eles não reclamam do amor condenado, não desejam ter se conhecido antes de ela se casar, sequer pedem mais do que têm agora — só esperam se ver amanhã e se encontrarem sozinhos na noite seguinte. Não fazem planos. Estão maravilhados com o momento, o toque de uma mão, a oferta de um beijo, o dedo dela na covinha no queixo dele, a mão dele traçando a linha do seu pescoço esguio.

Enquanto se cortejam, indiferentes aos perigos e às consequências, fico sentada na cadeira no canto e me pergunto como tirar proveito deste novo desenvolvimento. Como dama da corte, deveria apoiar minha senhora enquanto transformo isso em vantagem para mim. Deveria proteger ambos de possíveis riscos. Não estou atordoada de amor, cega aos perigos como ela. Quem sabe melhor que eu que evidências podem ser reunidas contra uma esposa e levar uma rainha a ser decapitada? Mas o único homem capaz de organizar um inquérito desses se foi. Catarina não tem inimigos, como Ana tinha, e seu marido está cego do amor em lua de mel. Ela não tem rival, como Ana tinha. Ninguém tem motivos para espiá-la ou mentir sobre ela. Penso do modo como sempre faço: que conselho Thomas Cromwell me daria? O que ele faria se estivesse ali?

Enquanto os dois sussurram sonolentos, faço planos para manter Catarina a salvo ao longo deste caso de amor. Era inevitável que uma garota como ela se apaixonasse, e tenho sorte de ser um cortesão experiente e um favorito do rei. Minha tarefa é manter uma rainha Howard segura em sua posição, e Culpeper vai me ajudar nisso. Mas, se Deus permitir, não será por muito tempo. Qualquer um que veja o rei passando mal de manhã e exausto à noite, sempre com dor na ferida supurada, pode imaginar que ele não vai durar muito. Se ele coroar Catarina em York e morrer na próxima Quaresma, Culpeper poderia se casar com a rainha viúva, e eu poderia orientar a rainha regente enquanto assume o poder.

A excursão avança para o norte, cada vilarejo na grande estrada servindo como testemunha do poder e da riqueza do rei. A procissão é precedida pelos guardas reais, o rei cavalga ao lado de Catarina em trajes magníficos, e é seguido por lady Maria, sua filha subserviente, e por damas e nobres da corte em ordem de precedência, depois por arqueiros armados e, finalmente, mais atrás, os companheiros da casa real e seus criados, então todas as bagagens e carroças de suprimentos. Tropas de soldados marcham na retaguarda, como se pudessem nos proteger do ódio que segue atrás de nós.

Vilarejos inteiros aparecem para testemunhar essa visão gloriosa e interpretam seu papel de camponeses leais, aplaudindo e levando presentes, até jogando flores na lama sob os cascos dos cavalos. É uma ironia diária: eles jogam rosas-caninas colhidas das cercas vivas, de modo que o rei Tudor é saudado com a rosa branca de York, o símbolo da antiga família real. Não há dúvida de que as mesmas pessoas que lançam rosas brancas na estrada tinham uma rosa branca no chapéu ou presa ao colarinho com a insígnia dos peregrinos durante a revolta. Mas todas conhecem o papel que lhes cabe e saem para ovacioná-lo nesta mascarada de lealdade em que o rei atravessa territórios onde é odiado e vilarejos que ainda lamentam a morte de homens amados.

O terreno de Lincolnshire está pantanoso por conta das chuvas deste verão horrível, e só conseguimos viajar curtas distâncias antes de o rei ficar exausto e seus lindos trajes acabarem manchados e suados. É um alívio passar quatro dias em Hatfield Chase para descansar os cavalos e limpar a lama de capas de tecido de ouro. Nobres locais e membros da aristocracia vêm prestar respeito ao rei, e toda noite há um banquete. Apresentamos a mascarada da primavera de novo, com fantasias reduzidas, mas danças familiares, e Catarina e Culpeper percorrem a fileira de mãos dadas, passando um pelo outro como estranhos educados.

— Vou morrer — diz ela, naquela noite, em uma vozinha fina, enquanto penteio seu cabelo antes de dormir. — Vou morrer se não puder vê-lo.

— É perigoso demais — respondo. — Seu tio está aqui, assim como Charles Brandon, o duque de Suffolk, e tantos outros visitantes. Você é vigiada constantemente. Catarina, você se comportou muito bem na dança, continue tomando cuidado.

— Mal o verei amanhã — diz, como se fosse uma sentença de exílio. — Ele vai passar o dia todo caçando com o rei e, no dia seguinte, vão pescar. Mesmo se eu fosse, ele não poderia falar mais de uma palavra para mim. Cada cervo do condado foi levado ao parque, para o rei ter alvos fáceis. Não vou vê-lo por dias, e vou morrer se não puder vê-lo.

Tento rir disso como se fosse um exagero infantil e dou um tapinha em seu ombro.

— Aguente firme; assim que estivermos em um lugar menos público, eu o trarei a você — prometo. — Mas não aqui, não com nosso tio presente.

Catarina estremece e fecha os olhos.

— Eu até arriscaria — diz. — Até arriscaria enfrentar meu tio por esse amor verdadeiro.

— Não arriscaria, não — respondo, com firmeza. — Só espere até nossa próxima parada. São apenas quatro dias.

— Quatro dias são como quatro anos quando você ama alguém de verdade.

Tento rir, mas sei que é verdade.

— Tentaremos no castelo Pontefract — prometo. — É um castelo grandioso, enorme. Com milhares de lugares para você encontrá-lo.

CASTELO DE PONTEFRACT, VERÃO

1541

O castelo que também chamam de Pomfret é uma construção antiga e extraordinária que se assoma sobre a paisagem, com torres espiralando rumo ao céu e grandes portões abertos para nos dar as boas-vindas. É grande o suficiente para abrigar todos os membros da excursão, um enorme castelo do norte, construído para receber um rei, uma corte e um exército. O teto tem buracos por onde a chuva entra, soprada pelo vento; as quinas estão desgastadas e há andares inteiros sem nada exceto lenha, abandonados aos ratos e pássaros que entram e saem pelas janelas sem vidros. Mas o grande salão é enorme e brilhante, com tapeçarias e vigas pintadas, aquecido por uma lareira enorme e antiquada, instalada bem no centro do recinto, a fumaça escapando pelo buraco no teto logo acima. O lado do rei fica à direita do grande salão; o lado da rainha, do esquerdo. Pela primeira vez na vida, sou uma verdadeira espiã, como os homens que meu mestre empregava para invadir casas e fazer *rendez-vous*: procuro entradas e saídas, lugares para se esconder e para se encontrar.

As damas de companhia, tanto as solteiras como as casadas, estão decepcionadas com seus aposentos. Só o quarto e o aposento íntimo de Catarina passaram por uma reforma desde que o castelo foi construído, séculos atrás; todo canto é frio e empoeirado, e estamos cansadas de viajar e arrumar os baús e desfazê-los toda semana. Lady Maria é a única que não reclama, pois faz dez anos que vive em castelos desconfortáveis. Não conseguimos encontrar empolgação para mais uma cidade pobre, não conseguimos nem fingir interesse em mais rebeldes buscando perdão.

A própria rainha mudou. Ela não fica mais brincando com suas damas como antes nem escuta suas histórias de flertes e indiscrições. O caso entre uma das damas de companhia, a jovem Dorothy Bray, e William Parr, um cortesão casado, só prende seu interesse por alguns momentos.

— Você o ama tanto que sente que morreria sem ele? — pergunta a Dorothy.

— Deus, não! — A dama joga a cabeça para trás. — Cabe a ele morrer de amor por mim.

— Então você é uma tola de ser tão indiscreta sem motivo — diz Catarina, severa como uma rainha. — Não quero minhas damas desrespeitadas ou se comportando mal.

Catarina diz que as damas não podem entrar em sua câmara privada sem convite, que preferiria se nem batessem à porta do seu quarto. Isso aborrece suas velhas amigas, acostumadas e entrar e sair dos seus aposentos sem cerimônia, e insulta sua irmã, lady Isabel Baynton, que tem o direito de entrar quando quiser. As damas comentam entre si que é função delas fornecer boa companhia aos aposentos da rainha, tanto na câmara privada como na câmera de audiências, e que Catarina é jovem e mal-educada demais para apreciar uma boa conversa, que é um desperdício mantê-las ali e que estariam mais felizes em casa. As damas solteiras dizem apenas que ela está arrogante e não é mais divertida.

Para piorar, Francis Dereham escolhe esse momento para chegar ao castelo de Pontefract e assumir seu posto na casa da rainha, como se de fato pretendêssemos que ele trabalhasse para ela. Esse tempo todo ele foi pago para ficar longe, morando em Norfolk House, em Lambeth, mas resolve aparecer sem ser convidado.

— O que faço com ele? — pergunta Catarina, quando Webb o leva para sua câmara privada.

— Eu não poderia ser seu secretário? — sugere o jovem. — Seu secretário pessoal e privado? — Ele é um homem bonito, de cabelo escuro, e sorri para ela, perigosamente seguro de si, sabendo que é atraente para as mulheres e que Catarina estava apaixonada por ele.

— O senhor não é qualificado para esse posto — digo, com frieza. — Isso já foi discutido. E a rainha tem um secretário talentoso e bem instruído. O que fazia para a duquesa? E por que saiu de Norfolk House?

— Tivemos um desentendimento — explica ele, com uma piscadela. — Ela tem um temperamento esquentado para uma grande dama. E é um lugar pequeno e antiquado demais para um jovem como eu.

A rainha não diz nada a seu velho amigo. Posso ver suas mãos apertadas com força no colo. Imagino que queira saltar da cadeira e dar um tapa no rosto sorridente dele.

— Eu fui o secretário pessoal da duquesa… — começa ele, então vê minha sobrancelha arqueada. — O mordomo — emenda.

— Sua majestade poderia indicá-lo para serviço no séquito de outra pessoa — sugiro. — Alguém mais em atividade e… elegante?

Ele balança a cabeça, decidido.

— O que poderia ser mais elegante do que a corte de uma jovem rainha? Vou me estabelecer por aqui. Confie em mim, vai ficar feliz por me contratar. E não aceitarei nenhum outro posto.

Eu me inclino para Catarina, de forma que ele não consiga ouvir nossa conversa sussurrada.

— Precisamos aceitá-lo — diz ela, irritada. — Ele não pode falar sobre o que acontecia em Norfolk House. Não pode dizer uma palavra sequer.

— Podemos oferecer uma posição ao senhor, mas é para um jovem discreto e calado — digo. — Entende que terá que ser sóbrio, bem-comportado e respeitoso?

Ele faz uma mesura baixa a Catarina.

— Eu sei me comportar — responde, com um sorriso pesaroso. — Vossa majestade já gostou de mim. Muito, lembra?

— Ainda gosto de você — diz Catarina, entre dentes. — E vou continuar gostando, se não causar problemas. Mas os velhos tempos ficaram para trás, já esqueci tudo a respeito.

— Ah, eu também esqueci — responde ele. Faz uma mesura para mim e dá outra piscadela. — Prometo-lhe, lady Rochford: a senhora não tem nada a temer! Eu já me esqueci de tudo.

Assim que ele sai da câmara com uma mesura, eu me viro para Catarina.

— O que você fez com ele? — sibilo. — Eram amantes? Amantes de verdade? Você prometeu se casar com ele? Era por isso que tinha suas economias?

Ela me fita com uma fúria gélida.

— Eu não fiz nada com ele — responde. — Como ousa sugerir uma coisa dessas? Olhe só para ele! Eu nunca me rebaixaria a esse ponto.

A CORTE FAZ AS REFEIÇÕES no grande salão e, com o rei descansado, há música e dança após o jantar, além de mesas de carteado e jogos para entretê-lo. Ele acena para seus jovens companheiros dançarem com as moças e, como Catarina fica sentada ao lado dele em vez de dançar com um dos rapazes, ri, dá um beliscão na bochecha dela, diz que deve dar um giro com um belo jovem e pergunta quem é seu favorito.

Ela menciona Thomas Seymour, o favorito da corte; depois cita John Dudley; e faz o rei rir ao falar de seu tio, Thomas Howard, que faz cara feia e alega estar velho demais para dançar, e que, se fosse fazer papel de tolo, não seria com a sobrinha. Ela não lança um mínimo olhar para Thomas Culpeper, que nunca parece ser mais do que um de muitos cortesãos para ela, tão charmoso quanto os outros.

Depois das caçadas, comemos nos bosques densos que cercam o castelo, remamos como crianças no rio e saímos de barco para jantar sob o luar. O rei fica tão entretido e exausto com a farra da corte que visita a cama da rainha apenas uma vez, escoltado por alguns companheiros. O alarido que fazem ao descer o corredor no início da noite nos dá tempo suficiente para nos preparar: quando o rei chega, Catarina está na cama, belíssima, com sua touca de dormir.

Em todas as outras noites, Thomas Culpeper vai ao quarto dela, esgueirando-se pela escadinha sinuosa usada pelo menino da cozinha para levar lenha e tirar as cinzas da lareira. Às vezes, Culpeper escapa para o quarto dela no fim da tarde, quando Catarina sobe para descansar antes do jantar. Eles nunca ficam a sós e nunca me pedem para sair. Trancamos a porta do quarto, e eu fico sentada de lado, em um escabelo, enquanto os dois se acomodam no assento da janela, um pouco recuados, para que ninguém que olhe para a torre da rainha possa vê-los. Às vezes, os dois passam somente alguns minutos juntos, embora alguns dias Culpeper consiga ficar uma hora. De noite, quando o castelo está silencioso, exceto pelos guardas de patrulha, os dois se sentam lado a lado na frente das brasas da lareira e ficam sussurrando até o céu clarear com a aurora do início do verão e os pássaros começarem a cantar.

— Tenho que ir... — lamenta ele.

— Ah, não vá... — diz ela.

É como se vivessem duas vidas: a diurna, de espetáculo e barulho, um desfile de bom humor e modos refinados, e essa vida secreta e interna, na qual nunca falam mais alto que um sussurro e nunca se tocam mais do que um beijo gentilíssimo na mão dela, os dedos de Catarina no rosto dele ou a mão sobre seu coração.

Uma noite, alguém gira o ferrolho na porta trancada do quarto, e Thomas salta para a cama, se agarra na coluna do dossel e se esconde entre as cortinas. Abro a porta com tudo: é uma das criadas, Lucy Luffkyn, entrando sem jeito e sem convite com uma pilha de roupas recém-passadas.

— Como se atreve? — pergunta Catarina.

A garota a encara, boquiaberta.

— Eu só trouxe suas camisolas para amanhã... como sempre.

— A porta estava trancada. Você não deveria ter tentado abrir. Eu já estava dormindo e não devo ser perturbada só porque a lavadeira terminou de passar as roupas!

— Mas não está dormindo — diz a garota, atônita. — Eu vi a luz por debaixo da porta. Ouvi vozes.

— Se eu disser que estou dormindo, estou! Vá embora, já! E nunca mais me incomode de noite nem force a porta. Não serei acordada por gente da sua laia!

Acompanho a garota para fora do quarto e pego as camisolas de suas mãos.

— Qual é o problema dela? — pergunta, grosseira. — Não estava dormindo, eu vi a luz. Por que se trancaria lá dentro com você? Por que está tão aborrecida?

— Ela está cansada — digo, depressa. — Estamos todos cansados. Foi um longo dia, e ela está chateada porque suas regras desceram. Não dê atenção. Só não entre sem permissão.

A jovem, que aprendeu seus modos de corte quando Catarina ainda era uma companheira de brincadeiras de suas damas, fica ofendida.

— E por que você é a única que ela vê agora? — pergunta.

— Eu sou parente dela e fui dama de companhia de todas as rainhas — respondo. — Você deve fazer o que eu digo. Não entre sem convite, não force a porta sem bater e não questione seus superiores.

Ela dá meia-volta, irritada, e vai para o próprio quarto. Quando volto, Catarina está desenrolando Thomas da cortina da cama, rindo sem parar, enquanto os dois se agarram e abafam as risadinhas.

— Que virago você é! — exclama Thomas, e Catarina enfia o rosto contra a jaqueta dele para silenciar uma risada explosiva. — Eu nunca a ofenderei, juro. Que bronca!

— Você nunca me ofenderá. — Catarina ergue o rosto para ele, corada de tanto rir. — Nunca poderia.

— Por Deus, bem que eu queria entrar no seu quarto sem bater — diz ele, de repente sério, como se chocado pela força do próprio desejo. Ele envolve sua cintura e a puxa para perto. — Por Deus, queria que pudéssemos dizer a todos que vamos trancar a porta e que não devemos ser incomodados até o dia seguinte.

O castelo de Pontefract é uma longa pausa nessa excursão real, que está começando a parecer interminável, e sir Edward me informa que a corte vai seguir para York, onde o rei da Escócia nos encontrará para discutir a paz na fronteira e uma aliança entre os dois reinos.

— Haverá alguma cerimônia especial? — pergunto, com o coração na boca, sem ousar dizer a palavra *coroação.*

Ele está sorrindo, para variar.

— Uma cerimônia na frente do rei Jaime? Com Maria de Guise assistindo? Henrique mandou reconstruir metade da cidade para uma grande cerimônia... Creio que seja interessante a senhora espanar a pele de arminho e mandar uma mensagem à casa de joias.

Ele está falando de coroação, mas só digo a Catarina que vamos encontrar Jaime da Escócia e, todas as tardes por uma semana, treinamos a exata profundidade da mesura adequada a um rei vizinho.

— Em York? — pergunta ela.

— Em York — confirmo.

O rei vai para Hull examinar as defesas e leva Thomas Culpeper e os outros cavaleiros, deixando o restante de nós sozinhos. Imediatamente, instaura-se uma atmosfera festiva na corte: dançamos por prazer, não pelas aparências, e caçamos a todo galope atrás de cães com as línguas para fora, sem ter que esperar que os animais sejam encontrados. Catarina volta a ser brincalhona com suas damas nos aposentos da rainha e todos sabem, mas ninguém diz, que a corte é um lugar mais feliz sem o rei. Até lady Maria respira mais aliviada sem o olhar do pai cravado nela, se perguntando se ela é mais útil para ele na Inglaterra, exibida como um troféu, ou se seria melhor casá-la com um príncipe estrangeiro e mandá-la para bem longe.

Depois do jantar, Francis Dereham abusa de suas novas liberdades e senta-se com uma taça de vinho na mesa dos cavalheiros seniores da rainha, como se fosse um deles. Naturalmente, os homens lhe dizem para voltar ao seu lugar, e ele enlouquece: em um acesso de raiva bêbada, alega que recebeu seu lugar por favor especial e que vai ficar ali mais tempo do que todos eles.

— Precisamos falar com ele e ordenar que seja mais discreto — digo à rainha. — Ou dispensá-lo. Ele não pode ficar falando de você ou de favores especiais.

— Não podemos dispensá-lo — afirma ela, os olhos escuros de apreensão. — E quanto às cartas?

— Sua avó disse que comprou todas, não? — Noto sua expressão atônita. — Não me diga que há outras. Ah, Catarina! Nada escrito por você, espero?

— Não. De toda forma, minha avó não tem todas?

— Então negamos as cartas e ameaçamos dispensá-lo.

Ela chama Francis a sua câmara de audiências, embora, por direito, seja sir Edward quem deveria dispensá-lo.

— O senhor incomodou os cavalheiros do séquito da rainha — explico, a voz baixa e acusadora. — Tínhamos um acordo, mestre Dereham; o senhor prometeu que se manteria em seu lugar. Aqui não é a Norfolk House.

— Eu sei disso — diz ele, com uma mesura para a rainha e um sorriso açucarado para mim. — Éramos uma companhia agradável por lá. Mas mestre John e sir Edward são uns velhos tão pomposos e…

— Estão acima do senhor — interrompo. — Não deve nem abrir a boca para falar sobre eles. Deve se lembrar do seu lugar e demonstrar respeito. Caso contrário…

— Caso contrário o quê? — demanda ele. — Ganhei meu lugar por ser um velho amigo da rainha. Não fiz nada para prejudicar essa amizade, apesar das promessas que não foram honrosamente mantidas.

— Ah, Francis, deixe disso! — diz Catarina, irritada. — Você não pode ser rude com o mestre Johns, e você sabe muito bem que não pode dizer nada sobre velhas amizades. Vovó devolveu seu dinheiro, que você provavelmente roubou dela, aliás. Tome. — Ela empurra uma bolsinha para as mãos dele. — Pegue isso e pare de causar problemas.

Fico horrorizada ao vê-la suborná-lo. Ele pesa a bolsa nas mãos, como se fosse pedir mais, e faz uma mesura a nós duas, parecendo morder as bochechas para não rir da nossa cara.

— Ora, vossa majestade, lady Rochford, agradeço-lhes por essa lição de etiqueta da corte e por esse presente charmoso. Vocês não terão mais problemas comigo, prometo. — Ele vai até a porta, abre-a sozinho e sai. — A não ser que eu precise de mais dinheiro! — acrescenta, enfiando a cabeça de volta e rindo antes de partir de vez.

— Catarina! Por que deu dinheiro a ele? — pergunto. — Íamos dispensá-lo, e no momento em que ele disse…

— Eu sou a rainha, não sou? — retruca ela. — Sou a mulher mais rica da Inglaterra, não sou?

— Bem, na verdade, não…

— Sou rica o suficiente para comprar um tolo como Francis Dereham uma centena de vezes — diz, irritada. — E nem você, nem ninguém pode me dizer o que fazer com meu dinheiro.

ST. MARY'S, YORK, OUTONO

1541

Entramos em York em setembro, feito uma força punitiva. A jornada de Pontefract para o norte é errática, com paradas constantes para que os moradores locais e membros da aristocracia menor venham se prostrar diante do rei e expiar seu papel na Peregrinação de Graça. Em alguns vilarejos, corpos de pais e irmãos ainda estão apodrecendo, pendurados nas gaiolas de metal suspensas das forcas junto às estradas. Seus filhos e irmãos se ajoelham nas encruzilhadas quando passamos, pedindo perdão.

Quando chegamos à cidade de York, o próprio arcebispo, com trezentos padres, ajoelha-se diante do rei e oferece um baú cheio de dinheiro para pedir perdão. Lady Maria observa o rei repreendê-los, sabendo que estavam confiando nela para vir em seu auxílio, sabendo que esperavam colocar Reginald Pole e ela no trono no lugar de seu pai. Ela fica sentada no cavalo, completamente imóvel, o rosto tão impassível quanto o de um santo pintado na parede, sua dor e culpa visíveis apenas no movimento convulsivo do pescoço enquanto resiste à vontade de vomitar.

Ficamos alojados na abadia vazia de St. Mary: metade das construções foi derrubada pela tempestade de destruição chamada de Reforma do rei. Mas a casa do abade foi reformada às presas para esta visita, e há um grande salão com piso de pedra onde a maior parte da corte é acomodada para as refeições. A rainha fica com os aposentos para hóspedes honrados, e o rei é alojado nos aposentos do abade. Há uma saleta charmosa no térreo, local em que a abadessa costumava falar com os visitantes através de uma grade. Thomas pode entrar sem ser visto por um pátio que leva à rua, e Catarina pode escapulir por uma escada privada do quarto da abadessa quando a corte já está dormindo.

Vou com ela, caso haja algum problema, e me sento no fundo do quarto enquanto os dois brincam de Píramo e Tisbe e conversam através da grade pela primeira hora, até que seus lábios se aproximam cada vez mais da treliça de metal e Catarina abre a portinhola para saltar nos braços dele.

— Você está quente — comenta.

— Acho que estou com uma leve febre — responde ele, sorrindo. — Meu coração bate mais forte quando você está comigo.

Catarina põe a mão na testa dele.

— Thomas, você precisa tomar um remédio e se deitar. Está com febre, tenho certeza, e como o verei se ficar doente?

— Não estou doente. — Ele tira a mão dela da testa e a beija. — Só morrendo de amor, claro.

— Jane! — chama ela. — Sinta a testa dele. Não está quente?

Com certeza ele está com febre. Os olhos estão brilhando, as faces estão coradas e a testa está ardendo, quente e seca.

— É melhor ir para a cama e deixar a rainha voltar aos aposentos dela — aviso.

Seria desastroso se ela adoecesse agora, na cidade em que pode ser coroada. Nem todo o deleite do rei com sua bela noiva será suficiente para mantê-los no mesmo palácio se Catarina pegar a doença do suor maligno. Ele tem mais medo de doenças do que de qualquer outra coisa no mundo.

Relutante, Culpeper a solta.

— Mas quem vai cuidar de você? — pergunta ela, quando a puxo para trás.

— Tenho bons criados — garante ele. — E o rei vai mandar o dr. Butts, se achar que estou doente.

— Não diga nada sobre nós — recorda ela. — Nem para o médico. Não fale sobre noites sem dormir e falta de sono.

— Nunca — garante, simplesmente. — Nunca. Você sabe que eu preferiria morrer a traí-la.

Ela parece horrorizada.

— Não fale de morte! Não fale disso. Se você... se você...

Gentilmente, eu a empurro na direção da porta.

— Ele está com uma febre baixa — digo, tranquilizadora. — Estará bem na semana que vem.

— Mande-me notícias sobre sua condição — pede Catarina, quando a empurro até o pé da escada. — Não vou conseguir dormir sem saber se está melhor.

— Deixe-o ir para cama — interrompo. — Mestre Culpeper, mande seu pajem me informar do seu estado pela manhã, mas não escreva nada.

— Não, escreva para mim! — implora Catarina. — Escreva-me todo dia!

Com um beijo apaixonado na mão de Catarina, ele sai pela porta. Os olhos verdes dela são trágicos.

— E se ele ficar muito doente? E se ele...

— Ele é um jovem forte e sadio — respondo. — Não é velho, não é gordo e não está envenenado por uma úlcera e rachado por velhos ferimentos. Pode ter uma febre e sair da cama em dois dias, sem qualquer sequela. Não há nada a temer.

PELA MANHÃ, ENTRAMOS na capela e não encontramos a cabeça morena curvada ao lado do rei.

— Posso escrever para ele? — sussurra Catarina. — Preciso, Jane. Vou escrever.

— Você pode me dizer o que escrever, para que não esteja na sua letra. E nada além do que qualquer um poderia ler.

Ela assente e dita a mensagem em um sussurro durante a missa. Escrevo um *précis* desapaixonado, de forma alguma o que ela queria dizer, que passo discretamente para Webb quando deixamos a capela, ordenando que o entregue ao criado do sr. Culpeper. Se ele ler as breves palavras, vai pensar que sou tola a ponto de perseguir um homem mais jovem. Mas já sobrevivi a escândalos muito piores.

O pajem manda avisar que mestre Culpeper está de fato muito doente, com uma febre alta, e que será tratado com ventosas mais tarde. Catarina mal consegue aguentar as longas cerimônias do dia e as muitas trocas de roupas: a procissão à catedral, a apresentação dos presentes reais, a submissão dos antigos rebeldes. Seus gestos são mecânicos, com um sorriso vazio. O rei, ao lado dela, só vê obediência à ordem da missa e não faz ideia de que a esposa está doente de desejo por outro homem.

Depois do jantar, ele se senta ao lado de Catarina para assistir às danças e diz a ela, sob o som da música, que deve se preparar para um grande evento. O casamento a ensinou a se controlar a tal ponto que ela não se ergue com um pulo, empolgada com a coroação. Apenas concorda com a cabeça e diz que fará qualquer desejo de sua majestade.

Ela também não demonstra decepção quando o rei conta que haverá uma visita da realeza: o filho da irmã dele, seu rival e monarca vizinho, rei Jaime da Escócia, irá a York para se encontrar com o rei maior, o da Inglaterra. Se ele chegar com sua rainha, a bela Maria de Guise, que escolheu o rei menor em vez de o maior, Catarina terá que se mostrar mais jovem, mais bela e certamente mais fértil que ela. A rainha Maria deve se arrepender da escolha de marido, e o rei Jaime deve compreender que nosso rei inglês tem a melhor esposa. Recebemos ordens de pedir joias e vestidos extra de Londres, e o séquito da rainha deve ostentar as melhores taças e tapeçarias — tudo isso será mandado para o norte imediatamente, e é tarefa de Catarina garantir que a corte inglesa e a rainha inglesa ofusquem os escoceses.

Os olhos de Catarina se arregalam com a enormidade da tarefa.

— Mas eu não sei como… — começa ela.

O rei dá risada e aponta para mim, dizendo:

— Jane saberá o que fazer. Quantos reis já ofuscamos, Jane? Quantos espetáculos reais deslumbrantes já apresentamos?

— E temos a rainha mais bela de todas — afirmo, com um sorriso e uma mesura. — Quando chegam, majestade? Quanto tempo temos para tornar York uma pequena Hampton Court?

É a coisa errada a dizer: o rosto do rei escurece com uma raiva súbita.

— Ele virá quando for chamado — responde, furioso. — Virá quando for ordenado! — E se vira para Catarina. — Você me questiona?

— Não! Não! — responde a rainha, arfante. — Jane também não!

Ela é corajosa por tentar me defender, mas estamos prestes a enfrentar uma das tempestades súbitas e inexplicáveis dele, e nada vai restaurar seu bom humor.

Eu me curvo em uma mesura e mantenho a cabeça baixa enquanto ele ruge acima de nós duas para o duque de Norfolk.

— Quando você acha que os escoceses vão chegar? Hein? Insistiu tanto para esse encontro, e cá está uma dama da sua casa, me questionando! A mim!

Nosso tio, vendo minha cabeça curvada e o rosto lívido de Catarina em um olhar veloz, faz uma mesura também e diz, com tranquilidade:

— Decerto ele estará todo atrapalhado, correndo para encontrar vossa majestade assim que puder, imagino. Mas no momento está no palácio de Falkland, como escreveu para vossa majestade. Foi uma carta bonita, humilde. Ele sabe seu lugar. Eu darei salvo-conduto para que ele passe pela fronteira, creio que ele teme os ferozes ingleses da fronteira!

— Que tipo de rei tem medo de saqueadores? — pergunta Henrique, desdenhoso.

O duque dá risada.

— Ele tem! Não controla o povo como vossa majestade. Mas como poderia? É tão jovem, subjugado à Igreja e a seus conselheiros, comandado pela mãe, sua irmã! Dê-lhe tempo, e ele aprenderá com vossa majestade como governar.

Eu me levanto da mesura, e o duque dá a Catarina e a mim um sorriso sem amor.

— E ele vai invejar sua noiva. Deveria ter pensado em nossas beldades inglesas antes de se prender a uma aliança estéril com a França.

O rei solta uma risada.

— Deveria mesmo! — diz, triunfante. Ele se vira para Catarina e para mim, o mau humor esquecido. — Ele se casou com uma francesa, e os bebês dela morreram! — diz, triunfante. — Deveria ter arranjado uma estirpe inglesa fértil.

Catarina consegue abrir um sorriso, mas posso ver que mal se mantém de pé enquanto a raiva dele passa sobre nós.

— Dance! — exclama o rei, de repente. — Você deveria estar ensaiando suas danças. E teremos que apresentar uma mascarada. Qual seria boa? O que mostraria aos escoceses que estamos muito acima deles, como os anjos acima dos homens?

Catarina acena para os músicos tocarem uma dança em círculo e foge para a pista. Meu tio revira os olhos para mim; ele não faz ideia do que sugerir para uma mascarada.

— Primavera? — sugere, atônito, lembrando-se da última mascarada que apresentamos.

O sorriso do rei morre imediatamente.

— O que a Primavera tem a ver com qualquer coisa? — demanda.

A música começa, e Catarina me dá um olhar ansioso antes de dançar. A corte toda pode ver que o rei ficou mal-humorado de novo.

— *Aureliano?* — Eu me agarro a uma velha lição, meio esquecida. — Aureliano, o imperador, o conquistador dos bárbaros alemães?

O rei franze o cenho, tentando pensar com o cérebro anuviado de álcool.

— Não sei…

— Vossa majestade se lembrará de suas extensas leituras: o imperador Aureliano salvou Roma dos bárbaros. É celebrado por isso! E, como vossa majestade também se lembrará, construiu a Muralha Aureliana para impedir os bárbaros de chegarem a Roma. Que tal isso, como um insulto aos escoceses?

— Assim como a muralha de Adriano! — vocifera o rei, compreendendo. — Isso diz tudo! É claro. Essa é minha escolha. Diga ao Mestre das Festividades que ordeno uma mascarada baseada na construção da Muralha Aureliana. Ele não vai saber nada sobre isso, mas pode consultar eruditos ou você pode explicar, Jane. Não me incomode com isso. Já estou ocupado o suficiente ordenando as reformas para abrigar todos eles.

— Vossa majestade interpretaria o papel de Aureliano? — pergunto, doce como mel. — Em uma toga, uma longa toga, e uma coroa de louros. — Ele vai parecer mais com Nero do que com Aureliano, mas ainda ama se fantasiar, e uma toga longa vai esconder a perna apodrecida. — No final, poderia ser carregado em um trono, em triunfo, depois que uma muralha tiver sido construída pelos dançarinos e os coristas. A rainha pode ser a Paz.

— Sim — diz ele, satisfeito. — Muito bom, Jane. — Ele se vira para meu tio. — Que erudita é sua sobrinha! Você nunca teria me lembrado de Aureliano. Aposto que nem sabia dele!

— De fato — responde meu tio, com o sorriso mais falso que já vi. — Ela é um tesouro.

O rei, a corte e a cidade de York se lançam em preparativos frenéticos para a visita do rei escocês, mas primeiro é preciso expulsar da cidade os exércitos privados dos lordes da fronteira que lutam contra os escoceses há gerações, mais propensos a cavar valas para um cerco do que preparar uma recepção pacífica. Chegam incontáveis ordens da corte: construções são preparadas, grandes tendas e pavilhões vêm de Londres, e móveis, tapetes e tapeçarias chegam, subindo a enlameada Grande Estrada do Norte.

Todos sabem que haverá um evento ainda maior em York, mas ninguém sabe o que é. Claro, dado que Jane Seymour deveria ter sido coroada em York depois do nascimento do filho, presume-se que todo esse rebuliço e preparativos são para Catarina. Todos pensam que ela está secretamente grávida e que a coroação será sua recompensa.

— O que eu faço? — pergunta ela, com uma expressão perdida. — Não quero negar! — Ela cora de irritação. — E eu deveria ser coroada. Por que o rei só não pode dizer que vai me coroar?

— Estou esperando que faça isso durante a visita do rei da Escócia.

— Então por que não dizer que o rei da Escócia está vindo?

— Ele não quer o constrangimento de dar a entender que está esperando um homem menos importante.

— Ele está *me* envergonhando!

Ambas sabemos que a vergonha de Catarina não importa para o rei Henrique, que, por mais que a mime feito um bichinho, sempre vai priorizar a si mesmo.

— Tenho que dizer a Thomas que não é verdade — comenta ela, preocupada. — Preciso contar a ele que não estou grávida. O que ele vai pensar de mim?

— Não pode. Ele ainda está de cama, com febre.

— Então terei que escrever — insiste, como se fosse uma missão importantíssima.

— Você não pode escrever nada do tipo.

— Mas preciso contar para ele. — Catarina se vira para mim, os olhos se enchendo de lágrimas. — Jane, você não sabe como é passar dia após dia sem vê-lo, só ouvindo que ele está melhorando, mas não ter certeza se isso é verdade. Não posso viver assim. Não posso ficar provando vestidos e ensaiando danças e ouvindo o rei falar sem parar sobre o rei da Escócia e nunca ver Thomas.

— Fique calma — digo, tentando apaziguá-la. — Fique calma, Catarina. Isso é apenas o trabalho comum de cortesão: dançar e ensaiar e ser vista pelas pessoas. Você consegue, mesmo sem ele. De qualquer forma, não tem escolha.

— Me deixe escrever para ele!

Tenho medo de que ela comece a chorar, e precisamos ensaiar a mascarada em poucos minutos.

— Jane, juro para você: eu não vou dançar, não vou aprender a mascarada, vou dizer que estou doente e vou dormir e não vou levantar de novo se eu não puder escrever para ele!

— Tudo bem, tudo bem, pode escrever. Dite, que eu escrevo para você.

— Não — retruca. — Quero escrever pessoalmente, na minha letra. Não importa se é perigoso. Quero que ele saiba o que significa para mim.

Só a deixo começar a carta depois de ter ensaiado sua parte e ser liberada do ensaio. Ela manda buscar pena e uma folha, então me pede para passar um pente no papel, criando linhas invisível para seguir, depois que apare a pena e pegue um frasco da melhor tinta de seu secretário. E insiste em escrever de próprio punho.

Com uma educação tão negligenciada, ela precisa de muito esforço para escrever, mesmo em inglês. Trabalha com o afinco de qualquer espião escrevendo em código e pergunta como se soletra "confiança". Apesar das linhas guia na página, suas palavras oscilam terrivelmente, e uma lágrima mancha o papel. É a carta de uma estudante: aspirando formalidade, mas permeada de desejo infantil. É uma carta que nunca deveria ser escrita por uma rainha, nem se ela estivesse escrevendo ao rei, a seu amado marido. É reveladora demais, imbuída de seu amor. Não consigo dizer a ela que não pode escrevê-la; é tarde demais para mandá-la não se sentir assim. Essa é a paixão de uma mulher jovem e sem instrução, que viveu a vida toda em uma família desalmada, que vive sob o jugo do marido e que, pela primeira vez, tem alguém que a estima. Repreendê-la por esse sentimento, arruiná-lo e censurá-lo, seria o mesmo que estapear uma criança que confia em mim.

Mestre Culpeper,
Eu nunca ansiei tanto... por vê-lo e falar com você... meu coração morre ao pensar... que não posso estar sempre em sua companhia. Mas minha confiança está sempre em você, que será como você me prometeu... rezo para que venha quando minha lady Rochford estiver aqui... e assim me despeço, confiando que o verei de novo em breve, e gostaria que estivesse comigo agora, vendo o esforço que faço para escrever.

Sua enquanto minha vida durar,
Catarina.

Catarina não consegue dormir ou comer enquanto Thomas Culpeper luta com a febre. Uma dúzia de vezes por dia sussurra para mim que quer saber como ele está, se eu não poderia perguntar. Ordeno que o camareiro da rainha, Henry Webb, entre no serviço de mestre Culpeper, para poder ir e vir entre o séquito da rainha e o do rei. Todos os outros criados se perguntam por que ele foi dispensado, e Lucy Lufkynn jura, com um ar sombrio, que a duquesa viúva de Norfolk vai mandar outro favorito para o serviço da rainha e que novos criados chegarão com o séquito de bagagens de Londres e substituir todos eles.

Os dias se arrastam. Catarina caça com o rei, caminha com ele no jardim, senta-se ao lado dele durante jantares intermináveis e dança após o banquete, de mãos dadas com seus belos e jovens companheiros, mas nunca vê Thomas. O rei está preocupado com suas reformas, todo dia mudando de ideia sobre a reconstrução da abadia, chamando o mestre construtor aos gritos e exigindo que se restaure uma torre, que será chamada de Torre de Henrique e servirá como torre de vigia nas grandes muralhas de York, para alertar da chegada do rei escocês.

Catarina suporta as vanglórias e reclamações com muita paciência, mas me diz que está com dor na barriga na hora do jantar, quando o rei se senta ao lado dela. Às vezes não consegue engolir quando ele põe um grande naco de carne no prato dela e só finge comer durante as longas horas da refeição, enquanto ele pede que um prato após o outro seja trazido à mesa.

Assumimos que o rei Jaime chegará com uma corte de algumas centenas de cavaleiros, mas temos que estar prontos para abrigar mil cortesãos: nada deve fazer os ingleses parecerem despreparados ou pobres demais para pagar a reforma da cidade. As velhas tendas do Campo do Tecido de Ouro são tiradas dos depósitos, envernizadas e enviadas pela Estrada do Norte para serem montadas nos campos fora das muralhas, a fim de abrigar os membros da corte escocesa que não couberem na abadia e no castelo reformados.

Enquanto redesenha planos, botando os construtores para criar salões, cômodos, cozinhas e estábulos, o rei sonha em impor sua vontade sobre o rei mais jovem. Vai resolver a guerra constante na fronteira, vai separar o rei de sua aliança com a França, vai conquistar a Escócia e alcançar a paz. Acima de tudo, fará Maria de Guise se arrepender de ter escolhido Jaime da Escócia, em vez de Henrique da Inglaterra. Sua visita a York, originalmente apenas uma parada na excursão pelo norte, se tornou o centro dos seus planos, o legado do seu reinado.

Todo dia, ensaiamos a nova mascarada. Costureiras trabalham em togas, e todos os artistas do norte da Inglaterra são convocados a York para fazer máscaras, adereços de cabeça e cenários para a muralha de Aureliano. Eles projetam e constroem armas de cerco falsas: esse exército romano terá canhões e trovoadas. Aureliano, o próprio rei, envolto em uma toga de tecido de ouro com uma coroa de louros dourada, entrará em um trono de ouro puxado pelas mulas brancas da liteira da rainha. Arquibancadas são construídas para um público de milhares.

Quanto mais grandiosos os planos, quanto mais grandioso o trabalho, mais certa fico de que ele vai anunciar a coroação de Catarina no final do espetáculo, quando estiver em sua pompa dourada como César Aureliano. Mando fazer uma coroa de ouro para a mascarada, para ela usar, pronta para o menor comando dele. Eu a faço obedecer ao cronograma rígido de ensaios, entreter o rei, rezar ao lado dele, comer ao lado dele e até sorrir com prazer fingido quando ele escancara a porta dos seus aposentos de noite e é erguido para a cama dela. Em um mês, ela certamente será rainha da Inglaterra, eu prometo, basta aguentar mais um dia. Em um ano, certamente será a rainha viúva, com uma fortuna enorme e um lugar no Conselho da Regência por dezessete anos, até o pequeno príncipe Eduardo atingir a maioridade. Basta aguentar mais uma noite.

— Vale a pena! — digo a ela, pela manhã.

Catarina vira o rosto dos lençóis malcheirosos.

— Vale?

AINDA ESTAMOS NOS PREPARANDO para a chegada do rei Jaime quando chega uma carta do palácio de Falkland dizendo que ele nem começou a viagem. É um insulto que Thomas Cromwell nunca teria permitido. Jamais teríamos nos aproximado da fronteira antes de saber que o rei escocês estava a caminho, humildemente, para discutir a paz. O rei afirma, com falsa confiança, que isso nos dá mais tempo para a preparação e que está contente. Não está esperando o sobrinho, e sim trabalhando em suas próprias obras com calma. Ele esconde a raiva, e é mais aterrorizante fervilhando em silêncio do que quando está vociferando. Nada consegue distraí-lo de sua fúria silenciosa. Sua filha, lady Maria, some de vista e está sempre rezando. A rainha é como uma gatinha e se encolhe em um canto sempre que pode. Aqueles de nós que temos que caminhar com ele, ajoelhar ao seu lado para rezar e tentar distrair sua atenção taciturna morremos de medo dele.

Certa manhã, muito acovardados, entramos na capela e vemos Thomas Culpeper ocupando seu posto ao lado do rei. Fico orgulhosa de Catarina: ela não se trai nem por um momento. Faz uma mesura para o rei, na profundidade correta, anda calmamente até seu lugar na igreja, ajoelha e fecha os olhos em prece. Só então vejo seus joelhos tremendo e seus lábios se movendo para abençoar o nome dele, mas ela só olha para Thomas no desjejum, quando ele faz uma mesura enquanto entramos no salão.

— Mestre Culpeper, estou contente por vê-lo bem de novo — declara, com leveza. Ninguém ouve o anseio em sua voz.

— Agradeço pelos desejos de melhora — diz ele, com outra mesura, e vai para o seu lugar.

Ela o observa se afastar.

— Catarina — digo, baixinho.

Ela se vira para mim com o rosto calmo e impassível.

— Eu sei — diz, e penso que a ensinamos a ser uma dama da corte. Que a ensinamos a ser uma mentirosa.

* * *

O rei manda Thomas Culpeper como seu representante para trazer as damas para o jantar. Quando ele toma minha mão, sinto-o deslizar um pequeno anel na palma. É um anel contra convulsões, abençoado pelo rei na Páscoa.

Ergo o rosto e encontro seus olhos brilhando de riso.

— Que presente generoso — digo.

— É um crime — diz ele. — Estou te incriminando, Jane. Roubei este anel da coleção do rei na última Páscoa e tenho certeza de que baixou minha febre. Pensei que você poderia gostar de tê-lo, caso adoeça um dia.

— Pois não deveria ter pegado — repreendo. — A rainha teria dado um a você, se soubesse que queria.

— Eu quero o dela, sim — comenta, com sinceridade. — Pense nisso como uma troca. Eu quero o dela em troca deste.

— Não deveria pedir — digo, mas então vejo seu rosto falsamente penitente. — Ah, pois bem.

— E ela mesma me deve dá-lo — insiste ele. — Esta noite.

— Se for seguro.

Acho que nada o teria impedido de vir, nada a teria feito recusá-lo. Ele atravessa a saleta da abadessa, sobe a escada para o quarto dela e, no momento em que passa pela porta, os dois estão nos braços um do outro, enlaçados no enorme cômodo abobadado, jovens amantes em um banco diante do fogo. Catarina senta-se no colo dele, envolvendo os braços em seu pescoço com o rosto enterrado em seu ombro, e ele a aperta como se nunca fosse soltá-la, até estarem entrelaçados. Ela sussurra que a vida é insuportável sem ele; ele diz que teve sonhos ardentes com ela, que ficou delirante e achou que ela tinha ido buscá-lo em uma linda barca que entrou pela janela de seu quarto.

Ainda assim, os dois não fazem planos além da noite seguinte, quando só podem ficar juntos se Thomas não for chamado para dormir no quarto do rei. Não falam da coroação dela, da apresentação ao rei Jaime, não pensam sobre a viagem de volta a Londres, nem sobre o outono ou o inverno, ou em como vão suportar ficar separados na rotina diária da corte, quando estivermos morando nos palácios de Londres outra vez. Extraem toda a sua alegria no momento presente, não querem nada além disso: o aperto feroz de paixão, os sussurros de desejo.

De repente, escuto, para meu horror absoluto, o barulho de vários homens cruzando o salão do outro lado da porta do quarto, seguido por uma batida alta à porta. O casal na lareira fica paralisado por um momento. Dessa vez, a interrupção não os faz se separarem com um pulo; ele não corre para se esconder, não a deixa sozinha para enfrentar o que for. Os dois se levantam, viram-se para a porta, e ele põe a mão ao redor da cintura dela. Parecem lindos amantes enfrentando um feiticeiro maligno, parados como se prontos para serem transformados em pedra.

— Estão loucos? Saia! — Aceno para a porta da escada e, a contragosto, ele vai na direção dela. — Não desça! — sibilo. Pode haver alguém ao pé da escada, guardando a porta. — Eu me viro para Catarina. — Pronta?

Ela está branca de choque e assente sem dizer nada. Vou à porta principal, que leva ao salão.

— Quem é?

— Anthony Denny. É a senhora, lady Rochford? Vim ver se a rainha está acordada para receber sua majestade.

Não preciso olhar para Catarina para saber que não podemos obrigá-la a se deitar com o rei hoje. Está tremendo da cabeça aos pés, como se tivesse febre. Até ele veria que tem algo errado.

Eu a empurro para uma cadeira, para ela não desmaiar no chão de pedra.

— Sua majestade está dormindo — digo. — Devo acordá-la?

Anthony Denny, do lado de fora com alguns companheiros, hesita por um momento. Deve estar pensando, como todos estamos, no suplício que esse casamento é para a rainha. Deve estar pensando que o rei está bêbado e provavelmente incapaz.

— Não, não a desperte — decide. — Vou dizer ao rei que ela já foi para a cama. Não tem problema, lady Rochford, deixe-a dormir.

— Obrigada — digo. — Boa noite.

Catarina e eu ficamos paralisadas, ouvindo os passos de meia dúzia de homens voltando pelo piso de pedra até a ala do rei. A porta da escadinha se abre, e Culpeper sai, pálido como se ainda estivesse doente.

— Preciso ir — diz, simplesmente. — Se ele está acordado, pode me chamar.

Devagar, os dois estendem as mãos um para o outro, como se avançassem por águas profundas. Catarina se encaixa em seus braços, erguendo o rosto para um beijo. Ela se agarra a ele, e Culpeper a envolve nos braços e a beija, com intensidade e paixão, sem dizer uma palavra. Catarina tira um anel contra convulsões do dedo; ele estende a mão, e ela o enfia no dedo anelar de sua mão esquerda. Culpeper curva a cabeça e beija o anel, depois os lábios dela, até que finalmente se lança pela porta e desce a pequena escada. Ouvimos a porta se fechar lá embaixo, e então ele se foi.

* * *

O TRABALHO CONTINUA, apesar do cansaço. Sabemos cada passo da mascarada perfeitamente, todas as fantasias estão terminadas e o maquinário elaborado do canhão falso, das muralhas e das armas de cerco em miniatura está pronto. Novas construções são concluídas na cidade por trabalhadores exaustos, que colocam um galho de árvore na chaminé e recebem uma cota de cerveja, mas, assim que terminam o trabalho em um lugar, são mandados para outro. As tendas e pavilhões chegam em carroças pesadas e vagarosas, puxadas por bois na estrada arruinada desde Londres, e o chão é limpo nos campos gadanhados, mas ainda esperamos notícias do rei Jaime.

Um dos lordes ingleses da fronteira envia uma mensagem ao rei dizendo que o rei Jaime da Escócia ainda está no palácio de Falkland e não pretende vir para o sul. Meu tio, o duque de Norfolk, que incentivou esse encontro como o único modo de domar essas terras em guerra, tem que contar ao rei que Jaime da Escócia não confia em nossas garantias e não vai se arriscar a descer tão ao sul no território inglês. Ele não declina a honra de nosso convite: alega que nunca o aceitou. Finge que não prometeu comparecer, finge não ter dito nada. Mas quase não importa o que diga para agravar o insulto: o fato é que não vem.

Ele nos faz parecer tolos depois de todos os ensaios, reformas e carroças pesadas entupindo as estradas com nosso tesouro ostentatório. Gastar tanto nos preparativos para receber uma visita e o convidado simplesmente não aparecer é mais ofensivo do que se ele tivesse recusado desde o começo. Ao alegar temer por sua segurança nas terras inglesas, acusa o rei de desonra, de colocar outro monarca em risco, ou até pior: de oferecer uma passagem segura que não vale nada, porque não tem força para cumpri-la.

O pior para os homens do rei é que eles sabem que Jaime tem razão ao acreditar que o rei não é honrado, que essas terras não são seguras. Henrique não planejou atrair Jaime para uma armadilha em York, mas teria ficado satisfeito se Jaime fosse atacado e vaiado nas fronteiras da Inglaterra, e não o protegeria da raiva dos homens da fronteira. Nossos entretenimentos, nossa mascarada, foram coreografadas com a intenção de lembrar a Jaime que ele é o rei mais fraco de um reino menor. A hospitalidade deveria destacá-lo como o rei mais pobre de um reino mais pobre. Não haveria nada de que ele desfrutaria, e qualquer acordo, seja de paz na fronteira ou de passagem segura para mercadores, teria um alto custo. Rei Jaime foi sábio de não vir, sua esposa foi sábia de evitar o pretendente anterior, e a ausência insultante dos dois mostra ao rei Henrique não só que ele não pode comandar o sobrinho, mas que muitos acreditam que ele perdeu o controle do Norte da Inglaterra.

O pior para mim, para Catarina, para todas nós no lado da rainha é que, sem Maria de Guise para ser humilhada, não haverá coroação. Abafando a raiva, o rei cancela tudo. Demanda que voltemos para casa, e é como se York, as discussões de paz e nossas esperanças secretas para uma coroação não tivessem mais valor do que o cenário Aureliano e a muralha falsa, que são desmontados e queimados.

Temos uma semana de chuva e, embora ninguém queira passar longos dias encharcado, viajando por estradas enlameadas, tanto faz voltar a Londres ou sofrer em York. O rei fica emburrado e quieto, e ninguém é capaz de agradá-lo; nem Catarina, nem o bobo, que tem tópicos demais para evitar, e tampouco meu tio, que recebe a tarefa impossível de expulsar todos os escoceses das terras inglesas, por mais valioso que seja seu comércio conosco ou por mais tempo que sua família esteja estabelecida na Inglaterra. O rei vai fazer tudo o que puder para se vingar do sobrinho, e seu único companheiro é meu tio, e o único assunto que discutem são as incursões vingativas que os saqueadores ingleses podem fazer contra as terras escocesas. Os jovens da corte, inclusive Thomas Culpeper, são convocados a reunir um exército para fazer ataques surpresa contra castelos escoceses isolados. Meu tio o aconselha a não empregar combatentes de justa contra fortificações, de modo que o rei fica com a impressão de que seus jovens companheiros não valem mais que um canhão decorativo e fica furioso com eles.

Só no final de setembro a procissão cansada se direciona para o sul e percorremos as estradas de volta para casa. Estava chovendo na ida e está chovendo na volta, e o humor do rei está pior do que nunca. Nada é bem-feito, ninguém pode falar sem ofendê-lo, nada é organizado como lorde Cromwell teria feito e ninguém entende sua dor. Ele expulsa Catarina do jantar, mandando-a para o quarto como se ela fosse uma filha, não uma esposa, e para de visitar sua cama. Mantém os jovens acordados a noite inteira, fazendo apostas, e todos aprendem a perder para ele, que não tolera mais ninguém ganhando. Noite após noite, Thomas não consegue visitar sua amada enquanto é forçado a jogar cartas, perder uma pequena fortuna e ficar sentado até tarde da noite com o rei, que reclama de perfídia, deslealdade e desconfiança e fervilha de ódio abafado como uma fogueira de turfa molhada.

PALÁCIO DE COLLYWESTON, OUTONO

1541

O rei começa a acordar cada dia mais tarde, depois de passar noites insones, apostando e bebendo, e raramente sai de seu quarto antes do meio-dia.

Em nossa primeira manhã no palácio de Collyweston, Thomas Culpeper e meia dúzia dos jovens companheiros cantam sob as janelas das damas da rainha, e as garotas e Catarina se vestem às pressas e descem correndo para ver o sol nascer no jardim, como um Primeiro de Maio para jovens amantes. Sem ser notado pelas outras damas e jovens companheiros, Culpeper joga uma capa sobre os ombros de Catarina. Por um único momento, ele a segura sem ser visto, depois fica parado ao lado dela para olhar para o leste, onde um sol rosado se ergue através de nuvens finas. Os dois ficam perfeitamente imóveis, a luz do sol nos rostos extasiados, como se o momento de imobilidade e silêncio na aurora fosse um feitiço capaz de sustentá-los ao longo do dia.

Então alguém faz uma piada e quebra o feitiço. Conduzo as damas de volta escada acima, embrulho Catarina na cama novamente e atiço o fogo em seu quarto.

— É a última vez que você vai poder sair correndo esta estação — aviso. — Terá que tomar mais cuidado quando voltarmos para casa. Ele disse alguma coisa?

Seus olhos verdes estão brilhando de felicidade depois de ter passado um momento com ele.

— Não. O que ele deveria dizer?

Ele deve saber tão bem quanto eu que os dois não vão poder se encontrar no castelo de Windsor, em Hampton Court ou no palácio de Westminster, como fizeram na excursão real. As rotinas são fixas demais, o rei é mais regular em seus hábitos. Ele visitará o quarto de Catarina uma ou duas vezes por semana, mas sempre sem aviso, e nunca mais poderemos recusar seu camareiro à porta do quarto. Além disso, quanto mais perto de Londres, mais damas teremos na corte: as grandes damas do reino, que serviram a outras rainhas e esperam ter acesso ao quarto dela, e as esposas dos lordes, que não têm nada a fazer exceto observar e fofocar. Em Londres, as redes de espiões de embaixadores, o conselho, as igrejas e os conselheiros, que não participaram da excursão, estarão todos observando. Catarina não poderá encontrar Thomas em seu quarto em nenhum dos palácios; os dois não poderão passar nenhum tempo juntos na corte, em público ou em privado.

— Thomas diz que a úlcera na perna do rei está piorando — sussurra ela. Então lança um olhar para a porta, que está fechada e trancada, depois para as janelas com as cortinas fechadas. — Diz que chegou ao osso, feito uma mordida de cão, mas que está molhada, como se o ataque tivesse sido de um cão com raiva. O dr. Butts avisou o rei que ele não pode comer e beber como faz. Diz que ele está apostando com sua saúde, diz que ele pode… — Ela se interrompe.

— Ele é um homem velho — digo, com cautela.

— Thomas diz que os Seymour estão preparando uma regência para a próxima primavera. — Ela cobre metade da boca com uma das mãos, como se não pudesse confiar em seu travesseiro com essas palavras traiçoeiras.

— Na próxima primavera?

Como eu, eles devem pensar que os invernos são duros para os velhos. O rei quase morreu na última Quaresma, e agora está mais pesado e mais doente do que no ano passado. Não pode viver muito mais, e então Catarina será livre... todos seremos livres.

— Na próxima primavera — confirma ela, assentindo. Então bate na cabeceira da cama para pedir sorte, mas o som é oco, como se fosse a tampa de um caixão, e sua expressão fica horrorizada. — Eu bati na madeira para desejar boa sorte, só boa sorte.

— Não falaremos sobre isso — digo. — Mas também desejo boa sorte para nós.

Ela estende as mãos.

— E você vai ficar comigo, Jane? Quando eu for rainha viúva? E depois... quando... se eu me casar de novo?

Penso: sim, vou ficar com a rainha viúva. Se conseguirmos ter o príncipe sob nossa tutela, teremos um séquito que será uma corte real. Quem seria uma governanta melhor para o jovem príncipe do que eu? Quem na corte é mais instruído? E para onde essa vida pode me levar? Estimada pela rainha viúva, a protetora de seus segredos, e ela, madrasta do próximo rei da Inglaterra. Não deixo o rosto transparecer meu salto de empolgação, as alturas da minha ambição.

— Ficarei com você — digo, com doçura. — Sempre ficarei com você.

MANSÃO CHENIES, BUCKINGHAMSHIRE, OUTONO

1541

Nossa rota de volta para casa nos leva à mansão no campo de lorde Russell, um firme favorito do rei, um dos velhos lordes que servem os Tudor desde o começo e um dos velhos lordes que usou a queda do meu mestre Cromwell para vantagem própria. Ele foi nomeado barão na última rodada de premiações, e agora é lorde almirante-mor.

Sua casa, a mansão Chenies, mudou muito desde a última vez que estive aqui. Na época, eu estava com Ana, minha cunhada, na excursão que fizemos para celebrar a morte de sir Thomas More, no ápice do sucesso da nossa segunda rainha. Se acreditasse em fantasmas, eu seria assombrada por meu eu mais jovem, junto de Ana e George: nós três, supremamente confiantes de nossa beleza, nosso charme, nossa inteligência e nosso futuro. Agora, uma quinta rainha e eu cavalgamos sob o grande arco de tijolos vermelhos para entrar no pátio interno, e não há rainha Ana esperando por mim nos grandes degraus de pedra diante das portas duplas abertas, e sim lady Russell, radiante de orgulho, ricamente vestida, esperando para nos recepcionar.

Ela tem muito orgulho de sua casa, construída no estilo moderno. Presumo que lorde Russel tenha recebido uma olaria entre suas recompensas, pois a casa é um palácio com grandes empenas de triângulos de tijolos vermelhos sem janelas, como um castelo de contos de fadas. Ela nos leva ao lindo pavilhão no jardim, que tem vista para o parque recém-fechado para a caça e está cheio de veados, se o rei decidir caçar. Enquanto o rei descansa em seus aposentos e reclama com lorde Russel sobre o rei escocês, que está envenenando sua mente como sua úlcera envenena seu corpo, a esposa serve vinho e docinhos de ameixa a Catarina e nos conta as fofocas de Londres.

O exército otomano chegou a Budapeste, e acho que isso será vantajoso para a Inglaterra, já que os príncipes cristãos vão querer nossa ajuda em uma guerra contra os infiéis nos portões da Cristandade. Um apelo da Espanha e da França vai distrair o rei do insulto dos escoceses. Mas não tenho ninguém com quem discutir a questão; meu raciocínio está embotado pela companhia de damas cuja única preocupação é o que essa invasão vai fazer com o preço de sedas e sabonetes. A única outra pessoa que poderia pensar estrategicamente, lady Maria, se recusaria a ouvir críticas contra a Espanha. Ela cumprimenta lady Russell com afeição particular; a senhora fazia parte de seu séquito quando era princesa, antes de ser rebaixada. Ambas tomam extremo cuidado para demonstrar o maior respeito por Catarina.

Lady Russell nos leva aos nossos aposentos, e vejo que os cômodos de hóspedes reais têm uma galeria de retratos, entre os cômodos do rei e os da rainha, onde os amantes poderiam se encontrar. Jantamos no grande salão, e depois do jantar há música, conversas e cantoria, mas o rei não quer que ninguém dance. Senta-se com a perna apoiada em um escabelo e, mesmo à distância, sentimos o cheiro da úlcera pustulenta que se abriu de novo. Ele é um homem apodrecendo antes de entrar na cova, e, quando pede mais vinho e mais comida, penso que é um homem conscientemente destruindo o próprio corpo, como destrói tudo ao redor.

Lorde Russell comete o erro de contar ao rei que ladrões foram capturados no castelo de Windsor. Henrique explode em uma fúria extraordinária, dizendo que devem ser acusados de traição e enforcados, porque roubar de um rei é um ataque contra sua grandeza. Não é roubo, é traição, alta traição, e os homens devem ser enforcados, cortados vivos, as barrigas rasgadas e as tripas puxadas para fora. Lorde Russel, que serviu em mais de uma campanha e participou de mais de um julgamento de traição, incluindo o do meu marido, não é um homem enjoadiço, mas até ele murmura que, como o rei estava em York na época do roubo, não foi um ataque pessoal contra ele ou sua majestade.

— Não me fale de York! — vocifera o rei. — Não ouse falar comigo sobre York! É traição também! É traição fazer isso!

Todos os músicos se calam; o corista vacila em uma nota e aguarda, boquiaberto. Por um momento, eu penso: é isso! Ele enlouqueceu de vez, o que faremos agora? Não podemos destroná-lo, não podemos desobedecê-lo. Nós o elevamos até se tornar todo-poderoso, e ele agora não pode mais ser contido, e nenhum de nós está a salvo. Se você transforma um louco em um déspota, o que vai fazer quando ele perder a razão?

— Majestade... — diz lorde Russel, impotente.

O rei acena furiosamente para Thomas Culpeper e Thomas Seymour, que correm até ele, colocam-no de pé e, meio arrastando, meio erguendo, o tiram do salão.

Lorde Russel, branco de choque, vira-se para Catarina.

— Sinto muito, eu não quis ofender... — começa.

Catarina está assustada e boquiaberta, como o menino do coro.

— Nenhuma ofensa foi pretendida — intervém lady Russell, sorrindo para a rainha e lady Maria. — Sem dúvida o rei está cansado após a longa viagem. Que tal nos retirarmos, vossa majestade? Que tal darmos boa-noite? Eu me certificarei de que o rei tenha uma ceia tardia; um pouco de vinho e boa comida vai restaurá-lo.

— Sim... — balbucia Catarina. — Boa noite, lady Russell, lorde Russel. Obrigada pela hospitalidade.

Achamos que Thomas não vai conseguir escapar, que o rei vai se empanturrar no quarto e mantê-lo consigo para ouvir suas queixas desvairadas antes de dormir. Mas, próximo à meia-noite, ouvimos uma batida leve à porta da galeria, e Thomas entra discretamente.

Seu olhar é sombrio, e Catarina está pálida e tensa. Os dois se agarram um ao outro como crianças fugindo de um suplício terrível. Não dizem nada por longos momentos, até que ele se afasta um pouco e examina o rosto dela.

— Ele dormiu? — pergunta Catarina.

— Completamente bêbado — responde.

Os dois não falam mais nada enquanto ele a leva até a cama e eu viro minha cadeira, o encosto alto servindo de escudo, e encaro a porta trancada do quarto. Eles ficam quietos, trocando palavras sussurradas e beijos quentes; escuto-a suspirar de prazer e o barulho da camisola sendo erguida. Ouço-o soltar uma pequena exclamação de desejo, depois de prazer, e então o escuto suspirar. Os dois não copulam, não exatamente, mais derretem um no outro, e percebo que estou tão arquejante quanto eles, minhas faces queimando, meu corpo ardendo de anseio. Faz cinco anos que não sinto o toque de um homem, que não ouço o sussurro de palavras de amor respiradas contra a pele nua. Cinco anos, mas, mesmo antes disso, nunca fui tocada como Thomas Culpeper toca Catarina, em silêncio, e nunca suspirei como ela suspira com o rosto encostado no ombro dele, abafando um grito — só um — enquanto atinge o êxtase.

Em silêncio, espero o relógio da torre de tijolo vermelho bater à meia-noite antes de sussurrar, sem me levantar da cadeira:

— É hora de ir.

Escuto os dois suspirarem, como se despertados de um sonho, e, quando me levanto, ambos parecem criaturas em transe: ela amarra os cordões da capa dele, como um jeito de manter as mãos no seu corpo; ele mantém as mãos na cintura dela, puxando-a contra si. O cabelo de Catarina está solto; a camisola, escorregando dos ombros; o pescoço rosado, com o rubor do desejo; e seus olhos, verdes como os de um gato.

— Ele tem que ir — insisto.

Os dois estão tão além das palavras que nem conseguem dizer boa-noite. Catarina ergue o rosto para seu amado, que beija sua boca macia, e se agarra ao corpo dele enquanto ele a segura. Penso que precisarei desgrudá-los um do outro, como gavinhas em uma trepadeira.

— Você tem mesmo que ir — digo a ele.

Culpeper a afasta com gentileza.

— Talvez amanhã — sussurra.

É a primeira vez que o vejo pensar em algo além do presente. Os dois estão começando a querer mais do que a intensidade do agora, do que um momento de intimidade: estão começando a querer um futuro.

— Sim, sim, preciso vê-lo amanhã — diz ela.

— Se for seguro, se for possível — lembro.

Tomo a mão dele e o puxo para longe. Catarina se inclina contra a coluna de madeira da cama, como se não conseguisse se manter de pé sem ela, e eu o empurro com gentileza pela porta e a tranco quando sai.

— Eu o amo tanto — diz ela, simplesmente.

Eu a guio de volta para a cama com delicadeza e a acomodo entre os lençóis amassados. Ela vira o rosto até encontrar o lugar onde ele apoiou a cabeça, e fica ali, como se quisesse inalar seu cheiro enquanto dorme.

— Boa noite — digo.

Ela não consegue falar, só sorri como se ouvisse a voz dele, visse seu rosto. Levo a vela para longe e me sento junto ao fogo até a rainha cair no sono.

Nunca pensei que veria um amor verdadeiro, um amor tão verde quanto um amentilho de salgueiro, nesta corte árida. Achei que a guiaria através dos perigos da vida na corte e a conduziria em segurança até se tornar uma viúva, mais amarga, mais sábia, mais rica. Pensei que esta corte iria arruiná-la e enriquecê-la, nunca pensei que a transformaria em uma criatura tão bela quanto um cisne, com um parceiro para toda a vida.

Eu também estou mudada. Nunca sonhei que atravessaria esta corte desalmada, o vale da sombra da morte, e sairia acreditando que o amor importa mais que o poder. O amor que oferecemos ao rei é uma moeda falsa. O amor que ele promete a uma favorita após a outra também não vale nada. O rei só ama a si mesmo, e se ama loucamente, sem restrições. A corte é um bando de estorninhos, bicando tudo o que conseguem até não sobrar nada. Mas eu caminho através desse campo de batalha de desejos conflituosos como se a primavera estivesse florescendo ao meu redor. Vivi uma mentira a vida toda. Nunca tive uma boca livre de mentiras, mas agora, acredito genuinamente. Acredito em algo que me parece verdadeiro: acredito no poder redentor do amor.

FRANCIS DEREHAM, QUE ESTAVA quieto e tranquilo, um mendigo discreto de bolsas ocasionais, entra casualmente nos aposentos da rainha enquanto ela está sentada com lady Russell e suas damas após o desjejum. O rei está com dor demais para caçar, mas saiu para cavalgar em um cavalo firme, passeando com lorde Russell pelo parque novo dele.

— Vossa majestade — diz Francis Dereham, com um sorriso bajulador. — Eu lhe trago um lembrete de nossa infância feliz, uma pessoa querida de Norfolk!

Eu me levanto, temendo que Francis esteja prestes a apresentar um dos tutores, mestres ou pajens que passavam seu tempo flertando com as garotas, ou qualquer um dos primos indiscretos que parecem povoar Norfolk House. Catarina o observa como um pássaro acompanha a aproximação de uma cobra.

— Ah, Alice! — exclama, aliviada, quando uma mulher entra e faz uma mesura casta. — Alice Restwold! — Ela se levanta de um pulo, ergue a jovem mulher da mesura e a beija nas duas faces. — Como estou feliz em vê-la! Faz tanto tempo!

Ela se vira, bonita e sorridente.

— Lady Russell, permita-me apresentar minha amiga, srta. Alice Restwold. Fomos criadas quase como irmãs na casa de minha avó, e não a vejo desde que vim para a corte!

Sim, penso de imediato. Então por que a estamos vendo agora?

Lady Russell cumprimenta a jovem, que faz uma mesura polida para ela, depois para o resto de nós. Seus modos são elegantes, não há motivos para lhe recusar um lugar. Só preferiria não acrescentar mais uma pupila da escola de indiscrições de Lambeth.

— Você pode ficar com Catherine Tilney — diz Catarina, e se vira para mim. — Ela pode vir conosco para Londres, não pode, lady Rochford?

— É claro — digo, fingindo um afeto que não sinto.

Como a garota foi trazida por Francis Dereham, não tenho a menor dúvida de que ele disse que amigos de infância são bem-vindos e serão bem providos, se fizerem as jogadas certas.

Catherine Tilney leva Alice para seus aposentos e, antes do jantar, Catarina lhe manda um par de vestidos e capuzes. As duas têm a mesma altura e o mesmo físico.

— Costumávamos dividir a cama — comenta Alice, admirando seu reflexo no longo espelho da rainha. — Ficávamos juntas noite e dia.

— Isso foi há muito tempo — censuro. — E sua majestade foi chamada a uma posição diferente agora.

— Ah, é claro — diz ela, depressa, seu olhar passando do novo vestido para meu rosto sério, refletido sobre seus ombros. — Os segredos dela estão seguros comigo!

— Espero que não haja segredos — afirmo, com firmeza. — Não se pode dizer nada na corte do rei que o próprio rei não possa ouvir. E não se pode dizer nada que desagrade ao rei.

— Não, não — diz ela de novo. — Pode confiar em mim, lady Rochford. Estou tão feliz de estar aqui.

— Você é muito bem-vinda — minto.

Passamos vários dias em Chenies e, embora lorde e lady Russell sejam anfitriões generosos ao ponto da extravagância, o humor do rei quase não melhora. Ele é um *Zeus Xenia* que exige a hospitalidade de um deus simplesmente por ter chegado à porta deles. Os dois o levam para caçar e pescar e perdem dinheiro para ele no carteado toda noite, mas o insulto sofrido em York arde na barriga do rei e o faz arrotar após cada uma de suas refeições exageradas. Quando finalmente partimos, noto no rosto de lady Russell a mesma tensão que encaro no espelho toda manhã.

Sinto certa compaixão por ela. Seu marido, lorde Russell, após alguns dias comendo banquetes e instigando cervos na direção do rei, que fica sentado em sua cadeira, com um caçador ao lado para recarregar sua balestra, é amplamente recompensado pela riqueza que vai afanar da Inglaterra como favorito de confiança. Mas lady Russell, que tem que supervisionar o funcionamento da casa, planejar os entretenimentos e simular admiração e até desejo por um convidado impossível, tem uma tarefa ingrata. Eu a vejo lançar um olhar fugaz para Catarina, com uma pena genuína: ela sabe que ser rainha de um rei doente e moribundo não é a maneira como uma mulher deveria passar os primeiros anos da juventude.

— Acha que ela pode engravidar? — pergunta para mim, como se eu fosse o anjo Gabriel e pudesse dar um bebê a uma virgem.

— Não há motivo para que não o faça — digo, com firmeza, negando a realidade de um homem doente e mal-humorado que quer ser pai aos cinquenta anos.

— É a única coisa que o faria feliz — comenta lady Russell, ambígua.

Ela reportava a Thomas Cromwell, assim como eu. Aprendeu o ofício de espião com ele, assim como eu. Sabe como ouvir significado em silêncios, as palavras que preencheriam as lacunas em uma conversa. Faz um comentário casual e repara na resposta para usar depois — assim como eu.

— Sim, ele se deleita com ela.

A mulher assente.

— E, no futuro, ela seria gentil com lady Maria...? — Ela deixa a frase no ar.

Quase sorrio ao pensar que já achamos que a facção espanhola estava derrotada e que o último defensor de lady Maria estava morto. Eis mais uma, trabalhando em silêncio.

— A rainha ama todos os seus enteados — minto.

— A rainha falaria com o rei, apelando contra um casamento francês para lady Maria? — sussurra ela. — Sei que lady Maria preferiria ficar na Inglaterra a ser mandada para o exterior. E ela seria uma boa enteada para a rainha, se pudesse ficar.

É assim que será o futuro para mim: serei a conselheira atrás do trono da rainha viúva. Manterei o equilíbrio entre a facção espanhola, para a antiga fé, e a facção da Reforma, para a nova. Catarina, que não poderia se importar menos, será guiada por mim, a fim de obtermos o máximo de poder e benefícios de qualquer que seja a facção em ascensão.

— Tem certeza de que é o que lady Maria deseja? — pergunto. — Ela pediu isso?

Lady Russell é bem treinada demais para comprometer sua senhora.

— Todos nós, que a amamos, desejamos que ela fique na Inglaterra — responde, cautelosa. — Não queremos que vá a um país como a França, onde não tem amigos. Mas receio que alguns dos conselheiros do rei não pensem na felicidade dela.

— Pensamos, sim — digo, tranquilizadora, imaginando quanto tempo minhas palavras vão demorar para alcançar Toledo. — A rainha é a melhor madrasta que lady Maria poderia ter. Se fosse coroada, nomearia lady Maria como sua dama mais importante e filha mais amada.

E aí está o preço para manter lady Maria na Inglaterra! Aí está o custo dessa aposta. Apoiem a coroação de Catarina, sua herança como rainha viúva, sua posição como rainha regente, e, em troca, ela impedirá o exílio de lady Maria e a devolverá à linha se sucessão depois do príncipe.

Treinada por Cromwell, lady Russell não trai prazer algum por termos chegado a um acordo.

— Fico tão feliz que o tempo tenha permanecido bom durante sua visita — diz.

— A rainha desfrutou de seus jardins e parque — respondo. — É um lugar muito bonito para uma bela casa.

Catarina me impressiona nos últimos dias de excursão em Chenies; já consigo imaginá-la como uma jovem rainha viúva. Vestida maravilhosamente em seu traje de cavalgada, espera ao lado do rei, que se senta em sua cadeira de arqueiro e atira em cervos empurrados na sua direção, e a pena que sente das criaturas aterrorizadas que são empurradas para a armadilha de morte, assim como seu asco pelas mortes agonizantes, nunca transparece em seu rosto bonito. Ela só monta o próprio cavalo depois que o rei foi erguido para a sela, de modo que nunca o olha de cima, para que não sinta que está lento e doente. Jamais demonstra um único momento de impaciência quando o cavalo cambaleia sob o peso dele; quando ele fica pálido e mal-humorado, ela diz que está cansada, e como o dia foi exaustivo! Só dança quando o marido pede que conduza os dançarinos e, mesmo quando a música faz todos baterem o pé e o homem que ela adora está dançando com outra garota, fica sentada ao lado do rei e inclina a cabeça para ouvir mais uma reclamação sobre a qualidade baixa da música e como ele era o melhor dançarino da Inglaterra.

Quando o rei vai à cama dela, arrastando a perna malcheirosa, ela sorri em boas-vindas e ignora os homens que o ajudam a subir na cama alta. Seu olhar passa direto por Thomas Culpeper, que gentilmente ergue a perna atada do rei, e ela alisa a coberta ricamente bordada sobre a montanha que é a barriga do marido sem virar a cabeça nem por uma fração de centímetro do fedor de seu hálito ofegante.

Catarina sabe tão bem quanto eu que, se ela e Culpeper tiverem feito um filho, naquela ocasião irresistível, ela tem que se deitar com o rei para que ele pense que é seu. A semente de Culpeper deve ser seguida por seja lá o que o rei consiga espremer, de modo que o bebê resultante seja considerado da realeza. Eu não preciso dizer isso a ela. Essa é a política do estábulo, do canil. Trata-se de procriação, não amor. É sujo e comum e escancarado, e nos lançamos à tarefa como mestres dos cães.

Quando visitamos Windsor, a caminho de Hampton Court, penso que não teremos que fazer isso por muito mais tempo, o rei está morrendo aos pouquinhos. Todo dia faz menos, tudo que mantém é seu enorme apetite, e, enquanto arrota e peida, suando de cada poro, parece que sua digestão também está se desintegrando e que sucos fétidos e ares miasmáticos estão vazando de sua pele.

Penso na expectativa dos Seymour de que teremos uma regência na primavera, em minha aliança com Thomas Seymour, na promessa dos apoiadores de lady Maria e da facção espanhola de apoiar Catarina, no exército Howard que discretamente tem reunido mais homens, e sei que estou preparada. Duvido muito que o rei vá sobreviver ao Natal; Catarina será rainha regente no Ano-Novo.

HAMPTON COURT, OUTONO

1541

Quando ficamos sabendo da morte da irmã do rei, Margaret Tudor, a rainha viúva da Escócia, sinto que é um presságio para seu irmão, nosso rei. Margaret tinha apenas dois anos a mais que ele, era a mais próxima em idade, entre os quatro irmãos, e a mais parecida com ele na rebeldia impulsiva e no otimismo incessante. Agora, ele é o único que resta dos quatro Tudor; o único filho vivo de Henrique Tudor, o rei que ascendeu por esforço próprio.

Ele decerto deve sentir o peso disso! Deve ter noção de que sua geração está morrendo, de sua própria mortalidade. Mas não ordena que a corte entre em luto: não usamos preto em homenagem à última princesa Tudor de sua geração. Ele se agarra à própria raiva e nega a morte, como sempre faz. Agindo como se ela ainda estivesse viva, o rei não pode perdoá-la pelo insulto de seu filho em York e por manter a Escócia orgulhosa e independente enquanto era rainha regente. Ele a culpa por morrer, por enfiar a ideia de morte em sua mente, quando apenas falar da morte dele é ilegal. Em vida, o rei a invejava como uma Tudor rival. Na morte, ela é imediatamente esquecida. Ninguém comenta sobre a perda da princesa Margaret, rainha da Escócia, exceto sua filha, a pobre lady Margaret Douglas, presa na corte de um tio vingativo, ainda solteira, ainda cortejando Charles Howard em segredo pelos cantos.

Ela obterá pouco conforto de Charles Howard, um jovem de coração leve e intelecto ainda mais leve. Em seu luto secreto pela mãe, lady Margaret se volta para as amigas, a princesa lady Maria e Mary Howard, e as três se abstêm de dançar por uma semana e se ausentam da caça para rezar pela alma da rainha Tudor. Em silêncio, as damas dos aposentos da rainha me entregam, para que repasse a lady Margaret, miosótis do campo, caules de arruda e pequenas cruzes de prata. Todo sabemos que nenhuma palavra pode ser dita na corte Tudor, mas lamentamos junto com ela.

Ninguém pergunta por que a morte de uma rainha não deve ser lamentada ou reconhecida por sua corte natal. Ninguém pergunta por que não podemos falar sobre a morte. Mas acredito que seja o enigma que meu pai identificou: como um homem tão absorto em si mesmo pode imaginar que não vai mais existir? Como tal homem, que se imagina uma quase divindade, pensaria na própria mortalidade? Como tal homem, tão interessado em sua vida material, tão pesadamente corpóreo, poderia imaginar a ideia da morte de seu corpo robusto?

O rei não pode lamentar a morte de irmã, não pode nem reconhecer que ela se foi. Quando alguém que ele ama morre, o rei considera que a pessoa o decepcionou e traiu, e o único jeito que conhece de suportar a perda é se convencer de que a pessoa nunca de fato esteve ao seu lado.

Como que para insistir que é um homem jovem e não um velho, não o último de sua geração, como que para ser tão jovem quanto sua noiva, o rei declara que, em vez de uma missa de luto pela irmã, encomendará uma missa de graças pela esposa. Para tornar ofuscantemente claro que não está pensando na irmã que perdeu, sua última irmã, ele escolhe a véspera do Dia de Todos os Santos para celebrar sua jovem rainha. Como se a juventude e a beleza dela pudessem exorcizar fantasmas.

— Ele vai anunciar minha coroação? — pergunta Catarina, com urgência, enquanto é colocada num dos vestidos da excursão, de tecido de ouro. Ela usará o vestido com as mangas verde-Tudor e um capelo verde. — Vai? E o que devo fazer? O que eu faço quando as pessoas derem graças por mim? É como um brinde, eu retribuo e faço uma prece por elas?

— Acho que não — digo, sorrindo com a ideia. — Não, não é como um brinde. Acho que você deveria baixar a cabeça e fechar os olhos, como se também estivesse rezando.

— Tem certeza? — pergunta Catarina, ansiosa. — Você sabe que eu gosto de fazer as coisas bem certinho. O que as outras fizeram? O que Jane Seymour fez?

— Ele nunca encomendou uma missa de graças por Jane Seymour — comento, e vejo o rosto dela se iluminar com a ideia de receber uma honra ainda maior que a rainha precedente.

— Não? Ele não fez isso para a santa Jane?

— Não. Essa missa é especial para você. Você vai rezar quando todos rezarem e, no fim, vai se levantar e fazer uma mesura para ele. Muito baixa.

Catarina imediatamente manda trazerem uma cadeira, e eu tenho que fazer o papel do rei em sua galeria, enquanto ela age como a rainha, e suas damas são a congregação.

— Nada de risadinhas — ordena Catarina, severa. — Temos que fazer isso certo.

Alice Restwold, no papel do padre, entoa "lá, lá, lá" no lugar das preces e da bênção final. Em seguida, Catarina se levanta e se vira para a galeria onde eu sou o rei. Bem diante de mim, ela faz uma mesura até o chão.

— Perfeito — elogio. — E fique atenta, ele pode gesticular para chamá-la até sua galeria. Pode querer que você se ajoelhe na frente dele em lealdade ou beije sua bochecha.

— Que gesto? — indaga Catarina. — Como vou saber?

Mostro a ela o movimento com as mãos abertas que será a deixa para se ajoelhar e unir as mãos em prece diante do rei, assim como o gesto com a mão esticada que a convidará a beijar a bochecha dele.

— Devo usar o cabelo solto?

— Ela sempre quer ficar de cabelo solto, como se estivesse pronta para dormir — brinca Alice Restwold, e todas dão risada, menos Catarina, que fica esperando minha decisão, muito solene.

— Sim — decido, pensando que vai parecer uma coroação. — Com o diadema e o cabelo solto.

— Vai demorar muito? — pergunta ela. — Vai acontecer no lugar da missa normal, ou junto com ela?

— Provavelmente junto — respondo. — Mas não será pior que as missas da Sexta-feira Santa ou da Páscoa. Não será mais longa que essas. Você estará sentada, não ajoelhada. Não pode ser muito demorada porque o rei...

Deixo a frase por terminar. Não há necessidade de dizer que o limiar de atenção do rei reduziu muito e ele não suporta passar tempo demais em nenhum lugar que não à mesa de jantar. Suas entranhas se movem inesperadamente, e às vezes ele peida alto e tem que correr para a retrete. Ninguém precisa contar ao pregador ou ao padre celebrante quando o rei está ficando entediado: o sermão é feito de olho nele, com cautela, e a missa é apressada ou encurtada ao primeiro sinal de inquietude.

— E vocês todas usarão minha insígnia — diz Catarina, virando-se para suas damas. — E vão rezar dando graças por mim. — Ela dá um olhar sério para Catherine Tilney, que parece pronta para rir, junto de Alice Restwold. — Vocês darão graças por mim! De todas as pessoas, deveriam ser as mais felizes por eu ser rainha. Deus sabe que ninguém mais as empregaria.

HAMPTON COURT, VÉSPERA DO DIA DE TODOS OS SANTOS

1541

Acordamos cedo, e Catarina se lava na grande casa de banho real, na Torre Bayne. A banheira é grande o suficiente para o rei, portanto enorme para uma garota esguia, e ela permite que suas favoritas, Alice Restworld e Catherine Tilney, mergulhem com ela em seus trajes de banho. As três ficam brincando na água quente e aromatizada, lançando água uma na outra, puxando o ar para afundar a cabeça, até que insisto para que saiam e se embrulhem bem para correr de volta aos aposentos da rainha e ajudar Catarina a entrar no vestido de tecido de prata.

Depois que amarramos suas mangas e que seus sapatos de seda verde estão nos pés com meia, nós a levamos para a frente do espelho, penteamos as ondas de seu cabelo cor de bronze sobre os ombros e depositamos o pequeno diadema em sua cabeça.

— Deveria ser uma coroa — sussurra ela para mim.

— Talvez ele anuncie hoje — digo.

Fazemos fila em ordem de precedência: lady Maria vai entrar atrás da madrasta, com lady Margaret Douglas logo atrás, depois todas as damas em ordem. Entramos na Capela Real, e Catarina faz uma mesura para o rei em sua galeria, então nos acomodamos na frente do altar e a missa começa.

O bispo de Lincoln celebra a missa e reza por todos os falecidos e todos os santos, dando graças especiais pela boa vida que sua majestade, o rei, tem com a rainha… e que espera ter, acrescenta, sonoro, caso o Dia de Todos os Santos nos leve a pensar que o rei possa ser mortal. Tenho esperanças de que o arauto vá anunciar a coroação, mas a missa segue com as coletas costumeiras e, embora o sermão elogie o rei e a rainha como portadores da paz ao norte da Inglaterra, o confessor do rei não parece ter sido instruído a indicar que Catarina será coroada.

Claro, é conveniente para os Seymour se ela não for elevada, ainda mais se o rei morrer em breve. Será mais fácil para eles estabelecer uma regência Seymour se não houver uma rainha Howard coroada. Também seria bom para a facção espanhola; apesar das promessas que lady Russel fez a mim, uma princesa de sangue real pode ter mais direito ao trono do que a esposa sem título da realeza, sem coroa. Todos devem estar torcendo para que o rei morra antes que Catarina conceba e seja coroada.

Se eu pudesse ter certeza de que o rei não verá outra Páscoa, até pensaria que vale a pena o risco de fingir uma gravidez para conseguir uma coroação. Ana teria tamanha ousadia, mas Ana tinha uma coragem ímpar. Teria jurado uma gravidez e chorado no leito de morte do rei com um travesseiro amarrado no vestido. Até Jane teria feito isso, se os irmãos tivessem ordenado e a orientado ao longo de cada estágio da mentira. Mas Catarina é jovem demais e não tem nada da ambição férrea dos Howard, e seu irmão e sua irmã não a ajudam. Ela deixaria escapar a verdade; ainda não é uma dama da corte plena, com duas caras.

A missa enfim acaba, e Catarina se vira para a galeria do rei, se curvando em uma mesura graciosa e profunda para demonstrar sua gratidão pela honra. O rei beija a própria mão para ela, um gesto bonito, e Catarina abre um sorriso radiante. Então sai da capela, à frente das damas, e volta para seus aposentos. Vamos todas trocar de roupa e nos embrulhar muito bem para caminhar nos jardins de outono e à beira do rio antes do jantar.

Celebramos a véspera do Dia de Todos os Santos com uma pequena mascarada sobre espíritos malignos, com máscaras de monstro e dominós pretos sobre os vestidos habituais. Thomas e Catarina conseguem se esquivar para uma dança; ele a segura apertado, e os olhos dela brilham verdes de desejo atrás da máscara, mas ninguém repara nos dois entre as cabeças de cervo, cornos e galhadas.

A dor do rei é suavizada com um suprimento constante de vinho, e, na hora de tirar as máscaras, quando Catarina é descoberta dançando com Alice Restwold, ele exclama que não fazia ideia de quem era quem e que isso o lembra do ano passado, ou do anterior, quando dançou com todas as damas e não teria como ser reconhecido não fosse a excelência de seus passos de dança e o fato de ter sido o único que não parou de dançar a noite inteira.

Diz que, no ano que vem, teremos uma grande mascarada, e que conduzirá Catarina para a dança em uma máscara de Minotauro. Ela mantém os ombros bem imóveis para não estremecer com a ideia do marido monstruoso usando uma máscara de monstro. Antes que o rei comece a ficar nostálgico pelas glórias do passado, Edward Seymour muda de assunto dizendo que o príncipe se recuperou de uma febre. O rei vai dormir feliz, com um braço sobre os ombros de Seymour e outro apoiado em Culpeper, e penso: cá está nosso Conselho da Regência — o marido da rainha viúva, Thomas Culpeper; o tio do príncipe, Thomas Seymour; o tio da rainha, Thomas Howard; e a própria rainha regente.

HAMPTON COURT, DIA DE FINADOS

1541

O Dia de Finados vem em seguida, e temos outra longa missa pela manhã. O rei está desatento, lendo documentos e murmurando com os velhos lordes, Thomas Audley e John Russell sobre questões da corte. Mal ergue os olhos quando fazemos uma mesura e partimos. Esperamos que ele e os jovens venham aos aposentos da rainha para uma competição de arco e flexa ao meio-dia, mas só os rapazes entram, sorrindo e brincando, os arcos nas costas. Thomas Culpeper e Catarina trocam olhares brilhante antes de desviarem o rosto e engatarem conversas animadas com outras pessoas. Ele vem até mim.

— Não pude ir ontem à noite. Diga a ela que teria ido se pudesse.

— Direi.

Somos cortesãos experientes, então falamos de Catarina, mas mantemos os olhos fixos em Alice Restwold, que está imitando um arqueiro e fazendo um círculo de amigas rir de seu olho fechado e da careta enquanto mira a flecha.

— O rei virá? — pergunto. — Deveríamos ir até os alvos antes de sua chegada?

— Aconteceu alguma coisa. Ele está trancado com os velhos lordes e Cranmer.

— Não foi outra rebelião, foi?

— Alguma coisa ruim. Eles não estão felizes. Mas estão mantendo segredo. — Seu rosto jovem está sombrio. — Eles cercam o rei feito pintinhos famintos ao redor da dona do galinheiro. Ninguém com menos de noventa anos tem permissão de entrar, e eles só dizem o que o rei quer ouvir.

Não dou risada.

— Todos o rodeamos — respondo, sarcástica. — Raspando e bicando a terra.

— Então, como alguma coisa vai mudar?

Não falamos mais nada: sabemos qual é o único jeito de algo mudar, e é ilegal dizê-lo.

Então há uma batida à porta, e o vice-chamberlain do rei é anunciado. Ele faz uma mesura para Catarina e diz que o rei está cuidando de assuntos do reino e não pode assistir à competição.

Catarina me dá um olhar incerto. Balanço a cabeça de leve, e ela diz:

— Então adiaremos a competição até sua majestade estar livre. Não há competição sem a presença do grande campeão.

— E ele certamente vencerá! — exclama alguém, na esperança de que seu comentário seja repetido ao rei.

Os jovens entregam os arcos para os criados, tiram os chapéus, e Catarina diz que podemos nos sentar ou ficar de pé, como desejarmos. Thomas Culpeper cruza o salão até ela em um passo tranquilo e senta-se em uma banqueta ao lado de seu trono. Lady Maria senta-se ali perto, com Mary Howard. Alguém começa um enigma, e outra pessoa faz uma mímica para adivinharmos, e logo os jovens estão gargalhando alto. Ninguém questiona quais assuntos atrasaram o rei, só Thomas Culpeper e eu. Para todos os outros, é um dia de folga, sem os velhos assistindo.

Os próximos dois dias de novembro são tão úmidos e frios que a competição é adiada de novo. O tal assunto, qualquer que seja, continua mantendo o rei absorto, e só o vemos na capela pela manhã. Ele não vai à cama de Catarina nem janta no salão. Seu lugar é arrumado na mesa alta, e os criados fazem mesuras a um trono vazio e servem o jantar como se ele estivesse lá, mas sua comida é levada, um prato atrás do outro, à câmara privada, como se ele estivesse comendo um banquete sozinho.

— Ele está doente? — pergunta Catarina, baixinho, para Thomas, no quarto dia do mês. O rei não é visto desde o Dia de Todos os Santos.

— O médico não foi chamado — responde ele, cauteloso. — Acho que devem ser más notícias da Escócia ou do norte. Dois lordes deixaram a corte depois do Dia de Todos os Santos, e Thomas Wriothesley partiu hoje.

— Eles convocaram meu tio, o duque? — pergunto. — Se precisarem de um exército contra uma rebelião, será o dele.

— Não que eu saiba — responde Thomas.

— Você vai colocá-lo para dormir hoje? — sussurra Catarina. — Ou...

— Não posso vir — diz ele. — Não olhe para mim, Catarina, não posso lhe dizer não quando olha para mim.

— Olhe para Alice fazendo mímica! — instruo.

Obediente, Catarina desvia o olhar do belo rosto de Culpeper. Ele fala para seu perfil, definido feito um camafeu.

— Não vou visitá-la até sabermos o que está acontecendo. Ele pode estar doente de novo e negando, e, nesse caso, vai me chamar de noite. Ou então vai me contar o que está acontecendo. Com os lordes afastados da corte, talvez fale comigo. Irei até ele agora.

— Ah, fique... — sussurra Catarina, ainda voltada para outro lado.

Em resposta, Culpeper toma a mão dela e beija seus dedos frios antes de sair do salão. Catarina toma cuidado para não olhar para ele.

HAMPTON COURT, NOVEMBRO

1541

HÁ ALGO DE ERRADO na corte; posso sentir o ar pesado de uma tempestade iminente. Não é nada na Escócia nem nas distantes fronteiras do norte, mas sei que há algo muito errado na corte. Vivi aqui a vida inteira e posso farejar o cheiro, como o primeiro indício de fumaça em uma construção em chamas. Eu me pergunto: será que lady Maria usou a excursão real para se encontrar com papistas no norte, e os conselheiros do rei estão seguindo um rastro que vai levar à porta dela? O arcebispo Cranmer é visto entrando e saindo da câmara privada de Henrique: será que ele conduziria uma investigação contra a filha do rei? Ou ela está tão determinada a não se casar com um francês que planejava fugir de novo e alguém avistou um navio espanhol ancorado no litoral norte? Ou, agora que a irmã morreu, o rei está planejando deflagrar uma guerra contra a Escócia, para ensinar o rei Jaime a ter mais respeito pelo tio?

Mas nenhum desses planos mandaria os velhos lordes para longe da corte: eles se juntariam ao rei para organizar uma invasão, ou uma nova trama ou uma punição cruel, não iriam embora sozinhos, um por um, para onde quer que tenham ido. E aonde foram? E por que ninguém sabe?

Só eu estou perturbada; todo mundo segue em frente como sempre, o que me faz pensar que estou enganada, que são só as lembranças dos meus tempos de vigília pelo meu marido desaparecido, rondando um palácio silencioso e abrindo portas de cômodos vazios.

Uso minhas habilidades de traidora e observo de quem são os cavalos no pátio do estábulo, que lordes têm assentos à mesa de refeições. Passo devagar pela câmara do dr. Butts, esperando ver se há médicos de visita para alguma consulta. Fico atenta a mensageiros reais cavalgando rumo ao norte com documentos oficiais. Mas não vejo nada fora do comum, exceto que o rei não come nem se alegra junto à rainha que chamou de "sua rosa".

Estou quase convencida de que estou me preocupando à toa quando lady Isabel Baynton, irmã de Catarina, chega no quinto dia de novembro para me contar que Francis Dereham desapareceu.

— Simplesmente partiu, tão grosseiro quanto chegou — reclama.

— Partiu? — pergunto. — Ou só está bêbado em um algum bordel?

— Todas as coisas dele sumiram do quarto. Meu marido diz que foi tão ingrato quando recebeu o pagamento do trimestre, no dia de são Miguel, que quase achou que ele fosse partir ali mesmo. Ele não ganhou popularidade. — Lady Isabel baixa a voz. — Não é como se fôssemos sentir a falta dele.

— Vou contar à rainha — digo.

— Não acho que ela vá se importar — observa Isabel.

Aperto os lábios, contendo uma réplica raivosa. Aquela mulher é idiota a ponto de esquecer como foi que Francis conseguiu o cargo, esquecer por que suportamos sua companhia? Ela não lembra que a própria família o forçou a entrar no serviço a Catarina, apresentando-o como um velho amigo, porque Francis tinha um estoque de cartas secretas que estava em posse da duquesa viúva? Aonde ele poderia ir que seria melhor do que aqui? Onde mais poderia barganhar com sua moeda de cartas indiscretas?

A ausência de Francis Dereham mal é sentida por qualquer um exceto eu mesma, até que Catherine Tilney e sua amiga, Alice Restwold, deixam a corte de repente, sem avisar a ninguém. Fico parada à porta do quarto das duas e tenho uma sensação vertiginosa, como se visse o passado. Abro o baú de vestidos. Está vazio, a não ser por um pedaço de fita. Sinto o cheiro de sândalo do baú e reconheço a sensação de queda. É a sensação de estar impotente, das coisas se desfazendo, de um carretel rolando pelo chão e se desfiando. É o puxão de um único fio que desfaz toda uma tapeçaria.

Não me atrevo a contar nada a Catarina. Não há ninguém com quem eu possa falar, ninguém a quem possa confiar meu temor de que algo está acontecendo na corte, de que algo está acontecendo de novo. Eu falaria com Thomas Culpeper, mas não quero ser vista na ala do rei, onde os mensageiros entram e saem, e o Conselho Privado parece se reunir todos os dias, em horários estranhos, o rei presente como se fosse uma questão de grande importância para ele.

Todos os dias, um dos velhos lordes chega nos lindos estábulos de Hampton Court e vai direto para os aposentos do rei sem falar com mais ninguém, sem fazer uma visita de cortesia à rainha. Todos os dias, outro homem parte. Thomas Wriothesley, que serviu meu mestre Cromwell e sabe como interrogar um suspeito, ainda não veio, mas o arcebispo Cranmer, Edward Seymour e William Fitzwilliam chegam e partem o tempo todo.

Alice Restwold não volta, e Catherine Tilney não manda notícias de onde quer que esteja. Penso que é seguro mandar um recado reclamando da grosseria das duas à duquesa viúva. Vai alertá-la sobre o desaparecimento das garotas, e ela talvez responda e me conte que precisava das duas por algum motivo, com tanta urgência que não tiveram tempo de me avisar que estavam partindo.

É um sinal da minha ansiedade que fico aliviada quando vejo a bandeira vermelha com as cruzes brancas do estandarte Howard na frente de uma tropa armada entrando no pátio do estábulo.

Desço as escadas correndo até o pátio interno e cumprimento meu tio enquanto ele desmonta.

— Que diabos está acontecendo aqui? — Ele exige saber.

— Por que o senhor veio?

Ele faz uma careta para mim.

— Fui convocado. Com urgência. Não faço ideia.

E joga as rédeas para o cavalariço, então tira as luvas de couro.

— Não sei o que está acontecendo, mas tem algo errado — explico. — Não sei o quê.

— Deve ser algo muito secreto se *você* não conseguiu meter o nariz no assunto — retruca, grosseiro.

Eu me apresso para acompanhar seus passos largos até o arco que leva ao salão principal. De súbito, ele para.

— Já ouviu falar de um vigarista chamado Francis Dereham?

Meu rosto permanece inexpressivo.

— Francis Dereham?

— Um rufião. Um vagabundo de Norfolk House.

— Nunca estive na Norfolk House.

— Um sanatório — diz ele, amargurado. — De toda forma, foi preso.

— Por quê? — O medo seca minha boca.

— Pirataria. Na Irlanda. Meses atrás. Dizem que se deitou com metade das garotas de Lambeth.

— Certamente que não — retruco. — Não sob a supervisão da duquesa viúva Agnes.

— Sim, é o que diremos. — Ele avança para as escadas que levam à câmara privada.

— Irei aos aposentos Howard mais tarde — digo para as costas dele.

QUANDO VOLTO AOS APOSENTOS da rainha, eles estão praticamente vazios. Nenhuma visita de jovens rapazes. Lady Baynton, sentada de costas para a janela, buscando luz para seu bordado, costura freneticamente, fazendo pontos aleatórios. Ela ergue os olhos quando entro, a boca apertada e os olhos voando para o guarda à porta atrás de mim. As mulheres estão sentadas ao lado dela, todas de cabeça baixa, curvadas sobre seu trabalho. São camisas para os pobres, sempre um mau sinal. Lady Isabel aponta o queixo para a porta fechada do quarto de Catarina. Bato à porta de leve e entro.

Ela está muito imóvel no assento da janela, olhando para o jardim onde brincou de jogar bolas de neve e para o corredor de teixos onde Thomas Culpeper beijou seu pulso, quase um ano atrás.

Quando escuta a porta se abrir, vira a cabeça devagar, como se não quisesse ver quem está entrando. Quando vê que sou eu, mal se mexe.

— Achei que você também tinha sumido!

Entro devagar no quarto.

— Não. Estou aqui. O que aconteceu?

— Disseram para eu ficar em meus aposentos. O Conselho Privado mandou uma mensagem pedindo que eu ficasse aqui. Sem companhia. Sem música. Sem danças. Apenas essa espera. Não disseram por quê. Só me mandaram ficar no palácio. Sem companhia, sem música, sem danças.

Meu pensamento dispara.

— Eles não podem saber de nada — digo. — Se tivessem alguma certeza, teriam prendido alguém. São rápidos em dar ordens de prisão. Então, não podem ter certeza de nada.

— O que eles poderiam saber? — Os olhos de Catarina são trágicos. — Eu não fiz nada.

Em seu coração amoroso, claro que ela não fez nada. Vez após vez, desviou o olhar do homem que adora e evitou a companhia dele. Dançou em atenção a um homem com idade para ser seu avô e nunca lhe causou um só momento de inquietude. Viveu a vida para agradá-lo, jamais dizendo uma palavra para contradizê-lo. Desde aquele dia das bolas de neve, foi completamente discreta, nunca demonstrando seu anseio passional por outro homem. Só se deitou com seu amante uma vez, e em completo sigilo. Na semana passada, foi elogiada na igreja como o conforto da vida do rei.

— Thomas está seguro? — sussurra ela.

— Creio que sim — respondo. — Ninguém sumiu dos aposentos do rei. Mas Francis Dereham foi preso por pirataria.

— Pirataria?

— De seu tempo na Irlanda — explico.

— Isso não tem nada a ver comigo.

— Eu sei, eu sei, mas e se ele falar sobre o dinheiro que deixou com você, sobre a promessa que fez de voltar?

Catarina balança a cabeça violentamente.

— Não, não, não, não, não, era só para eu guardar o dinheiro em segurança, não era um dote. Não houve promessas de casamento, eu só guardei um pouco de dinheiro para um amigo.

— Não era um dote? — repito, atravessando o quarto para podermos sussurrar, cara a cara. — Dote? O dinheiro de Francis Dereham? Você nunca disse que era um dote!

— Ele me pediu em casamento, mas eu nunca aceitei — explica ela, depressa. — Nós nos cortejamos, mas eu não sabia o que estava fazendo. Eu era tão jovem! Não foi amor, agora sei disso. Não foi nada. Quando ele partiu, pediu que eu esperasse que fizesse sua fortuna e me casasse com ele de verdade quando voltasse.

— *Casasse com ele de verdade*? — Eu gritaria se não tivesse me obrigado a sussurrar.

— Na igreja. Não estávamos na igreja da primeira vez.

— Mas você fez uma promessa? Estavam noivos?

Ela balança a cabeça.

— Não, não foi nada. Só palavras de amor. Mentiras.

— A duquesa viúva sabia que vocês estavam se cortejando? Que você tinha feito uma promessa?

— Sim — admite Catarina, infeliz. — Mas me deu um tapa e me disse para esquecer isso, então eu esqueci.

Meu pensamento fervilha: não importa o que ela diga agora, são evidências suficientes para provar um pré-contrato. Qualquer tolo conseguiria fazer Dereham dizer que os dois falaram em casamento, que estavam se cortejando, que ele entregou suas economias para ela guardar enquanto ia fazer sua fortuna e que esperava voltar para casar-se com ela. Há evidências suficientes, abundantes, se o rei quiser provar um pré-contrato para dizer que Catarina estava comprometida. Se o rei quiser anular o casamento, pode afastá-la e dizer que ela já foi casada, e dessa vez será verdade. Não é preciso um Cromwell para transformar isso numa anulação.

Ela não é uma duquesa, não vai ganhar um palácio para comprar sua aceitação, mas isso não precisa ser um desastre. Ela pode se sair bem. Terá que devolver sua fortuna de rainha, mas vai conseguir uma bela casinha no campo, onde poderia viver em segredo com Culpeper, caída em desgraça, até a morte do rei, e então se casar. Depois, ninguém se importaria se os dois se casassem, e ela até poderia voltar à corte como a antiga madrasta do príncipe Eduardo, acompanhada pelo novo marido.

Eu nem teria que me aposentar com ela. Tudo isso aconteceu antes de eu ser sua dama de companhia, e não fiz nada exceto guardar em segurança a bolsa que ela me entregou. Se o rei viver o suficiente para anular esse casamento e se casar com outra mulher, vai pedir que eu seja a primeira dama de companhia de novo. Quem o conhece melhor do que eu? Quem melhor para treinar uma sexta esposa?

— Poderia ser pior — digo. — É uma pena que isso tenha sido descoberto. — Não tenho que dizer que o segredo quase durou mais que o rei. — Mas ainda é sua palavra contra a de Francis Dereham. No pior dos casos, você pode admitir que foram noivos e aceitar uma anulação. É o que Ana de Cleves teve que fazer.

— Não! — Catarina dá um gritinho. — Eu não fui casada com aquele... aquele... bacalhau seco! Não vou aceitar que digam que me casei com ele! Ele nunca esteve no meu nível, e eu não vou passar de rainha da Inglaterra à sra. Dereham!

— Você não teria que viver como esposa dele... — começo, mas Catarina não ouve.

— Não fomos amantes! — exclama, estridente. — Quem disser que fomos está mentindo. Me deixe ver o rei! Me deixe ir ao rei! Vou contar a ele que não houve nada! Que não foi nada! Eu era uma criança brincando de casamento. Não foi nada!

Agarro as mãos dela.

— Quieta — digo, com severidade. — Quieta, Catarina. Você não pode ir falar com o rei assim. Não pode sair dos seus aposentos nesse estado. Vamos superar isso, e vamos nos safar da outra... vamos nos safar de tudo, mas você tem que se manter calada, esperta e calma.

— Mas não sou! — Ela balança a cabeça com força. — Eu não sou esperta e calada!

— Não. Esperta, não. Mas você sabe ser firme, calada e régia. Sabe agir como uma rainha. Faz isso maravilhosamente. Seja uma rainha que foi insultada. Aja um pouquinho magoada e um pouquinho orgulhosa e muito digna.

Posso sentir as batidas que martelam em seu pulso desacelerarem com o ritmo insistente de minhas palavras.

— Você verá o rei — prometo. — Você tem razão. Precisa vê-lo para explicar as coisas. Mas não assim. Ele odeia cenas em que a outra pessoa é quem fala mais. Seja paciente. Seque os olhos, lave o rosto e espere. Quando estiver linda, quando puder se ajoelhar na frente dele e pedir clemência... aí poderá soltar o cabelo e pedir perdão. Ele ama você; não é como quando se livrou de Ana de Cleves. Ele quer você como esposa. Ama você tanto quanto é capaz de amar alguém. Se todos ficarem muito calmos e de boca fechada, talvez nada possa ser provado e possamos continuar como antes.

Penso, calculando como um filósofo trabalhando em um teorema, que pode mesmo ser assim. Não será meu lorde Cromwell liderando o inquérito, e sim a inteligência vagarosa dos velhos lordes: Audley, Southampton, Russel e o gentil arcebispo Thomas Cranmer. Alguém como Thomas Wriothesley vai inventar qualquer prova que o rei desejar, mas o rei vai querer provas de inocência, terá mandado que alguém venha desmentir as alegações contra sua Rosa da Inglaterra, o amor da sua vida. Podemos confiar que seus cães de caça não vão se rebelar: são bem treinados e seguirão a linha do que ele quiser caçar. Não vão escavar algo que ele não queira ver. Catarina precisa apenas esperar em silêncio, e tudo isso vai passar, como o susto que tivemos na Quaresma passada, mas que mal durou até a Páscoa, quando achamos que o rei voltaria para Ana de Cleves.

— Onde está meu irmão Charles? Está com o rei? — pergunta Catarina. — E meu tio, ele veio? Ele vai falar em minha defesa!

— Sim, ele está aqui — respondo. — Sua família está toda no lugar certo.

— Diga a ele que vamos negar tudo.

Confirmo com a cabeça e a deixo no assento da janela.

Atravesso a câmara de audiências silenciosa. O guarda à porta me deixa passar sem comentários, e desço ao pátio do estábulo para ver quais cavalos estão nas baias.

— Onde está o cavalo de Charles Howard? — pergunto a um dos cavalariços dos Howard.

— Foi a Lambeth — responde o homem.

Charles deve ter ido contar à duquesa viúva o que está acontecendo no palácio. Não ouso perguntar mais nada. Olho ao redor; os estábulos estão meio vazios.

— Onde estão todos? — Gesticulo para as baias.

— Foram todos a Lambeth — responde o homem, solícito.

Meu rosto não muda, mas meu coração dá um salto.

— Para a Norfolk House? — Isso só pode indicar um inquérito sobre a infância de Catarina e uma revista nos documentos da avó dela. O que me resta é rezar para que a duquesa viúva tenha tido o bom senso de queimar tudo.

— Não, no palácio de Lambeth. O Conselho Privado está se reunindo lá.

Respiro de novo. Quero rir e bater em suas costas e lhe dar um xelim, tamanho alívio. O Conselho Privado pode se encontrar na casa do arcebispo e discutir o que for. Não faz diferença para mim.

Cumprimento-o com a cabeça e caminho pelo pátio vazio para afagar meu próprio cavalo, ocioso no estábulo, pensando em ficar um pouco por ali, para ver se alguém entra ou sai. Eu me rebaixei ao tipo de espiã que espreita cozinhas e estábulos e tenta entreouvir conversas: uma fofoqueira das mais comuns. Não tenho mais um benfeitor para me contar em que direção sopra a leve brisa do favoritismo real hoje, não tenho mais o maior advogado da Inglaterra para me pedir as evidências que ele quer. Tenho que peneirar a forragem em busca de algum grão bom e vasculhar os refugos atrás de restos úteis.

Ouço os cães de caça ladrando, empolgados, e os caçadores tocando suas trombetas. Um cavalariço real tira o cavalo do rei do estábulo, e eu recuo para a sombra da entrada quando o próprio rei, apoiando-se em seu Mestre dos Cavalos, Anthony Browne, sai pela porta. Seu grande cavalo de batalha, de peito largo e ossos grandes, para ao lado do bloco de montaria. O rei se agarra à sela e ergue a perna boa sobre o animal. Anthony Browne e um pajem o empurram para cima.

Ele vai caçar, mas não há nada da bravata e vanglória costumeira de um homem pronto para desfrutar de um dia de esporte, e já está tarde para sair. Quase ninguém o acompanha, embora os cães estejam a postos, com seu adestrador, e o clarim ressoe no ar frio. Mas não há agitação e empolgação, nenhum cortesão disputando precedência, nenhum flerte enquanto as damas são erguidas para a sela.

O rei com certeza não está indo atrás de cervos; ele não consegue mais disparar atrás dos cães como antes. Deve estar usando seus cães de caça como disfarce para alguma outra coisa: um encontro secreto nos bosques. Isso não deve ter nada a ver com a rainha, deve ser outro assunto. Um inquérito sobre Catarina seria conduzido pelo Conselho Privado, em uma reunião formal, com um secretário tomando notas. Alguma outra coisa está levando o rei para os bosques de Hampton Chase. Será que ele vai se encontrar com o embaixador espanhol, que vai suplicar para que lady Maria seja poupada do casamento com a França, ou com o embaixador escocês, que vai implorar o perdão do rei, ou algum outro tipo de segredo que não consigo nem imaginar? Catarina e seus erros de infância podem ter sido esquecidos, e vamos ficar no abrigo do lar enquanto o rei sai sob a garoa para caçar outras presas.

Sir Anthony vai até o portão para dar o sinal aos cães. Observo o rei segui-los para fora do pátio e me lembro de quando saiu da justa de Primeiro de Maio com seu melhor amigo, Henry Norris, e de meu marido George correndo atrás deles a pedido de Ana, rumo à própria morte, para explicar que ela era inocente, inocente de tudo. Penso: não, isso é diferente. É estranho, mas é diferente. Não devo entrar em pânico, não devo me deixar ser assombrada, não devo me assustar com lembranças. São outros tempos, o rei ama Catarina, e ninguém se importa com promessas feitas a um tolo como Dereham. Vão enforcá-lo por pirataria e esquecê-lo. O rei não quer descobrir nada sobre sua jovem esposa, e aqueles não são homens que ficam desenterrando fofoquinhas da criadagem. É outra rainha. Outros tempos. E eu também sou outra.

Volto para dentro para contar a Catarina a boa notícia de que o rei saiu para caçar, de que nada é tão sério a ponto de mantê-lo em casa, mas, quando subo a grande escadaria, escuto um choro soluçante e o barulho de passos correndo. É Catarina, que vem às pressas pela galeria, chorando, o cabelo solto sobre os ombros, cega de lágrimas, segurando o vestido enquanto bate os pés no chão. Isabel e duas outras tolas correm atrás dela, enquanto o guarda à porta encara, sem saber o que fazer.

Avanço e a seguro, como se aquilo fosse só uma brincadeira. Ela se desvencilha de mim.

— Não! Você não vai me impedir! Preciso vê-lo! Preciso vê-lo! Ele não pode ir! Eu posso consertar tudo, só preciso vê-lo!

— Ele está bem — digo. — Não tem nada errado. Calma, Catarina. Ele foi caçar.

Ela me encara, ensandecida.

— Foi caçar?

— Sim! Veja, não há nada errado! Ele saiu com alguns amigos e seu Mestre dos Cavalos. Parecia bem. Não há motivo para se afligir, Catarina. Ele não teria ido caçar se estivesse chateado.

Ela cambaleia.

— Ele vai embora! — grita para mim. — Não foi caçar! Está indo embora! Me deixou como deixou Ana! Como deixou Jane! Ele está indo embora, e preciso alcançá-lo antes disso, ou nunca mais o verei! Como elas! Como todas elas!

Sinto um suor gélido formigar nas axilas e descer pelas costas.

— Caçar — repito, a voz fraca.

Lady Isabel balança a cabeça.

— Ele está indo para Whitehall — diz ela.

Quero pensar mais rápido. Sei que a expressão do meu rosto está tão vazia quanto minha mente quando desvio os olhos do rosto desesperançado de lady Isabel para a jovem angustiada à minha frente.

— Bem, de toda forma, você não quer ser vista assim, sem capelo, com o cabelo todo bagunçado.

— Eu queria pedir perdão. — Sai como um soluço. — Soltei o cabelo para pedir perdão. É assim que se faz.

— Sim, mas não desse jeito. E você não fez nada que precise de perdão. Vamos voltar, vesti-la de maneira adequada, e, quando ele voltar da caça ou de Whitehall, se é que foi mesmo para lá, você poderá vê-lo.

Isabel e eu acompanhamos Catarina, conduzindo-a feito uma prisioneira, de volta a seus aposentos. Penso que aqueles no serviço de um tirano são chamados a realizar um trabalho estranho e perverso. Quero me ver como uma mestre da corte, guiando-a através de uma crise no casamento, e que tudo isso vai passar. Mas, no momento, não me sinto como uma mestre da corte: me sinto uma carcereira. E penso que, quando alguém se coloca a serviço de um tirano, nunca sabe as coisas que fará.

Consideramos vestidos para o dia, e tranço o cabelo dela, amarrando a trança enrolada sob o capelo. Ela escolhe uma veste azul-escura com mangas da mesma cor e um vestido externo azul-claro: as cores dos santos. Usa seu capelo francês azul, puxado para a frente para esconder o cabelo, tão modesta quanto uma donzela.

Enquanto ela ajusta o capelo, saio para a galeria, cujas janelas estão voltadas para Hampton Chase. Vejo o estandarte do meu tio, que está à frente de seus homens, partindo a cavalo como se fossem caçar, atrás do rei, e penso: lá vai ele, o velho rato, salvando a própria pele, como sempre.

MAS O QUE O REI está fazendo? Ele não volta naquela tarde, e seu cavalo não está no estábulo no dia seguinte. Sir Edward Baynton, arrependido em segredo do casamento com a meia-irmã de Catarina, aparece para me contar que os lordes do Conselho Privado virão falar com ela ao meio-dia.

— Achei que estivessem em Lambeth.

— Os lordes se encontram onde desejam — declara ele, pomposo, como se ser um Baynton, e não um Howard, fosse salvá-lo da desgraça caso o rei tenha se virado contra nós.

— O que devo fazer? — pergunta Catarina. — O que devo usar?

— Use o vestido azul-escuro, com as mangas. E você vai se sentar no seu trono, na câmara de audiências.

— Quero todas as minhas damas lá — diz ela. — Paradas atrás de mim.

— Algumas foram embora — aviso-a. — Lady Maria foi se juntar ao séquito do príncipe Eduardo.

Catarina parece horrorizada.

— Ela fugiu de mim?

— Só está visitando o irmão — respondo. — E não é como se você gostasse dela. Nem iria querer tê-la em seus aposentos, com o Conselho Privado chegando. E ela não seria de nenhuma utilidade; tem pavor deles. Lembre-se, quase a prenderam por não assinar o juramento, e seu tio disse que iria bater a cabeça dela contra a parede.

Catarina se anima um pouco.

— Ah, disse mesmo? Que engraçado! Meu tio virá com eles?

Eu o imagino curvado sobre o pescoço do cavalo, a caminho de encontrar o rei em algum lugar na floresta.

— Não sei exatamente quem virá — respondo.

— Faço mesura?

— Eles fazem a mesura para você. Não se levante.

Ela assente várias vezes, como se a cabeça estivesse em uma mola: para cima e para baixo, para cima e para baixo.

— Eu não me levanto — repete.

Depois que posiciono Catarina no trono da câmara de audiências, olho pela janela. Não há nenhuma embarcação sombria sem estandarte no mastro esperando em silêncio, com a prancha apoiada na margem. Desta vez, é diferente. Ninguém vai me dizer para pegar a capa de Catarina pois ela sentirá frio na água. Ela não será levada do palácio. Desta vez, é diferente.

Quando chegam, nosso tio está entre eles, e penso que isso nos ajudará: a última coisa que o velho duque quer é outra garota Howard acusada de lascívia, ainda mais de ter casos bem debaixo do nariz adunco da própria madrasta dele, na casa da família. Charles Brandon, duque de Suffolk, casou-se com uma jovem que estava noiva do próprio filho, então está predisposto a ignorar escândalos que o acompanham pela vida. O bispo Gardiner, um clérigo que odeia a Reforma, será a favor de Catarina, que não tem interesse na religião dele; Thomas Audley, o lorde chanceler, é um advogado astuto que vai defender o que o rei quiser como se fosse uma verdade bíblica; e o arcebispo Cranmer é um reformista brando que teria salvado Ana, se pudesse. Ninguém aqui pode ser considerado um amigo, mas nenhum deles é inimigo.

Catarina está sentada no trono sob o baldaquino, com suas damas ao lado, usando o vestido azul e parecendo muito jovem e pequena, mas digna. Sempre consciente de sua aparência, acatou meu conselho de se comportar como uma rainha e mantém a cabeça erguida sob o capelo incrustado de joias.

Thomas Cranmer fala com gentileza e respeito. Diz que Francis Dereham fez alegações que sugerem que se comportou com ela como marido. Os dois trocaram promessas e se cortejaram, quando ela era garota?

— Não — responde Catarina, arregalando os olhos. — Não. Isso não é verdade.

Cranmer ignora a negação categórica, então deve ter provas contra a palavra dela. Fico parada feito uma coluna de sal furiosa, tal qual a esposa de Ló, punida por fitar a perversidade, incapaz de dizer uma palavra ou sequer apoiar a mão no ombro dela.

Mas escuto as perguntas de Cranmer com atenção, como um erudito rastreando a fonte de uma citação. Eu traduzo essas linguagens, sou uma espiã, sei ouvir a voz por trás das palavras.

É evidente que interrogaram o próprio Dereham, mas penso ouvir também o eco de fofocas de alguma dama da casa da velha duquesa. Tenho certeza de que foi uma mulher que contou a eles os detalhes de beijos e festas noturnas nos aposentos das damas. Francis Dereham, fanfarrão ou temeroso, teria se esquecido dos morangos e dos banquetes à meia-noite, mas essa mulher se lembrava de tudo muito bem.

Eles não dizem nada sobre a prova condenatória da bolsa de cem libras, e, por absurdo e incompetência, não parecem perceber que Dereham trabalhou para a rainha no último mês, bem debaixo de seus narizes nobres. Tudo soa como uma velha canção meio esquecida, algo que alguém cantou ao arcebispo com malícia tardia. Ele não diz nada sobre o comportamento de Catarina como rainha, não há nada contra Dereham desde que ele partiu para a Irlanda, e não há nada contra Catarina desde que se casou. E o melhor de tudo: não há nenhuma sugestão de adultério contra o rei.

Parada impassível junto ao ombro dela, mantenho uma expressão de preocupação atenciosa no rosto, mas por dentro estou sorrindo como uma máscara de *Thalia*. Tudo o que eles têm são fofocas velhas e mesquinhas, nada que vá pesar a balança contra a enorme vaidade do rei. Ele terá ordenado que façam um inquérito apropriado e limpem o nome de Catarina. É isso o que estão fazendo. Estamos a salvo. Vai ficar tudo bem.

— Nada disso é verdade — afirma Catarina, com clareza. — Além disso, minha avó é muito rigorosa, e ela concordou com meu casamento com o rei. Como essa história poderia ser verdade?

Vejo meu tio fazer uma careta quando Catarina invoca a duquesa viúva e arrasta a dignidade da nossa família para a discussão, mas nenhum deles tem apetite para responder à pergunta ou seguir essa linha de questionamento.

— E onde está meu marido? — demanda Catarina, indignada. — Já voltou da caçada? Sabe que os senhores estão me fazendo essas perguntas?

— Sua majestade foi a Whitehall — conta Thomas Cranmer, gentil. — Ele está ciente. Pediu que perguntássemos.

— Ele deve ter pedido que investigassem as pessoas perversas que estão inventando essas mentiras! — retruca Catarina, brilhante em sua indignação. — Nunca teria pedido aos senhores que as considerassem verdade! O que acham que ele vai dizer quando eu contar que trouxeram essas mentiras até mim e as repetiram na minha cara, na frente das minhas damas de companhia? Que me aborreceram? Que quase me fizeram chorar? Não acham que ele vai ficar bravo?

Pela angústia contida no rosto de Thomas Cranmer, vejo que ele tem total certeza de que o rei ficará bravo e que, se encontrarem qualquer acusação válida, não vai agradecê-los pelo trabalho. Aqueles homens não receberam ordens, como aconteceu duas vezes com lorde Cromwell, para dissolver o casamento a qualquer custo e se livrar da esposa indesejada. Imagino que tenham sido instruídos de maneira ambígua: o rei disse para encontrarem a verdade, mas eles sabem muito bem que a única verdade que o rei quer ouvir é aquela em que já acredita. Sua tarefa é descobrir no que ele acredita e prová-lo como fato incontestável.

Os homens murmuram entre si com urgência, então pedem desculpas à rainha por perturbá-la em seus aposentos e partem com uma mesura.

Catarina, corada de triunfo, vira-se para suas damas.

— Eles estão se borrando de medo — diz, e as jovens irrompem em gargalhadas.

* * *

No dia seguinte, Thomas Cranmer retorna depois do desjejum para falar com Catarina e senta-se ao lado dela, na cabeceira da mesa, como o patriarca de uma família, enquanto o restante de nós belisca guloseimas na outra ponta fingindo não prestar atenção na conversa dos dois. Ele não parece um homem se borrando de medo; parece um avô gentil pronto para ouvir uma confissão. Não consigo pensar em um jeito de sinalizar a Catarina que não deve confiar nessa gentileza mais do que confiou nos homens aterrorizantes que tentaram intimidá-la no dia anterior, então a vejo falando intensamente com ele, que responde em sussurros, e penso: não preciso me preocupar, ela o tem na palma da mão.

No começo, ela o faz dançar conforme sua melodia, mas então o vejo ficar mais sério e mais quieto. Catarina parece titubear nas palavras, ficando cada vez mais aflita, e posso ver que está assustada. Chamo uma das damas de honra mais jovens.

— Vá perguntar à rainha se ela quer um pouco de vinho e água — ordeno.

Ela olha para o outro lado do salão.

— Não me atrevo, lady Rochford. Ele não está dando trégua.

Ela tem razão. Thomas Cranmer perdeu o ar de vovozinho e se tornou o terror que encarna no púlpito. O cabelo branco macio está espetado, os olhos castanhos brilhantes nunca deixam o rosto dela, e posso vê-lo falando com urgência, insistente e opressivo.

Catarina vai ficando escarlate, até que irrompe em lágrimas.

É uma agonia vê-la intimidada e levada a dizer coisas que podem prejudicá-la. Ela não para de chorar, enxugando o rosto vermelho nas mangas caríssimas e no guardanapo, mas ele não lhe dá um só momento de pausa: continua falando em voz baixa, até ela deslizar da cadeira na cabeceira e desabar no chão em uma torrente de lágrimas.

Agora posso interromper, então avanço para ajudá-la a se levantar. Ele se cala, se levanta, apoia a mão com o grande anel sinete de rubi na cabeça dela, abençoa-a e a deixa ali, a rainha da Inglaterra, no chão de sua própria câmara de audiências.

Tive alguma esperança de que fosse um desespero fingido, mas, mesmo depois que ele partiu, Catarina continua chorando amargamente, a respiração entrecortada por soluços cada vez mais altos. Ela encosta o rosto molhado nas esteiras de junco que cobrem o chão, arranca o capelo em tons de creme e pérola, e se esparrama em um frenesi de desespero.

Não está fingindo. De vez em quando, repete "meu marido, o rei!", mas suas palavras soam confusas. Pelo menos, penso, ninguém pode dizer que ela confessou qualquer coisa, pois está incoerente.

Apoio sua cabeça em meu colo e a deixo chorar, até que vejo, pelo canto do olho, a porta se fechar atrás de uma saia. Alguém foi correndo contar a seu mestre espião que a rainha desabou em lágrimas. A irmã dela, lady Baynton, se levanta sem jeito.

— É melhor eu informar meu marido.

— Avise que ela vai morrer de tristeza se a tratarem tão cruelmente — digo, mais alto que o choro dela. — Quem poderia duvidar da inocência dela? Seu coração está esfacelado de tantas perguntas incoerentes. Diga a ele que os lordes terão a morte dela pesando na consciência. Catarina é delicada e pura demais para ser acusada de vulgaridades. Pergunte a ele como vão responder ao rei se a matarem.

Vejo uma centelha de entendimento em seus olhos; ela assente e sai da câmara. Os lordes nunca ousarão levar a amada esposa do rei ao ponto do colapso. Já testemunharam sua negação direta. Cranmer a assustou tanto que a deixou chorando incontrolavelmente, mas nada disso são provas.

Eu a levanto do chão, ainda chorando, e a levo ao quarto. Sento-a na cadeira, junto ao fogo, seco seu rosto e borrifo suas mãos com água de lavanda, como se ela tivesse caído do cavalo e ainda estivesse abalada. Depois de uma hora desses cuidados silenciosos, há uma batida à porta. É o arcebispo Cranmer de novo.

Tento impedir sua entrada, dizendo que Catarina está aflita demais, mas ele insiste, e sir Edward Baynton não está aqui para rechaçá-lo. Então, Catarina sai do quarto de cabelo solto, ainda chorosa, e Cranmer se senta ao lado dela na câmara privada, junto ao fogo, e começa a sussurrar em seu ouvido. Tento intervir, mas ele me dá um olhar brando, abre seu sorriso gentil e diz:

— Não irei afligir sua senhora de novo, lady Rochford. Vim trazer conforto e prometer que sua majestade será graciosamente gentil com ela se confessar a verdade. Por favor, deixe-nos.

Sem apoio da irmã de Catarina e sem outras damas de companhia seniores para afastá-lo, só me resta aguardar com as outras mulheres na câmara de audiência, ouvindo sons de conforto e apaziguamento. Mas penso: ninguém poderia acusá-la, ninguém poderia vê-la neste estado de sofrimento e duvidar da inocência dela. Até eu acredito na inocência dela, e ainda guardo a bolsa que Dereham lhe deu!

Os dois passam o resto do dia juntos, embora o arcebispo vá jantar no grande salão e Catarina coma um pouco de carne e beba alguns goles de vinho no quarto, deixando-nos lavar seu rosto e suas mãos e trocar seu vestido.

— Você está indo muito bem — sussurro para ela, trançando seu cabelo e ajustando seu capelo.

Sinto um calafrio súbito quando encontro seus olhos no espelho e vejo todo o desespero que guardam. Vão mesmo matar a menina, se continuarem esse assédio.

Eu os avisei para não a afligir, e as palavras eram mais verdadeiras do que eu mesma sabia. Catarina é jovem demais, e teme demais o infinito poder do rei para suportar esse interrogatório do arcebispo. Sente que está sob o olhar de Deus e do Homem. Não está num cavalete de tortura, mas eles a estão puxando e vão despedaçá-la da mesma forma.

Cranmer retorna com um maço de papéis fresco, um pote de tinta, uma pena afiada, cera de lacre e uma vela. Penso: ele não pode esperar que Catarina faça uma declaração de inocência coerente. Então percebo: claro que não é isso! Ele já a tem composta na cabeça. Veio pôr os pingos nos is: uma confissão de pequenos pecados e uma súplica geral por misericórdia. Estou tão feliz que o ajudo com a tinta e a vela; deixo os dois na mesa da câmara privada e ordeno às damas que se recolham. Só ficamos Isabel e eu, esperando na câmara de audiências.

Tudo fica muito quieto por trás das grandes portas da câmara privada, e sei, tão certo quanto se fosse uma espiã olhando pelo buraco da fechadura, que ele está escrevendo um relato completamente fictício das pequenas ofensas de Catarina em Norfolk House, em Lambeth, transcritas com clemência.

À meia-noite, o arcebispo sai com o maço de papel fechado com vários lacres.

— Cuide dela — diz para mim, como se não fosse ele quem a levou a um choro ensandecido. — Ela está muito aflita, mas se sentirá melhor depois da confissão.

Não me atrevo a dizer que ela confessou apenas o que ele apontou que confessasse, que isso é uma *quaesita,* um inquérito por tortura. Thomas Cromwell teria extraído cada fiapo de evidência de cada testemunha antes de entrevistá-la, e só teria permitido que ela confirmasse o que o rei queria saber. Lorde Thomas Cromwell sabia cada palavra das evidências que queria, antes mesmo de ir atrás das provas. Mas o senhor, tão bisbilhoteiro quanto uma velha parteira, deve ter remexido nas roupas de baixo dela e perguntou sobre sinais íntimos, calores e lençóis sujos, e agora ela está chorando de vergonha pelo seu desrespeito em mencionar tais coisas. Você é um tolo, ao contrário do meu mestre espião: não sabe o que quer saber, e não sabe o que fazer com o que encontrou.

Na manhã seguinte, o arcebispo vem a nossos aposentos e diz que, embora não possa encontrar o rei, Catarina pode escrever uma carta para ele. Deve explicar tudo que fez e tudo o que foi dito contra ela. Isso servirá como confissão, como vindicação e como uma súplica por perdão, e seu marido, o rei, vai ler a carta e perdoá-la.

Claro, Catarina deveria chamar um secretário para escrever por ela e ter um advogado para alertá-la sobre o que não dizer. Mas eu me lembro de sir Thomas More aconselhando o bispo Fisher a não escrever nada, a não dizer nada… até que sir Thomas More foi executado por não dizer nada, e o bispo também. Então, levo penas apontadas e potes de tinta e os deixo na mesa à frente dela, com a mesma ordenação com que costumava preparar a escrivaninha na biblioteca do meu pai. Apoio a mão em seu ombro trêmulo e digo ao arcebispo:

— Gostaria que eu escrevesse para a rainha como sua secretária, vossa graça?

E a velha fraude responde:

— Não, não, ela mesma vai escrever.

Penso na carta de amor cheia de erros ortográficos enviada a Culpeper e em como Catarina disse que tinha se esforçado muito para escrever de próprio punho. Ela é incapaz de ordenar sua aflição em frases coerentes, não consegue nem compor cartas legíveis. Se uma confissão fluente resultar do trabalho desta manhã, todos saberemos que o autor é o arcebispo educado na universidade de Cambridge, e não a garota a quem não ensinaram nada além de flertes e danças em Norfolk House.

Ele leva o dia inteiro, mas, ao crepúsculo, emerge sorrindo com três páginas de narrativa lindamente escritas, então me diz:

— Ela vai ficar mais tranquila, agora que fez uma confissão completa e pediu perdão ao rei.

Um olhar para o rosto exausto e aflito dela me diz que Catarina não está mais tranquila, e tenho certeza de que não fez uma confissão completa, mas faço uma mesura muito baixa, curvando a cabeça, e ele me estende seu anel sinete para beijar.

— Que a vontade de Deus seja feita — sussurro, sabendo que é a vontade do rei que está sendo feita e que a confissão de Catarina é o que Cranmer acha que o rei quer ouvir. Como ele tem as páginas na mão, vejo a escrita enquanto me curvo, e é uma obra de arte da *cursive antiquior*, a "caligrafia de corte" usada em documentos oficiais, elaborada e complicada. Vislumbro uma frase: *Minha contrição não pode ser expressa por escrito, todavia confio que a natureza profundamente benigna de sua majestade respeitará minha juventude...*

Quase dou risada. Catarina Howard nunca usou uma palavra como "contrição" na vida e não teria ideia de como soletrá-la, teria feito muitas tentativas e nunca chegaria a "ção". Mas o principal, a única coisa que de fato importa, é que o arcebispo de Canterbury transformou o emaranhado de lágrimas e confissões e mentiras descaradas em uma súplica por perdão a um marido velho e encantado com a esposa mais jovem. Ela pode dizer que é uma pecadora, pode dizer que foi aconselhada e guiada ao erro, pode dizer que estava ignorante do destino glorioso diante de si. Pode até admitir ter contraído um noivado de mentira enquanto ele se casava com sua terceira esposa, pode se humilhar e dizer que merece a punição mais severa, e o rei a perdoará.

Francis Dereham realizou o único ato bom de sua vida inútil: desviou as atenções para longe de Culpeper. Como estavam todos de olho no fanfarrão falastrão, com suas alegações de intimidade com a rainha quando ela era garota, ninguém reparou na presença do infinitamente mais desejável Thomas Culpeper quando ela já era esposa e rainha. Catarina não será culpada por ter sido coagida por um patife cuja maior ambição era a pirataria. Será acusada apenas de tolice infantil, e vão ignorar completamente o grande amor da sua vida.

Eu a ponho na cama com uma tigela de sopa e uma taça de vinho e digo a ela que tudo acabou. Amanhã ela será restaurada a seu lugar, e tudo ficará bem. Falo com gentileza, tranquilizando-a como se ela fosse uma garotinha com medo de um pesadelo. Na verdade, estamos todos com medo de um pesadelo, e nenhum de nós tem a coragem de nomear o monstro que nos persegue em sonhos. Mas, esta noite, afirmo que superamos o pior e vamos sobreviver e ser felizes. Estou certa de que, se superarmos os próximos seis meses, no próximo Primeiro de Maio o rei, o monstro no labirinto, já estará morto há muito tempo.

Ela está mais pálida que os lençóis de linho, as olheiras escuras como se fossem hematomas deixados pelo punho de um marido.

— Acabou? — sussurra.

— Acho que sim. Duas confissões assinadas, e o melhor de tudo: nenhuma menção a Lincoln, Pontefract ou York.

Ela estende a mão e cobre minha boca.

— Nunca falaremos disso.

— Nunca — prometo.

— Ele está bem? — pergunta Catarina. — Ninguém o interrogou?

— Ele não vai falar nada e ninguém está pensando nele.

Seus olhos ficam mais calorosos ao pensar no rapaz.

— Contanto que ele esteja bem — diz. — Contanto que ele esteja seguro, nada temo.

Pela manhã, ela começa a chorar de novo, perguntando por que o rei foi a Whitehall sem aviso e quando vai voltar. Eu a coloco na cama depois da missa na sua capela e do desjejum, dizendo a Isabel Baynton para mandar seu marido imprestável cumprir seu dever como vice-chamberlain da rainha e protegê-la. Ele deve tirar as facas afiadas da câmara de audiências onde fazemos as refeições, deve mantê-la longe de janelas altas, e alguém deve se sentar com ela durante o dia e dormir com ela à noite. Quando lhe relatarem isso, o rei ficará imediatamente disposto a perdoá-la. Vai gostar de saber que sua esposa está perdendo a cabeça de tristeza, o que lhe proporciona um papel maravilhoso neste drama. Ele chegará para perdoá-la quando ela estiver morrendo pela falta de seu perdão, na maior mascarada que já orquestramos: é como *Cleópatra*, *Ariadne* e *Dido*, mas com um final feliz. Também me lembro de Thomas Cromwell dizendo, quando lady Margaret Douglas foi interrogada, que uma mulher não pode ser interrogada ou presa se estiver louca.

— Estão todos dizendo que o rei acredita que este casamento não foi abençoado por Deus — comenta Isabel, com quem sempre posso contar para repetir e fixar as palavras que nos fariam mais mal. — Que foi ilegítimo desde o começo e nunca será abençoado com filhos. Dizem que Ana de Cleves deveria ser restituída como rainha.

— Como seria ilegítimo? — pergunto a Isabel, imaginando que nem mesmo a irmã dela tem como saber que Catarina se entregou em uma promessa ao tolo Francis Dereham.

— Como eu vou saber? — rebate ela, irritada. — Não sei de nada. Nem estava em casa, na época… e ela não estava sob meu controle… nem o de ninguém, para ser franca. — A voz dela se reduz a um fiapo: — Só estava relatando um boato. É claro que Ana de Cleves nunca voltaria como rainha. — Ela hesita. — Voltaria?

MESMO COM AS DUAS confissões por escrito e a promessa de perdão a Catarina, nós, damas, estamos praticamente confinadas à ala da rainha. Assistimos à missa na capela dela, comemos em sua câmara de audiências e passamos o resto do tempo em sua câmara privada. Os guardas estão postados à porta, como sempre, mas a sensação é a de que estão ali para nos manter aqui dentro. Ninguém quer testar essa hipótese, então uso a escada dos criados, que ficou desprotegida, para descer ao pátio dos estábulos.

Estou escondida na portinha, torcendo para ver o grande cavalo do rei bufando por cima da porta de sua baia e tudo voltando ao normal, quando vejo Thomas Culpeper montado em seu lindo cavalo e acompanhado de alguns dos jovens amigos do rei, prontos para uma caçada. Seu falcão-sacre está empoleirado na luva, uma linda criatura com o peito sarapintado de preto e branco, as costas lisas e escuras feito veludo preto. A ave usa um capuz preto de couro da melhor qualidade, lustroso e com uma pena em cima, e os sinos em suas jesses tilintam baixinho enquanto se remexe na luva de seu dono. O sorriso feliz de Culpeper, a inclinação casual do chapéu na cabeça encaracolada, sua risada ressonante em resposta a algum comentário e as cores fortes das árvores outonais do bosque fazem a cena parecer uma tapeçaria intitulada "O amante sai para caçar".

Ninguém que visse Thomas Culpeper o descreveria como algo que não alegre e despreocupado. Seu prazer tranquilo é mais testemunho de sua inocência do que qualquer outra possível prova. Quando sai, dá um aceno casual para o cavaleiro que está entrando no pátio, Thomas Wriothesley, com seu secretário e seu cavalariço. Wriothesley apeia, joga as rédeas para o cavalariço e, a passos pesados, sobe as escadas de pedra até o grande salão.

Eu logo me viro e subo de volta pela escada dos criados, e estou sentada nos aposentos da rainha, costurando com as outras damas na câmara de audiências, quando ouvimos seus passos no assoalho de madeira do lado de fora das portas duplas. Eu me levanto e faço uma mesura com as outras quando ele é anunciado.

Thomas Wriothesley diz que veio falar a sós com a rainha, mas eu fico ao lado dela e digo, muito respeitosamente:

— Ah, não, milorde.

Ele tenta argumentar.

— O arcebispo se encontrou com sua majestade a sós, não?

Quer dizer que ele sabe sobre o interrogatório do arcebispo, então talvez tenha lido a primeira confissão e depois a segunda, uma retratação parcial que jogou toda a culpa em Dereham. Talvez tenha visto a carta implorando perdão ao rei, e talvez saiba sobre o choro desmedido.

Sorrio para ele enquanto faço outra mesura e penso: você sempre esteve na retaguarda, nunca à frente do ataque. Você era o secretário que meu lorde Cromwell enviava para se certificar das coisas: nunca um inquisidor principal, mas um apoio útil. Sem sutilezas, um homem grosseiro, o tipo de sujeito que é enviado no dia após uma confissão para fazer a pessoa culpada vomitar o resto quando acha que tudo acabou. Bem, mas não vai fazer isso agora.

— O arcebispo é o confessor da rainha... — aponto.

Catarina capta a indireta.

— As damas podem esperar na câmara de audiências, mas Jane vai ficar comigo.

Vejo, pela rápida rendição de sua esperança de ter uma conversa privada, que ele não tem autorização para intimidá-la. Com base nisso, concluo que ele pensa que Catarina ainda pode se reconciliar com o rei e punir qualquer um que a ofenda agora. Wriothesley faz uma mesura obediente e abre um sorriso inseguro. Essa covardice me faz rir por dentro, conforme Catarina nos conduz até sua câmara privada e se senta no trono.

— Sim? — pergunta ela, já com lágrimas nos olhos. Eu lhe entrego um lenço, com que ela dá tapinhas delicados nos cílios.

— O Conselho Privado me designou uma tarefa desagradável — explica ele, recorrendo à pomposidade como os homens costumam fazer quando estão em terreno instável.

— Sim? — repete ela, o rosto escondido no linho fino.

— Devo inquirir sobre sua, hã... sua... hã... em suma, inquirir sobre Thomas Culpeper.

Thomas Culpeper, que acabou de sair a cavalo, tão feliz quanto seu falcão? Vejo as pérolas no capelo de Catarina tremerem de leve quando ela se encolhe.

— Sim?

— Vossa majestade conhece Thomas Culpeper?

— É claro.

— E os dois se cortejaram quando vossa majestade era dama de honra da antiga... da irmã do rei, lady Ana de Cleves?

— Não.

— As pessoas diziam que iam se casar?

— Quem dizia? — pergunta ela, com súbita irritação. — Se foi Bess Harvey, é porque ela própria estava apaixonada por ele. Se der ouvidos a fofocas, o senhor nunca ouvirá nada bom sobre si.

Ele se assusta com essa explosão irritada.

— Claro, é dever das damas e dos companheiros do rei serem boas companhias — intervenho, como se ele fosse muito novo na corte, como se sua criação e educação tivessem sido tão pobres que ele não sabe disso.

Wriothesley ruboriza com a ofensa.

— E depois do seu casamento com o rei? Mestre Culpeper era um visitante regular dos seus aposentos?

— É claro — retruca ela, altiva. — O rei me visita todos os dias. Seus amigos o acompanham.

— E durante a excursão real...?

Apoio a mão no ombro dela. Catarina parece pedra entalhada, está rígida de medo. Não tenho como garantir a ela que ninguém sabe de nada, que não há como saberem de nada. Se soubessem sobre Lincoln, Pontefract e York, teriam mandado uma barca sombria da Torre. Isso é uma flecha lançada na escuridão por um arqueiro de segunda categoria.

— Quê? — grita ela, estridente, e pula do trono antes que eu possa impedi-la. Põe-se diante dele, uma beldade diminuta, inflada como um pintassilgo raivoso. — Quê?

— Vossa majestade trancou sua porta — balbucia ele.

Como se pudesse ver os documentos do inquérito do Conselho Privado na mente, imagino a submissão de Anthony Denny, escrita com muito cuidado: que ele bateu à porta do quarto da rainha, então eu disse que ela estava dormindo, e ele foi embora.

— Claro que trancamos! — interrompo. — Em casas estranhas? No norte do reino? O senhor gostaria que eu tivesse deixado a rainha desprotegida?

— Em York? — retruca ele.

Com isso, sei que o Conselho não falou com nossos camareiros ou damas de honra. Lucy Luffkyn não contou que tentou abrir a porta trancada em Pontefract com uma braçada de roupas limpas e levou uma bronca.

— Mas é claro — digo, tranquila. — O senhor não se lembra da confusão? Dos lordes da fronteira? Dos peregrinos buscando perdão?

— Mas quando Anthony Denny foi anunciar a vinda do rei, a porta estava trancada, e as luzes, apagadas... — diz ele.

— Eu nunca soube disso! — exclama ela.

— Não, sua majestade estava dormindo — respondo. — Eu atendi quando sir Anthony bateu à porta, e ele me disse para deixá-la dormir.

Catarina ergue as sobrancelhas e se vira para sir Thomas. Ela deixa o silêncio se estender.

— Muito bem — diz ele, e sai da câmara com uma mesura baixa.

A porta se fecha, ouvimos o som de suas botas no chão de pedra conforme ele se afasta.

Catarina se lança para mim, e eu a abraço.

— Isso é tudo o que ele tem — digo, triunfante. — Você foi maravilhosa. Certeira. Eles não têm nada contra Culpeper. Não têm nada além da noite em que Denny veio à porta de seus aposentos. Nunca confesse nada, nunca diga nada sobre Thomas. Eles não têm provas. Você se comportou muito bem... mas, se eles voltarem e eu não puder ficar ao seu lado, nunca diga nada.

— E nem você. — A alegria de ter superado Wriothesley morre. Seus olhos ficam escuros de medo, seu rosto empalidece. — Nem você, Jane. Jure que nunca dirá nada. Jure pela sua vida que nem cavalos selvagens poderiam arrancar nada de você.

Mesmo em um momento de perigo como aquele, não consigo evitar rir de sua linguagem exagerada dos contos infantis.

— Minha querida, cavalos selvagens não têm qualquer relação com o caso. Mas eu juro. Nunca admitiremos nada, e Thomas também não. Estamos seguras.

Passamos o resto da manhã com uma das damas lendo a grande Bíblia enquanto costuramos camisas para os pobres. Catarina teve o ensino de bordado tão negligenciado quanto sua educação em livros, e a camisa em que está trabalhando terá que ser lavada antes de ser entregue a um mendigo, de tantas manchinhas de sangue das agulhadas. Estou em paz: não tenho objeções a ficar aqui sentada, costurando. Acho que vencemos e certamente seremos liberadas destes aposentos amanhã. O rei vai voltar e ordenar que ninguém deve falar sobre estes dias, e será como se nunca tivesse acontecido.

Sir Edward Baynton é anunciado antes do jantar. Olho para a irmã de Catarina, Isabel, e, pela expressão culpada dela, sei que estava planejado e ela sabia que o marido viria.

— Vossa graça, seu séquito deve mudar de casa em alguns dias — anuncia ele, com uma mesura.

O rosto de Catarina se ilumina.

— Vamos a Whitehall para encontrar o rei?

— Não — responde ele, com calma e o ar de um homem recitando um discurso ensaiado. — Vossa graça irá para a abadia de Syon, onde não há lugar para todas as suas damas. Deve levar a senhora minha esposa, sua irmã Isabel, e três outras damas de companhia.

— Não quero ir para Syon — retruca ela, como uma criança decepcionada. — Não quero ir para lá.

A abadia de Syon parece ter se tornado um retiro para damas da realeza sob uma nuvem escura. É para lá que lady Margaret Douglas foi enviada quando caiu em desgraça; é uma mudança que indica a desaprovação do rei, mas não uma condenação. Um lugar discreto para uma visita punitiva, mas não uma prisão para interrogatórios. As damas nobres estão sob vigilância, mas não presas. Depois de passar um tempo na abadia de Syon, lady Margaret Douglas voltou à corte sem qualquer mácula à reputação dela.

— É a vontade de sua majestade — diz sir Edward, pesaroso. Quase posso vê-lo abrindo as portas de uma armadilha pesada e óbvia. — Está se recusando a obedecer a seu marido?

— Claro que não. — Ela faz uma bela mesura à simples menção do nome dele. — Por favor, diga ao rei que farei tudo o que ele desejar, é claro, e que não terei um só momento de felicidade até vê-lo de novo.

A decepção de sir Edward com sua inabilidade de fazer a própria cunhada cair em uma armadilha fica constrangedoramente evidente a todos, incluindo sua esposa.

— Bem, teremos que fazer as malas — interrompe ela, como se isso fosse uma transferência normal da corte.

— Sim, de fato — digo, apoiando a mentira. — O senhor disse que será daqui a alguns dias?

— Não há pressa — responde ele, sem forças.

CATARINA VAI DORMIR dizendo que não entende como o rei se tornou tão cruel. Será que ele quer mandá-la para longe, como fez com Ana de Cleves? Poderia culpá-la pelo que aconteceu na infância, quando ela foi, sob todos os efeitos, forçada a ir para a cama com um homem mais velho em uma casa que permitia todo tipo de liberdades pecaminosas?

— Você foi forçada? — pergunto.

— Sim — responde ela. — Francis Dereham persuadiu e insistiu até me vencer. Eu era só uma garotinha boba.

— Você contou ao arcebispo que ele a forçou a fazer uma promessa de casamento? Você nunca me contou isso.

— Você nunca perguntou. Mas o arcebispo perguntou várias vezes, e eu disse que não conseguia me lembrar.

— Isso é muito importante, Catarina. O arcebispo está dizendo que você foi prometida? Contra sua vontade, mas prometida?

Ela me encara com o rosto pálido e cheio de rebeldia.

— Eu não sei! Como vou saber? Ele não parava de falar!

— Porque uma promessa forçada é uma escapatória — explico. — Não traria perdão, mas há coisas bem piores que podem ser ditas contra você. Uma promessa forçada não é sua culpa.

— Eu não estava prometida! — insiste ela.

— Seu casamento com o rei seria bígamo, seria desfeito sem que você saísse culpada ou que ele se sentisse insultado. Você poderia se safar dessa. Anulariam o casamento, e você seria mandada para morar no interior, aposentada.

— Isso seria terrível — diz ela, sem hesitar. — Meu tio nunca me perdoaria e minha avó me espancaria.

— Ela não a espancaria, você não teria que morar com ela...

— Não, não, seria terrível — insiste. — O que é um pré-contrato?

Já se passou mais de uma semana de interrogatório e ela não entende a acusação. Sinto algo parecido com desespero. Como ela vai alegar inocência se não entende as palavras que eles usam? Como vai lidar com um valentão vulgar como Wriothesley usando a linguagem dos tribunais contra uma menina que só conhece a língua das crianças?

— Um pré-contrato é o motivo para o rei ter afastado Ana de Cleves — digo, hesitante.

— Ela o tornou impotente — diz, com firmeza. — Foi por isso.

— Não, não, nunca diga isso! Alegaram que ela já tinha se casado, lembra? Que o contrato do primeiro casamento não tinha sido cancelado adequadamente. Então ela não podia se casar com o rei porque já estava casada, entende?

Não adianta. Vejo que mesmo as palavras mais simples não atingem sua compreensão, como se eu estivesse explicando em grego.

— Eles podem estar tentando provar que você foi casada, ou pelo menos noiva, que prometeu se casar com Francis Dereham. Se for o caso, seu casamento com o rei não tem validade, e ele vai afastá-la. Mas não seria traição. Não seria adultério. Ele poderia deixar você de lado, e você pode ganhar uma bela casa, como Ana de Cleves. E depois... depois... poderia...

— Eu não fui casada com Francis Dereham — retruca, feroz. — Contei ao arcebispo que Francis me persuadiu e me forçou, mas que eu não consenti. Era jovem demais para saber o que fazer, e ele me ameaçou.

— Mas ele obviamente já foi questionado e não vai admitir que a estuprou. Vai dizer que você estava disposta. E você guardou o dinheiro dele, como se fosse sua esposa.

— Eu não guardei o dinheiro dele — retruca ela, triunfante. — Você guardou! Se isso for prova, então você foi a esposa dele, não eu! — Ela me dá um olhar astuto. — Não pense que eu vou levar toda a culpa!

— Não tente me ameaçar — digo, ríspida. — Sua única esperança é que eu continue leal a você e a Thomas Culpeper.

Ao ouvir o nome dele, o rosto de Catarina desmorona, e ela cai nos meus braços.

— Ah, Jane! Como vou vê-lo de novo?

— Se você conseguir passar por isso, vai poder vê-lo — prometo. — Se concordar que se casou com Dereham, seu casamento com o rei será anulado, e você estará livre. Você pode ser livre, Catarina!

— Eu preferiria morrer a ser esposa de Francis Dereham! — declara. — Thomas nunca mais olharia para mim. Um cavalheiro como ele não quer as sobras de Francis Dereham. Ele me ama como sua rainha. Prefiro morrer a ser a senhora Dereham.

Quando vou espiar no pátio do estábulo, no dia seguinte, vejo o cavalo do meu tio. Chego aos aposentos Howard enquanto estão servindo o desjejum.

— Sente-se — ordena ele, curto e grosso, indicando um lugar à mesa.

Pego ovos, carne e um pequeno caneco de cerveja, mas percebo que não tenho apetite.

— Ela está dormindo com aquele filhotinho afetado que o rei adorava? — pergunta, direto. — Você foi tola a ponto de deixá-la se encontrar com ele?

— Quê?

— Poupe-me das brincadeiras de Primeiro de Maio. Só responda à pergunta.

— Quem está dizendo isso?

— Responda.

— Não — respondo, sem hesitar.

— O que ela tem feito, então? Guerras de bolas de neve e danças?

— Sim. Guerras de bolas de neve e danças. Amor cortês.

— De novo? — Ele faz uma careta por cima de uma tábua de carne.

— É uma corte jovem. Os jovens homens brincam de amor. Sim.

— Ela vai se ater a isso? Você também?

Assinto.

— Sim. Porque é a verdade.

— Vamos vê-la depois do desjejum, o Conselho Privado inteiro. É melhor ela negar e continuar negando na minha frente, ou eu mesmo arranco a cabeça dela.

— Ela vai negar. Se a apoiar, o senhor verá uma rainha Howard na Páscoa e, um dia, uma regência Howard-Seymour.

Ele parece pensativo.

— Não está com fome? — pergunta, olhando o pão esmigalhado em meu prato. — Pode ir, então.

CHEGO À ALA DA RAINHA sem ser vista, descendo a escada principal para o pátio do estábulo, que cruzo até a escada dos criados. O cavalo de Culpeper está em sua baia.

— Não vai ter caça hoje? — pergunto, animada, ao cavalariço.

— Ele tem uma reunião com o Conselho Privado — responde o homem, orgulhoso.

Mantenho o sorriso no rosto enquanto corro silenciosamente escada acima, atravesso a câmara de audiência e a câmara privada e entro no quarto da rainha, onde estão tirando o desjejum. Ela usa um lindo vestido de veludo verde-escuro, com um capelo da mesma cor cravejado de esmeraldas. Destaca a cor dos seus olhos.

— Bom — digo. — Você está bonita. O Conselho Privado virá a qualquer momento. — Eu me inclino para ela para sussurrar. — Talvez perguntem sobre Thomas Culpeper.

A cor drena do rosto dela.

— Achei que só iam perguntar de Francis.

— Eles não têm certeza de nada. Você pode dizer que brincaram de guerra de bolas de neve, que dançaram, tudo o que todo mundo viu. Admita tudo o que todo mundo viu, mas diga que não passou disso, que foi só amor cortês. Eles não têm como saber de nada que foi secreto. Apenas negue tudo. Ele vai negar. E eu também, se me perguntarem.

— E vão perguntar para você — diz ela, de repente. — Você que fez tudo. Você ficou de guarda para nós, você o deixou entrar.

— Não deixei, não — corrijo, enfática, querendo martelar as respostas na cabecinha boba dela. — Porque ninguém deixou ninguém entrar. Ele não estava lá. Nada aconteceu.

— Ah! Ele será interrogado? — pergunta Catarina, de repente agoniada.

— Sem dúvida, mas você pode mantê-lo a salvo. O rei pode perdoar você, mas nunca perdoaria Culpeper. Você deve negar tudo.

— Eu morreria para mantê-lo a salvo — jura ela. — Preciso alertá-lo, avisá-lo para fugir.

— Você não pode. O único jeito de mantê-lo a salvo é negando tudo, completamente.

— Eu vou negar. Eles não sabem de nada. Não têm como saber de nada.

O CONSELHO CHEGA COM TODA a pompa, com seus bastões de ofício e trajes cerimoniais, uma mascarada de autoridade nos belos aposentos. Eu me certifico de que Catarina tenha todos os adornos régios, que esteja sentada no grande trono sob o baldaquino, e que nós, damas, estejamos enfileiradas de cada lado dela. O arcebispo Cranmer entra, junto com metade da Câmara dos Lordes. Meu tio, o duque, está lá, assim como William Fitzwilliam; Robert Radcliffe; Thomas Seymour, sempre inescrutável; lorde Russell, que foi nosso anfitrião em Chenies e agora parece fazer parte de tudo; e Thomas Wriothesley, além de quatro lordes menores. Anunciam que vão conversar a sós com a rainha e, apesar de seu olhar de súplica, não posso acompanhá-la.

As damas e eu, inseguras, aguardamos na galeria do lado de fora da porta, diante de dois guardas postados com as alabardas cruzadas. Olho para fora da janela, para o píer real e as barcas. Estão viradas contra a maré que puxa seu cordame, voltadas rio abaixo para a cidade de Londres, prontas para uma partida rápida. Talvez a reunião seja muito breve, uma formalidade, talvez eles tenham evidências suficientes de um pré-contrato, não importa o que ela diga, talvez tenham vindo apenas anunciar formalmente que o rei vai liberá-la do casamento enganoso.

Se eles concordarem que suas intimidades e juramentos com Francis Dereham representaram um casamento, não importa se Catarina se encontrou com Thomas Culpeper ou não. Se estava casada com Dereham, não estava casada com o rei, então não o traiu. Se o inquérito seguir na direção de Culpeper, ela vai admitir um casamento com Dereham para salvá-lo. Se eu puder explicar isso a ela, podemos todos confessar um crime menor de pré-contrato antes do rei. Ela pode confessar o casamento com Dereham, a duquesa viúva pode mostrar as cartas que os dois trocaram, posso testemunhar sobre a bolsa de ouro que ele entregou como dote e todos podemos fabricar evidências, como fizemos com Ana de Cleves, para provar esse pré-contrato. Nesse caso, o casamento não é real e, portanto, não há adultério. Nesse caso, não haverá insulto à vaidade do rei e nenhum julgamento de traição.

Este não é o julgamento de Ana Bolena, em que uma acusação foi costurada na outra para destruí-la. Este é o divórcio de Ana de Cleves, em que a ofensa foi mantida no mínimo necessário para liberar o rei do casamento.

Não consigo ouvir o que está se passando por trás das portas fechadas, mas não é a negação simples que prometi a meu tio, já que dura o dia inteiro. Isso é mau sinal: ou apresentaram novos relatos a ela, fofocas de criadas ou camareiros, que Catarina deve negar com firmeza, ou, mais perigoso, ela está embelezando sua negação simples com garantias de que não se encontrou com Culpeper, de que mal o conhece, mal o via, que não deu a ele um chapéu na Páscoa, que deu o chapéu, mas não significou nada, que ele nem agradeceu.

O dia todo, do desjejum ao jantar, eles ficam atrás da porta barrada, até que meu tio emerge, o rosto retorcido de fúria, e me diz, brusco:

— Vá aos aposentos Howard e me aguarde lá.

Só de ver sua expressão, não ouso pedir para falar com a rainha. Um criado usando a libré dos Howard está à espera para me escoltar, e o lorde chamberlain de meu tio me admite à câmara privada e traz uma taça de vinho e alguns pedaços de pão. O criado fica parado à porta, aparentemente para me servir, mas, na verdade, é para que eu não possa escapulir e conferir os cavalos no pátio ou ver se alguma barca partiu com a maré baixa.

O duque chega na hora do jantar e diz que, por ora, vou ficar em seus aposentos; a rainha será servida pela irmã dela. Devo jantar em seus aposentos e dormir aqui. Minhas roupas foram trazidas da ala da rainha.

— Eu deveria estar lá — tento dizer. — Tenho trabalho a fazer. Preciso empacotar as coisas dela para a mudança para Syon.

— Outras podem fazer isso — retruca ele, azedo. — Você ficará aqui.

— Mas e a joias dela?

— Anne Herbert está cuidando disso.

— Alguém disse algo contra mim? — pergunto, arregalando os olhos.

— Nem tanto! — responde ele, com uma gargalhada súbita e cruel. — Nem tanto!

Eu o fito, cautelosa.

— Qualquer coisa dita contra mim é dita contra uma Howard — aponto. — Qualquer coisa dita contra a rainha é dita contra nossa casa.

Ele rosna feito um cão.

— Não preciso que *você* me diga isso. Tenho Edward Seymour para jogar essas palavras na minha cara, ou aquele hipócrita do Gardiner, ou aquela serpente do

Wriothesley, ou qualquer um dos reformistas, amigos de lady Maria ou lordes rivais. Há muitos, muitos homens prontos para me informar de que, se a rainha cair, todos caímos.

— Minha reputação é tão boa quanto a sua — digo. — Imaculada.

Ele segura meus ombros com um aperto forte e traz o rosto muito perto do meu.

— Eu perguntei a você se ela dormiu com Thomas Culpeper e você me disse que não.

— Disse, sempre vou dizer — prometo.

— A avó diz que ela se lançou livremente sobre aquele cão do Dereham e com outro tolo, Mannox.

— Não sei de nada disso. Foi antes de…

— Exato. Foi antes de ela conhecer o rei. Então qualquer coisa que tenha feito naquela época não o fere.

— É melhor que isso! — digo, ávida. — Se ela estava casada com Dereham, seu casamento com o rei não é legítimo e, portanto, não há adultério.

— Diz tudo o fato de que esse é o melhor resultado que você consegue imaginar para essa família — retruca meu tio, as palavras pingando de amargura. — Nossa segunda rainha, pelo amor de Deus. Diz tudo o fato de que isso é o melhor que podemos esperar. — Ele me empurra para longe. — Diz tudo que você, a esperta, não pode convencer Catarina, a beldade, a admitir isso a tempo.

Ele me dá as costas e bate a porta. Encaro os painéis de madeira e escuto a chave se virar na fechadura.

É como antes, mas desta vez é diferente, digo a mim mesma. Desta vez, o duque, meu tio, está desesperado para inocentar nosso nome, inocentar a todos nós. Ele não pode jogar a culpa nos Bolena, que só eram Howard por casamento. Sua madrasta, a duquesa viúva Agnes, será interrogada, assim como os irmãos e irmãs dele, suas sobrinhas, sobrinhos… a família inteira que se apoiou em Catarina para alçar suas posições de poder e que lucrou muito com isso. Todos seremos interrogados quanto ao que sabíamos; todos seremos exonerados e libertados.

PASSO UM DIA DESCONFORTÁVEL nos aposentos dos Howard, sem conseguir acreditar que duas semanas já se passaram desde que agradecemos a Deus pela bênção de Catarina como rainha. Agora estou essencialmente presa, e meu tio sai cedo pela manhã e volta com Thomas Wriothesley. Eu os encontro na câmara de presença Howard; Wriothesley tem papel e pena à sua frente, como se um bruto como ele pudesse me convencer a dizer alguma coisa.

— Viemos falar dos encontros da rainha com Culpeper — diz meu tio, abrupto. — É melhor você contar o que aconteceu. E contar a verdade. Tudo o que sabe.

— Não sei nada sobre isso — começo. — Claro, ela o encontrou do jeito usual...

— Estamos muito além disso — rosna meu tio. — Pode nos contar sobre os anéis de convulsão, sobre o chapéu e escadas dos fundos, além dos encontros secretos na excursão real. E pode nos contar se os viu copularem na retrete, pelo amor de Deus!

Fico tão chocada por ele saber de tudo isso que levo um momento para perceber que informações tão detalhadas não podem ter vindo de fofocas maliciosas de gente como Catherine Tilney ou Alice Restwold. São encontros sobre os quais só Thomas, Catarina e eu sabemos. Não havia ninguém além de nós na retrete. Ninguém além de mim a viu colocar o anel de convulsão no dedo dele como uma aliança de casamento, e então o viu beijar o anel.

Meu tio deve ver esses pensamentos em meu rosto; minha máscara de cortesão caiu.

— Sim, sabemos de tudo — diz, com frieza. — Ambos confessaram, cantando feito tordos. Só você ainda está resistindo. É uma esperança vã, Jane. Ambos a culparam de tudo. Culparam você antes de incriminar um ao outro. Ambos dizem que foi você quem marcou os encontros, quem achou as escadas dos fundos, que instou Culpeper a ir e a persuadiu a amá-lo.

— Não! — digo, tão chocada que recupero a voz. — Não, não foi assim.

— Então como foi? — pergunta Wriothesley. — Porque parece traição e parece adultério, e parece que você estava oferecendo Catarina por aí, a rainha da Inglaterra, no banheiro real! Então, se quer se safar com a cabeça nos ombros, é melhor nos contar o que aconteceu. — Ele ergue a pena, a mergulha na tinta e sorri para mim.

— Pelo amor de Deus, Jane — diz meu tio, em voz baixa. — Que isso comece e termine com a rainha e Culpeper. O resto de nós não precisa ser culpado pelo erro deles. Você deve lealdade à família antes de tudo.

— Catarina é família.

— Não mais.

Respiro fundo. Eu me viro para Wriothesley, sabendo que ele vai entender isso mais rápido do que meu tio furioso.

— Se ela tinha um casamento prévio com Francis Dereham, como vocês provaram, então, como esposa dele, como a sra. Dereham, ela não era esposa do rei. O que quer que tenha feito com Culpeper, *seja lá o que for,* não foi adultério contra o rei.

O sorriso dele não vacila.

— Não estamos mais preocupados com o pré-contrato — explica. — Por que deveríamos tentar inocentá-la? Não vamos nem tentar inocentar você. Você vai ter que se salvar sozinha. — Ele aponta para a folha de papel em branco. — Salve-se — recomenda. — Quando a rainha lhe contou que estava apaixonada por Thomas Culpeper?

FALO DEVAGAR, PARA QUE ele possa escrever cada palavra, e, quando hesito, engasgando-me com as lágrimas, meu tio se vira para mim e diz "continue, continue", como se eu fosse um cavalo relutante me esquivando, um cavalo de batalha arrancando torrões do chão da liça, recuando de uma justa.

Eu continuo. Conto sobre a princesa da neve, sobre os pequenos presentes. Conto que Catarina mandou jantares para Thomas Culpeper quando ele estava doente, que ele foi até ela quando estava recuperado. Conto como nós três achávamos modos de evadir a corte e caminhos nos palácios durante a excursão para o norte e na volta, para que os dois pudessem se encontrar, para que ele pudesse beijar a mão dela, para que ela pudesse dizer a ele que o amava.

— E os dois copularam? — pergunta meu tio. — Sim ou não?

— Eu me sentava longe deles — afirmo. — De costas para os dois. Uma noite, caí no sono. Não saberia dizer.

— Você está me dizendo que aquele jovem imbecil arrombou uma fechadura, subiu as escadas, entrou na retrete dela e passou a noite conversando? — desdenha ele.

Não consigo dizer as palavras, não suporto que ele fale disso. Penso no que era: amor, amor verdadeiro, o ideal do amor cortês. Culpeper amava a jovem rainha como Lancelot amava Guinevere, com uma paixão que os apartava das regras normais, com um amor que poucas pessoas conhecerão. Mas era o que os dois tinham: arriscaram a vida para ficar juntos, e eu arrisquei a vida para vê-los juntos. Era amor. Era amor verdadeiro.

— Devo escrever que eles foderam, ou não? — pergunta Wriothesley, entediado.

Assinto. Que escreva. Não parece importar.

PELA JANELA, VEJO a barca real que levará Catarina à abadia de Syon. As laterais foram bloqueadas para que ninguém possa vê-la, então, qualquer que seja o vestido que ela escolheu, não será apreciado. Escuto a batida do guarda apresentando as armas e a abertura da porta do jardim, então a vejo. Mesmo da janela, muito acima, sei que é ela. Apressam-na pelo caminho e ao longo da doca, encoberta sob uma capa, então não consigo ver o que está usando. Mas, apesar da urgência, ela anda com seu passo de rainha, o passo que a vi praticar dezenas de vezes. Imagino que tenha ensaiado essa exata caminhada: descendo as escadas, atravessando o jardim onde brincou de guerra com bolas de neve, no inverno passado, até a doca, onde embarcou na barca para sua entrada triunfal em Londres, na primavera.

Tentam fazê-la andar mais rápido, mas ela continua em seu passo de rainha até subir a prancha. Finalmente, Catarina sobe a bordo e a embarcação parte, e posso ouvir, mesmo através da janela fechada, a batida do tambor marcando o ritmo dos remadores, que se inclinam sobre os remos e puxam a barca para o centro do rio, onde encontram a corrente que os leva rio acima. E, assim, ela some.

As ondulações no rastro da barca vão minguando até sumir entre vegetação balançante da margem, e as águas se fecham sobre a passagem dela. Uma garça bate as asas largas, atravessando o rio, e pousa em uma margem silenciosa, encarando o próprio reflexo.

Passa-se cerca de uma hora. Encontro um livro sobre heráldica — a biblioteca do meu tio só tem obras que tratam de sua própria importância — e estou sentada à janela, folheando as páginas, quando vejo que a barca dos Howard chegou à doca e girou de frente para a jusante, pronta para a mudança da maré. As portas duplas do cômodo são escancaradas, e meu tio entra.

— Pegue sua capa — ordena. — Suas coisas irão depois.

Eu me levanto.

— Eu vou para Syon com Catarina? — pergunto. Penso que, agora que ambas confessamos, viveremos juntas em desgraça até decidirem o que fazer.

— Sim — responde ele. — Ande logo.

Temos que nos apressar, porque a água está parada, e a maré vai mudar em breve. Pego minha capa, que coloco ao redor dos ombros porque é um dia frio de novembro e posso ver que a superfície do rio está agitada por ventos invernais. Ele me dá o braço e caminhamos lado a lado, atravessando o jardim, as folhas mortas voando para longe de nossos pés. Alcançamos a doca, e ele me leva até a prancha na popa da embarcação. A prancha é puxada, as amarras são soltas e os remadores erguem as pás em saudação. O mestre barqueiro empurra a barca e sobe a bordo, e os remadores mergulham os remos na água.

Fico surpresa de tê-lo como companhia, imaginei que ele queria distância de Catarina. E de mim também.

— O senhor vai me acompanhar? Vai se juntar a nós em Syon?

— Você não vai para Syon — responde ele, sombrio. — Vai para a Torre. Você está presa. Está sendo presa por traição. Outra traidora Bolena.

TORRE DE LONDRES, NOVEMBRO

1541

Mais uma vez, vejo a grade de metal do portão da água se abrir, escuto o barulho das correntes e vejo a água rodopiar. A barca desliza para dentro, e o condestável da Torre, sir John Gage, está lá para me receber. Ele toma minha mão respeitosamente, como se eu estivesse desembarcando da barca real atrás das rainhas que servi: Catarina de Aragão, minha cunhada Ana, Jane Seymour, Ana de Cleves e Catarina, com toda a sua pompa em sua entrada em Londres. Mantém o rosto muito sério enquanto encaixa minha mão em seu braço para me escoltar até a Torre Branca, subindo pela escada interna, depois virando à direita e seguindo a um dos aposentos bons, que tem uma lareira, uma janela com vista para o gramado, uma câmara privada e, mais além, um quarto e um quartinho para uma criada.

Hesito no limiar da porta, mas não tenho que perguntar: sei que este foi o quarto de George. Foi o quarto onde meu marido aguardou por seu julgamento, aguardou por seu perdão e, por fim, aguardou por sua execução.

Fico parada por um momento à porta e quase posso vê-lo, quase posso ver Ana, a mulher por quem ele morreu. Penso em como é incrível que, na época, eu tenha sido poupada da prisão, que os dois tenham morrido juntos e me deixado totalmente abandonada, e que eu ainda assim esteja neste lugar!

Horrorizada, olho para sir John e só vejo compaixão em seu rosto.

— Não posso ter outro quarto? — sussurro.

— Estamos lotados — diz ele, sombrio. — E esperando mais chegadas. Esse é o melhor aposento disponível. A duquesa viúva e a filha ficarão com os aposentos reais… — Ele para de falar, constrangido.

Agnes Howard, a duquesa viúva de Norfolk, foi presa? E sua filha, a condessa de Bridgewater? Isso não faz sentido. Elas não sabiam nada sobre Culpeper, mas sabiam tudo de Dereham. Isso muda tudo outra vez! Seja lá o que Thomas Howard esteja dizendo, o Conselho Privado deve estar acusando Catarina de ter um pré-contrato, no fim das contas. A Torre pode estar cheia de Howard e seus criados, mas todos vamos sair daqui. Não há lei que impeça a senhora Catarina Dereham de ter um romance com Culpeper, o rei escolheu a rota de misericórdia, que vai fazê-lo parecer melhor aos olhos dos outros. Vão soltar Catarina de Syon, vão soltar todos nós da Torre.

Só preciso manter a cabeça no lugar pelos próximos dias, enquanto durmo na cama do meu marido e examino as paredes de pedra em busca de seu nome entalhado entre os muitos outros que ficaram presos neste cômodo. Só tenho que permanecer calma. Serei liberta. Vou ficar calma e esperar.

MINHA CRIADA SERVE o jantar na câmara privada, mas percebo que não sinto o gosto de nada. A criada é uma espiã, é claro; não a espiã que eu era, em meu auge, sob instrução e orientação do maior mestre espião da Inglaterra. Ela é uma criaturinha dissimulada e lamuriosa, coitadinha, do tipo que empregávamos para entreouvir no buraco de fechaduras. Sei que se demora fora da porta do quarto, esperando por uma confissão em meio a preces desoladas. Mas não tenho nada a confessar. A rainha está sendo julgada por sua infância, muito antes que eu a conhecesse. Sua guardiã, a avó adotiva, terá que responder por isso. Assim que o intelecto vagaroso de Thomas Audley compreender isso, serei liberta. Assim que ele perceber que a rainha não é culpada de nada além de se casar com o rei enquanto estava casada com Dereham, vai ordenar a libertação de todos, exceto Catarina, que provavelmente passará o resto da vida do rei em Syon, em desgraça. Se o médico estiver certo, isso acabará na primavera. No pior dos casos, todos teremos que suportar os próximos seis meses.

Peço livros para estudar e papéis para escrever, mas dizem que só posso ter papel e tinta para compor minha confissão. Fico tão furiosa que grito com a criada que sou a mulher mais erudita da Inglaterra, exceto por Margaret Roper, filha de sir Thomas More, e ela faz uma mesura e sai correndo do quarto. Em seguida, sir Thomas Wriothesley entra com uma mesa de escrita, pena e tinta, e me pergunta que papel Margaret Roper teve no adultério.

— Ela é tão culpada quanto eu de ser uma mulher inteligente — disparo.

— O que sabe dela? — pergunta, ávido.

— Você vai me deixar louca! — digo, sem pensar. — Margaret não fez nada. A comida é malfeita, não tenho como comer, e você me colocou nos cômodos do meu marido, eu durmo na cama do meu marido...

Ele parece chocado e faz uma anotação no papel.

— A senhora se refere a Margaret Howard? E George Bolena, sabe que ele está morto? Lembra-se de que é uma viúva, lady Rochford?

Nós nos encaramos, impassíveis. Pela primeira vez na vida, não consigo pensar. O que esse tolo está me perguntando? Por que arrastar Margaret Howard para a história, se ela nunca fez nada na vida, exceto o que a sogra ordenou? Eu nunca a vi nos aposentos de Catarina depois que ela apresentou Francis Dereham.

— Margaret? — pergunto, tentando ganhar tempo, mas não consigo entender o que ele quer de mim. — Qual Margaret?

— A senhora sabe o nome do rei?

— É bom que eu saiba! — digo, amargurada. — E o nome da rainha é Catarina. — Não consigo conter uma risada azeda. — Catarina, de novo. Catarina, a segunda.

Ele faz outra anotação, a respiração acelerada. Vejo-o olhar de relance para a porta.

— Vou mandar um cavalheiro gentil para falar com a senhora — diz. — Entende, lady Rochford?

— Eu não quero falar com um cavalheiro gentil. Não quero falar com ninguém. Não posso jantar aqui. Não posso dormir na cama do meu marido. Não posso ficar aqui por seis meses. Quero ir para casa.

— Por que seis meses? — pergunta ele, depressa.

Eu o encaro com um olhar de rebeldia.

— Por que não?

— Onde fica sua casa? — pergunta ele, como se não soubesse o que eu fiz para ganhar a posse de Blicking Hall.

— Você sabe tão bem quanto eu! — exclamo.

Penso na minha casa e nas terras de Blickling, que me foram entregues por lorde Cromwell, em troca da minha lealdade. Mas que mesmo assim escolhi viver em palácios, que passei mais tempo no palácio de Greenwich do que em qualquer outro lugar, e minha certeza morre.

— Aqui — digo, desolada, pensando que esta é a cripta da minha família: meu marido e minha cunhada estão enterrados na capela da Torre. — Este é o lar da minha família, não acha? Eu não estou em aposentos dos Bolena? Não é a cripta da nossa família, lá do outro lado do gramado?

Ele guarda os papéis e o pote de tinta na mesinha de escrita e tampa tudo com cuidado.

— Mandarei o dr. Butts para tratar de seu apetite e de seu sono. A senhora pode contar a ele. Ele vai julgar… vou pedir a ele que a atenda…

Segurando a mesa de escrita, sem pedir ajuda de sua espiã, minha criada, ele chuta a porta com o calcanhar da bota e o guarda a abre. Penso que nunca o vi tão agitado. Dou risada; é uma cena e tanto, ver Thomas Wriothesley fugindo do meu quarto feito uma garota que levou uma bronca. Não consigo entender qual é o problema dele.

Eu me viro para a criada, a espiã, e vejo que ela tem a mesma expressão de Wriothesley. A garota está aterrorizada, apavorada por estar sozinha comigo.

Então compreendo, estalando a língua diante de minha lentidão e estupidez. Wriothesley acha que eles me enlouqueceram, que estou louca. Essa garota pensa que estou louca e que está trancada com uma mulher maluca que pode ficar violenta. E eu, tola que sou, deveria ter fingido estar louca, minha última grande performance, desde o momento em que cheguei aqui. Um louco não pode ser interrogado, um louco não pode ser acusado, um louco não pode ser executado. Como posso ter me esquecido disso? Devia ter contado a Catarina, que já é meio louca, com toda a sua bobeira natural. Mas serei louca até o rei morrer e ninguém vai me acusar de nada, só me mandar para algum lugar agradável, onde lentamente, muito lentamente, vou recuperar a razão.

Uso a máscara de *Dionísio*, o rei do êxtase e da loucura, e aos poucos me permito mergulhar na fantasia. De repente, meu apetite retorna e bebo vinho e cerveja quente e duplamente fermentada; honro *Dionísio* ficando bêbada desde o momento em que me levanto para dizer minhas preces, em voz bem alta, até a hora de dormir, quando às vezes me esqueço de me despir.

Sinto minha própria imaginação se soltando e, pela primeira vez na vida, não sou uma dama da corte. Não digo o que o rei quer ouvir, falo para meus próprios ouvidos, falo o que eu quiser. Dentro desta prisão, estou livre pela primeira vez. Meus aposentos ficam mais claros e mais escuros ao longo do dia, e é o único jeito de perceber a passagem do tempo, porque não consigo acompanhar as badaladas dos sinos da Torre. O quarto voltado para o norte, de frente para o gramado, está sempre frio. Insisto que o fogo seja aceso na grade antes de me levantar pela manhã.

— Estou com frio — digo. — Com frio.

E é escuro. Às vezes, vejo um pôr do sol no céu do fim da tarde, mas está escuro quando acordo de manhã.

— Estou no escuro — digo. — No escuro.

Não tenho muita certeza de quem vive aqui comigo e quem está só passando para visitar. Ninguém é adequadamente anunciado. George, meu marido, aparece quase todas as noites, olhando pela janela enquanto espera alguém chegar com um perdão.

— Eu irei — digo a ele. — Irei falar com o rei. Direi a Jane Seymour para abaixar o capelo e soltar o cabelo e pedir perdão para você e Ana.

Sir Thomas More costuma aparecer ao amanhecer e me acorda no quarto frio, quando o sino bate às seis, ou às nove, ou talvez à meia-noite... não consigo contar as badaladas até o final.

— Como você pode ser tão esperto, mas não disse "não" para o rei? — pergunto a ele. — Por que ninguém jamais diz não para ele? — Ele não tem resposta. — O silêncio não vai salvar você. Eu sou o Silêncio.

O dr. Butts vem, como prometeram que viria. Ele me faz perguntas muito tediosas sobre em que dia e ano estamos, como se eu fosse saber, vivendo aqui na escuridão e na luz! Pergunta o nome do meu pai e onde fica minha casa. Eu digo que, se não sabe disso, deve estar tão louco quanto eu. Certamente ele sabe que eu não tenho pai, não é? Eu sou órfã. Quem já veio à corte me ver por amor paternal? Meu pai só vem para decapitar alguém. Quanto à minha casa, conto a ele a piadinha de que esta deve ser minha casa, já que a cripta da minha família está do outro lado do gramado, mas ele não ri. Só olha para mim, muito sério, e, antes de ir embora, aperta minha mão.

— Eu direi que a senhora não está apta a testemunhar — promete. — Mas cuide-se, lady Rochford. Não derreta em sua máscara.

Ele não é meu único visitante. Meu lorde Cromwell nunca aparece, mas eu gostaria de vê-lo. Não gosto de ver os outros. Tantos outros passam pelos meus aposentos e sonhos noturnos: os cartuxos; o bispo Fisher; Geoffrey Pole, com uma faca de pão cravada no peito gordo, e sua mãe, lady Margaret Pole, com o velho pescoço retalhado. Ninguém diz não por ela, e todos deveríamos ter dito não quando foram atrás de lady Margaret.

— Eu não sou "não" — digo para minha criada. — Sou o silêncio. Mas o silêncio também não vai salvar você.

Eu a pego escrevendo as declinações de verbos latinos que recito, para mostrar que me lembro de tudo. A idiota confunde o latim com os delírios de uma louca.

— Estou louca — digo, para tranquilizá-la. — Perfeitamente louca.

Claro que estou louca. Não consigo compreender que estou aqui, no quarto do meu marido morto, injustamente acusada, tal como ele, ameaçada de execução, tal como ele, esperando a misericórdia de um tirano impiedoso, tal como ele. Claro que estou louca. Ninguém poderia viver na corte desse rei se não tivesse perdido completamente a razão. Estamos todos longe de nossas origens humildes, estamos todos fora da nossa esfera, mascarados, disfarçados, orientados e torturados até assumirmos formas insanas para fazê-lo parecer bonito, poderoso, amável. Todos ensaiamos canções de louvor para ele, repetindo sem parar, como loucos e loucas, que grande rei ele é, como é sábio, talentoso, amável.

A aurora vem, trazendo junto sir Thomas More. Dois deles? Talvez três?

— Quem é o rei da Inglaterra? — pergunta minha criada. — Quem é o rei da França?

— Não diga que ele também foi preso? — Estou pasma. — Sob qual acusação?

Ela balança a cabeça, brava comigo como um cuidador fica bravo com seu louco, e sai do quarto para contar a alguém que eu não melhorei, que é tal como disse o dr. Butts: não posso ser interrogada e não posso ser acusada.

ESTA MANHÃ, e sei que é manhã porque Ana caminhou sob minha janela até o cadafalso no gramado às nove horas, a garota vem até mim e diz bem alto, como se eu fosse surda:

— Vista sua capa. Calce as botas. Erga o capuz.

— Eu vou para casa? — pergunto, na minha nova voz de dama da corte, muito alta e agradável. — Para Blickling?

— Sim, sim — responde ela, tão prontamente que sei que está mentindo.

A criada enfia meus dois vestidos e as roupas de baixo em um saco junto da minha Bíblia, meus capelos e sapatos. Tudo misturado; os vestidos vão ficar amassados.

— Não quero ir sem George — digo.

— Ah, ele virá depois — garante. — Você vai agora, e ele vai depois.

É cômico como os cortesãos concordam com qualquer coisa. George, meu marido, está morto há cinco anos e meio. Rio da tolice dela, e a garota me dá um olhar estranho.

— Sabe, quando você vê um louco, deve só dizer não — comento.

Ela me conduz porta afora, e um guarda vai na frente, e outro surge atrás de nós. Não quero passar pelo gramado, mas não há nenhum cadafalso construído para uma execução, nem fantasmas: só a grama crescendo, seca por conta do inverno.

Descemos os degraus de pedra até o portão da água. A maré está baixa; a água, parada; e a barca simples, sem estandarte, balança nas amarras. A criada me apressa a subir a bordo, e o guarda vem conosco. Ergo o capuz da capa; faz um frio gélido, e a névoa paira sobre o rio como um espectro. Penso que foi muito relapso da parte deles não mandar a barca dos Howard.

— Muito descortês — digo à garota.

— Sim, senhora — responde ela, sentando-se num banquinho ao lado da minha cadeira.

O portão da água é aberto, rangendo nas correntes verdes e úmidas, com água escorrendo nas extremidades. A barca avança, e os remadores nos levam para o rio, onde a maré está mudando e nos levará rio acima. Eles fecham as janelas, para que ninguém possa me ver, mas não há necessidade de tal cuidado. Não é como se eu fosse lady Margaret Pole. Ela pertencia à antiga família real, foi governanta de lady Maria, mãe de um cardeal... mesmo assim, ninguém disse não quando foi embarcada, presa e executada. Ninguém vai dizer não por mim.

— Ninguém jamais diz não — conto à garota.

Acho que estamos subindo o rio para o castelo de Windsor, ou talvez Hampton Court. Talvez a corte esteja passando o Natal em Hampton Court e precisem que eu planeje a mascarada. Não sei bem se minha máscara de loucura dionisíaca vai se adequar a uma mascarada natalina, mas então me dou conta de que todos na corte já estão loucos. A máscara que usam é de sanidade, de forma que ninguém jamais espelhe para o rei seu próprio semblante louco, sua própria vontade louca.

Mas não estamos indo à corte. Atracamos na margem norte, junto a uma escada que sobe da água, na frente de uma casa privada. Quando desembarco, reconheço o longo jardim e a bela fachada dos fundos da mansão Russell. E lá está lady Ana, que vi pela última vez em Chenies, para me receber em sua casa londrina.

Ela me conduz pelo saguão e escada acima, até aposentos confortáveis para hóspedes, com meu próprio quarto e câmara privada, com vista para o jardim e o rio ensolarado e movimentado, e percebo, com uma sensação crescente de irrealidade, que consegui! Realizei a maior performance da minha vida. Essa foi minha melhor dança, meu roteiro mais espirituoso, minha maior mascarada. Estou livre, estou perdoada, estou oficialmente louca, e, como louca, estou a salvo.

A única desvantagem do papel é que não posso parar de interpretá-lo. Como todos os cortesãos, eu me tornei o que fingia ser. Passei a vida atuando como a criada leal de um rei ideal. Fingi não notar que ele estava se tornando um monstro. Agora ele é um monstro, e eu ainda sou loucamente leal.

MANSÃO RUSSEL, LONDRES, DEZEMBRO

1541

A VIDA NA MANSÃO Russell é solitária. Só vejo o senhor da casa uma vez por semana, ao meio-dia, no domingo, quando todos vamos à capela, e um dia ele visita meus aposentos depois da missa e pergunta se estou bem.

— Sim, obrigada — respondo, hesitante, pois creio que é mais seguro ser louca até receber um perdão por escrito ou o rei estar morto, o que quer que aconteça primeiro.

— Pode me contar algo mais sobre a rainha? — pergunta ele.

— Posso contar sobre todas elas. Houve muitas, e eu servi a todas.

Ele me fita, o cenho um pouco franzido.

— Tome cuidado com o que diz — alerta.

— Supérfluo — comento. — Todos nós sempre tomamos cuidado com o que dizemos.

— Conte-me sobre Catarina Howard. Ela planejou a morte do rei?

É contra a lei falar da morte do rei.

— Xiiiu — digo a ele. — Não fale isso. Lembre-se, nunca fale isso.

Ele se encolhe.

— Jane, se você se aferrar ao que é real e depor contra ela, será perdoada — garante ele. — Entende, Jane? Diga que ela foi adúltera e estava esperando pela morte do rei e será liberta.

— Ah, com certeza! — exclamo, solícita. — Diga-me! Eu direi qualquer coisa! Qualquer coisa que o rei quiser que eu diga. Não consigo imaginar minha própria morte, sabe. É impossível para alguém imaginar a própria morte.

— Você precisa dizer a verdade — insiste ele. — Uma mentira não vai salvá-la. Precisa me contar a verdade: ela se deitou com Thomas Culpeper?

— Não sei — respondo, simplesmente. — Os dois se beijaram e disseram que morreriam de amor um pelo outro. — Sorrio para ele. — Eles vão morrer por amor? Posso passar o Natal na corte?

O NATAL DESTE ANO é celebrado em Greenwich, mas, mesmo tendo dito o que lorde Russell queria ouvir, não sou convidada a me juntar à corte. Lady Anne e seu marido também não, e ela me conta que o rei não quer companhia nem comemorações nesta temporada.

— Mas ele vai querer presentes — alerto. — Pode viver sem danças, mas não sem presentes. Precisa de sacrifícios. Sacrifícios humanos.

Ela me dá um olhar estranho e diz:

— Thomas Culpeper e Francis Dereham foram executados.

— Viu?

— Jane, se está fingindo loucura para fugir do julgamento e da execução, não está ajudando. Recupere a razão, se puder — aconselha ela, com gentileza.

Dou risada.

— Eu sou a mulher mais erudita da Inglaterra, exceto pela filha de Thomas More — explico. — Não poderia perder a razão, isso é tudo o que tenho. Não poderia ser uma dama da corte sem minha razão e, se eu não fosse uma dama da corte, não seria absolutamente nada.

— Jane, preciso avisá-la de que não vamos hospedá-la para sempre. Você não quer ser considerada uma tola e ir morar em uma casa estranha fazendo o papel de idiota de estimação, quer?

— Não — concordo. — Mas fui enviada para viver em uma casa estranha como uma idiota quando era uma garotinha de doze anos. É tudo que sei fazer, na verdade.

Ela balança a cabeça. Penso: eu sei, e você não sabe, que o rei vai morrer em quatro meses e meio.

— Vocês vão me hospedar até o Primeiro de Maio? Acho que estarei bem no Primeiro de Maio!

— Não sei — responde ela. — Não cabe a mim decidir. Vá à capela e reze para recuperar sua razão, Jane.

— Eu não estou fingindo nada — asseguro a ela. — Pela primeira vez na vida, parei de fingir. Estou com a mente lúcida, pela primeira vez na vida.

Ela balança a cabeça.

— Ele não vai deixar que você fique conosco, Jane, louca ou não.

— Ah, não — garanto a ela. — Estarei de volta à corte quando ele escolher a próxima esposa. Eu sempre servi à rainha da Inglaterra. Ele nunca teve uma rainha sem que eu fosse sua dama, ensinando-a a jamais dizer não a ele, fosse seu desejo um bebê ou um divórcio. Ele vai escolher outra esposa e, quando quiser que ela confesse um pré-contrato ou quando quiser acusá-la de traição ou heresia, eu inventarei as evidências contra ela. A senhora já sabe quem vai ser?

Ela parece profundamente chocada.

— Silêncio! A loucura não é desculpa para falar assim! Vá para seus aposentos!

Realmente não sei o que a aborreceu: a certeza do meu retorno à corte ou a certeza de outra rainha.

— Não estou louca por dizer que o rei vai se casar de novo — comento, já saindo. — Conheço a mente dele tão bem quanto a minha. Ele não pode viver sem uma mulher muito superior a ele, uma mulher que ele possa humilhar. Ele não suporta a própria impotência sem uma linda mulher para culpar. Não suporta o próprio corpo podre sem um corpo sadio ao lado do dele.

Ela cobre os ouvidos com as mãos e grita para uma dama de companhia:

— Acompanhe lady Rochford ao quarto dela! Não escutarei nada disso!

Faço uma mesura para ela e sorrio para todas.

— Tenham um bom dia — digo.

MANSÃO RUSSEL, LONDRES, JANEIRO

1542

Não recebo nenhuma nova tradução do meu pai no Ano-Novo e vejo que ele não empurrou o maquinário da corte, nem mesmo quando a filha ficou presa nas engrenagens. E também nada dos Howard. Não recebo nem uma fita de minha cunhada, Maria Bolena ("é sra. Stafford agora!"). Concluo que fui abandonada, declarada louca e completamente esquecida. O dr. Butts, médico do rei, vem me visitar e me pergunta qual é a estação e qual é a hora do dia, se sou uma mulher casada ou viúva, se sei quem é o rei da Inglaterra.

Dou risada e digo a ele que é um inverno frio, um inverno Tudor, e que Henrique nunca terá outro Primeiro de Maio. O verão trará a doença do suor maligno, o mal que veio com os Tudor. O inverno trará enchentes, não temos tempo bom desde que o rei Ricardo foi derrubado na lama. Digo a ele que, no passado, já fui uma esposa. Ele não se lembra do meu casamento? Mas agora sou uma viúva cujo marido foi morto pelo rei. O rei é Henrique; eu sei bem disso, porque sou viúva graças a ele. Conheço-o melhor do que qualquer pessoa na Inglaterra. Fui criada para servi-lo, jurei morrer por ele, e todos que já amei foram mortos por ele. Ele só me poupa porque sou louca; ele leva todos os seus cortesãos à loucura, e eu sou a única que sabe disso.

O dr. Butts toma minha mão e fala muito baixo e depressa, quase como se quisesse esconder as palavras da minha criada, parada junto à porta, e do guarda do lado de fora, e talvez de outro observador no quarto, atrás da porta entreaberta, apurando os ouvidos para escutar.

— Jane, estou tentando lhe dizer algo. Pisque se me entender.

Não sou tola a esse ponto. Encaro-o com os olhos arregalados.

— Será feita uma proposta de lei na próxima sessão do parlamento, que vai passar e virar lei mesmo sem a assinatura do rei, só com o aceno dele.

Meus olhos continuam tão abertos quanto o de uma coruja ao crepúsculo.

— A proposta determina uma nova traição: nenhuma mulher pode se casar com o rei se teve um amante ou marido antes.

— Catarina de Aragão, Ana Bolena, Ana de Cleves, Catarina Howard — digo, nomeando quatro de cinco rainhas divorciadas por este exato motivo. — Será um grande inconveniente para ele.

— Será aplicada retrospectivamente — diz o médico, com urgência. — Entende? Antedatada. Catarina Howard será julgada por se casar com o rei quando estava noiva de Francis Dereham e será acusada de conspirar a morte do rei com Thomas Culpeper.

Finalmente entendem a contradição em acusá-la de adultério. Sorrio de prazer com a lógica.

— É tirania, claro. Mas pelo menos faz sentido.

— Escute. — É tudo que ele diz. — Há outra cláusula nesta nova lei. Qualquer pessoa insana poderá ser interrogada, ao contrário da lei anterior. Qualquer pessoa insana pode ser acusada de um crime. Qualquer pessoa insana pode ser executada, ao contrário da lei anterior. Um louco pode ser executado, mesmo se não entender por quê. — Ele olha para o meu rosto. — Ou louca.

— Não, não, a loucura é uma defesa completa sob a lei — argumento.

— Não mais. O rei ordenou que a lei seja mudada. A loucura não é mais defesa. Uma louca pode ser executada.

As palavras dele perfuram minha indiferença.

— Ele mudou a lei sobre pré-contratos só para matar Catarina? — sussurro. — E a lei sobre loucura só para me matar?

O médico assente.

— Está determinado a matá-la só porque ela é jovem e bonita e preferiu um homem jovem e bonito a ele?

Ele assente de novo.

— E eu vou morrer só por saber disso?

Os espiões apuram os ouvidos no silêncio.

— Ninguém vai dizer não ao rei?

TORRE DE LONDRES, FEVEREIRO

1542

Não preciso fingir loucura no mundo em que vivemos. Somos governados por um louco e estamos todos tão desprovidos de razão que, ao obedecê-lo, passamos a fazer o que ele queria antes que pedisse, e agora estamos todos igualmente insanos. Quando ele era jovem, belo e charmoso, nós o admirávamos, amávamos e pensávamos que ele realizaria grandes feitos. Agora que é um tirano, continuamos dizendo que é belo e charmoso e que o admiramos e amamos e que esperamos muito dele. Henrique ameaça guerra contra os vizinhos, destrói a Igreja, reescreve leis e assassina seus amigos, e estamos todos completamente desmiolados… e nunca dizemos não.

A barca escura vem me buscar em fevereiro e não me dou ao trabalho de dançar ou cantar. Louca ou sã, o rei vai me matar como matou centenas de outros, dos peregrinos famintos em gaiolas de metal sobre as encruzilhadas de Yorkshire àqueles que obedientemente aguardaram a morte na Torre, como eu.

Não estou sozinha aqui. Sir John Gage não pôde me alocar em meu antigo quarto quando entrei mais uma vez pelo portão da água. O lugar está movimentado feito uma estalagem, e ele não conseguiu reservar meus aposentos habituais. A avó de Catarina, a duquesa, está hospedada nos meus antigos aposentos com a filha, a condessa. A própria Catarina está nos aposentos onde Ana esperou por sua morte. Outros membros de sua família e duas damas de companhia estão nas celas da Torre Branca e nas construções próximas. Dezenas de nós somos acusados de traição porque o rei não suporta a ideia de que uma esposa quase jovem o suficiente para ser sua neta possa ter se apaixonado por um rapaz que estava profundamente apaixonado por ela.

Não vamos aguardar julgamento. Os lordes usarão a invenção do meu mestre espião, a ordem de execução sumária, para nos proclamar culpados sem sermos ouvidos. É, como ele mesmo me informou, muito mais eficiente que um julgamento público. Catarina escolhe não se defender. Como o faria? Ela não tem ideia de que há qualquer coisa que poderia dizer em defesa própria. Recusou o papel de *Guinevere*, mas vai interpretar a rainha morta, a *Polixena*, e me informam de que pediu que o bloco fosse levado aos seus aposentos para que ensaiasse se ajoelhar e deitar a cabeça. Tenho um leve sobressalto ao pensar que precisarei ajoelhar no mesmo lugar que ela e apoiar a bochecha no bloco onde ela apoiará a dela. Certamente não estará bem limpo, e vou morrer com o sangue de Catarina no rosto.

Ou talvez só aguarde na Torre, aguarde por anos, enquanto a atenção volúvel do rei corre em outra direção: a guerra com a França, o casamento de lady Maria, uma aliança com a Escócia, o retorno da Igreja? Ele pode estar pensando em qualquer coisa que não nós. Duvido que vá matar Catarina antes de conhecer uma nova esposa, como de costume. Quanto mais esperamos — todo o mês de janeiro, a primeira semana de fevereiro —, mais certa fico de que ele nos esqueceu.

— O rei jantou com algumas damas — me conta a criada, numa manhã fria e cinzenta. — Deu um grande jantar, sessenta e uma damas compareceram.

Está escolhendo sua parceira; eu teria previsto isso, se ainda estivesse louca. Mas são as damas que se apresentaram no jantar para serem escolhidas pelo rei que são as loucas.

— O rei estava feliz? — É tudo o que importa. — Ele estava feliz? Estava satisfeito? Favoreceu alguém? Ele está bem?

— Dizem que ficou satisfeito com lady Cobham, Elizabeth Basset e aquela que era a esposa de sir Thomas Wyatt, Elizabeth Brooke. Ah, e Catarina Parr.

— Velhas amigas — digo, sorrindo com o renascimento da ambição de Elizabeth Basset e o retorno das outras à corte. Três delas eram minhas colegas espiãs, também reportando-se ao mestre Cromwell. — Velhas amigas queridas.

Agora é uma corrida; se eu fosse mulher de apostar, arriscaria que o rei sentirá um desejo urgente de arranjar uma nova esposa antes que morra pela úlcera na perna. Se quiser liberar a Torre dos amigos, parentes e mulheres da quinta esposa antes de se casar com a sexta, o carrasco ficará muito ocupado. Mas, se tentar dançar sobre a perna boa em seu cortejo unilateral, é capaz de se matar antes de nos matar. É uma corrida, e minha vida está na balança.

Estou entretida por isso até ouvir o som de marteladas e olhar pela janela. Pelo canto da janela, visível apenas se eu apertar o rosto contra os pequenos painéis de vidro frio, vejo o gramado da Torre e um cadafalso sendo construído. Sei que perdi minha aposta e que a pequena Catarina Howard perdeu a dela. O tirano está limpando o caminho para uma nova esposa. Quem quer que seja, ela terá que manter a razão.

Deveríamos ter dito não. Deveríamos ter dito não à primeira loucura, o afastamento da rainha Catarina de Aragão, e deveríamos ter dito não às mortes que se seguiram. Tudo o que basta para derrotar um tirano é a coragem de dizer não.

Vejo a pequena Catarina, a cabeça curvada, caminhando sob minha janela até o gramado. É um novo passo para ela, que deve ter ensaiado bastante. Vai de cabeça baixa como um lírio cansado no caule e oscila um pouco, como se ouvisse uma música. Seu novo passo tem uma cadência rítmica e lenta, como a Volta.

Mesmo apertada contra a janela, só consigo ver o canto do cadafalso e o carrasco à espera. Mas escuto o silêncio da pequena plateia convidada quando ela sobe os degraus para o tablado, depois o silêncio quando ela fala (um discurso que terá ensaiado), o silêncio enquanto esperam que seus olhos sejam vendados e que ela se ajoelhe na frente do bloco, então o rufar dos tambores, o baque do machado e um "ah" quando a plateia testemunha uma morte bonita e bem executada. Mas deveriam ter dito não.

Ouço uma batida à minha porta, e sir John Gage entra, o rosto sério e os olhos no chão.

— Está pronta, lady Rochford? — pergunta ele.

— Estou pronta — digo.

Mas eu deveria ter dito não.

NOTA DA AUTORA

Qualquer um poderia pensar que já temos livros o suficiente sobre os Tudor! Eu mesma já fiz contribuições a essa grande biblioteca. Mas ainda há personagens que nunca foram explicados ou compreendidos, e um dos mais importantes é Jane Bolena, lady Rochford.

Há bons motivos para isso: ela era uma mulher Tudor de menor importância e, como todas as mulheres Tudor, foi objeto de poucos registros em sua época. Não sabemos a data do seu nascimento, não temos uma carta extensa escrita por ela, nem mesmo um retrato, embora Hans Holbein tenha desenhado muitos amigos seus.

Ela não foi citada como testemunha nos julgamentos do marido e da cunhada, e a queixa de George Bolena de que estava sendo condenado com base nas provas de uma mulher não indicava que se tratava de Jane. Hoje, as pesquisas sugerem que ela não foi uma das testemunhas que depôs contra ele e a irmã, e temos uma carta dela a George em que promete falar com o rei em nome dele.

Mesmo assim, foi culpada por isso. Anos após o julgamento, após cair em desgraça e morrer, sua reputação foi destruída por alegações de que tinha traído o marido e a cunhada. Essas descobertas não eram imparciais, mas parte da reconstrução da reputação de Ana Bolena, que tomou forma quando a filha dela, Elizabeth, assumiu o trono. A mãe da nova rainha tinha que ser exonerada sem culpar o pai, Henrique VIII. A construção da história Tudor, que sustentaria seu direito de governar, era o começo do restabelecimento da reputação de Henrique VIII. O preço disso foi transformar Jane em vilã.

Este é meu primeiro romance desde *Mulheres na história: as heroínas desconhecidas*, uma exploração de como a história das mulheres ficou de fora do que lemos como livros de história completos. Fica evidente que os vieses não ditos — e muitas vezes inconscientes — dos historiadores distorceram o que as mulheres de fato realizaram. Mesmo quando havia indícios de sua independência, agência e ação lógica, os historiadores relatavam dependência, fraqueza e até insanidade. A história de Jane Bolena é um exemplo notável desse fenômeno.

Embora mal fosse mencionada nos primeiros relatos do julgamento, Jane foi mais tarde culpada de uma trama homicida contra o marido e, posteriormente, por prostituir sua parente, Catarina Howard, levando-a a ter um caso com um cortesão, o que resultou na morte dos três. Por quê, perguntaram todos os historiadores homens do período vitoriano, por que uma mulher faria isso? A única resposta em que pensaram era que ela deveria ter sido perversa — nem um pouco feminina. A "monstruosa Jane Bolena" nasceu das crenças vitorianas bem difundidas de que as mulheres são frígidas, domesticadas e desprovidas de ambição por natureza. Portanto, qualquer dama da corte de sucesso maculada por um escândalo sexual não poderia ser uma dama, não poderia ser uma heroína. De fato, ela era tão pouco feminina que mal era humana. Era um monstro.

Essa imagem de uma Jane monstruosa foi revisada com a revolução na forma como as mulheres passaram a ser vistas dos anos 1960 em diante, embora uma visão mais liberal da sexualidade feminina não a tenha ajudado, só criado uma nova lente de vergonha. A nova Jane, imaginada como sexualmente liberada, é impelida por desejos perversos como *voyeur.* Essa Jane sente prazer sexual em assistir — primeiro o marido com a irmã dele, depois a jovem prima com o amante.

E assim sua reputação se consagrou, até que publicações mais recentes começaram a defender a visão bastante sensata de que Jane Bolena não poderia ter sido uma dama da corte de sucesso, que manteve uma posição altamente desejável ao longo de cinco reinados, se estivesse sob domínio de um vício em sexo ou um rancor assassino incontrolável.

Claro, Jane não é a única personagem histórica a ser escrita e reescrita de acordo com as visões em transformação dos historiadores. Com o tempo, todos são revisados. Eu também participei dessas reimaginações. Quando escrevi sobre Catarina de Aragão, retratei-a como era ao chegar à Inglaterra — não a mulher velha, trágica e derrotada que aparece na maioria das histórias. A reputação pública de Ana Bolena a fez passar de uma vilã imaginária, homicida, incestuosa e adúltera a uma heroína protestante, e até mártir, conforme cada geração de historiadores buscou e encontrou uma Ana Bolena diferente. Meu primeiro romance Tudor, *A irmã de Ana Bolena*, foi escrito pelo ponto de vista da irmã de Ana, Maria Bolena, que (creio) deve ter sentido um medo profundo de que o que estava sendo dito de sua irmã fosse verdade; meu romance descreve seus piores temores. Jane Seymour era uma grande favorita dos historiadores vitorianos, uma esposa tranquila que teve a decência de morrer no parto, e não há muitos registros de sua curta vida de casada que possam ser revisitados pelos pesquisadores. Ninguém que olhe seriamente para o retrato encantador de Ana de Cleves poderia acreditar na alegação de Henrique VIII de que ela o tornou impotente, mas historiadores do Time Henrique defenderam essa história por quinhentos anos, até análises mais forenses se voltarem para o acidente e a doença do rei. E a reputação de

Catarina Howard melhorou desde sua queda, graças a uma compreensão e empatia maiores por mulheres jovens e sexualmente ativas.

Catarina alegou em sua confissão que foi sexualmente abusada, o que levou à reescrita de sua história: passou-se a representá-la como uma vítima, em vez de uma ninfomaníaca descuidada. Ainda há alguns dinossauros determinados, infelizmente, mas a maioria das pessoas entende que Catarina não deu consentimento pleno aos assim chamados "amantes" de sua infância, e que não podemos considerar que consentiu de fato com seu casamento com o rei. A disparidade de poder era tão grande que a sobrinha de dezessete anos de um tio extremamente ambicioso não poderia ter recusado o rei da Inglaterra. A biografia recente de Gareth Russell enfatiza sua juventude e inexperiência, assim como seu apreço pelo flerte.

Historiadores recentes também se afastaram da visão de uma Jane Bolena hipersexual. A biografia meticulosa de Julia Fox nos oferece um retrato de uma esposa amorosa e cunhada leal, que não acusou o marido nem se deleitou com o adultério dele. Mas Jane não pode simplesmente ter estado no lugar e na hora errados, afinal, foi uma testemunha-chave em dois julgamentos de adultério e em dois divórcios de casamentos reais.

Acho que a resposta ao mistério pode ser encontrada no ponto de virada da família Bolena. Quando caíram em desgraça em um julgamento orquestrado contra uma rainha coquete que tinha perdido o amor do marido, fracassara em lhe dar um filho e não tinha apoiadores poderosos, Jane não partilhou dessa tragédia. A cunhada, o irmão Bolena e seus apoiadores morreram no cadafalso, e os pais se retiraram ao campo, mas Jane prosseguiu tranquilamente para o próximo reinado — bem remunerada, promovida e respeitada. Ela foi designada quase imediatamente ao serviço da nova rainha, Jane Seymour.

Até se beneficiou de uma lei, passada no Parlamento, que lhe deu uma pensão de viúva mais considerável. Como conseguiu isso? Nem os Bolena nem a grande família deles, os Howard, poderia — ou iria — ter ajudado a viúva de um traidor. Acho que só pode ter sido Thomas Cromwell, no auge do seu sucesso, enquanto construía uma rede de espionagem e administração que tomasse a corte e o país. Acho que Cromwell a trouxe de volta da desgraça temporária e a usou como uma de suas muitas damas espiãs nos aposentos da rainha, ao longo de três reinados.

Quando Jane Seymour morreu e Ana de Cleves chegou, Jane Bolena foi sua principal dama de companhia, mas nem seus alertas sobre o fracasso do casamento salvaram Cromwell das tramoias de seus grandes rivais e inimigos, a facção espanhola, que continuaram a apoiar a herdeira deles, a princesa católica lady Maria.

Cromwell não sobreviveu ao divórcio de sua candidata, Ana de Cleves, embora eu tenha suspeitas de que ele e Jane tenham fabricado as provas para o divórcio.

A morte dele deixou Jane sem um mestre espião e benfeitor, mas ela ainda tinha a fortuna que ele lhe conseguira — o magnífico Blickling Hall, em Norfolk, seria seu pelo resto da vida, assim como outras terras arrendadas. Ela poderia ter se retirado da corte e vivido em suas propriedades como uma viúva abastada. Era rica o bastante para ser uma esposa atraente e poderia ter se casado de novo — mas não o fez.

Não é preciso ser um historiador vitoriano para imaginar que Jane era ambiciosa. A vida na corte era tudo que ela conhecia desde a infância. E a chegada da jovem Catarina Howard era uma oportunidade maravilhosa para Jane aconselhar e guiar outra rainha, ainda mais uma rainha que poderia sobreviver ao marido. Não há evidências históricas de que Jane esperava ser a dama de companhia de uma rainha regente — essa parte é ficção. Mas a "minha" Jane — a Jane deste romance — estudou Henrique VIII a vida inteira, e testemunhou, como muitos outros na vida real, a deterioração dele ao longo dos anos.

Sabemos que ela ajudou Catarina e Thomas Culpeper a se encontrarem, ciente dos riscos. A grande questão é por que faria isso. As respostas antiquadas — primeiro que era sanguinária e má; depois, sexualmente perversa — são, a meu ver, bastante improváveis. Se Jane tinha inveja de suas rainhas, por que ajudou Ana de Cleves a encontrar segurança e prosperidade? Se era impelida ao voyeurismo, poderia ter satisfeito seus desejos sem incorrer em um risco fatal para si mesma, sua jovem parente e sua família. O fato de que estava presente quando os amantes se encontravam — mesmo quando eram sexualmente ativos — não é prova de sua perversidade, nem da deles, mas uma tentativa dos três de se aferrar a uma espécie de respeitabilidade. E, embora isso fosse chocante aos vitorianos, e talvez a nós, devemos nos lembrar de que na Inglaterra medieval as pessoas frequentemente tinham relações sexuais em cômodos cheios de gente, com outras pessoas assistindo ou escutando. A privacidade é uma invenção moderna.

Jane não pode ser acusada de ser uma cafetina no caso Howard-Culpeper, embora ambos a tenham culpado quando foram pegos. Ninguém que leia a carta de Catarina para Thomas pensaria que essa foi uma garota enganada e forçada a se encontrar com um pretendente indesejado. Essa carta — que cito no romance — são as palavras de uma jovem profundamente apaixonada. Ela escreveu:

> *Eu nunca ansiei tanto por [alguma] coisa quanto por vê-lo e poder falar com você. Confio que isso ocorrerá muito em breve, e esse pensamento me conforta muito quando penso nisso, e, quando penso que se afastará de mim novamente, meu coração se despedaça, pois minha sorte me impede de estar sempre em sua companhia.*

Creio que Jane tenha ajudado os amantes porque viu uma oportunidade para si mesma. Acredito que tenha olhado para Catarina Howard, quase trinta anos mais jovem do que o marido ferido, acima do peso e com a saúde em declínio, e pensado: essa poderia ser a rainha viúva da Inglaterra. Se Catarina engravidasse e fosse coroada antes da morte do rei, teria uma boa chance de estar no conselho de regência que governaria a Inglaterra. Se desse à luz um herdeiro, sua importância estaria garantida — assim como a de Jane. Mas como Catarina Howard iria engravidar?

Jane sabia que o rei sofria de impotência havia anos. Tivera momentos de impotência com a cunhada dela, Ana Bolena, e, apesar de ter concebido um filho com Jane Seymour, reclamava que não podia consumar o casamento com Ana de Cleves — Jane até chegou a ser encarregada de afirmar isso como prova para o divórcio. Ela pode ter pensado que a única chance de Catarina Howard engravidar seria com outro homem: Thomas Culpeper.

Jane tinha bons motivos para ajudar os amantes a se encontrarem: esse vínculo perigoso os conectaria eternamente em uma conspiração traidora que garantiria o futuro dela, fosse como aliada de confiança ou chantagista. Mas, no romance, como ficção, sugiro que essa mulher, que nunca se apaixonara e cuja vida fora dedicada à ambição e aos flertes desalmados da corte, viu um amor real, um amor tenro, entre dois jovens e sentiu-se impelida a ajudá-los.

Pensamentos não ditos e emoções não escritas são sempre o material da ficção, e não da história, que não é capaz de vê-los ou registrá-los. Então, essa parte do romance é pura ficção. Mas se baseia — como todas as minhas obras — nos fatos que a história conhece e registra. Sabemos que Jane assumiu um risco fatal para ajudar Catarina e Culpeper a ficarem juntos, e que serviu de acompanhante nos seus encontros, nos quais ele não fez mais do que beijar a mão de Catarina. Longe de jogá-los juntos na cama, ela os ajudou a se encontrarem e conversarem. Os dois nunca confessaram nada além de uma paixão e encontros secretos. Jane nunca confessou nada além de ajudá-los nisso. Apenas pareciam querer estar juntos, cortejando como jovens enamorados, e Jane apenas parece tê-los ajudado nisso.

Não sabemos nada a respeito da educação de Jane, exceto que seu pai era um erudito famoso, especializado em traduções do grego e do latim para o inglês. Ele dava as obras como presentes de Ano-Novo ao rei e à lady Maria, como descrevo no romance. A obra de David Starkey sobre o pai de Jane, lorde Morley, até nos informa os títulos dessas traduções, e foi nessa pesquisa que descobri que o pai de Jane presenteou Thomas Cromwell com as obras de Nicolau Maquiavel — com sua descrição cínica do poder e da tirania. Não sabemos se Jane foi treinada como uma dama da corte maquiavélica, mas a conexão entre seu pai e Thomas Cromwell me intriga.

Uma das metáforas usadas ao longo do livro é a natureza dissimulada da corte Tudor: as fantasias e os disfarces das mascaradas refletem a desonestidade da corte de um tirano. Essa visão de Henrique VIII evoluiu a partir da visão inicial elizabetana, que o via como o fundador de uma nação, e da visão do pós-guerra que o considerava um soberano excêntrico e jovial. Nos dias de hoje, há um entendimento crescente dele como um homem perigoso: um abusador de mulheres, um amigo falso e um tirano. Tal qual os tiranos modernos, Henrique usou instituições e tradições contra a sociedade — empregando a lei para perseguir suas vítimas. Aconselhado por Thomas Cromwell, usou a ordem de execução sumária para contornar julgamentos de traição e executar homens e mulheres a seu bel-prazer. Com um estratagema até mais complexo, ordenou a criação de uma nova lei para executar Thomas More, o bispo Fisher e muitos outros, e chegou a mudar a lei que absolvia os insanos da execução apenas para decapitar Jane Bolena, que ou estava louca ou fingia estar louca, esperando asilo sob a proteção da lei. Tiranos corrompem boas instituições e as viram contra o próprio povo; Henrique VIII fez isso cinco séculos atrás.

A tirania é o tema deste romance, escrito em tempos difíceis em que os chamados "homens fortes" (ou que se dizem fortes) estão no poder. Todos nós temos que decidir quais ataques contra nossas instituições, tradições, liberdades ou as liberdades e a vida dos outros serão nosso limite: o ponto em que dizemos "não". A história nos diz que precisamos achar a coragem de defender os outros e as instituições e as tradições do nosso país antes que o perigo seja imediato e pessoal. Quando o tirano enfim se volta contra nós, já é tarde demais. Não devemos ser como Jane Bolena, reconhecendo o perigo quando já não há mais tempo de dizer "não" — caso contrário, seremos silenciados como ela, e nossa história também será escrita pelo tirano.

BIBLIOGRAFIA

ADAMS, Beverley. *The Forgotten Tudor Royal: Margaret Douglas, Grandmother to King James VI and I*, Pen & Sword, 2023.

AKKERMAN, Nadine; LANGMAN, Pete. *Spycraft: Tricks and Tools of the Dangerous Trade from Elizabeth I to the Restoration*, YUP, 2024.

BALDWIN SMITH, Lacey. *Catherine Howard: The Queen Whose Adulteries Made a Fool of Henry VIII*, Amberley, 2009.

BAPST, Edmond. *Two Gentleman Poets at the Court of Henry VIII: George Boleyn and Henry Howard*, tradução de J. A. Macfarlane e Claire Ridgway, publicação independente, 2013. Originalmente publicado em francês por Librarie Plon.

BERNARD, G. W. *Anne Boleyn: Fatal Attractions*, YUP, 2010.

BEZIO, Kristin. *The Eye of the Crown: The Development and Evolution of the Elizabethan Secret Service*, Routledge, 2022.

BORMAN, Tracy. *Thomas Cromwell: The Untold Story of Henry VIII's Most Faithful Servant*, Hodder & Stoughton, 2014.

______. *Henry VIII and the Men Who Made Him*, Hodder & Stoughton, 2018.

BRIGDEN, Susan. *Thomas Wyatt: The Heart's Forest*, Faber and Faber, 2012.

BRUCE, Marie Louise. *Anne Boleyn*, Collins, 1972.

BYRNE, Conor. *Katherine Howard: Henry VIII's Slandered Queen*, History Press, 2019.

CASTIGLIONE, Baldassare. *O cortesão*, Martins Fontes, 2019.

CHAMBERS, R. W. *Thomas More*, Harcourt Brace & Co, 1935.

CHERRY, Clare; RIDGWAY, Claire. *George Boleyn: Tudor Poet, Courtier and Diplomat*, MadeGlobal, 2014.

CHILDS, Jessie. *Henry VIII's Last Victim*, Jonathan Cape, 2006.

CLAIDEN-YARDLEY, Kirsten. *The Man Behind the Tudors: Thomas Howard 2nd Duke of Norfolk*, Pen & Sword, 2020.

CLARK, Nicola. *The Waiting Game: The Untold Story of the Women Who Served the Tudor Queens*, W&N, 2024.

DENNY, Joanna. *Katherine Howard: A Tudor Conspiracy*, Portrait, 2005.

DODDS, Madeleine Hope; DODDS, Ruth. *The Pilgrimage of Grace, 1536–1537 and The Exeter Conspiracy, 1538*, vol. 2, CUP, 1915.

FLETCHER, Anthony; MACCULLOCH, Diarmaid. Tudor Rebellions, Longman, 1997.

FOX, Julia. *Jane Boleyn: The Infamous Lady Rochford*, W&N, 2007.

FRASER, Antonia. *The Six Wives of Henry VIII*, Phoenix, 2012.

GRUENINGER, Natalie. *The Final Year of Anne Boleyn*, Pen & Sword, 2022.

GUNN, Steven. *Charles Brandon: Henry VIII's Closest Friend*, Amberley, 2015.

GUY, John. *A Daughter's Love: Thomas and Margaret More – The Family Who Dared to Defy Henry VIII*, Penguin, 2012.

HART, Kelly. *The Mistresses of Henry VIII*, History Press, 2009.

HERSHMAN, D. Jablow; LIEB, Julian M. D. *A Brotherhood of Tyrants: Manic Depression and Absolute Power*, Prometheus, 1994.

HOWARD, Maurice. *The Tudor Image*, Tate Gallery, 1995.

HUTCHINSON, Robert. *Thomas Cromwell: The Rise and Fall of Henry VIII's Most Notorious Minister*, W&N, 2009.

KESSELRING, K. J. *Mercy and Authority in the Tudor State*, CUP, 2003.

LEE, Frederick George. *Reginald Pole, Cardinal Archbishop of Canterbury: An Historical Sketch*, Wentworth Press, 2019.

LIPSCOMB, Suzannah. *1536: The Year that Changed Henry VIII*, Lion, 2009.

LOADES, David. *Henry VIII and His Queens*, Bramley Books, 1997.

______. *The Boleyns: The Rise and Fall of a Tudor Family*, Amberley, 2012.

______. *Jane Seymour: Henry VIII's Favourite Wife*, Amberley, 2013.

LOCKE, A. Audrey. *The Seymour Family*, Houghton Mifflin, 1914.

MAQUIAVEL, Nicolau. *O príncipe*. Penguin-Companhia, 2010.

MACKAY, Lauren. *Among the Wolves of Court: The Untold Story of Thomas and George Boleyn*, Bloomsbury, 2020.

______. *Inside the Tudor Court*, Amberley, 2014.

MATUSIAK, John. *Wolsey: The Life of King Henry VIII's Cardinal*, History Press, 2014.

MAYER, Thomas, F. *Reginald Pole: Prince and Prophet*, CUP, 2000.

NELSON-CAMPBELL, Deborah; CHOLAKIAN, Rouben, *The Legacy of Courtly Literature: From Medieval to Contemporary Culture*, Palgrave Macmillan, 2017.

NEWCOMBE, D. G. *Henry VIII and the English Reformation*, Routledge, 1995.

RANDELL, Keith. *Henry VIII and the Reformation in England*, Hodder Education, 2001.

REES, Laurence. *The Dark Charisma of Adolf Hitler: Leading Millions into the Abyss*, Ebury, 2012.

RUSSELL, Gareth. *Young and Damned and Fair: The Life of Catherine Howard, Fifth Wife of King Henry VIII*, Simon & Schuster, 2017.

SCARISBRICK, J. J. *Henry VIII*, YUP, 1968.

SCHOFIELD, John. *The Rise and Fall of Thomas Cromwell: Henry VIII's Most Faithful Servant*, History Press, 2011.

SOBERTON, Sylvia Barbara. *The Forgotten Tudor Women: Margaret Douglas, Mary Howard and Mary Shelton*, publicação independente, 2015.

______. *Ladies-in-Waiting: Women Who Served Anne Boleyn*, publicação independente, 2022.

STARKEY, David. 'An Attendant Lord? Henry Parker, Lord Morley,' in: AXTON, Marie; CARLEY, James P. (eds.), *'Triumphs of English': Henry Parker, Lord Morley, Translator to the Court: New Essays in Interpretation*, The British Library, 2000.

______. *Six Wives: The Queens of Henry VIII*, Vintage, 2004.

TAFFE, James. *Courting Scandal: The Rise and Fall of Jane Boleyn*, Lady Rochford, publicação independente, 2023.

TWYCROSS, Meg; CARPENTER, Sarah. *Masks and Masking in Medieval and Eary Tudor England*, Routledge, 2002.

WARNICKE, Retha M. *The Rise and Fall of Anne Boleyn*, CUP, 1989.

______. *The Marrying of Anne of Cleves: Royal Protocol in Tudor England*, CUP, 2000.

WEIR, Alison. *Henry VIII: King and Court*, Pimlico, 2002.

WILLIAMSON, Hugh Ross. *The Cardinal in Exile*, Michael Joseph, 1969.

WILSON, Derek. *In the Lion's Court: Power, Ambition, and Sudden Death in the Reign of Henry VIII*, Hutchinson, 2001.

Este livro foi impresso pela Vozes, em 2025, para
a Harper Collins Brasil. O papel do miolo é avena
70g/m², e o da capa é cartão 250g/m².